文學研究叢書・文學史研究叢刊

中國當代文學史編寫史
（1949-2019）

曾令存　著

廣東省哲學社會科學「十三五」規劃項目

（項目編號：GD20HZW01）

曾令存，1964年出生，廣東梅縣人。嘉應學院教授，廣東省南粵優秀教師。教育部學位與研究生教育發展中心學位論文評閱專家。暨南大學、華南師範大學兼職碩導。梅州市第三屆「十大傑出青年」。1982年至1989年就讀於華南師範大學，獲文學碩士學位。2001年至2003年北京大學訪問學者。2003年晉升教授。主要從事中國現當代文學史、客家文化研究，主持教育部、廣東省哲學社科規劃辦等省部級研究課題多項。出版《學科視野中的40-70年代文學研究》（上海文藝出版社，2014）《客家文化概論》（主編，北京大學出版社，2017）等著作多部，發表學術論文百餘篇。研究成果曾獲梅州市哲學社會科學成果一等獎。近年來主要學術兼職：廣東省中國文學學會副會長、廣東省文藝評論家協會理事、廣東省中國當代文學學會副會長等。

沒有什麼文學史，只有人們的寫作史。

──〔美〕R. S. 克蘭

關於書稿的通信（代序）

洪子誠　曾令存

洪老師：

　　附上我的書稿初稿，敬請批評指正。因為還有陳曉明老師《中國當代文學主潮》部分的內容沒寫完，「餘論」也需要重寫，故還來不及統稿。我還沒想好有沒有必要插入一些文學史版本的圖片，有必要的話這些圖片都得好好挑選。

　　我最初的想法，是挑選一些能夠體現每個時期文學史編寫觀念等問題的史著進行評述，以呈現70年來（1949-2019）中國當代文學史編寫的歷史脈絡。

　　書稿還得慢慢修改。有關您的《中國當代文學史》部分，感覺篇幅長了（主要是第二、三個問題處理得不理想）。最近十年部分的內容也還需要進一步完善。

　　看電腦很費神，您有空隨便翻翻。

令存
2020.7.3

令存：

　　因為身體狀況等原因，你的書稿不可能細讀。這兩天主要是針對目錄方面、章節安排提了一點修改意見。目前有些設計可能不是很

好，具體情況我用紅色字標出。不一定對，你參考。讀了一些章節，總體感覺處理了不少資料，也做了許多很好的評述和概括。主要問題是，覺得你太偏於（急於）理論、評價，理論評價有些已經體現在你選擇的章節安排之中。在寫成編纂史，還是寫成史論上，我傾向還是向編寫史傾斜，也就是如黃修己先生《中國新文學史編纂史》那樣的處理方式。最主要還是「事實」，在這個基礎上再歸納一些重要問題。因為是第一本當代文學史的「編寫史」方面的書，我想大家的期望是對龐雜的資料的篩選和整理，提供更多的相關情況。如各種文學史的寫作背景與時代思潮的關係，編纂的組織方式、過程，書的結構、敘述方式等。這些資料整理本身就很有價值。有時候我倒覺得，理論已經談得很多，其實也就是那些；或者說，理論要從「事實」中提出、生發。

你聯繫在廣東出也很好。

洪子誠

2020.7.6

洪老師：

您指出的問題都是要害問題，我自己也隱隱約約意識到了，特別是（急於）「理論」與「評價」。的確，有關當代文學史編寫的理論問題，已經很難談出新東西來了，而且也就那麼一些。

書稿前三章都設置有關於文學史編寫與文學批評的話題，原是基於這樣一種思考，即想通過一些個案（現象）考察當代文學史的編寫與文學批評的關係，比如華中師大版的《中國當代文學》對作為一個文學史時期概念的「新時期文學（1976-1986）」的處理與使用。這個問題在我接觸到的類似研究著述中比較少涉及。我知道這是一個比較

大的命題，處理不好可能會適得其反。

　　1990-2010年這一時期的當代文學史編寫，既有學科意識方面的內容可以挖掘，同時也有其他原因，呈現出一種多元格局的氣象。如何擬一個標題更好地予以概括，我再好好琢磨。

　　書稿一直都擬用《中國當代文學史編寫史》的書名，但覺得有些不自量力了。已有黃修己先生的《中國新文學史編纂史》，再這麼「明目張膽」地用「編寫史」，貽笑大方了。我想或者就用「論稿」吧。[1]

　　您對書稿「目錄」的修改及相關建議讓我很受啟發，接下來的時間裡我會認真吸收消化，盡努力調整好。的確，好的目錄，提綱挈領，能呈現內容的骨骼架構，讓人心領神會。

令存

2020.7.6

令存：

　　當初不大知道你的寫法，如果一開始，我會建議你以提供「事實」為主。當然不是羅列事實，仍有內在理路和評價，當代文學史編寫與時代思潮、文學風尚、與政治情勢、與權力、與對文學的理解等之間的關係，是貫穿全書的理論問題，也是對「事實」的把握方式。但不是要專門去論列，不是以「論」作為中心。

　　但現在不能做很大修改。如修改的話，建議在這方面加強。譬如談到50年代建國十周年文學所編寫的《十年來的新中國文學》，可以具體講他們編寫的動機、方法、結構、體例等，並可以和中國作協組

1　書名頗費躊躇。近兩年還考慮過《中國當代文學史編寫研究（1949-2019）》、《中國當代文學史編寫史論綱（1949-2019）》等。

織編寫的《文學十年》[2]對比。這兩本書雖沒有使用「史」的名字，但都是為「當代文學」立史的性質（文學所的一本雖延至60年代才出版），可以看作是最初的當代文學史。提出的問題，不一定都從政治、意識形態方面去歸納，也有學科、文學規律方面的考慮。有些問題，可以在比較中提取單獨討論，如具體講述80年代初最初出版的幾本重要當代文學史（郭志剛、張鍾、22院校、華中師大[3]），可以講到它們的共同點，也談到不同的地方。比如「分期」，所謂兩分法（《當代文學概觀》有這個傾向）、三分法（郭志剛本）、四分法（華中本）——這個問題在現在可能不是問題，但當時的這種劃分，體現了對當代政治、文學歷史的看法。各種文學史，在對「中國」「當代」「文學」這些概念的理解上也有差異，這從它們評述涉及的範圍也可以看出。

另外，在五六十年代開始建構「當代文學」及其歷史的時候，對「史料」還是重視的。我記得1958-1959年，山東師院就系統編纂了一套史料叢書（內部出版），包括當代作家評論目錄，和若干被認為重要的作家的資料專集。從五六十年代開始，文學所資料室也對作家作品的研究資料有很專門的收集編纂。當然，80年代以後這方面的工作有更大發展，當代文學、作家研究史料叢書很早就開始做了，不是

2　《文學十年》是《文藝報》編輯部將邵荃麟的《文學十年歷程》為代表的系列文學評論結集，1960年由作家出版社出版的一部文集。具體可參閱本書第一章第三節第五部分內容。

3　這裡提到的幾種重要的當代文學史分別是：張鍾等撰著的《當代文學概觀》，北京大學出版社1980年7月出版；北京師範大學等十院校編寫、郭志剛等定稿的《中國當代文學史初稿》（上下冊），人民文學出版社1980、1981年出版；復旦大學等22院校合編的《中國當代文學史》（1-3冊），福建人民出版社1980、1982、1985年出版；華中師範大學中文系編寫、王慶生主編的《中國當代文學》（1-3冊），上海文藝出版社1983、1984、1989年出版。

21世紀才進行的。這方面也應該納入「當代文學史編纂」的史料部分的議題之中。你好像沒有處理。

　　我是看到你的書稿，而且只讀了很少部分，才陸續有這些看法的，也可能說得不對。

洪子誠

2020.7.7

洪老師：

　　的確是這樣，有些問題在今天已不是什麼問題，如分期。但在特定時期卻是問題。我當時評述《概觀》的時候，也曾感覺你們的這種處理方式（兩分法）可能不能簡單「放過」，但最後還是不了了之了。這個問題我會在修改時充實進去。「史料」一章寫得比較匆忙，整體上僅追溯到90年代，看來還是要「從頭說起」。爭取在修改過程中多補充些「事實」。

　　我在書稿寫作的過程中除了反覆閱讀您的《問題與方法》[4]，也斷斷續續翻閱了十多年來有關當代文學史編寫研究方面的相關著述，大概有五、六種吧，也因此想改變一下寫法。這些著述糾纏的問題，如分期、體例等，似乎也沒什麼創新的觀點。同時給我印象最深的，是介紹了很多文學史，但又討論得不深入，而且這些文學史也很難說有很大的價值（可能是我的鑒賞水平有限）；提出的問題看似很多，但不少可以是無關要緊的；一本書看下來，有眼花繚亂不得要領的感覺。基於此，在設計書稿結構的時候，我在「緒論」和每一章的第一節先把全書和每一時期的總體情況進行「概說」，然後直接以不同時

4　即《問題與方法──中國當代文學史研究講稿》，2002年由三聯書店（北京）初版。

期的代表性文學史作為章節標題，分別討論一些問題，相對獨立又互相補充，形成一種對話關係，呈現70年的當代文學史編寫史脈絡。兩百多種的當代文學史，真正可以討論的並不多，重複的多。討論多了，反而容易造成把握的混亂。這可能是我跟類似著述的不同。書稿中選擇的這些文學史，能否體現這一設想，是我的水平與視野的問題。這個只好「認命」了。

再有一點，是如何處理「事實」與「理論」（評價）的關係。我原意是希望多提供一些「事實」（材料），盡量避免類似著述的「理論」傾向，但由於掌握的史料有限，再加上有些急於求成，結果是事與願違，甚至理論上還不一定比別的研究者系統、深入。當然這裡面可能還與我的另一些想法有關，如不太想重複、過於糾纏類似著述關注的一些共通性的問題，而嘗試把這些代表性文學史比較有個性的問題進一步展開，同時也試圖不讓書稿內容包羅萬象，但又淺嘗輒止。書稿這種可能「兩頭不討好」的結果，說到底還是自己的學力和水平問題。

我這幾天先把期末的教學工作處理完，再根據您的意見和建議充實完善。

令存

2020.7.9

洪老師：

這個學期好像過得比較快，同時也感覺比較忙。其實課倒不是很多，都忙書稿去了。到今天為止，書稿也基本告一段落了。這段時間主要是對書稿的格式進行了一些處理。至於內容，除了補撰寫了「海外中國當代文學史編寫70年」第一節總論部分（主要談了三個問題：文學史編寫的「問題導向」、「華裔學者」的雙重身份、文學史敘述模

式的「修復」），就是根據您的意見和建議盡能力對書稿進行充實、完
善。我的水平有限，「先天不足」，大概也只能這樣了。過兩天考慮把
書稿給出版社，同時考慮申請省哲學社科規劃後期資助的結題[5]，兩
項工作同步進行，否則不知耽擱到什麼時候。謝謝您一直以來對書稿
的指導、鼓勵，特別是那些寶貴的意見和建議。我才疏學淺，書稿與
您的期待相去甚遠，心懷遺憾。

　　我想接下來爭取整理一本有關作家作品研究方面的書稿，以對應
編寫史。也想重寫一本有關歷史上粵東北的書院與客家文化關係方面
的書。

　　這幾天真的變天了，氣溫降至零度上下。南方的冬天，室內沒暖
氣，室外更冷。好在課上完了。

令存
2020.12.31

令存：

　　祝賀你的研究通過廣東省哲學社會科學結項，並獲得「優秀」的
評定。也期待書能夠早日出版。這部書稿經過你多年的努力，達到這
樣的規模和水準，確實很不容易，也知道你為此付出的艱辛。書稿在
時代思潮、當代文學建構和文學史觀念、學科意識的視野中，對20世
紀50年代以來60年的當代文學史寫作，作了全面梳理，選擇有代表性
的論著進行分析，從中提煉了若干重要的文學史問題加以討論，為當
代文學史的編纂史研究打下扎實的基礎。相信這本書對於繼續推進這
一領域的研習者，會具有很好的參考價值。

5　該書稿2020年立項為廣東省哲學社會科學「十三五」規劃後期資助項目。

當然，可能也留下一些遺憾。譬如對當代文學史編寫情況的評述，未能與這個時期的現代文學史，或20世紀中國文學的編寫構成有機的連帶性的關聯。又如地域（臺灣、香港、澳門、海外）、文類（詩歌、小說、散文）、時期（十七年、80年代）的文學史編纂情況，在資料和評述上未得到適當反映。另外，臺灣一些學者的論著，也還沒有得到關注。我提出的這些，可能屬吹毛求疵。

你的書增加了海外學者編寫的當代文學史著作，這一點很好。由於社會環境、文化傳統學術背景的不同，與國內的論著相比，它們會有視野、觀點、路數方式上的差異，這種差異能夠成了有益的參照。這讓我想起我的《中國當代文學史》（英文版）出版後，杜博妮（Bonnie S. McDougall）教授在《中國研究》上的書評。她對這部文學史有所肯定，但也有許多批評。她說，「由於完全是在內地文學史的成規之內寫作，本書的前面幾章中關於五六十年代意識形態的爭論，讀來頗為沉悶。這些爭論對於那些經歷過那個時代的人，或者專門研究那個時代的黨派關係，並且對此相當有興致的專家來說，是非常重要的。但是畢竟，那個時代已經成為漸行漸遠的過去，並且它脫離歷史常軌，遠不能預示未來的走向。除了少數幾個學者以外，還有人對這個歷史時段的文學現象感興趣嗎？答案很是可疑。」我想，這就是處境、理念不同所形成的不同的感覺。90年代我編寫這個文學史時，這段歷史在中國內地思想界和文學界並未成為翻過的一頁，對我來說也仍是個尚待面對的重要的思想、情感問題。而且，與杜博妮教授的估計不同，依現在的情況，那個時代並未漸行漸遠，而21世紀以來，「對這個歷史時段的文學現象感興趣」的，也遠遠超出「少數幾個學者」。

回顧20世紀80年代到90年代，可以說是中國內地文學史生產的高產時期，特別是當代文學史。當時，研究者處於歷史轉折期的重寫文

學史熱潮中，文學史的編寫負載了超乎文學自身的思想、情感能量。
而編寫的熱潮，又跟學科體制、大學文學教育的課程設計緊密相關。
這種狀況相信不會再重現。畢竟人們面對的時代、社會問題比起當年
來要複雜、繁重得多，文學、文學史已經無力承載這一切。這也可以
說是一個時期的終結吧？

洪子誠

2021.6.6

目次

---

* 本書主要考察中華人民共和國成立70年來（1949-2019）不同時期的中國當代文學史
編寫情況。書中的「××年代」，如無特別說明，均指「20世紀××年代」。

第三章　當代文學史編寫的學科意識與多元格局

（1990-2010） ……………………………………… 143

緒論
當代文學史編寫理論與實踐

一　當代文學史的編寫與研究狀況

　　與只有30餘年歷史的「中國現代文學」相比，從1949年算起的「中國當代文學」至今已經有了70年的歷史。儘管在1980年代即已有學者提出「當代文學不宜寫史」[1]，也儘管從20世紀八九十年代開始，有關整合「中國當代文學」的呼聲越來越高，不少學者提出以「20世紀中國文學」「中國新文學」或「中國現代文學」來整合這一學科，或者調整目前名不符實的學科分期，並引起了廣泛的爭論。但事實上，從目前為數不多的「20世紀中國文學史」著作[2]看，正如有些研究者所說的，由於各種原因，如各自潛在的思想立場與文學史觀念，這些著作關於近代、現代、當代文學史「內部的分期結構並沒有變化」[3]。而這其中隱含的另一個更深層複雜的原因，則是學科層面上的。換句話說，「中國現代文學」與「中國當代文學」實質上都已

1　相關觀點見唐弢的《當代文學不宜寫史》、施蟄存的《當代事，不成「史」》等，分別發表於《文匯報》1985年10月29日、12月2日。

2　目前國內已經出版的《20世紀中國文學史》，除了孔範今（山東人民出版社，1997年）、黃修己（中山大學出版社，1998年）和嚴家炎主編（高等教育出版社，2010年）的三種之外，還有唐金海、周斌主編的《20世紀中國文學通史》（東方出版中心，2003年）及黃悅、宋長宏編著的《20世紀中國文學史綱》（北京語言文化大學出版社，2003年）。另外，華東師範大學出版社2008年出版了德國漢學家顧彬著、范勁等譯的《二十世紀中國文學史》。

3　曠新年：《中國現代文學史分期的政治學與文學》，《涪陵師範學院學報》2002年第6期。本章後面所徵引本文內容，不再注明出處。

經形成了自己的學科特點，因此所謂的融合不能僅僅建立在兩者的簡單疊加之上，在進行有效整合前，有必要對相關領域的重要問題予以清理和分析。基於此，對「當代文學」作為一門獨立學科的「挽留」與建設，近十多年來一直未曾中斷。表現之一，是關於「現代文學」與「當代文學」的相對指稱依然是今天大學教學與研究的約定俗成：「中國當代文學」一直是大學中文系基礎課程「中國現當代文學」的主幹之一；「中國當代文學學會」亦一直獨立於「中國現代文學研究會」，中國社會科學院文學研究所亦堅持分設中國現代文學研究室與中國當代文學研究室，北京大學中文系也是分設獨立的教研室。表現之二，是「中國當代文學史」的編寫已經成為中國文學研究中的一項重要工作。據統計，僅20世紀80年代後出版的中國當代文學史就有196部。[4]這種情形固然與國家高等教育的持續擴招、繼續教育的興盛需要大量不同層次的文學史教材，以及從國家到地方各級政府主管教育部門和各高校對文學史教科書撰寫的經費資助有關，但更不能忽視的還是「當代文學」學科自身的特點，大量的「當代文學」研究者因對這一學科的敬業精神而做的「挽留」與建設工作。

但與上面情況顯得有些不夠相稱的是，對「中國當代文學」學科史的研究的姍姍來遲，遠遠趕不上碩果累累的中國現代文學學科史研究，儘管近十多年來也有一部分當代文學的研究者參照黃修己的《中國新文學史編纂史》[5]，開始寫作「中國當代文學學科史」或「中國當代文學史編纂史」等相類似著作。更不容忽視的一個問題是，由於「中國當代文學」本身的複雜性和豐富性，在進入系統的學科史整理和研究前，有必要對學科史涉及的一些基本問題如中國當代文學史的

4　這個數字不包括當代文學的各種文類史和專題史。具體可參閱本書附錄。

5　北京大學出版社1995年出版。

編寫等進行深入清理，因為這一清理不僅關係到「中國當代文學」學科的成熟，還會增進我們對當代文學與當代中國社會關係的深入理解。

20世紀90年代末，尤其是近十多年來，學界出現了一些以中國當代文學史編寫為對象的研究成果。這其中最具代表性的是洪子誠的《問題與方法──中國當代文學史研究講稿》[6]等有關「當代文學發生」的系列著述。十多年前由溫儒敏領銜撰述出版的《中國現當代文學學科概要》[7]也對「當代文學的歷史敘述和學科發展」作了簡潔精煉的梳理。另外，一些對50-70年代文學史觀的重新清理以及近十年來「重返八十年代」的歷史性清理工作，也都成為當代文學史研究的焦點話題。特別值得一提的是近十年來國內高校湧現的一些以此為選題的碩（士）博（士）學位論文，以及在此基礎上完善出版的若干相關研究著述。

本書嘗試在這些成果的基礎上，通過對70年來（1949-2019）不同時期中國當代文學史編寫理論與實踐主要話語類型的分析，探討文學史觀念的演進與時代的關聯等問題，對完整意義上的中國當代文學學科史研究進行探索與嘗試。

為了更有效地展開討論，本書將中國當代文學史的寫作大致劃分為四個時期：50-60年代、80年代、90年代及最近十年（2010-），並選用「人民性」「文學性」「歷史化」及「史料轉型」作為考察四個時期文學史寫作的核心關鍵詞。

6　該書的初版、「增訂版」分別由北京三聯書店於2002、2015年出版。

7　溫儒敏、李憲瑜、賀桂梅、姜濤等著：《中國現當代文學學科概要》，北京：北京大學出版社，2005年。本章後面所徵引該書內容，如無特別說明，均引自此版本。

二 「新人民文藝」文學史觀的建構

目前學界大都認為，「當代文學」的命名始於20世紀50年代，特別是1959年新中國成立十周年，是一個具有「儀式性」的重要契機。但比較有代表性的「當代文學史」編寫成果的出現則在60年代初，如山東大學中文系編寫組的《中國當代文學史》[8]、華中師院中文系編著的《中國當代文學史稿》[9]、中國科學院文學研究所編寫的《十年來的新中國文學》[10]、北京大學中文系1955級編寫的《中國現代文學史當代部分綱要》（內部鉛印本）等。其實若從當代文學學科史角度，那麼我們沒理由把王瑤1950年開始撰寫、1953年由新文藝出版社出版的《中國新文學史稿》（下冊）的「附錄」《新中國成立以來的文藝運動》（一九四九年十月～一九五二年五月）排擠在考察視線外。這些著作一般用「社會主義性質的文學」來描述當代文學，把當代文學描述成為從五四開始的無產階級革命文學在社會主義階段的全面展開，把當代文學的發展歷史描述成為無產階級與資產階級、社會主義文藝與資本主義文藝鬥爭的歷史。毛澤東的《新民主主義論》（1940）和《在延安文藝座談會上的講話》（以下簡稱《講話》）（1942）這兩篇文章對中國現代革命的歷史分析，對文藝在中國現代革命中的位置與作用等的指導性意見，是這一時期文學工作者評價五四以來中國文學、想像當下中國文學的重要思想理論資源，當然也是描述當代文學發展歷程的重要依據。

這種社會主義性質的文學也就是「新的人民的文藝」，亦即「人民文學」，它強調的是文學的人民性。這種「人民性」的確立，最早

8　山東人民出版社，1960年出版。

9　科學出版社，1962年出版。

10　作家出版社，1963年出版。

可以追溯到30年代末。在當年的一篇文章中，毛澤東即提出要廢止
「洋八股」，創造一種「新鮮活潑的、為中國老百姓所喜聞樂見的中
國作風和中國氣派」的新文藝[11]。在40年代初的延安文學時期，毛澤
東更是把這種「人民性」提到前所未有的高度：「無產階級對於過去
時代的文學藝術作品，也必須首先檢查它們對待人民的態度如何，在
歷史上有無進步意義，而分別採取不同態度。有些政治上根本反動的
東西，也可能有某種藝術性。內容愈反動的作品而又愈帶藝術性，就
愈能毒害人民，就愈應該排斥。」[12]1949年7月，周揚在第一次文代會
上所作的《新的人民的文藝》報告，依據的正是以上這樣一種歷史背
景。報告指出：

> 「五四」以來，以魯迅為首的一切進步的革命的文藝工作者，
> 為文藝與現實結合，與廣大群眾結合，曾作了不少苦心的探索
> 和努力。在解放區，由於得到毛澤東同志正確的直接的領導，
> 由於人民軍隊與人民政權的扶植，以及新民主主義政治、經
> 濟、文化各方面改革的配合，革命文藝已經開始真正與廣大工
> 農兵群眾相結合。先驅者們的理想開始實現了。自然現在還僅
> 僅是開始，但卻是一個偉大的開始。[13]

　　周揚在報告中以堅決的口氣認為《講話》「規定了新中國的文藝
的方向」，「深信除此之外再沒有第二個方向了，如果有，那就是錯誤

---

11 毛澤東：《中國共產黨在民族戰爭中的地位》，《毛澤東選集》第2卷，北京：人民出
　版社，1991年，第534頁。
12 毛澤東：《在延安文藝座談會上的講話》，轉引中共中央文獻研究室編：《毛澤東文
　藝論集》，北京：中央文獻出版社，2002年，第74頁。
13 周揚：《新的人民的文藝》，轉引洪子誠主編：《中國當代文學史‧史料選》（上），
　武漢：長江文藝出版社，2002年，第150頁。

的方向了」。報告還以近年來的解放區文藝為例，闡釋了「新的人民的文藝」的新主題、人物、語言和形式，「新的人民的文藝」「和自己民族的、特別是民間的文藝傳統」密切的「血肉關係」。《新的人民的文藝》實際上是把文學「人民性」提法合法化和歷史化。今天回過頭來看，可以發現，在50年代，強調「人民性」而不是「人性」，作為一種話語特徵，甚至並不局限於當代文學。作家的創作有沒有人民性，關於文學的研究特別是對文學遺產的繼承是否堅持了人民性，在當時雖有爭辯，但總體上還是一個必須遵循的基本準則。從這種意義上說，用「人民性」「新的人民的文藝」來概括五六十年代的「當代文學」文學史敘述模式，完全可看作是五四以來中國文學在四五十年代之交的轉折在五六十年代文學研究中的反映。為了加深人們對「新的人民的文藝」的認識和瞭解，在第一次文代會期間，還推出了周揚主編的、被認為是「實踐了毛澤東文藝方向」的「中國人民文藝叢書」。「叢書」從1948年12月開始由新華書店陸續出版，至1949年共出版了58種，編選的主要是1942年《講話》發表以來解放區「特別重視被廣大群眾歡迎並對他們起了重大教育作用的作品」。這其中，最能夠代表《講話》精神的解放區作家作品，幾乎被囊括在其中。

這裡有必要提醒的一點是：對當代文學史的編寫而言，「人民性」作為一種事後概括，同時又是80年代以來的中國現當代文學研究成果在90年代以後呈現為日益多元化的當代文學史寫作實踐的結果，即為了把後來的當代文學史編纂模式與此前的區別開來採取的學科意義上的命名。多年前，即有論者與李澤厚在80年代把20世紀中國歷史描述為「啟蒙」──「救亡壓倒啟蒙」──「新啟蒙」[14]的情形相對

---

14 具體內容可參看李澤厚發表於《走向未來》1986年創刊號的《啟蒙與救亡的雙重變奏》。此文後來收入其《中國現代思想史論》，北京：東方出版社，1987年。本章後面所徵引該書內容，如無特別說明，均引自此版本。

應，把20世紀中國文學的發展概括為「人的文學」──「人民文學」──「人的文學」，並以此對應五四新文學（「現代文學」）──「當代文學」──「新時期文學」；認為1928年的「革命文學」論爭，誕生了「人民文學」和「左翼文學」的新傳統，1942年毛澤東《在延安文藝座談會上的講話》則確立了「人民文學」的方向。由此，進入「當代」以後，始於五四的「人的文學」成了「人民文學」「必須克服的歷史傳統」。直到「新時期」，中國文學才重返「人的文學」[15]。在這樣一種思維邏輯中，「人民文學」成了1949-1979年「當代文學」的指稱。這種觀點實際上一定程度地代表了80年代以後在20世紀中國文學研究視野中回溯「當代文學」歷史的立場。所不同的，是80年代以後這種「人民文學」提法在四五十年代的一些文學研究者那裡，常常被解釋或替換為「社會主義文學」或「社會主義現實主義文學」。實際上，對當代文學而言，「新的人民的文藝」與「社會主義文學」或「社會主義現實主義文學」三者之間並不存在本質性的歧異，互相間常常盤根錯節，交替使用，而強調人民性則是它們的共通之處。

應該說，在當代文學史的編寫實踐中，強調人民性的敘述模式是最早被嘗試和使用的。在80年代「當代文學」（1949-1979）視為異質（「異端」）文學，「從根本上失去了文學史的合法性」之前，當代文學史著作對這一時段文學的敘述都沒有超越「人民文學」範疇。如60年代初出版、由中國科學院文學研究所編寫的《十年來的新中國文學》，在談到「當代」第一個10年（1949-1959）的文學變革與發展時便這樣寫道：「這一變革和發展，圍繞著並為著一個中心：文學和勞

---

15 參考曠新年《寫在當代文學邊上》（上海教育出版社，2005年出版）之「尋找『當代文學』」與「趙樹理的文學史意義」兩章內容。

動人民結合，成為真正屬於勞動人民的文學。」並從這10年文學的
「精神和內容」（站在社會主義思想的高度描寫勞動人民的革命精神
和英雄氣概）、「風格和形式」（民族化和群眾化）、「作家隊伍」（以工
人階級為主幹）等方面進行論述[16]。此外，當時比較有代表性的其他
幾種中國當代文學史著作，基本上也都採用「人民文學」的敘述模
式，強調「當代文學」的人民性特徵。這種「人民性」的敘述模式在
「文革」期間，雖然被「文藝激進派」用「文藝黑線專政論」和對待
文化遺產的歷史虛無主義態度從主流文學表述中剔除出去，成為只剩
下「工農子弟兵」的「無產階級文藝」，但仍在「文革」結束後的當
代文學史寫作實踐中沿用。這種延續的寫作實踐中最有代表性的是
1980年出版的受教育部委託、由北京師範大學等10院校編寫的《中國
當代文學史初稿》（以下簡稱《初稿》）。在談到「當代文學」區別於
「現代文學」時，《初稿》指出：在毛澤東《講話》的「鼓舞和指導
下，廣大文藝工作者深入工農兵，致力於表現新的人物、新的世界，
並和解放區人民政權的歷史條件相結合，創造了歷史上從未有過的嶄
新的人民文藝，從而把我國的無產階級革命文學運動推向了一個全新
的時期。在這個時期，實際上已經提供了我國當代文學的雛形」[17]。
不言而喻，當代文學是「歷史上從未有過的嶄新的人民文藝」這一雛
形的發展實踐並取得成就的一種文學。《初稿》對當代文學的性質、
成就和特點的描述，實際上是對當代文學的人民性內涵的具體闡述：
「作家和工農兵群眾的進一步結合，文學創作和勞動人民的進一步結
合，從而形成了文學史上最深刻的革命」（當代文學的作家身份特

---

16 中國科學院文學研究所《十年來的新中國文學》編寫組：《十年來的新中國文學‧
緒言》（試印本），北京：作家出版社，1963年。

17 北京師範大學等十院校主編：《中國當代文學史初稿‧緒論》，北京：人民文學出版
社，1980年。本章後面所徵引該書內容，如無特別說明，均引自此版本。

點）；「無產階級和勞動人民的新人形象在作品中占有突出的位置」
（當代文學的文學形象塑造）；「勞動人民不僅是文學作品的接受者，
而且參與了文學創作事業」（當代文學中人民的地位）；「充滿社會主
義和共產主義理想的革命現實主義和革命浪漫主義的方法日益被廣大
作家接受，並占了主導地位」（當代文學的創作方法）；「在藝術風格
方面，在民族化、群眾化的總的方針下，越來越多的作家逐步形成了
各自獨特的風格」（當代文學的審美風格）……（北京師範大學等十
院校主編：《中國當代文學史初稿·緒論》）《初稿》的這種敘述模
式，顯然是對當年《十年來的新中國文學》的直接繼承。對於具體作
家作品的介紹，《初稿》也表現出鮮明姿態，如為趙樹理、柳青、周
立波、郭小川、賀敬之、毛澤東（詩詞）、田漢、老舍、郭沫若、楊
朔、茅盾（文學評論）等這些富於人民性的作家都分別設立專章。這
其中，除了郭小川、田漢等，都是「中國人民文藝叢書」選輯中的作
家。即便是一種巧合，這種處理方式也是有意味的。毛澤東詩詞的人
民性自然無須多說。而撇開作為文學評論家的茅盾不論，郭小川被稱
譽為「當代」兩大政治抒情詩人之一（另一個是賀敬之），其50年代
以《致青年公民》組詩為代表的青春詩作，也無愧於文學的人民性。
至於田漢，僅其描寫歷史上的「人民藝術家」的劇作《關漢卿》，其
創作的人民性亦毫不遜色於其他劇作家，更遑論其《十三陵水庫暢想
曲》。

　　1999年，時隔三十多年後，編寫《十年來的新中國文學》的中國
社科院（即當時的中國科學院）文學研究所的一批當代文學研究者主
編出版了《共和國文學50年》[18]，「獻給人民共和國五十年華誕」。在
用「社會主義文學」來概括「當代文學」的性質這一點上，《共和國

---

18 楊匡漢、孟繁華主編：《共和國文學50年》，北京：中國社會科學出版社，1999年。

文學50年》並無本質性的區別。不過與一些當代文學史著作有些不同，該史著將「人民文學」作為「社會主義文學」最初形態加以考察，並對「人民文學」的歷史背景、「人民」內涵的歷史性作了必要的清理。其實如前所說，若不那麼嚴格計較的話，「人民文學」與「社會主義文學」在這裡同樣是可以互相解釋的兩個概念，它們都注重文學的人民性。更值得注意的是，解釋這兩個概念的一些關鍵詞，甚至表述方式，與30年前用以解釋「十年來的新中國文學」比較，變化並不是很明顯：「以革命鬥爭和社會主義革命和建設為主要題材」的「內容」，以工農勞動群眾為主體的「人物」，肯定生活、歌頌革命與鬥爭的豪邁樂觀的「風格」，民族化與大眾化的「形式」，「社會主義現實主義」的「創作方法」，以工農兵出身的作家為主幹的「創作隊伍」，通過「計劃經濟」的途徑的「生產與傳播方式」……

　　相隔30多年後，作為中國文學最高級別的研究機構，依然堅持「人民文學」的當代文學史觀，強調當代文學的「人民性」，這種歷史情形值得我們思考。對此，一方面或許可以把它看作是對一種歷史記憶的激活，另一方面，其實更應該說是對80年代以來的20世紀中國文學研究的一種呼應，特別是這一研究領域某些成果在當代文學歷史寫作中的實踐。《共和國文學50年》編者明顯地吸收了90年代以來關於1949年後將當代文學納入組織與體制管理並導致當代文學面貌的根本性改變的研究成果。另外，該史著對於「人民文學」闡釋的高度與視野，也遠遠地超越了《初稿》與《十年來的新中國文學》，從中我們能夠明顯地感受到編者在努力跟歷史與世界構成一種對話關係。當代文學的「人民性」在這裡獲得了一種新闡釋，賦予了新的內涵。

　　強調文學的人民性，作為當代文學的一種歷史敘述方式，將近半個世紀，在「共和國文學50年」的文學史寫作實踐中一直延續下來，有力地回擊了80年代文學研究中將這一時期的當代文學（1949-

1979）驅逐出文學史合法地位的另一種激進文學史觀。因此，在清理這一文學史敘述模式中，值得反思的可能不僅僅是我們的立場與姿態，同時還有對我們所敘述的這一段文學歷史的重新審視，特別是對構成這一「人民文學」的認識和理解。

三　「文學性」文學史敘述範式的重構

與「新時期文學」的發展同步，80年代是中國當代文學史寫作的第二個高峰。這一時期的主流文學史敘述主要在「啟蒙」與「救亡」的歷史斷裂論等思想文化背景中，通過張揚「文學回到自身」和「把文學史還給文學」理念，重新確立「文學性」的文學史觀，通過將「新時期文學」理解為對五四啟蒙主義文學的回歸，建構出這一時期中國當代文學史寫作的基本框架。

這種歸納與概括當然不是絕對的，這其中的複雜多元性我們在前面關於「人民性」的文學史敘述模式仍在80年代的一些當代文學史寫作延續的分析中亦可看到。實際上，整個80年代對中國社會與思想文化而言，都是一個大轉型時期，當代文學史的寫作也不例外。這種轉型根源於七八十年代之交中國社會生活的轉折，特別是思想政治上的撥亂反正。這一大轉型在文學領域的複雜性誠如有些研究者所言，那時，「在聲勢洶湧的政治浪潮中」，細緻地研究諸如文化觀念、藝術模式的繼承性滯後於政治變更等當代文學的歷史或相關理論問題，還難以提到日程上，來不及清理；在這樣一個「亦新亦舊」的時代，「沒有開天闢地的『劃時代』寫作，只醞釀著新的挑戰與新的藝術合成」[19]。而也正是在這樣的情境中，80年代初期的當代文學史的寫作

---

19 董之林：《亦新亦舊的時代——關於1980年前後的小說》，《南京大學學報》2005年第1期。

呈現出「延續」與醞釀更新的「亦新亦舊」並存格局。

　　綜合地看，影響這一時期中國現當代文學史研究重建「文學性」敘述模式的因素主要有幾個方面：一是海外中國現代文學研究成果的衝擊。這其中最有代表性的是1961年在美國出英文版、1979年在香港出中文版的夏志清的《中國現代小說史》。夏志清曾在書中談過該書的寫作設想，他認為「不應該用意圖，而應該用實際表現來評價文學作品：例如作品的理解力和學識，以及敏感度和風格」[20]。換一種說法，夏志清要推倒的是內地50年代第一代文學史家建立起來的文學史寫作模式，標榜一種審美主義的文學史話語秩序。有研究者曾這樣描述《中國現代小說史》於80年代當代文學史寫作的意義：「在某種意義上，它意味著當代文學史典範的變革。它以對張愛玲、沈從文和錢鍾書等人的發現和推崇，確定了『重寫文學史』的坐標和界碑。」[21]二是肇始於70年代末思想解放運動的運動。思想文化價值取向的「回歸五四」，逐漸影響到文學研究中以「改造民族的靈魂」（即思想啟蒙）和追求「悲涼」（即現代美感特徵）等為核心的五四文學價值觀念的重構。而與這一時期的思想解放運動遙相呼應，「文學研究應以人為思維中心」，「論文學的主體性」的理論主張亦從另一個側面為文學研究「啟蒙」與「審美」價值理念的張揚提供有力支持。三是源於對「新時期文學」歷史敘述的斷裂的修補。與「新啟蒙」運動的遙相呼應，「人的文學」的回歸成為「新時期文學」的表徵。「一切都令人想起五四時代。人的啟蒙，人的覺醒，人道主義，人性復歸……都圍繞著感性血肉的個體從作為理性異化的神的踐踏蹂躪下要求解放出來

---

20 轉引張英進：《歷史整體性的消失與重構——中西方文學史的編纂與現當代中國文學》，《文藝爭鳴》2010年第1期。本章後面所徵引本文內容，不再注明出處。

21 曠新年：《「重寫文學史」的終結與中國現代文學研究轉型》，《南方文壇》2003年第1期。本章後面所徵引本文內容，不再注明出處。

的主題旋轉。『人啊，人』的吶喊遍及了各個領域各個方面。」（李澤厚：《中國現代思想史論》，第255頁）面對這「回歸五四」的「新時期文學」，五六十年代確立的「社會主義文學」的「人民性」敘述規範已顯得力不從心。作為歷史敘述的「當代文學」，「新時期文學」與五六十年代文學的歷史連續性已出現了裂縫，正如有些研究者所言，當時的當代文學史著作「並沒有提供『符合』80年代主流意識形態的有效的文學史整合方式」：「一方面，當代文學史教材都把當代文學規定為『社會主義文學』，仍舊沿用了50年代後期提出的當代文學概念既定內涵和歷史敘述脈絡；但另一方面，對於『新時期』文學的肯定，則使得這些文學史必須在強調『新時期』相對於『十七年』和『文革』的……同時，努力地彌合其間的意識形態斷裂，十分勉強地把裂隙縱橫的文學現象整合於『社會主義時期的文學』這樣一個含糊其辭的描述當中。」[22]由此，構建讓一種「文學回到自身」的文學史敘述模式，將「新時期文學」納入當代文學的歷史敘述視域，在「一切都令人想起五四」的80年代，便顯得極有必要。

這種文學史寫作，在理論形態上表現為兩個概念（「20世紀中國文學」和「中國新文學整體觀」）的提出和一個討論（「重寫文學史」）的開展，在實踐中則主要體現在對具體作家作品的重評，或者說是對「經典」秩序的解構與重構。「20世紀中國文學」論者將五四以來的中國文學發展歷史描述為向「世界文學」匯入的進程，強調文學的「現代美感特徵」和藝術思維的「現代化」特徵，並以此為考察平臺，將40-70年代文學排擠在「進程」之外，否定這一時期的「當代文學」（1949-1979）的文學史合法地位[23]。而與「20世紀中國文

22　賀桂梅：《當代文學的歷史敘述和學科發展》，轉引溫儒敏、李憲瑜、賀桂梅、姜濤等著：《中國現當代文學學科概要》，第153頁。

23　黃子平、陳平原、錢理群：《論「二十世紀中國文學」》，《文學評論》1985年第5期。

學」這種現代啟蒙與審美立場相呼應，有論者認為「中國新文學整體觀」的堅持者則「著重闡釋了五四啟蒙話語及其演變」，把通俗文學和國統區文學邊緣化（張英進：《歷史整體性的消失與重構——中西方文學史的編纂與現當代中國文學》）。更值得注意的是，有論者認為「20世紀中國文學」和「中國新文學整體觀」實質上都是在80年代「現代化」思想的視角下產生的。作為含納以上兩種文學史觀的「重寫文學史」運動，倡導者提出「首先要解決的，不是要在現有的現代文學史著作行列裡多出幾種新的文學史，也不是在現有的文學史基礎上再加上幾個作家的專論，而是要……使之……成為一門獨立的、審美的文學史學科」[24]。至此，以「文學性」為核心的文學史敘述模式，已成為80年代頗具代表性的文學史觀，並在對具體作家作品的重評中得到了初步實踐。「重寫文學史」討論期間發表的文章，重評作家作品的占了三分之二。

當然，80年代建構起來的文學史話語模式，其更多更成熟實踐成果的出現，還是在90年代，這其中陳思和主編的《中國當代文學史教程》[25]（以下簡稱《教程》）最有代表性。這種以作家作品為中心的文學史寫作，一方面可以看作是夏氏《中國現代小說史》文學史模式的延續[26]，另一方面，更主要的，是《教程》對「重寫文學史」思想的實踐。90年代以降，繼「中國新文學整體觀」後，陳思和進一步提出以「三分天下」（即由原來單一的知識分子啟蒙文化分裂的分別代表

---

24 陳思和：《關於「重寫文學史」》，《文學評論家》1989年第2期。

25 復旦大學出版社，1999年出版。

26 夏志清《中國現代小說史》19章中10章都談具體的作家作品，其他章節則重點放在不同時期的作家群的介紹分析上。張英進《歷史整體性的消失與重構》對《中國現代小說史》這種文學史模式的影響有具體分析。《中國當代文學史教程》在「前言」中亦已聲明該教材是一部「以文學作品為主型的文學史教材」。

國家權力意識形態、知識分子的現實戰鬥精神傳統以及大眾民間文化形態）的文化格局來重新審視「當代」，甚至是抗戰以來的中國文學，以改變長期以來我們關於這一段文學研究只注意體現國家權力意識形態的主流文學的單一文學觀念[27]。為把這種文學觀念轉化為可操作的具體研究，陳思和還先後提出了一系列的概念、術語，其中影響最大的是通過精英知識分子價值立場包裝的「民間」理論形態（包括「民間文化形態」「民間隱形結構」「民間理想主義」等），以及進入「當代」文學史多層面的「潛在寫作」概念，並藉此打撈了一批長期以來被國家權力意識形態排擠、擱置在抽屜裡或手抄流傳於民間的作家作品。從自己的文學史研究話語體系出發，陳思和對「當代」，特別是「十七年」期間許多作品如《李雙雙》等所作的「民間」層面的解讀，確實讓人耳目一新。但同樣給人留下深刻印象的是作者對「十七年」時期不少作家作品命運在文化層面所作的探析，如沈從文及其《五月卅下十點北平宿舍》等[28]。這一層面上的研究，鮮明地凸現著陳思和文學史觀念中的思想啟蒙立場，那種隱藏於文化批判之中的社會批判與政治批判，對藝術理想主義的追求。這種對已有文學史「觀念」與「框架」的有意識突破使陳思和的「重構」引起了不小的爭議。那些年針對「潛在寫作」「民間」（系列概念）等觀念進行「商榷」甚至針鋒相對的文章一直未曾間斷。這些概念的科學性如何？對其涵義的界定是否準確？把它們引入「當代文學」的研究是否可行？這樣做是否會反過來導致某些問題的含糊不清？「文學作品」究竟是一

---

27 具體闡述可參見陳思和：《中國新文學整體觀》，上海：上海文藝出版社，2001年。

28 陳思和對以上有關作家作品的研究，除包含在《中國當代文學史教程》中的外，主要論文還有：《試論當代文學史（1949-1976）的「潛在寫作」》（《文學評論》1999年第6期）、《重新審視五十年代初中國文學的幾種傾向》（《山東社會科學》2000年第2期）、《關於六十年代文學創作的重新思考》（《文藝理論研究》1999年第5期），以及《編寫當代文學史的幾個問題》（《鄭州大學學報》2001年第2期）等。

個什麼樣的概念？（比如認定「十七年」時期一些「日記」「書信」為「潛在寫作」，以及作為文學研究對象的依據是否可行？）對寓含在這種「當代文學」研究觀念與方法中的價值判斷，不少論者亦有質疑。如李楊從文學史寫作研究的角度出發，詰問陳思和「潛在寫作」與「民間意識」理論的科學性與可行性，進而質疑其認知方式，認為：「不管是否形成了自覺意識，作者在這裡預置了一個潛在的模式，即『非文學』——主流文學與真文學——潛在・民間寫作的對立模式。這種對文學史的認知方式無疑仍是一種典型的『二元對立』的方式。」[29]而這種「認知方式」，李楊認為，恰恰是陳思和在研究中「不斷批判與解構的範疇」[30]。另一論者昌切在《學術立場還是啟蒙立場》一文中對陳思和包括「十七年文學」研究在內的當代文學研究中體現出來的啟蒙立場及由此衍生的價值判斷，也提出自己的看法，認為《教程》在「國家與民間，或顯在與潛在，共名與無名」中，「著者的價值天平始終是偏向後者的，並以一種矛盾對立的法則對這兩種不同價值取向的文學進行描述」[31]。

此外，丁帆、王世誠出版在90年代末的《十七年文學：「人」與「自我」的失落》[32]也有一定代表性。該書體現著論者追求「主體論批評」的一貫風格[33]。「從『人的文學』預設出發」，著者對「十七年

29 李楊：《當代文學史寫作：原則、方法與可能性》，《文學評論》2000年第3期。

30 陳思和在《編寫當代文學史的幾個問題》一文中曾提到「我們過去研究文學史的基本思路深受『二元對立模式』的影響；我們這部文學史（《教程》）嘗試的目標之一，就是要溝通和消除二元對立的簡單化思路」。

31 昌切：《學術立場還是啟蒙立場》，《文學評論》2001年第2期。

32 河南大學出版社，1999年出版。

33 丁帆在《我與批評》（《文論報》1986年3月1日）、《關於中國現當代文學治史方法的對話》（《福建論壇》2001年第4期）、《二十世紀後半葉中國文學研究的價值立場》（《粵海風》2001年第4期）等文中均表達過自己對「主體論批評」風格的追求，如在《二十世紀後半葉中國文學研究的價值立場》一文中，面對「充滿『價值判斷』」的二十世紀後半葉的中國，丁帆認為「純粹乾嘉學派的治史方法，自然科學式的研究方式在梳理這段文學史的時候顯得力不從心」。他為此主張研究者「主體

文學」從創作主體（作家）→對象主體（藝術形象）→接受主體（讀者，包括特殊「讀者」批評家）進行「價值重估」與「歷史重構」。著者設想對這種壓抑機制（體制）的批判「盡量排斥個人意氣和政治功利性的庸俗批判方式的侵入」，多一些「哲學內涵的批判」，但行文中那種政治批判和文化批判的啟蒙姿態還是鮮明的，並潛隱著一種雙重的「二元對立」認知方式，即全書宏觀理念上的「主體性」／「非主體性」構架與「向建構召喚的解構」的具體敘述方式。[34]在引進「潛在寫作」與「民間」等概念後，陳思和對「十七年文學」有無「主體性」問題的態度還是比較慎重的。相比之下，《十七年文學：「人」與「自我」的失落》的「姿態」則要顯得激進。這是一種典型的80年代建立起來的文學史話語方式。

可見，這兩部文學史著作盡管出現在90年代，但其「啟蒙」——「文學性」的敘述方式均是80年代確立的文學史敘述方式的一種延續。文學研究者當然不能沒有自己的「主體性」，也應關注文學的「主體性」。但在強調這一切之前，我們是否有必要對這「主體性」進行反思，考慮該把它提到怎樣適度的位置？是否應該考慮「存在脫離一切壓抑和權力的全面解放的理想狀態」？另外，用與「主體性」「現代化」等80年代特殊語境關聯在一起的「文學性」來描述與評價「當代文學」，是否顯得有些超前？對諸如這些問題的詰疑，使得進入90年代以後的「當代文學」的研究與編寫的「歷史化」問題凸顯出來。

的介入意識」，認為只有這樣「才能體現出現代知識分子和古代知識分子學術和學理的治學方法的根本區別」。

34 所謂「向建構召喚的解構」，「即在對『十七年文學』進行辯證否定的同時，注意發掘其內在的反對因素」，通過對「『人』與『自我』的失落」的批判來「發現人建構人」，在「解構『文學』」的同時「重建『文學』」。見蔣小波：《解構「文學」，重建「文學」——評〈十七年文學：「人」與「自我」的失落〉》，《文藝爭鳴》1998年第6期。

四　學科意識與多元化的編寫格局

受90年代思想文化演變與文學批評分化的潛在影響，進入90年代以後，當代文學研究的「歷史化」問題成為關注焦點，當代文學史的編寫也因此逐漸呈現出新的狀貌，一些新的文學史研究與編寫開始反思80年代建構在啟蒙與救亡、文學與政治、五四文學與左翼文學等二元對立基礎上的文學史框架，嘗試將文學歷史化與知識化，把中國當代文學放置到特定歷史文化與政治語境中加以理解。同時，對50（40）年代至70年代中國文學的重新理解，以及與此相關的對「新時期文學」意識形態性質的探討，也對中國當代文學史的觀念和編寫帶來了巨大衝擊。正是在對這些文學史觀的思考、批評和回應中，文學史家寫出了更多更優秀的當代文學史。不誇張地說，中國當代文學史編寫70年，迄今為止最好的文學史著作即誕生於這一時期，不少文學史家在編寫指導思想、內容體例設置與語言敘述風格等方面都進行了富有成效的探索嘗試。更重要的是，在中國當代文學史的編寫和研究過程中，寫作者和研究者已開始逐漸累積起自覺的學科意識，文學史編寫呈現出多元探索的格局。

當代文學研究的「歷史化」包含兩個方面的內涵：一是指研究對象，要求把對象置放回具體的歷史情境中，二是指研究者自身必要的歷史意識。在一次「當代文學研究的『歷史化』研討會」上，有論者指出，對當代文學而言，「『歷史化』涉及如何將當代文學史研究從『批評化』狀態逐步轉移到『歷史研究』的平臺的問題，這種歷史化實際也反映出一種知識化的願望和過程」[35]。從另一個角度說，「歷史化」是作為學科的「當代文學」建構的需要，對於缺乏時間距離的當

---

35 楊曉帆、虞金星：《當代文學研究的「歷史化」研討會紀要》，《文藝爭鳴》2010年第1期。本章後面所徵引本文內容，不再注明出處。

代文學來說，「歷史化」獲得歷史品質的必須過程。「歷史化」之必要，是因為作為歷史敘述的「當代文學」不僅與當代社會生活同步，同時對於許多研究者而言，又是研究這一歷史敘述的「當事人」。

　　90年代以後當代文學的「歷史化」，原因是多方面的，而文學自身的要求是根本。80年代末的那場社會運動是八九十年代中國社會轉型的一個「拐點」，並在鄧小平1992年的南方談話中被再一次強力推進。其實它們同樣也是中國思想文化進程由80年代過渡到90年代的界碑。有論者用從同一走向分化，由啟蒙走向啟蒙的自我瓦解來描述80年代與90年代的關係。「如果說80年代的主題是啟蒙的話，那麼90年代的主題就是轉為反思啟蒙。」（楊曉帆、虞金星：《當代文學研究的「歷史化」研討會紀要》）八九十年代這種思想文化的「拐彎」，直接動搖著80年代建築起來的文學理想，「歷史的終結」「文學的終結」之聲音在90年代的「此起彼落」，便是最好的表徵。有些研究者曾這樣批判性地反思80年代以「文學現代化」和「純文學」為核心的「重寫文學史」運動：「20世紀90年代以來，『現代化』話語逐步擴展和轉變為一個『現代性』的知識視野，對於『現代化』的單一的本質化的理解逐步轉變為一種多元的、複雜的具有批判性和反思性的『現代性』知識。」通過對「文學現代化」和「純文學」的批判性反思，「摧毀有關『純文學』和『文學性』的神話」，更新文學研究的視野與方法；將文學置放回發生發展的歷史情境中去，「最大限度到歷史化文學」。在「具有批判性和反思性的『現代性』知識」視野中，當代文學的「歷史化」已成為不可避免的一個問題。（曠新年：《「重寫文學史」的終結與中國現代文學研究轉型》）事實上，無論我們承認與否，進入90年代以後，80年代激進的文學運動都正在或者已經影響著我們對作為歷史的「當代文學」的評價與敘述，從而成為當代文學學科建構必須面對的一個問題。一個多年從事「十七年文學」研究的學

者指出：受西方當代「大理論的復歸」的影響，1980年代以來當代文
學史敘述的各種理論框架，儘管都提出「讓文學回到文學自身」「讓
文學史回到文學敘述本身這樣的『純文學』意向」的口號，但與此同
時，它們又都有一個「共同出發點」，即把「十七年文學」作為80年
代以後文學的「反襯」，通過另一種「政治決定論」，或者說是「簡單
化、庸俗化了的哲學認知」，把這一時期的文學逐出文學史[36]。在一篇
談到自己之所以「重新打量『十七年』小說」的文章中，這個研究者
提出主要還是出於對80年代這種「以服膺政治、否定個性為由」「以
西方啟蒙話語為標誌」的「歷史元敘述」的不信任[37]。可以說，歷史
地「重返八十年代」，已成為90年代重建文學秩序的基礎和前提。一
論者在談到當代文學學科的「歷史化」時指出：80年代以來文學史寫
作與研究的「批評化」認同，實質上是「被歷史所控制的『認同』」
的「認同式」研究，如80年代關於「主體性」理論「蓋棺論定」的解
釋對在已有成果起點上開始的「有距離的研究」的妨礙等，都在90年
代不同程度地「控制」著我們對文學史的客觀認知。基於此，如何
「在對文學經典抱著必要的『歷史的同情』的同時，找到一個既在
『歷史』之中、又不被它所完全『控制』的『認同』，並把後者設定
為所『質疑』的研究對象；既要吸收『已有成果』，從中得到『啟
示』，但又要『有距離』地認識和反思這種『啟示』」[38]，已成為一個
無法迴避的現實問題。要言之，如何將研究對象歷史化與知識化，便
成了90年代科學合理地建立當代文學研究秩序的必須突破的一個關
鍵。這其實也正是另一研究者所說的：「90年代以後出現在『知識考

---

36 董之林：《重讀與重寫——當代文學史研究中的「大理論的復歸」札記》，《上海文
　論》2005年第2期。
37 董之林：《關於「十七年」文學研究的歷史反思》，《中國社會科學》2006年第4期。
38 程光煒：《當代文學學科的「歷史化」》，《文藝研究》2008年第4期。

古／譜系學』視閾中的『文學史問題』不再是『重寫文學史』，而是將『文學史』作為一種現代性知識加以反思。它關注的不是對文學史的『重寫』，而是我們以何種工具『重寫』」。[39]

作為一種學科意識，當代文學研究與歷史敘述中的這種「歷史化」，在90年代，首先體現在對建築80年代文學研究「文學性」框架的「救亡壓倒啟蒙」的思想基礎的解構。「事實上，當『救亡壓倒啟蒙論』將這一現代民族國家的建構過程表述為『救亡』時，『中國』這一概念的現代性被完全忽略了。這種誤讀的產生，當然與民族國家這一概念本身的複雜性有關。這種複雜性表現在傳統的『文化認同』與現代『政治認同』之間的界限並非只是一目了然，尤其是當民族國家為了建構自身合法性而常常自覺和不自覺地借用傳統文化資源的時候，現代民族國家與前現代民族國家，其實是一對需要仔細辨析的概念。」[40]李楊認為，以這種被誤讀（啟蒙／救亡＝現代／傳統）的「雙重變奏」框架來談論20世紀中國文學，把複雜的文學歷史納入簡單的二元對立框架進行討論，其結論是值得質疑的。這種對歷史輪廓的解釋，其實是另一種遮蔽。其次，也體現在對80年代以來以夏志清的《中國現代小說史》為代表的海外漢學影響的知識性清理。有論者在回顧《中國現代小說史》與80年代的「現代文學」時指出，夏志清考察「左翼中國」的「西方視角」，「非歷史化」的「整體歷史觀」對「左翼中國」文學關注的「社會底層」（即「無產階級勞苦大眾」）生存感受是另一種「歷史感」的「屏蔽」，質疑作者對「社會」「歷史」和「事件」等的「強烈的排他性」的「純文學取捨」的學術立場。文章還分析了《中國現代小說史》在內地80年代的文學研究中之所以大

---

39 李楊：《文學史寫作中的現代性問題》，太原：山西教育出版社，2005年，第4頁。

40 李楊：《「救亡壓倒啟蒙」？──對八十年代一種歷史「元敘事」的解構分析》，《書屋》2002年第5期。

行其是，是因為其以「新批評」為知識原點「適時」地替代了以「社會學」為知識原點的中國現當代文學批評。文章最後還考察了60年代「普、夏之爭」中「東歐」（社會主義陣營）與「美國」（西方陣營）在認識中國文學時的明顯差異，並在此基礎上歷史地考察了《中國現代小說史》與80年代「重寫文學史」運動的複雜關係[41]。以「回到歷史情境去」的方式「重返八十年代」，在讓我們看到了80年代的歷史局限性的同時，也為90年代當代文學的「歷史化」提供了歷史的依據。

在90年代以後當代文學寫作「歷史化」實踐中，首先應該提到也是最有成效的，是洪子誠。洪子誠進入90年代以來的系列著述，讓我們看到了一個當代文學研究者建立在對歷史自覺深刻省思基礎上的歷史情結。在對80年代到90年代知識界所堅信的啟蒙、理性立場從「穩定」到「惶惑與恐慌」的裂變的震撼回顧中，洪子誠清醒地看到了「歷史」並非過去所理解的那樣，有單一的主題。90年代初，當代文學研究仍紛紛致力於構建宏大的「歷史敘事」，洪子誠選擇追求的卻是「反省」中的「創造」，「回過頭來看看自己原來的敘述究竟存在什麼問題」：「我所接受的那種文學史觀念，那種評述方式，有關『當代文學』的那些概念從何而來？它們有什麼樣的『意識形態含義』？如此等等。」洪子誠認為「這一研究思路的確立，不但基於一般『學術史』方法上的考慮，同時，最主要的還是由於『當代文學』學科建設的複雜性」[42]。在關於重建「批評『立場』」的一篇文章中，洪子誠把「通過對歷史的回溯，對『經典文本』的『重讀』以及對『自我』的反思來實現」，把對「歷史」進行清醒冷靜的梳理作為重建批評立場的第一步[43]。基於這些思考，洪子誠90年代以後的系列著述，有意識

---

41 程光煒：《〈中國現代小說史〉與80年代的「現代文學」》，《南方文壇》2009年第3期。
42 洪子誠：《當代文學概說·前言》，南寧：廣西教育出版社，2000年。
43 洪子誠：《批評的「立場」斷想》，《學術思想評論》，瀋陽：遼寧大學出版社，1997年。

地將當代文學從「現象批評」提升到「學術研究」的高度，[44]並在其文學史著作中努力「探索新的歷史敘述」。這種「新的歷史敘述」在1999年出版的《中國當代文學史》中，表現為不會「將創作和文學問題從特定的歷史情境中抽出來，按照編寫者所信奉的價值尺度做出臧否」[45]。與此同時，儘管用「一體化」來概括描述當代文學，但作者也沒有將它「凝固化，純粹化」，把它看作是靜態的。在稍後的《問題與方法——中國當代文學史研究講稿》一書中，洪子誠這種「歷史化」與「知識學」研究方法以及敘述方式，極大地拓展了中國當代文學的研究空間，解決了長期以來困擾中國當代文學研究與學科建設中系列疑難問題，修正了我們有「論」無「史」的當代文學史觀。

有論者曾經這樣評價過洪子誠對當代文學研究「歷史化」的貢獻：

> 對80年代的當代文學研究，洪子誠明確表示了不滿：「為什麼胡適、朱自清寫在距新文學誕生僅有五年或十餘年的書，就可以列入現代文學史的評述範圍，而且給予頗高的評價，沒有人說他們當時不應該做『史』的研究，而在80年代，『當代文學』已經過了三十多年，卻還提出『不宜』寫史呢？這個問題我就想不通了。」洪子誠意識到的這一問題在90年代以後變得更為突出。一方面，「當代文學」的時間越來越長，到90年代已經遠遠超過了只有30多年歷史的「現代文學」，不僅50-70年代文學早已成為歷史，更重要的是，隨著90年代以來政治、經

---

44 這些著述主要有《關於50-70年代的中國文學》（《文學評論》1996年第2期）、《「當代文學」的概念》（《文學評論》1998年第6期）、《當代文學的「一體化」》（《中國現代文學研究叢刊》2000年第3期）、《近年的當代文學史研究》（《鄭州大學學報》2001年第2期）、《當代文學史寫作及相關問題的通信》（與李楊合作，《文學評論》2002年第3期）等。

45 洪子誠：《中國當代文學史·前言》，北京：北京大學出版社，1999年。

濟乃至文學環境的巨大變化，我們曾經深陷其中的80年代也在迅速離我們遠去。在90年代的文學環境中討論「新時期文學」，竟常常使人產生恍如隔世之感，在這一背景下，「當代文學」的文學史問題開始進一步凸現。而另一方面，也是更重要的一方面，90年代以來人文知識的變化，尤其體現在對現代性的反思成為知識界普遍關注的命題之後，人們得以一種不同於80年代的方式思考我們置身的這個越來越陌生的世界，尤其是當人們開始自覺或不自覺地以一些不同於80年代的知識方式進入到人文學術研究的時候，80年代包括文學研究在內的人文學科的一些不證自明的理論前提如「個人性」「文學自主性」等概念開始瓦解。譬如說，在讀完洪子誠那篇題為《「當代文學」的概念》之後，我們就很難繼續相信「當代文學」只是一個中性的學科概念，洪子誠以豐富的文學史資料向我們證實，「當代文學」其實是具有特定意識形態含義的文學史範疇。如果接受洪子誠這一推論，「當代文學」與「當代」或「當下」的關聯顯然就已經不再是順理成章的事。[46]

在90年代當代文學歷史敘述「歷史化」實踐中，值得關注的另一種情形是由海外中國現當代文學研究學者發起的「再解讀」研究思潮。作為對八九十年代中國社會轉型期的一種直接反應，這一研究思潮從20世紀90年代開始陸續以其集中的成果進入中國現當代文學研究視野[47]。在國內現當代文學研究界領域，比較早從事「再解讀」研究

---

46 李楊：《為什麼關注文學史——從〈問題與方法〉談當代「文學史轉向」》，《南方文壇》2003年第6期。

47 這些成果主要有：唐小兵主編《再解讀：大眾文藝與意識形態》（香港：牛津大學出版社，1993年。北京大學出版社2007年出版了該書的修訂本）、黃子平《革命・歷

的是李楊[48]。由於「內外呼應」,「再解讀」已成為近二十年來中國現當代文學研究界一種現象,在推進當代文學史研究與寫作「歷史化」過程中,都產生了重大影響。[49]就大方向而言,「再解讀」研究的目的在於通過將對象的知識化與「歷史化」,開闢與歷史的另一條對話途徑。這其實也是進入90年代以後許多研究者在思考與探索的。前些年有論者在談到「靠近歷史本身」寫作的「意義和必要性」時曾這樣表述過,所謂「返回現場」「靠近歷史本身」,我們能做的,主要還是「回到」相關的「文本」「『靠近歷史本身』事實上是『靠近』有關歷史的『話語活動』。通過對各種各樣的『文本』的細心挖掘、發現、重讀、重新編織,去觀察『歷史』是如何建構的,在建構過程中,哪些因素、哪些講述得到突出,並被如何編織在一起,又掩蓋、隱匿了些什麼,由此『揭發』在確立歷史的因果關係,建造其『整體性』時的邏輯依據,和運用的工具」[50]。這其中類似的思想,正是當年「再解讀」研究發起的知識基礎。作為「再解讀」研究「當事人」之一的唐小兵便曾這樣談到「再解讀」與「想像歷史」的關係:「解讀」與一般的閱讀不一樣,它不再「單純地解釋現象」,或者「滿足於發生

史・小說》(香港:牛津大學出版社,1996年)、張旭東《幻想的秩序——批評理論與當代中國文學話語》(香港:牛津大學出版社,1997年),唐小兵《英雄與凡人的時代——解讀20世紀》(上海:上海文藝出版社,2001年)、劉禾《跨語際實踐——文學、民族文化與被譯介的現代性(中國・1900-1937)》(北京:三聯書店,2002年)、陳建華《「革命」的現代性——中國革命話語考論》(上海:上海古籍出版社,2000年)等。

48 李楊的「再解讀」研究主要著作有《抗爭宿命之路——「社會主義現實主義」(1942-1976)研究》(長春:時代文藝出版社,1993年)和《50-70年代中國文學經典再解讀》(濟南:山東教育出版社,2003年)。

49 關於這一問題的考察可參考筆者與李楊的訪談《「再解讀」與「反現代的現代性」》一文,《中國現代文學研究叢刊》2011年第12期。

50 洪子誠:《回答六個問題》,《南方文壇》2004年第6期。

學似的敘述」「歸納意義」「總結特徵」等，而是要揭示出「歷史文本後面的運作機制和意義結構」。「解讀」的過程是「暴露」和釋放曾經因種種原因「被遺忘、被壓抑或被粉飾」的「異質」成分。因此「解讀」是「拯救歷史複雜多元性」的有效行為。[51]

　　但總的看來，「再解讀」研究對當代文學史編寫「歷史化」的貢獻與存在問題同樣突出。如賀桂梅認為「再解讀」研究並沒有很好地處理「理論的歷史性」和40-70年代這一段歷史的特殊性這兩者間的「張力關係」，以一種「非歷史的態度對待理論」、「超歷史的態度對待40-70年代這段獨特的歷史」[52]；認為「『再解讀』主要是要打碎40-70年代的體制化敘述，揭示了其中的矛盾和裂隙。研究者對問題的探討也僅止於這一層面。至於這一時期的文學（文化）如何建構起這樣的歷史敘述，在建構過程中經歷了怎樣的衝突和調整，最終是什麼因素導致了這種敘述的『無效』，這些問題則並未成為『再解讀』關注的問題。這大概正是『再解讀』僅僅提供了新的研究的可能性的『啟示』或研究個案，而不能完成更為完整的歷史敘述的更主要原因」[53]。作為一種文學史方法，有論者認為「再解讀」文學史研究試圖「在研究者自身的歷史轉變中如何與革命文學實際也包括20世紀中國文學建立一種有效的『對話關係』，並有意識地參與中國現當代文學研究自身話語和知識更新的過程」；「再解讀」研究者的「知識化」方法，避免了對中國現當代文學的歷史分析始終停頓在感性化、情緒化的狀態，使之「有了被凝固的範圍、概念和表述限度」。同時，借助「知識化」「歷史化」完成了自身建設，增加了更多研究的可能性，

---

51 唐小兵：《再解讀：大眾文藝與意識形態（代前言）》，北京：北京大學出版社，2007年。

52 唐小兵、黃子平、李楊、賀桂梅：《文化理論與經典重讀》，《文學爭鳴》2007年第8期。

53 賀桂梅：《「再解讀」：文本分析和歷史解構》，《海南師範學院學報》2004年第1期。

「重排了現當代作家的位置，調整了文學經典譜系，並對『文學經典』和『文學史經典』做了更嚴格的區分」，在一定程度上做到了「歸還給歷史」了，但在「如何歸還給歷史」這一更大難點上止步了[54]。

五　「從史料再出發」的構想與嘗試

對於作為學科對象的「當代文學」，「歷史化」是一個漫長的過程。而與90年代集中反思「80年代」，文學史編寫的學科意識自覺與多元探索格局的形成不同，近十年來，當代文學的「歷史化」則逐漸轉向文學史料的整理與研究，以及對半個多世紀來的當代文學史編寫狀況的深度調整。

當代文學史「歷史感」的相對欠缺、對許多問題的處理仍只能停留在「批評層面」的狀況，增加了其作為文學史敘述的歷史品質獲得的難度，也使得其敘述的可靠性與權威性受到挑戰。進入90年代以後，當代文學學科建構的推進與當代文學「歷史化」問題的提出，顯然與這種擔憂與焦慮有關。當然這並不是問題的全部。在當代文學史編寫過程中，不少文學史家也在嘗試通過價值體系的重建、知識結構的調整，還有文學史話語方式的改造等途徑，試圖緩解這種擔憂與焦慮，並誕生了一些具有新質素的文學史著作。但儘管如此，這些文學史仍難以「一勞永逸」。可以不誇張地說，在過去近二十年的時間裡，對這些文學史質疑與挑戰（或者乾脆說是挑剔）的聲音一直都沒有停息過，包括來自編寫者本人。這種努力還原當代文學和歷史真實的自我質疑和修復，當然可看作是一種難得的文學史自覺意識。這種現象，對於有著太多不確定性的當代史來說，有其合理與必然的一

---

54 程光煒：《「再解讀」思潮與歷史轉型——以唐小兵編〈再解讀：大眾文藝與意識形態〉等一批著作為話題》，《上海文學》2009年第5期。

面。近十年來，隨著「重返八十年代」及當代文學「歷史化」問題的深入，這種質疑與挑戰的必要性和迫切性日益凸顯出來。

　　更深層次的問題還在於：從對這些包括來自編寫者自身的質疑與修復問題的辨析中，不難發現這其中不少都已不再是諸如文學史觀念與編寫立場等老生常談的問題，而在逐漸反轉到如何處理當代文學學科建設中最基礎的文學史料方面，且也不再簡單滿足於對作品版本與發表時間等問題的撥亂反正，而深入到對一些影響當代文學史敘述的可靠性與權威性，但長期以來被我們「約定俗成」的文學史敘述成規作平面化處理的「事件」的知識學考據。如不那麼苛求的話，近十多年來有關當代文學史資料整理與研究，包括「重返八十年代」的推進與「重寫文學史」現象的持續等，均可作如是觀。而反映到近十多年來的文學史編寫層面，由吳秀明主編的三卷本的《中國當代文學史寫真》[55]，無疑是值得關注的一部。史著「從史料再出發」的編寫理念，顯然是對始於20世紀末的當代文學「歷史化」進程的回應。在洪子誠《中國當代文學史》嘗試、探索的基礎上，該史著旗幟鮮明立場堅定地實踐一種新的文學史編寫範式，推進了當代文學史編寫的「史料轉型」。而2016年洪子誠《材料與注釋》的出版，其中對史料深邃細密的成功處理，實際上是為研究界積壓多年的有關當代文學史料問題思考與困惑的釋放提供了一個正當其時的有效通道，同時也為系列問題對話的進一步展開搭建了一個平臺。當然這其中也不排除該著於當代文學史料研究的「方法論」意義。以此觀察京、滬學人關於《材料與注釋》的研討及相關的書評與研究，我們或許能更好地瞭解這些年糾纏當代文學研究與歷史敘述的「史料情結」。

　　史料的甄別與解釋在一定程度上動搖甚至瓦解了90年代以後「重寫」的當代文學史的可靠性與權威性。近十年來少有新的當代文學史

---

55 浙江大學出版社，2002年出版。

著作問世（至少在內地是這樣），但這「沉寂」只是表象而已；「地火在地下運行」，當代文學史的書寫實際上正在以一種另類的方式——對史料的甄別與解釋推進。「史料工作在視野、理論、素養、方法上的要求，一點也不比做理論和文學史研究的低」，「好的史料工作一點也不遜色於文學史寫作，甚至更重要」[56]。這種區別於80年代末的「重寫文學史」的另類書寫動力，當然不是「新啟蒙」的思想文化與海外中國現代文學研究的資源，而是近十多年來有關當代文學學科建設積蓄的又一種勢能。史料的整理與甄釋，是一個學科走向成熟的重要標誌之一。毫無疑問，近二十年來許多當代文學研究者對許多「材料」所做的甄別與「注釋」，同時恰恰也是我們的當代文學史敘述無法繞開的大事件，如以《文藝報》與《人民文學》為代表的報刊傳媒與當代文學的發展，毛澤東1957年頤年堂的講話與「雙百」方針及文藝界反右，1962年的大連會議與「當代」（「十七年」）的文學權力機制運作，以「紅色經典」為代表的當代文學生產與傳播的「歷史真相」，對曾經被「遺忘」的70年代文學的重新梳理，「文革」期間的「寫作班子」的歷史檔案，對於第一、四次文代會的大敘述，等等。關於這些史料的整理與研究於文學史寫作的意義，洪子誠有過精闢的表述：「從認識當代文學史與當代史來說，作為當年主流論述的擴展、補充，可以從《大事記》（即《材料與注釋》中的《1967年〈文藝戰線兩條路線鬥爭大事記〉》）中窺見當代激進政治、文藝理念的內部邏輯，具體形態，從中見識文學—政治的『一體化』目標在推動、實現過程中，存在著怎樣的複雜、緊張的文化衝突，也多少瞭解這一激進的文化理念的歷史依據，以及它在今天延伸、變異的狀況。」[57]

---

56 洪子誠、王賀：《當代文學史料的整理、研究及問題——北京大學洪子誠教授訪談》，《新文學史料》2019年第2期。本章後面所徵引本文內容，不再注明出處。

57 洪子誠：《材料與注釋》，北京：北京大學出版社，2016年，第209頁。本章後面所徵引該書內容，如無特別說明均引自此版本。

可以說，在「檔案」無處不在的中國「當代」，對當代文學史來說，史料的甄釋本身即是歷史的寫作活動。「嚴格說史料的搜集、整理很難說有『純粹』的，它與文學典律，與對文學歷史的理解，以及與現實的問題意識有密切關係。」（洪子誠、王賀：《當代文學史料的整理、研究及問題》）

在這種意義上，常態中期待的新一波當代文學史「重寫」，需要面對與解決的棘手問題，是如何消化吸收近二十年來的史料甄釋成果。它雖然仍不免關涉文學史家的觀念、立場，文學史敘述方式甚至文學史體例等「老套」問題，但其中所隱含的文學史家的史識，包括他們對待史料的歷史視野、批評精神和問題意識等，卻更重要。可以想像，由此最終呈現在我們面前的文學史文本，將未必「老套」，誠如《材料與注釋》所設想：「嘗試以材料編排為主要方式的文學史敘述的可能性，盡可能讓材料本身說話，圍繞某一時間、問題，提取不同人，和同一個人在不同時間、情境下的敘述，讓它們形成參照、對話的關係，以展現『歷史』的多面性和複雜性。」（洪子誠：《材料與注釋・自序》）

轉用洪子誠的表述，或許可以這麼說：與當代文學學科在尋找規範中走向成熟的情形相反，由於當代史的不確定性，「成熟」的當代文學史編寫，恰恰是在試圖突破規範，質疑可能被「固化」的文學史敘述模式。這種突破與質疑，其中一方面，即源於對當代文學史料的甄釋。「『史實』與『史識』是相關的。文學史料工作不是『純』技術性的。史料工作與文學史研究一樣，也帶有闡釋性。」（洪子誠、王賀：《當代文學史料的整理、研究及問題》）也正是在這闡釋中，體現出文學史家的歷史觀。

六　當代文學史編寫的關聯性問題

　　中國當代文學史的編寫實質上是不同文學史觀念的對話。我們前面對70年來中國當代文學編寫輪廓的粗線條清理，無意對不同時期的文學史觀進行非此即彼的價值判斷，而是力圖將不同的文學史觀放回特定歷史語境中，考察其產生的知識語境，揭示文學史觀念的演進與時代的關聯和互動。本書的設想，是在探討中國當代文學學科歷史的前提下，把近70年來中國當代文學史編寫的歷史作為一個不可分割的，有著內在關聯的整體來考察，將文學、歷史文化學、社會政治學等理論融合在一起，不再在「文學史」意識的框架內討論「文學」問題，而是將「文學史」本身當成了一個問題。

　　相對而言，中國當代文學是一個年輕的學科。清理中國當代文學史編寫歷史的過程其實也是認識和瞭解當代文學發展環境的過程。由於中國當代文學史的編寫與中國當代文學學科的建構具有同步的一面，因此在討論當代文學史的編寫史與當代文學的學科史關係過程中，需要思考和闡釋清楚：編寫者在編寫過程中是怎樣處理好中國當代文學史的這種「歷史性」與「當代性」關係的？「當代人」甚至可能是「當事人」寫當代史，怎樣處理好個人經驗、個人記憶等與歷史敘述的關係？本書的意圖之一，便是通過對70年來中國當代文學史編寫歷史的清理，認識和瞭解中國當代文學學科的發展歷史，以促進其學科自身建設的進一步深入完善。近年許多有關文學史寫作的討論都由當代文學領域引發，影響卻遠遠超出了中國當代文學史的寫作。完整的中國當代文學學科史的研究，對中國現當代文學學科的整合具有重要意義。本書把對中國當代文學學科歷史的認識與對中國當代文學史編寫實踐的清理結合起來，一方面歷史地勾勒清楚70年來中國當代文學史編寫歷史的演繹過程與中國當代文學學科的建構過程，即70年

來的中國當代文學史編寫如何從五六十年代單一的政治化編寫模式，過渡到80年代編寫者既有文學史觀念在啟蒙思想文化潮流與藝術審美取向語境的合力作用下的矛盾與裂變，再進入90年代以後編寫者逐漸形成比較成熟而又不失個性的文學史寫作理念，並開展多元化寫作實踐的過程，直至近十年來試圖通過對文學史料的整理、甄釋達到推進文學史編寫的目的，為認識中國當代文學學科的歷史作參考；另一方面，更主要的，是在此前提下，圍繞如下一些與中國當代文學學科相關的實質性問題，系統深入地討論各階段的中國當代文學史編寫情況，具體如：這一階段出現了哪些比較有代表性的文學史著作？這些文學史著作體現著編纂者怎樣的文學史理念？他們編寫的指導思想是什麼？這編寫指導思想與當時的社會政治文化思潮有什麼內在關聯？這些文學史著作具體的編排體例怎樣？編纂者在書寫過程中是如何處理文學／審美的標準與社會／政治之間關係的？編寫者通過文學史的書寫想解決什麼問題，達到怎樣的目標？從效果上看在多大程度上實現了這些目標？編寫者在試圖解決問題的同時又給我們提出了什麼新的問題？等等。

　　中國當代文學史的編寫過程，也是中國當代文學作為一個獨立學科的確立和建構過程；這一編寫工作始終在20世紀中國文學視野中，與整個20世紀中國文學特別是1949年後的文學環境息息相關。同時也與整個中國當代的意識形態密切關聯，在一定程度上可說是對它的一種「隱形書寫」。當代文學史的不斷「建構」和「重構」，「不止表明當代文學學科的『發展』或『進步』，同時也從一個方面表達了當代文學史家試圖重構的意識形態的性質和功能」[58]。正是在這一意義上，本書內容的展開，不僅僅在於對文學史編寫進行總結和梳理，還

---

58 孟繁華、程光煒著：《中國當代文學發展史》，北京：人民文學出版社，2004年，第3頁。

在於通過對20世紀中國文學基本經驗的總結，回應文學現實意義的問
題，如文學與政治、現實的關係，左翼文學在20世紀文學中的價值，
文學體制的問題，等等。

第一章

「當代文學」的觀念及其歷史敘述的建構（1949-1978）

第一節　《中國新文學史稿》與「當代文學」的誕生

一　《中國新文學史稿》與《新民主主義論》和《在延安文藝座談會上的講話》

　　無論是作為學科的「當代文學」的誕生，還是作為事件的當代文學史編寫的源起，對它們的考察都離不開1950年代初的中國新文學（現代文學）狀況。可以說，在1950年代，正是中國新文學史的編寫，催生了「當代文學」。1950年教育部高等教育會議的召開及其《高等學校文法兩學院各系課程草案》的通過，直接引擎了中國新文學史的編寫。這其中最早也最具代表性的，是王瑤的《中國新文學史稿》（以下簡稱《史稿》）。從王瑤相關的自述材料中可知，《史稿》是其「前後在清華大學及北京大學講授《中國新文學史》一課程的講稿」[1]，上冊1951年9月由開明書店出版，下冊1953年8月由新文藝出版社出版。完整的上下兩冊《史稿》1954年3月由新文藝出版社出版。這是1949年以後最早的一部新文學史著作，其文學史觀念、寫作立場、內容結構、文學史敘述方式等等，不僅對以後中國新文學史著

1　王瑤：《中國新文學史稿・初版自序》（第一冊），太原：北岳文藝出版社，2015年。本章後面所徵引該書內容，如無特別說明，均引自此版本。

作的寫作與出版產生了巨大影響，同時也對隨之起步的中國當代文學史的寫作與出版具有「以此為鏡」的重要意義。1990年代以來，隨著中國當代文學學科建設的推進，不少文學史家在梳理該學科歷史的過程中，還注意到了《史稿》對「當代文學」誕生與命名的意義。

本節擬在對20世紀五六十年代的中國當代文學史寫作實踐進行考察之前，以王瑤的《史稿》為對象，選取若干觀測點作為進入當代文學史寫作的前知識並予以解析，初步把握當代文學概念誕生的大致歷史語境。同時，通過引介20世紀90年代以來洪子誠關於「當代文學」學科命題內涵的理論梳理，為《史稿》與「當代文學」誕生的內在關聯提供事後的理論支持，並看看它們之間是如何形成對讀關係的。

作為新中國第一部現代文學史著作，學界對《史稿》關注、討論最多的，主要還是王瑤如何運用毛澤東《新民主主義論》關於現代中國革命與文化的思想、《在延安文藝座談會上的講話》關於現代中國文藝的精神，來敘述、評介五四以來的中國文學史上作家作品、文藝運動、文藝思潮等文學現象，[2]以及作者在此過程中遭遇到的矛盾與困惑在文學史著作中的表現。概而言之，作為一部文學史著作，《史稿》引人矚目的是一個文學史家的文學史觀念與寫史立場，以及最後的寫作效果。這也是《史稿》後來在很長一段時間內對中國現代、當代文學史寫作最具影響力的。

王瑤在《史稿》緒論中開宗明義強調開始於五四的中國新文學，

2　1979年重版時，王瑤仍堅持和強調《史稿》對毛澤東《新民主主義論》和《在延安文藝座談會上的講話》思想立場：「『五四』新文學從開始起就擔負著為人民革命服務的歷史使命，它是團結人民、教育人民、打擊敵人、消滅敵人的有力武器。」王瑤指出，現代文學雖然還不是單一的無產階級文學，「但就世界範圍來說，它已經屬於全世界無產階級文學的範疇，同時這也保證了它向著社會主義文學發展的歷史方向」。王瑤：〈「五四」新文學前進的道路〉，《中國新文學史稿·重版代序》（第一冊），上海：上海文藝出版社，1982年。

「是中國新民主主義革命三十年來在文學領域中的鬥爭和表現」。作者提出這個觀點的依據是毛澤東在《新民主主義論》中對中國新民主主義革命歷史特點的分析。從毛澤東《新民主主義論》關於中國共產黨人在五四以後中國文化領域的地位和作用的論述出發，王瑤認為，「從理論上講，新文學既是新民主主義革命的一部分，它的領導思想當然是無產階級的馬列主義思想」。在談到中國新文學的性質時，王瑤不容置疑地表明：

> 中國新文學史既是中國新民主主義革命史的一部分，新文學的基本性質就不能不由它擔負的社會任務來規定；一切企圖用資本主義社會文藝思潮的移植，或嚴格的無產階級的社會主義文學內容來作概括說明的，都必然會犯錯誤。什麼是新民主主義的革命呢？像毛澤東同志屢次所告訴我們的，是由無產階級領導的、以工農聯盟為基礎的、人民大眾的、反對帝國主義和封建主義（以及一九二七年以後形成的以四大家族為首的官僚資本主義）的革命。這種新民主主義革命的性質和路線也就規定了中國新文學的基本性質和發展方向。（王瑤：《中國新文學史稿》第一冊，第5頁）

在用毛澤東《新民主主義論》和郭沫若《為建設新中國的人民文藝而奮鬥》對上述觀點進行闡釋後，王瑤進一步簡明扼要地概括中國新文學的基本性質：

> 它是為新民主主義的政治經濟服務的，又是新民主主義革命的一部分，因此它必然是由無產階級領導的、人民大眾的、反帝反封建的民主主義的文學。（王瑤：《中國新文學史稿》第一冊，第8頁）

根據《新民主主義論》和《在延安文藝座談會上的講話》的思想精神，《史稿》將新文學30年（1919-1949）分為四個時期，「偉大的開始及發展」的第一個時期（1919-1927），相當於《新民主主義論》中所指的第一和第二兩個時期，「左聯十年」的第二個時期（1928-1937），相當於《新民主主義論》中所指的第三個時期，「在民族解放的旗幟下」的第三個時期（1937-1942）和「沿著《講話》指引的方向」的第四個時期（1942-1949）。王瑤解釋之所以不以全面抗戰時期作為一個時段，而以《講話》為後面兩個時期的分界線，是因為《講話》太重要了，它「解決了新文學運動以來的許多問題，使文學運動和作家的實踐都有了一個明確的方向」（王瑤：《中國新文學史稿》第一冊，第19頁）。《史稿》的這種文學史分期意識，隱含了作者對新文學30年發展歷史複雜的思想認識。「分期」在歷史研究中並不是一個簡單的時間概念，也不再屬於物理時間層面上討論的範疇，它在歷史研究中本身便是一個問題，此誠如日本學者柄谷行人所言，「分期對於歷史不可或缺。標出一個時期，意味著提供一個開始和結尾，並以此來認識事件的意義。從宏觀角度，可以說歷史的規則就是通過對分期的論爭而得出的結果，因為分期本身改變了事件的性質」[3]。《史稿》這種具有政治意識形態取向的文學史分期方法，也對後來的中國當代文學史寫作分期產生了很大的影響。如不少當代文學史著作都以「文革」的發生（1966）和粉碎「四人幫」即「文革」的結束（1976）、80年代末（1989）為依據，把當代文學發展的歷史劃分為「十七年文學」「文革文學」「新時期文學」和「後新時期文學」等不同時期。

3　〔日〕柄谷行人：《現代日本的話語空間》，轉引李楊：《文學史寫作中的現代性問題》，太原：山西教育出版社，2005年，第149頁。

二 《史稿》的內容設計與作家選擇

在「初版自序」中，王瑤還提到了《史稿》內容對象設計的依據。1950年，教育部召集的全國高等教育會議通過了《高等學校文法兩學院各系課程草案》，其中規定「中國新文學史」是各大學中文系主要的必修課程，其任務是「運用新觀點，新方法，講述自五四時代到現在的中國新文學的發展史，著重在各階段的文藝思想鬥爭和其發展狀況，以及散文，詩歌，戲劇，小說等著名作家和作品的評述」（轉引王瑤：《中國新文學史稿‧初版自序》）。這其中提到的「新觀點，新方法」，在《史稿》，或許可理解為作者對毛澤東文化文藝思想的學習領會與消化。從全書結構看，第四個時期（1942-1949）「沿著《講話》指引的方向」的內容篇幅與比重最大，其次是第三個發展時期。在具體內容設計上，關於無產階級進步作家作品——左翼文學的評述是重點，特別是魯迅。由於毛澤東在《新民主主義論》中的結論性評價，《史稿》對魯迅給予了充分肯定和評價。在第二個發展時期「左聯十年」的內容中，《史稿》用了五個頁面來評述「獻給詩歌大眾化的實踐者」（蒲風語）的「中國詩歌會」詩人詩作。而對當時詩歌會「正面反抗」的新月派和現代派的個別代表性詩人，作者則表現出有所取捨的態度，比如徐志摩。他肯定詩人在新詩「形式的追求」方面的貢獻，如「努力於體制的輸入與實驗」，講究用譬喻，「想要用中文來體現外國詩的格律，裝進外國式的詩意」，認為詩人的詩在寫作技巧上是有成就的，如章法整飭、音節、形式富於變化等等，但對其詩作的內容格調評價並不高，「到他的遺作詩《雲游》裡，他要求死，說死『是光明與自由的誕生』，詩人的理想是徹底破滅了」（王瑤：《中國新文學史稿》第一冊，第70頁）。王瑤贊成茅盾對徐志摩的評價：「志摩是中國布爾喬亞開山的同時又是末代的詩人。」（轉引

《中國新文學史稿》第一冊，第70頁）對同樣不屬於左翼文學同路人、在40年代後期被左翼文人作為「清場」對象、「要無情地加以打擊和揭露」[4]的自由主義作家沈從文，《史稿》也並沒有花太多的篇幅進行評介，認為沈從文寫軍隊生活，但未能夠寫出士兵生活的本質；寫以湘西地方色彩為背景的民間生活和苗民生活，以「鼓吹一種原始性的野的力量」；他「著重在故事的傳奇性來完成一種文章風格，於是那故事便加入了許多懸想的成分，而且也脫離了它的社會性質」（王瑤：《中國新文學史稿》第一冊，第221頁）。作者認同丁玲的看法：「沈從文是一個常處於動搖的人，又反對統治者，又希望自己也能在上流社會有些地位。」（轉引《中國新文學史稿》第一冊，第222頁）《史稿》對沈從文重要作品如《邊城》等幾乎不提。如此處理，放在今天的文學史編寫中是不能想像的。對於活躍於第二個10年的「新感覺派」，除了施蟄存的歷史題材創作，其他作家如劉吶鷗、穆時英等也幾乎不怎麼提。至於活躍於第四個發展時期、後來被夏志清認為「該是今日中國最優秀最重要的作家」的張愛玲[5]，《史稿》乾脆隻字不提。這一時期另一個被《史稿》「遺漏」的作家是錢鍾書。[6]

---

4 邵荃麟：《對於當前文藝運動的意見》，《大眾文藝叢刊》（香港，1948）第一輯。

5 隨著夏志清的離世（2013），近年一些重評夏志清及其《中國現代小說史》的文章，對夏氏關於張愛玲文學史地位與意義的演化過程進行了梳理，如袁良駿的《夏志清的歷史評價》和張重崗的《夏志清的張愛玲論及其文化邏輯》（《中國文學評論》2016年第2期），都注意到了夏氏在1995年張愛玲去世後，對自己當年在「冷戰」意識作祟下對張的極端評價的反思性修正，並都引用了夏志清在悼念張愛玲文章（《超人才華，絕世淒涼》）中的一段話：「我們對四五十年代的張愛玲愈加敬佩，但同時也不得不承認近三十年來她的創作力之衰退。為此，到了今天，我們公認她為名列前三、四名的現代中國小說家就夠了，不必堅持她為『最優秀最重要的作家』。」

6 近二十多年來，一些研究者對王瑤《史稿》諸如此類的存在問題提出了不同看法。如溫儒敏認為其實王瑤《史稿》在面對具體創作時的評判標準已有所「放寬」，「不純粹以政治態度劃線」，並用「人民本位主義」來淡化「新民主主義」和「無產階

　　在80年代初「重版後記」中，作者曾謙稱：「人的思想和認識總是深深地刻著時代烙印的，此書撰於民主革命獲得完全勝利之際，作者沉浸於當時的歡樂氣氛中，寫作中自然也表現了一個普通的文藝學徒在那時的觀點。」[7]這種情形，除了作者自己提到的對解放區文學的「盡情歌頌」之外，對應在《史稿》的敘述風格、話語方式方面，要找到類似的對證也並不困難。如在介紹第一個發展時期的創作態度時，作者認為「當作文學態度和創作方法的主流，從新文學的開始起，就是革命的現實主義以及革命的浪漫主義」（王瑤：《中國新文學史稿》第一冊，第49頁）。以倡行於50年代的「革命現實主義」和「革命浪漫主義」觀念去套接五四新文學第一個發展時期的狀況，難免有「後話前置」之虞，從中也可看出作者「總是深深地刻著時代烙印」的思想認識。不過今天我們重新面對《史稿》，更應該懷抱的，是一種「回到歷史情境中去」的態度，而不是那種簡單的是非、對錯判斷。

　　儘管如此，在一個文化與文學活動開始納入國家體制管理的高度體制化時代，《史稿》以上所做的努力仍引起比較大的爭議。這種爭議其實是一種意識形態性質的批判。1952年8月，由新聞出版部總署與《人民日報》共同組織召開了《中國新文學史稿》（上冊）的座談會。與會者在肯定王瑤新文學史寫作的同時，針對上面情況，也提出了《史稿》存在的一些問題，如認為從效果上看，《史稿》並沒能夠很好

級革命」的政治性標準。（溫儒敏：《王瑤的〈中國新文學史稿〉與現代文學學科的建立》，《文學評論》2003年第1期）袁良駿在《夏志清的歷史評價》（《中國文學批評》2016年第2期）中針對夏志清對沈從文、錢鍾書等所謂「獨立作家」的「發現」，指出包括王瑤等文學史家對《圍城》等的「漏評」，並非「政治宿怨」，而是「戰火中的遺憾」，認為《文藝復興》發表《圍城》時，正趕上如火如荼的第三次國內革命戰爭，蔣家王朝迅速崩潰，因此「不為人知」也是可以理解的。

7　王瑤：《中國新文學史稿‧重版後記》（第二冊），太原：北岳文藝出版社，2015年。本章後面所徵引該書內容，如無特別說明，均引自此版本。

地把握好政治性、思想性與史料之間的關係，「對許多作家和作品都不
能真正地指出他們的社會性質」，如對徐志摩、沈從文等「反動」「頹
廢」作家的「津津樂道」[8]。1952年10月，新文藝出版社出版了蔡儀的
《中國新文學史講話》。作者在「序」中聲明：「它不是敘述一般新文
學運動的史實，只是考察新文學史的問題；卻想通過這幾個問題，去
認識新文學運動的大致情形，並且進一步去理解毛主席《在延安文藝
座談會上的講話》是如何英明地把握了新文學運動史的主導方向，解
決了當時新文學工作中的基本問題，指示了以後新文學發展的必然道
路。」[9]嚴格地說，《中國新文學史講話》算不上是完整的史著，只相當
於史著中的「緒論」（黃修己），但它卻是一種不同於《史稿》的另一
種更能夠對接新中國政權的新文學史編寫思路，即強調階級分析的觀
點、文藝對革命的從屬作用、中共對文藝的領導等。在這種寫作思路
的影響下，幾年後，丁易的《中國現代文學史略》（以下簡稱《史
略》）[10]，張畢來的《新文學史綱》（以下簡稱《史綱》）（第一卷）[11]相
繼問世，並表現出「向政治的大角度傾斜」[12]。這或許可算作是對
1952年蔡儀等在王瑤《史稿》座談會上認為《史稿》對作家作品的階
級分析不夠、對新文學從屬革命的表現不夠、對中共對文學的領導表
現不夠等存在問題的大幅度修正。但是這兩部新文學史，連同後來給
人「印象要好些、深些」（黃修己）的、由劉綬松完成的《中國新文
學史初稿》[13]，黃修己認為在如下兩方面仍無法超越王瑤的《史稿》：

8　具體可參看：《〈中國新文學史稿〉（上冊）座談會記錄》，《文藝報》1952年第20號。

9　蔡儀：《中國新文學史講話·序》，北京：新文藝出版社，1955年。

10　丁易：《中國現代文學史略》，北京：作家出版社，1955年。

11　張畢來：《新文學史綱》（第一卷），北京：作家出版社，1955年。

12　黃修己：《中國新文學史編纂史》，北京：北京大學出版社，1995年，第154頁。本
　　章後面所徵引該書內容，如無特別說明，均引自此版本。

13　劉綬松：《中國新文學史初稿》，北京：作家出版社，1956年。

一是《史稿》「已經描畫了『五四』後新文學發展的基本輪廓，所論及的作家作品也是比較廣的」，而後來的《史略》《史綱》和《初稿》在這些方面「均無甚增益」，在獲得歷史知識方面遠不如《史稿》；二是對歷史的認識，與《史稿》比較，後來的幾部「並無實質性的發展」，甚至愈發「左傾」，以至「歪曲了」新文學史的面貌（黃修己：《中國新文學史編纂史》，第174、175頁）。

三　作為文學史寫作實踐的意義與影響

在80年代初「重版後記」中，王瑤謙稱《史稿》「如尚有某種參考價值，其意義也不過如後人看『唐人選唐詩』而已」。「唐人選唐詩」，只緣身在此山中，沒有距離，缺乏「大歷史」視域，對所選對象的權威性把握不大。但半個多世紀的歷史證明，王瑤及其《史稿》篳路藍縷的開創性意義是深遠的。黃修己在《中國新文學史編纂史》曾從如下幾方面概括《史稿》的成就：作為史著的完整的系統性；所涉及作家的廣泛性[14]；對作品評價的高度概括力；鮮明的傾向性（參考黃修己：《中國新文學史編纂史》，第133-141頁）。黃修己認為在王瑤所處的那個政治化年代，這些成就的取得極為難得。陳平原曾經把20世紀的文學史家劃分為四代，並在談及20世紀以王瑤等為代表的第二代文學史家的特點時認為，這一代文學史家「關注仍在進行的文學進程，發展出意義深遠的『現代文學』學科，使得文學理論、文學批評與文學史，有可能三位一體或良性互動」，同時「引進唯物史觀，

---

14 溫儒敏曾統計《史稿》「所列的作家、批評家、文藝運動組織者等達378人，在迄今出版的所有現代文學史中仍是涉及作家量最多的一部」。參考溫儒敏：《王瑤的〈中國新文學史稿〉與現代文學學科的建立》，《文學評論》2003年第1期。本章後面所徵引本文內容，不再注明出處。

突出文學研究中的社會學取向，曾經大大改變了以往的『文學史』圖像」[15]。陳平原的評介，於王瑤及其《史稿》可謂當之無愧。

可以說，《史稿》體現出來的王瑤那種「文學史既是文藝科學，也是一門歷史科學，它是以文學領域的歷史發展為對象的科學，因此一部文學史既要體現作為反映人民生活的文學的特點，也要體現作為歷史科學、即作為發展過程來考察的學科的特點」[16]的文學史觀念，對中國現代文學史學科的建設與發展的貢獻是不可替代的。同時也直接影響了20世紀五六十年代的中國當代文學史寫作。

而王瑤《史稿》遭遇到的問題，寫作過程中的矛盾與困惑，對後來的中國當代文學史編寫未嘗不是一種警示。溫儒敏認為在「學術生產體制化」的年代，面對本來就很政治化的文學史現象，王瑤和當時的學者們要「躲開政治或有意淡化政治都是不可能的，也是那個時代所不可能接受的」。他認為這是時代給文學史家出的難題，也是現代文學學科「與生俱來的『先天性』」問題（溫儒敏：《王瑤的〈中國新文學史稿〉與現代文學學科的建立》）。把溫儒敏這些總結置換在當代文學史編寫中，同樣切合。黃修己在《中國新文學史編纂史》中通過《史稿》等總結了五六十年代中國新文學史編纂的八大特點，其中如突出階級分析的立場，強調先進階級（無產階級）對文學發展的領導，強化文藝思想鬥爭淡化文藝思潮與理論，偏重闡釋弱化描述，「比較忽視史料的作用，忽視細緻的描述」（黃修己：《中國新文學史編纂史》，第123頁）的編寫方法等等，對我們認識和瞭解後來的當代文學史寫作，都有啟示意義。

在這一意義上，本書上面對以王瑤和他的《史稿》為代表的「前中

---

15 陳平原：《文學史的形成與建構》，南寧：廣西教育出版社，1999年，第11、12頁。
16 王瑤：《中國現代文學史論集》，北京：北京大學出版社，1998年，第276頁。本章後面所徵引該書內容，如無特別說明，均引自此版本。

國當代文學史寫作」情況的梳理，對我們後面考察「當代文學」的誕生，半個多世紀來特別是1950-1970年代的當代文學史寫作狀況，無疑是有必要的。

四　「當代文學」的編寫預設與學科闡釋

這裡的「預設」，並不排除洪子誠在一篇梳理「當代文學」學科概念的文章中所作的解釋，即「不僅僅是一種『新』的文學形態的構造，而且是這種文學形態在整個文學格局中支配地位的確立」[17]。但在本書的具體語境中，同時也還指王瑤的《史稿》於當代文學史的編寫實踐；闡釋則主要是指1990年代以後一些研究者對作為學科命題的「當代文學」內涵的歷史梳理和解讀。

（一）《史稿》的「附錄」

1982年《史稿》重版時，王瑤刪去了初版時下冊「附錄」的《新中國成立以來的文藝運動》（一九四九年十月～一九五二年五月）的內容，「以保持它屬於中國新民主主義革命時期文學史的比較完整的體系」（王瑤：《中國新文學史稿·重版後記》）。其實無論是「附錄」還是「刪除」，均體現出了王瑤對1949年以後一種不同於新民主主義革命時期文學的「中國新文藝」的關注。這種「新文藝」後來被命名為「當代文學」。從命名角度看，必須承認1949年以後中國新文學史的編寫及其引發的一系列問題，都與作為文學史概念的「當代文學」的誕生有著某種內在的關聯。始於王瑤《史稿》關於五四以來中國文學發展歷史的敘述，實際上為後來關於1949年以後中國文學即當代文

---

17 洪子誠：《「當代文學」的概念》，《文學評論》1998年第6期。本章後面所徵引本文內容，不再注明出處。

學的歷史敘述留下了相對獨立的時間和空間。「中國現代文學是新民主主義文學……對前面要有回顧，要有一段舊民主主義文學的帽子，對後面要有社會主義文學的瞻望。」[18]在1960年代初，周揚的概括，作為一種文學史寫作模式，指向的不僅是1949年後的中國現代文學史寫作，同時也適用於晚些時候起步的當代文學史寫作。而在50年代最早、最能夠呼應周揚的，當然是王瑤《史稿》的寫作。至於賀桂梅在近半個世紀後關於當代文學學科建構歷史的清理，則完全可看作是對周揚當年思想的理論回應：「以『現代文學』取代『新文學』是為了突出1919-1949年這段文學作為『新民主主義文學』的特徵，同時也是為了把文學的歷史進程更好地與中國革命的歷史進程結合起來。」（賀桂梅：《當代文學的歷史敘述與學科發展》，轉引溫儒敏等：《中國現當代文學學科概要》，第145頁）至於近半個世紀來的當代文學史寫作，基本的格局均是《史稿》的套路，對前面有「回顧」，對後面有「瞻望」。

不少當代文學研究的學者認為，「當代文學」這一概念盡管在50年代後期才開始出現，但對它的設計，卻可以追溯到40年代毛澤東《新民主主義論》和《在延安文藝座談會上的講話》時期。前者在對五四以來的中國文學的新民主主義革命與文化性質進行定位的同時，實際上已經為民主主義革命更高級的社會主義革命階段的中國文學的性質進行了預設。這種預設在後來的《講話》中得到了充分的闡釋，如文藝應該為什麼人服務，如何理解文藝與政治的關係，我們的文藝應該寫什麼、怎麼寫，還有文藝批評的標準問題，等等。對《講話》於新中國文藝的意義，周揚在1949年第一次文代會的《新的人民文

---

18 周揚：《在〈中國現代文學史綱要〉討論會上的講話》（1962年），轉引溫儒敏、李憲瑜、賀桂梅、姜濤等著：《中國現當代文學學科概要》，北京：北京大學出版社，2005年，第145頁。本章後面所徵引該書內容，如無特別說明，均引自此版本。

藝》報告中進行不容置辯的解釋，指出《講話》「規定了新中國的文藝的方向」，「深信除此之外再沒有第二個方向了，如果有，那就是錯誤的方向」[19]。

（二）對「當代文學」概念的理解／闡釋

　　儘管如此，在1950年代，對「當代文學」概念理解與闡釋，仍不足以上升到學科的高度，主要還是偏向於概念的提出與寫作實踐。這其中的根本原因是缺乏時間距離，剛剛過去的中國新文學／中國現代文學的學科建設也才起步。洪子誠在一篇考察「當代文學」概念的文章中認為，作為文學史的「當代文學」概念，「不僅是文學史家對文學現象的『事後』歸納，而且是文學路線的策劃、推動者『當時』的『設計』」（洪子誠：《「當代文學」的概念》）。洪子誠在文章中考察了「當代文學」概念「在特定時間和地域的生成和演變，以及這種生成、演變所反映的文學規範性質」。他指出在50年代中期，「新文學」的概念「迅速」地被「現代文學」取代，並出現了一批以「現代文學史」命名的著作，如孫中田等主編的《中國現代文學史》[20]、復旦大學現代文學組學生集體編著的《中國現代文學史》[21]，等等。與此同時，一批以「當代文學史」或者「新中國文學」命名評述1949年以後文學的著作也「應運而生」，這其中包括我們在後面要考察討論的如山東大學中文系編寫組編寫的《中國當代文學史》、華中師院中文系編著的《中國當代文學史稿》，以及中國科學院文學研究所編寫的

---

19 周揚：《新的人民文藝》，轉引洪子誠主編：《中國當代文學史・史料選》（上卷），武漢：長江文藝出版社，2002年，第150頁。本章後面所徵引該書內容，如無特別說明，均引自此版本。

20 孫中田等主編：《中國現代文學史》（上卷），長春：吉林人民出版社，1957年。

21 復旦大學現代文學組學生集體編著：《中國現代文學史》（上卷），上海：上海文藝出版社，1959年。

《十年來的新中國文學》，等等。洪子誠認為這種概念的更迭，是「文學運動發展的結果」，當時文學界已依據毛澤東的《新民主主義論》等相關著述賦予了這兩個概念不同的含義，即「新民主主義性質」的「現代文學」和「社會主義性質」的「當代文學」。這種設計，無論從意識形態還是社會革命角度看，後者都要高級於前者，而表現在文學形態上，「當代文學」也自然地要先進、優越於「現代文學」。這種誕生於五六十年代的「當代文學史」觀念，雖然是「文學路線的策劃、推動者『當時』的『設計』」，但大體上還是符合當時政治、文化實際的，並且成為後來很長一個時期闡釋「當代文學」學科內涵的重要依據。在這篇考察「當代文學」概念的文章中，洪子誠還從40年代左翼文學運動的角度闡釋了「當代文學」誕生的歷史必然性，並指出，我們之所以把50年代以後的中國文學稱為「當代文學」，其內涵和依據在於，這是一個「『左翼文學』的『工農兵文學』形態，在50年代『建立起絕對支配地位』，到80年代『這一地位受到挑戰而削弱的文學時期』」。就時間跨度而言，洪子誠的這種表述顯然要大些，但也更符合50年代以後文學發展的實際情況。總體而言，洪子誠對「當代文學」特質的理解和把握，還是體現了對歷史的尊重，認為周揚等始於40年代後期、在五六十年代不斷完善的關於「當代文學」的敘事模式——話語方式，在很長一個時期內依然有效：

> 對當代的「新的人民文藝」（社會主義文藝）的性質的敘述，通常這樣開始：新中國文學（當代文學）繼承了「五四」文學革命，尤其是延安文學的傳統，而在中國進入新的歷史階段後，文學也進入了新的歷史時期，寫下了「嶄新的一頁」，文學變化為社會主義的性質。（洪子誠：《「當代文學」的概念》）

洪子誠接著還對當代文學的「嶄新」特質作了如下歸納：

> 從「內容」上說，社會主義革命和社會主義建設成為主要表現
> 對象，工農兵群眾成為創作中的主人公；在藝術形式和風格
> 上，則是民族化和大眾化的追求，肯定生活、歌頌生活的豪
> 邁、樂觀的風格成為主導的風格；「作家隊伍」構成的變化，
> 工人階級作家成為骨幹；文學與人民群眾建立了從未有過的密
> 切聯繫，並在現實中發揮重要作用，等等。（洪子誠：《「當代
> 文學」的概念》）

以上對於作為文學史的「當代文學」的內涵的描述，盡管是一種
「『事後』歸納」，但具有舉足輕重的意義，它不僅在1950年代的當代
文學史寫作中具有指導意義，這在我們後面討論的《十年來的新中國
文學》可以看到，甚至「習習相因，在三十多年後仍為最新成果的當
代文學史所繼續」[22]。如果說，王瑤的《史稿》初版時下冊「附錄」
的《新中國成立以來的文藝運動》（一九四九年十月～一九五二年五
月），僅僅是直觀感覺1949年後「新中國成立以來的文藝運動」是一
種具有「新質」的文學，關於它的敘寫已屬於「下一階段」的任務，
從而為當代文學的編寫預留出空間，那麼，洪子誠的「『事後』歸
納」，則可謂同時也是對王瑤當年朦朧意識中的「新質」內涵的闡
釋。這或者可看作是為《史稿》與「當代文學」誕生的內在關聯提供
事後的理論支持。

多年後，有學者曾對我們在這裡所糾纏的問題作過如下的梳理與
概括：

---

22 洪子誠這裡說的「最新成果的當代文學史」，是指中國社會科學院文學研究所、少
　數民族文學研究所編的《中華文學通史・當代文學編》（北京：華藝出版社，1997
　年）。

1950-1970年代的文學被稱為「當代文學」。當代文學的概念是在1950年代末和1960年代初建立起來的。按照毛澤東的《新民主主義論》把中國革命分為新民主主義革命和社會主義革命兩個不同的歷史階段，與此相應，中國新文學也被劃分為中國現代文學和中國當代文學，現代文學是新民主主義的文學，當代文學是社會主義性質的文學。當代文學的發生曾經被看作是現代文學的發展和對現代文學的超越。當代文學取代現代文學的過程，也就是「人民文學」代替「人的文學」的過程。1942年毛澤東《在延安文藝座談會上的講話》是新的文學革命，是當代文學或者說「人民文學」的重要起點。周揚說：「假如說『五四』是中國近代文學史上的第一次文學革命，那麼《在延安文藝座談會上的講話》的發表及其所引起的在文學事業上的變革，可以說是繼『五四』之後的第二次更偉大、更深刻的文學革命。」（周揚：《堅決貫徹毛澤東文藝路線》，《文藝報》4卷5期，1951年6月）茅盾主編的「新文學選集」叢書和周揚主編的「中國人民文藝叢書」對於五四以來的中國新文學進行了區分，它隱蔽地構造了「現代文學」和「當代文學」的不同等級和傳統。「中國人民文藝叢書」代表了「新中國文藝前途」，體現了對於新中國文學的想像和規劃，構成了「當代文學」的雛形。毛澤東《在延安文藝座談會上的講話》發表以後，無論從內容，還是從形式上來說，解放區文藝都發生了深刻的變化。它產生了新的主題、新的人物，同時，也創造了新的形式和語言。[23]

---

23 曠新年：《作為學科的當代文學與研究》，轉引曾令存：《學科視野中的40-70年代文學研究·序》，上海：上海文藝出版社，2014年。

　　這種梳理與概括，也許是對從王瑤開始的中國新文學史的寫作到後來「當代文學」的誕生及早期寫作的另一種表述。王瑤《史稿》的意義當然在於處於建設起步階段的中國現代文學的知識化與歷史化，而於新中國文學／當代文學，其貢獻主要還在於導向如何編寫，包括前面討論的系列問題，如觀念、立場、選擇標準等。但不能否認這些觀念、立場、選擇標準等對後來當代文學學科的理論建設帶來的啟示，盡管90年代以後關於當代文學學科建構的理論探討範疇遠遠超出了王瑤及其《史稿》。事實上，在近二十多年來的當代文學學科建設過程中，那些相關的理論探討，均無法從不同角度提及王瑤及其《史稿》。

第二節　當代文學史敘述範式的構建與演化

一　重估五四新文學價值

　　當代文學史敘述範式的構建，主要通過對五四新文學傳統的重估來完成。這種重估，實際上從40年代延安文藝整風運動甚至更早的時候即已開始。這也是90年代以後的當代文學史敘述大都將文學的「當代」的起點往前推溯的原因。「重估」，實質上是一次傾向性與選擇性的再評價。四五十年代之交，這一「重估」涉及的內容很多，比較值得關注的，主要包括對五四新文化與文學性質的重新認識、理解與改造，作家隊伍的重新組合，五四以來文學作品價值的重新評價，等等。

（一）作為「當代」資源的五四新文學

　　五四新文學傳統是當代文學敘述範式建立的主要資源。40年代末左翼文學界的對五四文化的集中再評價，起始於30年代中後期，亦即

抗戰爆發以後。1939年，在紀念「五四運動」20周年的時候，毛澤東先後發表了《五四運動》和《青年運動的方向》兩篇文章。在肯定小資產階級知識分子對五四的貢獻的同時，毛澤東也批判了他們的不徹底性和軟弱性，並指出「知識分子如果不和工農民眾相結合，則將一事無成」。與此同時，毛澤東給予了工人階級頗高的評價，認為中國現代革命的領導力量只能是工人階級。在著名的《新民主主義論》（1940）中，毛澤東通過對中國歷史特別是近代史的回顧，明確指出：五四以後的中國新文化，是「以無產階級社會主義文化思想為領導的人民大眾反帝反封建的」新民主主義文化。1942年，在延安文藝座談會上的講話中，毛澤東還專門通過文藝來闡明這種新民主主義文化的具體表現，即文藝應該為政治服務，應該用中國老百姓喜聞樂見的民族形式去表現工農兵思想感情。以上這些，均可看作是抗戰以來，以毛澤東為代表的中國共產黨人結合中國社會形勢發展的需要對五四文化所作的傾向性再評價。再評價的實質，主要體現在兩個方面：一是文化領導權的問題。毛澤東指出無產階級代替資產階級及小資產階級的必然性，這不僅僅是因為形勢的需要，以及後者的不徹底性和軟弱性，同時也是因為五四時期的個性主義，已經愈來愈不適應抗日救亡的形勢需要。這實質上是為後來發生的文化領導權的更迭作背景鋪墊。二是文學創作的問題。毛澤東指出對五四新文學加以改造的必要性和必然性。這「改造」，主要集中在文學的表現對象和表現形式兩方面，這都是圍繞民族救亡而不是思想啟蒙的需要來考慮的。延安時期「雜文運動」與「漫畫展」的不合時宜，根源即在於此。錢理群《1948：天地玄黃》[24]40年代末對蕭軍、胡風等批判的梳理，實際上是30年代中後期以來省思的繼續。從1949年6月開始，由《生活

---

24 該書1998年由山東教育出版社出版。本章後面所徵引該書內容，如無特別說明，均引自此版本。

報》發起的長達三個月的「對於蕭軍反動思想和其他類似的反動思想的批判」，實質上是對蕭軍所堅持的五四啟蒙主義立場的批判。批判者與被批判者爭奪的，是在這樣一個新舊交替的歷史時期，誰更有資格擁有話語權力。批判者把蕭軍所堅持的五四個性主義話語看作是「與一切依靠『集體（階級，人民，共產黨）』、『個人利益無條件地服從人民利益』的『集體主義』相對抗」的「極端個人主義」（或謂「個人英雄主義」）；把他對五四人道主義精神的堅持，則看作是「（宣揚）小資產階級的超階級觀點，反對階級與階級鬥爭學說」。「至於蕭軍對『五四』愛國救亡主題的繼承與發揮，更是被批判者視為鼓吹『狹隘的民族主義』也即『資產階級的民族主義』……」（錢理群：《1948：天地玄黃》，第137頁）這兩種不同話語姿態對峙的情形，在對胡風及其同人的批判中，特別是對胡風文藝思想的批判中，我們可以更加激烈地感受到。《1948：天地玄黃》中的「南方大出擊——1948年3月」和「胡風的回答——1948年9月（一）」兩章，集中回顧了40年代末左翼文藝界對胡風文藝思想的批判和胡風與他的「年輕的朋友們」的反擊始末[25]。

（二）重組五四以來的作家隊伍

為保證即將建立的新文學藍圖順利實施，40年代後期，即將執政新中國的共產黨還通過左翼文藝界對五四以來的作家隊伍進行重新組合。郭沫若在1948年1月3日的《一年來中國文藝運動及其趨向》報告中，對四種「反人民文藝」，即「茶色文藝」「黃色文藝」「無所謂文藝」「通紅的文藝」（即託派的文藝）加以指控，並按照「非紅即白，非革命即反革命，非（為）人民即反人民」的邏輯，把40年代末的作

---

25 關於40年代末對胡風文藝思想的批判情況，筆者在《1948-1949：〈大眾文藝叢刊〉》（《中國現代文學研究叢刊》，2002年第2期）一文中作過大致的梳理。

家分為勢不兩立的兩大陣營，並要求「借助政治的力量『消滅』對方」[26]。洪子誠指出，40年代後期的左翼文藝界，依託在政治上即將取得勝利的優勢，根據「作家的『世界觀』」（主要指他們的階級立場和階級意識）和「對中共領導的革命運動和左翼文藝運動的態度，以及他們的作品可能發揮的政治效用」，將40年代作家與文學派別劃分為革命作家（左翼作家）、進步作家（廣泛的中間作家）和反動作家，「分別確定團結、爭取、打擊的對象，為『文藝新方向』實施清除障礙」[27]。從40年代到50年代，「中心作家與邊緣作家的整體性位置的互換」，即「三四十年代的中心作家迅速成為『配角』，或退出歷史舞臺」[28]。成為「配角」、被「邊緣化」，或者「受到有意冷落」而從文壇上「退出歷史舞臺」，乃至「自動消失」或「隱失」的原因是多方面的[29]，但不論是由於主觀還是客觀原因，這些作家在這歷史的轉折時期不能適應左翼文學對新中國文學——當代文學方向的預設與規範，應該是不能忽視的一個重要原因。與此同時，另外一些作家，主要是來自解放區和40年代末50年代初走上創作道路的青年作家，逐漸成長為50-70年代中國文學的「主流作家」[30]。有研究者認為，延安文

---

26 郭沫若：《一年來中國文藝運動及其趨向》，轉引錢理群：《1948：天地玄黃》，第8頁。

27 洪子誠：《中國當代文學史》，北京：北京大學出版社，1999年，第8頁。

28 洪子誠：《中國當代文學概說》，北京：北京大學出版社，2010年，第29頁。

29 洪子誠指出大致有兩種情形，一是部分作家（主要是「反動作家」和「自由主義作家」）的寫作權利受到不同程度的限制，二是部分作家「意識到自己的文學觀念、生活體驗、藝術方法與新的文學規範的距離和衝突，或放棄繼續寫作的努力，或呼應『時代』的感召，以適應、追趕時勢，企望跨上新的臺階」。《中國當代文學史》（北京大學出版社，1999年），第28頁。

30 在洪子誠論著中，談到四五十年代之交作家隊伍的更送、重組情況，「中心作家」「主流作家」「重要作家」等術語的運用有時存在互相轉換情況，如在《中國當代文學概說》中，洪子誠用「中心作家」（在《中國當代文學史》中稱為「重要作家」）來描述40年代的一些作家，這其中一部分是二三十年代開始寫作的，其中一

藝整風運動以後，如何貫徹執行「工農兵文藝方向」，已成為「劃分作家『等級』的一個重要標準」[31]，這是有歷史依據的。1949年召開的第一次文代會代表中，中共黨員444人，占58.96%，這是一個很能夠說明問題的數字[32]。

（三）重版五四以來的重要作品

在對五四新文學價值進行重估過程中，基於對未來文學圖景的想像與預設，與作家隊伍的重新組合相關聯的另一值得關注現象，是重新出

些人思想藝術都有明顯發展（如曹禺、巴金、蕭紅等），另一部分是真正意義上的「40年代作家」（如穆旦、錢鍾書、張愛玲等）。關於劃分這一時期「中心作家」和「邊緣作家」的依據，洪子誠提出主要是「按作家在文學界的實際地位、影響（他們的創作是否代表一個階段文學的成就，以及對當時文學發展的影響、作用）」，而同時他又用「主流作家」（或者「中心作家」）來描述進入50年代以後的部分作家，並指出判斷的主要依據有三個，即「他們的創作對當時文學主潮的符合、貫徹的程度」，以及「在當時文學界受到的肯定的程度」「他們的文學思想、作品產生的影響」。在《中國當代文學史》（北京大學出版社2007年版）中，洪子誠用「中心作家」（在《中國當代文學概說》中稱為「主流作家」）來描述50年代中後期的部分作家（主要來自解放區和40年代末50年代初走上創作道路的青年作家，如柳青、趙樹理、周立波、歐陽山、郭小川、賀敬之、聞捷、魏巍、楊朔、老舍、郭沫若、陳其通等），並指出確定的依據，主要是「根據這一期間權威文學批評，中國文聯、中國作協各種會議對創作的評述，和中國作協主持的階段性文學狀況總結」。洪子誠還通過與五四一代作家的比較，對重組後的當代（50-70年代）「主流作家」／「中心作家」的文化性格進行分析，包括他們的「出身區域」「文化素養」「走向文學」（文學寫作與參加左翼革命活動的關係）以及「存在方式」（社會政治地位與經濟收入）等。有關這方面的情況可參閱《中國當代文學概說》第三章「作家的狀況」,《中國當代文學史》（北京大學出版社，1999年），第29-33頁。

31　孟繁華、程光煒：《中國當代文學發展史》，北京：人民文學出版社，2004年，第24頁。本章後面所徵引該書內容，如無特別說明，均引自此版本。

32　徐盈：《採訪第一屆全國文代會手記（一）》,《檔案與史學》2000年第1期。轉引《中國當代文學史新稿》，北京：人民文學出版社，2005年，第22頁。需要說明的是，「58.96%」這個比例是根據文代會籌委會最初預計的代表人數753人算出來的，最後的實際參會代表人數是824人。

版五四以來「有價值」的文學作品。這其中最具代表性的是「中國人民文藝叢書」和「新文學選集」兩種。前者由周揚主編，主要編選1942年《講話》發表以來解放區「特別重視被廣大群眾歡迎並對他們起了重大教育作用的作品」，「作者包括文藝工作者及一部分工農兵群眾與一般幹部」。「叢書」從1948年12月開始由新華書店陸續出版，至1949年共出版了58種，被認為是「實踐了毛澤東文藝方向的結果」，其中最能夠代表《講話》精神的解放區作家作品，幾乎被囊括[33]。另一種被稱為是「新文學的紀程碑」的「新文學選集」，由茅盾主編，文化部「新文學選集編委會」編選，1951-1952年由開明書店出版，主要收錄「1942年以前就已有重要作品問世」的作家的作品。「選集」原計劃出版24種，包括「已故作家」和「健在作家」各12種，後來《瞿秋白選集》和《田漢選集》因故沒有出版。有研究者統計，入選作家中，除了葉聖陶、朱自清、許地山、聞一多、巴金、老舍、曹禺等，其餘的接近四分之三都是左翼作家，[34]而眾多的自由主義作家則被排擠在外。

---

33 1948-1949年新華書店編輯、出版的「中國人民文藝叢書」（共58種）比較有代表性的作品有：《白毛女》（賀敬之等）、《王秀鸞》（傅鐸）、《劉胡蘭》（魏風等）、《窮人恨》（馬健翎）、《血淚仇》（馬健翎）、《逼上梁山》（平劇研究院）、《赤葉河》（阮章競）、《兄妹開荒》（王大化等）、《木蘭從軍》（京劇，馬少波）、《紅旗歌》（劉滄浪等）、《李有才板話》《李家莊的變遷》（趙樹理）、《太陽照在桑乾河上》（丁玲、《高幹大》（歐陽山）、《暴風驟雨》（上）（周立波）、《原動力》（草明）、《種穀記》（柳青）、《呂梁英雄傳》（上、下）（馬烽、西戎）、《洋鐵桶的故事》（柯藍）、《紅石山》（楊朔）、《戰火紛飛》（劉白羽）、《王貴與李香香》（李季）、《趕車傳》（田間）、《東方紅》（詩選）、《地雷陣》（邵子南等）、《劉巧團圓》（韓起祥）、《我們的力量是無敵的》（碧野）、《戰鬥裡成長》（胡可）、《漳河水》（阮章競）、《英雄的十月》（華山）等。

34 如魯迅、茅盾、丁玲、胡也頻、洪靈菲、艾青、張天翼、柔石、殷夫、魯彥、蔣光慈、洪深等。陳改玲：《重建新文學史秩序：1950-1957年現代作家選集的出版研究》，北京：人民文學出版社，2006年，第32頁。趙樹理雖然不是左翼作家，但他的作品卻「被廣大群眾歡迎並對他們起了重大教育作用」，在「工農兵文學」的新文學方向的層面上，他的意義並不低於左翼作家。

40年代末50年代初有關五四新文學作家作品的編選出版，從重估五四新文學價值角度考慮，並不排除以此塑造五四新文學傳統與經典的可能。但從建立新中國文學規範角度看，又有一種示範意義，是在為新中國文學「寫什麼」（題材）和「怎麼寫」（表現技巧、語言運用、藝術風格等）提供範式。趙樹理同時入選「叢書」和「選集」的跨界現象[35]，透露出來的正是這信息。趙樹理的創作，無論在題材選擇還是在藝術表現風格追求上，都具有「為中國老百姓所喜聞樂見的中國作風和中國氣派」的品質。

二　新中國文學史觀的人民性

在「緒論」中我們曾作過類似如下的表述：用「人民文學」來描述當代文學的發展歷史，作為一種事後概括，是80年代以來的中國現當代文學研究成果在90年代以後呈現為日益多元化的當代文學史編寫實踐的結果，更是90年代以後40-70年代研究成果被吸收和消化在當代文學史的編寫與研究中的表現。這種概括，目的是為了把這一當代文學史觀與其他的區別開來採取的學科性質的命名。其實，在當代文學歷史上，「人民文學」提法並不始於90年代，而在四五十年代以後的一些文學敘述中即已存在，且常常被解釋或替換為「社會主義文學」或「社會主義現實主義文學」。對於這個問題，我們在上一節以王瑤的《中國新文學史稿》為個案來討論「當代文學」的編寫預設時已有所觸及。實際上，如前所言，對當代文學，「新的人民的文藝」／「人民

---

35 不少研究者對趙樹理入選《新文學選集》持質疑的態度，因為他的「重要作品問世」，都在1943年後。《趙樹理選集》所選的作品《李有才板話》《小二黑結婚》《傳家寶》《登記》《地板》《打倒漢奸》，都發表在1943年後，最早刊行的《小二黑結婚》，也是在1943年9月發表。

文學」與「社會主義文學」，或「社會主義現實主義文學」三者之間
並不存在本質性的歧異，互相間常常交替使用，而強調「人民」與
「人民性」則是它們的共通之處。在1949年7月的第一次文代會上，
郭沫若的總報告即指出1942年以來的解放區文藝「在理論和實踐上都
解決了五四以來所未能解決的」文藝大眾化問題[36]。而周揚所作報告
的主題就是《新的人民的文藝》，並對其內涵進行了闡釋。周揚在報
告中認為《在延安文藝座談會上的講話》「規定了新中國的文藝的方
向」。周揚的報告還以近年來的解放區文藝為例，闡釋了「新的人民
的文藝」的新主題、新人物、新語言和新形式。有論者認為這「四
新」「實際上是解放區新型的政治、社會、文化關係在文學上的反
映」，「『新的人民的文藝』深刻地反映了新的社會關係、經濟基礎和
上層建築」，這個「新」具有「區別於以往一切非無產階級文藝的本
質屬性」[37]。此外，周揚還強調了「新的人民的文藝」「和自己民族
的、特別是民間的文藝傳統」密切的「血肉關係」。

　　這裡有必要說明的是，作為一個歷史性概念的「人民」與「人民
性」的內涵。在周揚的報告中，「新的人民的文藝」的「人民」是一
個以工農兵群眾為主體、包括「城市小資產階級勞動群眾和知識分
子」的、不言自明的當然概念[38]。這也是毛澤東在《講話》中提到的

---

36 郭沫若：《為建設新中國的人民文藝而奮鬥》。中華全國文學藝術工作者代表大會宣
　　傳處編：《中華全國文學藝術工作者大會紀念文集》，北京：新華書店，1950年。
37 轉引溫儒敏、陳曉明等：《現代文學新傳統及其當代闡釋》，北京：北京大學出版
　　社，2010年，第75頁。
38 有論者甚至認為在周揚的報告中，「工農兵」才是「人民」的「合法化理解」，指出
　　報告「這種廣義的階級論思路，構成了中國現當代思想史、政治史也是文學史構架
　　中的一種典型的分類方式。它的最大功能之一，是在整個中國當代社會文化生活
　　中，成功地參與了新興的民族國家努力整合舊秩序，從而頑強建構起一種新的文化
　　秩序的歷史敘事」（洪子誠主編：《當代文學研究》，北京：北京出版社，2001年，
　　第6頁）。對當代文學而言，這種分類方式則為「人民文學」的文學史敘述模式的建
　　立起到了鋪墊作用。

「人民大眾」的「四種人」。但在20世紀,特別是在當代,「人民」的界定並非一成不變。誠如有些研究者所說,毛澤東「總是試圖用『人民』這個概念來含括對社會革命起作用的人群」[39]。比如進入50年代以後,「小資產階級勞動群眾和知識分子」便由於種種政治原因逐漸被從「人民」的內涵中剝離出去。到了「文革」時期,江青他們創造的「樣板文藝」,工人階級更是成了「人民」的主體與核心。可以說,在20世紀的中國,毛澤東關於「人民」的理解與「大多數場合都把人民看作是農民、社會的勞動階級」的俄國民粹主義者還是有些不一樣,它「充滿了政治色彩」,不同的場合有不同的內涵,並不是一個「自明性的概念」[40]。因此,當我們談論「新的人民的文藝」時,有必要瞭解這種文藝所指「人民」在不同時期的內涵,才能更好地把握「新的人民的文藝」的歷史特徵。而「新的人民的文藝」/「人民文學」中「人民性」的確立,則最早可以追溯到30年代末。在1938年的《中國共產黨在民族戰爭中的地位》一文中,毛澤東即提出要廢止「洋八股」,創造一種「新鮮活潑的,為中國老百姓所喜聞樂見的中

---

39 比如在延安時期,毛澤東指出,「最廣大的人民,占全人口百分之九十以上的人民,是工人、農民、士兵和城市小資產階級」(《在延安文藝座談會上的講話》),「人民」在這裡具有明顯的民族主義意味;而在三年解放戰爭時期,則是指「工人階級,農民階級,城市小資產階級和民族資產階級」(《關於正確處理人民內部矛盾的問題》),「人民」在這裡是以階級為基礎的;在50年代社會主義建設時期,「一切贊成、擁護和參加社會主義建設事業的階級、階層和社會集團,都屬於人民的範疇;一切反抗社會主義革命和敵視、破壞社會主義建設的社會勢力和社會集團,都是人民的敵人」(《關於正確處理人民內部矛盾的問題》),「人民」在這裡是明顯意識形態化的。1963年,周恩來在中宣部召開的一次文藝工作會議上談到文藝的「人民性」與「階級性」關係時說,「人民」是指「絕大多數人……在今天,我們講的是無產階級的階級性,但無產階級又必須與農民結成聯盟……所以今天無產階級的階級性也可以說是今天的人民性」(周恩來:《要做一個革命的文藝工作者》)「人民」在這裡雖然還是以階級為基礎,但與毛澤東在50年代的表述已不一樣了。

40 楊匡漢、孟繁華主編:《共和國文學50年》,北京:中國社會科學出版社,1999年,第46、47頁。本章後面所徵引本書內容,如無特別說明,均引自此版本。

國作風和中國氣派」的新文藝。到了40年代的《講話》，毛澤東進一步把這種「人民性」提到前所未有的高度：「無產階級對於過去時代的文學藝術作品，也必須首先檢查它們對待人民的態度如何，在歷史上有無進步意義，而分別採取不同態度。有些政治上根本反動的東西，也可能有某種藝術性。內容愈反動的作品而又愈帶藝術性，就愈能毒害人民，就愈應該排斥。」

周揚的《新的人民的文藝》實際上是把文學「人民性」提法合法化和歷史化。今天回過頭來看，可以發現，在50年代，強調「人民性」而不是「人性」，作為一種話語特徵，甚至並不局限於新中國文學秩序的建立。作家的創作有沒有「人民性」，關於文學的研究特別是對傳統文學遺產的繼承是否堅持了「人民性」，在當時雖有爭辯，但總體上還是一個必須遵循的基本準則。從這種意義上說，用「人民性」「新的人民的文藝」來概括五六十年代的「當代文學」史建構，完全可看作是五四以來中國文學在四五十年代之交的轉折以及在五六十年代文學研究與寫作中的反映。

三　人民性文學史觀的發展

確立於50年代的社會主義性質文學／「新的人民文藝」的當代文學史敘述模式，在「文革」時期一度被以江青等為代表的文藝激進派進行二次的自我提純與淨化，建構出一種以工人階級為「人民」主體與核心的無產階級文藝敘述模式而逐漸失去原有活力和創新機制後，至80年代，經過文藝界的修復，一直被新時期（1979-1989）的當代文學史編撰者沿用。進入90年代以後，隨著中國當代文學學科建設的開展與文學史寫作再一次高潮的到來等原因，這一敘述模式再次被引起關注，並對其內涵進行重釋。

　　90年代以後這種肯定當代文學的「人民文學」或「新的人民的文藝」性質，肯定毛澤東這一文學建構思想的合理性與合法性的當代文學史觀，比較有代表性的研究者是曠新年和韓毓海。曠新年的觀點主要體現在《人民文學：未完成的歷史建構》[41]、《寫在當代文學邊上》[42]之「尋找『當代文學』」與「趙樹理的文學史意義」兩章、《從文學史出發，重新理解〈講話〉》[43]等著述中。韓毓海的一些思考主要散落在其主編的《20世紀中國：學術與社會・文學卷》[44]，以及後來發表的《漫長的中國革命——毛澤東與文化領導權問題》《崇高，令我們蕩氣迴腸——紀念「講話」76周年》《我們在什麼時候失去了梁生寶》《「春風到處說柳青」——再讀〈創業史〉》[45]等一些重要論文中。在從階級視域充分肯定毛澤東文化理念和在當代的建構，認為它開創了一種嶄新的文化（文學）的可能性，肯定當代文學的「人民性」這一點上，韓毓海與曠新年並不存在歧異，只不過前者更多地從現代政治／現代文化領導權角度，後者則更主要地從精英文化／大眾文化立場兩者的比照中展開。

　　1999年，時隔三十多年，編寫《十年來的新中國文學》的中國社科院（即當時的中國科學院）文學研究所的一批研究者主編了《共和國文學50年》。該史著的不凡之處，是在受80年代「重寫文學史」影響，不少文學史家對左翼／革命文學持異議的90年代末，提出「共和國文學」的概念，並旗幟鮮明地堅持「人民文學」的敘述立場。史著「用提出問題的方式來研究和書寫」（楊匡漢、孟繁華：《共和國文學

41 刊於《文藝理論與批評》2005年第6期。

42 上海教育出版社，2005年出版。

43 刊於《文藝理論與批評》2007年第4期。

44 山東人民出版社，2001年出版。

45 這些文章分別刊發在：《文藝理論與批評》2008年第1、2期，《中國社會科學報》2009年5月23日，《二十一世紀經濟報道》2007年1月8日，《天涯》2007年第3期。

50年・後記》），表現出一種歷史的反思性質。這種反思，除了表現為對「人民」內涵在當代演繹的重新辨析，最值得關注的，是在敘述過程中對50年來學界關於「人民文學」是如何運作的研究成果的轉化，如對毛澤東文藝思想的新闡釋，關於共和國的文藝體制（包括文學組織與作家的體制化、文學創作的運作與管理），作家的創作姿態和心態與新人物形象的塑造和演化過程，鄉土題材與城市故事的講述，女性文學、現代主義文學的興起等等。另外，對當代文學批評在特定歷史時期的定位與功能、批評家雙重身份與使命，新時期批評觀念的更新與方法的變革，90年代以後文學批評的「新氣象」「新格局」等，史著也提出了一些新的觀點。正是這種歷史的反思，賦予了史著「人民文學」敘述的深度。

梳理90年代當代文學史敘述中「人民文學」的狀況，對我們歷史地解讀「新人民文藝」的文學史書寫意義，很有必要。在當代文學史敘述中，人民、人民性是無法規避的元素。但事實上，不同時期的文學史家對它們內涵的理解並非一成不變，這是由當代文學史寫作的意識形態屬性決定的。在這裡，我們看到作為一種文學史模式，當代文學史的「新的人民的文藝」／「社會主義文學」敘述表現出其頑強生命力。這或許正是當代文學史寫作的張力與活力之所在。惟其如此，不同時期的文學史寫作之間才可能形成有意義的對話關係，包括寫作者的文學史觀念與立場、對文學現象的評述，以及話語方式等等。這些內容，構成了本書梳理70年當代文學史寫作歷史的一道風景。

四　文藝人民性立場的馬克思主義追溯

文藝創作與文學史敘述是兩個雖有交集但並不能完全等同的概念。後者雖可納入寬泛意義上的文藝創作範疇並與之互為襯托，但因

其自身的歷史學科屬性而相對偏重於科學性與實證性。對共和國70年
來以毛澤東為代表的執政黨人對馬克思列寧主義文藝人民性立場的追
溯，是對人民性文學史編寫實踐審度視域的拓展，有助於我們進一步
認識新中國文學的「新的人民的文學」屬性的內涵，瞭解上世紀五六
十年代構建起來的人民性文學史敘述模式的深厚歷史根基。

　　人民是歷史的創造者。人民性的思想立場是馬列主義文藝的基本
思想立場。對此，馬克思早在1841年的《第六屆萊茵省議會的辯論》
中即有明確的表述：「自由報刊的人民性（大家知道，就連藝術家也
是不用水彩來畫巨大的歷史畫卷的），以及它所具有的那種使它成為
體現它那獨特的人民精神的獨特報刊的歷史個性──這一切對諸侯等
級的辯論人說來都是不合心意的。」[46]馬克思指出：「人民歷來就是什
麼樣的作者『夠資格』和什麼樣的作者『不夠資格』的唯一判斷
者。」（《馬克思恩格斯全集》（第一卷），第195-196頁）1917年十月
革命勝利後，列寧結合俄國社會現實，進一步發展、深化了馬克思關
於文藝人民性的思想理論，並在與德國革命家蔡特金的談話中指出：
「藝術屬人民。它必須深深扎根於廣大的勞苦群眾中間。它必須為群
眾所瞭解和愛好。它必須使群眾的感情、思想和意志一致起來，並使
他們得到提高。」[47]

　　「從文化形態上講，毛澤東及其思想對20世紀中國最根本的貢
獻，無疑是馬克思主義中國化」，在這一意義上，毛澤東的思想可謂
是「近代資本主義社會孕育出來的最徹底的叛逆性文化（馬克思主
義）與中國民族相結合的產物」[48]。20世紀30年代以後，作為「馬克

46　《馬克思恩格斯全集》（第一卷），北京：人民出版社，1995年，第153頁。本章後
　　面所徵引該書內容，如無特別說明，均引自此版本。

47　《回憶列寧》（第五卷），北京：人民出版社，1982年，第8頁。

48　陳晉：《毛澤東與文藝傳統》，北京：中央文獻出版社，1992年，第1-2頁。本章後面
　　所徵引該書內容，如無特別說明，均引自此版本。

思主義中國化」的倡導者和實踐者[49]，毛澤東結合中國革命的實際，不斷豐富和發展馬克思列寧主義的文藝人民性思想，並在後來的系列著述中建立起中國特色的毛澤東文化／文藝思想體系。在1940年的《新民主主義論》中，毛澤東首次系統科學地闡述了五四運動以來的中國文化性質，提出「所謂新民主主義的文化，一句話，就是無產階級領導的人民大眾的反帝反封建的文化」[50]著名論斷。1942年，在《在延安文藝座談會上的講話》中，毛澤東第一次全面系統地闡明了與這種文化形態相適應、以人民性為根本立場的中國文藝內涵，並從文藝與人民的關係對中國文藝的性質、「寫什麼」、「怎麼寫」／「普及與提高」、「文藝與政治的關係」等問題作了深刻闡釋。在文藝「為什麼人」這一根本的、原則的問題上，毛澤東旗幟鮮明地站在「無產階級和人民大眾的立場」上，明確指出「我們的文學藝術都是為人民大眾的」。《講話》強調人民大眾的生活是「一切文學藝術取之不盡、用之不竭的唯一的源泉」，「此外不可能有第二個源泉」（中共中央文獻研究室編：《毛澤東文藝論集》，第32頁）。在文藝工作者與人民的關係問題上，《講話》提倡文藝工作者應該走與工作相結合的道路，認為「中國的革命的文學家藝術家，有出息的文學家藝術家，必須到群眾中去，必須長期地無條件地全心全意地到工農兵群眾中去……」（中共中央文獻研究室編：《毛澤東文藝論集》，第63-64頁）。《新民主主義論》與《在延安文藝座談會上的講話》關於文化／文藝的人民性思想立場，在共和國70多年的歷史進程中產生了深遠影響。

　　1979年，鄧小平《在中國文學藝術工作者第四次代表大會上的祝

---

49 在1938年的中共六屆六中全會上，毛澤東結合中國國情，第一次提出「馬克思主義中國化」的理論問題。見陳晉《毛澤東與文藝傳統》第9頁。

50 中共中央文獻研究室編：《毛澤東文藝論集》，北京：中央文獻出版社，2002年，第32頁。本章後面所徵引該書內容，如無特別說明，均引自此版本。

詞》繼承和發揚毛澤東《在延安文藝座談會上的講話》的文藝人民性思想，強調「我們的文藝屬人民」，「我們要繼續堅持毛澤東同志提出的文藝為最廣大的人民群眾，首先為工農兵服務的方向」[51]。在毛澤東《講話》的基礎上，《祝詞》進一步強調：「一切進步文藝工作者的藝術生命，就在於他們同人民之間的關係。忘記忽略或是割斷關係，藝術生活就會枯竭。人民需要藝術，藝術需要人民。自覺地在人民的生活中汲取題材、主題、情節、語言、詩情和畫意，用人民創造歷史的奮發精神來哺育自己，這就是社會主義文藝事業興旺發達的根本道路。」[52]

2001年，江澤民《在中國文聯第七次全國代表大會、中國作協第六次全國代表大會上的講話》指出：「人民是文藝工作者的母親，生活是文藝創作的源泉」，江澤民強調「我們的文藝工作者要在人民的歷史創造中進行藝術創作，在人民的進步中造就藝術的進步」[53]。

2011年，胡錦濤《在中國文聯第九次全國代表大會、中國作協第八次全國代表大會上的講話》強調：「一切有理想有抱負的文藝工作者，都要密切同人民群眾的血肉聯繫，積極反映人民心聲。一切進步文藝，都源於人民、為了人民、屬人民。一切進步文藝工作者的藝術生命，都存在於同人民群眾的血肉聯繫之中。」[54]

2014年，距毛澤東《在延安文藝座談會上的講話》72年之際，習近平主持召開文藝座談會，開宗明義「社會主義文藝，從本質上講，

---

51 《鄧小平文選》（第二卷），北京：人民出版社，1994年，第211頁。本章後面所徵引該書內容，如無特別說明，均引自此版本。

52 《鄧小平文選》（第三卷），北京：人民出版社，1994年，第183頁。

53 《江澤民文選》（第三卷），北京：人民出版社，2006年，第105頁。

54 胡錦濤：《在中國文聯第九次全國代表大會、中國作協第八次全國代表大會上的講話》，《人民日報》2011年11月23日。

就是人民的文藝」[55]。在這次文藝座談會上，習近平首次提出了「堅持以人民為中心的創作導向」，指出「人民是文藝創作的源頭活水，一旦離開人民，文藝就會變成無根的浮萍、無病的呻吟、無魂的軀殼」（習近平：《在文藝工作座談會上的講話》，第15頁）。習近平指出，「人民不是抽象的符號，而是一個一個具體的人，有血有肉，有情感，有愛恨，有夢想，也有內心的衝突和掙扎。不能以自己的個人感受代替人民的感受，而是要虛心向人民學習、向生活學習，從人民的偉大實踐和豐富多彩的生活中汲取營養，不斷進行生活和藝術的積累，不斷進行美的發現和美的創造」（習近平：《在文藝工作座談會上的講話》，第18頁）。在毛澤東等關於人民、文藝與人民的關係等系列論述的基礎上，習近平結合新時代中國國情指出：「人民既是歷史的創造者、也是歷史的見證者，既是歷史的『劇中人』、也是歷史的『劇作者』。文藝要反映好人民心聲，就要堅持為人民服務、為社會主義服務這個根本方向。」（習近平：《在文藝工作座談會上的講話》，第13頁）有論者認為習近平「立足中國特色社會主義道路和當代文藝實踐，創新性地豐富了『人民』的內涵，把『人民』高高舉起，這是對『人民群眾對於美好生活的嚮往和追求就是我們黨的奮鬥目標』的積極踐行，是對我們黨長期堅持文藝『二為』方針的提煉昇華，是對以人民為本位的馬克思主義文藝觀的新發展」[56]。

2019年，在全國政協十三屆二次會議文化與社會科學界委委員聯組會上，習近平再一次強調，文藝創作、哲學社會科學研究的首要的根本問題，是「要明確為誰創作、為誰立言。人民是創作的源頭活

---

55 習近平：《在文藝工作座談會上的講話》，北京：人民出版社，2015年，第13頁。本章後面所徵引該書內容，如無特別說明，均引自此版本。

56 范玉剛：《「以人民為中心的創作導向」——習近平文藝思想的人民性研究》，《文學評論》2017年第4期。

水，只有扎根人民，創作才能獲得取之不盡、用之不竭的源泉」[57]。

文藝人民性立場，在馬克思列寧主義的歷史長河中是一種當然選擇，但若從文學社會學角度言，這種選擇，同時又是一個國家社會制度選擇的必然結果。當代中國在選擇社會主義社會制度的同時，也選擇了社會主義性質的文藝，人民的文藝。新中國文藝的人民性立場，是以毛澤東為代表的中國共產黨人創造性地將馬克思主義中國化的歷史必然，以及這一必然在新中國文藝思想觀念中的一種投射。對於70年來的中國當代文學史敘述，應作如是觀。

第三節 集體編寫與《十年來的新中國文學》等史著

一 不以「史」命名的第一本「當代文學史」

如前所述，以「新人民文藝」／「社會主義文學」的文學史觀作為指導思想、比較有代表性的「當代文學史」編寫成果的出現主要在60年代初。這些著作一般用「社會主義文學」來描述當代文學，把當代文學描述成為從五四開始的「無產階級革命文學」在社會主義階段的全面展開，把當代文學的發展歷史描述成為無產階級與資產階級、社會主義文藝與資本主義文藝鬥爭的歷史。毛澤東的《新民主主義論》（1940）和《在延安文藝座談會上的講話》（1942）這兩篇文章對中國現代革命的歷史分析，對文藝在中國現代革命中的位置與作用等的指導性意見，是描述這一時期文學發展歷程的重要依據。這也是《十年來的新中國文學》（以下簡稱《新中國文學》）誕生的歷史文化

---

57 習近平：《牢記使命扎根人民，培根鑄魂凝心聚力》，《習近平談治國理政》，北京：外文出版社，2020年。

思想語境。不過與1950年代第一部新文學史著作——王瑤寫作《中國新文學史稿》的時期比較，經過1952年對王瑤史著的批判性座談會，以及1956年對1951年草擬修訂的《中國文學史教學大綱》的補充，教科書編寫的群眾性運動的興起等事件，《新中國文學》的寫作語境已有了一些微妙的變化，具體情形將會在後面進一步展開。

從歷史書寫角度看，這一時期的當代文學史寫作實際上與90年代以後討論的當代文學「歷史化」與「知識化」話題基本上沒什麼關聯。在50年代末，只有近十年時間的「當代文學史」寫作基本上屬「文學批評」的範疇。從學科體制角度，本書之所以把篇幅比較單薄（全書13.2萬字，152頁），且不以「史」命名的《新中國文學》作為這一時期代表性的文本進行解析，並視之為1949年後的第一本當代文學史著作[58]，除了基於對前面洪子誠對作為學科的「當代文學」概念誕生的複雜性考慮，同時還有如下兩方面的原因：一是基於對史著編寫機構——中國科學院文學所的權威性的考量。建國十周年（1959）

---

[58] 關於「當代文學」的命名、第一部「當代文學史」的歸屬，研究界一直有不同看法，很多時候需要加以辨析。王慶生的一篇訪談引用了若干研究成果闡明1958年由華中師院中文系編寫的《中國當代文學史稿》在這方面的地位。這些成果包括：陳曉明《中國當代文學主潮》：「直到1962年，華中師範學院中文系編著的《中國當代文學史稿》一書由科學出版社出版，『當代文學』最早的正式命名才由此產生。」（北京大學出版社，2009年，第3頁）陳占彪《反思與重構——中國現代文學研究的學術轉型》：「到華中師範學院中文系編著的我國第一部中國當代文學史即《中國當代文學史稿》正式於1962年出版，『中國當代文學』學科概念終於為大家所接受。」（南京大學出版社，2009年，第134頁）尚元《評〈中國當代文學〉》：「華中師院對當代文學研究頗為重視，早在1962年就出版了《中國當代文學史稿》，這是建國後由高校編寫出版的第一部『當代文學史』。」（香港《大公報》1984年4月9日）王慶生認為，「《中國當代文學史稿》，從編撰時間、『當代文學』這一命名以及歷史敘述的完整性諸方面來看，都比較符合文學史研究者對『當代文學』學科發生期的想像，而且《史稿》在當時的影響也是較大的，這大概就是大家將《史稿》推為『第一部中國當代文學史』的原因吧？」參見王慶生、楊文軍：《中國當代文學史編撰的回顧與展望——王慶生先生訪談錄》，《新文學評論》2013年第1期。

前後，除了文學所，還有一些高校著手編寫中國當代文學史。但相比之下，文學所的「國」字號「附加值」及其擁有的編寫資源，具有不可替代性。二是基於對其集體編寫模式的典型性的考慮。在此之前，中國文學史的編寫，多屬個人行為。《新中國文學》的問世，預示著文學史編寫不再是一種簡單的個人行為。這一情形當然並不孤立發生，甚至並不始於當代文學史編寫領域，而是五六十年代包括古代文學史、新文學／現代文學史編寫等在內的一種時代潮流。儘管如此，這種編寫主體的轉換，仍然是文學史編纂史上的一個標誌性事件。對於年輕的「當代文學史」編寫，其意味更是非同尋常。與此同時，由於「時間」的關係，當代文學史的編寫也容易不可避免地停留在「文學批評」的層面上，特別是在共和國早期。因此考察《新中國文學》，也在一定程度上有助於我們瞭解當代文學史編寫與文學批評的複雜關係。如要作進一步延展的話，那麼，討論以《新中國文學》，特別是王瑤的《中國新文學史稿》為代表的當代文學史和新文學／現代文學史編寫，還能夠為我們在後面考察同時期海外以夏志清《中國現代小說史》為代表的中國現當代文學史寫作提供一個內地背景，以建立起一種潛在的對話關係。

基於文學史編寫在當代中國的狀況，本節將重點討論《新中國文學》與當代文學史集體編寫的問題。

二 文學史的集體編寫

始於晚清的中國文學史編纂現象，就其性質而言，雖然根據清廷頒布的《奏定大學堂章程》（1903），多少與「文學教育」之需有關，但基本上是一種個人行為，用馬克斯·韋伯（Max Weber）的話說就是屬於個人的「精神志業」，能夠體現出編纂者尊重歷史、堅持自己

獨立思考的精神，「獲得自我的清明及認識事態之間的相互關聯」[59]。如林傳甲的《中國文學史》（1904）、劉師培的《中國中古文學史》（1917）、胡適的《五十年來中國之文學》（1922）、魯迅的《中國小說史略》（1923）、周作人的《中國新文學的源流》（1932）等。

　　集體編寫文學史現象的出現，是在文學被納入國家體制管理的1949年以後。陳平原認為全國統編文學史教材，有利於「『文學史』權威」的建立，對於組織者與編撰者都是個「誘惑」[60]。50年代以後，文學史編寫已不允許寫作者的任情任性，而必須遵循一定的規範，特別是要與當時的主流意識形態保持一致，這也是王瑤的《中國新文學史稿》上冊出版不久便受到質疑、批判式討論的原因。「文學教育」不再是純粹的知識傳授，同時還被納入塑造現代國家民族文化形象的系統工程，承擔著培養新中國接班人的歷史使命。在這樣的語境中，教科書的編寫上升到國家意識形態的管理層面，是必然的。集體編寫過程中的討論目的不是為了推進研究，而是為了「最大程度地達成共識以規範教學」[61]。在五六十年代，以新文學／現代文學史的教科書編寫為例，由國家層面組織指導的比較大規模的集體編寫活動至少有如下幾次。第一次，以1950年5月由中央教育部頒布的《高等學校文法兩學院各系課程草案》為標誌。《草案》規定「中國新文學史」是各大學中文系主要的必修課程，其任務是：「運用新觀點，新方法，講述自五四時代到現在的中國新文學的發展史，著重在各階段的文藝思想鬥爭和其發展狀況，以及散文、詩歌、戲劇、小說等著名

---

59 〔德〕馬克斯·韋伯：《學術作為一種志業》，錢永祥等譯：《韋伯作品集》（I），桂林：廣西師範大學出版社，2004年，第122頁。

60 陳平原：《文學史的形成與建構》，南寧：廣西教育出版社，1999年，第5頁。

61 孟繁華：《中國當代文藝學學術史》（1949-1976），《孟繁華文集》，北京：人民文學出版社，2018年，第164頁。本章後面所徵引該書內容，如無特別說明，均引自此版本。

作家和作品的評述。」[62]根據教育部的安排，李何林後來在王瑤、蔡儀、張畢來各自草擬一分大綱的基礎上，擬撰了《〈中國新文學史〉教學大綱》，並最後以「老舍、蔡儀、王瑤、李何林」的署名方式公開發行。這次集體編寫雖然最後止於大綱，並沒有實質性展開具體內容的編寫，而以黃修己所說的「三部半」個人史著[63]收官，但集體編寫文學史的趨勢已不可阻擋，且已明確編纂過程中的一些具體要求，如以「突出文學與政治的關係」為編寫的基本傾向，以「新文學史上的文學鬥爭」為編寫的基本內容（黃修己：《中國新文學史編纂史》，第128頁）。第二次，以1956年國家高教部發起組織當時國內知名專家、教授參與的全國統一教材編寫為標誌。這次根據1951年草擬修訂的《中國文學史教學大綱》之「中國新文學史」部分，補充了一些新內容，如既要求寫進對胡適、胡風理論的批判，又強調「對於庸俗社會學傾向的糾正」（中華人民共和國教育部：《中國文學史教學大綱》，轉引自黃修己：《中國新文學史編纂史》，第178頁），突出毛澤東對新文化運動的觀點；以新創立的「作家論型」替代王瑤等的「文體分類型」內容編排體式，以突出革命文學、無產階級作家的地位，等等。但這次集體編寫還來不及鋪開，便因1957年的「反右」而擱置，並在1958年科學「大躍進」，「破除迷信、解放思想」，批判資產階級知識分子「偽科學」的「插紅旗、拔白旗」浪潮中被高校學生集體編寫教材運動替代、淹沒。本書前面提到的北京大學中文系1955級學生集體編撰「內部鉛印本」《中國現代文學史·當代部分綱要（初稿）》，正是「插紅旗、拔白旗」的產物。即便是60年代初出版的《中國當代文學史稿》（華中師院本）和《中國當代文學史》（山東大學

---

62 轉引黃修己：《中國新文學史編纂史》，第126頁。

63 這「三部半」分別是王瑤的《中國新文學史稿》、丁易的《中國現代文學史略》、劉綬松的《中國新文學史初稿》和張畢來的《新文學史綱》（第一卷）。

本），其雛形也可以說是形成於這一時期。[64]這次以青年學生為主體的集體編寫運動，對中國文學史的編寫產生了很大的損害，對此本書將在後面再作展開。第三次，以1961年春高等教育部組織的1949年以來最大規模的文科教材集體編寫為標誌。簡單地說，此次集體編寫原來是為了糾偏，由時任中宣部副部長的周揚親自主持召開會議，試圖糾正「大躍進」時期群眾運動式的集體編寫過程中出現的「左傾」錯誤。周揚認為「大躍進」時期高校青年學生集體編寫，知識準備不足，作風比較「浮誇」，特別是對「舊遺產和老專家否定過多」，編寫的教材大都不能繼續採用。另外，針對「大躍進」時期集體編寫「左傾」激進情形，周揚不贊成把教材寫成「政治課本」，「言必稱馬列」。他指出：「在教材中，正確的觀點、立場、方法，不僅表現在正確的論斷上，而且要表現在知識的正確選擇和介紹上。論斷必須有材料做依據。摘引馬克思主義經典著作中的某些詞句，把馬克思主義的現成結論作為套話，空發議論，亂貼標籤，不但不能起到教科書應有的傳授知識的作用，而且首先是違反馬克思主義的。」[65]遺憾的是，這次的集體編寫後來因「文革」而被中斷[66]。

---

64 華中師院中文系編撰的《中國當代文學史稿·前言》寫道：「《中國當代文學史稿》最初完成於1958年12月。在學院黨委的領導下，結合教學和科研研究，以教師為主，採用師生結合的方法，進行編寫。」山東大學中文系編寫的《中國當代文學史》「前言」也寫道：該書「參加編寫的除現代文學教研室的教師和56、57級部分同學外，已經畢業的走上工作崗位的55級同學所編《當代文學史》講義，為本書的編寫工作打下了基礎。」

65 周揚：《關於高等學校文科教材編選情況和今後工作意見的報告》，轉引自孟繁華《中國當代文藝學學術史》，第112、113、114頁。

66 這裡的「中斷」在表述上可能有些含混，會讓人聯想到沒有完成的《中國現代文學史》等，需作適當辨析。實際情況是，像朱光潛主編的《西方美學史》（上下卷），游國恩等五人主編的《中國文學史》（4卷），以群主編的《文學的基本原理》，蔡儀主編的《文學概論》，楊周翰、吳達元和趙蘿蕤主編的《歐洲文學史》等都完成了。

　　陳平原認為，在20世紀，「文學史」作為一種「想像」，其確立與變形，始終與大學教育密切關聯，因此，要瞭解這一百年中國的「文學史」的建設，便不能簡單地將其作為「文學觀念」與「知識體系」來描述，而應該作為一種「教育體制」予以把握[67]。從上面的簡單梳理可以看出，這種集體行動背後代表的是一種「我們」與「時代」的聲音，承擔著與其他國家機器共同建構新中國現代歷史文化形象，塑造受教育者集體記憶的重任[68]。可以不誇張地說，甚至到1980年代中期之前，文學史寫作仍在很大程度上受50年代蘇聯模式的影響，強調文學的階級性與黨性，具有鮮明的意識形態屬性，是國家文化建設工程的重要組成部分。編寫者關注的是「文學『史』」（歷史的文學）而不是「『文學』史」（文學的歷史），文學運動與文藝論爭的內容在文學史中具有不可動搖的地位。綜上所述，文學史寫作中的集體編寫對個人撰述的全面替代，大概肇始於50年代後期的「插紅旗、拔白旗」時期。

　　關於集體編寫文學史存在的問題，何其芳應該是比較早提出思考和擔憂的一個。在1959年6月17日由中國作協和中國科學院文學所召

---

67 陳平原：《文學史作為一門學科的建立》，收錄於《文學史的形成與建構》，南寧：廣西教育出版社，1999年，第4頁。

68 《文藝研究》2020年第11期刊發洪子誠的《紅、黃、藍：色彩的「政治學」——1958年北京大學1955級〈中國文學史〉的編寫》一文。這是迄今為止比較系統、深入地對1958年文學史編寫「大躍進」運動從學術層面進行反思的代表性研究成果。文章將這部被稱之為「紅色文學史」的文學史作為「當代一個文化事件進行梳理，考察它發生的社會政治背景，表達的政治、學術訴求，文學史編寫依據的理念，作為群眾性集體學術研究的組織、運行方式，以及它如何引發當代文學史編纂某些爭論（以論帶史、民間文學主流論、現實主義與反現實主義鬥爭、『中間性作品』……）的問題來源。通過對這一具有延伸性和覆蓋面個案背後思想、政治、人事脈絡的瞭解，探討當代知識生產與權力，與主流意識形態建構，與社會政治潮流之間的關係」。該文對我們重新認識近七十年前的當代文學史集體編寫現象很有啟發意義。

開的如何評價北京大學中文系55級同學編寫的《中國文學史》等文學史問題討論會上，何其芳認為對文學史著作內容的要求主要表現在三個方面：「敘述歷史事實要準確」，「能夠總結出文學發展的經驗和規律」，「對作家作品的評價恰當」。在談到文學史寫作中出現的分組分章然後進行拼合的集體寫作方法的「限制和缺點」時，何其芳認為，這個編寫集體很難進行「通盤的貫穿的研究」，「鑽研一些困難的重大的問題」，這樣的話「就不可能期望找到中國文學史的一些具體的特殊的規律」。何其芳說：「文學所也試用了北大同學們的方法去編寫《十年來的中國文學》（注：亦即後來的《十年來的新中國文學》）。在工作中我們越來越感到這種方法的限制和缺點。」[69]對多年後才編成出版的《新中國文學》存在的問題，看來何其芳早已有先見之明[70]。近十多年來，有研究中國當代文學的海外學者指出在當代前30年（1949-1979）表現主流意識形態的文學創作中，「公眾意見」「對個人的聲音越來越形成壓迫」，這種現象在文學史編寫領域似乎也難以規避[71]。

當然，集體編寫也並非都一無可取。洪子誠認為集體編寫也可以構成一種個人寫作所不具備的方式，如「提供不同見解、不同聲音的互相參照、互相質詢」，但前提是參編者的確有「自己的聲音和見解」[72]。

---

69 何其芳：《文學史討論中的幾個問題》，原載《光明日報》1959年7月26日、8月2日、8月9日。

70 《十年來的新中國文學》「編寫說明」即已明確表示該書啟動於中華人民共和國成立10周年（1959）的前夕，也即是「集體編寫」文學史全面鋪開的時候。

71 這是德國漢學家顧彬在其《二十世紀中國文學史》（范勁等譯，華東師範大學出版社，2008年）中對50年代至70年代文學進行考察時提出的一個觀點。顧彬在這裡並沒有對「公眾意見」內涵進行闡釋。但從其文學史語境看，「公眾」背後的主體應該是國家、政府，「公眾意見」則是代表國家（政府）意志的主流意識形態的聲音。相關的分析可參考本書第五章第四節。

72 洪子誠：《問題與方法——中國當代文學史研究講稿》，北京：北京大學出版社，2010

三 中國科學院文學研究所

在文化領導權由中國共產黨直接掌握的1949年後，「包括文學在內的社會科學研究，都不可能不體現國家權力的意志」，「學術體制同國家利益是密切聯繫在一起的」（孟繁華、程光煒：《中國當代文學發展史》，第48頁）。而作為培養國家建設人才的教科書的編寫，在這一點上更是不容置疑。在以上幾部當代文學史著作中，本書之所以選擇中國科學院文學研究所「十年來的新中國文學編寫組」集體完成的《新中國文學》作為重點考察文學史集體編寫的對象，另外一個原因，是考慮到該書編寫機構的特殊性與權威性。有研究者指出，在50年代，「科研機構的設置，集中表達了國家對文學研究的規範與控制」（孟繁華、程光煒：《中國當代文學發展史》，第48頁）。而承擔編寫當代文學史的中國科學院文學研究所，無疑是國家文學研究的最高組織機構的代表，其權威性，容易讓人想起中國古代的「國史館」「翰林院」（洪子誠：《問題與方法——中國當代文學史研究講稿》，第4頁）。

中國科學院文學研究所的前身是創建於1953年的北京大學文學研究所。1954年正式歸屬中國科學院下屬的哲學社會科學部。1958年哲學社會科學部獨立，由中宣部直接領導。在中國當代文學史的寫作歷史上，《新中國文學》與後面提及的90年代以後出版、同樣由中國社科院文學所（其前身為中國科學院文學研究所）學者編寫的《共和國文學50年》形成了一種有意思的對照，讓我們看到了象徵國家文學研究最高組織機構的文學所在半個世紀後對當代文學史敘述姿態的微妙關聯。

年，第4頁。本章後面所徵引該書（簡稱《問題與方法》）內容，如無特別說明，均引自此版本。

（一）值得注意的「編寫說明」

回到《新中國文學》，我們發現首先值得注意的是附在前面簡短的「編寫說明」：一是說明此書開始編寫於建國十周年的前夕，但幾度中斷，實際編寫的時間比較短促；二是說明此書的編寫者都不是從事當代文學研究的專業人員，積累和研究都不夠，因此「雖經幾次修改，仍然寫得不能令人滿意」；三是說明此書是集體編寫的，在寫法、風格以及對作家作品等問題的看法、評價上也不夠統一。全書六章的執筆人員如下：第一章（緒言）是毛星，第二章（小說）是王燎熒，第三章（詩歌）是卓如、陳尚哲、陶陽，第四章（話劇和新歌劇）是路坎，第五章（散文）是井岩盾，第六章（兒童文學）是夏蕾。書後附錄的「大事記」由樊駿、李惠貞、肖玫、陳尚哲等集體編寫。「編寫說明」中提到參加寫作的人員還有：朱寨、賈文昭（緒言），王淑明（小說），賈芝、孫劍冰、陶建基（民間詩歌），鄧紹基、董衡巽、王文（戲劇），張國民（散文），陳伯吹、肖玫（兒童文學）。以上的「編寫說明」，至少包含、印證了如下幾方面的信息：第一，1959年建國十周年，是「當代文學」命名和編寫的一個「重要契機」，也是五六十年代由國家層面組織集體編寫中國文學史、最後在「文化『大躍進』」期間原意以「國內知名專家、學者」為編寫主體，後來被高校青年學生替代的第二次集體編寫時期；第二，文學史的編寫是一種集體性行為，具有「完成任務的性質」，「不可能不體現國家權力的意志」，這也是五六十年代文學史集體編寫的「規定性動作」；第三，參加編寫的人員是否「專業」並不重要（其中不少是50年代大學畢業後分配到所裡工作的），重要的是其社會身份（中國科學院文學研究所）必須有保障，以保證編寫的「政治正確性」。以上幾點，其實也作為解讀五六十年代文學與政治關係的深層注腳。

（二）「新人民文藝」敘述規制的實踐

　　而作為社會主義文學的編寫實踐，在《新中國文學》中，我們感受更明顯的可能還是集體編寫對1949年文代會以後建立起來的「新人民文藝」／「人民文學」的敘述規範的落實。從這一意義上說，在當代文學史的寫作實踐中，強調人民性的敘述模式是最早被嘗試和使用的。在80年代「當代文學」（1949-1979）被視為異質／異端文學，「從根本上失去了文學史的合法性」之前，當代文學史著作對這一時段文學的敘述一直都沒有超越「人民文學」範疇。這種人民性的敘述模式在「文革」期間，雖然曾經被文藝激進派用「文藝黑線專政論」和對待文化遺產的「歷史虛無主義態度」從主流文學表述中剔除出去，只剩下「工農子弟兵」的「無產階級文藝」，但仍在「文革」結束後的當代文學史寫作實踐中沿用。

　　《新中國文學》「緒言」在談到被80年代以後的當代文學史描述中稱為第一個十年（1949-1959）的文學變革與發展時指出：「這一變革和發展，圍繞著並為著一個中心：文學和勞動人民結合，成為真正屬於勞動人民文學。」[73]編寫組還從這十年文學的精神和內容（站在社會主義思想的高度描寫勞動人民的革命精神和英雄氣概）、風格和形式（民族化和群眾化）、作家隊伍（以工人階級為主幹）等方面闡述「人民文學」的內涵。

四　主流文化立場的表達

　　與50年代王瑤的《中國新文學史稿》等比較，《新中國文學》更

---

73 中國科學院文學研究所《十年來的新中國文學》編寫組：《十年來的新中國文學》，北京：作家出版社，1963年，第21頁。本章後面所徵引該書內容，如無特別說明，均引自此版本。

加明確毛澤東文藝思想在新中國文學中的絕對引領地位。這也是五六十年代國家層面組織集體編寫文學史不斷強化的指導思想。編寫組在指出發生、發展和成長於五四以後的無產階級文學，只有在1942年毛澤東的《講話》提出文藝的工農兵方向、作家必須深入勞動人民進行思想改造等指導、思想之後，其方向和道路才真正明確的同時，告訴讀者：從1949年7月開始的新中國文學，進入了「實踐毛澤東文藝思想的新的階段」，成為了「社會主義革命事業的一個組成部分」。「十年來我國文學藝術的發展過程，也就是文藝工作者日益深入認識和實踐毛澤東文藝思想的過程，是沿著毛澤東同志所指引的文藝道路勝利前進的過程」（《十年來的新中國文學》，第25頁）。《新中國文學》指出，毛澤東文藝思想是馬克思主義文藝思想的「重大發展」，認為1949年後，毛澤東根據形勢的發展，「提出了發展社會主義文學藝術的黨的根本政策（百花齊放和百家爭鳴）和社會主義文學藝術的最好的藝術方法（革命現實主義和革命浪漫主義相結合），這就使我們從文藝方向、文藝政策到批評標準、藝術風格、藝術方法有了一整套建立和發展社會主義文學藝術的正確理論和正確作法」（《十年來的新中國文學》，第26頁）。

（一）注重文藝思想鬥爭線索

注重文藝思想鬥爭和其發展狀況的介紹，是五六十年代集體編寫文學史在內容組織方面的一個特點。《新中國文學》指出10年來的中國文學正是「通過一條激烈的戰鬥的道路向前發展的」（《十年來的新中國文學》，第15頁）。在重視文藝思想鬥爭的敘述方面，編寫組顯然吸取了50年代評論界對王瑤《史稿》的批判成果，更加堅定地從「無產階級和資產階級兩條道路的鬥爭」角度來描述10年來發生在文藝界的種種思潮和論爭，表現出鮮明的政治立場。如認為對電影《武訓

傳》的批判，是1949年後文藝界無產階級思想和資產階級思想的「第一次大交鋒」（《十年來的新中國文學》，第5頁）；對由俞平伯《紅樓夢研究》中的錯誤觀點而引起的對胡適的批判，「是和階級立場十分明顯的資產階級思想鬥爭」；對胡風文藝思想的批判，「則是與披著馬克思主義外衣因而為害更大的資產階級反動思想作戰」（《十年來的新中國文學》，第8頁）；文藝界「反右」和「反修」的勝利，「是文藝戰線上無產階級和資產階級兩條路線的鬥爭有決定意義的偉大的勝利」（《十年來的新中國文學》，第13頁），等等。編寫組在描述10年來的新中國文藝思潮和運動過程中，頻繁地用「反動思想」「反革命集團」「反黨集團」「反馬克思主義」等政治術語。這對後來的當代文學歷史敘述產生了深遠的影響，或者說已成為後來很長一段時間裡當代文學史編寫徵用的基本概念、術語。值得注意的是，在這裡，我們還可以看出編寫組對1956年修訂的《中國文學史教學大綱》之「中國新文學史」部分補充的新內容：要求寫進對胡適、胡風理論的批判。至於有沒有做到「對於庸俗社會學傾向的糾正」，似乎已不很重要。

（二）關注文學題材、主題及形象的「人民性」

第一，通過對文學創作題材的選擇、主題的表現及人物形象的塑造等，充分展示當代文學的「新人民文藝」／「社會主義文學」性質與內涵。「站在社會主義思想的高度來描寫勞動人民，描寫勞動人民今天和昨天的鬥爭，描寫他們的革命精神和英雄氣概，已成為新中國文學的最根本的內容。」（《十年來的新中國文學》，第21頁）關於10年來新中國文學的題材，編寫組指出主要有兩個方面：一是反映革命歷史鬥爭內容，二是反映中華人民共和國成立後的生活和鬥爭。以小說創作為例，該書三大部分內容，除了第三部分介紹少數民族解放鬥爭和新生活的作品，前兩部分主要介紹剛才提到的兩方面題材，其中

反映革命歷史鬥爭的作品有：《紅日》（吳強）、《火光在前》（劉白羽）、《林海雪原》（曲波）、《苦菜花》（馮德英）、《風雲初記》（孫犁）、《紅旗譜》（梁斌）、《青春之歌》（楊沫）、《小城春秋》（高雲覽）、《野火春風斗古城》（李英儒）、《三家巷》（歐陽山）等長篇小說，以及峻青、王願堅、茹志鵑等的短篇小說。這些作品基本上包括了新中國文學10年來在反映抗日戰爭特別是解放戰爭方面最有代表性的小說；反映中華人民共和國成立後的新生活和鬥爭的作品有：《三里灣》（趙樹理）、《山鄉巨變》（周立波）、《創業史》（柳青）、《百煉成鋼》（艾蕪）、《三千里江山》（楊朔）、《上海的早晨》（周而復）等長篇巨著，以及李準、康濯等的中短篇小說。

　　第二，堅持作家作品選擇的政治正確性原則。《新中國文學》所評述的作家作品，即使在現在都經得起政治考驗。這其中除了上面提到的小說之外，詩歌方面：在現代文學時期特別是三四十年代即已有一定影響的詩人郭沫若、馮至（《韓波砍柴》）、臧克家（《馬頭琴歌集》《玉門詩抄》）、李季（《楊高轉》）、阮章競（《金色的海螺》《新塞外行》）等；在40年代走向文學、1949年後進行詩歌創作的如賀敬之（《放聲歌唱》）、郭小川（《投入火熱的鬥爭》《向困難進軍》），1949年後成長起來的詩人如聞捷（《天山牧歌》《復仇的火焰》）、未央、雁翼等，以及以「大躍進民歌」為代表的民間詩歌創作。戲劇方面：話劇《蔡文姬》（郭沫若）、《關漢卿》（田漢）、《龍鬚溝》（老舍）、《明朗的天》（曹禺），歌劇《洪湖赤衛隊》、《劉三姐》等。散文方面如《誰是最可愛的人》（魏巍）等。另一方面，對這10年間凡是遭受到批判的作家作品，《新中國文學》基本採取迴避的態度，如：《我們夫婦之間》（蕭也牧）、《窪地上的「戰役」》（路翎）、《組織部新來的青年人》（王蒙）、《在懸崖上》（鄧友梅）、《紅豆》（宗璞）、《草木篇》（流沙河）等一批「干預生活」之作（這些作品中大部分後來被收入

在1979年出版的《重放的鮮花》[74]一書中），以及趙樹理小說《「鍛煉鍛煉」》、郭小川抒情詩《望星空》和《一個和八個》等長篇敘事詩，等等。這種處理方式其實是政治正確性編寫觀念的另一種體現。

總之，無論從哪個角度，均可看出《新中國文學》與五六十年代集體編寫文學史強調的主流文化精神一脈相承。

五　《十年來的新中國文學》與《文學十年》

從文學史編纂是一種歷史寫作角度看，寫作對象的時間距離，即所謂的「歷史感」顯然很重要。從文學史與文學批評的關係看，文學批評成果要進入文學史寫作視野，也需要經過時間的沉澱。而這兩點，恰恰是當代文學史寫作起步階段需要面對的難題。因此，作為集體編寫的《新中國文學》，還有一點值得關注的是，編寫者如何面對並處理這兩個問題。

（一）《文學十年歷程》與「我們」的立場

為了更好地考察這個問題，我們在這裡將引入以邵荃麟的《文學十年歷程》為代表的系列文學評論成果。[75]這些評論成果涉及1949年

---

74 《重放的鮮花》1979年由上海文藝出版社出版，收入50年代「雙百」方針頒布後（1956年至1957年上半年）發表的17位作者創作的20篇作品。這些作家在1957年反右鬥爭開始受到批判，作品被打成「反黨反社會主義的大毒草」。主要作家作品有：劉賓雁《在橋樑工地上》《本報內部消息》《本報內部消息（續篇）》、耿介《爬在旗桿上的人》、鄧友梅《在懸崖上》、王蒙《組織部新來的青年人》、陸文夫《小巷深處》、流沙河《草木篇》、劉紹棠《西苑草》、李國文《改選》、宗璞《紅豆》、豐村《美麗》等。

75 這些成果包括：邵荃麟的《文學十年歷程》，《文藝報》1959年第18期；馮牧、黃昭彥《新時代生活的畫卷——略談十年來長篇小說的豐收》，《文藝報》1959年第19、20期；郭荻帆《「大躍進」的號角，新詩歌的紅旗——讀〈紅旗歌謠〉》，《文藝報》

以來的文藝運動與鬥爭、文學思潮，以及小說、詩歌、散文、戲劇和
兒童文學等各種文類的創作情況。值得注意的是，執筆這些評論的一
些作者，如邵荃麟、馮牧、鄒荻帆、賀宜、袁水拍、陳荒煤等，都不
是50年代剛走向文壇的文學新人，而是當時文藝界掌握一定實權、有
一定影響的部門領導，集文人與官員的雙重身份於一身，直接參與了
新中國文藝的建設。如：曾在40年代末擔任中共香港工委副書記、中
共香港文委委員，1949年後擔任作家協會副主席、作協黨組書記等職
的邵荃麟，在四五十年代轉折時期的左翼評論界便已有相當影響，並
在《大眾文藝叢刊》（中共直接領導下的左翼文藝界1948-1949年在香
港創辦的一個機關刊物）發表了對新中國文藝發展具有重要指導作用
的《對當前文藝運動的意見》等文章。又如，參與對10年來長篇小說
創作評論的馮牧，是中共在新中國文藝界的「黨刊」《文藝報》1959
年的副主編。再如，40年代曾以《馬凡陀山歌》在詩壇產生過重大影
響的袁水拍，在50年代擔任了《人民日報》文藝部主任，並兼任《人
民文學》《詩刊》雜誌編委。至於荒煤，1947年即曾在晉冀魯豫邊區
文藝工作座談會上發表《向趙樹理方向邁進》的講演，代表解放區文
藝界把趙樹理樹為成功實踐毛澤東《在延安文藝座談會上的講話》精
神的一面旗幟，50年代則擔任了國家文化部電影局局長、文化部副部
長、中國文聯黨組副書記。也正基於以上的特殊背景，這些發表在中
華人民共和國成立十周年之際的《文藝報》的系列評論，對共和國10

1959年第19、20期；賀宜《為達到少年兒童文學的新高峰而努力》，《文藝報》1959
年第19、20期；袁水拍《成長發展中的社會主義的民族新詩歌》，《文藝報》1959
年第19、20期；嚴文井《光明的讚歌——開國十年文學創作選〈散文特寫〉序》，《文
藝報》1959年第19、20期；卞濟遠《十年話劇創作的成就令人鼓舞》，《文藝報》
1959年第19、20期；荒煤《電影文學的迅速發展》，《文藝報》1959年第19、20期。
1960年，《文藝報》編輯部以《文學十年》為題，將以上成果結集，由作家出版社
出版。

年來中國文學發展及其所取得成績的評論，鮮明地區別於同時期其他簡單地對當前文學現象的「匆匆一瞥」，而體現出一定的高度和自覺的歷史意識，代表了當時國家意識形態與時代主流文化的「我們」對新中國文學的傾向性評價。在學術體制同國家利益密切聯繫在一起、文學事業已納入國家體制管理的當代中國，若要對10年來的中國文學進行系統的回顧與總結，即便是新中國文學最權威、最高組織機構的中國科學院文學研究所，也不會無視這些系列評論的存在。

（二）兩者內容構架的比較

如果我們稍微用心對讀，即不難發現：除電影文學外，1959年《文藝報》第18、19、20期有關新中國10年來文學的系列評論，基本上對應於《新中國文學》的內容構架：《文學十年歷程》對應於《新中國文學》的第一章「緒言」，其他評論則分別對應於《新中國文學》的第二至第六章的小說、詩歌、話劇[76]、散文、兒童文學。下面我們再來簡單比照一下《文學十年歷程》與《新中國文學》第一章：

《新中國文學》「緒言」共六部分，前三部分主要闡述新中國文學（當代文學）的淵源與傳統，10年來各階段的文藝運動與鬥爭，第四部分側重闡述社會主義文學的性質、領導權及其對作家創作提出的要求等，第五部分主要從文學的精神與內容、風格與形式、作家隊伍以及讀者對象等方面闡釋新中國社會主義——人民文學的內涵，第六部分闡釋與強調指引新中國文學發展的毛澤東文藝思想的形成、內容與特徵。「緒言」最後預言在10年成就基礎上的社會主義文學，「用無產階級的社會主義的思想和藝術的標準，將寫出更多更美好的我們時代的不朽的詩篇。我國社會主義的巍峨的文學大廈，也將更高地聳立

76　《十年來的新中國文學》除了介紹話劇，還介紹了新歌劇的創作情況。

起來」（《十年來的新中國文學》，第28頁）。

《文學十年歷程》共三部分，其中第三部分主要是對10年文學未來的展望，「向新的高峰前進」。作者寫道：「我們的社會主義文學現在還年輕，然而它將迅速地變得更加強壯、更加成熟。」「我國社會主義文學的前途是無可限量的！」[77]但文章的重點內容還是前兩部分：第一部分在簡單回顧新中國社會主義文學的歷史傳統後，主要介紹10年文學所取得的成就，闡述了社會主義文學在生產與傳播、作家隊伍建設、作品內容表現、人物形象塑造、語言與風格追求、理論批評與古典遺產研究，以及群眾創作運動、多民族文學共同繁榮的景象；第二部分重點介紹10年文學發展的經驗：從「資產階級與無產階級兩條道路的鬥爭」角度闡述了10年來不同階段的文藝批判運動，從「人民文學」角度闡釋了新中國文學必須走與工農兵相結合道路、政治與藝術標準統一、普及與提高相結合等問題，從促進新中國文藝發展角度闡述了10年來中央政府實施的「雙百」方針與推陳出新的文藝政策。

從上面的簡單比照，我們可以發現，《文學十年歷程》與《新中國文學》「緒言」的內容並無實質性的不同，只是「限於篇幅」，作為評論的前者對後者「緒言」的其他內容未作進一步的展開。

沒有資料證明《新中國文學》編寫組與系列評論之間的關係，但這並不影響我們的推斷，即在毫無編寫經驗可借鑒的情況下，[78]對於

---

77 邵荃麟：《文學十年歷程》，《文藝報》1959年第18期。

78 這裡所說的「編寫經驗」或許有必要予以簡單辨析。1949年以後，最早對新中國文學發展情況進行描述的應該是王瑤的《中國新文學史稿》（下冊）附錄的《新中國成立以來的文藝運動（一九四九年十月～一九五二年五月）》。不過受當時環境的影響，特別是由新聞出版部總署與《人民日報》共同組織的對《中國新文學史稿》（上冊）的座談會批判性意見的影響，王瑤的「附錄」已有意識地從政治性、思想性與史料之間的關係來描述新中國成立以來的文學發展情況。「附錄」共包括六部

非從事當代文學研究的編者來說，面對這一開始於中華人民共和國成立十周年前夕、後來幾度中斷的回顧與總結新中國文學發展的編寫工作，為確保編寫內容的政治性和權威性，對邵荃麟等的系列評論予以消融的可能性[79]。對於具有明確的歷史書寫性質的《新中國文學》來說，這種消融其實是一種再正常不過的現象，只不過相對於「個人行為」的「評論」《文學十年歷程》[80]而言，帶有歷史書寫性質的《新中國文學》，更注意內容的客觀性與科學性，注重對發展的內在規律性的尋找。

　　當然，我們在這裡討論這個問題，更重要的目的還在於試圖解釋我們在前面提出的一個問題，即在缺乏時間距離與歷史沉澱的情況下，當代文學史的寫作是如何面對與處理文學批評的。顯然，早期的當代文學史書寫，要截然脫離文學批評是不現實的。或者說，來自主流文化立場的文學批評，在這裡實際上暗含、承擔了某些文學史寫作

分內容（具體參見本章第一節）。從王瑤的《史稿》到《十年來的新中國文學》，其間國內的政治思想文化領域已發生巨大的變化，並深刻地影響到中國文學史的編寫。依「後見之明」，在60年代初，《史稿》對「新中國成立以來的文藝運動」的敘述能否對接上時代潮流還是一個問題。

79 這裡還可以提及另一篇「評論」是時任文化部部長的茅盾發表於1959年10月9日《人民日報》的《新中國社會主義文化藝術的輝煌成就》一文。文章談了四個方面的內容：十年來，文化藝術工作取得了偉大的成就；黨的領導和堅持政治掛帥，是一切文化藝術的工作的靈魂；文化藝術工作必須為工農兵服務，為社會主義服務；文化藝術工作的繁榮昌盛是執行黨的「百花齊放、百家爭鳴」的方針的結果。

80 其實邵荃麟的《文學十年歷程》雖然是個人署名，但由於其特殊身份，其「評論」的權威性已遠遠超越了「個人」。王慶生在一篇訪談中談到，50年代高校「老師給學生講新文學，只講到1949年為止，新中國成立以後的就很少講了。後來大家逐漸意識到了這個問題，覺得新中國的文學已經有了10年的歷史，有必要對其進行研究。這個時候，邵荃麟寫了一篇比較有分量的文章，叫《文學十年歷程》，對那10年來的文學成就進行了比較全面的總結。此後，當代文學也就逐漸進入了大學中文系的課堂」。王慶生、楊文軍：《中國當代文學史編撰的回顧與展望——王慶生先生訪談錄》，《新文學評論》2013年第1期。

的功能。這種情況後來在愈演愈烈的激進左翼文藝派別那裡，表現得更加極端。作為集體編寫的《新中國文學》的意義與啟示，這應該是其中重要的一點。

第四節　激進文學史觀下的文學史撰述

一　文學批評與當代文學史

　　文學史與文學批評既有共通之處，也存在區別。兩者都以文學現象為研究對象，但側重點不同。文學批評的對象可以是具體的，獨立的，比如對作家作品的處理。但文學史則不同。王瑤認為寫文學史不同於編「作品選」，在於後者編選的標準可根據讀者需要「量身定制」，但寫文學史就不同：講不講這個作家作品，講多講少，「都意味著評價」；「作為歷史科學的文學史，就是要講文學的歷史發展過程，講重要文學現象的上下左右的聯繫，講文學發展的規律性」（王瑤：《中國現代文學史論集》，第276頁）。王瑤還指出，文學史講文藝運動和思想鬥爭，「更要和一定的歷史背景和當時的社會思潮相聯繫，要著重考察它對創作所產生的實際影響」（王瑤：《中國現代文學史論集》，第277頁）。

（一）五六十年代文學批評的職能

　　在當代（特別是五六十年代），文學批評承擔著主流意識形態在文藝領域的監管功能。周揚指出：「批評是實現對文藝工作的思想領導的重要方法。」[81]這種情況，使得50-70年代，文學史寫作與文學批

81　周揚：《新的人民的文藝》，轉引洪子誠主編：《中國當代文學史·史料選》（上卷），第161頁。

評之間的界線變得模糊，文學批評常常越界，干預甚至強勢介入文學
史的寫作。關於五六十年代的文學批評，20世紀80年代以後，伴隨著
政治上的撥亂反正和歷史反思的不斷深入，以及當代文學學科建設的
展開，在最近十多年的時間裡已逐漸形成了比較穩定的闡釋。根據毛
澤東《在延安文藝座談會上的講話》「政治標準放在第一位，藝術標
準放在第二位」的指導思想，周揚在第一次文代會《新的人民的文
藝》報告中強調，文藝的批評的主要功能是「對文藝界的錯誤進行批
評」，「必須通過批評來推動文藝工作者相互間的自我批評」[82]。五六
十年代的批評家，幾乎有先天性的雙重身份，既是文藝界／部門的領
導人或者負責人，又是文學批評的專業人士，他們一方面要「為黨的
文藝思想和文藝政策代言」，另一方面又要「探究文學的發展規律」
（楊匡漢、孟繁華：《共和國文學50年》，第483頁）。文學批評常處於
「兩難」之中。洪子誠在考察社會政治體制與這一時期當代文學的關
係時即曾經指出，文學批評在這一時期，個性化或者科學化的作品解
讀和鑒賞活動不是最主要的職能，而「主要成為體現政黨意志的，對
作家作品、文學主張和活動進行政治『裁決』的手段。它承擔了規範
的確立、實施的保證」：「一方面，它用來支持、讚揚那些符合規範的
作家作品；另一方面，則對不同程度地偏離、悖逆傾向的作家作品加
以警示、打擊」，即毛澤東所謂的「澆花」和「鋤草」[83]。也正是在這
樣一種格局中，我們看到了這一時期「編者按」「讀者來信」等文學
批評現象，被賦予了特別的內涵。比如，作為文學批評活動重要組成
部分的「讀者來信」中的「讀者」，常常是一個被構造出來的、不被

---

82 周揚：《新的人民的文藝》，轉引洪子誠主編：《中國當代文學史・史料選》（上
　　卷），第161頁。
83 洪子誠：《中國當代文學史》（修訂版），北京：北京大學出版社，2007年，第23-24
　　頁。

具體分析的概念，「一般不具備實體存在的意義，而往往作為權力批評的一種延伸」。文學批評「不承認文學讀者是劃分不同群體、形成不同圈子的，不承認不同的社會群體有不同的文化需求」。洪子誠指出這一時期文學批評中的「讀者」加入，有時是為了加強「批評的『權威性』」，也就是王堯所說的，「在多數情況下，『讀者』和『領導者』的取向是一致的，甚至有些『讀者』是『領導者』的化身」[84]。而這一時期文學批評中另一個重要現象的「編者按」，也別無選擇地與當時的文學史觀念（即我們後面所說的「影子文學史」）形成「共謀」的關係。程光煒對此有過深刻的分析，認為它「對文學創作的評價和規範，對文學史的自我想像和生成，有著十分重要的影響」：「編者按」之「編者」可以說是一個「超級作者」和「文學籌劃者」，其選擇什麼對象以何種姿態進行評論，都是「集體商量、深思熟慮」的結果，他們的文學史觀和批評觀是不能夠用傳統的文學史知識與習慣來駕馭和評估的。「一方面，它是對各種移動的、不確定的文學現象，作出的引導、規勸和限制；另一方面，由於當事人（作者）文化處境的差異和對文學的不同認識，它發出的批評『聲音』中仍然會出現複調的現象」。因此，「編者按」「實際參與籌劃了中國當代文學草創時期的格局和具體操作」。程光煒指出「後來幾十年對當代文學『發生史』的描述，對重要文學現象和文學理論的甄別和確認，在這一語境中被列入，又在另一時空中被質疑的文學經典，以及關於當代文學的教學和研究，都離不開『編者按』最初劃定的範圍」[85]。

---

84 王堯：《中國當代文學批評的生成、發展與轉型》，《文藝理論研究》2010年第5期。
85 程光煒：《〈文藝報〉「編者按」簡論》，《當代作家評論》2004年第4期。

（二）文學批評對文學史的改寫／重寫

對於當代文學60年（1949-2009），學界有「前30年」與「後30年」的說法。從當代文學史寫作與文學批評關係情況看，這前、後30年說法的時間劃定也頗能夠說明一些問題。在80年代中期出版的《中國當代文學思潮史》中，朱寨認為前30年（1949-1979）「在中國新文學史和新文學思潮史上，都具有相對獨立的階段性和獨立研究的意義」[86]。由於1949年後文學活動已全面納入國家體制管理，同時也由於此後整個國家思想文化界長期處於一種繼續革命的狀態，因此這一時期有關中國文學史的寫作實踐很少。而具體到當代文學，則又與其作為一種文學形態還很年輕有關。盡管如此，在毛澤東《新民主主義論》和《在延安文藝座談會上的講話》思想基礎上建構起來的、具有鮮明民族國家意識和政治意識形態傾向的「新人民文藝」的文學史觀念，已不僅成為新文學史寫作的思想框架，同時成為當代文學史寫作的指導思想。這種文學史觀念同時也對這一時期的文學批評產生了巨大影響，致使其強勢介入到有關這一時期文學發展的歷史敘述中。我們今天對這一時期文學發展狀況的認識和瞭解，除了具體作家作品，主要通過國家權力直接管轄下的文藝機構制定和實施的各種文藝方針與政策，文藝界受命組織開展頻繁不斷的文學批判運動的相關文字材料，以及一些重大文藝事件的檔案資料，如周揚《新的人民的文藝》、中共中央《百花齊放，百家爭鳴》[87]、周揚《文藝戰線上的一場大辯論》[88]、邵荃麟《文學十年歷程》、茅盾《新中國社會主義文化藝術的

---

86 朱寨：《中國當代文學思潮史·引言》，北京：人民文學出版社，1987年。

87 1956年5月26日，時任中宣部部長的陸定一在北京懷仁堂有北京知名科學家、文學家和藝術家參加的會議上，代表中共中央宣講「百花齊放、百家爭鳴」的方針政策。報告修改後經毛澤東批示發表在《人民日報》1956年6月13日。

88 原載《文藝報》1958年第5期。

輝煌成就》、陳荒煤《關於總結三十年文藝問題》[89]、周揚1979年在第四次文代會上的報告《繼往開來，繁榮社會主義新時期的文藝》[90]等等，在某種意義上，它們都是主流意識形態的直接體現。而「文革」時期的《評新編歷史劇〈海瑞罷官〉》[91]《林彪同志委託江青同志召開的部隊文藝工作座談會紀要》[92]《京劇革命十年》[93]等，更是被文藝激進派賦予了文學史的功能。當然，對於當代前30年文學狀況的認識和瞭解，也離不開那些被這一時期主流意識形態視為「異端的聲音」，如胡風《關於解放以來的文藝實踐情況的報告》（即《三十萬言書》）、「百花時代」的文學理論[94]、60年代初嚴家炎關於《創業史》的評論[95]等。值得注意的是，這些評論、檔案材料和「異端的聲音」，大都成為了後來許多文學史家編寫當代前30年文學發展歷史的第一手參考材料。在文學史寫作無法正常開展的情況下，以上這些材料均在一定程度上承擔著文學史的功能，文學批評與文學史寫作在這一時期可以說是一個問題的兩方面，具有「影子文學史」功能的主流文學史觀念與文學批評活動達成高度契合。

　　特別值得一提的是，1964年以後，伴隨著激進文學思潮的愈演愈

---

89 該文是作者1979年參加社科院文學所舉辦的「如何總結近三十年來文學工作以及編寫當代文學發展史」座談會的發言稿，發表於《文藝研究》1979年第3期。

90 原載《人民日報》1979年11月20日。

91 原載《文匯報》（上海）1965年11月10日，《北京日報》《人民日報》先後於同年11月29日、30日全文轉載，並附有「編者按」。

92 原載《紅旗》雜誌1967年第9期。

93 原載《紅旗》雜誌1974年第7期。

94 比較有代表性的如秦兆陽的《現實主義──廣闊的道路》（《人民文學》1959年第9期）、錢谷融的《論「文學是人學」》（《文藝月報》1957年第5期）、巴人的《論人情》（《新港》1957年第1期）等。洪子誠《中國當代文學史》（修訂版）（北京大學出版社，2007年）第三章「對規範的質疑」部分對這一時期被視為「異端」的文學理論有比較精闢的梳理，可參考。

95 嚴家炎：《談〈創業史〉中梁三老漢的形象》，原載《文學評論》1961年第3期。

烈，激進派對文藝界的掌控，當代文學批評也逐漸演變成為「霸權寫作、專制寫作」[96]，不僅替代了文學史的地位，同時還根據政治鬥爭的需要，直接承擔了改寫／重寫文學史的功用。「文學運動和政治運動交織在一起」，文學批評成了政治批判，「而這種批判又往往缺乏馬克思主義一貫倡導的實事求是的科學精神」[97]。至「文革」前夕，以江青、姚文元等為代表的激進文藝派，斷言文藝界建國以來「被一條與毛主席思想相對立的反黨反社會主義的黑線專了我們的政」[98]，認為「從《國際歌》到革命樣板戲，這中間一百多年是一個空白」[99]。他們強調「在文藝批評中，要加強戰鬥性」，文藝評論要「成為開展文藝鬥爭的重要方法，也是黨領導文藝工作的重要方法」[100]。文藝批評至此完全成為主流意識形態的代言，「開創無產階級文藝新紀元」。這期間成立的「寫作組」[101]，如「初瀾」，從批「文藝黑線」始，到鼓吹寫「與走資派鬥爭」終，一直與當時極左的主流話語相對接。

二 「無產階級文藝新紀元」神話

「文革」期間，內地嚴格意義上的當代文學史寫作雖然已經處於

---

96 古遠清：《中國當代文藝理論批評史（1949-1989）》，北京：大眾文藝出版社，2005年，第332頁。

97 丁景唐、徐緝熙：《中國新文學大系（1949-1976）》第十九集「史料·索引卷1·序」，上海：上海文藝出版社，1997年。本章後面所徵引該書內容，如無特別說明，均引自此版本。

98 《林彪同志委託江青同志召開的部隊文藝工作座談會紀要》。轉引丁景唐、徐緝熙：《中國新文學大系（1949-1976）》第十九集，第696頁。

99 轉引自王慶生主編：《中國當代文學辭典》，武漢：武漢出版社，1996年，第47頁。

100 《林彪同志委託江青同志召開的部隊文藝工作座談會紀要》，轉引丁景唐、徐緝熙：《中國新文學大系（1949-1976）》第十九集，第702頁。

101 比較有代表性的是清華大學、北京大學兩校大批判組和上海市委寫作組，以及以「初瀾」為筆名的文化部寫作班子等。

擱置狀態，但像《林彪同志委託江青同志召開的部隊文藝工作座談會紀要》（以下簡稱《紀要》）和《京劇革命十年》等這一類的文章，對當代文學發展的述評，卻並不遜於文學史的威力。如果將這兩篇文章分別指涉的時間跨度加以接駁，我們會發現它們所評述的1949年到1974年的中國文學，基本上就是一些研究者所說的另一種「具有相對獨立的階段性和獨立研究的」中國當代文學。而無論與五六十年代還是80年代以後的當代文學史比較，它們對中國當代文學發展歷史的顛覆式敘述，其中的歷史虛無主義的激進姿態，均極為引人注目。

（一）「無產階級文藝新紀元」的主要特徵

顧名思義，《紀要》是林彪委託江青於1966年2月2日到20日在上海邀請部隊一些同志召開的有關文藝工作的座談會的內容紀要，很難說是嚴格意義上的文學批評。在否定1949年以來的中國文學的同時，《紀要》對正在開創的「無產階級文藝新紀元」從不同角度進行了規劃和描繪。在進一步強調毛澤東的文藝思想的至尊地位的同時，還重點突出了「新紀元」文藝如下幾方面的內容（以下所引《紀要》內容不再另注釋）：

關於文藝領導權。《紀要》在新中國歷史上首次強調了解放軍在社會主義「文化革命」中的重要作用，把毛澤東延安時期關於「兩支文藝隊伍」（「上海亭子間的隊伍和山上的隊伍」）的思想進行政治上的發揮，對他們正在規劃的無產階級革命文藝作進一步的提純。《紀要》指出：「沒有人民的軍隊」，「也就沒有人民的一切」；強調解放軍要「勇敢地、堅定不移地，為貫徹執行文藝為工農兵服務、為社會主義服務的方針而鬥爭」。

關於文藝隊伍建設。《紀要》認為「我們的許多文藝工作者，是受資產階級的教育培養起來的，在從事革命文藝活動的過程中，有些

人又經不起敵人的迫害叛變了，或者經不起資產階級思想的腐蝕爛掉了」，「在全國解放後，進了大城市，許多同志沒有抵抗住資產階級思想對我們文藝隊伍的侵蝕，因而有的在前進中掉隊了」。《紀要》因此強調要「重新組織文藝隊伍」，「培養鍛煉出一支真正無產階級的文藝骨幹隊伍」。

　　關於創作題材選擇。《紀要》在指出並批評過去有些作品「歪曲歷史事實，不表現正確路線，專寫錯誤路線」，有些作品「則專搞談情說愛，低級趣味，說什麼『愛』和『死』是永恆主題」的同時，強調社會主義革命和建設題材的重要性，要趁著領導、指揮「三大戰役」的同志還健在，把「重大戰役」的文藝創作抓搞起來；「許多重要的革命歷史題材和現實題材，急需我們有計劃、有步驟地組織創作」。

　　關於人物形象塑造。《紀要》批評有些作品「寫了英雄人物，但都是犯紀律的，或者塑造起一個英雄形象卻讓他死掉，人為地製造一個悲劇的結局」，有些作品「不寫英雄人物，專寫中間人物，實際上是落後人物，醜化工農兵形象；而對敵人的描寫，卻不是暴露敵人剝削、壓迫人民的階級本質，甚至加以美化」。《紀要》認為這些都是「資產階級、修正主義的對象，必須堅決反對」，與此同時，《紀要》強調要把塑造工農兵的英雄形象作為社會主義文藝的根本任務。

　　關於文藝的繼承創新。《紀要》提出要破除對「所謂三十年代文藝」和「中外古典文學的迷信」；認為三十年代文藝也有好的，「那就是以魯迅為首的戰鬥的左翼文藝運動」，但總體而論，那時的「左翼文藝運動政治上是王明的『左傾』機會主義路線，組織上是關門主義和宗派主義，文藝思想實際上是俄國資產階級文藝評論家別林斯基、車爾尼雪夫斯基、杜勃羅留波夫以及戲劇方面的斯坦尼斯拉夫斯基的思想，他們是俄國沙皇時代資產階級民主主義者，他們的思想不是馬

克思主義，而是資產階級思想」。《紀要》強調「文化革命」要「有破有立」，要「標社會主義之新，立無產階級之異」，大力發展「樣板戲」。

關於文學批評工作。《紀要》強調「要提倡革命的戰鬥的群眾性的文藝批評，打破少數所謂『文藝批評家』（即方向錯誤和軟弱無力的那些批評家）對文藝批評的壟斷，把文藝批評的武器交給廣大工農兵群眾去掌握，使專門批評家和群眾批評家結合起來」，「提倡多寫通俗的短文，把文藝批評變成匕首和手榴彈，練出二百米內的硬功夫」。《紀要》提出，「文藝評論要成為經常的工作，成為開展文藝鬥爭的重要方法，也是黨領導文藝工作的重要方法。」

此外，《紀要》還強調文藝工作中要「走群眾路線」；要堅持革命現實主義和革命浪漫主義相結合的創作方法，「不要搞資產階級的批判現實主義和資產階級的浪漫主義」；要敢於碰像肖洛霍夫這種「修正主義文藝鼻祖」的「大人物」，指出他的《靜靜的頓河》《被開墾的處女地》《一個人的遭遇》「對中國的部分作者和讀者影響很大」。

（二）《京劇革命十年》的總結

《京劇革命十年》發表於1974年，距離江青1964年在京劇現代戲觀摩演出人員的座談會上「談京劇革命」[102]剛好10年，距離《紀要》宣告近三年來（即1964-）以革命現代京劇即「樣板戲」為代表的工農兵文藝「劃出了一個完全嶄新的時代」，也過去了將近十年，因此說它是對京劇革命10年（1964-1974）的總結是不無道理的。這是「文革」時期文藝激進派組織的一篇與《紀要》遙相呼應的文學評論。

從「形式」上看，《京劇革命十年》至少有三點值得注意。一是

---

102 江青：《談京劇革命：一九六四年七月在京劇現代戲觀摩演出人員的座談會上的講話》，《紅旗》雜誌1967年第6期。

京劇／「樣板戲」在「文革」時期的合法性。這是被當時主流意識形態大力推廣和培育的、為數不多的、合法的文藝形態之一，代表了無產階級文藝創作的最高水平，因此對京劇「樣板戲」的評述，可看作是對當時中國文學的評述。二是文章作者身份的特殊性。文章作者「初瀾」並非某個具體的人，而是「文革」期間由江青、張春橋、姚文元等直接控制下的文化部文藝評論寫作班子常用的集體筆名，文章的思想內容和主要觀點代表的是文藝激進派的「我們」，風雲變幻時代的掌權者，具有鮮明的政治傾向性。三是文章發表刊物的權威性。《紅旗》雜誌是當時林彪、陳伯達控制的被認為具有輿論喉舌之稱的「兩報一刊」（兩報：《人民日報》《解放軍報》）之一。

　　《京劇革命十年》透露的外部信息隱含的意識形態內涵當然值得我們關注，不過其中更值得我們思考的，還是：在文學史寫作弱化的特殊時期，作為文學評論，文章是如何強勢僭位，以「論」代「史」，敘述《紀要》開創的「無產階級文藝新紀元」的10年歷史的？從文學史寫作與文學批評關係角度，這敘述又給我們提出了怎樣的思考？

　　從總體上看，《京劇革命十年》對這10年文藝發展歷史的敘述，基本上對應於《紀要》關於無產階級文藝新紀元藍圖的描繪，而且根據這10年政治鬥爭與文藝界形勢的變化，把相關內容表述得更加具有針對性，用「我們」的話說就是更具戰鬥性。比如對10年前（1964年前）文藝界狀況的描述（以下所引《京劇革命十年》的內容不再另注釋）：

　　　　十年前，劉少奇和周揚一夥推行的修正主義文藝路線專了我們的政。在他們的控制下，整個文藝界充滿了厚古薄今、崇洋非中、厚死薄生的惡濁空氣。盤踞在文藝舞臺上的，不是帝王將

相、才子佳人，就是形形色色的牛鬼蛇神，幾乎全是封、資、修的那些貨色。

從《紀要》「被一條與毛主席思想相對立的反黨反社會主義的黑線專了我們的政」的籠統模糊描述，到這裡具體化為被「劉少奇和周揚一夥推行的修正主義文藝路線專了我們的政」，《京劇革命十年》在表明10年來文藝新紀元取得了「偉大成果」的同時，也足以讓人聯想到10年間文藝界兩條路線鬥爭的複雜性和殘酷性。文章指出，10年來中國文藝已經從根本上改變了當年的狀況，「社會主義文藝事業一年比一年繁榮昌盛」：

> 以京劇革命為開端、以革命樣板戲為標誌的無產階級文藝革命，經過十年奮鬥，取得了偉大勝利。無產階級培育的革命樣板戲，現已有十六七個了。在京劇革命的頭幾年，第一批八個革命樣板戲的誕生，如平地一聲春雷，宣告了毛主席《在延安文藝座談會上的講話》所指出的革命文藝路線已經在實踐中取得了光輝的成果，中國社會主義文藝的新紀元已經到來，千百年來由老爺太太少爺小姐們統治舞臺的局面已經結束，工農兵英雄人物在舞臺上揚眉吐氣、大顯身手的時代已經開始。這是中國文藝史上具有偉大意義的變革。

（三）初步的歷史敘述及其實質

《京劇革命十年》以「論」代「史」，用豪言壯語對仍處於「創業期」的「無產階級文藝新紀元」10年歷史進行了初步的敘述，並重點闡述和總結了如下幾個問題：

一是京劇／無產階級文藝革命的歷史必然性和現實合法性。文章指出，這10年的文藝革命，歷史地看，是「由社會主義時期存在著階級、階級矛盾和階級鬥爭的現實決定的，是馬克思列寧主義和修正主義鬥爭的必然產物，是黨的基本路線指引下無產階級防止資本主義復辟、鞏固無產階級專政的戰略措施」。從現實角度看，文章認為，無產階級在進入社會主義階段後，為鞏固政權，必須對意識形態領域存在的敵人開展鬥爭，而「狂熱地宣揚孔孟之道」的舊京劇，「是地主階級在意識形態領域中的頑固堡壘」；「無產階級文藝革命選擇京劇作為突破口，本身就是一場批判孔孟之道的重大鬥爭，就是要拆掉千百年來反動階級賴以製造人間地獄的精神支柱」。總而言之，文章認為這場無產階級文藝革命是歷史發展的必然，也是鞏固政權的現實需要，因而也是合法的。

二是京劇／無產階級文藝革命取得的成果與積累的經驗。文章認為這成果與經驗主要體現在：創作出了一批「革命的政治內容和盡可能完美的藝術形式的統一」樣板作品，從而「牢固占領文藝陣地」。「滿腔熱情、千方百計」地塑造了無產階級英雄典型，從而實現了對孔孟之道的批判、推動了歷史的前進，以及對資產階級的專政。比較好地堅持了「古為今用、洋為中用」「百花齊放，推陳出新」的方針，從而「為無產階級開闢了批判繼承和改造古典藝術形式的革命道路」。在這一問題上，文章特別強調：「革命樣板戲中英雄人物的音樂形象和舞蹈形象的產生，都是批判繼承和改造了舊京劇藝術中有用成分而進行創新的結果。」此外，文章認為，京劇革命十年，「通過激烈的階級鬥爭和艱苦的藝術實踐，逐漸形成了一支無產階級的文藝隊伍」，他們的政治水平和藝術水平，「都是過去舊的藝術院校所培養的人材不可比擬的」。總之，「京劇革命十年，是戰鬥的十年，勝利的十年，是值得在無產階級文藝史上大書特書的十年」。文章對京劇／無

產階級文藝十年的這種表述，與《紀要》對「十七年文學」的否定性
敘述，形成鮮明的對比。

三是批判了「妄圖否定無產階級『文化大革命』」的「一小撮
人」的「反動思潮」。文章認為這種思潮的觀點主要有：「『根本任
務』欠妥當」論；「樣板戲標準太高，頂了台」論；「要『突破樣板戲
框框』」論，等等。文章認為，「敵人越是起勁地罵我們，我們越要堅
持鬥爭，進一步普及和發展樣板戲」，「將我們的文藝革命進行到
底」。文章堅信：「只要我們沿著《在延安文藝座談會上的講話》指引
的方向前進，不斷總結實踐經驗，就一定能夠從勝利走向新的勝利。
未來的十年、二十年，必定是社會主義文藝更加繁榮的年代。」

20世紀90年代以後，洪子誠曾從文學史觀角度指出《京劇革命十
年》等文章對「中國當代文學史」概念內涵在構建與變異過程中的影
響：「即把『京劇革命』發生的1965年，作為文學分期的界限，把此
後的文學稱為真正社會主義性質的『當代文學』（雖然他們不使用這
一名稱）。他們運用與周揚等的同一評價體系，但更強調『純粹』，對
文學現象實施更多的篩選與『壓抑』，運用更強調『斷裂』的激進尺
度。」[103]這也可以說是《京劇革命十年》對「文藝新紀元」（1964-
1974）初步敘述的實質。

三 激進文藝思潮的歷史尋蹤

在80年代末「重寫文學史」討論期間，王富仁曾指出：「從中國
現代文學研究的歷史上來看，凡是社會思想和文學思想發生重大變化

---

103 洪子誠、孟繁華主編：《當代文學關鍵詞》，桂林：廣西師範大學出版社，2002年，
第6頁。

的時候，便會產生一種『重寫文學史』的衝動或要求。」[104]曠新年後來也在一篇討論新時期文學史寫作與研究的文章中認為，80年代的「重寫文學史」運動，最早應該追溯到70年代末對《紀要》以及「文革」時期「左傾」文藝路線的批判與否定[105]。由此可見，《紀要》和《京劇革命十年》應該是對已有當代文學史敘述比較早進行「重寫」的。而在本書的視野中，之所以要選擇它們作為討論的個案，最重要的，是因為這種「重寫」和敘述與當時一種新的即當代中國的極左社會思想和文學思想關聯在一起，它們以對政治權力更迭歷史的描述想像方式來替代對1949年以來中國文學發展歷史的客觀敘述，在一定程度上遮蔽了中國文學發展的真實狀況。在當代文學史寫作剛剛起步即被中斷的激進年代，在文學批評不斷演化成為霸權與專制寫作，強勢介入文學史功能的特定歷史時期，《紀要》和《京劇革命十年》這種另類的文學史書寫，無論是從文學史寫作的角度，還是從學科史建構角度，都值得我們省思和警惕。

（一）「『我們』體」的文學批評

從文學批評的角度看，《紀要》和《京劇革命十年》把滋生於40

---

104 王富仁：《關於「重寫文學史」的幾點感想》，《上海文論》1989年第6期。

105 曠新年：《「重寫文學史」的終結》，該文收錄於2012年復旦大學出版社出版的《把文學還給文學史》中。從當代文學史編寫角度看，70年代末具有「重寫」意味的重大文學事件其實並不止於這裡提及的「批判與否定」，但隨著90年代以後「重返80年代」及當代文學學科建設深入，一些研究者已注意到在80年代以後的文學史敘述中，對這些事件的處理顯得過於淺表，如以第四次文代會為標誌的1979年。程光煒認為「『1979』的文學史表述，其實包含著公開和隱蔽的兩重敘述因素」，我們的文學史家關注更多的是「文藝界的大會師」等諸如此類的「公開敘述」，對「隱蔽敘述」，如關於大會報告修改中隱含的「重評」（50年代至70年代文學）矛盾等等，則幾乎被「遺忘」。程光煒：《文學講稿：「八十年代」作為方法》，北京：北京大學出版社，2009年，第247頁。

年代延安整風運動時期的「『我們』體」批評文風別有用心地發揮和
推行，對中國文學的發展產生了重要影響。錢理群在《1948：天地玄
黃》中敏銳地洞察到了滋生這種在50-70年代愈演愈烈、最後發展成
了一種大批判式批評文風的歷史溫床。

> 「我們」不僅是代表著「多數」，即所謂「人民」（「群眾」）、
> 「階級」（「政黨」）的代言人，而且是真理的唯一占有者，解
> 釋者，判決者，即所謂真理的代言人。與「我們」相對立的是
> 「他們」，二者黑白分明，你死我活，非此即彼，不可調和，
> 絕不相容。「我們」擔當的是真理的捍衛者與審判者角色，居
> 高臨下：「你們」與「我們」不同，因此「你們」便錯，不辯
> 自敗。……它（即「『我們』體文風」，筆者注）不僅顯示著勝
> 利者的強勢與權威，而且閃現著理想、道德的光輝，對於正處
> 於孤獨、絕望之中的知識分子個體，自有一種吸引力，彷彿只
> 要也加入到「我們」中去，渺小的「自我」就能獲得強大與崇
> 高。（錢理群：《1948：天地玄黃》，第28-29頁）

　　從五四時期高揚主體、展露個性的「自我」，發展到40年代末
「與權力結合在一起的」「我們」，錢理群指出，這種話語方式演變的
背後，隱藏的是文學與政治的結合，象徵的是一種新的文學秩序和體
制的誕生。錢理群認為，「『我們』體」的文學批評能否使用諸如「人
民」和「階級」這樣的概念術語，並不是問題的關鍵，關鍵是使用這
些概念術語的動機和立場。比如瞿秋白當年的《魯迅雜感序言》，也
是站在「人民」與「階級」的思考基點上對魯迅思想的轉變進行深刻
解剖，並成為後來研究魯迅雜感甚至魯迅思想繞不開的一個參照系。
錢理群批判與否定的，是缺乏一種悲憫和大愛，把「人民」作為實現

自己某種政治目的鬥爭工具的功利主義情形。換句話說，他對這種
「『我們』體」文風的指涉，質疑的主要還是那些左翼機會主義者狹
隘的政治功利立場。

（二）「大批判」的思維與文風

　　與這種「『我們』體」文風相伴而生的，是那種「大批判」思維
與文體：「先判定被批判者有罪」，「然後再四處搜集罪證」；「被批判
者的一言一行在批判者的眼裡，都是『別有用心』」（錢理群：
《1948：天地玄黃》，第141頁）。作者指出這類大批判式的「文學批
評」，看似充滿「革命義憤」，實則極盡「羅織罪名」「張冠李戴」「掐
頭去尾」「移花接木」甚至「偷樑換柱」之事……錢理群在《1948：
天地玄黃》中指出，這種思維方式與文體風格在40年代末對蕭軍與胡
風的批判中即已牛刀初試。那時，我們一些激進的革命批評家即已大
膽地嘗到了這種批評文風「禁果」帶來的快感。

　　錢理群對「『我們』體」批評文風的分析梳理，讓我們看到了50
年代以後意識形態化文學批評新機制的確立的背景。歷史本身並沒有
斷裂，「斷裂」的常常是我們的思維視野。當我們困惑於「『我們』
體」文風與「大批判」思維、「大批判」文體肆虐下陰晴不定的50-70
年代的中國文壇時，錢理群的《1948：天地玄黃》卻讓我們看到了潘
多拉的盒子其實早在40年代末就已經被打開了。進入50年代以後，
「『我們』體」批評文風變相成為一種後來被稱之為「庸俗社會學」
的文藝批評派別。對於這個批評派別的特徵，深受其害的胡風曾有過
具體的闡釋：「不從實際出發，不是憑著原則的引導去瞭解實際，而
是用原則代替了實際，從固定的觀念出發，甚至是從零亂的觀念出
發，用馬克思主義的詞句或者政策的詞句去審判作品」；更進一步
看，即如別林斯基所說的，有「歷史分析」而無「美學分析」，或有

「美學分析」而無「歷史分析」的「虛偽的批評」[106]。

　　而歷史的殘酷性還在於：這種庸俗社會學的「虛偽的批評」，不僅沒有得到遏制，反而隨著胡風等的被打倒而更加肆意橫行，在「文革」期間文學被激進派掌控後登峰造極。《紀要》與《京劇革命十年》即誕生於這樣的歷史語境中。

> 把塑造無產階級英雄貶為一種「文藝手段」，塑造污蔑當前文藝創作「吃了『根本任務論』的虧」。這完全是否定工農兵占領文藝舞臺，向無產階級文藝路線進行猖狂的反撲。請問：在舊戲舞臺上帝王將相、才子佳人統治了幾百年，你們何曾說過「欠妥當」？在過去修正主義文藝路線統治下，舞臺上毒草叢生，群魔亂舞，你們為什麼不提一句「欠妥當」？如今工農兵英雄形象登上文藝舞臺不久，你們就叫嚷「欠妥當」。兩相對照，就可看出你們所謂的「妥當」，就是要把已被趕下臺的地主資產階級的代表人物重新捧上來，復辟他們的統治地位。[107]

　　這種充斥著質詢、審問和不容辯駁的風格，根本不具備磋商的文學批評性質，而類似於政治審訊和判決。當代文學批評的這一難以根治的「後遺症」，半個多世紀來蟄伏潛藏，不時地腐蝕中國文學的肌體，並如幽靈般糾纏著當代文學史的書寫。

　　歸攏地說，《紀要》與《京劇革命十年》這種另類的文學史書寫，其本質是20世紀中國文學中激進文藝思潮在特定歷史時期的具體表現。

---

106 胡風：《在中國文聯主席團和中國作協主席團聯席擴大會議上的發言》，原載《文藝報》1954年第22號。

107 初瀾：《京劇革命十年》，原載《紅旗》雜誌1974年第7期。

「在20世紀中國，所謂文學的『激進思想』，是一個歷史性的範疇。它指的是相對於『傳統』的文學觀念而言。它通常存在於左翼文學內部。在文學創作、文學功能、作家身份、作品閱讀等問題上，對於原來的文學『成規』，它常提出一種『叛逆性』的主張，推行激進的措施。這種思潮，其觀點有它的一貫性，即呈現某種『體系』的特徵。……在當代的50年代中期以後，尤其是60年代，它表現為一個完整的理論和組織形態。它通過開展對『資產階級意識形態』的全面批判，通過精心製作的『樣板』的文藝作品，來確立命名為『無產階級文藝』的文學規範體系。」[108]洪子誠指出，60年代中期以後這種激進文藝派別確立的文學規範體系，有這樣幾個鮮明的特徵：「政治的直接『美學化』」，「對文化遺產所表現的『決裂』和徹底批判的姿態」，提出「重新組織文藝隊伍」的問題，「在表達、修辭方式上」表現出一種「從『寫實』向『象徵』轉移的趨向」[109]。站在20世紀中國激進文藝思潮高度，無疑有助於我們更深入地把握《紀要》與《京劇革命十年》激進與強勢介入的實質。

---

108 洪子誠：《1956：百花時代》，北京：北京大學出版社，2010年，第207-208頁。
109 洪子誠：《關於50-70年代的中國文學》，《文學評論》1996年第2期。

第二章
「回歸五四」語境中的當代文學史編寫（1979-1989）

第一節　80年代當代文學史編寫的知識語境

一　「新啟蒙」視域中的文學版圖描繪

作為中國當代文學史編寫轉折的80年代，由於其承上啟下的特殊性而一直被關注，尤其是當其與「新啟蒙」／「重寫文學史」的話題關聯在一起的時候。也因此，清理和討論80年代的當代文學史寫作，很難將其從當時的知識語境中剝離出來。

在「80年代」的知識譜系中，當代文學史編寫與其說是個可小可大的現象學問題，倒不如說是個能夠以「小」見「大」的知識學命題。就這一時期的大文學格局而論，與獨領風騷的文學創作與文學評論比較，文學史編寫乍看充其量是個不甚起眼的「日常敘事」。其實，恰恰是這一並不起眼的表象，積蓄了新時期「回歸五四」與現代化想像的巨大思想文化能量，乃至一代學人逐漸蘇醒的精神體悟，並最終通過「重寫文學史」的倡導與論爭形式浮出地表，成為新時期文學的收官之作，將包括新時期文學在內的整個20世紀中國文學的討論提升到「史」的「重寫」高度。在80年代，當代文學史寫作從無所適從的困惑摸索轉換到思想理論的深廣辨析，在對文學史思想文化資源，文學史觀念及其表述方式等的吐故納新過程中，完成了對自身的

清創與修復，為90年代以後新一輪文學史寫作高潮的到來和當代文學學科建設的全面開啟蘊蓄了強大的勢能。

近十多年來，「重返八十年代」和「重寫文學史」始終是學界關注與省思的對象。本節主要結合80年代的當代文學史寫作實踐，重點梳理如下幾個問題：以70年代末的思想解放運動為先聲的「新啟蒙」運動[1]與20世紀中國文學版圖的重繪；多元共生的新文學話語場態；五六十年代建立起來的當代文學史敘述模式的失效等。肇始於70年代末的思想解放運動，經與80年代中期的「文化熱」匯合，形成一股聲勢浩大的時代潮流，一直持續到80年代末。這次的思想啟蒙運動，以「回歸『五四』」作為起點和目標，在90年代以後被描述為「新啟蒙」運動。

---

1 周揚1979年在中國社科院紀念五四運動六十周年的報告中，把肇始於70年代末的思想解放運動稱之為20世紀中國的第三次思想解放運動（第一次是五四運動，第二次是延安整風運動），指出這次思想解放運動的「中心任務」就是要「徹底破除林彪、『四人幫』製造的現代迷信」，擺脫他們的「新蒙昧主義的束縛」（周揚：《三次偉大的思想解放運動》，《人民日報》1979年5月7日）。但有論者認為，更能夠體現80年代「特質」的卻是從1983-1984年開始一直持續到80年代後期之間的「高潮性文化段落」，包括：知識界的「歷史反思運動」「文化熱」；文學領域從「反思文學」向「尋根文學」的轉移，「現代派」小說、先鋒小說和「現代主義詩群大展」及號稱「pass北島」的新生代詩群的出現；以及其他藝術領域內的諸如「第五代電影」、85美術新潮與現代主義建築風潮等。這次的文化熱潮在當時即被認為是對五四新文化運動的繼承。與此同時，文化熱潮中對西方文化資源的輸入，「以16-19世紀歐洲啟蒙話語作為基調的『主體論』，則延續了70年代後期80年代前期在馬克思主義框架內納入的人道主義話語，從而形成了一種與階級論相對的關於『人性』、『主體』的現代性話語形態」。如此種種，都給人感覺五四式啟蒙話語在全面「復歸」。文化熱潮中這一新啟蒙話語，後來被人們用來指稱新時期──80年代的特質。（賀桂梅：《「新啟蒙」知識檔案：80年代中國文化研究》，北京：北京大學出版社，2010年，第17頁。本章所面所徵引該書內容，如無特別說明，均引自此版本。）不過李澤厚並不太贊同80年代中期的「新啟蒙」說法。三十年後，他在回首80年代的訪談中曾這樣說道：「……那時中國的問題已不是啟蒙的問題，而是要把思想、啟蒙進入制度層面、化為制度的問題。」（李澤厚：《回首八十年代（二）》，《南都週刊》2006年試刊號。）

　　這一新的思想文化視角，不僅重新審定了20世紀中國中國知識分子文化身份，同時也重繪了這百年的中國文學版圖，並成為80年代文學史研究與寫作多元共生新文學話語場態的一個重要構成。從觀念到立場，從內容到形式，一些研究者開始以思想啟蒙與民族救亡的「雙重變奏」理論框架談論現代文學」（李澤厚：《我和八十年代》）[2]。多年以後，對於啟蒙與救亡的雙重變奏對20世紀中國文學的影響，有研究者曾作過形象的圖表描述[3]：

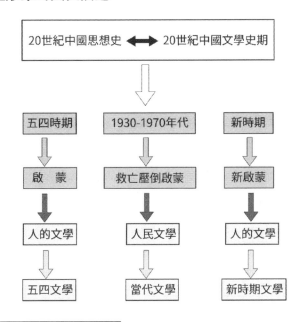

2　代表性著述有：李楊《「救亡壓倒啟蒙」？——對八十年代一種歷史元敘事的解構分析》，《書屋》2002年第5期；曠新年《尋找「當代文學」》，《文學評論》2004年第6期；程光煒《重返八十年代的「五四」——我看「中國現代文學研究」並兼談其「當下性」的問題》，《文藝爭鳴》2009年第5期；賀桂梅《「新啟蒙」知識檔案：80年代中國文化研究》；楊慶祥《「重寫」的限度：「重寫文學史」的想像和實踐》，北京大學出版社，2011年出版；張偉棟《李澤厚與現代文學史的「重寫」》，江西人民出版社，2012年出版，等等。
3　本圖表根據曠新年收錄於《寫在當代文學邊上》（上海教育出版社，2005年出版）中的《尋找「當代文學」》與「趙樹理的文學史意義」兩章內容整理。

二　幾部海外出版的現當代文學史

　　在80年代多元共生的新文學話語場態的形成與建構過程中，如果說以「新啟蒙」為代表的文化哲學思想在本土知識資源中具有不可替代的地位，那麼再次東漸的西學則在一定程度上起到推波助瀾的作用。正是這種內外呼應，50至70年代的文學話語形態被推倒重建，為「重寫文學史」提供了歷史與現實的理據，乃至直接成為「重寫文學史」的表現形態。在80年代多元共生的新文學話語場態中，值得關注的另一個問題是以夏志清《中國現代小說史》等若干現當代文學史為代表的「海外之聲」。

　　誠如有學者所言，在80年代，隨著西方文化資源的輸入，支配新啟蒙思潮的話語形態，已不再局限於中國本土語境的五四傳統，「更是一種全球性的現代化理論範式」（賀桂梅：《「新啟蒙」知識檔案：80年代中國文化研究》，第35頁）。表現在文學領域，便是海外中國現代文學研究的觀念、理論與方法的潛在引介與傳播。在80年代，海外中國現代文學研究在質疑聲中顛覆1950年代以後形成的、以政治社會學為主導的中國文學研究與寫作模式的同時，極大地促成了後來「重寫文學史」思潮的發起。

　　具體地說，中國現代文學研究的這種「海外之聲」，主要體現在50至70年代的境外文學史寫作領域。這其中影響比較大的主要有：美籍華裔學者夏志清的《中國現代小說史》、移居香港的現代作家司馬長風的三卷本《中國新文學史》。對於這兩部文學史著作，本書最後一章將另作評述，這裡主要從構築80年代當代文學史寫作語境的角度作些綜合介紹。需要說明的是，這兩部文學史在內地公開出版的時間要晚得

得多，[4]它們80年代在內地學界的影響，主要是通過學人之間的坊間傳閱途徑，這也是前面我們為什麼說是「潛在引介與傳播」的原因。另外，這兩部文學史，影響最大的還是夏志清的《中國現代小說史》；但在50至70年代臺、港的多部文學史著作中，司馬長風的仍是最有影響的。近年來，已有不少研究者從文學史寫作與研究角度重析《中國新文學史》（具體可參看本書最後一章）。概括地說，這兩部文學史主要有如下兩個特徵：一是獨特的文學史觀念與編寫立場。這種文學史觀在夏志清與司馬長風之間的區別，僅在於確立方式的不同：前者主要依託西方價值標準，後者則通過回歸民族傳統文化。從這種文學史觀出發，夏志清認為張愛玲「該是今日中國最優秀最重要的作家」[5]，《金鎖記》「是中國從古以來最偉大的中篇小說」（〔美〕夏志清：《中國現代小說史》，第261頁）……類似這種判斷式的評述在書中可謂比比皆是。與夏志清殊途同歸，司馬長風對沈從文也給予了很高的評價，認為他在中國文壇猶如「十九世紀法國的莫泊桑或俄國的契訶夫」[6]。二是考量作家作品價值的文學性與世界性標準。相對於長期浸潤在中國傳統文化而刻意挖掘現代中國作家的民族傳統文化內涵及其詩學意蘊的司馬長風，由於受新批評理論及西方價值觀念的影響，夏志清顯得更關注現代中國作家創作中諸如宗教情懷等的「人類意識」。實際上，無論是「追隨」（西方）還是「回歸」（傳統），夏志清與司馬長風關於作品優劣的評價標準都迥異於內地50至70年代文學史寫作建立的政治社會學評價體系。除此以外，在文學史的結構與敘述

4　《中國現代小說史》直至2005年才由復旦大學出版社出版了劉紹銘等譯的中文簡體字版。而司馬長風的《中國新文學史》直至現在仍未有其內地版本。

5　〔美〕夏志清：《中國現代小說史》，劉銘銘等譯，上海：復旦大學出版社，2005年出版，第254頁。本章後面所徵引該書內容，如無特別說明，均引自此版本。

6　司馬長風：《中國新文學史》（中卷），香港：昭明出版社，1976年，第37頁。

風格方面，夏志清與司馬長風也摒棄了這一時期內地文學史以文學思潮與文藝運動為主導的結構模式和革命化的敘述語言風格，而表現出一種以作家作品為主體的文學史結構與雖寫實卻不失詩性的敘述風格。

中國現代文學研究的「海外之聲」對80年代以後中國文學研究，特別是「重寫文學史」的影響，多年後已成為學界的共識。「《中國現代小說史》的基本觀點、基本思路都非常完整地體現於80年代中國內地『重寫文學史』實踐中。可以說無論在理論上，還是在策略上……80年代『重寫文學史』的學者都受到了這部著作的影響。」[7]對李楊的上述觀點，曠新年亦曾作過如下的進一步展開[8]。程光煒也在談到80年代中國現代文學史研究發生變革的諸多「『發生學』支點和源頭」時認為，夏志清和普實克的爭議是「最不應該被忽視的一個『知識性資源』」，指出當普實克以「東歐馬克思主義文學批評」和夏志清分別以「西方新批評與『大傳統』」為知識資源重新審視中國現代文學時，他們關於文學作品所作的「審美性」與「社會性」的相對立的解釋，必然影響到中國現代文學的研究與探索[9]。

三　「文學主體性」理論及「純文學」觀念構想

作為80年代「新啟蒙」思想在文學領域的回應，文學主體性理論的提出與其說是對「五四」個性主義啟蒙語境的回歸，還不如說是對李澤厚以《康德哲學與建立主體性論綱》[10]為代表的主體性哲學思想

7　李楊：《文學史寫中的現代性問題》，太原：山西教育出版社，2006年，第92頁。
8　轉引曠新年：《把文學還給文學史》，上海：復旦大學出版社，2012年出版，第24頁。
9　程光煒：《當代文學的「歷史化」》，北京：北京大學出版社，2011年，第148-149頁。
10　原載中國社會科學院哲學研究所編《論康德黑格爾哲學》，上海：上海人民出版社，1981年。

理論的文學闡釋與實踐。劉再復在《文學研究應以人為中心》[11]一文
中提出應當「構築一個以人為思維中心的文學理論與文學史的研究系
統」，認為在文學研究中要把人從「被動的存在物」轉換為「主動的
存在物」，「克服只從客體和直觀的形式去瞭解現實和瞭解文學的機械
決定論」。在稍後的《論文學的主體性》[12]一文中，劉再復進一步解
釋：文學主體包括「作為創造主體的作家」「作為文學對象主體的人
物形象」和「作為接受主體的讀者和批評家」三個方面。他認為勃蘭
兌斯「文學史，就其最深刻的意義來說，是一種心理學，研究人的靈
魂，是靈魂的歷史」[13]的觀點，是「承認文學是人的精神主體運動的
歷史」的最好證明；批評家通過批評實踐中的「自我實現」以達到
「審美理想的實現」，這種「實現」，是一種「審美再創造」，在批評
實踐中「表現出自己獨特的審美理想，審美觀念，使自己的評論，也
成為一種凝聚著審美個性的『創作』」。據此，劉再復進一步指出，長
期以來文藝理論中根深柢固的「機械反映論」，沒有解決實現能動反
映的「內在機制」和「多向可能性」；在注意自然賦予客體固有屬性
的同時，「忽視了人賦予客體的價值屬性」，與張揚文學的主體性背道
而馳。「文學主體性」理論盡管有其待完善的地方，理論界亦不乏異
議與質詢，[14]但劉再復強調「人」在文學中的地位，強調人作為「實
踐主體」與「精神主體」的意義，既是文學中人道主義的哲學化表

11 劉再復：《文學研究應以人為中心》，《文匯報》1985年「文藝百家」第27期，轉引
　江西省文聯文藝理論研究室、江西大學科學研究處編（1986，內部學習資料）：《關
　於文學主體性的論爭》，第5頁。

12 劉再復：《論文學的主體性》，連載於《文學評論》1985年第6期和1986年第1期。

13 語出勃蘭兌斯《十九世紀文學主潮》第一分冊「引言」。轉引自劉再復《論文學的
　主體性》。

14 有關爭議可參考江西省文聯文藝理論研究室、江西大學科學研究處編的《關於文學
　主體性的論爭》。

述，更是對「文學是人學」思想傳統的接續，對80年代文學觀念的變革，具有「不可估量的意義」，「在很短程度上促成了文藝理論研究的重心由客體向主體的轉變」，並促成了文藝界關於「向內轉」的討論。[15]這一切，對80年代文學創作與研究，特別是後來「重寫文學史」的倡導提供了堅實的理論支撐。

（一）關於新時期文學的「向內轉」

受「文學主體性」理論的啟發，魯樞元提出了關於新時期文學「向內轉」的觀點。他從新時期的「三無小說」（無情節、人物、主題）和更早的「朦朧詩」現象，指出新時期文學觀念正在發生的變化，如在「朦朧詩」中，「外在宣揚」已讓位於「內向思考」，「詩歌的重心轉向了內在情緒的動態刻畫，主題的確定性和思想的單一性讓位於內涵的複雜性與情緒的朦朧性」；在「三無小說」中，作者們「都在試圖轉變自己的藝術視角，從人物的內部感覺和體驗來看外部世界，並以此構築起作品的心理學意義的時間和空間」。作者認為，這種變化不僅是對五四文學潮流的「賡續和發展」，還隱含著特定歷史時期中國社會文化心理方面的動因，如「主體意識的覺醒」[16]。多年後，魯樞元在一篇回顧性文章中提道：「『向內轉』是對多年來極『左』文藝路線的一次反撥，從而使文學更貼近現代人的精神狀態。」[17]有論者也認為，與西方形式主義比較，魯樞元提出的「向內轉」與語言論轉向無關，而在致力高揚人的主觀精神，有努力「抵抗

---

15 陶東風、和磊著：《當代中國文藝學研究（1949-2009）》，北京：中國社會科學出版社，2011年，第392頁。本章後面所徵引本書內容，如無特別說明，均引自此版本。

16 魯樞元：《論新時期文學的「向內轉」》，《文藝報》1986年10月16日。

17 魯樞元：《文學的內向性——我對「新時期文學『向內轉』討論」的反省》，《中州學刊》1995年第5期。

庸俗唯物主義」和「抵制技術主義」的意味（陶東風、和磊：《當代中國文藝學研究（1949-2009）》，第401-402頁）。

「向內轉」理論盡管有爭議，如有論者甚至認為魯樞元「實際上是背棄了現實主義理論，以另一種形態，重複並發展了極左的文藝思潮所固有的主觀機械論」[18]，但事實證明，它是80年代文學研究向縱深發展的又一助推器，正如有論者所說，「正是類似『向內轉』、『返回文學自身』這般對新時期文學『趨勢』的提煉，逐漸構造出『純文學』譜系」這一80年代「最具意義與價值的文學主潮」[19]，並成為80年代新文學史話語場態的又一種重要表現形式。在關注人的「內宇宙」（精神世界），關注「人性的文學」而非「政治化的文學」等方面，「向內轉」聚焦的問題與劉再復的「文學主體性」精神可謂一脈相承。

（二）80年代的「純文學」構想

在80年代的新文學話語場態中，與我們前面梳理的幾種情形不同，「純文學」是真正意義上「多元共生」出來的一種話語形態：它一方面受益於「新啟蒙」思潮的影響，另一方面受益於來自海外中國現代文學研究所標榜的「文學性」與「審美性」的薰染，以及以「文學主體性」和新時期文學「向內轉」為代表的理論思潮對內地50年代以來文學與政治「過從甚密」情形的反省。同時，誠如不少研究者所言，韋勒克《文學理論》的「外部研究」和「內部研究」理論，也為「回到文學自身」「把文學史還給文學」，建構文學內部的自足性與自

---

18 曾鎮南：《為什麼說「向內轉」是貶棄現實主義的文學主張？》，《文藝報》1991年3月23日。

19 陳思和主編：《中國當代文學60年》（卷四），上海：上海大學出版社，2010年，第93頁。

律性提供了理論支撐。正因如此，對「純文學」話語的梳理，已成為我們認識和把握80年代文學史編寫、特別是「重寫文學史」倡導語境不可或缺的一項工作。

確實，「純文學」沒有一個「具體的物質性軀殼」，也很難找到一個關於「純文學」理念的權威解釋，但它卻像「魂」一樣，「無處不在，支配著成千上百的作家的寫作」[20]，並影響到我們的文學史寫作：「好的作品構成文學史連綿的山峰。文學史上的山峰不是靜止的而是不斷變動，好作品應而是相對的。研究者的責任之一，就是為不停錯動的群山確認一個我們已經到達的高度和可以到達的高度。」[21]

那麼，究竟應該如何看待80年代的「純文學」？對此，李陀關於90年代的「純文學」反思的問題方式或許能夠給我們一些啟發。對於「純文學」在90年代遭遇的困境，李陀認為應該重新思考和反省的，不僅是我們的作家，同時還有我們的批評家：「面對（90年代，筆者）這麼複雜的社會現實，這麼複雜的新的問題，面對這麼多與老百姓的生命息息相關的事情，純文學卻把它們排除在視野之外，沒有強有力的迴響，沒有表現出自己的抗議性和批判性，這到底有沒有問題？到底是什麼問題？」對此，李陀認為「我們的作家和批評家應該聯繫這樣一個大背景重新考慮『純文學』這種文學觀念，我們不能自縛手腳，主動放棄對社會重大問題發言的機會」（李陀、李靜：《漫說「純文學」──李陀訪談錄》）。在李陀看來，「純文學」在語言、敘述等形式方面可以走得很遠，但其內容卻並不一定要與「人間煙火」「飲食男女」一刀兩斷，它甚至可以是很「現實」「入世」的。更重要的還

---

20 李陀、李靜：《漫說「純文學」──李陀訪談錄》，《上海文學》，2001年第3期。本章後面徵引本文內容，不再注明出處。

21 洪子誠：《虛構的力量──中國當代文學純文學研究‧序》，北京：社會科學文獻出版社，2005年。

在於，李陀認為，對「純文學」的理解不應該脫離具體的歷史語境。把李陀的這一問題意識反轉到80年代的「純文學」問題上，它至少可以給我們提供這樣的啟示：「純文學」未必與政治意識形態無關。

實際上，80年代對「文學性」（「純文學」的重要表徵）的強調，是一種「策略」。而這對80年代的「文學中人」來說其實是一個心照不宣的公開秘密。「啟蒙」論，「主體性」論，「向內轉」論，「內部研究」論，這個「論」那個「論」，「亂花漸欲迷人眼」，其實一言以蔽之，就是要把文學從被政治的「過度綁架」狀態中解放出來。與80年代的「文學思潮在對抗某一種政治話語及其附屬的寫作方式時，往往隱匿了自身攜帶的意識形態特性，並將其抽象化在『文學性』、『純文學』、『向內轉』、『返回自身』之類的表述中」[22]的情形不同，貫穿整個80年代，以支持「文學的獨立性」／「文學性」為目標的「純文學」構想在不同階段與意識形態的關係，其表述的傾向性要鮮明得多，具體情況，即如賀桂梅在一篇清理「純文學」知識譜系與意識形態關係的文章所說，在80年代前期，文學獨立性內涵的建構始終處於文學／政治的二元結構中；「文學性」始終以「反政治」或「非政治」性作為其內涵，「文學的內涵由其所抗衡的政治主題的反面而決定」，因而這一時期的種種文學潮流與文學批評，「仍舊處於社會主義現實主義的話語體制當中」，未形成新的自我表述話語方式。直至80年代中期以後，以「詩到語言為止」和「形式革命」為目標的先鋒小說和第三代詩歌的出現，「純文學」的訴求才開始表現出「非政治」的特性：包括以「詩化哲學」批評實踐為標識的審美知識譜系，以「轉向語言」為標誌的文學理論譜系，以及以「重寫文學史」為標誌的現代文學經典譜系。但盡管如此，賀桂梅認為，以上關於「純文學」的三大

---

22 陳思和主編：《中國當代文學60年》（卷四），上海：上海大學出版社，2010年，第400頁。

知識譜系，其中的意識形態特性並未消除，「而表現在這些認知框架和歷史結構所呈現的權力關係」，包括文學／政治、浪漫主義或人道主義式的「主體論」及中國／西方的三大歷史認知框架。[23]

作為新文學話語場態構成的「純文學」觀念，深刻地影響著80年代特別是進入90年代以後的當代文學史研究與寫作，有研究者認為它與產生於80年代的「文學現代化」觀念幾乎是支撐後來「重寫文學史」的兩個中心觀念[24]。但要弄清楚到底是怎樣影響和支撐的，關鍵還在於正確認識和把握具體歷史語境中的「純文學」內涵。

四　當代文學史敘述的內部矛盾

回到80年代的文學史寫作語境，還有一個值得我們關注的問題，就是五六十年代建構起來的當代文學史敘述模式、積累的敘述經驗正在失效。這從70年代末80年代初編寫出版的一些當代文學史著作對新時期文學（1976-1979）的隱蔽、含混處理中可以感受到。

「新時期」第一部延續五六十年代集體編寫（統編）模式的中國當代文學史著作，是前面提到的受教育部委託、由北京師範大學等十院校編寫的《中國當代文學史初稿》。不過這部當代文學史著作只寫到1979年第四次文代會。「新時期」三年（1976-1979），文藝界的情形大致與政治生活中的思想解放運動同步，一方面批判50年代以來特別是「文革」時期的「左傾」文藝思想路線對中國文學發展的危害，重新為文藝「正名」[25]，另一方面為文藝界的冤假錯案平反昭雪，特

---

23 賀桂梅：《「純文學」的知識譜系與意識形態》，《山東社會科學》2007年第2期。

24 參見曠新年《「重寫文學史」的終結》一文。該文收錄於《寫在當代文學邊上》一書。

25 這一時期比較重要的事件有：1977年12月，文藝界以《人民文學》編輯部名義召開在京文學工作者座談會，這是「文革」後中國作家的第一次匯合；1978年5月，中

別是為在歷次運動中被打倒的文藝工作者、作家恢復名譽。在文學創
作領域，則以「傷痕文學」和「反思文學」為代表，在「傾訴」（傷
痕文學）和「控訴」（反思文學）中恢復現實主義傳統。對於「經歷
過一場巨大的社會災難後重新抬頭」的這三年文學，雖然帶有「新的
特點」，但《初稿》編寫者與接受者都還勉強能夠從社會主義文學角
度來看待，即如教材所描述，「新時期的文學，從現實主義傳統上
說，是建國後十七年社會主義文學的繼續和發展」[26]。但賀桂梅認
為，80年代文學的新語境，除了文藝政策的調整，還包括對各種「世
界文化資源」的吸納，「其中最突出的是西方『現代派』文藝和以新
資源面貌出現的『五四』啟蒙思想」。「一方面，當代文學史教材都把
當代文學規定為『社會主義文學』，仍舊沿用了50年代後期提出的當
代文學概念既定內涵和歷史敘述脈絡；但另一方面，對於『新時期』
文學的肯定，則使得這些文學史必須在強調『新時期』相對於『十七
年』和『文革』的……同時，……勉強地把裂隙縱橫的文學現象整合
於『社會主義時期的文學』這樣一個含糊其辭的描述當中」[27]。因
此，面對思想解放運動語境下的「新時期文學」，「體例僵硬、內容重
複的多本當代文學史教材與繁複多樣的新時期文學實踐之間呈現出明
顯的裂隙，使人們對80年代的當代文學史寫作表現出普遍的不滿」
（溫儒敏等：《中國現當文學學科概要》，第155頁）。已有的文學史寫

國文聯在北京舉行第三屆全國委員會第三次擴大會議，揭批文藝極左路線，研究如
何促進創作繁榮；1979年10月30日-11月16日第四次文代會在北京召開，「標誌著中
國當代文學的發展進入另一個新的歷史時期」。

26 北京師範大學等十院校編寫：《中國當代文學史初稿》（下冊），北京：人民文學出
版社，1981年，第337頁。

27 溫儒敏、李憲瑜、賀桂梅、姜濤著：《中國現當文學學科概要》，北京：北京大學出
版社，2005年，第153頁。本章後面所徵引該書內容，如無特別說明，均引自此版
本。

作資源，包括文學觀念、價值取向、審美指向乃至敘述方式等，都將難以進行滿意的描述。造成這種敘述失效的最根本原因，如上所述，在於我們「忽視了『當代文學』是在當代中國特定歷史語境中產生出來的有著自足內涵的概念」（溫儒敏等：《中國現當文學學科概要》，第155頁）。這一「有著自足內涵」的「當代文學」，我們在第一章前兩節有系統的梳理。在這種情況下，只有重新建構一種話語方式才能夠解決這一難題。

　　但把新時期初期中國當代文學史敘述的「無能為力」對接於80年代中期以後由先鋒小說和第三代詩歌開始的系列文學創作潮流，其實是一種錯覺。從近二十年出版的文學史著作看，我們會發現這種「失效」和「無所適從」幾乎與新時期初期文學史的編寫是同步的。這其中最能夠說明問題的是對「文革」後期、70年代末以「新詩潮」和「手抄本小說」為代表的「爭議」作品的處理。在90年代末出版的比較有代表性的兩部當代文學史著作中，編寫者通過借助「隱在的文學」／「『地下』文學」（北大版，洪子誠著），或「潛在寫作」「多層面」（復旦版，陳思和主編）等概念術語來把這些作家作品納入文學史敘述視野。更值得注意的是，對這些文學事實的敘述，他們都已自然地突破了「社會主義文學」的原有理論資源與敘述框架。如北大版的文學史認為「白洋澱詩群」的詩作在內容方面具有對「現實社會秩序」和「專制、暴力」批判的特徵，在藝術追求方面，則「由於心理上和實際生活上的普遍被放逐的感覺」，一些詩人更傾向於普希金等俄羅斯詩人的抒情方式[28]；認為《公開的情書》《晚霞消失的時候》《波動》等當時流行的「手抄本小說」[29]，「都涉及原先確立的信仰的

28　洪子誠：《中國當代文學史》，北京：北京大學出版社，1999年，第214頁。

29　《公開的情書》初稿完成於1972年，1979年經作者靳凡修改後發表於《十月》1981年第1期；《晚霞消失的時候》初刊於《十月》1981年第1期；《波動》寫於1974年，

虛幻和崩潰，並為小說人物的『精神叛逆』的合法性辯護」，指出面對當時和後來人們的批評和懷疑，這些小說的回答是：「這一代人的『悲劇生活』是不應該被否定、更不是過去的人的經歷和思考所能包容和取代的」。這些「命題」，中國進入80年代以後社會思潮和文學創作才「廣泛涉及」[30]。對新時期文學（1976-1979）的這種「後見之明」式處理，對七八十年代之交編寫出版的中國當代文學史來說，幾乎是不可想像的。這固然可理解為編寫者對這些文學事實的「不知情」，但更大的可能，還是已有的文學史敘述模式面對它們時候的「無所適從」。程光煒在一篇「重返八十年代」的文學講稿中曾指出，在80年代文學史形成的過程中，由於早期主要來自中國作協與中國社科院文學研究所的「主流」批評家掌控著話語權，致使當代「傳

1976年6月和1979年4月兩次修改，先後刊於《今天》（1979）和《長江》（1981）。由於各種原因，這三部小說是否是「手抄本小說」，用什麼概念、術語來描述（除了「手抄本小說」一說，還有「潛在寫作」「『地下』文學」「隱在的文學」「『非主流』文學」「異端的文學」等），這些作品的寫作、傳播與修改、發表情況的爭議、辨析與訂正情況，直至現在仍處於未完成的考訂狀態，有關這方面的材料並不少，本書在此不再作展開。值得注意的是，不同文學史家，甚至同一文學史家不同版本的當代文學史對這類文學現象的處理方式並不一樣。以洪子誠為例，與1999年的初版本不同，2007年的修訂版對這三部小說的處理，至少有兩點值得注意：一是考察時期的變化，即不再把它們置放在「50-70年代文學」，而調整到「80-90年代文學」的範疇；二是關於這些作品「思想和精神價值」的內容的表述，修訂版補充、突出了它們對80年代社會思潮和文學創作涉及的「存在主義」和「『新啟蒙』的精英意識」的命題。這種處理顯得更完善，但並不能替代初版本體現出來的文學史意識。這正是本書關注的。對新時期初期這一特定歷史時期的文學事實，用什麼概念術語來描述並不是關鍵，值得我們關注的是對它們的評述模式。文學史的寫作總是在不斷完善。對文學史編寫歷史的研究，應該關注的是這種完善的積漸過程，而不是最後完善的結果。

30 洪子誠：《中國當代文學史》（1999），第217頁。這些「廣泛涉及的命題」，除了作者在後來（2007）修訂版中舉列了「存在主義」和「『新啟蒙』的精英意識」（第262頁）等，從這些年「重返八十年代」的成果看，這些「命題」還包括諸如精神信仰與救贖、人性與人道主義、「現代性」思想與「現代派」藝術等。

統」（五六十年代）的文學成規通過稍加改造即「悄悄地進入到『思想解放』的嶄新話語譜系中」，並對新時期初期（1976-1979）的文學評判建立起一種似新實舊的成規，如追求與政治生活同步的「大敘述」，止於「揭露」與「呼籲」，不主張過度「暴露」；推崇在歷史認知框架中的「具體敘事」，排斥超前越界的「抽象敘事」；看重「人生」故事的講述，淡化「人性」善惡的追問，等等。這種情形，導致新時期初期「文學史經典」與「文學經典」處於矛盾甚至分離狀態，如《班主任》可以作為「文學正典」堂而皇之地進入文學史敘述視域，而《晚霞消失的時候》一類的作品則只能作為「有爭議的作品」，「被置放在比較次要的文學選本中」。程光煒認為這些作品「執意超出社會學的禁忌，而將命運與存在、宗教的終極價值作本質性的『深度互動』」，「太超越具體的歷史語境了」[31]。

　　基於以上的背景，80年代當代文學史編寫的變革已成為一種時代的要求。但具體到文學史界，情況似乎要複雜得多。這首先表現為，行進中的文學史編寫作雖然仍在50年代後期建構起來的敘述模式中延續，但也並不是完全無所作為，即便像比較有代表性的《中國當代文學史初稿》；文學史編寫的變革在整個80年代最引人矚目之處，主要還是表現在觀念的變革與理論的倡導上，包括「20世紀中國文學」和「中國新文學整體觀」概念的提出，「重寫文學史」倡導與論爭等等。其次，則是在80年代仍未形成系統的對一些作家作品和文學現象的重新評價，這其中又集中體現在「重寫文學史」論爭期間對當代作家作品和文學現象的重評。而更多更具影響的「重寫文學史」的成果，則是在進入90年代以後。

---

31 程光煒：《文學成規的建立——以〈班主任〉和〈晚霞消失的時候〉為討論對象》。
　《文學講稿：「八十年代」作為方法》，北京：北京大學出版社，2009年。本章後面
　所徵引該書內容，如無特別說明，均引自此版本。

　　因此，在本章接下來的內容中，我們主要還是側重考察當代文學史編寫在80年代這一特殊語境中「新」「舊」混雜的矛盾和尷尬狀況。

第二節　新時期早期的兩部文學史與一部思潮史

一　當代文學史編寫工作的重啟

　　1977年，內地高校恢復高考招生制度。1978年，在教育部制訂的高校中文專業的現代文學教學大綱中，「當代文學」被確定為一門新開設的課程，由此拉開了高校新一輪當代文學史教材編寫的序幕，並在80年代初陸續出版了幾部當代文學史著作。這其中，影響比較大的除了上面提到的由北京師範大學等十院校編寫的《中國當代文學史初稿》[32]（以下簡稱《初稿》）和北京大學中文系當代文學教研室張鍾、洪子誠、佘樹森、趙祖謨、汪景壽等五人編寫的《當代文學概觀》[33]（以下簡稱《概觀》）之外，還有復旦大學等22院校合編的《中國當代文學史》[34]和華中師範大學中文系編寫的《中國當代文學》[35]等。這其中，前兩部文學史（《初稿》與《概觀》）從啟動編寫到出版問世

---

32 《初稿》（上下冊）初版分別出版於1980年和1981年。1988年，人民文學出版社推出了修訂版的《初稿》。參與《初稿》初版本編寫的人員有顧問：陳荒煤；定稿組：郭志剛、董健、曲本陸、陳美蘭、郈瑢；編寫組：馮剛、曲本陸、劉延年、劉錫慶、劉建勳、孫志強、李泱、吳肇榮、陳娟、陳美蘭、屈桂雲、郈瑢、胡若定、章子仲、郭志剛、謝中征、董健、魏秀琴。

33 《當代文學概觀》初版本1980年7月由北京大學出版社出版。1986年出修訂版，並改名為《當代中國文學概觀》，仍由北京大學出版社出版。為更好地考察當代文學史的編寫嬗變歷史，本書這裡討論的是初版本。

34 簡稱「22院校合編本」，共3卷，福建人民出版社，1980、1982、1985年陸續出版。

35 簡稱「華中師大本」，共3冊，王慶生主編，上海文藝出版社，1983、1984、1989年陸續出版。

時間大致相同（1978-1980），在堅持用社會主義性質的文學來敘述當代文學30年（1949-1979）問題上並不存在歧義，同時在編寫的技術處理層面上都把這30年的文學分為三個時期，即「十七年」（1949-1966）、「文革」（1966-1976）和新時期（1976-1979）。在當代文學史編寫史上，這是比較早提出的「三分法」觀點。這種「三分法」的時期概念為後來大多數的當代文學史編寫沿用。但隨著時間的推移，後來的文學史基本上都將「新時期」的終結時間延續到1989年。文學史的分期是文學史編寫中比較容易引起爭議的問題，特別是對於與當代中國社會生活關係錯綜複雜的當代文學而言。《初稿》與《概觀》當時在沒有更多可借鑒的編寫經驗的情況下，提出在後來的當代文學史編寫與研究中被普遍認可與接受的「三分法」，是對當代文學學科的一大貢獻，也從一個側面體現出了編寫者的史家識斷。

另外一個值得關注的問題，是對於上一節提到的五六十年代建立起來的文學史敘述模式對「文革」後期爭議作品的「失效」與無所適從現象，在兩部文學史中也不同程度存在，這也反映了新時期之初重新啟動當代文學史編寫工作時面臨的困境。[36]

不過雖說這兩部文學史都是集體編寫，但相對於《初稿》更接近於統編的情形，《概觀》的「集體」似乎更多一些「同人」性質，特別是編寫過程中來自於上級主管部門的「指示」「要求」相對較少，

---

36 賀桂梅關於《概觀》「最早在文學史中對新時期的一些重要文學現象和作家」「做了明確肯定」的情形（《中國現當文學學科概要》，第150頁）需要辨析。初版《概觀》重視對作家作品篩選與評價的「文學性」，對新時期一些重要作家如王蒙、張潔、高曉聲的肯定等，都體現出編寫者的膽識和眼光。但初版本對以「朦朧詩」為代表的「帶有哲理色彩的抒情詩」的介紹與肯定還是籠統、含混的，更有針對性的具體內容的展開應該是1986年的修訂版增加的「新時期的詩歌創作（二）」對顧城、舒婷、北島的介紹。那時的文學語境已發生了很大變化，「朦朧詩」的意義與文學史地位已被初步認可。

自主的空間顯然要大些。[37]總體上，這兩部文學史的發展分期基本上還是「三分法」，但相對來說，《概觀》似乎稍傾向於「兩分法」，即將「十七年」（1949-1966）、「文革」（1966-1976）整合為一個時期。因此，《概觀》中提出的問題並不能與《初稿》一並而論。鑒於此，下面我們擬從不同角度將兩部史著分開來評述。[38]

二 《中國當代文學史初稿》的延續與超越

這裡的「延續」，是指本書緒論中提到的《初稿》對五六十年代當代文學史編寫觀念的沿襲。賀桂梅認為《初稿》的這種延續情形與當代文學的特殊性有關。作為文學史觀念的當代文學，在四五十年代建構之初，即被認定是無產階級的革命文學在社會主義時期的開展，當代文學史也因此被預設為要描寫社會主義取得的成就、社會主義文藝與資產階級文藝鬥爭的情況，並總結歷史經驗。當時的建構者對當

37 2018年12月2日，筆者在拜訪回廣東老家探親的洪子誠先生時曾請教有關《概觀》編寫的一些情況。洪先生特別強調《概觀》雖然是「合編」，但基本上都盡量尊重撰稿人的思想觀點，不存在五六十年代以來統編教材中為貫徹落實「上級指示」而由主編進行統稿的問題，至多就是強調一下風格要相對統一。

38 在對這兩部文學史著作展開考察之前，還有一點需要提醒注意的是：在20世紀的中國，教科書編寫的興起，一方面與受西學影響而崛起的近現代學術及教育有關，另一方面，又與知識界現代民族國家意識的覺醒、國家權力機構對教育對象的民族想像共同體的歷史記憶植入的設計分不開，甚至還可能涉及到如何重建當下國家文化、民族文藝形態等諸如此類的現實關懷問題。因此，一個時代有一個時代的教科書。這其中，對被賦予「經國大業」使命的文學史教科書的書寫，更顯得舉足輕重。在前一章，我們通過《十年來的新中國文學》編寫的考察，對此已有了初步的認識和瞭解。本書在前面提到：與京師大學堂時期、民國時期比較，1949年後文學史教科書編寫的指導思想，編寫者的文學史觀念與立場，文學史內容的選擇等，都已發生了根本的變化。而即使在社會主義時期，由於國家在不同時期的政策與文化建設面對的問題的差異，對各時期的文學史編寫仍有甄辨的必要。這些，都是我們考察70年代末80年代初的當代文學史編寫意義不應忽略的背景與前提。

代文學「提出更高的文學規範和發展目標」。當代文學的這一預設，賀桂梅認為實質上是排除了左翼文學之外的一切文學形態和文學理論，並把左翼文學在50年代的歷史描述成為意識形態的思想鬥爭史（賀桂梅：《當代文學的歷史敘述與學科發展》。轉引自溫儒敏等：《中國現當文學學科概要》，第155頁）。也正因此，我們不難看到在《初稿》中，文藝思潮、文藝論爭、文藝運動等內容不僅在每一發展時期占有相當的篇幅，同時對作家作品的評價，基本上還是政治社會學的標準。這種情形，說到底，還是當時文學界仍無能力去突破舊有的文學史觀念，而只能在固有的文學史觀念與構架中翻轉的情形有關。當然，這其中也不排除70年代末80年代初乍暖還冷、若明若暗的複雜環境的影響。[39]

關於《初稿》對五六十年代建構起來的當代文學史編寫傳統延續的主要表現，如對「當代文學」的社會主義文學性質的堅持，強調當代文學的「人民性」特徵，對過去三十年（1949-1979）具體作家作品選擇與評價的政治社會學標準等等，本書在緒論中已有述介。當然，這種側重於質疑的表述，容易讓人產生誤會，把延續的積極的一面稀釋掉。其實在新時期初期的複雜歷史語境中，所謂的「延續」，還應該有如下的意思，即既不能簡單化地理解為是對既有文學史觀念的翻轉或者重複，同時又要警惕「20世紀中國文學」論者那種二元對立的思維方式，從「斷裂」的角度去看待這一時期與後來文學史寫作的關係。也就是說，在當代文學學科的視野中，從文學史寫作史角度看，這種「延續」於《初稿》有其合理與必然的一面，在當代文學史

---

39 郭志剛在2001年的「重印說明」中談到《初稿》「重印」時的一些考慮：「一是盡量使一些問題的表述與《關於建國以來黨的若干歷史問題的決議》等中央文獻精神相一致，力求準確、鮮明；二是刪去了對個別作家作品的論述，待以後重大修改時再作通盤的考慮。」《中國當代文學史初稿》，北京：人民文學出版社，2001年。

寫作觀念嬗變過程中不可或缺，具有「擺渡」甚至可以說是超越的意義。這種情形，在90年代以後，隨著對80年代以「救亡與啟蒙」作為元話語的文學方式的反思，特別是50-70年代文學研究的突破與推進，已愈來愈成為許多研究者的共識。對這個問題的理解可能需要換一種方式。李楊在一篇文章中指出，就「當代文學」而言，「十七年文學」與「文革文學」並沒有割裂與「新時期文學」和「五四文學」的關聯。李楊認為「新時期文學」中影響最大的兩個作家群（即以王蒙、張賢亮等為代表的「五七族」作家群和包括張承志、王安憶、史鐵生、阿城以及主要的「朦朧詩人」在內的「知青作家群」），「如果我們相信作家的創作與其知識背景、文化結構、精神資源有關，那麼，這兩個作家群的精神、知識與文化背景恰恰不是所謂的個人性的『五四文學』，而是『十七年文學』與『文革文學』」，李楊認為「『新時期文學』的主潮無不打上了『十七年文學』與『文革文學』的深深的印」，「正如黃子平分析過的，『傷痕文學』以恩怨相報的倫理圈子來結構故事，對歷史的道德化思考，常常以個人品質的優劣來解釋歷史的災難，『反思文學』則無一例外地建構政治和道德化的主題，充滿著英雄主義和悲劇色彩，出發點是50年代理想主義的價值體系，試圖恢復的是『十七年文學』的『革命現實主義傳統』」[40]。在李楊看來，「十七年文學」是「新時期文學」的「重放的鮮花」（李楊：《重返「新時期文學」的意義》）。前些年，程光煒在對「重返八十年代」

---

40 李楊：《沒有「十七年文學」與「文革文學」，何來「新時期文學」？》，《文學評論》2001年第2期。李楊的這一觀點在《重返「新時期文學」的意義》（《文藝研究》2005年第1期。本章後面所徵引本文內容，不再注明出處。）更加「極端」地表述為：「『文革』結束後的相當長的時間裡，中國作家最激烈的歷史衝動，並不是要回到後來被闡釋為歷史起點的資本主義的『五四』，而是要回歸『好的社會主義』的『十七年』」。

的學術梳理過程中，曾組織他的博士研究生研究70年代文學[41]，一方面在探尋「新時期文學」的源頭，另一方面，也可以說是更深層的考量，即在尋找作為文學史的「新時期文學」與50-70年代文學的關係，並與李楊的論述呼應，在「尋找」的方式上沉潛到具體作家作品的「問題意識」解讀中。因此，在談到「為什麼要研究七十年代文學」時，程光煒認為對「七十年代文學」的研究應該具備兩個視角：一個是「新時期文學」，一個是「七十年代視角」，「它們是在一種新的辯證關係中出現在新的歷史視角。沒有新時期文學的視角，七十年代小說可能永遠都會打上官印窒息在歷史的棺木中，那些思想亡靈和工農兵作者大概不會幽靈重現。而沒有七十年代這個起點性的視角，也不會出現新時期文學對歷史的叛逆，出現歷史的覺醒，七十年代小說是通過自己的沒意義才換來新時期文學的嶄新意義的」[42]。

回到《初稿》，這種延續的超越，主要表現為在新時期之初的歷史語境中，力所能及地突破「左傾」文藝思路的桎梏，在批判與否定五六十年代，特別是「文革」時期激進文藝派的思想觀念與立場及由此建構起來的價值體系的同時，借助當時思想解放運動中的歷史主義與文藝批評的人道主義思潮，對一些曾經被批判否定的作家作品進行撥亂反正，重建被摧毀的文學秩序。這應該是《初稿》的最大的超越。一些研究者對此給予了充分肯定，認為《初稿》「對作家作品的選擇遵循了思想性、藝術性相統一的原則，基本上囊括了建國以來的一線文學名家力作」，而這些作家作品也成了文學史編撰者的「筆墨

---

41 中國社會科學出版社2014年出版了程光煒主編的《七十年代小說研究》，收集了研究的主要成果，其中代表性的作家作品包括：《機電局長的一天》（蔣子龍）、《沸騰的群山》（李雲德）、《長長的穀通河》（何鳴雁）、《公開的情書》（靳凡）、《一雙繡花鞋》（況浩文）、《晚霞消失的時候》（禮平）等。

42 程光煒：《為什麼要研究七十年代小說》，《文藝爭鳴》2011年第18期。

主題」,「雖然評價會有或多或少的不同,但一、二、三的分檔卻幾乎
是固定的」[43]。

　　總體而言,《初稿》的「延續」,並不是對五六十年代當代文學史
集體編寫／統編記憶的簡單重複,這其中既有作為歷史的文學史寫作
的合理性與必然性的一面,更有其發展與超越的一面。這也是當代文
學史編寫重啟之初的特殊性。誠如有些研究者所說:「新時期」當代
文學史編寫重新啟動之初,首先必須面對的問題是如何處理同過去的
文學史的關係。這種情形,都使得新時期之初的文學史編寫「還很難
顯示出符合文學發展方向的總體思想與審美特質,而更多地帶有歷史
轉換時期的過渡色彩」,在「展現出與舊時代的決絕傾向,開始走向
新路」的同時,「在它對舊時代的告別中,理性底蘊與審美表現又都
存有一些與舊時代舊傳統的深在聯繫」。有研究者認為「該書分專
章、專節設計的條理化、學術化色彩,打破過去文學史過分『政治
化』的框架」,是對「高校中文學科主導文學史敘述意識的『傳統』」
的復原（劉巍:《〈中國當代文學史初稿〉的學科化與體制化》）。

三　《當代文學概觀》的「『文學』史意識」

　　雖然著手編寫的時間大致相同,但與《初稿》相比較,《概觀》
卻是1980年代初出版最早的一部當代文學史著作。有研究者認為《概
觀》是同時期出版的史著中「影響最大」的一部（賀桂梅:《當代文
學的歷史敘述與學科發展》。轉引自溫儒敏等:《中國現當文學學科概
要》,第150頁）。這部當代文學史1986年修訂重版時改稱為《當代中
國文學概觀》,2014年第三次修訂出版時改稱為《中國當代文學概

43　劉巍:《〈中國當代文學史初稿〉的學科化與體制化》,《海南師範大學學報》2011年
　　第2期。本章後面所徵引本文內容,不再注明出處。

觀》，增加了對當代臺港澳文學的內容介紹。在試圖尋找新的突破方面，與《初稿》及同時期的其他史著比較，這部文學史卻表現出一種更為積極、主動的姿態，如在具體展開的過程中將1949年以來的當代文學內容作為一個整體來梳理評述。這種技術層面上的處理看似「以短衡長」，不足為論，遠不能算是黃仁宇所說的「將歷史的基點推後三五百年才能攝入大歷史的輪廓」[44]的「大歷史」，但編者追求歷史整體感的意識無疑是值得肯定的，那種「大而化之」的歷史書寫追求，其實也正是黃仁宇所強調的「大歷史」觀念內核。對於常常被與「當下」（文學）混為一談的「當代」（文學），《概觀》的這種歷史整體意識，在同時期的史著中確實給人一種「走在時代前面」的感覺。特別值得一提的是，存在於《初稿》中那種把政治——社會學意義作為評價作家作品高下準則的情形，在《概觀》那裡已經得到有效的管控。

《概觀》已經出版近30年，今天看來仍不顯得落伍，究其原因，我們認為《概觀》編者以下述兩方面的先行探索與嘗試，在新時期當代文學史編寫史上，無疑具有「開風氣之先」的意義。

一是對文學思潮文藝運動的處理。在中國當代文學史編寫史上，50年代建立起來的文學史結構與敘述模式，文藝思潮占有重要地位。這也是中國當代文學的特殊性。文藝思潮具有統領性。這種情形一直到80年代初與《概觀》同時期出版的幾部當代文學史著作，都沒有多大的改觀。這種現象，與「當代文藝思潮是當代中國文學的主要內容，直接或間接地影響甚至決定著當代中國的文藝理論以及文藝創作」（劉巍：《〈中國當代文學史初稿〉的學科化與體制化》）的情形有關。《概觀》之所以在當時的文學史編寫中引人矚目，就在於如上面所言，基於對歷史整體感的把握，對當代三十多年來紛繁錯綜的文藝

---

44 黃仁宇：《萬曆十五年》，北京：三聯書店，1997年，第269頁。

運動和文學思潮化繁為簡，而用更多的篇幅來評述作家作品，以此達到讓讀者去思考當代文藝思潮的效果。《概觀》的這種情形，作為參編者之一的洪子誠多年後在談到「『時間』與當代文學史」話題時曾有類似的表達：該史著之所以沒有用「史」的觀念而以「概觀」稱之，除了考慮到當代文學課程的內容，既包括有關當代文學「史」部分，也包括那些還沒有進入「史」的範疇的當前發生的文學現象、文學思潮部分。還有一個主要原因，就是該史著「並不想很全面，不想處理當時還看不大清楚的文學運動、鬥爭，只想就創作作初步、概括性的歸納」[45]。也正因此，與《初稿》等同時期的史著不同，《概觀》沒有用大量的篇幅去羅列介紹的文學思潮與文學運動，即便一般的當代文學史著關於「十七年」文學思潮的「標配」內容「五大文藝批判運動」（即對電影《武訓傳》、俞平伯《紅樓夢研究》、胡風文藝思想、右派文學和修正主義文藝思潮等的批判），《概觀》也未予以專門介紹。《概觀》認為當代文學30年，受「文藝是時代的風雨表」的誤導，管理層常常「從文藝界抓階級鬥爭的動向」，「用政治運動解決文藝問題，或者把文藝思想鬥爭變成政治鬥爭」，以至於「文革」時期「陰謀文藝」氾濫成災，給當代文學發展帶來了極大混亂和不可低估的損失[46]。《概觀》這種簡約淡化，不拘於現象描述，重本質探討的處理方式，實質是對50年代確立起來的把文學史作為思想政治運動史組成部分的觀念、「向政治的大角度傾斜」[47]的文學史書寫模式的質疑，

---

45 洪子誠：《問題與方法——中國當代文學史研究講稿》，北京：三聯書店，2002年，第48頁。

46 張鍾、洪子誠、佘樹森、趙祖謨、汪景壽等編著：《當代文學概觀》，北京：北京大學出版社，1980年，第10頁。本章後面所徵引該書內容，如無特別說明，均引自此版本。

47 黃修己：《中國新文學史編纂史》，北京：北京大學出版社1995年，第155頁。本章後面所徵引該書內容，如無特別說明，均引自此版本。

有意識地追求清理與把握當代文學思潮文藝運動本質的「大政治」視野。在重啟文學史寫作的新時期早期，這種探索與嘗試，是一種難得的史家膽識。

二是對作家作品的評價。受當時正在醞釀、展開的思想解放運動，以及文藝界撥亂反正的影響，對當代作家作品，《概觀》也在努力突破50年代以來建立起來的「政治正確性」的選擇和評價機制，比較早地踐行後來在「重寫文學史」期間倡導的「把文學史還給文學」思想觀念，「並最早在文學史中對新時期的一些重要文學現象和作家」「做出了明確肯定」（賀桂梅：《當代文學的歷史敘述與學科發展》。轉引自溫儒敏等：《中國現當文學學科概要》，第150頁），體現出編寫者的歷史前瞻性。這種情況在1986年修訂重版的《當代中國文學概觀》得到了更加系統、完整的表述。修訂版的《概觀》（1986）「序言」用了多於初版一倍的篇幅對新時期文學進行肯定性描述，包括：體現在各種文學思潮中的「文學主題的多向性發展」，重視人物靈魂揭示和人物命運描寫的「向人學回歸」的文學人物形象塑造，「多種美學情趣和多種風格發展的勢頭」，作家隊伍的新變化，等等。基於以上認證，修訂版《概觀》（1986）認為，當代文學創作的趨向，「不僅表現在形式，而且也在審美心理上趨向於把審美對象主體化，重視表現審美主體的感知，而不滿足於對審美對象的客觀描繪」（張鍾等：《當代中國文學概觀》，第15頁）。

如果說在80年代中期的文學革命語境中，修訂版《概觀》（1986）以上的表述不過是「正當其時」，那麼初版中對一些作家作品評述所追求的注重其藝術風格變化的「『文學』史意識」（把文學史還給文學）與維度，編寫者的「前瞻性」則當是不言自明。以詩歌創作部分的內容介紹為例，《概觀》認為在「強調詩歌應該成為戰鬥的旗幟和號角，成為階級鬥爭、政治鬥爭的武器」（張鍾等：《當代文學概觀》，第23

頁）的當代（五六十年代），「從舊中國到新中國」的許多詩人，像郭
沫若、臧克家、何其芳等的詩歌創作，在藝術審美方面都難以超越他
們曾經的自己。「在當代某些詩人的作品中，我們看不到詩人的具體
真實的思想感情活動，看不到對他的有個性的喜怒哀樂的感情狀態的
抒寫，看不到他的人格，他的生活道路的反映。」（張鍾等：《當代文
學概觀》，第28-29頁）《概觀》指出哪怕像馮至這樣曾經被魯迅稱之為
「中國最傑出的抒情詩人」，1949年後的創作，由於「過多地捨棄他原
先已經形成的風格和他熟悉的生活和表現生活的方式」（張鍾等：《當
代文學概觀》，第31頁），而難以承繼其早年如何其芳所說的「並不太
加修飾，然而感染力量卻很強」（何其芳：《詩歌欣賞》。轉引自張鍾
等：《當代文學概觀》，第30頁）的藝術風格，《北遊》（20年代後期）
那種對內心世界的「熱烈抒發」，《十四行詩》（40年代初）那種「沉
穩銳利的思想剖析」。《概觀》因此總結出五四以來一些以「直接抒寫
自己內心世界著稱的一些詩人」在當代的普遍境遇，即面對生活的變
化，如何與自己原已形成的基礎銜接，這些詩人大都迷失了方向，
「紛紛轉向著重描述客觀生活現象」，「對生活忽視了探求思索」（張
鍾等：《當代文學概觀》，第30-31頁）。而對1949年後成長起來的詩
人，《概觀》同樣注重從藝術追求角度給予評述。如對郭小川五六十
年代在新詩格律化方面的努力，從50年代的「樓梯式」與「四行體」
等到60年代的「新辭賦體」和長短句交錯等的創作實踐，要言不煩。

　　曾有研究者指出，新時期早期的當代文學史編寫，普遍存在對當
代文學與現代文學關係不夠重視的情形，從文藝思潮、創作方法的流
變，到文學主題、藝術形式的源流變遷，等等[48]。因此，《概觀》這種
努力回到現、當代文學勾連現場，注重藝術審美風格嬗變規律的文學

---

48 王東明、徐學清、梁永安：《評四部中國當代文學史》，《文學評論》1984年第6期。

史敘述嘗試，其格局與氣象，在同時期的文學史著中給人以比較開闊的印象。[49]

四　《中國當代文學思潮史》的正本清源

這裡將《中國當代文學思潮史》[50]（以下簡稱《思潮史》）納入考察範疇，主要出於如下考量，即這部以「文學思潮」命名的史著，具備一定的「通史」性質，能夠拓寬我們關於新時期早期當代文學史編寫的考察視野。編者嘗試從文學思潮角度對「當代文學」（1949-1979）歷史進行梳理，其描述當代文學史的意識形態視角，盡管沒有超越當時的政治文化語境，但其編寫定位與指導思想，對材料的占有與處理方式，客觀理性的敘述風格，對當代文學一些問題的學理評斷

49 《概觀》的這種情形，其實與編寫者的「編外功夫」不無關係。如負責史著詩歌內容撰寫的洪子誠，在參編《概觀》的同時即在思考五四以來的一些作家，其藝術水準何以在1949年後出現下滑的複雜因素，並出版了《當代中國文學中的藝術問題》（北京大學出版社，1986年）。洪子誠在「後記」強調，該書或「通過對具體作家作品的『解剖』，來談當代文學中有一定普遍意義的問題」，或「從文學題材的角度，對它們的發展『軌跡』作些簡單的描述：一方面試圖理出發展的線索，另一方面對涉及的一些作家的藝術個性進行分析」，不一而足。在「回歸十七年」以恢復一種文學傳統，因對當代中國政治生活的反思進而觸及如何評價「十七年文學」的70年代末80年代初，洪子誠便有意識地擺脫「激進地從社會學的角度作政治的批判」（孟繁華：《當代中國文學研究的學術化──洪子誠的意義與啟示》）的時尚，「而是尋找從主流意識形態到創作現象的中介，探討在社會生活發生巨大變化之際，作家應該如何及時地調整自己的創作方向，如何在堅持和發展自己的藝術個性方面，擁有較多的清醒和自覺」（張志忠：《學科建設與研究個性──論洪子誠兼當代文學研究》），體現出一種「史的研究」意識，一種對「相對穩定的歷史感和相對嚴格的學科規範的追求」（楊鼎川：《一種批評話語的成功實踐──評洪子誠的兩本書》）。（注：以上所引三篇文章均發表在《文藝爭鳴》1996年第6期。）洪子誠的「編外功夫」，對於我們更好地讀入《概觀》歷史敘述的內涵，具有一定的啟發意義。

50 《中國當代文學思潮史》，朱寨主編，人民文學出版社，1987年出版。本章後面所徵引該書內容，如無特別說明，均引自此版本。

等等，在考察當代文學史編寫及其與時代語境的關係方面均有一定的代表性，同時對後來的當代文學史編寫產生了深遠的影響。

這部由中國社科院文學所朱寨主編的《中國當代文學思潮史》，與同時期面世的一批側重介紹新時期文學思潮著作[51]不同，是80年代第一部系統梳理當代文學前30年（1949-1979）文學思潮的著作，也是第一部以「中國當代文學」命名的文學思潮史，因此出版後被認為是「及時填補了學科的空白」[52]，對後來當代文學思潮史甚至當代文學史的編撰均產生了一定的影響。全書除了引言、結束語，共11章40節，其中「文革」「新時期」部分各1章，「十七年」部分9章。

《思潮史》雖然出版於1987年，但據該書「引言」介紹，其著手編寫卻始於1980年。這一編寫時間基本上與新時期早期一批當代文學史同步。這也是本書將其與《初稿》、《概觀》置放在一起討論的原因。由於1949年後的文藝運動與政治運動分不開，「文藝思想及理論觀點又與政治方針政策密切相連」。為詳盡地占有資料，朱寨坦言「編寫組同志幾乎查遍了所有的書刊雜誌」（轉引陳墨、應雄：《扭曲、表態的三十年——從〈中國當代文學思潮史〉談起》）。《思潮史》編寫之際，恰是文藝界對「十七年」「左」的文藝思潮進行清算的時候，「當時曾有一種相當激烈的情緒」，……（朱寨：《中國當代文學思潮史》，第10頁）。[53]

---

51 這些著作主要包括：劉達文《中國文學新潮（1976-1987）》，香港當代與出版社1988年出版；何西來主編《新時期文學思潮論》，江蘇文藝出版社，1985年出版；宋耀良《十年文學主潮》，上海文藝出版社，1988年出版；陳劍暉等《新時期文學思潮》，廣東省高教出版社，1989年出版，等等。

52 陳墨、應雄：《歷史與我們——〈中國當代文學思潮史〉對話會側記》，《文學評論》1988年第4期。本章後面所徵引本文內容，不再另注明出處。

53 隱含在《中國當代文學思潮史》這一編寫努力背後的更深層寓意，是編者當時的思想矛盾。參考北京大學中文系110周年「中文學人」系列專訪的第14篇。

　　《思潮史》出版後，對它的評價並不一致，如有觀點認為「對於第一部大型的文學思潮史著作，把政治性的問題加以清理評判了以後，才好為從其他角度進行思潮史研究清理出場地」，「讚歎作者們在政治運動史中所花費的苦心和歷險精神」[54]。但也有評論認為「思潮史」與我們前面介紹的《當代文學概觀》《中國當代文學史初稿》《中國當代文學史》（二十二院校本）等一樣，「基本上是一個原則、一種方針、一條路子，乃至一種筆墨」，是一部「非當代、非文學、非思潮、非史」的「似是而非」的學術著作（陳墨、應雄：《扭曲、表態的三十年——從〈中國當代文學思潮史〉談起》）。

　　1987年12月17-18日，《文學評論》編輯部組織召開了「《中國當代文學思潮史》對話會」，邀請了在京的當代文學研究方面的專家學者、該書的編著者、該書出版單位人民文學出版社的同志和一些年輕研究人員。除就「當代文學思潮史」的研究等問題提出了一些構想外，主要對該書所取得的突破和存在問題進行研討。關於該書的突破，概括地說主要有如下一些觀點：認為此書「在學科建設上具有嘗試性和開創性的意義」（何西來），在「許多第一手材料很難弄清，而且也很難對材料進行真正學者式的分析」的情況下，「思潮史」的「寫作難度」可想而知（何孔周），是一部「穩妥之中有所突破的著作」（陳駿濤）；有的認為該書體現了文學所的研究風格，「不人云亦云，科學全面地分析問題並發表獨到的見解，與文學所作為文學研究的高級機構的學術地位相符合」（洪子誠），「在觀點上保持客觀公正的史德」（郭志剛）；有的認為該書在「政治把握的分寸問題與編著者主觀感情的把握分寸」的兩難選擇中處理得比較好，表現出一種機智（陳晉）。該書主要存在的問題：缺乏統領全書的「緒論」；「全書對

---

54 張鍾：《當代文學思潮漫議——由〈中國當代文學思潮史〉說開去》，《文學評論》
　　1988年第3期。

思潮的縱向考察不夠，對諸對立思潮的歷史消長描述概括得也不夠」
（張炯）；有的認為該書對被材料的處理「沒有提到一個理論高度，
有點就事論事」（喬福山）；有的對該書著重於歷史是非的批判的寫法
感到不滿足，認為編著者過分沉浸於30年，「在新時期黨的文藝政
策、精神的指導下完成了對三十年文藝是是非非的大評判的任務，同
時也留下了一個更為艱巨的任務，即在更廣更深的背景下，如從當代
文學與現代文學、新時期文學的關係中，從當代文學與中國文化傳統
的關係中，從中西文化對比，乃至從人的本質特性等背景中去觀照這
段文學歷史」（應雄）。[55]

　　《思潮史》出版30多年，已成為當代文學史研究與寫作的重要參
考文獻。從學科史角度看，該書在編寫過程中表現出來的一些觀念、
立場、方法，以及對材料的處理等，對後來的當代文學史編寫與學科
建設具有借鑒意義。概括地說，主要有如下三方面：

　　一是從學術研究角度對爭議較大的「當代文學」概念所作的學理
性處理。即作為一個特定的歷史概念，將「當代」與「當前」區別開
來，特指1949年10月中華人民共和國建立到1978年中共十一屆三中全
會的召開這段時間，認為這段時間「在中國新文學史和新文學思潮史
上，都具有相獨立的階段性和獨立研究的意義」，並指出1942年的延
安文藝座談會，是當代文學思潮的「直接源頭」（朱寨：《中國當代文
學思潮史》，第3頁）。這一闡釋一直被當代文學界認可和沿用。

　　二是客觀理性的敘述風格。面對1949年後「無不受到政治形勢和
政治運動的制約」的當代文學思潮的機智處理和「歷險精神」。既不
迴避政治背景，又注意避免寫成「政治鬥爭史」，而「主要展示文學
思潮本身的過程，並探究文學思潮本身連貫的脈絡」，「對於以往論爭

---

55 本部分有關觀點的介紹，均引自《歷史與我們——〈中國當代文學思潮史〉對話會
　側記》一文。

的意見和結論，本著實事求是的精神，排除成見，尊重實踐的驗證」，試圖提出一些「自己的判斷」。針對當時文藝界清算「十七年」「左傾」文藝思潮中，對「十七年」文藝工作的估價出現的「偏激的態度和偏頗的觀點」，完全或基本否定，導致「這段歷史的積極方面被掩蓋和誤會」的情況，《思潮史》注意「剔抉」，並對那些「在當時起過潛移默化的作用」，「今天需要重新開掘的沃土的東西」，一並「予以展示和評斷」（朱寨：《中國當代文學思潮史》，第10-11頁）。

三是面對受制於各種因素的「當代」，《思潮史》在敘述這段歷史時，遵循「不要企圖去作結論」，而努力「客觀、全面地占有材料，進行實事求是的分析研究，在此基礎上提出一些看法」（朱寨：《中國當代文學思潮史》，第10頁）的原則，在敘述風格上盡量客觀、穩妥，表現出一種史家筆法。

1997年，時隔10年後，文學所續編了《當代文學新潮》[56]。但由於各種原因，如其時同類的成果已不少，特別是「新潮」處理的「新時期文學」，已不如《思潮史》那樣具有挑戰性和「冒險性」等，因此其影響力遠不如《思潮史》。

第三節　從《中國當代文學史稿》到《中國當代文學史》

一　一部不斷修訂的當代文學史

文學史的修訂、再版是文學史編寫中的一個普遍現象。這種情況在存在諸多不確定性的當代文學史編寫史上更是屢見不鮮。當代文學

---

56 《當代文學新潮》由朱寨、張炯主編，人民文學出版社，1997年出版。

的不斷發展，當代不同時期政治、文化、文學語境的差異性，當代史因各種原因不斷修訂的情形，是當代文學史持續修訂的重要背景。本節我們以當代文學史編寫與研究「重鎮」之一的華中師範大學中文系編寫組編寫、王慶生主編的《中國當代文學》為個案，梳理當代文學史編寫史中與這一現象相關的若干問題。

（一）持續編寫／修訂情況

在前面有關當代文學史集體編寫內容的介紹中，我們曾提及50年代末60年代初的不少文學史著，其實是1958年科學「大躍進」、批判資產階級知識分子「偽科學」的「拔白旗」風潮中，由高校學生集體編寫教材運動的產物。與其他完全由學生編寫的文學史稍有不同，署名為「華中師範學院中國語言文學系編組」的《中國當代文學史稿》（以下簡稱《史稿》），則是「在學院黨委的領導下，結合教學和科學研究，以教師為主，採用師生結合的方法」[57]完成的一部史著，表現出一種高度的思想覺悟。《史稿》全書65萬字，最初完成於1958年12月，「1959年由學校印刷廠鉛印成冊，作為教材使用」[58]，1961年4月完成修改，1962年9月由科學出版社出版。對於50年代這種學術「大躍進」的文學史編寫鬧劇，黃修己在《中國新文學史編纂史》曾以復旦大學中文系現代文學組學生集體編著的《中國現代文學史》為例，分析總結其深刻的教訓，指出這些文學史著作把批評王瑤《中國新文學史稿》之後的「左傾」形態推向「更極端的地步」（黃修己：《中國新文學史編纂史》，第190頁）。黃修己這裡的批評雖然是基於與50年

---

57 華中師院中國語言文學系編著：《中國當代文學史稿‧前言》，北京：科學出版社，1962年。本章後面所徵引該書內容，如無特別說明，均引自此版本。

58 王慶生、楊文軍：《中國當代文學史編撰的回顧與展望——王慶生先生訪談錄》，《新文學評論》2013年第1期。本章後面所徵引本文內容，不再注明出處。

代已有的現代文學史著作的比較，但同樣適合於此時編纂工作剛起步的中國當代文學史，後者甚至因為「前無古人」而更加激進無畏。《史稿》認為，「文學運動是整個國家機器中的一個螺絲釘」，11年來的當代文學的意義，即在於「出色地完成了作為一個『螺絲釘』的任務」（華中師院中文系：《中國當代文學史稿》，第896頁）。這表述，顯然是列寧《黨的組織與黨的文學》中關於文藝事業是「革命機器」中的「齒輪和螺絲釘」思想的轉述。《史稿》這種帶有時代烙印的文學史觀念，尤為集中、突出地表現在內容體例設計、文學創作評析和文學史敘述風格等方面。

在80年代編寫、出版當代文學史著作中，值得關注的還有華中師範大學中文系編寫、上海文藝出版社出版的三卷本《中國當代文學》（以下簡稱「新編本」）。該史著的編寫緣起於1978年5月國家教育委員會在武漢召開的高校文科教材座談會。會後受教育部的委託，當時的華中師院於1979年春成立了以中文系中國當代文學教研室為基礎的編寫組並啟動編寫，由1958年參與編寫《史稿》的王慶生任主編。與前面的《中國當代文學史初稿》和《當代文學概觀》不同，該史著編寫出版的過程持續了新時期的80年代：第一冊初版於1983年，第二冊初版於1984年，第三冊初版於1989年。這種情形對於考察當代文學史寫作與文學變革浪潮此起彼伏的80年代是如何互動地具有參考價值。另一方面，「新編本」主編曾經參與《史稿》編寫的特殊身份，也將是我們梳理當代文學史的編寫修訂難得的歷史記憶。有研究者認為在80年代幾種當代文學史教材中，「新編本」是「分量最重的一種」，且「一卷比一卷寫得好」[59]。

---

59 古遠清：《努力提高當代文學的研究水平——兼評王慶生主編的〈中國當代文學〉三卷本》，《理論與創作》1993年第3期。轉引王慶生、楊文軍：《中國當代文學史編撰的回顧與展望》。

　　1999年，正值中華人民共和國成立50周年之際，王慶生組織編寫組對「新編本」進行修訂，「總結中國當代文學50年的成果並向國慶獻禮」。修訂的「新編本」在體例和內容上作了較大調整：由原來的「四分法」改為「二分法」，上卷介紹「建國初期至『文化大革命』時期的文學」（1949-1976），下卷介紹「新時期文學」，下限延續到90年代末；刪去了「新編本」中電影文學、少數民族文學、兒童文學、戲曲文學中的戲曲部分；刪除、壓縮並調整了文藝概況及某些作家作品的專節；補充了新的文學現象及有關作家的近期成果，等等。[60]洪子誠認為，「修訂本」較之「三卷本」「學術水準有長足提高」，「在材料的豐富、翔實，體例和評述的穩妥上」表現得「相當突出」[61]。

　　2003年，王慶生又主編了受教育部委託編寫《中國當代文學史》大綱（已於1998年出版）的相應教材「向21世紀課程教材」《中國當代文學史》，並由高等教育出版社出版。與前面幾種參與編寫、主編的當代文學史不同，《中國當代文學史》不僅書名有變化，以「史」著稱，同時在內容上也有較大的調整，全書分為緒言，20世紀50-70年代中期的文學，20世紀70年代中期以來的文學，臺灣、香港、澳門地區文學四部分。將臺港澳文學納入史著編寫範疇，體現了《中國當代文學史》與時俱進的編寫姿態。[62]2007年，高等教育出版社出版了該史著的修訂本。

60　王慶生主編：《中國當代文學》（修訂本）（下卷）「後記」，武漢：華中師範大學出版社，1999年，第568頁。修訂本刪除的作家主要有劉賓雁的報告文學和北島的詩等，壓縮作家作品的專節主要包括趙樹理、郭沫若、茅盾、周立波、老舍等。本章後面所徵引該書內容，如無特別說明，均引自此版本。

61　洪子誠：《近年的當代文學史研究》，《鄭州大學學報》2001年第2期。

62　不過王慶生對簡單從「講政治」「講統一戰線」角度猜測史著的這種處理的觀點並不完全認同，認為「臺港澳文學與內地文學同根、同祖、同一血脈、同一文化傳統，有這幾『同』，怎麼不該寫入文學史呢？」參見王慶生、楊文軍的《中國當代文學史編撰的回顧與展望》。

（二）引申的相關問題

　　從五六十年代的《史稿》到80年代的「新編本」，再到新世紀的
《中國當代文學史》，大而言之，作為一部跨世紀的當代文學史，從
文學史編寫史的角度，其中不斷持續的編寫、修訂，值得我們關注的
問題很多。比如，作為具有編寫傳統和經驗的主編和編寫組織，在如
何解決文學史編寫過程中需要面對的「內部」（文學思潮與文學創作等
的發展自身）和「外部」（文學史寫作環境等）問題方面，80年代以
後編寫修訂的史著提供了怎樣的處理方式？存在哪些問題？又比如在
冠名方面，為什麼只有11年（1949-1960）時間的新中國文學，當年
的編寫組卻冠之以「史」，而面對將近四十年的「當代文學」（1949-
1986），「新編本」卻避而不稱「史」？將這一疑義切換到80年代有關
當代文學宜不宜寫「史」的爭議[63]中，這種冠名的變化表達了編寫者
怎樣的歷史觀與文學史觀？又如，對僅有10年的新時期文學（1976-
1986），「新編本」何以不惜用四十多萬字的篇幅進行敘述？這其中反
映了編寫者對「十七年文學」（1949-1966）和「新時期文學」（1976-
1986）怎樣的評價取向？再如，如何看待「新編本」第三冊關於新時
期文學的內容介紹對80年代文學批評資源的轉換與徵用？應該如何評
價這一時期的當代文學史寫作與當下文學批評的關係？最後，如何評
價「新編本」與《史稿》的關係？「新編本」究竟能夠在多大程度上
「撇清」與歷史（《史稿》）的糾葛？諸如此類的問題，都是我們在考
察文學史版本修訂時關注比較多的，同時也是本節後面重點評述「新
編本」時試圖予以梳理的內容。

63　關於當代文學宜不宜寫「史」的爭議的相關文章，除「緒論」提及的唐弢和施蟄存
　　外，還有曉緒的《當代文學應該寫史》（《文匯報》1985年11月12日）。有關評議可
　　參考孟繁華的《當代文學研究述評（1985-1988）》，《綿陽師範學院學報》2013年第4
　　期。本章後面所徵引本文內容，不再注明出處。

二 「新編本」的「新時期文學」概念

　　對「新時期文學」（1976-1986）進行文學史層面的完整敘述，是「新編本」的探索和嘗試的內容之一，也是「新編本」對當代文學史編寫史寫作與研究的一個貢獻。按原來重擬的編寫大綱，「新編本」第三冊的下限時間為1982年，後來採納了1986年審稿組的建議延伸至1986年10月。這樣，「新時期文學」（1976-1986）便成了第三冊的主體內容。「新編本」嘗試敘述的「新時期文學」時間，即特指這10年。

（一）80年代的「新時期文學」概念

　　在80年代初的當代文學批評和當代文學史著中，從對政治生活的「新時期」到文學活動的「新時期」，「新時期文學」已逐漸成為一個被認可、接受和通用的概念，一般是指「『文化大革命』十年的亂之後，特別是黨的十一屆三中全會以來」的文學[64]。不過需要提醒的是，這裡關於「新時期文學」的解釋引述的是周揚1979年在第四次文代會上的報告，他顯然沒有預見到這一概念從時間所指到內涵闡釋，會隨著時間的推移而不斷延伸變得不確定，僅在進入90年代以後的二十多年間即經歷了多次的「顛覆、增刪、質疑和重述」（程光煒：《文學講稿：「八十年代」作為方法》，第49頁），成了一個必須加以辨析的文學史時期概念[65]，特別是隨著近十多年來思想文化界「重返八十

---

64 周揚：《繼往開來，繁榮社會主義新時期文學》，《文藝報》1979年12月11日合刊，第19-23頁。

65 值得一提的是，與「新時期文學」相呼應，90年代初，一些研究者建議將90年代文學命名為「後新時期文學」。相關闡述可參閱刊發在《當代作家評論》1992年第5期和《文藝爭鳴》1992年第6期的「後新時期：走出80年代的中國文學」研討會（1992年秋由北京大學中國語言文學研究所與《作家報》聯合舉辦）文章。

年代」的深入和當代文學學科建構的推進。[66]

　　80年代出版的當代文學史著，如前面介紹的《中國當代文學史初稿》和《當代文學概觀》，以及80年代中後期的《中國當代文學教程（1949-1987）》（上下冊）[67]等，均有涉及「新時期文學」內容的敘述。與此同時，這一時期出版的一些專題研究著作，如《新時期文學六年》[68]和《中國當代文學思潮史》《十年文學主潮》[69]《新時期文學十年》[70]等，也從不同角度對「新時期文學」進行了專門評述。但這些著述除了後兩種著作有意識地從文學思潮角度比較系統地對新時期文學10年（1976-1986）予以梳理外，其他著述對「新時期文學」所指的時間的理解都不一樣，像《中國當代文學史初稿》僅介紹1976-1979年的「新時期文學」，《中國當代文學思潮史》也只介紹到1979年第四次文代會的召開，而《新時期文學六年》則集中討論1976-1982年的文學現象。1986年修訂版的《當代文學概觀》（《當代中國文學概觀》）關於「新時期文學」也僅僅介紹到1985年。這便是為什麼說「新編本」是其中比較早試圖系統、完整地對1976-1986年的「新時期文學」進行文學史敘述的代表性史著之一的原因。基於此，在當代文學史編寫史層面上，結合本節的具體語境，「新編本」的這一敘述嘗試可供討論的問題至少有兩個，一是「新編本」與生俱來的《史

---

66 目前這方面已積累了不少研究成果，其中洪子誠、孟繁華主編的《當代文學關鍵詞》之「新時期文學」詞條（廣西師範大學出版社，2002年），程光煒的《文學講稿：「八十年代」作為方法》之「怎樣對『新時期文學』作歷史定位」一講，賀桂梅的《「新啟蒙」知識檔案：80年代中國文化研究》之「『新時期』意識的由來：一組意識形態框架」一節，等等，都有直接的參考價值。

67 《中國當代文學教程（1949-1987）》（上下冊），鄭觀年主編，杭州：浙江大學出版社，1989年。

68 《新時期文學六年》，中國社科院文學所編，北京：中國社會科學出版社，1985年。

69 《十年文學主潮》，宋耀良著，上海：上海文藝出版社，1988年。

70 《新時期文學十年》，呂晴飛主編，北京：學苑出版社，1988年。

稿》「胎記」，二是面對缺乏時間距離的「新時期文學」，「新編本」對文學批評資源的轉化利用。對於前一個問題，我們在後面會做進一步討論。這裡重點考察後一個問題。

（二）「新時期文學」（1976-1986）概念的生成（一）

當代文學史寫作本質上是當代人／當事人寫當代史／當代事。80年代對新時期文學的歷史敘述，容易讓人聯想起60年代初的《十年來的新中國文學》，參編者很可能就是這一段歷史的當事人。在80年代，對新時期文學的批評介紹與歷史敘述其實是一個問題的兩方面，兩者之間的界線並非截然分隔。因此，「新編本」新時期文學敘述的歷史品質缺失可以想像。從現有資料看，「新編本」的「新時期文學」的概念顯然受當時的文學批評啟引。這其中徵用的最直接資源，應該是1986年文藝界有關「新時期文學十年」研討會[71]成果及相關批評文本，而其中如下兩個「權威」機構的表述，或許尤為舉足輕重：一是1986年9月中國社科院文學研究所在北京舉行的「中國新時期文

---

71 「新編本」只是概括性提到1986年5月到10月「在北京、上海、呼和浩特、哈爾濱、青島、大連等地分別舉行了新時期文學十年研討會」。（王慶生：《中國當代文學》第三冊，第52頁。本章後面所徵引該書內容，如無特別說明，均引自此版本。）方岩在《批評史如何生產文學史──以「新時期文學十年」會議和期刊專欄為例》一文中則重點梳理出三場以「新時期文學十年」為話題的全國性的大型文學會議：5月5日至10日，復旦大學舉辦「新時期文學討論會」，會議的論文後結集編為《十年文學潮流》（潘旭瀾、王錦園主編，復旦大學出版社，1988年出版）；7月9日至16日，中國作協遼寧分會和上海分會在大連市聯合舉辦「新時期文學十年歷史經驗」討論會，部分會議論文以「新時期文學十年的歷史經驗」為總題，發表在當年《當代作家評論》的第5期和第6期上；9月7日至12日，由中國社會科學院文學所在北京主辦「中國新時期文學十年」學術討論會，同年第6期的《文學評論》以「中國新時期文學十年學術討論會」為總題，刊發了研討會一組相關的文章，包括許覺民的《開幕詞》，朱寨的《閉幕詞》，張光年和王蒙的講話，劉再復發言的內容提要，以及本刊（《文學評論》）記者的《討論會紀要》。

學十年學術研討會」。會議開幕詞認為：「新時期文學」是「繼『五四』文學革命以後，中國當代文學中的又一次意義深遠的文學革命。」[72]這裡對「新時期文學」意義的強調，很容易讓人想起許多中國現代文學史關於延安文藝整風運動對五四以來的中國新文學發展劃時代意義的表述模式。二是同年11月中國作協第四屆理事會第二次全體會議有關「新時期文學」的研討。張光年在會議開幕詞中認為：「新時期文學的第一個十年，是我國社會主義文學歷史進程中最重要、最關鍵的十年。」[73]

有關「新時期文學」研討會對於後來文學史敘述的影響，近年來有研究者曾作過如下精闢的概括：「在『新時期文學十年』這樣的會議場合中，來自不同群體、機構、個人的諸多批評文本所呈現的價值判斷在共同的關注對象身上產生衝突、溝通與共識。如果我們注意到，這些批評行為都是以歷史總結的名義而展開的，那麼，這些文本事實上便是以批評的形式完成了歷史敘述。因而，這些研討會的召開最直接的後果在於：一方面，新時期文學其內部語義的複雜性在歷史現場被進一步強化並體現出來，同時為此後思路迥異的文學史書寫提供了基礎資源；另一方面，在這些批評文本的共識中的一部分文學作品、現象、思想在歷史現場迅速被經典化，此後文學史敘述的基本共識便在這裡產生。但不管怎樣，兩者都會迅速對此後的文學生產、傳播以及文學史教育產生直接影響。」[74]

---

72 研討會「開幕詞」（許覺民）載於《文學評論》1986年第6期。轉引自洪子誠《中國當代文學史》（修訂版），北京：北京大學出版社，2007年，第186頁。

73 張光年：《努力表現當代中國人民的精神風貌》，《文藝報》1986年11月15日。

74 方岩：《批評史如何生產文學史——以「新時期文學十年」會議和期刊專欄為例》，《文藝爭鳴》2019年第6期。本章後面所徵引本文內容，不再注明出處。

（三）「新時期文學」（1976-1986）概念的生成（二）

　　當然，「新時期文學」歷史敘述的建構，特別是一些新時期文學作品、現象等「迅速被經典化」，並對後來「新時期文學」歷史敘述達成基本共識產生重要影響的原因，如前所說，並不僅僅來自那些相關的研討會，同時也來自這一時期新銳、新潮的評論、研究文本，如上海文藝出版社的「文藝探索書系」[75]、《新時期文藝論文選集》，作家出版社的《當代作家論》（第一卷）[76]，特別是當時發表在《文學評論》《文藝報》《文學報》《當代文藝思潮》《評論選刊》等一些重要文學批評刊物上的文章。[77]在「新編本」文學史寫作過程中，這些批評

75 上海文藝出版社的「文藝探索書系」收集的內容包括創作和理論兩部分。理論部分有：劉再復的《性格組合論》、勞承萬的《審美中介論》、余秋雨的《藝術創造工程》、魯樞元的《文藝心理闡釋》、花建和于沛的《文藝社會學》、夏中義的《藝術鏈》、宋耀良的《十年文學主潮》、朱立元和王文英的《真的感悟》，以及趙園《艱難的選擇》、錢理群的《心靈的探索》；創作部分有：《探索小說集》《探索詩集》《探索戲劇集》《探索電影集》，以及李曉樺的《藍色高地》（散文詩）、魏明倫的《苦吟成戲》（戲劇）、殘雪的《突圍表演》等。

76 《當代作家論》（第一卷），中國作家協會創作研究室編，作家出版社，1986年。該書評論涉及的作家包括：馬烽、王蒙、從維熙、孔捷生、鄧友梅、古華、葉蔚林、馮驥才、劉心武、陸文夫、李國文、汪曾祺、張一弓、張弦、張潔、張賢亮、周克芹、茹志鵑、高曉聲、諶容、蔣子龍、路遙。

77 以權威的《文學評論》為例，據方岩《批評史如何生產文學史——以「新時期文學十年」會議和期刊專欄為例》：1986年，《文學評論》編輯部在籌備「中國新時期十年文學」學術討論會的同時，從當年第1期開始設置「新時期文學十年研究」專欄至第5期，先後發表18篇有關「新時期文學十年」的研究文章；第6期比較集中地刊發一組「中國新時期文學十年」學術討論會的相關文章（具體文章見前）。另外根據方岩所翻閱的文學期刊的梳理，在會議論文和專欄文章之外，1986年、1987年明確以「新時期文學十年」為標題或類似標題的批評文本，那些涉及這個問題但是在文章標題中並未體現出來批評文本其實更多：1986年的此類批評文本有：宋耀良《十年文學一瞥》（《當代文藝探索》第2期），呂進《新時期十年：新詩，發展與徘徊》（《當代文壇》第3期），古遠清《進入春天花園的新詩評論——新時期十年詩評概述》（《詩刊》第6期），南帆《小說的技巧十年——1976-1986年中、短篇小說的一

文本一方面作為「新時期文學」的重要事實與現象被納入敘述範疇，另一方面又對歷史書寫的「新時期文學」敘述的建構產生了強大影響。「新編本」對於「新時期文學」文學創作的重大成就、文學批評的發展以及文學理論問題的探討和論爭的宏觀敘述，在很大程度上可看作是對這些文學批評文本進行歷史化的「二次評論」。而事實上，「新時期文學」歷史書寫對這10年作家作品的選擇與評述，的確很難說與諸如「文藝探索書系」（創作部分）《當代作家論》（第一卷）及文學批評刊物上所關注的作家作品批評文本無關，這一點，我們只要把兩者的章節目錄設計做作簡單對比便可以一目了然。舉兩個簡單的例子：《當代作家論》（第一卷）評論的22個作家，除了馬烽，均為「新編本」的評述對象。這顯然與這些作家作品對「新時期文學」的「顯著貢獻」，「同時在藝術實踐和生活實踐上有著自己的獨特追求和探索」有關，正如馮牧在「序」中所說：該著作篇目選題的開列，「力求能夠做到符合文學現狀的客觀實際」[78]。上海文藝出版社也在「編輯前言」中強調，「文藝探索書系」（創作部分）所選的作家作品，「探索色彩更為濃厚而又確實在某些方面實現了突破和超越」[79]。「書系」（創作部分）選取的作家作品，基本上也是「新編本」的評

個側面》（《文藝理論研究》第3期），雷達《波動與蛻變──對十年來青年創作的一點思索》（《青年文學》第9期），陳遼《文學十年：主體意識從甦醒到自覺》（《當代文壇》第6期），林為進《報告文學十年初探》（《當代文壇》第6期），鮑昌：《如何評價十年來的新時期文學》（《文藝報》第45期）；張炯《新時期十年文學的藝術流向》（《天津文學》第12期）。1987年的此類文本有：張韌《文學是反思──「小說十年啟示錄」之二》（《上海文論》第1期），顧驤《文學人性十年》（《花城》第2期），劉思謙《喧嘩與騷動：小說十年思潮概況》（《小說評論》第3期），曉雪《時代的旋律，民族心聲──新時期十年的少數民族詩歌》（《詩刊》第10期），謝冕《空間的跨越──詩歌運動十年（1976-1986）》（《文藝理論研究》第5期），宋耀良《十年文學思潮概述》（《福建文學》第10期）。

78 馮牧：《當代作家論》（第一卷）「序」，北京：作家出版社，1986年。

79 上海文藝出版社：《文藝探索書系》「編輯前言」。

述對象。可以想像，在缺乏一個相對權威參照的情況下，「新編本」要「站在歷史高度上」選取正在行進中的新時期文學如此大數據的作家作品（僅在章節目錄中顯示的便分別達94人、13部）予以評述，沒有這些批評文本的先行遴選與研究，要經得起歷史的檢驗，將是多麼的艱難。

可以說，「新編本」關於「新時期文學」文學史概念的建構，從理論層面的闡釋到創作現象的評述，都充分表現出對同時期文學批評資源的內化和徵用。這也是當代文學史作為歷史書寫的特殊性，即與當下的文學批評有潛在的關係。作為正在進行時的「新編本」編寫，對「新時期文學十年」進行文學史層面的敘述，可謂順理成章。不過也正由於缺乏對這一特定政治文化語境中所使用概念進行「歷史」與「文學」的處理（其實也不可能），最終導致了「新編本」對「新時期文學」一些文學現象敘述的差強人意。而另一方面，同樣由於「時間」問題，「新編本」對這10年文學歷史的敘述，未能夠全面深入地消化、吸收80年代的一些前沿的文學批評與理論成果，而給人「滯後感」[80]，正如該史著顧問馮牧在1982年7月的審稿會上談到對已編內容的存在問題時所說：「沒有很好地把史和論有機地結合起來」，對作家作品的討論與相關的「某個時期重要的文學現象的關係」解釋不夠[81]。當然，這些「後見之明」，對「新編本」來說也許顯得有些求全責備。

---

80 這其中最能夠說明問題的是文學理論批評領域「『1985』現象」在「新時期文學」敘述中的缺席。有論者用「文學史觀的搏鬥」來形容這一年（1985）的文學史觀念的交鋒。可以說，對後來現當代文學史寫作產生重要影響的觀念理論都在這一年提出，這其中除了前面提到的當代文學宜不宜寫史的問題，還包括黃子平、陳平原、錢理群的《論「20世紀中國文學」》（《文學評論》1985年第5期），陳思和的《中國新文學整體觀》（《復旦學報》1985年第3期）等。但我們在「新編本」對「新時期文學」的敘述中幾乎看不到這些觀念理論的影響。

81 馮牧：《關於中國當代文學教材的編寫問題》，轉引孟繁華：《當代文學史研究評述（1985-1988）》。

三 「新編本」的「社會主義新時期文學」敘述

回到具體的歷史情境，「新編本」對「新時期文學」的嘗試性敘述，從文學史編寫史的角度，如下三方面尤為值得關注：

一是堅持用社會主義文學／「新的人民文學」來概括、描述「新時期文學」的性質。「新編本」認為「中國社會主義文藝復興」（王慶生：《中國當代文學》第三冊，第45頁）是「新時期文學」的標誌，並將「文學是人學」命題的重新確立、「朦朧詩」的爭議、西方「現代派」藝術手法的借鑒等「方法熱」的興起、文學創作中人道主義問題的討論等歸攏於社會主義文學觀念在新時期變革的範疇；把文學創作中的探索性作品、「尋根文學」、通俗文學的勃興看作是新時期社會主義文學繁榮的表現；認為內地文學界與港澳臺文學界的交流及其對後者的研究與引介，是新時期「文學界愛國統一戰線」進一步發展的結果。「新編本」認為：當代文學近四十年的社會主義文學／「新的人民文學」道路，「千迴百轉，萬水歸一，文學的河道最終還是通向了人民生活的海洋」（王慶生：《中國當代文學》第三冊，第597-598頁）。作為一種歷史書寫，「新編本」這種將複雜的「新時期文學」本質化的文學史觀，在文學史寫作依然沿襲「集體寫史」，對歷史反思仍處於激情狀態的80年代，也許有其合理的一面，應該做具體分析。

二是嘗試對「新時期文學」的成就作整體的評價。這種評價，從總體上看，主要從「史」與「論」（作家作品論）兩個向度展開。其中「史」的向度重點關注了這十年文學在觀念變革與理論建設及批評創新等內容。對一些「關鍵」和敏感問題，如在新的歷史時期怎樣正確看待馬克思主義、毛澤東文藝思想，怎樣處理好「歌頌與暴露」的

關係等，「新編本」的評述即使在現在也不見得落後[82]。「新編本」還肯定了「新時期文學」理論批評中除了「社會的、歷史的批評方法」之外的新的研究方法，如比較文學方法、心理學方法、結構功能分析方法等，注意到了觀念的變革與方法的創新給文學批評文體和文風帶來的新變化：「評論的模式減少了，樣式豐富了；刻板的套話減少了，語彙更新了。」（王慶生：《中國當代文學》第三冊，第73頁）高度評價了如上海文藝出版社推出的「以探索為手段，開拓為目的」（王慶生：《中國當代文學》第三冊，第75頁）的「文藝探索書系」等理論批評成果。

關於「新時期文學」的創作，據「新編本」統計：僅小說創作，從1980-1986年，問世的長篇小說每年都在一百部以上（1976年前發表最多1959年才32部），1982年創作的中篇小說達120部，超過「十七年」的總和，而從1978年開始，短篇小說每年的發表量都在萬篇以上（王慶生：《中國當代文學》第三冊，第54頁）[83]。「新編本」通過章節目錄直接輯錄評述的「新時期文學」中作家作品分別達94人、13部，如此大數據，在同時期的當代文學史著作中也是少有的。為了凸顯「新時期文學」創作的大氣象與大格局，除了介紹小說、詩歌、散文與報告文學、戲劇等傳統文學史關注的四大文類，「新編本」還將這10年的電影文學、少數民族文學和兒童文學納入評述範疇。

由數量到質量，從形式到內容，「新編本」還進一步從題材表現、主題提煉、人道主義情懷以及藝術方法的多元化等角度，闡述了

---

82 如「新編本」提出要結合新時期的現實，吸取西方文化的營養，「在文藝實踐中建立開放的、自我調節的文藝理論體系」。《中國當代文學》（第三冊），第68頁。

83 《十年文學主潮》統計的數據是另一種情形：以中篇小說為例，1982年發表的總計745部，而「十七年」時期發表的有500多部，「文革」十年期間發表的有70多部。具體可參閱宋耀良《十年文學主潮》，第6-7頁。

「新時期文學」的進展和突破，如從多個層面考察了「新時期文學」
重新確立「人」的中心地位，肯定了新時期作家在歷史反思中對「人
的價值、人的尊嚴、人的權利」的「首肯和維護」（王慶生：《中國當
代文學》第三冊，第58頁）；從藝術手法的多元化角度闡述了「新時
期文學」的「開放體系」：現實主義與現代主義互相取長補短，從傳
統美學中汲取營養建立「中國特色的民族風格」，等等。「新編本」用
了三分之一還多的篇幅評述最能夠體現「新時期文學」成就的小說創
作（其中通過章節目錄顯示評述的小說作家達50人），分析了新時期
短篇小說的「系列化」和「散文化」「詩化」的審美形態，認為汪曾
祺、王蒙、張潔、宗璞、何立偉、張承志等的短篇作品，「抒情性或
情緒化極強」（王慶生：《中國當代文學》第三冊，第101頁）；探討了
中篇小說崛起的原因（基於作家的審美思考和讀者的審美需求），以
及長篇創作與當代生活、當代意識和當代藝術變革之間距離的縮短等
現象，認為兩屆「茅盾文學獎」的九部獲獎作品[84]，大部分都是對當
代中國社會生活的快速反映。「新編本」認為，小說家的藝術創新，
給新時期小說帶來了新的觀照、感知與表達方式，結束了當代小說創
作的「規範化」時代，當代小說創作進入了「多元互補的風格化時
代」（王慶生：《中國當代文學》第三冊，第120頁）。「新編本」對新
時期小說這種探索創新、多元共生創作氣象的關注與敘述，同樣體現
在其他文類的敘述中，如：認為新時期10年的詩歌創作，與「恢復原
有藝術傳統和多元化穩定發展」的兩個階段相呼應，在修復與溝通詩
歌藝術傳統的同時，又在努力對傳統作「超越性的變革」（王慶生：

---

84 兩屆「茅盾文學獎」的九部獲獎作品分別是：第一屆：《許茂和他的女兒們》（周克
芹）、《東方》（魏巍）、《將軍吟》（莫應豐）、《李自成》（第一冊）（姚雪垠）、《芙蓉
鎮》（古華）、《冬天裡的春天》（李國文）；第二屆：《黃河東流去》（李準）、《沉重
的翅膀》（張潔）、《鐘鼓樓》（劉心武）。

《中國當代文學》第三冊，第315頁）；在80年代出版的當代文學史著中，「新編本」是比較早地從文學史高度對以「朦朧詩」為代表的新詩潮創作情況及由此引發的論爭進行系統梳理的史著。又如，在新時期散文創作內容的敘述中，「新編本」從歷史與現實的雙重背景出發，試圖對巴金《隨想錄》作完整的評述，認為《隨想錄》是「繼魯迅散文之後的又一巔峰」，其價值與意義「必將超越時代與國界」（王慶生：《中國當代文學》第三冊，第394頁）。此外，「新編本」還初步評述了以高行健為代表的探索戲劇創作和以《黃土地》等為代表的探索電影。

三是對「新時期文學」作品的評論努力突破「社會的、歷史的批評方法」。「新編本」認為，「革命現實主義創作方法」仍是新時期「文學創作的主軸」（王慶生：《中國當代文學》第三冊，第60頁）。但面對不斷探索創新的創作實踐，「新編本」同時也在努力借鑒運用一些新的批評理論與方法。以小說創作為例，這種努力主要體現在如下兩方面：首先在內容章節設計上體現對新時期小說創作思潮與流派風格的關注，如：「女性小說」（諶容、張潔，韋君宜、茹志鵑、宗璞，王安憶、張辛欣、張抗抗、鐵凝）、「湖南作家群」（古華、莫應豐、韓少功、葉蔚林）、「西北作家群」（賈平凹、鄭義、柯雲路）、歸來的「探索者」文學（陸文夫、高曉聲、方之）、「市井小說」（鄧友梅、馮驥才）、復蘇的「軍事文學」（徐懷中、李存葆、朱蘇進）、「知青小說」（張承志、梁曉聲、孔捷生、鄧剛）、「尋根小說」（阿城、鄭萬隆、李杭育）以及膠東青年作家群（莫言、張煒、矯健），等等。另一方面則體現在對具體作家作品評述，如：認為王蒙的《布禮》《春之聲》等打破時空局限，在新時期「率先突破傳統的小說結構模式，大膽借鑒西方『意識流』的表現形式」，嘗試作品的「心理活動結構」（王慶生：《中國當代文學》第三冊，第127頁）；評價李國文的

小說「莊重而不失平易，奇崛而兼得沉穩」（王慶生：《中國當代文學》第三冊），第173頁）；推崇汪曾祺、林斤瀾等的創作對「民族化」「中國味兒」（王慶生：《中國當代文學》第三冊，第226頁）的追求；肯定王安憶的《大劉莊》《小鮑莊》等「尋根」小說在「拉丁美洲魔幻現實主義作家馬爾克斯的《百年孤獨》裡尋找到創作靈氣」（王慶生：《中國當代文學》第三冊，第271頁），等等。「新編本」對作家作品的評析、對「新時期文學」文學史敘述既是一種補充，也是一種實踐。

「新編本」對「新時期文學」的文學史敘述盡管存在一些歷史的局限，但這種探索與嘗試，對推進90年代以後「新時期文學」的文學史書寫與研究，都具有以史為鑒的意義。

四　「新編本」的《史稿》痕跡

「新編本」的第一冊「後記」曾這樣寫道：鑒於「我國政治經濟形勢的急劇變化和當代文學的迅速發展」，編寫組在《史稿》基礎上重新擬定了大綱。其實，從65萬字的《史稿》到100萬字的「新編本」，問題的複雜性遠不簡單是「大綱」的重擬問題。新時期重啟的文學史編寫，都面臨著文學觀念、知識資源和敘述方式等的調整與轉換等諸多問題。「新編本」以作家作品為主體的內容框架設計，也可理解為是對《當代文學概觀》確立的「『文學』史意識」的編寫理念的推進。這種調整與轉換，在「新編本」，同時還表現為對「新時期文學」的文學史敘述嘗試。由於80年代的複雜歷史語境，以及當代文學史編寫的特殊性──這種特殊性主要表現在：文學的體制化管理（盡管有些弱化）；當代人寫當代史；文學史寫作與文學批評同步，等等，因此為了更深入地考察歷史進程中當代文學史編纂得失，有必要對貫穿整

個80年代的「新編本」的編寫作進一步的辨析。對「新編本」而言，基於主編的特殊身份（當年《史稿》編寫的重要參與者）與編寫組的特殊性，《史稿》無疑是一些問題討論展開的潛在對話對象。

　　首先值得反思的是這一時期的文學史編寫如何消融當代文學史觀建構的資源問題。這些資源，除文學自身傳統外，如果也包括政治文化、思想文化和外來文化，顯然，「新編本」文學史觀立論依託的主要還是當代中國的政治文化資源，以及50年代以蘇聯文化為代表的外國文化資源。這也是50-70年代社會主義文學／「新的人民文學」賴以確立的根基。這種「新的人民文學」在60年代中期以後被激進的文學左派利用，並演化成為政治性的「陰謀文藝」而走向終結。「文革」結束以後，面對「轉折」、被想像為「文藝復興」的「新時期文學」，盡管也有一些人期待恢復「十七年」的主流話語文學，即毛澤東開啟的「新的人民文學」，但洪子誠認為，「作為一種新的政治實踐的『新的人民文學』」，隨著多元共存時代的到來，在新時期「已失去了它的絕對地位」[85]。在這種情況下，「新編本」依然用社會主義文學來收編「朦朧詩」「現代派」「先鋒文學」等文學現象，便顯得有些削足適履了。造成「新編本」對50年代初確立起來的當代文學史觀念反思乏力的原因，歸結起來主要有兩個：第一，是對於這一段文學史的敘述缺乏時間距離；第二，更主要的，還是與「新編本」對於曾經影響「新時期文學」進程，以「回歸五四」為目標的思想界「新啟蒙」資源的猶疑與迴避，仍然在文學與政治的二元框架中思考和處理問題的方式有關。「新編本」始終在「實踐是檢驗真理的唯一標準」的政治文化框架內闡述新時期（80年代）的思想解放運動及其對「新時期文學」的影響，勉強地將80年代再次東漸的西學（外來文化）納入當

---

85 洪子誠：《中國當代文學史》（修訂版），北京：北京大學出版社，2007年，第187頁。

代中國文化體系，並謹慎地規避以李澤厚及其《中國現代思想史論》為代表的「新啟蒙」思想文化資源，迴避「五四」「啟蒙」「民主」「科學」等關鍵詞蘊含的思維方式，繼續使用「革命現實主義」「戰鬥傳統」「××題材」等流通於50-70年代文學的概念與話語方式。這結果，必然導致對「新時期文學」敘述的矛盾和分裂。這些現象似乎都在表明，直至1980年代中期之前，當代文學史的編寫仍然在很大程度上受50年代蘇聯模式的影響，強調文學的階級性與黨性等意識形態屬性。「新編本」這種姿態盡管不如《史稿》激烈，但本質上卻是相通的。這種情形，或許可以作為當年馮牧關於「新編本」存在問題的注腳：「對社會主義文學的經驗教訓，也分析和表述得不夠完善，還有若干地方不那麼實事求是，不那麼科學，有些用語過直。」（馮牧：《關於中國當代文學教材的編寫問題》，轉引孟繁華：《當代文學史研究評述（1985-1988）》）

　　需要反思的另一個問題，是對文學創作、具體作家作品的處理方式。對「新編本」這一問題的闡釋，仍離不開《史稿》。為了展示新中國文學取得的成就，《史稿》幾乎像開雜貨鋪似的介紹了這11年來的大量作家作品。這些作家作品的收集有如下兩個明顯特徵：一是突出「新的人民文學」創作中的「工農兵文學」取向。《史稿》認為，「十一年來社會主義文學事業取得的重大勝利，是黨領導的勝利，是馬克思列寧主義思想的勝利，是毛澤東文藝思想的勝利，是工農兵方向的勝利」（華中師院中文系：《中國當代文學史稿》，第897頁）。《史稿》前兩編「創作成就」一章，均設「群眾文藝」一節介紹工農兵文學創作情況。如第二編「社會主義改造和社會主義建設初期的文學（1953-1956）」「群眾文藝」一節，詩歌部分介紹了工人、農民和戰士的詩，小說部分介紹了《高玉寶》和《工人文藝創作選集》，散文（特寫、傳記）部分介紹了《把一切獻給黨》《志願軍一日》《志願軍

英雄傳》《難忘的航行》，戲劇、曲藝部分介紹了遼寧省金縣興臺村集
體創作的《人往高處走》。第三編「整風和『大躍進』以來的文學」
（1957年以來），乾脆用「社會主義文學創作高潮」（上）一章的篇幅
來講述「新民歌」「革命回憶錄」和「三史」（工廠史、公社史、部隊
史）等群眾性文學創作成就，並另外開設「主要工農兵作家及其作
品」一節專門介紹王老九、劉勇、胡萬春、黃聲孝等代表性作家。二
是對作品的選擇體現出「革命」「鬥爭」和「勝利」的內涵。這些標
識鑲嵌在《史稿》具體章節中的作品，其標題即有強烈的望文生義效
果，成為史著中一道奇異獨特的風景，如：《我們最偉大的節日》《和
平的最強音》《保衛延安》《置身在社會主義群眾運動的高潮裡》《革
命母親夏娘娘》《萬水千山》《歡笑的金沙江》《紅旗飄飄》《星火燎
原》《在最黑暗的年月裡的戰鬥》《紅色的安源》《風雪之夜》《紅色風
暴》《降龍伏虎》《老兵新傳》《紅色的種子》《生死牌》《草原烽火》，
等等。另外，《史稿》對作家作品的評述基本上遵循固定的模式。以
小說為例，大致分為寫作／歷史背景、社會／教育意義、人物形象分
析和藝術特色等環節。對作家作品的評述文字大都冗長繁縟，行文中
常有為現實政治服務的畫蛇添足之筆，給人感到突兀，如編者在介紹
《青春之歌》的歷史背景後不忘作如下發揮：「經過長期的革命鬥
爭，才創造出今天的幸福社會，它告訴我們：新社會締造的不容易。
想想過去，看看現在，我們就更加熱愛新社會。」（華中師院中文
系：《中國當代文學史稿》，第677頁）此外，《史稿》對作品的評述還
比較注意作家先進世界觀對其創作的意義，如認為柳青之所以能夠寫
出《創業史》，「主要是因為他有著無產階級世界觀和毛澤東思想作指
導，忠實地遵循著文藝為工農兵服務的方向，在勞動化的道路上取得
了顯著成績的結果」（華中師院中文系：《中國當代文學史稿》，第704
頁）。這樣類似的表述在《史稿》幾乎隨處可見。不過環顧《史稿》，

相對於「對胡適反動文藝思想的清算」一類的介紹文字，以上的敘述風格還算是比較溫和的：

> 胡適是一個買辦資產階級的反動頭子，是美帝國主義的忠實走狗。他的反革命活動是一貫的，還在美國留學的時候，他就反對辛亥革命，後來又贊成袁世凱接受日本的二十一條。「五四」以來，他積極販賣美國的實用主義哲學，瘋狂地反對馬克思列寧主義在中國的傳播，屢次圖謀破壞中國人民的革命運動；國民黨統治時期，他積極反共反人民，充當美國的文化買辦，為帝國主義效勞。（華中師院中文系：《中國當代文學史稿》，第225-226頁）

《史稿》這種無限上綱上線的處理方式與「辱罵式」的敘述風格，今天讀來匪夷所思。

在思想解放，撥亂反正的80年代，對「新編本」來說，走出並超越《史稿》，顯然不是什麼問題，事實上二十多年後新組建的編寫組也確實做了許多富有成效的努力（主要集中在「十七年」文學部分），比如最大限度地反思文學與政治的關係，在作家作品的選擇與評價方面不再固守狹隘的「唯政治」論；對五六十年代的文學創作進行初步的「歷史化」處理，「下架」那些經不起時間考驗的作品，設專章評述趙樹理、柳青、周立波、老舍等在「十七年」時期產生過重要影響的作家及其創作，等等。

盡管如此，「新編本」對《史稿》存在問題的剝離仍難以真正做到瑕疵不留。以《青春之歌》為例，對讀兩部史著，不難發現《史稿》的一些相關內容及其表述在「新編本」中的「金蟬脫殼」。如關於林道靜人物形象的介紹：

《史稿》：

她（指林道靜，筆者）生長在一個官僚地主家庭裡，她的母親卻是一個佃農的女兒。她從一歲起，就失去了親愛的母親，受著虐待。生活在這樣一個家庭裡，她得不到一絲溫暖，環境使她養成了「乖僻」、「孤獨」、「執拗」、「倔強」的反抗性格。但因她長得漂亮，家裡才送她到學校去「鍍金」；當她高中畢業那年，她的後母想把她當作一棵「搖錢樹」，硬逼她嫁給一個闊老作姨太太。她毅然離開了萬惡的封建家庭，去尋找新的生活。（華中師院中文系：《中國當代文學史稿》，第678頁）

「新編本」：

林道靜生長在一個官僚地主家庭裡，生母慘死以後，她深受異母虐待，形成了乖僻、孤獨、執拗、倔強的反抗性格。當異母想把她當作搖錢樹逼嫁給一個官僚作姨太太時，她就毅然離家出走，去尋找新的生活。[86]

再如關於小說的藝術特色——

《史稿》：

作者善於通過各種人物對於同一事物的不同反映，展示出他們不同的內心世界。如老佃戶魏老三到北京在余永澤家裡那個場面，從余永澤和林道靜不同的行動和語言上，使他們兩人截然不同的內心世界鮮明地展現在讀者面前。（華中師院中文系：《中國當代文學史稿》，第684頁）

---

86 《中國當代文學》（第二卷），上海：上海文藝出版社，1989年，第90頁。本章後面所徵引該書內容，如無特別說明，均引自此版本。

「新編本」：

小說在塑造人物時，善於通過不同人物對於同一事物的不同反
應，展示他們的不同性格。如老佃戶魏老三到北平找到余永澤
家裡的場面，從余永澤和林道靜不同的語言和行動上，生動地
表現了他們不同的內心世界。（王慶生：《中國當代文學》第二
冊，第93-94頁）

　　類似以上情形並不局限於《青春之歌》。從總體上看，「新編本」
對作家作品的選擇與解析，包括其話語方式，並沒有徹底走出《史
稿》，特別是對作品的「過度闡釋」現象。在1982年7月的審稿會上，
作為該史著顧問的馮牧曾概括地談到「新編本」存在的問題（見前
面）。評論家閻綱也認為已編寫好的《中國當代文學》「很像一部作家
論、作品論，史的特點不顯著、不突出，歷史感不強」，而作家專論部
分「美學分析不夠」[87]。馮牧、閻綱審閱意見主要針對的「新編本」
的第一、二冊（「十七年文學」），其中的大部分內容即是《史稿》敘
述的基本內容。將這些存在問題置於《史稿》的脈線上，或許能夠讓
我們有一種「歷史感」，並由此多一分「歷史的同情與理解」。「新編
本」的以上存在問題，在對「新時期文學」的敘述、對新時期作家作
品的處理中，得到了不同程度的緩解；其對新時期10年作家作品的大
面積評述，主要還是與這10年文學創作的繁榮有關。當然，只是「緩
解」而已，細讀仍能夠捕捉到《史稿》的些許歷史氣息，如對作家作
品的過度闡釋，關於「史」的內容敘述的思維方式與語言風格。

　　「新編本」認為，一部中國當代文學史應該具有雙重的「當代」
內涵，即「對中國當代的文學發展進行當代性的反思」（王慶生：《中

87　閻綱：《修改〈中國當代文學〉的意見》，《當代文藝思潮》1983年第1期。轉引孟繁
　　華：《當代文學史研究述評（1985-1988）》。

國當代文學》第三冊，第596頁）。這種文學史寫作理念無疑具有一定的歷史前瞻性。「新編本」也為此做了有效的努力。但囿於「時間」，這種「當代性反思」的艱巨性與複雜性，並不那麼容易走出悠長的歷史思維定式。觀念的調整、理論的更新、話語方式的轉變，即便是在「新編本」完稿、出版的80年代後期，依然是當代文學史編寫亟待解決的問題。

五　當代文學史持續修訂的多重因素

　　一部文學史，從五六十年代到21世紀，由當初參加編寫的當事人在不斷變化的政治文學語境中，持續主持其不斷的重編／修訂，試圖保持其呼應時代潮流的生命力，這是個奇蹟；從中我們可以看到時代、文學風尚、意識形態留下的痕跡，編寫者的與時俱進以及由此留下的種種值得深思的問題。這些都是我們梳理70年來當代文學史編寫史的珍貴資料。實際上，我們在前面所討論問題的針對性與有效性，並不局限於「新編本」，而或多或少地存在於70年來不同版本的當代文學史寫作之中。而在對這些問題作「回到歷史情境中去」的深度梳理過程中，值得關注的另一種聲音，無疑是參與編寫和修訂的當事人。從《史稿》到《中國當代文學史》，這其中，最值得我們關注的，顯然是從大學畢業留校即開始投身當代文學史編寫的王慶生[88]。作為一個文學史家，從1958年起參與《史稿》的編撰工作，到1979年承擔「新編本」三卷本的主編工作，再到1999年主持「新編本」兩卷本的修訂，其間又接受教育部委託編寫《中國當代文學史》大綱和教材的任務，王慶生「與當代文學一路同行，以文學史編撰的方式，見

---

88 據王慶生回憶，當年參加《史稿》編寫的，還有陳安湖、周景堂等人。王慶生、楊文軍：《中國當代文學史編撰的回顧與展望》。

證了當代文學學科從草創到調整再到深化發展的半個世紀的歷程」
（王慶生、楊文軍：《中國當代文學史編撰的回顧與展望》）。他有關
中國當代文學史編撰、修訂過程的口述、訪談，無論於當代文學史編
寫還是當代文學學科建設，都具有不可替代的價值。

（一）重寫／修訂的複雜性

在一次訪談中，王慶生從自己半個多世紀的經歷，談及當代文學
史編寫與修訂的特殊性與複雜性，這其中既有有關文學史編寫的基本
問題，如文學史觀的建立、史料的搜集整理、敘述風格的確立（所謂
「史筆」）、文學史家的立場、文學史的體例、作家作品的選擇與評
價，等等，也有關於當代文學史編寫修訂中的一些敏感的問題，如當
代文學史的編寫修訂與時代主流話語的關係問題，當代文學的評價問
題。頗能說明這一問題的，是訪談中以下有關從「三卷本」（即「新
編本」）到「兩卷本」（即「修訂本」）再到「高教本」的答問：

> 楊（文軍）：……昌切對「三卷本」和「兩卷本」（即1999年的
> 「修訂本」，本書作者）的批評比較尖銳。他認為
> 「三卷本」和「兩卷本」在不斷的續寫和改寫
> 中，在時限的不斷下延中，「一再擴充的內容無情
> 地脹破了當代文學原有的性質，意義因此而破
> 裂，出現了種種相互衝突的表意板塊」。所謂「相
> 互衝突的表意板塊」，他指的是：同一部書，對於
> 同類的現象，卻作出了截然不同的評價。比如：
> 「三卷本」在評價楊沫的《青春之歌》時，用的
> 是「階級論」；在評價劉心武的《我愛每一片綠
> 葉》時，用的則是「人性論」。「階級論」的確比

較契合楊沫的立場，「人性論」也比較契合劉心武
的立場，編者對這兩種相互衝突的立場同樣予以
認可，那麼編者自己的立場在哪裡呢？類似的衝
突還有：對《創業史》等小說所反映的「農業合
作化」予以認可，對《許茂和他的女兒們》等小
說所反映的「聯產承包責任制」也予以認可，如
此等等。昌切先生覺得這是編者採用了「還原
法」，即回到作品「行世時的現場」：「肯定林道靜
的人生道路選擇是『還原』，肯定劉心武人道主義
的創作取向同樣是『還原』。用通俗的話講，這是
見什麼人說什麼話，隨遇而安。」他覺得史家應
該採用「超越法」，即「站在修史者理論認知的水
平上，以『超越』原有歷史和價值的眼光」來評
述作品。您怎麼看待他的這一批評？

王（慶生）：從現象上看，「三卷本」確實存在他所說的這種
　　　　　「衝突」。實際上，我們在修訂「三卷本」時
　　　　　（1999年）已經意識到了這一問題，可惜來不及
　　　　　對此作根本性的調整。不過，你去看看四年以後
　　　　　（2003年）出版的「高教本」，在這方面已經大為
　　　　　改觀了。還是拿《青春之歌》來說吧，我們在
　　　　　「高教本」中的評述盡可能地秉持中性的立
　　　　　場。……（本書作者省略）不知道這種敘述方式
　　　　　能否稱得上「超越」？

楊（文軍）：昌切先生也承認，「修訂本」相對於「三卷本」來
　　　　　說已經具有「超越」的眼光，但不徹底。他認為
　　　　　問題的根源並不在於修史者有沒有「超越」的意

識，而在於「當代文學」本身的性質是分裂的：前三十年與後三十年是分裂的，八十年代與九十年代也是分裂的。……（筆者省略）他還以洪子誠、陳思和、於可訓三家的當代文學史著來說明：「無論是誰的『當代文學』，都緩解、化解不了性質脹破、意義破裂所帶來的表意衝突。」在他看來，似乎這一問題是無解的。

王（慶生）：我不同意這個看法。按照同樣的邏輯，我們也可以說：現代文學、古代文學、外國文學等學科的性質都是「分裂」的，那麼現代文學史、古代文學史、外國文學史是不是都不能寫了呢？顯然，我們不能這樣來看問題。必須承認「前三十年文學」與「後三十年文學」是很不一樣的文學，林白、陳染與趙樹理、馬烽是很不一樣的作家，但這並不意味著不能把他們放在一本文學史裡來談。只要我們採取一種客觀化的、中性化的立場，是可以化解這一「衝突」的。現有的當代文學史著沒有完全化解這種「衝突」，並不意味著「衝突」就不能化解。問題的癥結究竟在哪裡呢？我認為癥結就在於「當代文學」研究中仍然存在著禁區，「當代文學」學科仍然受到意識形態的限制，我相信將來禁區打破之後，問題也許可以得到化解。在這之前，對於一些不能說或者無法說透的問題，只能放一放，或者迴避，或者繞過去。畢竟我們編當代文學史是在編教材，你看我們編的這幾套文學史，封面上都標明了「高等

學校文科教材」「教育部重點推薦高校中文專業教
材」「普通高等學校教育『九五』國家級重點教
材」等字樣，這說明我們的編撰工作是國家教育
工程的構成部分。這就決定了我們所編寫的文學
史教材必須保證政治的正確性和觀點的穩妥性。
（王慶生、楊文軍：《中國當代文學史編撰的回顧
與展望》）

　　對於《史稿》中「群眾文藝」「工農兵文學」占有突出的位置的
現象，王慶生也毫不掩飾其中原因，認為「這是由毛澤東《在延安文
藝座談會上的講話》精神所決定的」；「當時如果不把工農兵文藝寫入
文學史，既不符合當時的主流價值觀，也不符合實際情況」。對於
「新編本」已經「很難找到工農兵作家的蹤影」，王慶生認為可以從
兩個方面來解釋：第一，編寫組後來對作家作品的評價標準變了。
「在編《史稿》的時候，我們受時代的影響，將群眾文藝的地位看得
很高，這主要用的是政治標準；到了新時期，我們主要用的是歷史
的、美學的標準，這樣一來，很多缺乏歷史價值和美學價值的作家作
品，自然就被過濾掉了」；第二，在「新編本」中「工農兵作家也並
沒有消失蹤影」，如第二卷中專設了「工人作家的小說」一節介紹胡
萬春、唐克新、費禮文的創作。對於「這一節雖然在1999年出版的
『修訂本』中被取消，但在2003年出版的『高教本』中又予以恢復，
並增加了對萬國儒、陸俊超等幾個工人作家的介紹」的情形，王慶生
解釋這樣處理並非「出於政治立場的考慮了，而主要是為了保存歷史
的真實性」。其實，當代文學70年，從「人民文學」（50-70年代）到
「人的文學」（新時期），再到90年代以後「『左翼文學／人民文學』
熱」，折射出受制於各種原因，當代文學不同時期的「主流價值觀」

與「實際情況」的複雜性。在這種視野中考察王慶生關於不同時期的編寫修訂對「工農兵文學」（「人民文學」的內核）的處理方式，也許空間更大。

另外，對於「是哪些因素決定了《史稿》及其同時代的史著必須偏離歷史的客觀化敘述而採用主觀化的大批判語氣呢？」的疑問，王慶生解釋如下：「還是像我們前面說的那樣，是一種時代風氣使然。尤其是新中國成立之初的三大批判運動，絕不是單純的文藝問題，而是政治事件。一旦牽涉到政治問題，就不像對單個作家、作品的評價那麼簡單了。說實在的，這真不是史家個人的『客觀化』努力所能決定的。編者必須直接表明政治立場，而這個立場必須與黨所作出的決議保持一致。很多人以為編史可以站在政治之外，但在中國，尤其在那個時代，要站在政治之外是不可能的。」（王慶生、楊文軍：《中國當代文學史編撰的回顧與展望》）

當代文學史的編寫修訂，面臨文學之外的多重因素考量。編寫者自身的局限與時代的制約等交織在一起，只有置放回具體歷史情境中，方能把問題討論清楚。

第四節　「重寫文學史」思潮中的當代文學史敘述實驗

一　「重寫文學史」勢能的積聚

以1988年《上海文論》開設同題專欄為標誌，「重寫文學史」事件至今已過去整整三十年。近十多年來文學界對「重寫文學史」的反思，已成為整個學界「重返八十年代」的一個重要組成部分。因此，盡管我們在這裡是從80年代當代文學史編寫角度牽引出「重寫文學

史」的話題，但仍難以避免多維視角的糾纏，正如一研究者對當年「重寫文學史」思潮的描述：這是當時一些知識分子在「思想解放」和「新啟蒙」的歷史語境中，「借助現當代文學學科話語，重建文學史的主體性，參與80年代現代化文學敘事和現代化意識形態建構的社會文化思潮」[89]。

（一）「重寫」與「重返」

作為理論形態／「歷史事件」[90]的「重寫文學史」的可能與有效，已在近十多年來的讚許、質詢與反思，以及具體的文學史寫作實踐中得到了充分釋放。回望80年代文學研究領域，一些當年糾纏不清的問題，在「重寫」的觀照下已逐漸明晰起來。正是「重寫文學史」的倡導和辯論，融化了理論界從思想解放運動到「新啟蒙」及「85文化熱」系列成果的精、氣、神，並將新時期「正在進行時」的文學革命往縱深方向推進。因此，近十多年來對「重寫文學史」命題的梳理，的確難以避免與「重返八十年代」的問題交織。儘管如此，在理論層面上如何把握好對「重寫」闡釋的「度」，處理好對「重寫」的「期許與限度」等，仍是個問題。譬如：如何闡釋80年代知識譜系中的任意角度與「重寫」的關係？對此，本章第一節即曾嘗試從80年代文學史書寫知識語境角度著重梳理了相關的內容。正是這些因素的助推，讓「重寫文學史」的話題從分散走向集中。因此，孤立地放大其中任何一點來討論「重寫」，都可能是一種遮蔽或盲視。「重寫文學史」，與其說是一種選擇，還不如說是一種必然，「它是一個社會文化

---

89 楊慶祥：《「重寫」的限度——「重寫文學史」想像和實踐》，北京：北京大學出版社，2011年，第8頁。本章後面所徵引該書內容，如無特別說明，均引自此版本。

90 將「重寫文學史」理解為一個「歷史事件」而非「理論話題」，是20年後陳思和在接受訪談時與採訪者都認可的新提法。可參考楊慶祥《「重寫」的限度》附錄三《知識分子精神與「重寫文學史」——陳思和訪談錄》。

和思想觀念在重大轉型時期必然出現的現象」（陶東風、和磊：《當代
中國文藝學研究（1949-2009）》，第456頁）。又如：怎樣解讀「重
寫」的預設目標？如果回到具體的歷史情境中去，我們會發現，後來
的一些研究把這個目標闡釋得幾乎無所不能，認為它能夠「治癒」現
當代文學史研究與寫作遺留的各種「疑難雜症」。這其實是一種善意
假想。事實上「重寫」倡導者最初的目標預設並沒有那麼高遠。「重
寫」要反思的，「是長期以來支配我們文學史研究的一種流行觀點，
即那種僅僅以庸俗社會學和狹隘而非廣義的政治標準來衡量一切文學
現象，並以此來代替或排斥藝術審美評論的史論觀」；「它決非僅僅是
單純編年式的史的材料羅列，也包含了審美層面上的對文學作品的闡
發批評」[91]。

（二）「重寫」與 80 年代文學批評

在這裡，「重寫」倡導者關於「重寫」目標預設的自述，直接呼
應了「二十世紀中國文學」論者關於中國文學的「現代化」與「審美
化」的訴求；另一方面，更重要的，便是表達了對新時期以來的文學
史書寫，特別是當代文學史編寫滯後於當時「只爭朝夕」與「世界接
軌」的文學批評情形的不滿。作為「重寫」倡導前的預熱階段，以文
學批評形式出現的「二十世紀中國文學」論說，包括後來拓展為《中
國新文學整體觀》[92]的《新文學史研究中的整體觀》[93]，在讓「重
寫」燃成「燎原」之勢的過程中，無疑起著舉足輕重的作用。從本章
前面對幾部文學史編寫的分析情況看，文學批評與文學史寫作，在

---

91 陳思和、王曉明：《關於「重寫文學史」專欄的對話》，《上海文論》1988年第4期。
　　本章後面所徵引本文內容，不再注明出處。
92 陳思和：《中國新文學整體觀》，上海：上海文藝出版社，1987年。
93 陳思和：《新文學史研究中的整體觀》，《復旦學報》1985年第3期。

1980年代的「新時期」，兩者之間盡管也有交集，但遠不像我們想像的那麼默契。以80年代初教育部委託北京師範大學等十院校編的《中國當代文學史初稿》為代表的文學史編寫潮流，在當時主要還是致力於從政治意識形態層面批判50年代以來不斷演化的激進文學思潮與文學史觀念，並為當年被打成「毒草」的作品平反昭雪，讓它們成為「重放的鮮花」。但這一時期編寫的當代文學史，在文學史觀念與敘述框架、語言風格（包括一些概念、術語的運用）等問題上，並未完全走出50年代建立起來的社會主義文學的寫作模式。這種情形，即便在稍後於《初稿》出版的三卷本《中國當代文學》（華中師大版）中仍然能夠感受到50年代（華中師院中文系：《中國當代文學史稿》）的「殘留」。而與文學史編寫形成鮮明對比，這一時期的文學批評，卻在「創作自由，評論自由」（1984）的助推下，面對不斷探索、不斷超越，一路向前的文學創作，一方面以「回歸五四」／「文化熱」為代表的思想解放／「新啟蒙」運動為思想資源（現代化），另一方面則以夏志清《中國現代小說史》等的海外中國新文學的研究取向為文學理想（審美化），並輔之以各種新潮研究方法，在努力重建設批評的主體性，讓文學批評回歸文學本體，並對當時的文學史寫作形成強烈衝擊[94]。客觀地說，這一時期的文學史寫作對文學批評並非完全拒

---

94 在形成這種局面的諸多因素中，這裡有必要多提一筆是活躍在80年代的一批新銳的文學批評隊伍。與五六十年代文學批評隊伍的單一性比較，80年代的批評陣容可謂海納百川，學院批評與來自以作家協會為代表的文學界的批評優勢互補，引領著一個時代的文學潮流。這其中，恢復高考以後走向文學批評的年輕一代批評家，如黃子平、許子東、陳思和、王曉明、季紅真、宋遂良等，受這一時期翻譯思潮與西學的影響，他們不再像上一輩批評家，對「主流敘述」的依賴比較強，而容易在歷史觀與文學觀上「轉型」，在新時期文學批評繁榮過程中起著舉足輕重的作用。「他們對文學性的重視，明顯大於對『歷史認識』的重視的程度」，將「審美性」假設為認識「新時期文學」的一個基點。程光煒：《文學講稿：「八十年代」作為方法》，第31頁，32頁。

絕，甚至也在努力汲取滋養，如前面介紹的《中國當代文學》（華中師大版）對「新時期文學」的文學史敘述。但它們之間，更多的時候還是像平行的兩條線，在各自的軌道上運行。

總體而言，這一時期的文學史敘述主要是在「啟蒙」與「救亡」的歷史斷裂論等思想文化背景中，重新確立文學的文學史觀，通過將「新時期文學」理解為對五四啟蒙主義文學的回歸，建構出這一時期中國當代文學史編寫的基本框架。在這一意義上，文學批評成為文學史觀念變革的正能量，助推著「重寫文學史」運動。相對於50-70年代的文學批評在一定程度上承擔起文學史功能的情況，80年代的文學批評更多地表現為對文學史重寫使命的自覺擔當，並為90年代以後當代文學寫作提供50-70年代文學歷史敘述的新視角。從「重寫文學史」角度，文學批評，特別是「新潮文學批評」，在這一時期的重要貢獻，就是推動當代文學史觀念、寫作模式等的重建[95]。

二　被剝離出歷史的「當代」

但在80年代「重新估定一切」的「新啟蒙」語境中，「重寫文學史」對「當代文學」（1949-1979）卻並非「利好」。這「重寫」，幾乎就是推倒重來的「改寫」[96]。

---

95 楊慶祥在《「重寫」的限度——「重寫文學史」的想像和實踐》一書在《「新潮批評」、「文學圈子」與「重寫意識」》一節（第107-120頁）集中考察了80年代的「新潮批評話語」對「重寫文學史」觀念的建構和生成。很多年後王曉明在接受有關當年「重寫」的訪談中，也專門談到了以「杭州會議」（1984）為標識的「新潮文學批評」對「重寫」的貢獻。參考王曉明、楊慶祥：《歷史視野中的「重寫文學史」——王曉明答楊慶祥問》，《南方文壇》2009年第3期。本章後面所徵引本文內容，不再注明出處。

96 此觀點轉引自劉再復：《從「五四」文化精神談到強化現代文學研究的學術個性》，《中國現代文學研究叢刊》1989年第2期。

（一）尷尬的「當代文學」（1949-1979）

　　1987年出版的《中國現代文學三十年》，對50年代以來強調左翼革命文學與自由資產階級文學之間的矛盾和鬥爭、強化文藝運動的寫作模式進行調整，突出了具有思想啟蒙特質的「改造民族靈魂」的文學觀念與線索，認為它「不但決定著現代文學的基本面貌，而且引發出現代文學的基本矛盾」，「並由此形成了現代文學在文學題材、主題、創作方法、文學形式、文學風格上的基本特點」[97]。該著曾被認為是80年代「重寫文學史」的代表性著作。其實更能夠體現「重寫文學史」姿態與屬性的，還是當代文學（史）領域，因為這是直接引發「重寫」命題之根源；而「重寫」的矛頭所指，也都直接與「當代」密切關聯：一是1949年後建立起來的中國現當代文學史觀念，二是在此觀念規訓下的文學史寫作與作家作品研究。其中的作家作品研究，又主要集中在40年代解放區文學和後來以十七年文學（1949-1966）為主體的50-70年代文學。有研究者因此認為，沒有「當代文學」的「重寫文學史」思潮是不夠「完整」的，並不無道理。

　　前面提到，作為80年代歷史重寫潮流組成部分的文學史重寫，其現實依據最早被追溯到70年代末的思想解放運動。這一依據進入80年代以後被不斷築牢夯實。而富於戲劇性的是，差不多也是在這一時期，以夏志清為代表的海外中國現代文學研究，從文學研究與文學史寫作的觀念、立場與方法等方面，為「重寫」提供一種圖景。在這種語境中，以「社會主義性質文學」為根本特徵的「當代文學」（1949-1979），成為了當時「重寫文學史」被質詢與批判的對象。「當代文學」不僅因此失去了50年代確立起來的高於、優於現代文學的地位，

---

97 錢理群、吳福輝、溫儒敏、王超冰著：《中國現代文學三十年》，上海：上海文藝出版社，1987年，第7頁。

甚至在「重寫」聲浪中「突然」失去了存在的合法性，被從文學史視線中剝離出來，以致給人一種錯覺。不少研究者當時也許沒有意識到，他們這種從一個極端走向另一個極端的重寫歷史運動，將「當代」社會主義性質的「新的人民文藝」與五四啟蒙性質的「人的文學」對立起來，導致「當代文學」的無處安放。[98]

（二）「重溫」兩大文學史觀念

「重寫文學史」提出者之一的王曉明曾明確把1985年在北京萬壽寺中國現代文學館召開的「中國現代文學研究創新座談會」，以及在會上提出的「20世紀中國文學」視為「重寫文學史」的序幕。《論「二十世紀中國文學」》開宗明義指出：這個概念不是為了簡單打通長期以來把20世紀100年的中國文學人為割裂為近代、現代和當代文學的格局，擴大研究的空間，而是強調把這100年的文學作為一個不可分割的整體來研究；「20世紀中國文學」概念的提出，「首先意味著文學史從社會政治史的簡單比例中獨立出來，意味著把文學自身發生發展的階段完整性作為研究的主要對象」。文章指出：

> 所謂「二十世紀中國文學」，就是由上世紀末本世紀初開始的至今仍在繼續的一個文學進程，一個由古代中國文學向現代中國文學轉變、過渡並最終完成的過程，一個中國文學走向並匯入「世界文學」總體格局的進程，一個在東西方文化的大撞擊、大交流中從文學方面（與政治、道德等諸多方面一道）形

---

98 王曉明後來在一次接受關於當年「重寫」的訪談中，仍認同這種觀點，即「重寫」就是要徹底否定「十七年文學」和「文革文學」的「當代文學」，「直接把80年代文學對接到前面30、40年代文學上去」。參考王曉明、楊慶祥：《歷史視野中的「重寫文學史」——王曉明答楊慶祥問》。本章後面所徵引本文內容，不再注明出處。

成現代民族意識（包括審美意識）的進程，一個通過語言的藝術來折射並表現古老的中華民族及其靈魂在新舊嬗替的大時代中獲得新生並崛起的進程。[99]

文章把「20世紀中國文學」描述成為一個「進程」。這其中暗含著一種不斷否定的進化論的歷史觀，與80年代「回歸五四」的「現代化」思潮同聲相應。在「走向世界文學」的假設前提下，「20世紀中國文學」提倡者對這100年中國文學的文學目標、創作主題、美感特徵、藝術思維方式及文學史研究方法論的問題等進行了概括：

走向「世界文學」的中國文學；以「改造民族的靈魂」為總主題的文學；以「悲涼」為基本核心的現代美感特徵；由文學語言結構表現出來的藝術思維的現代化進程；最後，由這一概念涉及的文學史研究的方法論問題。（黃子平、陳平原、錢理群：《論「二十世紀中國文學」》）

從以上引述與概括中不難看出，「20世紀中國文學」明確地以「文化和文學的『現代化』作為基本的價值立場」[100]。總體而論，「20世紀中國文學」觀念的思想理論資源及其分析描述與以前的文學史研究與描述有很大的不同，它開啟了人們對20世紀中國文學重新審視的閘門。但它並不是沒有問題，這主要體現在對左翼、社會主義文學的態度上。如王瑤即曾指出「20世紀中國文學」論者對「第三世

99　黃子平、陳平原、錢理群：《論「二十世紀中國文學」》，《文學評論》1985年第5期。本章後面所徵引本文內容，不再注明出處。

100　王曉明：《二十世紀中國文學‧序》，上海：東方出版中心，1997年。

界」（社會主義）國家文學的冷落[101]。「20世紀中國文學」倡導者對五四以來的中國文學發展向「世界文學」匯入的進程歷史的描述，以及這百年中國文學的「現代美感特徵」和藝術思維的「現代化」特徵的強調等，其中舉證的作家作品，除了老舍的《茶館》，有意識地將「『左翼文學』的『工農兵文學』形態」的社會主義文學性質的當代文學排擠在外。有研究者也指出，把「悲涼」作為「二十世紀中國文學」的美感特徵，就難以概括40-70年代左翼文學體現出來的「力度」「樂觀主義」的文學精神（賀桂梅：《當代文學的歷史敘述和學科概要》。轉引溫儒敏等著《中國現當代文學學科概要》，第159頁）。

在稍後於「二十世紀中國文學」論提出的「中國新文學整體觀」中，陳思和從「五四」的啟蒙主義立場出發，強調文學研究與文學史寫作應該回到文學本身，恢復對文學的美學評價，並在此基礎上梳理了中國新文學史「前三十年」（1919-1949）和「後三十年」（1949-1979）、現代主義和現實主義、當代意識和文化傳統之間的關係。基於啟蒙與審美的視角，「整體觀」在著重闡釋五四啟蒙話語及其演變的同時，把通俗文學邊緣化。時隔20年後，陳思和在接受有關重返當年「重寫」的訪談中，對當時何以發起「重寫」討論的原因仍記憶猶新[102]。總之，在陳思和的「整體觀」中，「重寫」，就是要賦予這一時期文學「意義」，讓這30年的文學取得合法的文學史地位，進入他們理念中的「二十世紀中國文學」或「中國新文學整體」。為此，陳思和後來提出了諸如「潛在寫作」「民間」理論形態及「共名」與「無

---

101 錢理群在後來的《矛盾與困惑中的寫作》（《文學評論》1999年第1期）中曾談及王瑤對「20世紀中國文學」概念的質詢：「你們講二十世紀為什麼不講（或少講，或只從消極方面講）馬克思主義，共產主義運動，俄國與俄國的影響？」轉引溫儒敏等著：《中國現當代文學學科概要》，第159頁。

102 陳思和、楊慶祥：《知識分子精神與「重寫文學史」》，《當代文壇》2009年第5期。轉引楊慶祥：《「重寫」的限度：「重寫文學史」的想像與實踐》。

名」等系列的文學史概念、術語，以實現這一「重寫」願景。有關這方面的內容，本書將在後面作進一步的展開。

　　「20世紀中國文學」和「中國新文學整體觀」首先是一種文學史觀念，同時也是80年代「回歸五四」（啟蒙主義）的文化思潮與「現代化」的社會思潮在文學史研究中的具體表現，為後來的「重寫文學史」討論與實踐作了一次理論上的「總動員」和願景規劃。對於以上兩個文學史概念，曠新年曾經從「重寫文學史」角度進行過總結，認為它們實質上是在80年代「現代化」思想的視角下產生的[103]。從中，我們能夠充分感受到倡導者正在試圖以「五四文學」來統攝「現代文學」和「當代文學」，從而「改變了50年代後期宣形成的關於新文學演進歷史路線的描述」（賀桂梅：《當代文學的歷史敘述和學科概要》。轉引溫儒敏等著《中國現當代文學學科概要》，第158頁），以至於曾經被描述為高級於「現代文學」的「當代文學」（1949-1976）因此成為一種無處安放的、「例外的存在」的文學。

三　未完成的當代文學史編寫實驗

　　如果把「重寫文學史」看作是一次文學史寫作試驗，那麼這一試驗注定是不可能一次完成的歷史寫作工程。1989年第1期《上海文論》發表了一篇關於「重寫文學史」論爭的階段性總結文章，介紹了應《上海文論》之邀來參加座談會的在京專家學者的討論情況。「有的同志認為，要用綜合性的整體構架來消弭一些主觀性，以加強『史』的感覺」，也有的同志指出，「重寫並不意味著一切推倒重來，不要一般地去搞聚義廳、封神榜，而是要以科學的態度重新審視歷

---

103 曠新年：《中國現代文學史分期的政治學與文學》，《涪陵師範學院學報》2002年第6期。

史」；「包含個性的文學史總是具有『重寫』的意味，即使有些偏頗，也應該允許」[104]。顯然，在如何「重寫」問題上，要達成共識並不容易。1989年底，第6期《上海文論》以專刊形式發表了最後一批有關「重寫文學史」的文章，隨後即告停刊。同時被叫停的相關刊物欄目還有《文藝報》的「中國作家的歷史道路和現狀研究」專版、《文學評論》的「行進中的沉思」專欄、《中國現代文學研究叢刊》的「名著重讀」專欄等。至此，長達一年多的「重寫文學史」論爭告一段落。

（一）「重寫」的境外延伸

從1991年開始，在海外復刊的《今天》接過「重寫文學史」話題，刊發相關文章，1993年第4期還推出《重寫文學史專輯》。劉禾後來根據刊發在《今天》上面的回憶性文章整理出版了《持燈的使者》。該書序言關於「遊歷」對於文學史寫作特殊意義的強調，關於「邊緣化的文學史寫作」觀念的提出，體現了進入90年代以後「重寫文學史」思考的另一向度[105]。與此同時，香港中文大學的《二十一世

---

104 《在京專家學者應本刊之邀濟濟一堂各抒己見——「重寫文學史」引起激烈反響》，《上海文論》1989年1期。

105 劉禾在「序言」中指出，我們的文學史寫作常常把它作為「遊歷」置放在作家論的框架下作為個人經驗加以處理，而不能把它作為文學發展的社會條件看待，更沒有上升到普遍的理論層面進行討論。劉禾認為，作為一個動態概念，「遊歷」「有助於我們發現一些通常被正統文學史的框架所遮蔽的現象，比如個人、社會和作品之間究竟是怎樣互動的」。她敏銳地看到了《持燈的使者》資料不同於一般文獻資料的「不耐讀」，而具有「自覺寫作」品質，認為正是這樣一種品質，代表了一種與正統文學史寫作不同的，重細節與質感、散漫的「邊緣化」文學史寫作風格。在劉禾看來，《持燈的使者》的文字材料意義還不在於為文學史寫作提供原始文獻以補充完善現有的文學史內容，而在於驅使我們重新思考現代文學史一貫的前提和假設。逕直地說，這類型的「資料」本身即已具備文學史的敘事功能。「在這裡，著名的詩人和普通人之間的界限是模糊的，他們之間的交往是純粹的，沒有摻入文學之外的功利因素。比如徐曉、周郿英、鄂復明、王捷、李南、

紀》也刊發文章，認為「重寫文學史」仍「尚未進入具體的批評過程
和整體構思過程」[106]。另外，日本的中國現代文學研究刊物《野草》
也曾發表過一組「重寫文學史」評論[107]。直至近幾年，王德威在闡釋
以其主編的《哈佛新編中國現代文學史》（哈佛大學出版公司，2017）
為代表的海外漢學界多種中國現代文學史的相關問題時，仍把「華語
語系文學」的觀念的提出與「重寫文學史」的問題糅合在一起。

（二）作為文學史寫作實踐的「重寫」

「未完成」更重要一方面含義，則是指更能夠體現「重寫」理念
的文學史寫作實踐，均在進入90年代以後。而在海外甚至更晚遲，直
至最近十年。本書後面幾章將要考察的90年代以後編寫出版的系列代
表性當代文學著作，其實均可看作是「重寫文學史」的實踐性成果，
這些史著的編寫觀念與立場，對作家作品的評述準則，都在不同程度
上與作為理論形態的「重寫文學史」有著或隱或顯的關係。

「未完成」的再一方面含義，是指對「重寫」發起的動機與目標
預設等一些問題的持久爭議。這些爭議，綜合地看，主要包括如下幾

桂桂、小英（崔德英），這些迄今尚未被『朦朧詩』研究者提起過的名字，一半以
上是女性，她們曾經是北京地下文學的志願者，更重要的是，她們還是支撐《今
天》雜誌的中堅人物。」劉禾在這裡透過文字資料對地下詩歌活動文學史意義的
發掘，並不排除她作為一個女性研究者的「性別立場」，其結論也未必毫無商榷餘
地。但恰恰是這種大膽甚至「越軌」的設想和論證，為我們不再將那些幾乎已經
被「固化」的、紛繁的地下文學（詩歌）文獻資料進行正統文學史觀念意義上的
經驗主義處置作了富有啟示性的探索嘗試。參考劉禾：《持燈的使者》，桂林：廣
西師範大學出版社，2009年。

106 劉再復、林崗：《中國小說的政治式寫作──評〈春蠶〉〈太陽照在桑乾河上〉》，香
港《二十一世紀》1992年6月號。轉引黃修己、劉衛國主編：《中國現代文學研究
史》下冊，廣州：廣東人民出版社，2008年，第655頁。

107 轉引洪子誠、孟繁華主編：《當代文學關鍵詞》，桂林：廣西師範大學出版社，
2002年，第209頁。

方面：一是關於「重寫文學史」的提法是否科學，二是關於「重寫」的「歷史主義」的貫徹落實問題，三是如何看待「重寫」對左翼革命文學傳統否定的問題，四是如何評價「重寫」倡導過程中矯枉過正造成的「審美偏執」問題，五是如何看待90年代後期興起的重排20世紀文學大師和「百年文學經典」的論爭，等等[108]。

在1989年初的座談會上，王瑤就「重寫文學史」提出發表了自己的觀點：「過去的文學史，不管是誰寫的吧，如果打個比方──我在我的《中國新文學史稿》後記中就這樣說過──就好像是唐人選唐詩。後人選的唐詩遠遠超過了唐朝人，但唐朝人有唐朝人的選法。在唐人的唐詩選本中，有的連杜甫都不選，簡直不可思議。但當時確實就是現在那麼一種觀點，一種看法」；「不要認為我們討論出的結論就是唯一正確的，我們將寫出的這一本就是最好的，大家都要照這個路數來寫」[109]。多年後在美國的劉再復也認為：「『重寫』不該導致重複以往那種窮盡真理的幻想。」[110]這些觀點對「重寫」倡導那種思維方式的掣肘，即「重寫文學史」不應該是否定式的，而應該是批判繼承性或多元共存的。在這一意義上，「重寫文學史」的未完成狀態，本身或許便是文學史寫作的一種常態。

---

108 有關這些問題的爭議情況，可參考陶東風與和磊的《當代中國文藝學研究（1949-2009）》和楊慶祥的《「重寫」的限度──「重寫文學史」的想像和實踐》等著述的相關章節。

109 王瑤：《文學史著作應該後來居上》，《上海文論》1989年第1期。

110 劉再復：《「重寫」歷史的神話與現實》，《再解讀：大眾文藝與意識形態‧序》，牛津大學出版社（香港）1993年出版。

第三章
當代文學史編寫的學科意識與多元格局（1990-2010）

第一節　啟蒙的質疑與文學批評的分化

一　後啟蒙時代的思想文化症候

伴隨著八九十年代的社會轉型，中國思想文化界日漸從同一走向分化，知識分子80年代建造起來的同質化世界已不復存在。以問題意識為導向的歷史反思潮流，裏挾著來勢凶猛的「全球化」浪潮，在清理80年代記憶過程中，反映出一個「碎片」式的90年代思想文化場景。市場經濟的崛起和大眾消費的蓬勃發展，也使得始於80年代的「新啟蒙」從此進入了「後啟蒙時代」。1997年，汪暉在其《當代中國的思想狀況與現代性問題》中指出：「在迅速變遷的歷史語境中，曾經是中國最具活力的思想資源的啟蒙主義日益處於一種曖昧不明的狀態，也逐漸喪失批判和診斷當代中國社會問題的能力。」[1]盡管如此，也「決不表示啟蒙運動在中國已經結束，更不表示啟蒙主義已經失效；而只表示：如果20世紀80年代是啟蒙主義昂起的時代，那麼20世紀90年代以來，則是『啟蒙主義』在新的語境中遭受新的質疑而多

1　汪暉：《當代中國的思想狀況與現代性問題》，《去政治化的政治：短20世紀的終結與90年代》，北京：三聯書店，2008年，第80頁。本章後面所徵引該書內容，如無特別說明，均引自此版本。

少呈蟄伏之勢的時期」[2]，轉而質疑與反思80年代「新啟蒙」內部產生的矛盾。「啟蒙反思」是「後啟蒙時代」的重要標誌。受此影響，當代文學史研究與編寫由此進入了一個複雜的新語境。

學界對於80年代與90年代關係的描述，見仁見智。有論者用從同一走向分化，由啟蒙走向「啟蒙的自我瓦解」來描述。「如果說80年代的主題是啟蒙的話，那麼90年代的主題就是轉為反思啟蒙。」[3]發生在90年代中國思想文化界的一系列論爭，加之以其他外部因素的合力作用，最終使得在80年代建構起來的同質化世界徹底分崩離析，「公共空間被重新封建化、割據化」（許紀霖、羅崗等：《啟蒙的自我瓦解》，第2頁）。90年代中國思想文化界的封建化與割據化情形，大致經歷了三個階段：第一階段（1990-1992）：《學人》雜誌的創辦及關於學術規範的討論[4]，由此引起知識分子思考辯論是繼續推進80年代的新啟蒙運動，還是通過反思，「重新建立自己的知識基礎」？這一階段的實質是知識分子對自我身份的重新確認。第二階段（1992-1997）：由1992年鄧小平南方談話引發的如何看待市場經濟，以及由此發生的一系列論戰[5]。「人文精神大討論」是這一系列論戰的軸心，

2　高瑞泉：《論後啟蒙時代的儒學復興》，《杭州師範大學學報》2008年第4期。

3　許紀霖、羅崗等著：《啟蒙的自我瓦解——1990年代以來中國思想文化界重大論爭研究》，長春：吉林出版集團有限公司，2007年，第12頁。本章後面所徵引該書（簡稱《啟蒙的自我瓦解》）內容，如無特別說明，均引自此版本。

4　有關這方面的資料可參考鄧正來主編：《中國學術規範討論文選》，北京：法律出版社，2004年。

5　這些論戰主要包括：1994年由王曉明等上海知識分子在《讀書》發起的人文精神大討論（有關資料可參考王曉明編：《人文精神尋思錄》，上海：文匯出版社，1996年），圍繞魯迅產生的、由張承志、張煒發出「抵抗投降」而引發的道德理想主義論戰（有關資料可參考蕭夏林編：《憂憤的歸途·抵抗投降書系：張承志卷》、《無援的思想·抵抗投降書系：張煒卷》，北京：華藝出版社，1995年），由張頤武、陳曉明所代表的「否定『五四』以來啟蒙話語、肯定世俗生活的後現代和後殖民文化

也是80年代建立起來的知識界聯盟在90年代分化前的最後一次盛會。
第三階段（1997年以後）：由1997年汪暉在《天涯》發表《當代中國
的思想狀況與現代性問題》引發的論戰[6]，其間討論了現代性、自主
與民主、社會公正、經濟理論及民族主義等一系列問題。「其規模之
大、涉及面之廣、討論問題之深刻，為20世紀思想史上所罕見」（許
紀霖、羅崗等：《啟蒙的自我瓦解》，第14頁）。

　　在「新啟蒙」的80年代，「現代性」概念常常與現代化關聯在一
起，作為一種啟蒙實踐的理論資源，在反思20世紀中國思想文化意義
扮演著重要角色。然而，進入90年代以後，隨著啟蒙的瓦解以及對西
方「現代性」理論的進一步清理，「現代性」已由當年的狹義理論資
源反轉成為一種廣義的批判／反思工具，成為對包括「新國學」「自
由主義」「新左派」，甚至西方各種「後學」理論如「第三世界」理
論、「後殖民」理論等的反思武器，並試圖建構出中國自己的「本土
性後現代主義」（張頤武）理論體系，以回應、描述和解決當下中國
社會與思想文化、文學出現的新現象與新問題：「『躲避』崇高」、文
學邊緣化、解構經典以及粉墨登場的大眾消費文化，等等。至於能否
解決，是否有效，則逐漸演化成了一個曠日持久的紛爭。

（一）「後啟蒙時代」文化／文學研究

　　思想史當然不等於文學史，但思想問題最終還是會以某種形式反
映在文學世界裡。事實上，在90年代「啟蒙的自我瓦解」過程中，文
學就在其中——或以作家／文化人的身份，或以作品／「中間物」的

思潮以及論戰」等。以上論戰的總體情況可參考許紀霖、羅崗等著：《啟蒙的自我
　瓦解——1990年代以來中國思想文化界重大論爭研究》「總論」。
6　此次論戰的有關資料可參考羅崗、倪文尖編：《九十年代文選》，南寧：廣西人民出
　版社，2000年。

形式——與90年代的思想界交錯在一起。如1990年代初在圍繞「魯迅風波」引發的道德理想主義論戰中，「二王」（王蒙、王朔）「二張」（張煒、張承志）等主要當事人都是文學中人。1990年代中後期的「張愛玲熱」與「上海懷舊思潮」，雖是文學領域的問題，但誠如有些論者所言，在關於「熱」與「思潮」的相關解讀中，又讓我們看到了「殖民與後殖民理論的批判能量」；「後現代、後殖民理論在文學研究領域的深刻介入，文化研究的視野和方法在文學研究領域的展開，開啟了文學重新回到當下的生活，打開了文學思想對當代社會文化未來走向發生影響的可能」（許紀霖、羅崗等：《啟蒙的自我瓦解》，第109頁）。而2000年由話劇《切·格瓦拉》（黃紀蘇編劇、張廣天導演）上演引發的一系列問題，以及接著《切·格瓦拉》圍繞《魯迅先生》（張廣天編導）引起的關於「理想主義」「英雄主義」「革命」的討論，這些文學事件，其實都與90年代以來的中國思想文化界問題緊緊地關聯在一起。（有關情況可參考：許紀霖、羅崗等：《啟蒙的自我瓦解》，第131-137頁）類似更多更豐富的內容，如關於「人文精神」的論爭，關於自由主義和「新左派」的論戰等等，對許多文學研究者而言其實並不陌生。因此我們既可以把90年代的文學研究看作是特定時期思想論戰的延伸，也可以把這一時期的文學研究看作是文學在以其特別的方式介入90年代的思想論戰。

（二）從「堂吉訶德」到「哈姆雷特」

更讓人們感興趣和關注的是體現這種研究姿態選擇的一些具體個案。比如，啟蒙自我瓦解的90年代中國思想文化界究竟怎樣影響著這一時期的當代文學研究？在這一問題上，首先深入我們印象的，也許是一些曾經在80年代執著於「迷人的理想」的文學研究者進入90年代以後不那麼自信的猶豫不決。比如洪子誠，在談到90年代思想立場的

轉變對自己文學研究的影響並在一些著作文章中存在的互異的情形時，他的回答便很能給我們啟發：

> 在我看來，反思80年代的「純文學」「重寫文學史」的理據，指出其意識形態含義，並不意味著否定其歷史功績，也不是說在今天已完全失效。批評在「純文學」的想像中過多否定中國現代文學「感時憂國」、積極「回應現實」的「特殊經驗」，也不見得應該回到文學「工具論」立場。指出「政治一開始」就在文學裡面，也並非說政治（階級、民族、國家、性別）可以窮盡、代替文學。在「世界（西方）文學」的背景下，重視中國（以及「第三世界」）文學作為「異類的聲音」，作為「小文學」的傳統的意義，這也同樣不是說要完全改變「十七年」和「文革」文學的描述圖式。在中國，「左翼」的、「革命」的文學的出現有它的合理性，也曾具有活躍的創新力量。但是我仍然認為，它在當代，經歷了在「經典化」「制度化」過程中的「自我損害」。我充分理解在90年代重申「左翼文學」的歷史意義，但也不打算將「左翼文學」再次理想化，就像五六十年代所做的那樣。[7]

　　洪子誠曾用「80年代殘留物」這一深蘊自我反省意識的術語來描述自己的這種矛盾思想。但在上面的文字裡，我們似乎更願意把它看作是作者90年代啟蒙瓦解後的思想投影。看到了80年代文學立場存在的過激的一面，但也不打算把當年的話倒過來說，甚至承認其合理性

7　洪子誠：《回答六個問題》，《南方文壇》2004年第6期。本章後面所徵引本文內容，不再註明出處。

的成分，這本身固然可看作是一種成熟與進步，但同時更可看作是一種矛盾與困惑。這種情形在其另一篇文章中表現得更具體。在這篇文章中，洪子誠認為，我們不應該把90年代以來「當代文學」研究中對歷史的重新審察看作是簡單的懷舊，而應該看到這其中「思考現實問題的動機」，看到包含在其中的「對現實社會問題焦慮的出發點」[8]。這其中最具說服力的是在80年代「主張或同情『回到文學自身』的學者」，進入90年代後真誠憂慮人文精神的衰落。洪子誠認為，這情形已遠遠超出了文學的範疇，而與當年關於「知識分子何為」的「人文精神大討論」有著更為可能的關聯，當然也因此更為可信。[9]

這種情況，並不僅僅是作者個人的遭遇。就在這篇文章中，作者提到，即使80年代充滿自信、富於理想主義的錢理群，也變得猶豫不決和矛盾重重，「逕直說，我沒有屬於自己的哲學，歷史觀，也沒有自己的文學觀，文學史觀」，我自己的價值理想就是一片混亂」[10]。這些話由一個義無反顧於自己信念的理想主義者說出來，是比較尖銳的。

作者在文章最後這樣總結：

　　這種種矛盾、困惑，如果僅僅限定在「學科」的範圍內，那

8　洪子誠：《我們為何猶豫不決》，《南方文壇》2002年第4期。本章後面所徵引本文內容，不再注明出處。

9　有一段時間看了洪子誠先生的一篇文章後，我懷疑自己對他這些文字中的「矛盾與困惑」以及「真誠地憂慮」等思想情緒的評價、處理是否失之於簡單和「純粹『學術化』」了。正如有論者質疑的那樣，洪子誠先生甚至從當年的《作家姿態與自我意識》開始的這種「對學術的不信任，以及對做這些事情的意義的懷疑」，除可能「是一種反思與辨證結合起來的方式」，還可能與其「宗教情懷」有關：「終極思考的背後可能是信仰也可能是虛無」。這質疑雖也可能是一種大膽猜想，但我想也不妨作為我們處理那些思想情緒時的可資背景。洪子誠：《「一體化」論述及其他——「『我的閱讀史』之質疑與批評》，《文藝爭鳴》2009年第6期。

10　錢理群：《矛盾與困惑中的寫作》，《文學評論》1999年第1期。

麼，它們可能是：在認識到「文學」的邊界和特質的歷史流動性之後，今天，文學邊界的確立是否必要，又是否可能？力求理解對象的「內在邏輯」，抑制「啟蒙主義」的評判和道德裁決，是否會導致為對象所「同化」，而失去必要的批判能力？文學研究者在逃避「沒有理論」「沒有方法」的責難中，向著嚴謹的科學方法傾斜的時候，是否也同時意味著放棄鮮活感，和以文學「直覺」方式感知、發現世界的獨特力量？換句話說，我們是否應該完全以思想史和歷史的方式去處理文學現象和文本？而我們在尋找「知識」和「方法」的努力中，終於有可能被學術體制所接納，這時候，自我更新和反思的要求也因此凍結、凝固？（洪子誠：《我們為何猶豫不決》）

　　看來在90年代，自我瓦解的不僅是思想的啟蒙，同時也是關於文學的知識體系，關於文學的理念與研究方法等諸多的問題。在80年代曾經被單一處理的文學圖式，在價值體系坍塌後的90年代的思想碎片的閃爍光照下，顯露出了其多元豐富的狀貌。一方面想堅持與不放棄，另一方面卻又面臨著調整與重建。「我們」因此猶豫不決。也無法不猶豫不決。

　　這種猶豫不決的姿態體現在面對具體的文學對象（歷史）時，是不再斬釘截鐵地執迷於「非此即此」的價值判別，而多了一份「矜持」「同情」和「理解」。由此，我們看到了在《1948：天地玄黃》「後記」中錢理群在處理歷史與歷史寫作之間存在的「時間差」時的審慎，既「設身處地」又「毫不迴避」，而不將歷史簡單化[11]。也看到了洪子誠在《中國當代文學史》《問題與方法——中國當代文學史研

11　錢理群：《1948：天地玄黃》，濟南：山東教育出版社，1998年，第326頁。

究講稿》《當代文學的「一體化」》[12]等著述中對當代文學（40-70年代）圖景描述時的限度意識。

90年代的思想文化場景，無疑是我們考察世紀之交的當代文學史編寫狀況的重要背景。90年代直至新世紀初的當代文學史編寫學科意識的確立與多元格局的形成，均與文學史家們或堅持——固守80年代的立場，或在質疑與反思中汲取90年代的資源密切關聯。

二　批評的功能分化與理論糾結

在當代文學批評與當代文學史寫作的關係問題上，有研究者認為後者其實是對前者的「再批評」，前者偏重「當下」／「當前」，後者則主要面向「歷史」。雖為一家之言，但我們不妨從以下兩個方面予以理解：一方面，說明當代文學史寫作歷史感的缺乏，另一方面，也說明文學批評對於文學史寫作的基礎和重要。這確實是當代文學批評與文學史寫作的客觀現實。問題的複雜性還在於，程光煒指出，當代文學批評並不是一成不變的，「因為『當代』不是按照一個模式發展的，每當歷史的轉折關頭，都會有不同的『當代』出現」。以上世紀90年代至新世紀第一個10年出版的當代文學史為例，程光煒認為不同的版本對「當代」的解釋其實存在很大差異；而含藏在「當代」這種「多樣歷史面孔」背後的，是不同時期不一樣的文學批評方式。「因此，對文學批評方式轉移現象的關注，實際上是研究文學史的一個十分重要的關節點」[13]。

12　洪子誠：《當代文學的「一體化」》，《中國現代文學研究叢刊》2000年第3期。

13　程光煒：《文學講稿：「八十年代」作為方法》，北京：北京大學出版社，2009年，第152-153頁。本章後面所徵引該書內容，如無特別說明，均引自此版本。

（一）90年代文學批評概覽（一）

與共和國早期的五六十年代和「新時期」的80年代相比，90年代的文學批評在批評的功能、批評理論資源及方式方法等方面都發生了較大的變化。在五六十年代，新中國文學批評的權威性，主要來自具有雙重身份——既是「官人」（文藝界相關部門的領導），又是「文人」（文藝批評專家）——的文藝工作者，批評的理論資源主要包括兩部分，一部分是毛澤東文藝思想，其支撐的經典是《在延安文藝座談會上的講話》，另一部分是從蘇俄介紹過來的「社會主義現實主義」理論，其支撐的經典是列寧的《黨的組織和黨的文學》。這一時期文學批評的功能主要是「鋤草」和「澆花」。而被追認為是當代文學批評的「黃金時代」的80年代，隨著思想解放運動和對建國30年歷史（1949-1979）反思的開展，文藝界「創作自由，評論自由」口號的提出，特別是1985年前後「文化熱」與「方法熱」的興起，文學批評在借鑒當代西方文學批評成果中完成了對傳統批評模式的超越，並逐漸實現了批評對文學自身的回歸與批評主體的凸顯[14]。80年代領潮的批評家，主要是恢復高考後上大學的知青一代，他們「受翻譯思潮和西學的影響較大」，而與當時的主流敘述聯繫並不密切。不同於同時期大學畢業於五六十年代的上一代批評家「把『認識論』作為研究和批評文學的本質性前提」，這批新銳的批評家更傾向於「將『文學性』、『形式探索』即『審美性』假定為認識『新時期文學』的一個基本點」來開展文學批評活動。另外，與上一代批評家樂於做「歷史生活的從屬者和讚美者」不同，80年代的年輕一代批評家更具「職業批評意識」（程光煒：《文學講稿：「八十年代」作為方法》，第32頁），

---

14 楊匡漢、孟繁華主編：《共和國文學50年》，北京：中國社會科學出版社，1999年，第489頁。本章後面所徵引該書內容，如無特別說明，均引自此版本。

而真正地起到促進文學創作、轉變文學觀念、推動文學史寫作的作用，對當代文學史的研究與寫作作出了重要貢獻。

進入90年代以後，80年代高揚的理想與激情有所消退。伴隨著市場經濟與大眾文化滋長起來的消費主義與圈子主義，80年代以作家協會的批評為代表的、曾經與學院批評並重的不同聲音，逐漸從中分化出來，並以不同方式滑向大眾消費領域，在削弱文學批評家崗位意識的同時，銷蝕了文學批評的嚴肅性，並由此日益疏離文學史的寫作。但與此同時，另一個同樣值得關注的現象是，隨著思想的淡出與學術的凸現，學術研究的科層化、批評家的學者化和批評的專業化卻日漸成為一種趨勢，並對文學史的研究與寫作產生了舉足輕重的作用。學院批評則逐漸向文學史研究與寫作靠攏，並參與到學科史料的整理與建設、學科史的初步研究工作中來。這或許是90年代以降文學批評的最引人矚目的一個變化。所謂「學院派批評」，依照法國文學批評家阿爾貝·蒂博代（Albert Thibaudet）的觀點，主要是指以大學教授為代表的「職業批評」，他們接受過嚴格規範的學術訓練，視野寬闊，有比較好的學養和扎實的理論以及嚴謹的思辨力，語言表述注重學理性，寫作格式也比較規範。「身份」（批評家）與「風格」（批評）是理解學院派批評的兩個關鍵詞，由於學院派批評在學理性、理論性與文本細讀能力等方面的優越性，在新世紀前後的一個時期裡，當代文學史的研究與寫作跟文學批評常常不分彼此，相互交錯，不少文學史家同時也是文學批評家。由南京師範大學出版社出版的「二十一世紀中國文學大系」的年度文學批評文集，一直把「文學史寫作與研究」作為其中的重要專題之一，這其中收集的一些批評文章，同時也是文學史寫作與研究的重要文章，而他們都是重要的文學史家，如王堯的《「重返八十年代」與當代文學史敘述》[15]、程光煒的《當代文學學科

---

15 《江海學刊》2007年第5期。

的「歷史化」》[16]、陳思和的《我們的學科：已經不再年輕，其實還很
年輕》[17]、丁帆的《1949：在「十七年文學」的轉型節點上》[18]等。
90年代以後學院派批評的崛起，是當代文學批評功能分化過程中出現
的一個重要現象，它對當代文學史的研究與寫作的影響是深層次的，
即學院派批評的成果常常直接進入文學史的寫作。在某種意義上，進
入90年代以後對80年代盛行的在「啟蒙與救亡」的二元對立框架中開
展文學研究模式的反思，當代文學研究「歷史化」命題的提出與深化
及其對文學史寫作的滲透，若沒有學院派批評的支撐，是不能想像的。
而也只有學院派批評，這時期有關當代文學的文學史寫作與學科建設
關係問題的思考，才成為可能。可以說，學院派批評成果的轉化，是
形成90年代以降直至新世紀初當代文學史寫作多元化狀貌的一個重要
原因，也是構成不同文學史寫作觀念之間潛在對話的直接驅動力。

　　有論者曾經用批評的「多樣化」和「民間化」來描述90年代的文
學批評，並試圖從批評觀點──「文化批評」的轉移、批評方式──
「會議批評」的興起、批評文體──「論說體文體」（楊匡漢、孟繁
華：《共和國文學50年》，第506-507頁）等角度來描述90年代的文學
批評方式轉移現象。換個角度看，這描述其實也是90年代文學批評功
能分化的一種寫照。一方面，文學史寫作在消化80年代文學批評成
果，重建當代文學史敘述話語方式，另一方面，學院派批評站在當代
文學學科建構的歷史高度，對新的文學史寫作實踐提出建設性思考。
學院派批評與文學史寫作形成一種相得益彰、互相促進的關係。這種
現象，與當代前30年以批評家代替文學史家，文學批評因政治需要在
一定程度上承擔文學史寫作功能的情形已有本質性的不同。而當代文

16　《文藝研究》2008年第4期。

17　收錄於陳思和的《萍水文字》，上海文藝出版社，2011年出版。

18　《中國現代文學研究叢刊》2010年第1期。

學作為一門獨立學科的建設，也正是在這樣一種缺少干擾的環境中完成了早期的基礎工作，特別是比較成熟的文學史著作的寫作與出版。

（二）90年代文學批評概覽（二）

90年代文學批評值得關注的另一個現象，是批評理論呈現糾結的態勢。這裡的「糾結」，並不簡單是模混的意思，同時含有選擇的矛盾與批判反思的意味。在五六十年代，無論是以《在延安文藝座談會上的講話》為支撐的毛澤東文藝思想，還是以《黨的組織和黨的文學》為經典的蘇俄文藝理論，兩者基本上仍屬於政治社會學批評範疇。這種情況到了80年代，伴隨著「回歸『五四』」的「文藝復興運動」和年輕一代批評家「職業批評意識」的自覺，具有現代意識的主體性批評成為引領時代的潮流。而90年代的文學批評，面對思想文化的分化，「一方面『國學熱』重返傳統文化，渴望『返本開新』，另一方面在『全球化』語境下，西方後現代化理論從後現代、後結構、解構主義到後殖民主義等又源源不斷地湧入中國當代文化界」[19]。這種中學——西學理論的糾結，其中暗含的實質性問題，是在「全球化」時代，如何處理好本土／中國與西方／世界的關係。與80年代面對西學的主動姿態不同的是，這個問題在90年代已逐漸轉換為批判性省思。盡管如此，這種糾結在理論界始終難以達成共識。其實，作為一種參考借鑒，在90年代的複雜語境中，有其積極的一面。從文學批評理論與文學史寫作實踐的關係看，一些前衛的文學批評對西方「後學」理論的挪用，嘗試將中國文學置於第一世界／第三世界關係中予以闡釋，「試圖指出『西方文化霸權』的支配性影響與中國本土知識分子的身份焦慮，說明文化／文學的影響背後存在的所謂『不平等權

---

19 董健、丁帆、王彬彬主編：《中國當代文學史新稿》，北京：人民文學出版社，2005年，第560頁。

利關係」。這無疑是對於中國學術界80年代占據支配地位的現代化解釋模式——把中國與西方文化／文學的問題解釋為時間上的『先進』與『落後』問題——的大膽挑戰」[20]。在這一問題上，另一研究者的觀點更具啟發性：「如果80年代西學討論為某種隱晦的『當代中國文化意識』提供了一個話語空間，那麼90年代中國文化批評的題中應有之義就是：通過對西方理論和意識形態話語的細緻分析去破除思想氛圍的幻想性和神話色彩，從而為當代中國問題的歷史性出場及其理論分析提供批判意識和知識準備。」[21]這或許可以同時作為我們考察90年代後來影響巨大的「再解讀」思潮與當代文學史研究與寫作問題的另一背景。

　　當代文學70年，文學批評功能的分化與批評理論的糾結，文學史寫作與文學批評關係的若即若離，給我們的啟示是多方面的，包括：當代文學與時代政治關係的複雜演繹，當代文學內部關係的自我修復與平衡，當代文學史觀念與時俱進的調整，當代文學史敘述方式的探索與完善，當代文學史家與當代文學批評家身份的不斷轉換，以及當代文學作為一門獨立學科建構歷史過程中可能遇到的種種問題，等等。「在『重返八十年代』、何謂『純文學』以及關於『文學性』的討論中，社會的、歷史的批評重新活力，並由此帶動了對整個中國當代文學史的重新思考。」[22]在當代，文學批評與文學史寫作這種「不離不棄」的情形，其實也是其區別於其他文學史寫作的一個重要標誌。

---

20 張頤武：《第三世界文化與中國文學》，《文藝爭鳴》1990年第1期。轉引陶東風、和磊著：《當代中國文藝學研究（1949-2009）》，北京：中國社會科學出版社，2011年，第581-582頁。本章後面所徵引該書內容，如無特別說明，均引自此版本。
21 張旭東：《批評的蹤跡》，北京：三聯書店，2003年，第107頁。
22 王堯：《中國當代文學批評的生成、發展與轉型》，《文藝理論研究》2010年第5期。

三　當代文學史編寫的繁榮及原因

　　始於50年代末60年代初的中國當代文學史編寫實踐，進入80年代以後因為高校中文學科課程開設需要，有過一次編撰高潮。據統計，從1980-1989年，中國內地公開出版的當代文學史共38部。進入90年代以後，當代文學史的編寫與出版達到了全盛期，並湧現出了迄今為止被公認為最優秀的史著——洪子誠著的《中國當代文學史》，和爭議最大的史著——陳思和主編的《中國當代文學史教程》。據初步統計，從1990-2010年，公開出版的當代文學史著作達131部（其中1990-2000年計66部）。這個數字相當於共和國70年（1949-2019年）公開出版的203部當代文學史總數的三分之二。[23]當代文學史的編寫和出版在世紀末的90年代呈現出輝煌的景象，並一直延續到新世紀的第一個十年。這種輝煌，標誌著進入90年代以後，當代文學史寫作正逐漸趨於成熟，而作為學科建設對象的「當代文學」，也由此進入了一

---

23 這裡的統計數字只指當代文學通史，不包括小說史、散文史等其他當代文學專題史，也不包括內地的區域性和少數民族的當代文學史，以及中國內地以外的各種中國當代文學史。新世紀後內地出版的一些當代文學史及研究著作附錄的中國當代文學史出版統計數字，由於依據的標準不同，情況比較複雜。這裡介紹幾組統計數字：一是孟繁華、程光煒著的《中國當代文學發展史》（人民文學出版社，2004年）：60部。統計時段：1960-1999年。其中1990-1999年：32部。二是王春榮、吳玉傑主編的《文學史話語權威的確立與發展——「中國當代文學史」史學研究》（遼寧人民出版社，2007年）：88部。統計時段：1960-2006年。其中1990-2000年：43部。三是張軍的《中國當代文學史敘事研究》（中國社會科學出版社，2012年）：58部。統計時段：1953-2009年。其中1990-1999年：36部。四是王萬森、劉新鎖編的《文學歷史的跟蹤-1980年以來的中國當代文學史著述史料輯》（人民出版社，2014年）：73部。統計時段：1960-2008年10月。其中1990-2000年：31部。五是羅長青的《中國當代文學概念與文學史寫作》（科學出版社，2016年）：270部。統計時段：1959-2015年。其中1990-2000年：80部。此外，四川大學孔琦的碩士學位論文《中國當代文學史編纂史論綱》（2012年）：115部。統計時段：1960-2010年。其中1990-2000年：39部。

個新階段。文學史的寫作與學科建設在90年代形成了一種互相推進的
關係。

　　回望90年代當代文學史編寫的「世紀末輝煌」景象，如下幾方面
的特徵尤為引人矚目：

　　一是最大可能地實踐了80年代「重寫文學史」的思想觀念。作為
特定歷史語境中的「重寫文學史」，在80年代主要還是側重於理論建
設與辨析，並有選擇性地對一些作家作品和文學現象進行重評。但作
為文學史寫作實踐的全面展開，則是在90年代以後，其中最明顯的標
誌，是多種「20世紀中國文學史」著作和一系列整合現當代文學內容
的「中國現當代文學史」著作的編寫出版，[24]這實際上是對80年代
「20世紀中國文學」和「中國新文學整體觀」文學史觀念的直接回
應。更難得的是，這批文學史都在不同程度地轉化「重寫文學史」的
思想資源，並滲透到文學史的觀念與寫作立場、對作家作品的評價和
敘述體例及語言風格等方面。可以說，90年代以後編寫的當代文學
史，都不同程度地表現出一種「重寫」意願與訴求。

　　二是個人寫史對文學史表達空間的拓展。在當代，文藝已被納入
體制管理，成為新中國國家形象塑造的重要組成部分。作為教科書的
文學史編寫，同時屬於國家文化建設的範疇，承擔著共同構建國家政
治意識形態體系的功能。教科書的編寫，從大綱的制定到編寫機構的
組織，都由國家教育主管部門統一實施。集體編寫與指定出版成為當

---

24 據統計，1990-2010年間中國內地出版的「20世紀中國文學史」著作共有6部，「中國
　現當代文學史」共有23部。本書後面有關於這幾部「20世紀中國文學史」著作的專
　門評述。另外，90年代以後還出現了一些以「20世紀中國文學」（或「百年中國文
　學」）命名的研究叢書或論文集，比較有代表性的有：王曉明主編的《二十世紀中
　國文學史論》（4卷）（東方出版中心，1997年），謝冕、孟繁華主編的《百年中國文
　學總系》（12卷）（山東教育出版社，1998年），嚴家炎主編的《20世紀中國文學研
　究叢書》（10卷）（安徽教育出版社，2000年）等。

代教科書生產傳播的基本運作模式。這種情況一直到80年代都沒什麼很大的變化，如80年代初由教育部組織編寫出版的《中國當代文學史初稿》等，便很能夠說明問題[25]。50年代初王瑤的《中國新文學史稿》，看似個人寫史，實則必須依循國家教育部制定的編寫大綱，「運用新觀點，新方法，講述自五四時代到現在的中國新文學的發展史……」因此留給個人發揮的空間並不大。即使這樣，王瑤後來還是受到批判，理由是對作家作品的評價，沒有正確處理好階級性和文學性的關係。由此，嚴格地說，在當代很長的一個時期裡，並不存在真正意義上的「個人寫史」。這種情形在90年代發生了根本性的變化。「個人寫史」成為這時期文學史寫作中的一道亮麗風景。這「個人」，並不簡單表現為文學史的署名形式，更主要的還是表現在文學史觀念、寫作立場、敘述體例以及作家作品評價等方面，逐漸褪去了「集體編寫」年代那種體制性的宣傳與圖解，從而給編寫者以相對寬鬆自由的表達空間，努力「把文學史還給文學」。只要稍加留意便可以發現，90年代影響比較大的當代文學史著作，大都具有「個人寫史」的意味，盡管這「個人」有時也還可能是個「多數」，是個編寫團體，但其中統領、貫穿史著內容的，仍是主編的獨立思想精神與價值立場。

　　三是實現了不同文學史觀念與寫作立場的潛在對話，同時在文學史體例與作家作品評價方面進行了有效的探索。80年代「重寫文學史」的理論建設與知識更迭，90年代啟蒙瓦解以後思想文化界的「諸侯割據」，歷史敘述中「個人寫史」時尚的高揚，這一切，都為當代

---

25 70年代末80年代初由教育部組織／委託編寫的中國當代文學史教材，比較有代表性的還有：華中師範大學中文系編寫的三卷本《中國當代文學》（上海文藝出版社出版，分別初版於1983、1984、1989年）；復旦大學等二十二院校編寫的《中國當代文學史》（1-3冊）（福建人民出版社，分別初版於1980、1982、1985年）等。

文學史寫作的「世紀末輝煌」奠定了厚實的基礎。文學史家們並不否認這時期文學史寫作的觀念與立場中尚未完全消退的「『80年代』胎記」（啟蒙主義），也承認當代文學「社會主義文學」性質的歷史合法性，但面對複雜當代史中的文學，他們同時又都旗幟鮮明地表明自己的「姿態」與「立場」。北大版《中國當代文學史》直言「審美尺度」是入史作品的首要考慮因素，同時又聲明無意於「將創作和文學問題從特定歷史情境中抽取出來，按照編寫者所信奉的價值尺度（政治的、倫理的、審美的）做出臧否，而是努力將問題『放回』到『歷史情境』中去審察」[26]。《中國當代文學史教程》強調該史著是「以文學作品為主型」[27]的。《共和國文學50年》盡管依然堅持「人民文學」的文學史觀，卻是與時俱進的「人民文學」；同時強調史著的「問題式」研究和書寫（楊匡漢、孟繁華：《共和國文學50年・後記》）。《中國當代文學發展史》認為，「文學史事實上就是史家的『歷史』」，「是對歷史想像的一種形式」[28]。《中國當代文學60年》也提出「以作家為主，力求作品優先，審美優先」[29]。即使備受爭議，「再解讀」思潮仍然堅持「反現代的現代性」的文學史觀念……這時期的文學史對當代作家作品的評價，更是堅持己見。不同的觀念與立場，構成了90年代當代文學史的多元格局，為文學史研究與寫作的探討留下了巨大的空間。

推進90年代當代文學史寫作繁榮的因素比較複雜。大致說來，主要有如下幾方面：

一是當代文學史編寫自身的原因。中國當代文學史編寫起步於50年代後期高校青年學生「搶占學術高地」的「拔白旗」時期。這種教

---

26 洪子誠：《中國當代文學史・前言》，北京：北京大學出版社，1999年。
27 陳思和主編：《中國當代文學史教程・前言》，上海：復旦大學出版社，1999年。
28 孟繁華、程光煒：《中國當代文學發展史・後記》，北京：人民文學出版社，2004年。
29 張志忠：《中國當代文學60年・導論》，北京：高等教育出版社，2009年。

材編寫的群眾運動留給歷史更多的是教訓。在政治上的撥亂反正與思想界的啟蒙運動合力推進的80年代，當代文學史的編寫雖然開展了一些探索，但由於文學史家的觀念理論與敘述模式還沒有完全從五六十年代的禁錮中解放出來，因而這一時期出版的文學史大都呈現出一種「亦舊亦新」的夾生現象。從這一意義上說，90年代當代文學史寫作的展開，其所要回應的並不限於剛剛過去的80年代，而是整個當代文學寫作的歷史。

第二個原因，則與八九十年代思想文化界的推波助瀾有關。簡單地說，是八九十年代思想文化界「啟蒙與啟蒙的自我瓦解」的成果在文學史寫作領域的一種融合與表達。八九十年代思想文化界的論爭與建設，既表現為前一階段對50-70年代「左傾」思想的撥亂反正，也表現為80年代中期通過「文化熱」和「方法熱」對五六十年代「一邊倒」蘇俄文藝觀念理論情形的調整，同時還體現為80年代中後期至90年代初對西方現代化理論和文學理論的借鑒與挪用。這些情況進入90年代以後，通過系列論爭形成更為複雜的思想文化場域，並衝擊、影響到文學史的寫作，導致文學史寫作面貌的多元化。

三是與這一時期的高等教育形勢與體制有關。近年有研究者從學科設置與高校擴招、評估考核與教材發行及意識形態宣傳的影響等方面對此作了系統的梳理。從教材編寫角度，如果說1978年教育部制定的高校中文專業現代教學大綱對「當代文學」課程開設的規定，在文化生產體制化、高等教育精英化的80年代，對當代文學史編寫的衝擊還不是很明顯的話，那麼進入90年代中期以後，高校的擴招等因素，都極大地刺激和推動了當代文學史的編寫出版。有研究者指出，90年代中期以後，當代文學史出版的高潮期，恰恰是我國高校擴招步伐加快的時期：1997-2000年出版當代文學史42種，這幾年高考錄取比，也從36%（1997）、34%（1998）直線上升至56%（1999）、59%

（2000）[30]。這還不包含「茁壯成長」的各類繼續教育。不論這些數字是否「純屬巧合」，但還是能夠說明一些問題[31]。另外，有研究者認為，體制轉型後，由於政府逐漸放開教材出版市場，將以前的「指定教材」改為「審定教材」，也在一定程度上「導致了短時間內大批教材的編撰與出版」，這實際上是為部分粗製濫造教材的出版提供了便利。總之，高等教育體制的轉型，對90年代以後當代文學史的寫作產生了直接的刺激作用。[32]

除以上三個原因外，其他一些因素也不容忽視，如福山的「歷史終結」理論、新中國建國50周年、當代文學史編寫隊伍的成長及近50年編寫經驗的積累，等等。當代文學史寫作的「世紀末輝煌」，是一次能量的大釋放。從學科層面看，這種釋放可能還夾雜著一種當代文學學科建設的焦慮與訴求，其中積聚的問題，沒有理由不受關注，不論是充分肯定還是深刻質疑。將這種質疑置放在歷史視域中，相關問題的本質也將顯現得愈發清晰。依藉近十年來當代文學史寫作史料轉型的命題，我們才能夠清楚地看到90年代文學史寫作存在的「盲區」，即對歷史闡釋的過度自信和對某些觀念理論的過度依賴。

歷史寫作應該如何科學地處理好觀念理論與材料證據的關係，文學史究竟是觀念史還是堅持「有一份材料說一分話」，換句話說，到底是堅持「論從史出」還是「以論代史」，在世紀末眾聲喧嘩的文學

---

30 羅長青：《中國當代文學概念與文學史寫作》，北京：科學出版社，2016年，第147頁。

31 據《南方週末》「慶祝新中國成立70周年系列報導·教育篇」，1999年的高校擴招，普通本專科招生159.68萬人，比上一年（1998）增加51.32萬人，增長47.4%，是1949年以來高校招生數量最多、增幅最大的一年。賀佳雯、任歡欣：《教育公平之路：從80%文盲起步》，《南方週末》2019年9月26日。

32 此部分內容數據參考羅長青：《中國當代文學的概念與文學史寫作》，北京：科學出版社，2016年，第146-150頁。

史寫作高潮中，其中的失衡與越界，實際上已為新世紀，特別是最近十年當代文學史寫作的再次轉型埋下了伏筆。

第二節　《抗爭宿命之路》等「再解讀」思潮

一　「再解讀」思潮及《再解讀》

　　「再解讀」是進入90年代以後出現的一種文學研究潮流，因這一研究思潮的重要發起人唐小兵編的《再解讀：大眾文藝與意識形態》[33]（以下簡稱《再解讀》）而得名。近二十年來，學界在談到這一現象時，幾乎都會將其與「重寫文學史」相提並論。其實，它們之間有關聯，但也有區別。換句話說，盡管大多研究者都認為「再解讀」思潮是「重寫文學史」的延伸，但稍加辨析便會發現，前者恰恰是對後者的反轉，或者至少是對「重寫文學史」倡導期間「過激」行為的一種糾正。劉再復當年在「再解讀」文集的「序」中用「西西弗斯神話」（the myth of Sisyphus）形容文學史的撰寫「永遠在路上」：「沒有人能把文學史這塊大石固定在真理的尖峰上」，任何「重寫」都不可能「窮盡真理」，都難逃「很快成為化石」的命運[34]。在文學史書寫的歷史長河中，「重寫」是一種再正常不過的現象。「再解讀」思潮既是80年代中後期「重寫文學史」活動的延伸，也是對這次「重寫」的「重寫」。只不過，在特定歷史語境中，這「重寫」是對前者的一種逆轉。

---

33 唐小兵編：《再解讀：大眾文藝與意識形態》，香港：牛津大學出版社，1993年。本章後面所徵引該書內容，如無特別說明，均引自此版本。

34 劉再復：《「重寫」歷史的神話與現實》，《再解讀：大眾文藝與意識形態·序言》。本章後面所徵引本文內容，不再注明出處。

（一）「再解讀」的崛起

　　關於「再解讀」思潮崛起的背景，目前研究界的看法不一。程光煒認為，宏觀地看，這一思潮可看作是「對八九十年代中國社會轉型的直接反應」，同時「與蘇聯東歐事變、內地學者和留學生赴美後的身份轉變、西方後現代主義和文化研究，以及國內文化保守主義思潮的興起等有著廣泛而深入的聯繫」。而作為一種研究方法，則可看作是西方後現代主義理論在「啟蒙論」於90年代中國現當代文學研究中退場後，「最終使『再解讀』與『革命文學』幕後的中國語境建立起了一種比較有效但也不是沒有問題的『對話關係』」[35]。賀桂梅則指出，90年代以後以「『再解讀』研究」為代表的當代文學史研究轉型，既是對80年代文學史研究的「『歷史化』清理」，同時也是對與80年代關聯在一起的「五四」「現代性」等「更大思想文化命題」的省思，認為這一研究路向意在「打碎」或「瓦解」關於40-70年代中國文學的「體制化敘述」，揭示其內在的「矛盾和裂縫」[36]。類似的表述還有不少。以上觀點盡管不盡相同，卻暗含著一些相通的「關鍵詞」，如「80年代文學研究」「革命文學」和「西方後現代理論」等。對於這些「關鍵詞」，我們後面將會從不同層面作進一步的展開。這裡首先從「再解讀」的背景與動機角度作些關聯性闡釋。

　　可以說，90年代「再解讀」思潮的出現，主要還是因為一些研究者不滿80年代文學研究與文學史敘述對包括40-70年代文學的排擠與

35　程光煒：《「再解讀」思潮與歷史轉型——以唐小兵編〈再解讀：大眾文藝與意識形態〉等一批著作為話題》，《上海文學》2009年第5期。本章後面所徵引本文內容，不再注明出處。

36　賀桂梅：《「再解讀」——文本分析和歷史解構》，《海南師範學院學報》2004年第1期。又，該文後來收入《再解讀：大眾文藝與意識形態》（修訂版），北京大學出版社，2007年出版。本章後面所徵引本文內容，不再注明出處。

壓制有關，這也是李楊在一篇訪談中根據最初海外的「再解讀」研究如唐小兵編的《再解讀》、黃子平的《革命・歷史・小說》[37]等，結合自己的研究《抗爭宿命之路──「社會主義現實主義」（1942-1976）研究》[38]在近十年後進行再次「確認」的理由[39]。可以肯定的是，作為《再解讀》發起者，盡管有些身居海外，但都懷有強烈的「八十年代情結」，其中不少甚至還是「80年代」的親歷者和見證者。這也是為何這些身居海外的學者雖然遠離中國內地文學界，但談及這一文學研究思潮的倡議與發起，甚至命名、研究實踐的開展等，都很明確地指向內地80年代的文學研究，特別是「重寫文學史」。以「重寫文學史」結穴的80年代文學研究，以李澤厚的「啟蒙與救亡」為思想理據，在「現代化」與「文學性」的價值取向中，堅持文學與政治對立的二元思維方式，將40-70年代的左翼／革命文學視為20世紀中國文學的「例外」，認為這一時期的文學既沒有思想價值，也沒有文學價值。「再解讀」研究者認為，這種「斷裂」論無論在觀念理論上還是在研究方法上都是值得質疑的。40-70年代文學成為「再解讀」對象，跟這一研究思潮的發生語境與「問題意識」密切相關。（曾令存、李楊：《「再解讀」與「反現代的現代性」──當代文學學科史訪談錄》）

（二）「再解讀」與文本細讀

作為一種比較「先鋒」的文學史陳述方法，「再解讀」並非一般

---

37 香港：牛津大學出版社，1996年出版。

38 北京：時代文藝出版社，1993出版。本章後面所徵引該書（簡稱《抗爭宿命之路》）內容，如無特別說明，均引自此版本。

39 可參看李楊在《「再解讀」與「反現代的現代性」──當代文學學科史訪談錄》（曾令存、李楊：《中國現代文學研究叢刊》2011年第12期）中的答問。本章後面所徵引本文內容，不再注明出處。

意義上的文本細讀。對此我們在「緒論」中曾集中介紹了唐小兵早期的一些思考。在後來的相關訪談中，唐小兵對於這一思考有更深入的闡釋[40]。劉再復也強調「再解讀」對「世俗批評視角和世俗批評語言的挑戰」，肯定海外學人注意把文學現象放回具體歷史情景下解讀，考察它為了政治需要「不斷改制、改裝，盡可能展示過程的複雜性」（劉再復：《「重寫」歷史的神話與現實》）。關於「再解讀」對「重寫文學史」的反轉性書寫，多年來一直從事跨語際與互譯性研究的劉禾有一個常被引用的觀點很能夠說明問題：「重寫」並不是「僅用一種敘事去取代或是補充另一種敘事」，「關鍵在於能不能對這些敘事（包括準備要寫的）提出自己的解釋和歷史的說明」。她強調「再解讀」的中國新文學的「民族國家文學」性質與歷史語境[41]。另一個「再解讀」作者孟悅也坦言對《白毛女》文本演變之所以感興趣，意在提醒我們應避免對「革命文學」這一複雜歷史現象研究的簡單化，要努力「去發掘潛伏在文藝為工農兵服務的政治口號之下的不同話語，不同文化傳統之間的摩擦、互動，乃至相互滲透的歷史」[42]。而作為「再解讀」研究思潮的主要倡導者，唐小兵在後來的一次訪談中表達更直

---

40 如強調「解讀」「是對閱讀的閱讀」，目的是為瞭解構文學史關於一部作品的「強勢閱讀」，「要把文化生產機制、強勢話語運作過程展現出來，把外圍解讀和對文本內在張力的閱讀連接起來，充分展現出過程的多面性和複雜性」，（李鳳亮編著：《彼岸的現代性：美國華人批評家訪談錄》，廣西師範大學出版社，2011年出版，第240頁。本章後面所徵引該書內容，如無特別說明，均引自此版本。）讓我們看到「大眾文化怎麼樣在形成社會共識時發揮作用，怎麼樣在一個所謂開放的社會中去製造不光是文化上的認同，同時還形成政治價值上的一致」。（《彼岸的現代性：美國華人批評家訪談錄》，第238頁）

41 劉禾：《文本、批評與民族國家文學——重返〈生死場〉》，收入《再解讀：大眾文藝與意識形態》，香港：牛津大學出版社，1993年，第29頁。

42 孟悅：《〈白毛女〉演變的啟示——兼論延安文藝的歷史多質性》，收入《再解讀：大眾文藝與意識形態》，香港：牛津大學出版社，1993年，第89頁。

接：這一命題的提出就是要把「重寫文學史」提出的「把20世紀文化發展的內在邏輯展現出來」付諸實踐[43]。這大概便是他在《再解讀》初版時所說──「希望《再解讀》提供的不僅僅是書名和若干論文，而且也是一種文本策略，是對中國現當代文化政治、社會歷史的一次借喻式解讀」[44]──的言外之意。

二 「後現代」文化理論的挪用

那麼，「再解讀」思潮又是如何達到「瓦解」目的的呢？

唐小兵曾在《我們怎樣想像歷史？》中強調「『後現代式』反省」在「再解讀」研究中的支撐性意義，指出「再解讀」中觀念理論與批評方法的不可分割性，文學批評與理論中雜糅了政治理論、歷史研究、心理分析、社會學資料等「話語傳統和論述方式」，以及超越這一切的文化研究理論資源。在2007年6月北京大學中文系為《再解讀》再版之際組織的座談會上，唐小兵從三個方面對「再解讀」對象選擇、理論支持、表達策略等的補充強調，或可看作是對自己十多年前思想的進一步完善、闡釋：一是「西方帶有左翼色彩」的理論依據。強調該書是在應用這一理論，「從帶有某種批判意識的角度」對「從左翼傳統裡產生出來的文學、文藝作品進行解讀」，對已經「體制化了的左翼傳統」作「自我剖析」。二是在對作品解讀過程中所做的既回到「文本」也回到產生文本的「歷史語境」的「批評的批評」工作，對「閱讀和接受過程」進行解讀，即一部作品當時為什麼能夠

---

43 李鳳亮：《多樣現代性：20世紀文藝運動的另類闡釋──唐小兵教授訪談錄》，《彼岸的現代性：美國華人批評家訪談錄》，第238頁。

44 唐小兵：《我們怎樣想像歷史？》，《再解讀：大眾文藝與意識形態（代導言）》。本章後面所徵引本文內容，不再注明出處。

產生影響？或者我們為什麼要重新考察似乎「並沒有流傳下來的作品」？三是「再解讀」所做的「初步的文化研究的工作」，即考察40-70年代如何通過一些文學、戲劇、電影、繪畫等「各種各樣的象徵活動」進行文化改造，來創造一種「新的大眾」和「大眾文化」[45]。唐小兵的這種「別求新聲」，實際上可以看作是「再解讀」作者群體在該命題作為一種問題意識與研究方法方面求同存異的方向性認同，也可看作是對《再解讀》研究對以文化研究為核心的現代西方人文主義理論與方法徵用的進一步確認。賀桂梅曾歸納出90年代以來「再解讀」這一研究路向的三種情形，即同一文本在不同歷史時期的「結構文本的方式」和「文類特徵」的變化，以辨析不同文化力量的「衝突」或者「磨合」關係；探討作品的「具體修辭層面」與「深層意識形態功能（或文化邏輯）」之間的關聯；努力將文本重新置放回產生的「歷史語境」，通過呈現文本的「『不可見』因素」，並置「在場／缺席」，探詢文本如何通過壓抑「差異」因素來完成「主流意識形態話語的全面覆蓋」（賀桂梅：《「再解讀」──文本分析和歷史解構》）。這種概括與歸納的背後，我們仍能夠感受到西方各種後現代文化研究理論與方法的支撐。

（一）「後學」理論的轉用

作為一種既關聯又超越種種「後學」的理論與方法，文化研究是20世紀西方迅速發展起來的跨學科課題，「其目的是為了分析那些影響各種類型的制度、實踐和文學作品的生產、接受和文化意義的環境因素；在這些因素中，文學僅僅是作為文化許多『能指實踐活動』的形式之一。文化研究主要關注的是具體說明生產文化現象的所有形

---

45 唐小兵、黃子平、李楊、賀桂梅：《文化理論與經典重讀》，《文藝爭鳴》2007年第8
　期。本章後面所徵引本文內容，不再注明出處。

式，並賦予它們以社會『意義』、『真理』、人們談論它們的話語模式，及其相應價值和地位的社會、經濟和政治力量以及權力結構的功能」。文化研究的主要目標就是要打破傳統批評關於「高雅文學」和「高雅藝術」與那些能夠吸引大眾消費卻被認為是「庸俗」的文藝之間的界限，其研究中的一項任務，就是要「分析和解釋文學及其他藝術領域之外的事物和社會實踐活動」[46]。「再解讀」研究者們對西方20世紀60年代以來的文化研究後種種後現代主義的理論與方法挪用，如女性主義、精神分析、新歷史主義、西方馬克思主義、「第三世界」理論、後殖民主義、結構主義和解構主義等，這些理論與方法的介入，給曾經被我們熟視無睹的文學現象與事件「文本密碼」的重新解讀帶來了新的啟示，同時也拓開了被傳統批評與以文本為中心的現代「新批評」遮蔽的空間。此誠如李楊所說：「文化研究力圖打破形式主義的文本封閉性，重新回到社會歷史，但這種回歸，並不是回到原有的社會歷史批評，而是吸收了包括後學在內的西方人文科學發展的最新成果，力圖將『解構』和『建構』結合起來，討論『文本』與『歷史』之間的關係，以及理論與實踐之間的關係。這一方法在後革命時代的中國尤其具有現實性，恰恰避免了『以非歷史的態度對待理論』。我們在中國面對的已經不是理論形態的社會主義，而是社會主義的實踐及其遺產，在這樣的語境中，停留於對社會主義進行理論上或道德上的辯護是遠遠不夠的。」（曾令存、李楊：《「再解讀」與「反現代的現代性」──當代文學學科史訪談錄》）要言之，我們需要做的，是要進一步證明其歷史的合法性與必然性。

從《再解讀》收錄的文章看，「再解讀」研究者借鑒與挪用比較多的西方人文主義理論資源，主要有現代西方馬克思主義文學批評、女

---

46 〔美〕M.H.艾布拉姆斯：《文學藝術詞典》，北京：北京大學出版社，2009年，第107-109頁。本章後面所徵引該書內容，如無特別說明，均引自此版本。

性主義文學批評。女性主義文學批評常常將性別政治化，在批判男權主義的同時，把男性中心——父權制社會與國家政權混為一談，在「看」與「被看」的對視框架中凸顯女性被壓抑與消費的生存境況。在劉禾與《生死場》、戴錦華與《青春之歌》、馬軍驤與《上海姑娘》等的解讀文案中，均可看到研究者對這些理論與方法的借鑒。劉禾化用美國著名馬克思主義批評家弗雷德里克・詹姆遜（Fredric Jameson，或譯作詹明信、傑姆遜等）關於第三世界文學與民族寓言批評理論（《多國資本主義時代的第三世界文學》），指出「蕭紅的小說接受史可以看作是民族國家文學生產過程的某種縮影」（唐小兵編：《再解讀：大眾文藝與意識形態》，第34頁）。戴錦華對《青春之歌》（電影版）「空隙與斷裂」內容的掘取，同樣容易讓人想到詹姆遜的《政治無意識：作為社會象徵行為的敘事》關於馬克思主義批評的觀點，即批評家以「喻意」的方式「重寫」了文學文本，「『這樣的方式使〔文本〕可以被視為……是對於先前歷史或意識形態的次文本的重建』——即對文本中未說出部分的重建，因為在被壓制的潛意識中認識到，文本的表述方式不僅僅是由當前的意識形態所決定的，而且是由真正『歷史』的長期過程所決定的」（〔美〕M. H.艾布拉姆斯：《文學藝術詞典》，第305頁）。基於此，戴錦華將《青春之歌》視為一個「寓言文本」，一部「知識分子的思想改造手冊」：「它負荷著特定的權威話語：資產階級、小資產階級知識分子（女性）只有在共產黨的領導下，經歷追求、痛苦、改造和考驗，投身於黨、獻身於人民，才有真正的生存與出路（真正的解放）」[47]。

此外，「新歷史主義」也是被「再解讀」研究者轉用得比較多的另一文化研究形態。這種批評不再孤立地研究文本，而關注文本產生

---

47 戴錦華：《〈青春之歌〉：歷史視域中的重讀》，《再解讀：大眾文藝與意識形態》，第151、152頁。

的歷史文化背景、文本意義和影響力，以及後世批評家的關注和評價。「新歷史主義」批評家的觀點與實踐與從前的學者有著顯著不同：「從前的學者或者把社會與知識歷史看作『背景』，而將文學作品視為是此背景下的獨立實體，或者把文學視為某一時期特定世界觀的『反映』」；「新歷史主義」則相反，認為「文學文本『處於』構成某一特定時間、地點的整體文化的制度、社會實踐和話語之內，而文學文本與文化相互作用，同時扮演了文化活動力與文化代碼的產物與生產者的角色」。該學派的代表人物之一路易斯・蒙特羅斯（Louis Montrose）強調「新歷史主義」「對文本史實性和史實文本性的交互關注」，即「歷史不應被視為一套固定、客觀的事實，而是如同它與之互相影響的文學一樣，是本身需要得到解讀式的文本」，與此同時，任何文本都被認為是一種「由我們所說的陳述──這種陳述是特定時代歷史條件下的『意識形態產物』或『文化觀念』的文字──構成」（〔美〕M. H.艾布拉姆斯：《文學藝術詞典》，第367-369頁）。在「新歷史主義」批評理論中，對「再解讀」研究影響最大的還是法國的米歇爾・福柯（Michel Foucault）的理論，以及以《知識考古學》為代表的闡釋方法。這一點我們在後面將會結合具體研究個案進一步展開。

（二）研究的意識、方法與結論

《再解讀》作者群體對40-70年代一些主流作品的解析，與圍繞「政治正確性」兜圈子的國內學界有很大的不同，從解析的意識、方法到最終得出的結論。這也是為什麼「再解讀」研究能夠引起那麼大的反響並迅速傳播開來的原因。唐小兵在北京大學座談會上談到自己當年對《暴風驟雨》「語言」與「暴力」的解讀，「實際上是用一套新的知識系統或意義語言對文本進行了一種翻譯」（唐小兵等：《文化理

論與經典重讀》），以期將作品構成的複雜性、作品的象徵意義、作品「想達到的目的以及達到目的過程中所包含的很多矛盾和張力、出版以後諸多強勢話語對它的定位與制約，從多個層面展現出來」（李鳳亮：《彼岸的現代性：美國華人批評家訪談錄》，第240頁）。在前些年的訪談中，唐小兵談到對《千萬不要忘記》的解讀，意在「探討工業現代化帶來的生活焦慮」，順便「論及所謂福特生產方式」，引入工業化信息（李鳳亮：《彼岸的現代性：美國華人批評家訪談錄》，第243頁）；重讀《年青一代》，主要是為了更好地解析中國現代文學（尤其是大眾文藝和左翼文學、普羅文學）和文化中的戲劇性（戲劇化、戲劇感），並藉此「走出文本、擺脫文字」的「衝動和要求」（唐小兵等：《文化理論與經典重讀》）。黃子平也強調這些「再解讀」作者群體（當然也包括他自己）其實並不迴避諸如「文學審美性」這些80年代的「核心價值」，如孟悅對《白毛女》從歌劇到電影到芭蕾舞劇不同體裁所帶來的不同審美效果的解讀，「但有一個很重要的意念，就是要把文學審美性也放到一個意識形態的生產機制相關的脈絡裡去討論」。李楊認為黃子平的觀點揭示的正是「再解讀」的文學觀念與研究立場與80年代文學研究的關聯與超越，即從「文學研究」（80年代）過渡到「文化研究」（90年代），並以此對近年來依然站在80年代「文學審美性」立場重讀《創業史》的一篇文章提出自己的思考，認為我們除了關注柳青「寫什麼」和「寫得怎樣」，其實「還可以提出其他的問題，比如『為什麼這樣寫』」——而問題的解答顯然「不可能在文學內部」，「需要另一種關於『文學』的定義」[48]。其實，萬變不離其宗，不論怎樣表述，西方後現代人文主義的理論與方法，都是「再解讀」研究者重要的資源。

---

48 黃子平和李楊的有關觀點見《文化理論與經典重讀》，《文藝爭鳴》2007年第8期。

三　從《抗爭宿命之路》到《經典再解讀》

　　學界有一種觀點，認為「再解讀」作為一種觀念與方法，其主要的意義在於解構80年代建立起來的關於40-70年代文學的研究與敘述，但要建立一種複雜、完整的歷史敘述並不容易。盡管如此，好些「再解讀」研究者都在試圖借助「再解讀」的理論與方法，重新組織對當代文學（40-70年代）的歷史敘述，包括早期黃子平的《革命·歷史·小說》和後來蔡翔的《革命／敘述：中國社會主義文學——文化想像（1949-1966）》[49]等。下面我們將重點介紹內地比較早涉足「再解讀」研究的李楊兩部著述《抗爭宿命之路——「社會主義現實主義」（1942-1976）研究》（以下簡稱《抗爭宿命之路》）與《50-70年代中國文學經典再解讀》[50]在這方面所作的努力與效果。

（一）作為一種理論資源的「現代性」

　　《抗爭宿命之路》起思於80年代末，成書出版於90年代初。作為內地最早的「再解讀」著述，該書至少有兩方面的意義：一是在40-70年代左翼／革命文學在80年代文學研究語境中被冷落、否定的情況下，作者通過理論與方法的置換，發掘了這一時段文學被遮蔽的價值；二是運用現代民族國家理論，探索將這一時段的文學作為一個整體進行敘述的可能性。該書海外「再解讀」研究在內地「深入人心」之前，並沒有引起多大的關注。有研究者認為這與該書內容設計的「**邏輯略**

49　北京大學出版社，2010年出版。本章後面所徵引該書內容，如無特別說明，均引自此版本。有關該書對「十七年文學」重述更詳細的介紹，可參看筆者《學科視野中的40-70年代文學研究》（上海文藝出版社，2014年）一書。

50　山東教育出版社，2003年出版。本章後面所徵引該書內容，如無特別說明，均引自此版本。

顯牽強」有關，但也有論者以為最主要的還是「與當時主流的文學史
研究思路有所抵牾」[51]。《抗爭宿命之路》在當代文學（40-70年代）
研究中借鑒新歷史主義的重要代表人物福柯的「知識考古學」立場與
方法，「致力還原歷史情境，通過『文本的語境化』與『語境的文本
化』使得歷史的研究轉變為一個時代與另一個時代的平等對話」[52]。
李楊認為，在「現代性」敘事的脈線上，當代文學實際上是五四新文
學的一種繼續和發展，是20世紀中國文學在特定歷史情境下最集中地
體現現代民族與國家主體性的一段文學。《抗爭宿命之路》指出，當
代文學話語的不斷轉換，從「敘事」到「抒情」再到「象徵」，其「形
式的意識形態」[53]本身便是一個深刻的話題。李楊認為40-70年代文學
具有相對完整的共同性，即它們實質上是社會主義現實主義文學在不
同時期的表現：從《在延安文藝座談會上的講話》發表的40年代初期
到50年代中期，出現了敘事文學的繁榮，主要表現為長篇小說、長篇
敘事詩及一些寫實性的話劇作品；從50年代中期到60年代中期，敘事
文學讓位於抒情文學，主要表現為「大躍進」民歌、毛澤東詩詞、郭
小川、賀敬之的政治抒情詩，三大散文家的散文創作；從60年代中期
到「文化大革命」結束，象徵文學一統中國文壇，最典型的是「樣板
戲」。李楊認為「『八個樣板戲』主要選用了芭蕾舞與京劇作為基本藝
術形式，在這些作品中，每一個人物的出現都象徵著一種抽象的本

---

51 劉詩宇：《論中國當代文學研究中的「再解讀」思潮》，《文藝研究》2019年第6期。
　本章後面徵引本文內容，不再注明出處。

52 李楊：《當代文學史寫作：原則、方法與可能性》，《文學評論》2000年第3期。

53 李楊認為40-70年代的中國文學，從敘事到抒情到象徵的轉換，除具有文本形式上的
　意義外，同時還有更深刻的意義，如1956年「三大改造」完成後文學領域「短暫的
　人性抬頭現象不是偶然的」，「它不是共產黨放鬆了政治管制的結果，而恰恰是因為
　共產黨的政治已運行到了它的抒情時期。既然人民已經找到了本質，敘事的使命也
　就自然終結了」。李楊：《抗爭宿命之路──「社會主義現實主義」（1942-1976）研
　究》「前言」、第206頁。

質。公式化、概念化、臉譜化成為這些作品的共同特徵」（李楊：《抗爭宿命之路——「社會主義現實主義」（1942-1976）研究・前言》）。以上三種文學表現形式，都體現著社會主義現實主義文學的品格。「『社會主義現實主義』不但不是五四新文學的中斷，而是五四新文學的邏輯發展。在性質上，『社會主義現實主義』不僅不是農民文藝或封建文藝的延續，而是現代世界文藝的重組成部分。」（《李楊：《抗爭宿命之路——「社會主義現實主義」（1942-1976）研究・跋》）社會主義現實主義的基礎是馬克思主義，而馬克思批判「現代性」的政治形式資本主義的武器，是人本主義。人本主義理想的實現不可能在資本主義社會。「現代」或者「現代性」都是西方的產物，非西方社會對「現代性」有一種天生的反抗，這也就是為什麼大多數非西方社會國家都選擇走社會主義道路，以及社會主義現實主義作為一種文學形式主要出現在非西方國家的原因。但就文藝而言，在反「現代性」這一點上，非西方國家的社會主義現實主義文學與西方現代主義文學又有類似的地方，如它們都存在某種回歸傳統的傾向，比如在現代主義文學中，我們常常可以看到一些非現代的表現手法，如神話、寓言、象徵、夢境等。而在社會主義現實主義文學中，我們也容易看到那種民間化與民族化的基本特徵。在這種意義上，1958年毛澤東曾經指出新詩在古典和民歌的基礎發展的可能性，對此我們不能簡單指稱為是對民間——傳統的「復辟回潮」。毛澤東在這裡並不是膚淺地「為民間／古典而民間／古典」。換句話說，他的動機乃是想「舊瓶裝新酒」，建設一種「反現代」（西方）文藝思想的「新人民文藝」。在40-70年代，「樣板戲」作為社會主義現實主義文學在中國的最後實現的表現形式，即是借用了中國傳統京劇的形式。這就是那種所謂典型的「反現代」的「現代」。社會主義國家作為一種現代民族國家形式，正是在反抗資本主義國家過程中誕生的，它的組織形式，以及性

質、特徵等等，從無到有，都是在對立參照資本主義國家過程中建立起來的。這種建立，是一種敘述。社會主義國家作為一種現代民族國家形式，是通過組織語言敘述出來的，而承擔這種敘述功能的，主要是社會主義現實主義文學。這種文學的「現代」意義，正在於它是「反現代」、反西方的。《抗爭宿命之路》從這一視角對40-70年代中國文學進行重新整合，並在此基礎上肯定40-70年代中國文學與五四以來的新文學的邏輯關係。《抗爭宿命之路》對當代文學圖景的想像與重構，為我們考察「再解讀」對當代文學歷史敘述的可能性提供了必要的證據。

（二）從「文本的歷史化」到「歷史的文本化」

如果說在《抗爭宿命之路》，基於對80年代文學研究的現代化立場的質疑與拆解，「現代性」主要還是作為一種理論資源，解析社會主義現實主義（1942-1976）作為民族國家文學的價值與意義，那麼近十年以後的《50-70年代中國文學經典再解讀》（以下簡稱《經典再解讀》），則已很明確地被作為一個反思性的概念，並「體現對現代性知識與現代社會過程的雙重檢討」。具體地說，就是在「現代性」範疇中認識50-70年代中國文學，並不意味著「對這一時期文學的重新『肯定』」，而是要反思包括這一時期文學在內的20世紀中國文學的「現代性」[54]；就是不僅把延安文學、50-70年代中國文學，甚至將全部中國現代文學都看作是文學生產的結果，並在此範疇內破解文學創作與文學生產、政治性文學與個人性文學的對立關係。李楊認為認識不到後現代知識語境中「現代性」是一個知識範疇，「我們根本無法真正『反思』激進主義，『反思』革命」。（李楊：《50-70年代中國文

---

54 李楊、洪子誠：《當代文學史寫作及其相關問題的通信》，《文學評論》2002年第3期。

學經典再解讀・後記》）從《抗爭宿命之路》到《經典再解讀》，「現代性」在李楊的「再解讀」研究脈絡中，存在不斷被明晰化、知識化的過程[55]。相比較而言，《經典再解讀》對50-70年代文學歷史敘述的處理方式還是有些不同：前者注重「文本的歷史化」，思考歷史如何制約文本的產生，而後者則比較關注「歷史的文本化」，關注文本的話語方式，文學對歷史的摹寫，文本如何反作用於歷史，生產歷史。也即是說，《經典再解讀》更注重、更自覺地從文學生產機制與意義結構角度解讀50-70年代文學。為此，該書選擇了這一時期作者認為比較有代表性的八部「經典」，「嘗試一種完全從文本進入歷史和閱讀歷史的方式」，選擇從「文本進入歷史」的「再解讀」方式。這其中固然有多方面因素，如作者在「後記」談到自己對用「文本的歷史化」與「一體化」這樣的範疇來描述50-70年代中國文學的疑慮：

> 本書選擇文本再解讀而不是「文學生產」之類的概念進入「50-70年代中國文學」，是因為擔心將這一時期的文學活動放置在「生產」這一框架中加以理解，僅僅關注文學制度對文學的組織和規約的過程，可能會忽略文學作品所特有的情感、夢想、迷狂、烏托邦乃至集體無意識的力量，而這些元素並非總可以通過制度的規約加以說明，──甚至在某種意義上，這樣的文學會反過來生產和轉化為制度實踐。因此，選擇從「文學自身」進入「歷史」，而不是在「歷史」或「政治」的環境中討論「文學」，並不是要從文學的「外部研究」回到以「文學

---

55 這個問題李楊在其出版的《文學史寫作中的現代性問題》（陝西人民教育出版社，2005年）一書中有比較充分的表達，其中第四講「左翼文學」的「現代性」尤其對80年代以來文學研究中出現的「現代」「現代化」「現代性」等相關概念術語的內涵、關聯與歧異，以及我們在研究中對這些概念術語運用的不同理解等問題進行了清理和甄別。

性」為目標、進行形式和結構上的技術分析的「內部研究」，
而是一種彷彿是顛倒了「由外及內」的社會歷史批評的「由內
及外」的方式，──不是研究「歷史」中的「文本」，而是研
究「文本」中的「歷史」，或者說，關注的不是「歷史」如何
控制和生產「文本」的過程，而是「文本」如何「生產」「歷
史」和「意識形態」的過程。（李楊：《50-70年代中國文學經
典再解讀・後記》）

　　這裡涉及的，不僅是文學史理念，同時還有文學史研究方法的問
題，以及對「當代史」的思考和理解。這種表述的確容易讓我們想起
洪子誠的「一體化」文學觀，都在關注這一時期的文學與時代的相互
作用。但也不排除這其中暗含的與洪子誠對「一體化」文學看法的分
歧：洪子誠注意研究歷史中的文本，關注歷史如何控制和生產文本的
過程；李楊注意研究文本中的歷史，關注文本如何生產歷史和意識形
態的過程。這顯然不僅僅說是文學研究中的「外部研究」與「內部研
究」的區別問題，正如一篇書評所說的，李楊的這一思路，還包含著
「重整歷史」，「試圖對建國後中國現代性文化進程的梳理重塑」的意
向。而且，在《經典再解讀》這裡，這種所謂的梳理重塑，恰恰建立
在對建國後中國現代性文化進程反思的基礎上。

　　《林海雪原》從民間話語「生產」革命生活的魅力；《紅旗譜》
《創業史》「生產」一種新時代農民的意識和形象；《青春之
歌》「生產」知識分子的政治解放；《紅岩》則為共和國的革命
歷史「生產」一種宗教般的熱情認同；《紅燈記》《白毛女》則
「生產」文化革命時代的人格鏡像；《第二次握手》「生產」充
滿魅力的現代倫理關係。也就是說，這八部小說都被一種「歷

史性的力量」所控制，並成為這個力量的表達：為共和國「想
像」一種記憶，驅使人們把自身置放到共享這個記憶的共同體
中去。[56]

其實，李楊通過討論這些作品致力重整的這段「歷史碎片」，正
是我們看到的構成當代史頗具質感的東西。比如《林海雪原》體現出
來的將政治革命的問題轉換為道德命題的時代對文學的要求情形，
《紅旗譜》用階級鬥爭替換家族復仇，《創業史》對50年代「中國農
村為什麼會發生社會主義革命和這次革命是怎樣進行的」的回答，
《紅岩》對「革命不回家」故事的講述，其中關涉的一些問題，都是
我們在討論、重寫當代史必然遭遇的問題。我們無法更改作為事件的
歷史，但通過各種可能，對「敘述的歷史」／「文本的歷史」加以甄
別，卻是我們認識和瞭解歷史真相必須做的基礎工作。由此，通過考
察50-70年代文學以進入當代史，也許不失為一種有效的可行的嘗
試。洪子誠在談到靠近歷史本身寫作的意義和必要性時曾說過，所謂
「返回現場」「靠近歷史本身」，我們能做的，主要還是「回到」相關
的文本；「『靠近歷史本身』事實上是『靠近』有關歷史的『話語活
動』。通過對各種各樣的『文本』的細心挖掘、發現、重讀、重新編
織，去觀察『歷史』是如何建構的，在建構過程中，哪些因素、哪些
講述得到突出，並被如何編織在一起，又掩蓋、隱匿了些什麼，由此
『揭發』在確立歷史的因果關係，建造其『整體性』時的邏輯依據，
和運用的工具」（洪子誠：《回答六個問題》）。這也不妨作為我們討論
50-70年代的「當代文學」與「當代史」關係的一個注腳。當然也不
妨視之為李楊的《經典再解讀》「歷史的文本化」的依據。

---

56 周志強：《歷史的詩學對話——評李楊〈50-70年代中國文學經典再解讀〉》，《文藝研
    究》2004年第6期。

四　存在爭議的文學史敘述方式

在如何評價「再解讀」思潮與當代文學史寫作與研究的關係問題上，始終存在不同的聲音，甚至針鋒相對。如董健等編撰的《中國當代文學史新稿》即把這一研究潮流視為「『非歷史』傾向」的研究予以批駁、斥責「再解讀」研究者試圖通過「歷史補缺主義」與「歷史混合主義」，運用「庸俗技術主義」製造所謂的虛假繁榮，讓當代文學「豐富」「多元」起來[57]。與這種處理方式不同，近年的一篇研究文章則試圖對至今仍在行進中的這一研究思潮進行學理性評析，認為「再解讀」其實是對文學史的一種生產，「其發展過程相當於20世紀90年代以來『精縮版』的現當代文學研究史」（劉詩宇：《論中國當代文學研究中的「再解讀」思潮》）。

作為一種研究思潮，「再解讀」在90年代以後持續受到重視，且不斷有相關著述問世[58]，這一方面足以證明作為理論與方法的文化研究於當代文學研究實踐的可能與有效，另一方面，也讓我們看到了進入90年代以後在40-70年代文學研究影響下不斷拓展與深化的當代文學研究。但它並非完美無缺。作為一種問題意識與方法論，《再解讀》因其探索與嘗試性，一開始即被一些研究者視為另一種的「重寫文學史」實踐。但隨著時間的推移，「再解讀」研究一些「與生俱

---

57 董健、丁帆、王彬彬主編：《中國當代文學史新稿・緒論》。北京：人民文學出版社，2005年。

58 以專題研究為例，近十年來出版的比較有代表性的「再解讀」著作便有：蔡翔《革命／敘述：中國社會主義文學──文化想像（1949-1966）》，李潔非、楊劼《解讀延安》（當代中國出版社，2010年），李鳳亮《彼岸的現代性：美國華人批評家訪談錄》，姚丹《「革命中國」的通俗表徵與主體建構:〈林海雪原〉及其衍生文本考察》（北京大學出版社，2011年），錢振文《〈紅岩〉是怎樣煉成的──國家文學的生產和消費》（北京大學出版社，2011年）等。

來」的不足及其逐漸暴露出來的存在問題，不斷受到質疑[59]。這些質疑，盡管一些「再解讀」研究者近年來先後在一些訪談、著述中分別作過回答和解釋，但仍難以消弭。這些問題歸結起來主要有如下三個方面：

一是如何處理好外來理論與本土歷史的關係。在這一問題上，《中國當代文學史新稿》的批駁當然有失簡單粗暴。但一些研究者的分析並不無啟發。從價值取向上看，有研究者認為後現代主義具有兩面性，既可作為「懷疑一切原則與中心」的「消解手段與批判武器」，但同時「也可能滑向一種嬉皮士式遊戲一切的『瀟灑』」（陶東風、和磊著：《當代中國文藝學研究（1949-2009）》，第578頁）。賀桂梅以《再解讀》為例，指出「再解讀」研究並沒有很好地處理「理論的歷史性」（西方）和40-70年代這一段歷史（中國）的特殊性這兩者間的張力關係，認為盡管「再解讀」作者群體各自的思路與立場未必一樣，但面對支撐他們研究的理論，「有點像是在處理一個不需要反省的、超越歷史的、類似原則或公理那樣的東西」。她指出實際上這些理論如福柯、詹姆遜，結構主義或解構主義等面對的對象或者回應的問題，都有其具體歷史語境，用這些理論來處理被籠統稱之為「大眾文藝」的這一時段的中國歷史，不顧及此中中國的「特別的邏輯」，這種以「非歷史的態度對待理論」，「超歷史的態度對待40-70年

---

59 這種質疑，除本書中下面介紹的一些觀點及來自「再解讀」研究者自身的反思性文字外，其他研究者的質疑文章，近十年來值得一提的是，僅王彬彬便先後發表了《被高估的與被低估的——「再解讀」開場白》（《文藝爭鳴》2013年第2期）、《〈再解讀——大眾文藝與意識形態〉再解讀——以黃子平、賀桂梅、戴錦華、孟悅為例》（《揚子江評論》2014年第2期）、《〈再解讀——大眾文藝與意識形態〉初解讀——以唐小兵文章為例》（《文藝研究》2014年第6期）等，從概念、方法等解讀對「再解讀」研究進行否定。另外鄭潤良的《「反現代的現代性」：新左派文學史觀萌發的語境及其問題》（《福建論壇》2010年第4期）等文章主要對「再解讀」思潮中的「現代性研究」提出不同看法。

代的歷史」的姿態值得商榷。（唐小兵等：《文化理論與經典重讀》）程光煒也對「再解讀」研究者對西方後現代主義各種理論的「窄化理解和想像」表達了類似的意思，認為他們「所謂『寓言』『敘事』『意識形態性』『新的權力關係』『政治話語』『民間秩序』等等，大概都是為了將『革命文學』『歷史化』而服務的」，指出這種「窄化」是為「強化『當代中國史』的『在場感』」而「『刪掉』後現代主義理論中『與中國無關』的東西」。在這種意義上，程光煒認為「再解讀」研究群體對西方現代文化理論的移植與使用，無異於布爾迪約和帕斯隆所謂的「知識再生產」；「再解讀」作者想像中重構的當代文學史，其實是一種「被生產的文學史」（程光煒：《「再解讀」思潮與歷史轉型——以唐小兵編〈再解讀：大眾文藝與意識形態〉等一批著作為話題》）。即便在「再解讀」作者群體中，在如何融通好西方理論與中國歷史之間的張力關係上，一直以來也並非只有一種「正確」的聲音。如李陀當年便曾疑問唐小兵的「大眾文藝」與「通俗文學」，與「工農兵文學」等有何關聯與歧異？以「大眾文藝」統括40-70年代的文學，對「大眾文藝」內涵，特別是有關「大眾文藝」「先鋒性」的闡釋是否合適？用後現代主義一些範疇和概念去解讀延安文藝是否可行？黃子平、劉禾等對此也深有同感，認為「我們需要反省我們和理論之間的關係」[60]。對此，汪暉的概括或許更為擊中要害：中國的後現代主義者在文學領域「所解構的歷史對象與啟蒙主義曾經作過的歷史批判是一樣的，都是中國的現代革命及其歷史理由；稍有不同的是，他們對啟蒙主義的主體性概念加以嘲笑，卻從未將中國啟蒙主義的主體性概念置於特定的歷史語境中加以分析」[61]。

---

60 李陀、劉禾等的觀點可參考北京大學出版社於2007年修訂出版的《再解讀：大眾文藝與意識形態》「附錄二」。

61 汪暉：《去政治化的政治：短20世紀的終結與90年代》，第82頁。

　　二是以「再解讀」為文學史敘述方式的可能性問題。有論者認為，嚴格意義上說，「再解讀」表現的更多是一種研究的理論姿態，而不是一種完整的文學研究方法，更不是一種完整的文學史敘述方式，難以形成一種更複雜、更完整的歷史敘述，難以想像一部「『再解讀』當代文學史」是怎樣的狀貌。原因至少有兩點，首先是作為一種文學史觀念，它並沒有建立起完整的理論體系，這點用「再解讀」作者的現身說法也許更具說服力。如唐小兵雖然強調該書的寫作並不是從「純粹的個人主義、自由主義的角度，或是學術的角度」，但實際上《再解讀》中各自研究思路與立場的不盡相同，「自話自說」情形也是存在的，他以為這是此書的「最大的強點和弱點」，即它的敘述是「片斷性的」、「不是完整」的；每篇文章都有不能串通其他文章的「自己的敘述」。李楊的研究雖然從「反現代的現代性」角度嘗試重構40-70年代／50-70年代文學的文學史敘述，並努力建立其中在內在邏輯，但僅涉及作家作品個案而未曾觸及其他文藝思潮與文藝運動。另一個原因，是在具體的研究實踐過程中，鑒於致力於80年代文學研究立場、方法和結論內在邏輯的質疑，瓦解40-70年代文學的「體制化」敘述，「再解讀」給人的感覺、也必然是解構多於建構，批判多於建樹。另外，誠如本書在「緒論」中援引的研究者觀點：「再解讀」作為一種文學史敘述方式，設想通過「知識化」（西方理論話語）和「歷史化」（將討論文學對象「問題化」）以達到「歸還給歷史」（將「討論的對象變成一個可以自我解釋的『中國文學問題』」），但因其「知識再生產」性質而僅止步於「如何歸還給歷史」這一更大難題上面。這種「被生產的文學史」，結果還是將「如何面對20世紀中國文學」這個80年代以來現當代文學研究中曾經遭遇的老問題再一次擺在我們面前，驅使我們去尋找新的途徑與方法。（程光煒：《「再解讀」思潮與歷史轉型──以唐小兵編〈再解讀：大眾文藝與意識形態〉等一批著作為話題》）

　　三是「再解讀」研究的價值立場問題。有論者指出，作為一種問題意識與研究方法，「再解讀」的崛起即暗含著對80年代啟蒙主義與審美主義文學研究的質疑與矯正，先在價值立場已在其中，因此無論研究者如何強調「再解讀」研究的歷史主義，聲明「現代性」在「再解讀」中的知識性，只具有「反思」的功能而不代表「肯定」或「否定」。這一切，都不過是一廂情願。這一關於「再解讀」研究價值立場的質疑，容易讓人聯想起洪子誠在談到自己文學史寫作時的矛盾：「我們究竟能在多大程度上擱置評價，包括審美評價？或者說，這種『價值中立』的『讀入』歷史的方法，能否解決我們的全部問題？」[62]。

第三節　《中國當代文學史》（北大版）的學科意識

一　史著與若干著述的鉤沉

　　由洪子誠著撰、北京大學出版社1999年出版的《中國當代文學史》，是進入90年代後編寫、出版的中國當代文學史著作中影響最大的一部，也可以說是新中國70年來出版發行的中國當代文學史著作中最具代表性的一部。史著從1996年開始撰寫，至1999年春天完稿。1999年出版後，2007年曾進行過一次修訂。到目前為止，該書還在國外翻譯出版多種文字的版本，如英文（荷蘭布里爾，2007）、日文（日本東方書店，2013）、俄文（莫斯科東方出版中心，2016）、哈薩克文和吉爾吉斯文（吉爾吉斯東方文學與藝術，2017）、越南文（河內國家大學出版社，2020）等，意大利文、阿（拉伯）文、法文、西班牙文等的翻譯、出版也正在進行中。《中國當代文學史》問世之

---

62 見洪子誠與錢理群關於文學史撰寫的一次通信。轉引洪子誠：《文學與歷史敘述》，
　　開封：河南大學出版社，2005年，第210頁。

初，即受到學界關注[63]，當年與洪子誠一起編撰《當代文學概觀》的趙祖謨認為該史著的出版，是「當代文學史研究道路上的一個里程碑」，標誌著「當代文學終於有了一部堪稱『史書』的著作了」，中國社會科學院文學所的李兆忠也認為「這是第一部有獨立學術品位的當代文學史著作」[64]。

《中國當代文學史》可以說是洪子誠對自己幾十年來從事當代文學史教學、研究與寫作的一次總結。[65]圍繞史著的問世，目前已有不少的研究成果，洪子誠在一些訪談與講演中也曾從不同角度有所涉及。

為更好地瞭解史著的編寫與出版，這裡不妨對史著問世前作者的相關著述進行一次歷史還原：

> 《當代文學概觀》，與張鍾、佘樹森、趙祖謨、汪景壽等合著，北京大學出版社，1980年出版，1986年修訂再版，改名為《當代中國文學概觀》；
>
> 《當代中國文學的藝術問題》，北京大學出版社，1986年出版；
>
> 《作家姿態與自我意識》，陝西人民教育出版社，1991年出版；

---

63 1999年9月10日，北京大學中文系和北京大學出版社在北京大學中文系舉行該史著的研討會，在京的現代當代文學研究界諸多學者，如謝冕、嚴家炎、錢理群、趙園、藍棣之、陳平原、溫儒敏、孟繁華、程光煒、曹文軒、李楊、李兆忠、高秀芹等參加。與會者在指出該史著的一些存在問題的同時，對史著的出版給予了高度評價。有關研討會紀要已收入洪子誠的《文學與歷史敘述》，開封：河南大學出版社，2005年。

64 趙祖謨：《洪子誠文學史研究的格局及其形成》，《南方文壇》2010年第3期。

65 洪子誠在一次講演中談到史著「雖然編寫了兩年多時間，其實是有很長時間的積累」。他回憶自己從1961年大學畢業留校任教後，三十多年來對「當代文學」的興趣、教學、研究及參編相關教材的經驗等對《中國當代文學史》編撰的影響。作者雖謙稱這難免有「後設敘事」的嫌疑，但對我們瞭解史著的誕生仍具有重要參考價值。洪子誠：《〈中國當代文學史〉編寫的回顧》，《杭州師範大學學報》2019年第4期。本章後面所徵引本文內容，不再另注明出處。

《中國當代新詩史》，與劉登翰合著，人民文學出版社，1993
年出版；

《關於50-70年代的中國文學》，《文學評論》1996年第2期；

《批評的「立場」斷想》，《學術思想評論》1997年第2輯，遼
寧大學出版社，1997年出版；

《中國當代文學概說》，香港青文書屋，1997年出版；

《1956：百花時代》，山東教育出版社，1998年出版；

《「當代文學」的概念》，《文學評論》，1998年第12期；

《中國當代文學史》，北京大學出版社，1999年出版。

　　還原這樣一份清單，主要還是想為史著的誕生勾連出貫穿其中的
一些線索。對這些著述的逐一評述不可能，也沒必要。我們能夠做
的，是帶著問題，選取其中幾個看似「斷裂」節點作些知識考據，看
看史著與這些看似「斷裂」節點背後的承續。

　　選取的第一個節點，是《當代文學概觀》的編撰。這一節點的選
擇，並非簡單基於對文學史編寫經驗積累的考慮。甚至兩部著作在作
家作品的選擇、評價及歷史敘述方式上的差別，都不是最重要的考
慮。最重要的是，誠如洪子誠說：史著出版前，「已經有這麼多文學
史，為什麼還要再寫一本？」而這其中最根本的原因，就是90年代的
語境改變了文學史家對歷史的看法。這也是洪子誠在史著的初版「後
記」中「夫子自道」的注腳：從《概觀》到史著，「這十多年中，社
會生活和文學界，也發生了眾多當初難以逆料的事情。回過頭去讀
《概觀》，不難發現許多缺陷，許多需要修正補充之處」，包括文學觀
念和敘述方式，對材料處理的時間下限，等等。頗能夠說明這一點的
是，程光煒認為洪子誠在史著中關於80年代文學的敘述，即已先在地
拒絕了《概觀》「建立在新啟蒙體驗方式基礎上的文學話語形態」，對

「新時期文學」採取毫無保留的肯定性評價。面對八九十年代文學的複雜狀貌，史著「以空間上的現代性來代替時間上的現代性」，「既承認歷史敘述本身的某種連續性，同時更承認在這一過程中存在著差異、歧義、分裂、多種可能性等諸多現象」，即「同一種文學現象中仍然存在著諸多不同側面和複雜的效果」。這也是緣何史著的「上篇」（50-70年代的文學）的敘述採用「時間」上的現代性，「下篇」（80-90年代的文學）採用「空間」上的現代性，程光煒認為這實在是「90年代關於『主流』的文學史敘述的無奈之舉」（程光煒：《文學講稿：「八十年代」作為方法》，第70頁，71頁，72頁）。從《概觀》到史著，我們不難感受到洪子誠有別於同時期其他文學史家面對新時期文學歷史敘述的「90年代立場」。在這一意義上，《概觀》或可作為我們瞭解史著對八九十年代文學進行歷史敘述的前知識。

在效果與上面相向而行的是，對50-70年代文學的敘述，該史著也並沒有把「時間」上的現代性絕對化。由此，我們選取了《當代中國文學的藝術問題》作為第二個考據節點。該書「『藝術問題』的凸顯，表明他並不簡單地將前30年的文學視為『政治』的產物，也沒有將新時期的文學標準絕對化，反而力求在反思文學評價標準的基礎上，深入當代中國的歷史情境中展開學術研究，既對前30年的文學史做出重新評價，也對正在展開的新時期文學做出歷史化的反思」[66]。賀桂梅的這一判斷，可以在2008年洪子誠將《當代中國文學的藝術問題》作為自己「學術作品集」再版之際的「自序」中得到佐證。「自序」這樣談到該書的寫作動機，即是想將一些評論界關注的文學現象，「放在文學史的層面給予梳理、考察」，「將重要文學問題與對具

---

66 賀桂梅：《洪子誠學術作品精選・編者序》，北京：北京大學出版社，2020年。本章後面所徵引本文內容，不再另注明出處。

體作家的分析相結合」⁶⁷。就此而論，一些研究者認為洪子誠在《中國
當代文學史》中對「文革文學」敘述的「文學本體」「學術本體」的轉
型，用歷史主義的態度與立場對這一時期的文學進行敘述，標誌著新
時期以來「文革文學」敘述與研究的轉折，並非毫無根據⁶⁸。《中國當
代文學史》出版後，有論者用「一個人的文學史」來描述洪子誠的文
學史寫作與研究，強調其「文學史研究立場和態度的連貫性」，並指
出這種連貫性，「不僅具有道德上的價值，而更具有範式上的意義」
⁶⁹。這種表述其實是在提醒我們應該歷史地看待《中國當代文學史》
的學術與歷史品格。

　　選取的第三個節點，是東京大學教養部「外教」經歷。1991年10
月至1993年9月，洪子誠在日本東京大學教養部給高年級學生講授
「中國當代文學」專題課，後來在此專題講稿基礎上修改、整理成
《中國當代文學概說》。這部「講稿」，是《中國當代文學史》的雛
形。後者的篇幅雖然增加了近三倍，但其中的核心構架與思想觀點，
都基本已在《概說》中形成。洪子誠自己後來也這樣談道：「還是這
本不足14萬字的小書稍有可取之處。」⁷⁰在《中國當代文學史》問世
20年的時間裡，許多研究者在評說史著、考察洪子誠90年代文學史觀
念與知識「轉型」的過程中，都把「東京大學教養部——《中國當代
文學概說》」看作是可以從不同角度與層面去掘取的資源。如陳平原
在史著出版的研討會上便認為：《概說》雖然薄，但「寸鐵殺人」；而

67　洪子誠：《洪子誠學術作品集‧當代中國文學的藝術問題》「自序」，北京：北京大
　　學出版社，2010年。

68　劉景榮：《「文革文學」研究綜述》，文章來源：http://www.eduww.com/thinker/thread-
　　41957-1-1.html。

69　姚丹：《「一個人的文學史」——洪子誠學術研究的范式意義》，《南方文壇》2010年
　　第3期。

70　洪子誠：《當代文學概說‧序言》，南寧：廣西教育出版社，2000年。本章後面所徵
　　引該書內容，如無特別說明，均引自此版本。

史著的「觀點」反而因為進一步的展開或「為了學生的閱讀」，「做了一些妥協」[71]。近年一篇研究文章指出：洪子誠此間擔任「外國人教師」的經歷，為他文學史觀念的轉型提供了特殊的「契機、條件」，「新的表述機制」，也為後來史著提供了「基礎框架、核心觀點和方法論」[72]。以上的研究勾連值得關注。2013年，《中國當代文學史》日文版出版，洪子誠在「序」中再次談及20年前的東京「外教」經歷對自己研究的影響：「應該感謝東京的那兩年，讓我對『當代文學』這個與我的生活、情感膠著、難以分離的對象，在這段時間裡取得冷靜關照、檢討的必要距離。」[73]是否可以這麼說，「東京『外教』」事實上已成為我們考察洪子誠及其文學史研究與寫作話題中的一個「結」。進而可以提出的問題是：在啟蒙瓦解的90年代，這「外教」經歷究竟對洪子誠的精神心理產生了怎樣的影響，並內化成他對「當代文學」歷史的思考、觀照與敘述資源的？這個問題，到目前為止盡管有研究者已做了一些探賾索隱，但仍有進行更深入、學理開掘的空間。

最後選取的一個節點，是兩篇當代文學史的研究文章。恰切地說，應該是三篇，即除了《關於50-70年代的中國文學》與《「當代文學」的概念》，還應該加上《當代文學的「一體化」》[74]。簡而言之，

---

71 賀桂梅整理：《〈中國當代文學史〉研討會紀要》，轉引洪子誠：《文學與歷史敘述》，開封：河南大學出版社，2005年，第350頁。

72 李建立：《「外國人的教師」的學術反思——洪子誠文學史觀念轉型的一個節點》，《中國現代文學研究叢刊》2019年第2期。這一表述可追溯到2010年洪子誠一次訪談中有關「日本工作經驗」對自己後來在一些文章撰寫即文學史編寫「在觀點和方法上作了準備」的自述。見賀桂梅：《穿越當代的文學史寫作——洪子誠教授訪談錄》，《文藝研究》2010年第6期。本章後面所徵引本文內容，不再另注明出處。

73 洪子誠：《中國當代文學史》（日文版）「自序」，東京：日本東方書店，2013年。轉引洪子誠：《〈中國當代文學史〉編寫的回顧》。

74 該文發表於《中國現代文學研究叢刊》2000年第3期。本章後面所徵引本文內容，不再另注明出處。

這幾篇文章實際上是洪子誠對當代文學建立的傳統與資源，當代文學史的觀念與寫作立場、當代文學的發展環境，以及50-70年代文學總體評價的理論考察與歸納概括，是他後來編撰《中國當代文學史》的思想理論綱領。《關於50-70年代的中國文學》「主要討論這個時段的文學規範如何生成、規範建構者的分歧和衝突以及這一規範確立過程的歷史變化，是一種宏觀性的歷史勾勒與分析」，是洪子誠「第一次就1950-1970年代文學提出他富於學術創見的文學史描述」（賀桂梅：《洪子誠學術作品精選・編者序》）。稍後的《「當代文學」的概念》一文，「則對『當代文學』這一概念如何『構造』出來，其內容在當時如何描述和界定，做了一種譜系學式的概念清理」，這也是洪子誠首次明確以『當代文學』這個範疇取代一般性的『1950-70年代中國文學』，強調要採取『概念清理的方法』，即通過對概念的生成、演變過程的清理而呈現文學史實踐的內在歷史邏輯」（賀桂梅：《洪子誠學術作品精選・編者序》）。《當代文學的「一體化」》一文雖然成文、發表於《中國當代文學史》出版之後的2000年，但其思想觀點既是前兩文的拓展與深化，也是對已出版的史著內容構架設計的後續說明，特別是檢討了自己在運用這一文學史觀的困惑，回應對評論界有關質疑，即以「一體化」這個基本範疇「對當代文學的總體特徵加以描述」的可能與限度。[75]在2007年修訂後的史著內容構架與敘述中，我們可以明顯地感受到作者對自己「一體化」文學史觀的反思。

　　2019年，《中國當代文學史》出版20周年。在這一年春天的一次講演中，洪子誠謙稱這是一本「超期服役」（洪子誠：《〈中國當代文學史〉編寫的回顧》）的文學史。但即便到現在，史著仍未顯得「過

---

75 這其中集中回應的主要是李楊在與洪子誠有關史著用「一體化」來描述80年代文學過程中的存在問題。具體可參考洪子誠、李楊：《當代文學史寫作及相關問題的通信》，《文學評論》2002年第3期。本章後面所徵引本文內容，不再另注明出處。

氣」，其影響力至今仍「高燒不退」。這其中，顯然與編者貫穿史著、直接影響到當代文學版圖重繪的「一體化」文學史觀念有關。當然，同時也與史著對糾纏當代文學學科建設一些問題所開展的探索、那種自覺的學科意識分不開。「當代文學」能否和如何寫「史」？當代人如何寫當代史？「當代文學史」歷史品格獲取的可能性在哪裡？當代文學史能否構建一種關於「當代」文學現象、作家作品的有效評價機制？當代文學的歷史敘述如何走出文學批評的風格？諸如此類的問題，也是洪子誠在編撰這部文學史過程中在思考並試圖作出回答的問題。[76]這回答雖然尚有一些異議，但畢竟讓當代文學的治史者看到了希望和可能。

通過對一些「斷裂」節點進行文學史向度的考據，努力靠近《中

---

76 對於這個問題，這裡提供兩個材料：一是在2012年的一篇題為訪談中，洪子誠談到這部文學史的設計，主要還是為了面對、回應當代文學史的一些重要問題，「從方法論上，當代文學史的『歷史感』比較欠缺，許多問題只在批評的層面處理；概念、敘述方法，大多是討論它們的對錯、正誤、合理不合理，不大追問概念和敘述方法的由來，產生的語境、涵義和變異。另外，『制度性』的問題沒有得到關注。或者說，大家比較注意的是權力的控制、干預，包括暴力干預的方面，複雜的文學體制和生產方式，還沒有比較深入、系統清理。再就是，文學轉折的問題，也就是『當代文學』的發生的研究，也還沒有得到重視。」（洪子誠、李亞娅：《文學史寫作：方法、立場、前景——洪子誠先生訪談錄》，《新文學評論》2012年第3期。本章後面所徵引本文內容，不再另注明出處。）二是賀桂梅《洪子誠學術作品精選·編者序》關於這一問題的一段話：《中國當代文學史》「完全打破了1950-1980年代現當代文學史教材的敘述體例，形成了一種將文學體制、作家作品、文學現象與評價體制等統一在一起的新體例。基本思路採取的是『概念清理』的方法，即繼續採納了50-60年代形成的一些敘述概念（比如『當代文學』『題材』『真實』等），但不是把這些概念作為敘述的出發點，而是把概念、範疇的形成過程同樣作為文學史敘述的構成部分。將文學體制的形成、文學規範的塑造和作家評價、經典化過程都納入文學史敘述，因而呈現出一種動態展開的文學史圖景，並形成了當代文學『一體化』構建及其分解這樣一條連貫的歷史敘述線索。這就將當代文學作家作品的描述史，轉變為當代文學規範的生成、建構、衝突及其自我瓦解的反思性探討，文學史寫作因此具有了『史述』的實質性涵義」。

國當代文學史》的寫作後臺，其實是對即將要展開考察的史著系列問題的「預熱」。也是對史著的一種「前理解」。

二　文學史觀念的制度層面演繹

從學科自覺角度，洪著《中國當代文學史》開展的系列思考與探索，最為引人關注的是其從制度層面對當代文學史觀念所作的反思性歷史演繹。

（一）觀念闡釋

在當代文學研究領域，洪子誠是比較早系統地從制度、體制角度來審思當代文學歷史的。從20世紀80年代起，洪子誠即開始自覺地避開從現象評論角度進入當代文學現場，而有意識地通過對法國實證主義文學社會學研究學者羅貝爾‧埃斯卡皮理論的成功化入，建構起一種新的當代文學史考察機制[77]。1991年至1993年，在東京大學講學期間，洪子誠即曾系統考察當代的文學制度與當代文學的關係，相關內容後來整理在《中國當代文學概說》中，在這裡我們可以看到作者關於當代的文學制度最初的思考與表述：

> 出於政治上的原因，或出於道德、宗教、社會秩序等原因，國家、社會組織往往通過各種方式，對文學的寫作、出版、流通、閱讀加以調節、控制。這種調節、控制，存在於不同社會性質的所有國家之中。

---

77 關於這方面的內容，洪子誠2014年在臺灣講學期間撰寫的《當代的文學制度》一文中有比較系統的闡述。該文後來發表在《中國現代文學研究叢刊》2015年第2期。本章後面所徵引本文內容，不再另注明出處。

對於中國當代文學來說，這種調節、控制又有其特殊性……（洪子誠：《當代文學概說》，第73-74頁）

作為一個文學史家，洪子誠對當代文學制度特性考察的實質，是其對長期以來文學史敘述模式的有意識突破，但在這裡我們更願意把這種突破看作是他對自己固有文學史理念、文學研究知識構架以及研究方法的調整。這也是洪子誠當代文學研究中一直在追求和努力的。以《中國當代文學概說》為基礎，在對當代文學制度與文學發展關係思考相對成熟的90年代中期，洪子誠曾對當代文學的「一體化」形態進行了系統闡釋：這種文學的「一體化」至少包括三個方面的意思：一是指文學的「演化過程」或「一種文學時期特徵的生成方式」。洪子誠認為當代文學的「一體化」進程，其實從五四時期即已開始：「『五四』時期並非文學百花的實現，而是走向『一體化』的起點」；40年代是「一體化」進程的關鍵；進入50年代後，文學『一體化』目標得以實現」；80年代以後，隨著市場經濟的衝擊，文學的日漸邊緣化，當代文學的「一體化」形態逐漸被削弱，甚至走向解體。二是指這時期文學的生產方式和組織方式，「包括文學機構，文學團體，文學報刊，文學寫作、出版、傳播、閱讀，文學的評價等環節的性質和特徵」，均表現出一種高度集中和組織化的情形。三是指「有關這一時期的文學形態，涉及作品的題材、主題、藝術風格，文學各文類在藝術方法上的趨同化的傾向」（洪子誠：《當代文學的「一體化」》）。在其後的《中國當代文學史》中，我們可以明顯感受到洪子誠關於當代文學發展歷史敘述對「一體化」理論的落實。當然，對這一理論的進一步充實、完善與發揮，還是在後來的《問題與方法──中國當代

文學史研究講稿》一書中。[78]這是後話。

（二）編寫實踐

　　基於以上關於當代的文學制度與文學發展關係的思考，在《中國當代文學史》「前言」中，洪子誠對史著將要展開敘述的「當代文學」進行了這樣的描述：「『當代文學』這一文學時間，是『五四』以後的新的文學『一體化』趨向的全面實現，到這種『一體化』的解體的文學時期。中國的『左翼文學』（『革命文學』），經由40年代解放區文學的『改造』，它的文學形態和相應的文學規範（文學發展方向、路線，文學創作、出版、閱讀的規則等），在50至70年代，憑藉其時代的影響力，也憑藉政治權力控制的力量，成為唯一可以合法存在的形態和規範。只有到了80年代，這一文學格局才發生了改變。」為此，史著上篇「主要敘述特定的文學規範如何取得絕對支配地位，以及這一文學形態的基本特徵」，下篇「則揭示在變化了的歷史語境中，這種規範及其支配地位的逐漸削弱、渙散，文學格局出現的分化、重組的過程」[79]。《中國當代文學史》出版後，評論界大都認為史著對當代的「一體化」文學形態闡釋得比較出色部分，主要集中在史著「上篇」，而這其中，第二章（「文學環境與文學規範」）、第六章（「小說的題材和形態」）、第十三章（「走向『文革文學』」）及第十四章（「重新塑造『經典』」）等，尤為能夠體現作者的獨特思考。這裡不妨看看史著對如下幾個頗具代表性問題的闡述。一是關於當代文學

78　本章後面所徵引該書（簡稱《問題與方法》）內容，如無特別說明，均引自2002年
　　版本。
79　洪子誠：《中國當代文學史》（修訂版）「前言」，北京：北京大學出版社，2007年。
　　本章後面有關《中國當代文學史》內容的徵引，如無特別說明，均引自2007年的
　　「修訂版」。

的組織機構。史著認為在五六十年代，作為當代作家管理機構的中國作家協會，在協調、保障作家創作、交流與權益的同時，「更重要的作用則是對作家的文學活動進行政治的、藝術領導、控制，保證文學規範的實施」，幾乎就是「壟斷性行業公會與政治權力機關的『混合體』」。史著認為，作協的這種「權威性」，一方面與其領導層擁有當時中國最著名的作家與文學理論家有關，而另一方面，「則是國家、執政黨權力階層所賦予」。「在五六十年代，中國文聯、作協對作家作品和文學問題，常以『決議』的方式，做出政治裁決性質的結論。」（洪子誠：《中國當代文學史》修訂版，第22頁）二是關於當代的文學生產與傳播。史著指出，為保證「一體化」文學形態的實現，「讀者」「讀者來信」的「被構造」也是五六十年代文學批評常用的手段（洪子誠：《中國當代文學史》修訂版，第25頁）。三是作家的存在方式與創作選擇。史著指出，當代作家的經濟收入主要是他們作為新中國的國家「幹部」的固定薪金，實際的「自由撰稿人」已經不存在（洪子誠：《中國當代文學史》修訂版，第30頁）。五六十年代作家的社會政治地位比現代文學時期有了明顯提升。但作家的這種政治與經濟地位並不穩定，「如果對於文學方向和路線表現出離異、悖逆，甚至提出挑戰，其社會地位和物質待遇也可以一落千丈」（洪子誠：《中國當代文學史》修訂版，第31頁）。基於社會政治的需要，在創作上，這一時期，作家的題材選擇被嚴格分類和賦予等級。「在小說題材中，工農兵的生活、形象，優於知識分子或『非勞動人民』的生活、形象；『重大』性質的鬥爭（政治鬥爭、『中心工作』），優於『家務事、兒女情』的『私人』生活；現實的、當前迫切的政治任務，優於逝去的歷史陳跡；由中共領導的革命運動，優於『歷史』的其他事件和活動；而對於行動、鬥爭的表現，也優於『個人』的情感和內在心理的刻畫。」（洪子誠：《中國當代文學史》修訂版，第75-76頁）

基於這種情形，在五六十年代，革命歷史題材與農村題材成為小說創作比較集中的兩大領域。史著進一步指出，當代小說創作中這種題材的分類與等級現象，直接影響到作品的敘述觀點、情節安排、語言方式、人物設計等，「制約了小說的總體風格」（洪子誠：《中國當代文學史》修訂版，第77頁）。史著以上的考察梳理，與以前的文學史著作簡單地從概念出發描述文學與政治的關係不同，讓我們從更深入的層面上瞭解到國家對文學的調節與控制。

在後面的內容中（「重新塑造『經典』」「走向『文革文學』」等），史著對當代的「一體化」進程作了進一步的展開，指出「文革」初期的《部隊文藝工作座談會紀要》所要表達的，實際上也是「一體化」文學一直在追求的、「主張經過不斷選擇、決裂」以實現「理想形態」的「激進文化思潮」（洪子誠：《中國當代文學史》修訂版，第161頁）；與此同時，為加強「階級、政治集團」的權威地位，組織「寫作小組」即「寫作班子」成為「文革」時期最流行的文學批評方法。而由於國家政治權力的保證，這時期「京劇革命」和「樣板戲」的權威地位變得不可動搖，「它的存在，加強了推動這一『革命』的激進派的地位，意味著這一派別對文藝『經典』的創造權和闡釋權的絕對壟斷」（洪子誠：《中國當代文學史》修訂版，第171頁）。在文學激進派這裡，「一體化」的文學形態被推到了極端。

依照作者的理念，史著「下篇」側重考察了「一體化」文學形態「逐漸削弱、渙散」的過程。「文革」期間，「一體化」的文學形態在文學激進派那裡由於對「精神淨化」和「禁欲式的道德信仰和行為規範」（洪子誠：《中國當代文學史》修訂版，第177頁）的過度追求，而最終難逃解體的宿命。但作為一種文學形態，國家權力始終沒有放棄對它的追求，只是由於歷史已經掀開了新的一頁，各種力量的共同作用，使「一體化」的文學世界「逐漸削弱、渙散」。這些情況，史

著在「文學『新時期』的想像」一章（第十六章）之「體制的修復與重建」「文學規範制度的調整」及「90年代文學狀況」一章（第二十五章）等章節中均有所展開。史著認為，在八九十年代，盡管文藝主管部門做了大量的努力，如「新時期」之初對文學機構「專業性」與「權威性」的修復，對文學獎勵制度的建立的重視，以體現國家的「文化領導權」（洪子誠：《中國當代文學史》修訂版，第191頁）等，但是，一方面，由於「新啟蒙」運動，文學界在思想文化界的「發掘」與「輸入」熱潮中對叛離「文革」模式和五六十年代社會主義現實主義話語資源的尋求，並終於在創作與批評中得到「釋放」（洪子誠：《中國當代文學史》修訂版，第200頁）；以及大眾文化的興起，特別是90年代「市場經濟在國家體制上合法性確立」（洪子誠：《中國當代文學史》修訂版，第327頁）；另一方面，由於國家對文藝管理體制的改革，如由政府提供穩定生活保障的「專業作家」人數的減少、文學刊物與出版社實行自負盈虧的體制改革的推行（洪子誠：《中國當代文學史》修訂版，第328頁）等等，以及90年代的「全球化」浪潮，──由於以上種種可預見與不可預見的原因，「文學界權力版圖的變化」及「相異的文學規劃和文學形態的存在」，50-70年代確立起來的「新的人民文學」已逐漸失去其「絕對地位」，「『一體化』的文學格局開始解體」，──雖然由於制度等方面的原因，這「『解體』的過程會延續相當長的時間」（洪子誠：《中國當代文學史》修訂版，第187頁）；文學在「日常生活」寫作、「個人化」寫作中開始逐漸「失卻轟動效應」（洪子誠：《中國當代文學史》修訂版，第203頁）；「文學的整體格局，不同文學形態的關係，文學生產、流通、評價方式，以及作家的存在方式等，也都出現明顯的變化」（洪子誠：《中國當代文學史》修訂版，第327-328頁）。

（三）質疑與回應

　　洪子誠從文學社會學角度考察與描述當代文學，超越了長期以來以政治意識形態為起點、比較褊狹的當代文學史敘述模式，讓我們看到了一種在文學外部力量作用下生成的當代文學圖景。但是《中國當代文學史》出版以後，不少研究者在給予肯定的同時，逐漸對這種「一體化」的文學觀進行質疑。有論者曾經梳理了《中國當代文學史》問世後學界關於「一體化」文學史觀的不同看法[80]。下面所介紹的一些觀點，基本上已含納在了其中。如李楊認為被洪子誠《中國當代文學史》描述為「多元」的「80年代以來的文學」，實際上是另一種「一體化」文學。李楊認為在福柯「一切都是權力關係」的知識考古／譜系學方法視閾中，50-70年代文學與80年代文學的關係並非如洪子誠《中國當代文學史》所說的是「一體」與「多元」的關係，而是一種「一體化」與另一種「一體化」的關係，但由於《中國當代文學史》沒有很好地意識到這一點，因此在史著「下篇」，「一旦『政治』這一『他者』不存在了，或不足以重要起到『他者』的作用」，其「敘述反而處於一種失重狀態」（洪子誠、李楊：《當代文學史寫作及相關問題的通信》）。另一研究者則指出洪子誠的這種文學史觀，雖然對作為「一體化」對立面的「當代文本、概念內部的矛盾與悖論」

---

80 學界關於「一體化」文學史觀的不同觀點主要有：從文學與民族國家的關係角度，認為「一體化」不僅是當代文學，也是五四文學的特徵；「一體化」從建構到解體的過程，除了暗含了一體／多元的價值判斷，所謂的「解體」，其實也是另一種「一體」的價值權力的體現；「一體化」是個過程，不是結果；50-70年代文學不是「一體」而是「多元」的；洪著文學史的「一體化」敘事是對毛澤東時代及其實施的文化戰略「妖魔化」，編者並沒有真正理解毛澤東時代文化的政治體制及其合理性；洪著文學史對「一體化」進程的「歷史化」不夠，將「一體化」的動力抽象地看成是「自我純粹化的衝動」，等等。參考：洪子誠、李亞婭：《文學史寫作：方法、立場、前景──洪子誠先生訪談錄》。

予以了「充分的敘述」，但對其「『不可思議』的能量未加深入疏導，並上升為『文學』與『歷史』更為複雜也更為有趣的顯在『對話』結構」；認為洪子誠的這種文學史敘述，「帶有歷史決定論的陰影，似乎當代文學史，雖然複雜，充滿矛盾，但終究還是一種因果分明的存在，社會──歷史──政治具有化約一切的力量」。作者進一步指出，也許正因此，在敘述「一體化」的生成與演變時，洪子誠可以「環環相扣，嚴絲密縫」，而對其「解體」的講述，「卻相對渙散，多少給人以平鋪直敘的感覺」[81]。在相關的質疑聲音中，曠新年的另類理解顯然特別能夠「顛覆」我們的既定思想：

> 值得警惕的是，「新時期文學」或者說「傷痕文學」對於「當代文學」傳統的顛覆卻恰恰與資本主義全球一體化的過程是同一的。而中國「當代文學」的「一體化」或者說中國「當代文學」內部的同一性是針對資本主義的大語境而形成的。它的中心恰恰是在其外部。它作為一種反主流的文學與無際涯的資本主義環境構成了巨大的張力。在所謂「回歸主流文明」的過程中，「傷痕文學」恰恰最終取消了對立和差異性。「當代文學」的「反西方」的過程是一個構造現代民族國家內部的同一性和一個抵抗「他性」建構「新中國」的「自我同一性」的過程，也就是尋找和確立現代民族國家的主體性的過程。[82]

當然，在90年代，就觀念與方法而言，對「一體化」文學形態的針對性質疑，或者說是「解構」，「再解讀」研究是最有代表性的。另

---

81 王光明：《文學史：切入具體的歷史形態──以洪子誠的研究為例》，《廣東社會科學》2002年第4期。

82 曠新年：《寫在當代文學邊上》，上海：上海教育出版社，2005年，第172-173頁。

外，前面提到的以陳思和為代表的對當代文學（1949-1976）的異質的挖掘，雖然在文學史立場與文學評判價值取向上有論者指出實質上與洪子誠其實「殊途同歸」[83]，但也為我們檢討「一體化」的當代文學形態提供了一個對立統一的參照系。

其實，作為「一體化」文學觀念理論的提出者，基於對80年代文學研究立場的反思，以及日益自覺的當代文學學科意識，洪子誠一直沒停止過對它的批判性完善[84]。因此，在用「一體化」來概括描述「當代文學」的同時，洪子誠也沒有將它「凝固化，純粹化」，把它看作是「靜態」的，而注意「度」的把握，認為如果通過制度研究將文學創作與閱讀等解釋為一個「可視的」「量化的」，像實驗室的實驗那樣「可分解的物質化過程」，導致文學「精神性的削弱」與「神聖性的坍塌」，這種「制度拜物教」式的情形，是值得警惕的（洪子誠：《當代的文學制度問題》）。洪子誠自己便曾坦言包含在「一體化」觀念中的「強烈的價值取向」，強調自己在使用這一概念過程中的兩個「參照框架」：「關於文學的多樣性，『多元共生』的想像」，「對『文革』後內地文學狀況的認識」（洪子誠：《問題與方法—中國當代文學史研究講稿》，第188頁）。換一個角度，可以這麼說：洪子誠的「一體化」文學觀，恰恰是建立在對「文學的多樣性」「『多元共生』想像」的基礎上。也正因此，洪子誠同時又提醒我們，在用「一

---

83 曠新年指出：「盡管陳思和和洪子誠的兩部文學史都強調以『審美性』和『文學性』作為評價的標準，但是，實際上他們所編寫的文學史並沒有真正貫徹文學性和審美性的敘述原則。他們對文學史的理解並不是真正從『審美性』和『文學性』出發的。」曠新年：《寫在當代文學邊上》，上海教育出版社，2005年，第181-182頁。
84 洪子誠對於學界關於「一體化」文學史觀念爭議的回應，主要集中在如下幾篇文章：《當代文學的「一體化」》，《中國現代文學研究叢刊》2000年第3期；《當代文學史寫作及其相關問題的通信》（洪子誠、李楊），《文學評論》2002年第3期；《當代文學史中的「非主流」文學》，《南開學報》2005年第4期；《當代的文學制度問題》等。

體化」概念術語來概括描述當代文學時，不應把它「凝固化，純粹化」，不要把它看作是「靜態」的（洪子誠：《問題與方法——中國當代文學史研究講稿》，第188頁）。中國當代文學，特別是經過40年代後期調整後的50-70年代中國文學，也並非「鐵板一塊」，其發展的事實遠比我們想像的要複雜得多。這在《中國當代文學史》章節的設計上亦可看出，如「矛盾和衝突」（第三章）、「隱失的詩人和詩派」（第四章）、「在主流之外」（第十章）、「分裂的文學世界」（第十五章）等。關於這種「複雜」，大致而言，史著認為主要體現在如下幾方面：一是對「一體化」時期的「『文學規範』的爭持」。洪子誠認為這種「爭持」在50年代至少有過兩次，第一次是1954年胡風「三十萬言書」的衝擊，第二次是1956-1957年期間秦兆陽等在理論上對文學「真實性」問題的質疑與討論。當然，以上這些爭持和探索，在思想上和政治上高度集中化、組織化的時代，最終是不可能達到預期效果的，甚至要付出慘重的代價。二是周揚文藝觀點的「後退」。洪子誠認為在「一體化」的某一個時期，周揚的「後退」其實是為了中國文學的發展與進步。從1957年反右鬥爭之後，隨著「全民文藝時代」的到來，看到文學創作中現實主義精神的日益失落，周揚有所擔憂，其「左傾」的文藝觀點開始「後退」，具體表現在兩方面：通過批判胡風的文藝思想來重提文學的「真實性」問題，重新審視1958年後的「浪漫主義」，提出「現實主義深化」的思想，有限度地承認作家「在題材、人物、風格、方法上的『自主性』」；用「最廣大的人民群眾」來替代「工農兵」概念，以「模糊階級性的規定」。同時還推動、支持一系列活動，如多次召開糾正「左傾」文藝的會議，發表《題材問題》專論，撰寫《為最廣大人民群眾服務》的社論，主持制定「文藝八條」等。應該說這些努力對當時文學的發展還是起到一定的積極作用。這一時期「一體化」文學形態的複雜性表現的第三方

面，是所謂「激進文學思潮」的失控。洪子誠認為這主要表現在1963年以後的十多年裡。號稱「無產階級文藝」的江青他們把文藝內部的複雜關係直接簡化為「政治=文藝」，文藝與政治的界線已經模糊：小說《劉志丹》、京劇《海瑞罷官》被理解為既是文學文本，也是政治文本。這一時期創作的小說、電影、戲劇，本身就是政治行為。失控的「激進文學思潮」實質是對已經建構起來的文學體制的衝擊和破壞，甚至推倒，試圖建構一種「真正正確」的文學體制。

> 「一體化」文學觀的提出，為我們考察當代文學提供了一個相
> 對行之有效的立場與方法。洪子誠這種也許可稱之為「文學社
> 會學」和「文學政治學」的「外部研究」，在呼籲「把文學史
> 還給文學」而不能很好地解決我們面對這一段文學時的困惑的
> 情況下，確實為我們拓展了一個寬闊的考察空間。這比我們在
> 後面將要談到的對這一時期文學時從「人的文學」角度簡單地
> 予以質疑，壓縮，刪除的處理方式，顯然更為穩妥。事實上，
> 由洪子誠開始的以《中國當代文學概說》《中國當代文學史》
> 為代表的系列著述中對當代文學史觀念在制度層面所展開的探
> 討，已直接影響到後來的當代文學史敘述。90年代後期以來出
> 版的中國當代文學史著作中，有不少都談到了1949年後建立的
> 文學制度對當代文學走向的影響。[85]

---

85 這其中比較有代表性的文學史著作有：楊匡漢、孟繁華主編：《共和國文學50年》，北京：中國社會科學出版社，1999年；孟繁華、程光煒著：《中國當代文學發展史》，北京：人民文學出版社，2004年；吳福輝著：《中國現代文學發展史（插圖本）》，北京：北京大學出版社，2010年，等等。

三 「新的歷史敘述」空間的拓展

有研究者認為《中國當代文學史》表現出一種「對敘述行為的自覺」，「不僅講文學作品的歷史，也講這種歷史如何被敘述」（賀桂梅：《穿越當代的文學史寫作》）。這種說法不無道理。在《中國當代文學概說》（香港青文書屋，1997）的內地版「序言」中，洪子誠曾經專門談到文學史寫作「探索新的歷史敘述」的「嘗試」的問題[86]。我們這裡的「新的歷史敘述」的探索，可作如下兩個層面的理解，一是對作家作品等文學現象的多維度評價，二是與此相關的敘述立場與風格。關於這兩個問題，洪子誠在《中國當代文學史》「前言」中即有交代。如對當代文學現象與作家作品的選擇，史著首先考慮「審美」的因素，也就是對作品的「獨特體驗」和表達上的「獨創性」的衡量，但「又不是一貫、絕對地堅持這種尺度」；「某些重要的文學現象，『生成』於當代的藝術形態、理論模式，由於曾經產生的廣泛影響，或在文學的沿革過程中留下重要痕跡，也會得到相應的關注」。基於此，對於50-70年代的文學，編者並沒有像一些文學史那樣大量壓縮，而試圖提出「一些新的觀察點」。在相關的敘述立場與風格方面，編者強調史著的著重點不是對相關作家作品、文學運動、理論批評等進行評判，即「不是將作品和文學問題從特定的歷史情境中抽取出來，按照編寫者所信奉的價值尺度（政治的、倫理的、審美的）做出臧否，而是首先設法將問題『放回』到『歷史情境』中去審察」，「一方面，會更注意對某一作品，某一體裁、樣式，某一概念的形態

---

86 洪子誠在《當代文學概說》「序言」談道：「我們所要質疑的『當代文學』的敘述（文學史）和『當代文學』的發生、建構其實是『同步』的，且幾乎可以看作是同一件事情。在『當代文學史編纂』直接成為『當代文學現象』的情況下，探索新的歷史敘述，原是離不開對這種參與『建構』的敘述的『清理』的。」

特徵的描述，包括這些特徵的歷史演化的情形；另一方面，則會關注推動這些文學形態產生、演化的情境和條件，並提供顯現這些情境和條件的材料，以增加『靠近』『歷史』的可能性」（洪子誠：《中國當代文學史》修訂版「前言」）。

（一）文學現象評價的多維視角

可以說，對文學現象評價的多維度視角，是史著對「新的歷史敘述」空間拓展中最為吸引人的一個亮點。洪子誠曾提及自己在編寫過程中對一些問題的思考：「一些重要的作家作品，不是沒有涉及，而是想換一種處理的方法，特別是在前三十年這個部分，比如寫作方式，主題學，評價史，文類的當代變遷等等。」（洪子誠、季亞婭：《文學史寫作：方法、立場、前景——洪子誠先生訪談錄》）也許正因如此，有研究者認為，在洪子誠的文學史著中，「沒有了『經典』的不證自明堂皇位置，也不存在『排排坐，吃果果』的『排座次』現象。趙樹理從『評價』的起落變化中走來；《創業史》在文學批評的爭議中『亮相』；對《青春之歌》，關注的其『討論』與『修改』；對《紅岩》，則強調其『寫作』方式的特別……某種意義上說，這似乎是對『文學史權力』的棄絕。與那些『顛倒乾坤』『還歷史本相』，或欲『重建經典秩序』的文學史宏願相比，洪先生的文學史研究更顯謙遜、節制，或許也因此而更具嚴肅性」[87]。從效果上看，《中國當代文學史》的這種處理方式，其實也能夠更好地處理當代文學的複雜性。洪子誠並不否認文學史對「經典」確立的參與，但面對缺乏歷史感的「當代」，他沒有過多地「討論『經典』的定義和討論哪些文本應成為『經典』」，而是將當代文學「經典」的重評作為一種文學現象，

---

[87] 孫民樂：《重塑文學史的知識性格——洪子誠文學史研究的意義》，《文藝爭鳴》2010年第5期。

「關注『經典』評定的『不穩定性』」，它的變動和「這種變動所表現的文學變遷」。概言之，洪子誠的努力，是「從去評判哪些作品能成為『經典』（有價值的作品），轉移到去解釋這些作品當時為何能被確立為『經典』」（賀桂梅：《穿越當代的文學史寫作》）。這也是他在近年有關史著編寫反思的文章中談到的：「如果要對重要的現象、問題『還原』，就需要多少抑制評價的衝動，而主要考慮如何在盡可能占有材料的基礎上，回到歷史情境中去，提出一種盡可能合理的解釋。」（洪子誠：《〈中國當代文學史〉編寫的回顧》）

這裡我們不妨選取史著中兩個比較有代表性的章節來看看：一是關於趙樹理在五六十年代的創作及其評價（第七章第二、三節）。這也是許多研究者談論比較多的一個話題。與《中國當代文學史教程》對《「鍛煉鍛煉」》的情緒化重讀和闡釋[88]不同，洪著文學史對趙樹理五六十年代創作中出現的「遲緩」「拘謹」「嚴密」「慎重」（五十年代），以及「鋪攤瑣碎」「刻而不深」（六十年代）等現象[89]給予了「同情之理解」，同時也更關注趙樹理從40至90年代半個多世紀文學史研究與敘述中的命運，即所謂的「評價史」。在這裡，文學史的敘述被切換為「評價史」的展開，讓不同時期的文學史觀念與文學研究立場形成一種潛在的對話關係，從40年代的戰時文藝觀到五六十年代的社會主義現實主義文藝觀，從80年代的啟蒙主義文藝觀和90年代「重返八十年代」的反思現代性文藝觀，以此揭示趙樹理命運沉浮的歷史必然。史著的這種切換，為我們思考「趙樹理現象」拓開了一個巨大的空間。再一個是關於「文革」時期文藝激進派對「經典」的重構（第

---

88 陳思和在《教程》中關於《「鍛煉鍛煉」》的評述，不乏諸如「小腿疼等人究竟犯了什麼罪？」（小說）「這樣寫幹部整治社員，公平嗎？」之類的情緒性表達。見《中國當代文學史教程》，復旦大學出版社，1999年，第47頁。

89 孫犁：《談趙樹理》，《天津日報》1979年1月4日。轉引洪子誠：《中國當代文學史》（修訂本），2007年，第87頁。

十四章）。如何敘述「文革文學」，始終是當代文學史編寫的一個難題。與許多文學史著不同，洪著文學史從「『經典』評定的『不穩定性』」的角度體現這一時段文學的變遷。史著認為「革命樣板戲」之所以能夠成為文藝激進派開創的「無產階級文藝新紀元」的標誌與「經典」，主要還是與它們的「政治的直接『美學化』」特徵有關。但激進派的重構「經典」之路並非一帆風順。由於創作的「個人性」與作品接受方式的差異，特別是激進派對「政治倫理觀念的『純粹性』」的苛求，導致「樣板」作品的創造在詩歌、小說中的試驗並不順利、理想，這直接反映在對金敬邁及其《歐陽海之歌》的否定和後來對浩然的「重新發現」（實質是對無產階級文藝「經典」的重新確立）事件上面。史著指出，到了「文革」後期，由於激進派的烏托邦想像與實際操作之間諸多不可調和的原因，如對以「工農作者」為主體的創作隊伍水平與思想精神的缺乏信心，對所創作作品「審美」與「娛樂」元素的拒絕，以及排斥「物質」與「欲望」的「精神淨化」「禁欲式的道德信仰和行為規範」，等等，文藝激進派的無產階級文藝「經典」重構試驗不斷陷入困境，並最終走向「自我『顛覆』」的宿命。史著的邏輯拆解，開創了當代文學史對於「文革文學」的另一種敘述方式。除此以外，史著對柳青《創業史》的介紹（第七章第四節），也沒有把「全部注意力放在它表現『黨的農村道路，政策』的對錯上」，不以「革命」或「啟蒙」「階級論」或「人道主義」作為唯一或最主要的評價標尺，在政治觀念和階級觀念的層面上進行對立性質的評價，而努力在社會主義現實主義（或曰「革命文學」）的名目下「還原」作品的歷史複雜性。（洪子誠、季亞婭：《文學史寫作：方法、立場、前景》）這種處理方式，與同時期或前後編寫出版的文學史都不一樣，貫徹了編者強調、注重當代文學的審美性，但又注意對培育這種審美性的歷史情境的把握，既關注文學的歷史，也注意歷史

的文學的理念，體現編者對當代作家作品評價的多維視角。這其實也是對長期以來被固化了的「大一統」的當代文學史敘述傳統的突破。

（二）「價值中立」的立場／「知識學」的敘述

《中國當代文學史》對「新的歷史敘述空間」拓展的另一努力，是後來被描述為「價值中立」的立場與「知識學」的敘述風格，即「嘗試不以不可避免和必要的價值判斷作為研究的支點」（洪子誠：《批評的「立場」斷想》），也是洪子誠在與錢理群的通信中所談到的，「竭力『擱置』評價，把『價值』問題暫且放在一邊，而花力氣考察當代文學某些概念、事實、運動、爭論、文本、藝術方法產生的背景、歷史依據、淵源、和變異」[90]。這種「價值中立」立場與「知識學」方法，在洪子誠，更多的是對韋伯以及福柯新歷史主義話語研究成果的「創造性轉化」，重話語講述的「背景，歷史依據，淵源和變異」的客觀敘述。在馬克斯·韋伯那裡，價值中立「不是取消價值關係，而是要求研究者在科學研究中嚴格劃清確定經驗事實與實踐評價判斷的界限」[91]。洪子誠認為在文學史的寫作中，學者們其實「並不缺乏立場、論斷的表達；『猶疑不定』雖然不怎麼好，但太多的『刀槍不入』的結論和宣告，也不見得就是好事」。他認為「有力量、有根據的價值判斷」，「需要建立在對它的內部邏輯深入認識的基礎上」（賀桂梅：《穿越當代的文學史寫作》）這些「後設敘事」，從另一個角度看，其實是對當代人寫當代史的限度的反思，也是自己文學史寫作引以為警惕的。

---

90 轉引錢理群：《讀洪子誠〈當代文學史〉後》，《文學評論》2001年第1期。

91 〔美〕M·韋伯：《科學論文集》，圖賓根，1968年，第500頁。轉引侯鈞生：《「價值關聯」與「價值中立」──評M·韋伯社會學的價值思想》，《社會學研究》，1995年第3期。

　　90年代，「當代文學的『歷史化』」被作為當代文學學科建設的一個命題被備受關注。洪子誠對這一問題的思考與實踐，與許多研究者不同之處在於，他自覺地將此融入文學史敘述模式的探索之中。從這種意義上說，《中國當代文學史》對材料的處理中既可看作是他對文學史與文學批評關係的智慧處理，更可看作是其探索一種新的文學歷史敘述的表現。這其實是我們解讀洪子誠文學史著作「注釋」與「引號」的注腳。「注釋」與「引號」在這裡一方面可作這樣的解讀，即將自己的評價與取向隱含在對曾經的評論、研究觀點和材料的篩選取捨乃至排列中，避免站出作主觀性的評述，也為讀者留下思考的空間。[92]但另一方面，更重要的是，作者試圖將當代文學從「文學批評」提升到「學術研究」所作的學理性處理。如果結合90年代當代文學研究的「歷史化」情形，那麼，「注釋」與「引號」還可理解為作者文學史寫作實踐中努力「回到歷史情境中去」的探索與嘗試。史著「基本上是一種陳述性的語言，較少展開闡釋和說明。我有意把背景材料、說明性文字放在注釋裡，試圖保持正文的流暢。所以注釋才有那麼多」，但另一方面，其實，「書裡注釋不僅僅是注明引文出處，還承擔了其他功能，比如提供背景知識，提供研究的擴展性線索，也參與對問題討論，如提供對這個問題的不同看法……包括的範圍太大，任務太繁重」（洪子誠：《〈中國當代文學史〉編寫的回顧》）。

　　又如那種節制、內斂，不事張揚的文學史敘述風格。史著盡量少用判斷句，而代之以陳述句式，力求避免激情式的表達，追求一種客

---

92 洪子誠在近年出版的《材料與注釋》「自序」中說，「最初的想法是，嘗試以材料編排為主要方式的文學史敘述的可能性，盡可能讓材料本身說話，圍繞某一時間、問題，提取不同人，和同一人在不同實踐、情境下的敘述，讓它們形成參照、對話的關係，以展現『歷史』的多面性和複雜性。」這種設想的最初實踐，其實應該是《中國當代文學史》的編寫。《材料與注釋》，北京：北京大學出版社，2016年。

觀、冷靜的展現。這種常被認為是不慍不火的語言風格，恰恰是一個
文學史家應該具備的一種品格。這種節制、內斂的敘述風格，也體現
在史著對作家作品的評述上。《中國當代文學史》出版後，不少研究
者和讀者對史著作家作品評述「很多背景性情況被省略」（洪子誠：
《〈中國當代文學史〉編寫的回顧》）、「惜字如金」和「引經據典」的
處理方式有不同的看法，感覺「不過癮」，同時對那些引注也有一種
「理解的困難」。而在編者，這樣做，一方面是「試圖保持正文的流
暢」，而另一方面，則是在探詢一種新的歷史敘述。「在這樣的文學史
敘述中，研究者的主體位置不再是『講故事』，而是通過材料的編
排、以『搬演』的方式呈現出事件的基本輪廓和不同側面，不同材料
提供的『眾聲喧嘩』也不再被統一到一個聲部的敘事中。這看似是洪
先生作為文學史研究者的『後撤』，實則為其作為研究主體尋找到了
一種更為從容自如而又具有極大包容性的敘述位置。首先是他從諸多
材料中整理出的事件的基本輪廓，其次是對關於事件不同環節的各種
材料的編排，最後是作為說明者對事件的介紹和評價，這三個層面的
結合，使他居於歷史事件觀察的制高點。」（賀桂梅：《洪子誠學術作
品精選·編者序》）

（三）「價值中立」與「乾嘉學派」及其他

　　有些研究者把《中國當代文學史》的這種歷史敘述的立場與方法
與中國傳統學術中的「乾嘉學派」相提並論。從對材料與「考據」的
重視角度論，這一說法並非毫無道理。但認真辨析，又會發現其實兩
者間還是有著質的不同。對於自己文學史寫作方法上的這種選擇與嘗
試，洪子誠後來曾從不同的側面作過闡釋。在一篇清理「近年」當代
文學史研究的文章中，洪子誠借介紹孫歌對日本政治思想專家丸山真
男的學術研究觀點，來描述稱為「內部研究」的一種文學史研究立場

和方法。「丸山真男高度評價野間宏，說從他那裡找到一種帶有普遍意義的工作方式，就是通過對對象從內部的把握來達到否定的目的。」洪子誠認為這種又可稱為「歷史批評」或「歷史主義」的研究方法，「深入對象中理解對象的內在邏輯，因而可能較具備瓦解對象內在邏輯的功能」[93]。關於這種方法的思考與運用在後來的《問題與方法》一書中有更充分的展開，該書的第二講「立場與方法」基本上是屬這方面的內容。在「概念和敘述的『清理』」與「『內部研究』」論題下，洪子誠除對上面談的問題結合「當代文學」的具體實踐進行補充外，還從理論上對自己研究過程中的立場與方法予以檢討。比如洪子誠提到所謂「歷史批評」的方法，用特雷西在《詮釋學、宗教、希望》中的話說，就是「那些被作為事實陳述的事情是如何成為事實的」，即是說「那些過去似乎是如此自然的歷史和社會風俗，現在卻被理解為不是自然的表達而是史的表達」[94]。而在具體的研究中，如《「當代文學」的概念》，即是「通過這種『清理』，能夠使過去那些表面看起來很嚴密，統一的敘述露出裂痕，能夠在整體板塊裡頭，看起來很平滑、被詞語所抹平的『板塊』裡頭，發現錯動和裂縫，然後來揭露其中的矛盾性和差異。這種方法是在原先已有的敘述的結論上發現問題，或者說，把既有的敘述『終點』作為出發的『起點』」（洪子誠：《問題與方法——中國當代文學史研究講稿》，第89頁）。「把既有的敘述『終點』作為出發的『起點』」，作為一種文學史研究的視角，是對「傳統」的一種挑戰。它讓我們在熟視無睹的結論中看到被

---

93 洪子誠：《近年的當代文學史研究》，《鄭州大學學報》2001年第2期。本章後面所徵引本文內容，不再另注明出處。

94 〔美〕特雷西著，馮川譯：《詮釋學、宗教、希望——多元性與含混性》，漢語基督教文化研究所出版，第65頁。轉引洪子誠《問題與方法——中國當代文學史研究講稿》，第89頁。

遮蔽的「意外」，矯正我們的文學史研究與寫作在立場與方法上存在的偏差。

　　「體制化」文學觀念的確立與「價值中立」——「知識學」歷史敘述的嘗試實踐，是洪子誠對自己80年代以來研究趨於成熟之時對「當代文學」觀念形態的一種本質化描述，同時也蘊含著他對作為學術史與學科史的「當代文學」的深刻反省。在受80年代啟蒙「餘緒」的影響，90年代初「當代文學」研究仍紛紛致力於構建宏大的「歷史敘事」之時，洪子誠選擇追求的是「反省」中的「創造」，「回過頭來看看原來的敘述究竟存在什麼問題」：「我所接受的那種文學史觀念，那種評述方式，有關『當代文學』的那些概念從何而來？它們有什麼樣的『意識形態含義』？它們在『當代文學』的建構過程中起過怎樣的作用？我們現在對它們質疑的依據是什麼？如此等等。」洪子誠認為「這一研究思路的確立，不但基於一般『學術史』方法上的考慮，最主要的還是由於這樣的事實：我們所要質疑的『當代文學』的敘述（文學史）和『當代文學』的發生、建構其實是『同步』的，且幾乎可以看作是同一件事情。在『當代文學史編纂』直接成為『當代文學現象』的情況下，探索新的歷史敘述嘗試，原是離不開對這種參與『建構』的敘述的『清理』的（洪子誠：《當代文學概說‧序言》）。正由於以上這樣的背景，當這些觀念與「方法」（含價值取向的）最終形成一個相對恆定的學科話語體系時，便對「當代文學」的研究與寫作產生建設性的影響。

　　但這並不等於說已經完美無缺了。在洪子誠的「當代文學」研究中，值得關注或者說仍需澄析的問題有兩個：一是在進行具體的敘述、研究之時，是否可能由於過於關注「體制化」文學的運行、操作情形，而導致關於「當代文學」「文學的」與「審美的」的因素的探掘的相對「弱化」呢？如上面提及的有些文章對《中國當代文學史》

對作品文本的分析略嫌單薄。再便是如何評析「價值中立」——「知識學」立場的研究方法的問題的疑問，盡管洪子誠曾作過回應。這實質是隱含兩個問題的一個問題，即文學史研究中要不要價值判斷？「價值中立」本身是否包含價值判斷？要回答這兩個問題，首先必須弄清楚洪子誠提出「價值中立」的知識學立場的背景及其在這一問題上的態度。在《批評的「立場」斷想》中，在對從80年代到90年代知識界所堅信的「啟蒙」「理性」立場從「穩定」到「惶惑與恐慌」的裂變的震撼回顧中，洪子誠清醒地看到了歷史並非過去所理解那樣，有單一的主題。基於此，洪子誠提出「批評『立場』」的重建，重要的途徑之一，便是「通過對歷史的回溯，對『經典文本』的『重讀』以及對『自我』的反思來實現」，把對「歷史」進行清醒冷靜地梳理作為重建批評立場的第一步。還是在清理「近年」當代文學史研究的那篇文章中，洪子誠先生在談到「過去的」「新問題」即「當代人」如何面對、處理「『時間』距離過近」的「當代史」時，指出：「對於親歷的『當代人』而言，歷史撰述還有另一層責任。這就是，在公正，但也是可怕的『時間』的『洗滌舊跡』的難以阻擋的運動中，使一些事情不致過快被沖刷掉，抵抗『時間』造成的深刻隔膜。」而要做到這一點，洪子誠認為「尊重歷史」便應不再是一個空泛的口號，「指點江山，激揚文學」的激情失控便應為當代人在處理時間距離過近的「當代史」時所警惕。「歷史敘述」的重構只有以歷史事實為依據，以科學精神為導引，方能避免誤入歧途。「當代文學」之所以不斷地被肯定／否定，「當代文學史」的描述之所以難以「成熟」，原因之一，便在於我們常常在並不真正明瞭事實與過程真相的情況下，從當下的需要出發，作出主觀的判斷，結果導致「後人」（包括『當代人』在內的）對「並非有單一的主題」的歷史的片面認識與理解。

　　因此，作為一種理想與目標，「價值中立」的提出，並不排除其

作為一種「策略」的可能性，即意欲矯正我們長期以來「當代文學」研究中出現偏差的企圖，提醒我們面對這處於複雜多樣的具體歷史語境的「十七年文學」，要冷靜、客觀些、公正，努力通過對「事實」與「事實敘述」的清理來表明我們的態度，而不是要消除我們的「態度」與「立場」，放棄自己對歷史的責任。對此，在提出、重申這一研究方法與立場時，洪子誠都是清醒的。比如在《近年的當代文學史研究》中，在介紹文學史研究方法之「內部研究」之後，他又這樣表達自己對這種方法使用可能產生的後果的擔憂：「所謂的『內部』研究，既可能獲得拆解對象內部邏輯的批判力量，但也可能被對象所同化。相對應的兩種敘述『後果』是，或者醉心於把自己的影像投入到對象中去，或者又容易抱一種冷漠的、犬儒主義的令人嫌惡的態度。」他坦陳「這兩種方式，兩種研究取向，成為今天當代文學史工作上的『兩難』」。而這「兩難」，他認為，「也是我們『兩難』現實處境的一定程度的反映，沒有別的辦法，只能積極面對它」（洪子誠：《近年的當代文學史研究》）。即便是1997年第一次提出嘗試「價值中立」的「知識學方法」以重建批評立場時，洪子誠仍認為學術工作中的「歷史責任」和「人文關懷」應是「重建」的「起點」，盡管他同時也強調不應把這種作為「起點」的「道德立場」「轉化為批評研究的理論框架」（洪子誠：《批評的「立場」斷想》）。

在與李楊關於《當代文學史寫作及其相關問題的通信》中，洪子誠談道：「我在《文學史》中講到的對價值判斷的擱置與抑制，並不是說歷史敘述可以完全離開價值尺度，而是針對那種『將創作和文學問題從特定的歷史情境中抽出來，按照編寫者所信奉的價值尺度做出臧否』的方式」；在談到為什麼對80年代以後文學的描述中這種「價值中立」的「知識學方法」沒有堅持下來時，洪子誠說：「出現這種情況的原因是，對於啟蒙主義的『信仰』和它在現實中的意義，我並

不願輕易放棄；即使在啟蒙理性從為問題提供解答，到轉化為問題本身的90年代，也是如此」（洪子誠、李楊：《當代文學史寫作及相關問題的通信》）。在洪子誠，「價值中立」仍是一種價值取向。但這種取向是建立在「新歷史主義」之上的一種理想價值。因此，擔心洪子誠在對「當代文學」歷史敘述這種「價值中立」的「知識學方法」會滑退到「乾嘉式的治學」，是不必的，不論是從他作為一個學術工作者所坦陳的那深刻的「矛盾與困惑」精神構成看，還是從他對韋伯及福柯新歷史主義研究理念的「創造性轉化」看。正如在福柯，無論是《性史》還是《癲狂與文明》，在對「知識」的「考古」敘述中，我們仍可感受到他對西方「文明進步」的深刻質疑與批判。

四　個人寫史的「期許與限度」

如本書前面所說的那樣，始於近代的中國文學史編寫，基本上是一種個人行為，能夠最大限度地體現編寫者的歷史觀與文學史觀。這種情況到1949年後，隨著「黨的文學」觀念的不斷鞏固，同時基於教科書的編寫對現代中國文化形象塑造的重要使命的承擔，文學史的編寫逐漸納入國家體制的管控範疇。在這一意義上，50年代初王瑤遵循毛澤東的《新民主主義論》和《在延安文藝座談會上的講話》的指導思想，按照當時（1950年）教育部頒發的《高等學校文法兩學院各系課程草案》「運用新觀點，新方法，講述自五四時代到現在的中國新文學的發展史」的要求撰寫的《中國新文學史稿》，便成為這一時期最初也是最後的一部「一個人的文學史」[95]。此後，儘管不少文學史

---

[95] 不過也有研究者據此認為王瑤的《史稿》仍很難說是嚴格意義上的「個人著史」，這其中的「制式」痕跡仍顯而易見，從文學史觀念的確立到編寫大綱的擬訂、作家作品的選擇與評價標準等。

仍署名個人主編，但已很少嚴格意義上的「一個人的文學史」了。嚴格意義上的個人寫史，遠不啻於形式上的署名（個人）這麼簡單，其中最重要的還是編寫者那種對歷史的「真知灼見」，滲透在文學史觀念、作家作品選擇與評價，乃至語言敘述風格等中的獨立不倚的思想和精神。「在中國20世紀的歷史語境裡，『個人』一直是與『探索』、『個性』、『新銳』、『進步』、『發展』這些聯繫在一起的」，「它標明了在一段歷史沉悶之後，思想、文化和文學的一種突破的態勢」（程光煒：《文學講稿：「八十年代」作為方法》，第54頁）。

（一）個人寫史時代的開啟

《中國當代文學史》出版後，有關文學史的個人寫作話題再度引起人們的興趣和關注。日本學者岩佐昌暲認為該史著「開了單著文學史之先」[96]。對於何以自己獨立撰寫，洪子誠在史著「初版後記」中也曾有過交代，即從80年代到90年代，在當年的《當代文學概觀》的編寫同人中，已難以維持「新時期」開始時建立起來的「一致性」，至少自己是這樣。這種「一致性」，簡單地說，就是體現在《概觀》中那種以80年代的文學知識與立場去評述當代文學的共識。對此在後來的相關文章中洪子誠有進一步的闡述，如在史著出版後的2002年與李楊有關當代文學史寫作相關問題的通信中，便有這樣的表述：「90年代以來，我們越來越確定地感受到對當代史、當代文學史在描述、評價上的分裂。」而在誰最有資格、哪一種敘述最有可能接近歷史「真實」的問題上，洪子誠首先想到的是作為歷史的「親歷者」或者說是「當事人」。但鑒於「『當代人』／『當事人』寫『當代史』」的局限性：個人撰史，固然能夠彰顯編寫者的某些觀點和對一些問題的

---

96 〔日〕岩佐昌暲：《洪子誠著〈中國當代文學史〉日文版譯後記》，《中國現代文學研究叢刊》2014年第4期。

處理方式，但「受制於個人的精力、學識、趣味的限制」，「偏頗」與
「遺漏」將不可避免[97]，他同時又提醒：「作為『親歷者』在意識到自
己的經驗的重要性的同時，也要時刻警醒自己的經驗、情感和認知的
局限」（洪子誠、李楊：《當代文學史寫作及相關問題的通信》），要
「警惕的是那種『自戀式』的態度，對個人經驗不加反省的濫用，以
及將個人經驗、記憶簡單轉化為道德判斷的傾向」。在洪子誠看來，
「個人經驗」的價值並不存在於其本身，「而是在與另外的經驗、敘
述的比較、碰撞中才能呈現」；對於當代史的研究與寫作而言，「它的
重要性是有助於建立必需的歷史觀察、敘述的『張力』」（洪子誠：
《回答六個問題》）。也許正是這種清醒的內省精神，使得《中國當代
文學史》最大限度地達到了個人寫史所能夠抵達的高度，並由此開啟
了文學史個人寫作的時代。

　　當代文學史的編寫，從五六十年代山東大學中文系（《中國當代
文學史》）和華中師院中文系（《中國當代文學史稿》），連同中國科學
院文學所的《十年來的新中國文學》，均屬集體編寫的產物。這種編
寫模式一直延續到80年代。前面介紹的幾部文學史著作，特別是北京
師範大學等十院校編寫的《中國當代文學史初稿》和華中師範大學中
文系編寫的《中國當代文學》，便是這一時期影響較大的集體編寫成
果。但深入歷史肌理，從「20世紀中國文學」與「中國新文學整體
觀」命題的提出，到「重寫文學史」問題的討論，我們又可以感受
到，就在這「理想、激情和希望」、張揚個性的年代，文學史的個人
寫作期待的潛流已在開始湧動。進入90年代以後，一種迥異於80年代
的、更客觀冷靜的「歷史對話」可能性的尋找終於漸漸浮出水面。90
年代以後出版的許多當代文學史著作，其中一些盡管仍不乏編寫組織

---

97 洪子誠：《中國當代文學史》「後記」，北京：北京大學出版社，1999年。

或機構，但其文學史觀念與編寫立場，對文學現象的評判準則，甚至文學史的敘述風格，大都由主編設定，整體上表現出一種鮮明的個性色彩，基本上屬於人編寫的範疇。洪子誠的《中國當代文學史》和陳思和主編的《中國當代文學史教程》，還有進入新世紀後陸續出版的《中國當代文學發展史》（孟繁華、程光煒）和《中國當代文學史新稿》（董健、丁帆、王彬彬）等，都具有一定的代表性。

（二）對歷史的質詢與問題意識

對於90年代這種文學史個人寫作潮流，程光煒認為除了與文學史家的知識結構的更新、時代變化及基於對「重寫文學史」的考慮等「敘述策略」原因有關外，同時也是「回應中國90年代『文化保守』學術思潮的一個結果」（程光煒：《文學講稿：「八十年代」作為方法》，第57頁）。他指出這些個體化的文學史敘述都有一個共同特點，就是努力「擺脫大歷史敘事的約束，嘗試以個人方式進入歷史敘述，試圖通過對話來探討文學研究的新的可能性」，或「在方法論上放棄單一化價值取向」，通過文學社會學、福柯新歷史主義理論等歷史還原法的引入，「從諸多力量的矛盾張力中尋找和解釋『主流』形成的多重因素」，或「轉向『以文學作品為主型』的文學史寫作」（程光煒：《文學講稿：「八十年代」作為方法》，第55頁），或「迴避單一化的歷史框架，傾向於在外來影響、市場經濟的多層視角中看待作家的『分化和組合』」（程光煒：《文學講稿：「八十年代」作為方法》，第56頁）。但仔細辨析，不難發現同是個人寫史，從當代文學學科建構角度來看，它們留給我們的思考還是有差別的。與陳思和主編的《中國當代文學史教程》比較，《中國當代文學史》至少在如下兩方面表現出其獨特地方。

一是史著並沒有停留在「重寫文學史」的倡導階段，而是有意識

地吸收了90年代的思想文化成果，表現一種自覺的歷史意識，並對80年代進行批判性反思。就此而言，《中國當代文學史》雖然在一些問題上仍被認為沒有超越啟蒙主義的價值立場，但總體來看，在90年代以後的文學史「重寫」成果中，它因對「80年代」的最大限度超越而具有不可替代的位置。對此，本書在「緒論」討論當代文學「歷史化」問題時有比較充分的闡述，在此不再另行展開。

不同於《中國當代文學史教程》的另一個方面，是洪子誠的問題意識及其價值。當代人如何寫當代史？如何回到歷史情境中去認識理解「當代文學」？如何看待當代中國的政治生活、文化文學等制度對「當代文學」的影響，以及價值中立的限度與知識學立場的可能性？等等。這些問題顯然已超出了其個人與具體的文學史寫作，而具有學科史甚至思想史的意義。程光煒曾在一篇討論洪子誠《中國當代文學史》的文章中這樣談到不少「當代文學」的治學者長期以來在研究中難以迴避的一種「矛盾與困惑」：「我們一方面試圖把文學史的寫作變成一種冷卻抒情的『敘述』，並在這一過程中盡量取客觀與超然的學術態度，同時又發現，當我們自己也變成敘述對象的時候，絕對的『冷靜』和『客觀』事實上是無法做到的。由此看來，並不是『當代人』不能寫『當代文學史』，而是當代人『如何』寫曾經『親歷過』的文學史。它更為深刻地意味著，我們如何在這過程中『重建』當代人的歷史觀和世界觀。」[98]而恰恰是在「如何在這過程中『重建』當代人」的價值觀與歷史觀的問題上，作為個人寫作的文學史，《中國當代文學史》進行了一次富於啟發性的寫作實踐。用程光煒的話說就是：（史著的）「個人敘述打破了『當代文學』與國家敘述之間的密切關聯，建立了當代文學與90年代文化語境的另一種新的歷史聯繫，通

---

98 程光煒：《更複雜地回到當代文學歷史中去》，《文學評論》2000年第1期。

過對諸多主要文學現象分解式的分析方法，對『主流』和『非主流』
的形態和複雜現象作了重新的區分、討論、認定和編制」（程光煒：
《文學講稿：「八十年代」作為方法》，第58頁）。

第四節　《中國當代文學史教程》的「民間」視角

一　觀念體系的構建與編寫設想

　　由陳思和主編、復旦大學出版社1999年出版的《中國當代文學史
教程》（以下簡稱《教程》），是90年代當代文學史編寫與出版高潮中
的另一重要收穫。史著從開始策劃到1999年夏完稿，持續了兩年，先
後參與編寫的人員有王光東、李平、宋炳輝、劉志榮、宋明輝、何清
等。《教程》凝聚了陳思和「多年的文學史研究心得」[99]，其中的文學
史觀念與立場、歷史敘述方式，對作家作品的選擇及其評價標準等，
也與他在倡導「重寫文學史」期間的思想立場與價值取向最為接近。

　　《教程》可供討論的問題很多。如何評價《教程》編寫的「主觀
偏好」對當代文學史寫作與研究的影響？史著的編寫是如何實踐主編
的觀念構想的？《教程》對當代被「遺忘」的文學世界的尋找可靠
嗎？如何評價編者對作家作品中「民間」形態價值意義的發掘？為什
麼說史著對當代文學史空間的開啟，其實是另一種形式的遮蔽？等
等。諸如此類的問題，盡管評論界已有不少討論與存疑，但基於《教
程》對重新審視作為文學史的「當代文學」影響的考慮，在這裡仍有
必要加以梳理。

　　90年代以後出版的文學史著作，雖然實際編寫的時間並不一定很

---

99 陳思和主編：《中國當代文學史教程》「代後記」，上海：復旦大學出版社，1999
　年。本章後面所徵引該書的內容，如無特別說明，均引自此版本。

長，但在文學史的觀念與理論形態上，大都經過長時間的醞釀和完善，已相對成熟。同時，不少編寫者亦已有一定的編寫實踐，這些情況都在一定程度上助推了90年代當代文學史寫作「黃金時代」的到來。陳思和從1980年代初受李澤厚《中國現代思想史論》啟發，並在1985年5月中國現代文學館「中國現代文學研究創新座談會」上提出「中國新文學整體觀」思想，到80年代末「重寫文學史」期間對當代文學史「重寫」的理論倡導，先後出版、發表了一系列關於文學史研究與寫作的著述，逐漸建構起自己的「中國新文學整體觀」[100]和有關當代文學史寫作與研究的立場，並最終融化在《教程》中。

在一篇關於編寫中國20世紀文學史的文章中，陳思和提到自己醞釀中的中國20世紀文學史，其核心將是對知識分子精神歷程的關注[101]。這種思想，在另一篇討論當代文學史的對話中有類似的表述。[102]這種「20世紀中國文學」的整體觀，從一個側面體現了陳思和精神深處中國傳統知識分子厚重的文化憂患情結與終極關懷意識。

（一）「給誰看」「寫什麼」「怎麼寫」

《教程》作為對20世紀中國文學「斷代史」的研究與寫作實踐，圍繞著「給誰看」「寫什麼」和「怎麼寫」，比較系統地體現了陳思和

---

100 陳思和關於「中國新文學整體觀」的表述，最早見於其1985年發表在《復旦學報》第3期的《新文學研究中的整體觀》。1987年，陳思和將相關的7篇文章結集為《中國新文學整體觀》，由上海文藝出版社出版。2010年，陳思和結合2005年底自己在香港浸會大學中文系舉辦第二屆「明賢講席——近現代中國文學的學科視野」的報告會內容，進一步豐富完善了有關「整體觀」的內容，由山東教育出版社出版了《新文學整體觀續篇》。

101 陳思和：《關於編寫中國二十世紀文學史的幾個問題》，《天津社會科學》1996年第1期。

102 陳思和、張新穎：《關於中國當代文學史的幾個問題》，《當代作家評論》1999年第6期。

80年代以來有關文學史教學、寫作與研究的思考。

　　首先，從受眾角度，陳思和提出了「怎樣的文學史才是理想的文學史？」的問題。對於這個問題，陳思和結合自己的經驗與觀察，認為傳統的文學史編寫與教學，常常混淆所面對的三個不同層面的對象[103]，對作品、文學史知識、知識分子的思想精神追求的內容糾纏不清。為此，陳思和提出了理想中的文學史編寫的三種形態。第一種，以作品介紹為主。主要接受對象是大學本科學生，或者是對文學史幾乎沒有認識的讀者。陳思和認為這種形態的文學史，只要求閱讀對象「多讀好作品」，增強其對當代文學的感性認識。回到「重寫文學史」論爭的80年代，這種以作品為主型的文學史形態，至少有兩點值得注意，即既可看作是對夏志清《中國現代小說史》寫作模式的發揚，同時也可看作是當年「文學回到自身」和「把文學史還給文學」系列文學改革思想在文學史寫作中的落實。第二種，是「需要進行文學史知識訓練，從閱讀作品的感性程度上升到文學史的理性掌握，並隱隱約約地感受到某種人文傳統的承傳意義」。這一形態的對文學歷史主要針對第二種教學對象。第三種，則是「精神層面的學術探討，使其在高層次上獲得思想的大解放和人格的大提升」，主要對象是全日制高校中國現代文學專業的研究生。這一形態的文學史，是研究性的文學史，關注的是知識分子的思想精神與靈魂嬗變的歷史。對教學對象的視線轉移，頗能夠體現其作為一個人文知識分子以人為本的情懷。縱觀1949年後的文學史編寫歷史，應該說陳思和是比較關注「給誰看」和「寫什麼」的一個文學史家。這種理想文學史編寫形態的構想，不論其具體的寫作效果如何，都值得我們關注。

---

103 陳思和認為中國20世紀文學教學至少有三種教學對象：全日制高校中文專業的大專生、非中文專業的本科生和成人教育的中文專業學生（包括其中的本科生）；全日制高校中文專業的本科生；全日制高校中國現代文學專業的研究生（包括碩士生和博士生）。參看《中國當代文學史教程》「前言」。

　　順便值得一提的是，陳思和關於「理想的文學史」編寫的三個層面的闡述，也可看作是美國學者戴維・珀金斯（David Perkins）在《文學史可能嗎？》[104]一書中關於文學史撰寫的六種目中的其中三種，即「回憶過去的文學，包括那些現在不再被關注的文學」，「通過篩選作家、作品和把他們構建成一種有內在關聯的作家和作品的方式，來構建那個已經逝去的過去」，「為沒有機會看到作品的讀者，講述作品內容或引述作品的某些片段」[105]。這裡引介珀金斯的觀點「呼應」陳思和，也許能夠拓寬我們關於「『當代文學史』的可能性」命題思考的空間。

　　其次，是「怎麼寫」的問題。陳思和在《教程》「前言」中認為，傳統的文學史編寫「一直籠罩在西方學術模式和前蘇的聯學術模式之中，缺少由文學作品為主體構成的感性文學史的方法」。為此，《教程》「前言」旗幟鮮明地宣稱這是一部「以文學作品為主型」的文學史，目的是「為『重寫文學史』所期待的文學史的多元局面」「探討並積累有關經驗與教訓」。《教程》從三個方面闡述了該史著編寫追求的特點：第一，作為一部「以文學作品為主型的文學史教材」，《教程》「著重於對文學史上重要創作現象的介紹和作品藝術內涵的闡發」，並使學習者能夠因此「隱約瞭解一些文學史背景」；第二，《教程》將致力「打破以往文學史一元化的整合視角」，不再「一般性地突出創作思潮和文學體裁」，而「以共時性的文學創作為軸心，構築新的文學創作整體觀」，以「改變原有的文學史面貌」；第三，「通過對文學作品多義性的詮釋」達到文學史觀念的「內在統一性」，即通過編寫者的分辨和解讀能力，「剝離」時代共名下那些宣傳國家意志作品文本中的「政治宣傳因素」，「發揚其含有民間生命力的

104　美國約翰・霍普金斯大學出版社，1992年出版。
105　轉引喬國強：《敘說的文學史》，北京：北京大學出版社，2017年，第45，46頁。

藝術因素」，拓寬文學作品的闡釋空間。這一點，完全可以說是陳思和對自己在「重寫文學史」期間倡導文學史應該「從從屬於整個革命史傳統教育的狀態下擺脫出來，成為一門獨立的，審美的文學史學科」[106]觀點的呼應。

為了實現以上編寫目標，讓讀者能更好地理解史著的敘述語言，《教程》還引入了包括「多層面」「潛在寫作」「民間文化形態」「民間隱形結構」「民間的理想主義」「共名與無名」等概念與術語。這些概念、術語我們後面將結合具體內容的分析予以辨析。

可以說，《教程》是一部有相對完整的思想與理論體系的文學史著作，同時也是一部具有探索性的嘗試之作。

二　尋找被「遺忘」的文學世界

當代中國社會主義運動的複雜性和關於「當代史」敘述的不確定性，決定了作為社會主義運動組成部分的當代文學的歷史敘述充滿變數。曠新年所謂的「尋找『當代文學』」，表達的正是對當代文學歷史敘述這種不確定性的懷疑，以及對「真實」的當代文學歷史「尋找」的願景與困惑[107]。而《教程》出版後為人們關注的原因之一，正是對被「遺忘」的當代文學世界的致力尋找。

---

106 陳思和：《關於「重寫文學史」》，《筆走龍蛇》，濟南：山東畫報出版社，1997年，第109頁。

107 曠新年在《尋找「當代文學」》一文（《文學評論》2004年第2期）中追溯了50年代以來作為歷史的「當代文學」不斷被重新建構的現象，指出其根源主要還在於「『當代文學』和政治意識形態有著特殊的親密關係」。因此，「『重寫文學史』的興起和『當代文學』的崩潰並不單純是文學領域裡的一場風暴，而是一場深刻的歷史地震，是一種歷史的興起和另一種歷史的沒落」，正如詹姆遜在《政治無意識》中所說的，「闡釋並不是一種孤立的行為，而是發生在荷馬的戰場上，那裡無數闡釋選擇或公開或隱蔽地相互衝突」。

（一）當代文學的「潛在寫作」

　　為了盡可能還原歷史，陳思和在《教程》編寫過程中創設了一個非常重要的文學史概念：潛在寫作。這其實也是陳思和進入90年代以後討論50-70年代中國文學時使用得最多的一個概念。大致說來，它仍屬於陳思和文學史觀中的「民間」知識譜系。對於「潛在寫作」的含義，陳思和有一個不斷修正完善的過程。在早年的一篇文章中，陳思和解釋，所謂的「潛在寫作」，即是指「那些寫出來後沒有及時發表的作品，如果從作家創作的角度來定義，也就是指作家不是為了公開發表而進行的寫作活動」[108]。而在《教程》「前言」中，陳思和進一步指出，作為一種文學現象，「潛在寫作」是指在中國當代某一特定歷史時期（具體主要指1949-1976年），「有許多被剝奪了正常寫作權力的作家」，「依然保持著對文學的摯愛和創作的熱情，他們寫了許多在當時客觀環境下不能公開發表的文學作品」（陳思和：《中國當代文學史教程・前言》）。在《教程》出版後幾年主編的「潛在寫作文叢」前言中，陳思和再一次對以上定義作了「必要的補充」：「就作品而言，潛在寫作雖然當時沒有發表，但在若干年以後是已經發表了的，如果是始終沒有發表的東西，那就無法進入文學史的研究視野；就作家而言，是以創作的時候即不考慮發表，或明知無法發表仍然寫作的為限，如有些作品本來是為了發表而創作，只是因為客觀環境的變故而沒有發表的（如「文革」的爆發迫使許多進行中的寫作不得不中斷），這也不屬於潛在寫作的範圍。」[109]

　　陳思和強調，引入「潛在寫作」這個概念，是「為了說明當代文學的複雜性」。他認為「潛在寫作」與公開發表的文學作品與後者一

---

108 陳思和：《試論當代文學史的「潛在寫作」》，《文學評論》1999年第6期。
109 陳思和主編：《潛在寫作文叢・總序》，武漢：武漢出版社，2006年。

起構成了「時代文學的整體，使當代文學史的傳統觀念得以改變」。《教程》還提到「潛在寫作」的兩種情形，一是作家們的「自覺創作」，另一是非自覺的寫作如日記、書信、讀書筆記等（陳思和：《中國當代文學史教程‧前言》）。為進一步支撐「潛在寫作」的理論闡釋，史著出版若干年後，陳思和還專門組織人力搜集整理並出版了一套「潛在寫作文叢」[110]。

　　但真正對1949-1976年中國當代文學中的「潛在寫作」現象進行深入系統研究的，還是陳思和的博士劉志榮的《潛在寫作1949-1976》[111]。該書雖然對存在於中國當代文學1949-1976年的「潛在寫作」現象的思考的表述，在整體構架上並沒有超越陳思和的預設，但搜集整理的材料更為豐富翔實，並對一些比較有爭議和可能引起爭議的材料作了力所能及的辨析。與《教程》比較，該書討論涉及的對象也更為廣泛，同時對「潛在寫作」作家文本分析與理論闡釋等方面作了更扎實的工作。具體說來，《潛在寫作1949-1976》一書主要談了如下幾個問題：一是「潛在寫作」出現的原因。在這一點上，劉志榮認為公共空間的萎縮是最主要的原因。這裡的「公共空間」，當然是指寫作的自由空間。「公共空間」萎縮的主要原因是1949年以後，文學事業已開始納入體制管理的範疇，國家政治權力的控制已經日益深入到文化領域，知識分子自由表達自己思想感情的可能性愈來愈小，文學寫作個體化也因此日益困難。到「文化大革命」，知識分子已經集體失語。二是關於「潛在寫作」的作家類型。劉志榮提到主要四種情

---

110 《潛在寫作文叢》共10卷，具體包括：《被放逐的詩神》（食指等）、《無夢樓全集》（張中曉）、《〈無名書〉精粹》（無名氏）、《花的恐怖》（無名氏）、《暗夜的舉火者》（啞默）、《垂柳巷文輯》（阿壟）、《春泥裡的白色花》（綠原）、《野史無文》（彭燕郊）、《青春的絕響》（蔡華俊）、《懷春室詩文》（胡風）等。

111 復旦大學出版社，2007年出版。

況：第一類作家是1949年前後，「在中國當代文學的新方向確立的過程中，被稱為『反動作家』、『自由主義作家』」的，如沈從文、無名氏、陳寅恪、錢鍾書等。第二類是1955年因「胡風集團」而被排除出文壇的「七月派作家」，像胡風、張中曉、彭柏山、牛漢、曾卓、綠原、彭郊燕等。第三類是1957年反右派及在此前後的反右運動中被排除的作家，這其中又可分為三類：被排除年限比較長的大右派，左翼文學運動的中堅，如丁玲、馮雪峰、艾青等；比較年輕的右派，如公劉、流沙河等；40年代的「《中國新詩》派」詩人，特別是穆旦、唐祈等。第四類主要指「文革」時期的「地下文學活動」。「文化大革命」爆發後，「地下寫作」與「地下沙龍」幾乎成為「潛在寫作」的代稱，這期間最有影響的是灰娃、黃翔、食指，以及多多等「白洋澱詩歌群落」詩人，北島、舒婷的詩歌創作，張揚的小說創作等。三是「潛在寫作」的品格與文學史意義。劉志榮認為，「從體制中的公開寫作轉入私人空間中的潛在寫作，表面上看是一個寫作形式的問題，實際上卻帶來了許多質的變化」，那些在50-70年代公開文學中很看到的對個體心靈、情感、命運等進行思考體驗的東西，在身處邊緣「潛在寫作」的作家作品中得到了充分的表現。這裡，劉志榮關於當代文學（1949-1976）「潛在寫作」作了最大限度的開掘與拓展。盡管如此，陳思和有關「潛在寫作」現象研究及《教程》的敘述，依然是劉著拓展與延伸的基礎。我們在這裡用比較大的篇幅介紹劉著，其實也可看作是對《教程》關於當代文學「潛在寫作」現象的另一種嵌入式讀解。

　　不僅如此，關於「潛在寫作」的意義，劉志榮也在陳思和原生思想的基礎上，展開了更為深入的闡釋。劉志榮從「精神資源與寫作的整體風格」角度進行了三個方面的描述：一是認為「潛在寫作」延續了前一個時代的主流思路的寫作，二是指出寫作者從對生活的真實感

受出發，他們不一定自覺偏離主流，但因表達了個人感受而捕捉到了個人生存境遇的特殊性而具有了意義，三是指出一些作家本身就具備了超越主流規範的精神資源，他們的藝術感受、表現方式與想像等自成一體。借一個論者的說法，劉志榮認為，「潛在寫作」的作家「找回了作者作為人文知識分子最重要的傳統，這是扭轉當代中國作家與詩人多年來寫作的『政治迷失』、重建『人文寫作』的關鍵所在和真正的開端」；「潛在寫作」的意義已經遠遠超出文學史的範疇，而涉及一個重要的問題，即文學史與集體記憶的問題。這種「集體記憶」，是一個社會、一個民族關於「過去的」「歷史的」知識；對「潛在寫作」的研究，也使得我們必須面對這樣一些問題：「文學寫作、發表方式與現實權力的關係，歷史敘述與權力的關係，現代中國知識分子的精神與傳統的延續，文學史發展的斷裂與延續，一種為內心的寫作在20世紀中國是否存在、如何存在，乃至什麼樣的文學是真正有價值的文學……」而這一切，將從根本上「導致我們對現代中國文學的傳統與現代中國知識分子的精神傳統的認識的改變」[112]。這些闡述，同樣可以看作是對《教程》關於「潛在寫作」文學史意義與思想價值的點化。

但作為一種探索，《教程》關於當代文學「潛在寫作」現象的敘述，並非毫無疑義。以《教程》對「文革文學」的討論為例。陳思和認為「文革文學」研究之所以可能的一個重要設定前提，是因為存在於這一時期的「潛在寫作」具備了文學資格。但其實問題遠比我們想像的要複雜。在當代，「文學資格」的認定本身就是頗受爭議的複雜問題。而實際上，在問題論爭的背後，涉及的是另一個更大的問題，即在「文革文學」研究中應該如何「歷史地」處理好相關史料，比如

---

112 劉志榮：《潛在寫作1949-1976·導論》，上海：復旦大學出版社，2007年。

作品的寫作時間與發表時間的關係？[113]對這一問題的不同處理方式，顯然直接影響到文學史敘述中對這些內容的不同態度。以「文革」時期的「地下詩歌」情況為例，由於當時的詩歌活動和作品的「真實性」在長期的研究中一直都是一個存疑問題，而且大多數詩歌作品都發表在80年代以後，因此有些研究者如洪子誠和劉登翰將這些詩歌的討論放在80年代[114]。

三　重審文學的「民間」形態

「民間」是陳思和文學史觀念理論體系的一塊基石。在通過「潛在寫作」尋找被「遺忘」的當代文學世界的同時，陳思和還借助「民間」的知識譜系發掘當代文學的「民間」價值。

（一）「民間」的理論形態與文學歷史

在陳思和的「民間」知識譜系中，「民間文化形態」是一種特殊的文化空間。」[115]從「民間」角度考察與書寫當代文學史，其實是陳思和中國新文學整體觀的重要組成[116]。在「整體觀」關於中國新文學發展的「三段論」中，陳思和認為50年代以後的內地文學，其直接源

---

113 比較有代表性的文章有：李潤霞：《「潛在寫作」研究中的史資料問題》，《中國現代文學研究叢刊》2001年第3期；洪子誠：《文學作品的年代》，《中華讀書報》2000年1月12日等。

114 具體可參看洪子誠和劉登翰合著的《中國當代新詩史》，人民文學出版社，1993年出版。

115 陳思和：《中國新文學整體觀》，上海：上海文藝出版社，2001年，第112頁。本章後面所徵引該書的內容，如無特別說明，均引自此版本。

116 除「民間」視角外，陳思和的新文學整體觀還涉及中國現當代文學的啟蒙傳統、戰爭文化心理、現實主義和現代主義、懺悔意識等話題。參考陳思和《中國新文學整體觀》。

頭是始於1942年的抗日民主根據地文藝。而作為一種文化形態，「民間」（包括《教程》前言中涉及的「民間文化形態」「民間隱形結構」「民間理想主義」「民間審美立場」等）貫穿於整個20世紀中國文學。對此，陳思和在《中國新文學發展的民間文化形態》[117]中進行了比較全面的梳理。但由於歷史原因，陳思和認為，從五四到抗戰爆發，「民間」作為一種話語姿態，一直都為「知識分子新文化傳統」所壓抑，沒有成為「主流話語」。直到抗戰爆發，民族矛盾取代階級矛盾上升為主要矛盾，社會格局發生了根本性變化，「民間」游離於「主流」之外的狀況才得到改變。這一觀點在其《民間的沉浮：從抗戰到「文革」文學史的一個解釋》一文中得到了更進一步的表達[118]。陳思和認為，從抗戰到「文革」，民間文化與國家政治意識形態及知識分子新文化傳統的衝突大致經歷了三個階段，並在文學中直接體現出來。第一階段：延安時代對舊秧歌劇和舊戲曲的改造；第二階段：趙樹理道路的悲劇；第三階段：「文革」時代的「樣板戲」和民間文化回歸大地。陳思和指出，由於20世紀中國社會的特殊性，由於我們文學研究立場和價值取向的偏頗，對20世紀中國文學「民間」內涵的關注和挖掘一直都處於被遮蔽狀態。基於以上情況，他強調我們要重視從抗戰到「文革」文學的「民間形態」，從「民間」角度考察40-70年代中國文學（這也是他認為我們一直以來研究比較薄弱的一個時段——中國當代文學時期）。陳思和認為民間文化「『隱形結構』的存

---

117 收錄於《中國新文學整體觀》。

118 陳思和在文中認為，從抗戰到「文革」的中國文學，是民間文化形態表現最為充分的時候。延安文藝整風運動更是標誌性的開始。陳思和提出20世紀中國的學術文化「三分天下」的觀點：國家權力支持的政治意識形態，知識分子為主體的外來文化形態和保存於中國民間社會的民間文化形態。民間社會與國家政治意識形態和知識分子新文化傳統形成鼎足而立的局面，是在抗戰爆發以後。參看陳思和：《民間的沉浮：從抗戰到「文革」文學史的一個解釋》，《上海文學》1994年第1期。

在是當代文學文本生產中的一個重要特點」，指出50年代的作家對民間文化形態「懷有潛在的同情心」，因此他們在利用「被國家政治改造與滲透」的民間形式來表現政治意識形態的同時，「也吸收了民間的內容」，並在改造和利用中將向來不登大雅之堂的民間文化形態納入知識分子創造的文本，「成為內含在文本中的『隱形結構』，支配了一個時代的審美味趣」。為此，陳思和在《教程》中還舉列了當代文學中很有代表性的一些例證，像梁三老漢（《創業史》）、亭面糊（《山鄉巨變》）、「小腿疼」（《「鍛煉鍛煉」》）、賴大嫂（《賴大嫂》）等這些活靈活現的、「屬民間社會傳統中自然存在的人物」；楊子榮舌戰小爐匠（《林海雪原》）、朱老鞏大鬧柳樹林（《紅旗譜》）等充滿民間色彩的情節；《沙家浜》中以阿慶嫂為軸心的「一女三男」的喜劇情節模式、《紅燈記》中「赴宴鬥鳩山」的「道魔鬥法」等暗含著的民間隱形結構，等等。陳思和站在「民間」的立場上，從當時的主流文學現象中發現、挖掘異質成分。

　　綜上所述，盡管陳思和關於民間文化的思考與表達，潛在的其實是知識分子的精英啟蒙主義立場，[119]但他對當代文學所作的「民間」考察，確實在一定程度上讓我們看到了以國家政治意識形態或知識分子新文化傳統話語進行敘述而被遮蔽的另一種文學圖景，一種被他認為潛藏著活力、充滿著「民間」氣息的文學歷史。

---

119 昌切在「中國當代文學史史學觀念筆談」之《學術立場還是啟蒙立場》（《文學評論》2001年第2期）一文中對陳思和在《中國當代文學史教程》體現的「鮮明的啟蒙主義立場」有過深入的論述。如他認為陳思和在《中國當代文學史教程》中「有意開發被顯在文學壓抑的潛在文學的意義，在國家意識形態文學中揭示和高估其民間隱形結構，為無名文學尋找合法存在的依據，所體現的也正是以維護精神自由為內核的啟蒙立場」。文章認為，在「持學術立場還是啟蒙立場」問題上，陳思和「偏重思想啟蒙，經常把完整的作品分割成互不相容、互相牴觸的兩個部分，分而論之，抬一面壓一面；也經常故意壓低一統文壇的顯在文學的調門，抬高受壓抑的，以及在當時基本或完全沒有發揮社會作用的潛在文學的聲音」。

（二）作為文學史的一種立場與方法

與全面站在新文學歷史高度考察、梳理從抗戰到「文革」中國文學的民間文化形態的相關文章不同，在《教程》中，我們可以明顯地感受到「民間」作為一種觀念、立場與方法，在陳思和那裡，已經演化成為一種自覺的文學史寫作實踐。同時，為了拓寬和深化對當代文學「民間」內涵的考察和挖掘，陳思和還引入了包括「多層面」「潛在寫作」「民間的理想主義」「共名與無名」等在內的關鍵詞。

除了把上面分析的一些文學現象納入文學史敘述視野並作進一步展開外，《教程》區別於其他當代文學史著作的顯著之處，便是對當代文學中一些國家政治意識形態認可的、也是長期以來主流文學史敘述堅持的作品「拒絕」解讀，包括《青春之歌》《創業史》《紅岩》，郭小川與賀敬之的政治抒情詩等，而致力於一些作家作品的「打撈」，如趙樹理的《「鍛煉鍛煉」》與郭小川的《望星空》，「文革」時期的「地下文學」，較早的如張中曉和他的《無夢樓隨筆》，綠原、牛漢、曾卓等因受「胡風事件」株連的「七月」派詩人的創作，70年代初豐子愷的《緣緣堂續筆》，活躍於60年代末70年代初的「地下詩社」（包括食指、白洋澱詩歌群體）、以《第二次握手》為代表的在民間社會流傳的手抄小說、「中國新詩派」代表詩人穆旦晚年的詩歌創作等，以及在我們以往的文學史中不怎麼關注的、被《教程》認為富於「民間精神」的多民族文學，如《阿詩瑪》《划手周鹿之歌》《正紅旗下》，等等。對於這些長期以來被我們的主流文學史敘述有意識或無意識「遺忘」的作家作品，《教程》站在「民間」立場上，或從「潛在寫作」角度，重新估定它們的藝術價值和文學史意義。

與80年代一些當代文學史著作從「當代」「政治正確論」角度臧否五六十年代農村題材文學創作不同，《教程》在嘗試擱置政治社會

學這一被有些研究者視為一元論的當代文學批評準則，認為民間文化形態的因素往往成為決定這些作品是否有藝術價值的關鍵（陳思和：《中國當代文學史教程》，第36頁），並指出「在公開發表的創作相當貧乏的時代裡」，這些「潛在寫作實際上標誌了一個時代的真正的文學水平」（陳思和：《中國當代文學史教程・前言》）。對50年代末60年代初戲劇領域的歷史題材創作（包括郭沫若、田漢的歷史劇，吳晗等的新編歷史劇，以及昆劇《十五貫》等），《教程》認為作家在其中寄託自己情懷的同時，最重要的價值，還是通過劇中傳統的「清官戲」「鬼戲」等千百年來流傳中國民間社會的「民間文化形態」保存下來，並「顯示出其頑強的生命力與廣闊的包容性」（陳思和：《中國當代文學史教程》，第109頁）。認為像《嘎達梅林》（蒙古族）、《尕豆妹與馬五哥》（回族）等這些少數民族民間敘事詩，「常常出現一些正統文學難以容納的因素，保留了無法被意識形態化約的原生態的民間經驗」，如沒有將民間道德倫理與政治意識形態簡單對立（陳思和：《中國當代文學史教程》，第125-126頁）。在這一點上，《教程》認為它完全不同於「漢族當代文學的主流對民間文學的態度」，並進而指證「大躍進」「新民歌」運動，其運作過程與基本精神，實際上是「主流意識形態對民間形式的粗暴入侵」（陳思和：《中國當代文學史教程》，第127頁）。

　　可以說，《教程》是一部由一個具有啟蒙思想立場的知識分子主編的一部凸顯「民間」姿態、對「民間」懷抱同情和理解，並體現知識分子獨立思考精神的當代文學史。另一方面，也很能夠體現這一時期的當代文學史研究與編纂如何努力吸收90年代以來的研究成果，並努力尋找和發現當代文學的異質成分。

四　打開的與遮蔽的「當代」

　　80年代建構起來的文學史話語模式，其更多、更成熟實踐成果的出現，還是在90年代，而這其中陳思和主編的《教程》最有代表性。

　　結合「重寫文學史」的理論倡導，特別是陳思和本人的文學史觀來看《教程》，有幾個問題是值得我們關注的：一是文學的、審美的評價機制。《教程》的這種情形其實是80年代「重寫文學史」期間對文學／審美的標準與社會／政治之間關係的處理方式的具體實踐，即將這兩者處理成為對立的關係。但就效果而言，值得討論。正如有些研究者（如李楊）所說的那樣，從常識上講，這是不能夠理解和接受的，這樣的文學史是有缺陷的。二是感性、形象文學史話語方式。這種言說風格的背後，潛藏的是注重寫作者對歷史的個體體驗與感受。這與80年代「重寫文學史」推崇的主體性有著內在的關聯。與許多文學史著作比較，《教程》的可讀性比較強，主觀情緒色彩比較濃厚，有時甚至散發出一種抒情的意味。三是啟蒙主義立場。表現在兩方面：對底層文學的關懷，如少數民族文學（民間史詩等）；批判性與人道主義價值取向，最典型的是對趙樹理及其《「鍛煉鍛煉」》的重新解讀，與以前的文學的文學史完全不一樣，把話倒過來說，比如對「小腿疼」「吃不飽」的同情，對楊小四、王聚海這些農村幹部的批判，而不再籠統地「照著說」，認同作者對農村幹部形象的漫畫、扭曲，批判了農民階層的劣根性，等等。不過，這些思想感情，都是自上而下的，是精英知識分子對民間大眾式的。

（一）相關爭議與質疑

　　然而這部對「民間」充滿「同情」和「理解」的文學史，從其誕生之日起便引來爭議或者說是質疑。綜合地看，這些爭議與質疑，主

要表現在如下幾方面：

　　一是有關「民間」的闡釋與界定。正如不少論者所說的那樣，究竟應該如何科學、客觀地闡釋「民間」內涵？它的邊界又該怎樣設定？因為可以看出的是，陳思和文學史觀念中的「民間」和我們通常所說的「民間文學」中的「民間」雖可能有一些關係，但顯然並不是同一回事[120]。更重要的是，既然「民間」因素貫穿於整個20世紀中國文學發展[121]，那麼以「民間的沉浮」來描述40-70年代中國文學有何特殊意義？或者說將這一時期文學中含藏有「民間」元素的文學現象納入「異端」／「非主流」視野來考察是否必要？

　　二是關於編纂者文學史觀念中的「民間」姿態。正如前面有些論者所言，陳思和的「民間」，其實是一個具有啟蒙思想的知識分子的「民間」，一個「文化精英」居高臨下的、自上而下的「民間」。有論者認為，這種審視姿態與立場，具有甚至可能比「壓制」、否定「民間」的力量更嚴格、更嚴厲的「選擇性」與「批判性」。基於這樣一種隱蔽的文化立場與文學史觀念，慎重看待與甄別編纂者對當代文學的「民間」所懷抱的「過度」同情、理解乃至理想化情形的認識和評

---

120 關於「民間」的內涵與界定，除了上面提及的總體界說，陳思和在《中國新文學整體觀》《中國當代文學史教程·前言》等相關著述中有比較詳細的闡釋。主要談了三點，一是它產生於「國家權力控制相對薄弱的領域」，「保存了相對自由活潑的形式，能夠比較真實地表達出民間社會生活的面貌和下層人民的情緒世界；雖然在政治權力面前民間總是以弱勢的形態出現，並且在一定限度內被迫接納權力，並與之相互滲透」。二是「自由自在」的「審美風格」。這「自由自在」，道德說教無法規範，政治條律無法約束，「甚至連文明、進步、美這樣一些抽象概念也無法涵蓋」。三是「藏污納垢」，「民主性的精華與封建性的糟粕交雜在一起」。除此以外，陳思和指出，作家的寫作立場、價值取向、審美風格、文化素養都可包括在其中。

121 在《中國新文學整體觀》「中國新文學發展中的民間文化形態」一章中，陳思和除談到從抗戰到「文革」文學發展中的「民間的沉浮」情況外，還談到「文革」後文學中「民間的還原」情況以及中國新文學中「現代都市文化與民間形態」的關係。

價，很有必要。換句話說，這種「民間」的文化立場與文學史觀，很有可能漸變為另一種「異端」。事實上前面提到的《教程》對包括《青春之歌》《創業史》等在內的一些國家政治意識形態認可的一些作品的拒絕，對另一些通常在文學史寫作中被疏離、甚至趨於否定的作品的過分偏愛與拔高，這種偏移文學史寫作常規的情形，即已很能夠說明問題。也已有一些研究者提出了質疑[122]。

三是有些論者認為，即便可從「民間的沉浮」角度描述40-70年代中國文學，但是否可以為了證明「民間」的包容性而可以用它無限地涵納國家政治意識形態與知識分子新文化傳統之外的文學現象與事實？或者如有些研究者說的那樣，「為詮釋自己預設的理念，而在選材上『避重就輕』」，即「以『民間』替代『經典』、以『邊緣』衝擊『主流』、以『隱形』否定『顯形』、以『無名』替代『共名』。該論者認為這種做法，「不論有多少具體考慮，都不符合那時代的文學現實和閱讀接受現實」[123]。另外，有些論者還指出，文學的「民間性」和「民族性」可能有些聯繫，但並不是同一概念，如同「民間意識」與「民族意識」。將兩者混合起來談極有可能遮蔽我們對一些文學現象的認識與深入把握。比如對老舍的《正紅旗下》，從滿族旗人文化

---

122 如李楊認為「雖然文學作品的發行量與社會影響力不是衡量一部『傑作』的標誌，但對包括在50年代當代文學史上發行量最大的長篇小說《紅岩》在內的許多曾經引起廣泛社會反響、參與塑造數代中國人靈魂的作品的熟視無睹，這樣的文學史很難說具有真正『完整的』文學史意義，我們完全可以將其理解為另一種敘形式的『空白論』。如果這種『盲視』並不是文學史的寫作者的主觀選擇，那麼就一定是寫作者採用的文學史方法存在問題」。（李楊：《當代文學史寫作：原則、方法與可能性》，《文學評論》2000年第3期。）另外我們在前面提到的曠新年《「重寫文學史」的終結》一文也表達了這樣的意思，即認為陳思和的《教程》對「當代文學經典」的規避和「潛在寫作」的開掘，「實際上造成了一場文學史的『政變』，否定了傳統的文學史敘述而重新構造了一個新的文學史」，形成了一種「以邊緣為中心」的新的文學史寫作策略。

123 王春榮：《文學史編寫的「創新」與「規範」》，《藝術廣角》2001年第1期。

的層面去進行解讀，較之於從文化形態及審美立場等意義上的「民間」角度進入作品內容，可能更能把握其深層意蘊，特別是隱藏於老舍內心深處的民族文化情結。被稱為「遠東戲劇奇蹟」、五六十年代戲劇經典的《茶館》的情形更是這樣。對這部作品，長期以來我們的文學史教科書一直都存在不同程度的誤讀，沒能夠將作者隱藏在其中的那種文化心理的深層結構線索解析出來。究其原因，很重要的一點，便是我們一直把該劇作中的民族文化因素輕易地當作文學的「民間」因素進行處理。造成這種情形當然有一定的原因。正如《中國當代文學史教程》所提到的，《茶館》確實很容易讓人想到「舊時代的民間生活浮世繪」情景，聯想到作者對「《死水微瀾》式民間敘事模式」的發揮（陳思和：《中國當代文學史教程》，第83頁）。這些都不過是浮出水面的冰山一角；支撐著作品這些「民間」話題的，還是沉藏在現象後面的滿族旗人文化內涵[124]。看不到這一點，就難以深入地解讀作品，不能解析清楚當年焦菊隱為什麼要把三個老人撒紙錢祭奠自己這僅占劇作文本篇幅不到十分之一的內容，排演成幾乎占整個演出近六分之一時間的「戲」，特別是不能弄清楚隱含在這其中的「文化的悲涼」意味，理解不了老舍當年何以強調演員要「《茶館》要演出文化來」的話外音[125]。顯然，對《茶館》，即便是老舍自己更看重的，也不是那些浮光掠影的「民間」戲劇性片斷，而是長期以來積鬱在他內心的「遺民文化」情結。貶議與排斥「遺民文化」，其實是狹隘的，是另一種「文化歧視」。90年代以來陳徒手的《人有病，天知否：1949年後中國文壇紀實》和程光煒的《文化的轉軌：「魯郭茅巴老曹」在中國1949-1976》，以及老舍研究專家關紀新有關研究老舍的

---

124 有關情況可參考陳徒手《老舍：花開花落有幾回》一文，收入《人有病，天知否：1949年後中國文壇紀實》，人民文學出版社，2000年出版。本章後面所徵引本文內容，不再注明出處。

125 參看陳徒手《老舍：花開花落有幾回》一文。

資料[126]等，都從不同角度談到老舍的滿族文化情結問題。看不到這些，那麼無論如何「民間」化，對《茶館》意義的理解都可能是「深刻的片面」[127]。除此以外，許多論者對陳思和為拓寬和深化對當代文學「民間」內涵的挖掘，尋找、豐富當代文學的異質成分而引入「潛在寫作」的觀念與方法，提出了更為尖銳的質疑[128]。

對「民間」及與此相關聯的「潛在寫作」等概念的引入，拓展了文學史的考察與研究空間，特別是通過精英知識分子價值立場包裝的「民間」理論形態，以及進入「當代」文學史多層面的「潛在寫作」概念，「打撈」了一批長期以來被國家權力意識形態排擠、「擱置」在抽屜裡或手抄流傳於民間的作家作品。這些對我們重新考察中國當代文學史都具有一定啟發意義。而另一方面，不容置疑，作為一部爭議比較大的文學史著作，《教程》的確有不少問題值得我們討論，這除剛才提及的之外，如作為90年代末「重寫」的文學史著作，其文學史觀念的內核基本上仍停留在80年代，也是一個問題。不過，從探索與實踐的角度論，「包含個性的文學史總是具有『重寫』的意味，即使有些偏頗，也應該允許」[129]。

---

126 如關紀新發表在《社會科學戰線》1984年第4期的《老舍創作個性中的滿族素質》、特別是2008年遼寧民族出版社出版的《老舍與滿族文化》。

127 有關對《茶館》文化內涵的解讀，可參考筆者的《〈茶館〉文本的深層結構的再解讀》一文，《中國現代文學研究叢刊》2009年第5期。

128 如李楊《當代文學史寫作：原則、方法與可能性》一文認為，「按照作者的理解，恰恰是『潛在寫作』與『民間意識』這兩種文學方式在主流文學以外，保存和傳播了文學的薪火，保留了被主流文學『中斷』了的中國新文學的『兩個傳統』——『潛在寫作』保留了『五四文學』的傳統，『民間意識』則保留了『民間文學』的傳統。顯然，不管是否形成了自覺意識，作者在這裡預置了一個潛在的模式，即『非文學』——主流文學與『真文學』——潛在民間寫作的對立模式。這種對文學史的認知方式無疑仍是一種典型的『二元對立』的方式。」

129 《在京專家學者應本刊之邀濟濟一堂各抒己見——「重寫文學史」引起激烈反響》，《上海文論》1989年1期。

第五節　《中國當代文學史新稿》的啟蒙立場

一　編寫的緣起與背景

在90年代的當代文學史編寫成果中，洪子誠的《中國當代文學史》與陳思和的《教程》，以各自對當代文學史書寫的反思和「新的歷史敘述」的探索，對50年代建構起來的當代文學史寫作模式產生巨大的衝擊而廣為人們關注。這兩部文學史出版後，雖也不乏質疑與爭議，但編者的探索與「未完成的問題」，至今仍影響著當代文學史的研究與寫作。這種情形，主要還是與當代文學的學科狀況有關，即如洪子誠所言，與趨於「成熟」的現代文學學科比較，當代文學的歷史書寫及其研究一直充滿著諸多不確定性因素，因此，追求「規範」與「穩定」，在「不確定」中尋找「確定」，一直是當代文學研究者們的努力方向。洪子誠認為，這情形，恰恰也是當代文學學科的「新鮮感與挑戰性」的表現（洪子誠：《問題與方法——中國當代文學史研究講稿》，第15頁）。不過，由於「當代」的正在進行時性質，注定了這「尋找」永遠「在路上」。從這一意義說，這兩部「未完成」的文學史，其「開放的姿態」[130]給我們提出的問題均值得我們關注。有研究者認為這兩部史著顯示了「當代文學史的學術水準」[131]。

稍晚由南京大學董健、丁帆、王彬彬主編的《中國當代文學史新稿》[132]（以下簡稱《新稿》），是90年代以後當代文學史編寫中另一部

---

130 洪子誠《中國當代文學史》的嚴謹與內斂，是僅就其敘述風格而言，貫穿其中的「問題意識」，體現的還是史著的「開放姿態」。

131 許子東：《四部當代文學史》，收錄於王萬森、劉新鎖編：《文學歷史的跟蹤——1980年以來的中國當代文學史著述史料集》，北京：人民出版社，2014年，第269頁。

132 初版本由人民文學出版社2005年出版。第二版由北京師範大學出版社2011年出版。

值得注意的史著。《新稿》主編之一的董健，是1980年十院校集體寫作的《中國當代文學史初稿》定稿組成員之一。董健認為《初稿》雖然1988年曾經修訂過，但總體上已經不能適應時代發展的需要了；原有編寫班子也不可能「再一次集體寫作了」，「恰遇原十所院校之一的南京大學成立現代文學研究中心」，遂借中心的教師和博士生力量，「再起爐灶，重編此書」[133]。可見，雖是「重編」，但已是「再起爐灶」；還是「集體編寫」，但也已「新人換舊人」，而且隊伍越來越大，有30人參與了《新稿》的編寫。更重要的，是「重編」的背景、主編的思想、編寫的原則、對作家作品的評判標準等均發生了較大的變化。這些相關的「情況說明」，在2003年由《新稿》主編三人合撰的《我們應該怎樣重寫中國當代文學史》[134]一文（以下簡稱《重寫》）中已有所表達。該文也是《新稿》「緒論」的雛形。下面我們將綜合《新稿》與《重寫》展開一些問題的闡釋與評述。

（一）強烈的介入意識

與90年代其他文學史著比較，首先值得關注的是《新稿》對當下的當代文學史寫作與研究表現出來的強烈介入意識。《重寫》直言「觸發」編寫的「激情」，首先是源於「對目前文學史價值觀念混亂的不滿」，並強調這「混亂」集中表現在對「十七年文學」和「文革文學」的價值定位上：一方面，在當代文學的教學和科研中，這兩個時期的極左思潮還沒有得到真正學理上的清算，許多院校「還在沿用著二十多年前的舊教材」；另一方面，是「更新一代的學者和一些當

---

133 董健、丁帆、王彬彬主編：《中國當代文學史新稿·緒論》，北京：人民文學出版社，2005年，第1頁。本章後面所徵引該書的內容，如無特別說明，均引自此版本。

134 董健、丁帆、王彬彬：《我們應該怎樣重寫中國當代文學史》，《江蘇行政學院學報》2003年第1期。本章後面徵引本文內容，不再另注明出處。

代文學史的治史者們卻又以令人驚愕的姿態，從『新左派』和『後現代』的視角來禮讚『文革文學』和『十七年文學』的『紅色經典』」（董健等：《我們應該怎樣重寫中國當代文學史》）。為此，《新稿》試圖通過「重寫」「正本清源」，「思考一些被許多歷史陰影遮蔽」的問題，「讓人文意識真正進入文學史教材」（董健等：《中國當代文學史新稿·緒論》）。

　　為了說明問題，《新稿》在「緒論」中將在《重寫》中談到的這些「混亂的文學史價值觀念」進行歸納概括為「『非歷史』傾向」，包括「歷史補缺主義」和「歷史混合主義」，以及與此相關聯的「庸俗技術主義」方法。

　　所謂「歷史補缺主義」，簡單地說就是「製造虛假繁榮」，具體表現為兩種情況：「一種情況是『好心地』、一廂情願地要使歷史『豐富』起來、『多元』起來。既不想承認那些在極左路線下被吹得很『紅』的作品的文學價值，又不甘心面對被歷史之篩篩過之後的文學史的空白、貧乏與單調，便想盡辦法，另闢蹊徑，多方為歷史『補缺』；還有一種情況是有意掩蓋和美化歷史上的缺陷，從而為這種缺陷在當今的延續找到『合理性』。」（董健等：《中國當代文學史新稿·緒論》）為此，《新稿》「緒論」特別批判性地提到了近20年來被冠以「紅色經典」而重新被有些研究者大加讚揚的「特定歷史時期文學藝術反現代、非人化、貧困化和一元化變異」的「革命樣板戲」。編者不僅否定「紅色經典」的提法，還指出產生這種「錯誤觀點」的兩大歷史淵源，即20世紀初俄國的「無產階級文化派」和1966年的《林彪同志委託江青同志召開的部隊文藝工作座談會紀要》（董健等：《中國當代文學史新稿·緒論》）。

　　所謂「歷史混合主義」，在《新稿》看來，即是把歷史「攪成一鍋粥」、「切斷歷史的『鏈條』」，打亂其各個環節的邏輯順序，指出這

些研究理論與方法的提倡者們「在批判現代性的時候恰恰扮演著盲目反現代化的角色」，「與中國一切反對現代意識的傾向（如烙有封建專制主義文化傳統烙印的復古主義、民族主義及「左傾」狂熱等）建立了統一戰線。他們很少對中國一個世紀以來思想文化的現代化歷程進行真正學理意義上的批判性梳理，結果只能是對西方後現代主義理論的拙劣『效顰』，以致把中國一些前現代、反現代的東西，當成了後現代的『寶貝』，從而把歷史攪成了不分是非、善惡、進退、積極與消極、開放與封閉的『混合主義』的一鍋粥。……在這樣的混亂中，現代性的價值判斷被顛倒或傾斜了。在這方面，最典型的例證是說『文革』文學有現代性的文化內涵，甚至說『文革』中獨霸文壇的『革命樣板戲』具有濃厚的後現代主義藝術的元素」。《新稿》進而指出：「『樣板戲』是蒙昧的政治狂熱的產物，是在文化專制主義語境下形成的怪胎，是對五四精神的徹底『決裂』，基本上是一種非人化的藝術，其中毫無現代意識可言。說它是前現代、反現代的藝術是符合事實的，說它是屬後現代主義，就把歷史之河的清水給攪渾了。」（董健等：《中國當代文學史新稿・緒論》）《新稿》還批判了這種研究立場中「沒有『十七年文學』，沒有『文革文學』，哪裡來的『新時期文學』」，將「十七年文學」「文革文學」和「新時期文學」「混為一談」的提法，同時認為用「政治道德化」來評判巴金的《隨想錄》，「完全無視文學作品在不同具體歷史時期的文學內涵」。

　　《新稿》認為與上述兩種「非歷史」研究相關的「庸俗技術主義」，即是「撇開文學的思想文化內涵，撇開人的精神狀態，只盯住一些純技術層面上的雕蟲小技」，為「歷史補缺主義」和「歷史混合主義」「提供了具體依據」，指出這種「技術主義」在分析作品時脫離具體歷史語境，「淨談一些毫無生命感、社會感和歷史感的純技術問題」，「『早春朝陽』和『晚秋殘日』同樣都是放光的；毒瘤的紅色和

鮮花的紅色也同樣都是鮮豔的」，並批判了一些研究者極力拔高浩然
《豔陽天》審美價值的現象（董健等：《中國當代文學史新稿・緒
論》）。

　　與此同時，《新稿》還質疑了北大版《中國當代文學史》的「一
體化」文學史觀和陳思和《中國當代文學史教程》的「民間」話語體
系。《新稿》編者並不認同洪子誠的「一體化」的當代文學史觀表
述，即「『當代文學』這一文學時間，是『五四』以後的新文學『一
體化』趨向的全面實現，到這種『一體化』的解體的文學時期」，而
認為「歷史事實顯然不是完全這樣的，既不能說30年代『左翼文學』
實現了『一體化』，更不能籠統地說『五四』新文學實現了『一體
化』，只能說內地當代文學是此前三個『板塊』（即國統區文學、淪陷
區文學和解放區文學，筆者）之一的以延安文學的『解放區文學』
『一體化』趨向的全面實現，到這種『一體化』解體的一個文學時
段」（董健等：《中國當代文學史新稿・緒論》）。在《新稿》看來，陳
思和《中國當代文學史教程》的「民間」是「純技術性的形式主義工
具」，它「無形消解了許多文本的豐富的歷史內涵與政治文化內涵，
這種『民間』文化立場顯然是從巴赫金對拉伯雷的分析中得到啟迪，
但這些文學史論者卻捨棄了巴氏話語中的哲學文化批判的歷史內容」
（董健等：《我們應該怎樣重寫中國當代文學史》）。

　　此外，《新稿》主張「慎用」新時期以來流行，卻「被時間證明
不夠科學」的一些概念術語、詞條，如「傷痕文學」「反思文學」「改
革文學」等，要澄清「潛在寫作」之類概念，並提出「在當時非法處
境中創作出來的作品」，而在「私下偷偷寫作」但沒有進入「讀者社
會」的「地下文學」，只能夠作為研究資料的史料而不能作為「作品」
進入文學史敘述（董健等：《我們應該怎樣重寫中國當代文學史》）
等等。

　　總之，在《新稿》看來，以上種種情形，都是當代文學史編寫與研究中「價值混亂」的表現，有必要通過「重寫」「一部好的文學史」，以免「誤人子弟」。

（二）另一種「80年代」立場

　　90年代當代文學史的寫作和探索，主要體現為對80年代新啟蒙觀念與方式的質疑和調整，即思考啟蒙歷史觀和標舉「文學性」過程中存在的問題，以及如何處理「十七年」，處理「社會主義文學」經驗。概而言之，是在質疑80年代偏於整體否定的那種狀況。但不同文學史論著的思路、理念和具體方案不同。如洪子誠主要通過對當代文學體制的考察及盡量「擱置評價」「回到歷史情境中去」的方式，還原當代文學的嬗變歷史，陳思和的文學史主要是引入「民間」「潛在寫作」等觀念、理論，李楊等的「再解讀」思潮，則主要是提出另類現代性來探索被80年代新啟蒙判為「非法」的「人民文藝」的合法性。《新稿》將以上的探索、質疑與調整統斥為「『非歷史』傾向」予以問責否定。其實，《新稿》在啟蒙的前提下，倒是比較認同一種「非歷史」的，具有普適性的文學觀念和評價標準的。也就是說，在《新稿》那裡，以五四啟蒙理念為基點的文學觀，被確立為文學標準。這種文學史觀念與立場的一慣性，同樣貫徹在丁帆（與王世誠合著）的《十七年文學：「人」與「自我」的失落》[135]中，尤其在構架和敘述方式上，即很大程度清除有關文學與歷史關聯的部分，而按照這一標準選擇認可的作家和文本進行評議。

---

135 丁帆、王世誠著：《十七年文學：「人」與「自我」的失落》，開封：河南大學出版社，1999年。

二　問題預設與分期法則

　　《重寫》認為作為一部教材，應該注重嚴謹性、穩定性和規範性「三性」，堅持既要有「歷史感」，但又「不為客觀歷史所束縛」的編寫指導思想。針對「目前文學史價值觀念混亂」的狀況，《新稿》編者設想在重寫的文學史中給出以下「難題」的「明確答案」：「如何從學理和教科書的角度來建構其理論框架和體例規範；如何在重新發掘與整合文本資料時實現歷史敘事的還原與創新；如何用新的且較為恆定的審美意識去解決當代文學史50年中對文學作品分析的錯位性詮釋，等等⋯⋯」（董健等：《我們應該怎樣重寫中國當代文學史》）根據這一編寫的思想觀念，《新稿》認為20世紀50年代末關於「中國當代文學」的「時段性」「政治性」「地域性」的論述，有必要重新予以辨析，如認為應該摒棄黨派和政治的視角，從文化、語言和民族等角度，突破「社會主義文學」的狹隘思路，在把曾經被排斥的臺港澳文學納入「中國當代文學」考察視野的同時，將整個中國當代文學置於世界文學的格局中加以考察。《新稿》指出，要獲取中國當代文學史編寫的歷史感，就應該將其視為從19世紀末開始、至今尚未結束的中國文學現代化進程中的一個「短暫而特殊的階段」，應當把「人、社會和文學的現代化」作為把握中國當代文學根本特徵和歷史定位的價值判斷標準，並將其「滲透到作家、作品、文學思潮的具體評價當中」（董健等：《中國當代文學史新稿・緒論》）。

　　基於此，《重寫》認為內地的「中國當代文學」，「恰恰是五四啟蒙精神與五四新文學傳統從消解到復歸、文學現代化進程從阻斷到續接的一個文學史的時段，文學在這裡走了一條『之』字形的路，這個『復歸』是有個過程的」，「中國內地50年來的文學史的基本狀況是：文學從1949年以後開始衰落；到1979年以後才開始反彈；經過80年代

的飆升，到了90年代以後盡管復舊之風不絕如縷，但終究是進入了一個全球化的文化語境，現在，在文化層面和文學層面，我們將開始進入與世界文化和文學真正對話的格局，中國文學可以說基本上融入了世界文學發展歷史進程的長河之中，初步構成與世界文化和文學『對等』的對話的關係」（董健等：《我們應該怎樣重寫中國當代文學史》）。《重寫》的這一理路，基本上是80年代以「20世紀中國文學」論為代表的啟蒙論述模式的沿襲與伸展。

在對當代文學發展歷史作出以上判斷後，《重寫》確立了一種明顯區別於其他文學史的分期法則：「將人們思想的發展脈絡作為一個判斷文學史發展的階梯」，「在分期上既不硬套政治文件的結論，也不忽視政治變遷對文學的制約」（董健等：《我們應該怎樣重寫中國當代文學史》），並最終在《新稿》編寫實踐中以與重大政治事件結合在一起的1962年、1971年、1978年和1989年這五個年份為重要事件節點（1962年中共八屆十中全會提出「千萬不要忘記階級鬥爭」，1971年「林彪事件」，1978年中共十一屆三中全會），將當代文學史分為五個階段：1949-1962，1962-1971，1971-1978，1978-1989，1989-2000。有研究者認為《新稿》的這種「五分法」，「拋棄了以社會政治轉型為本位的政治優先原則」，「對於文學發展的延續與轉折進行更加貼近文學本身的動態描述，巧妙地揭示了制約文學發展的內外因素的複雜關係」[136]。有論者甚至評價更高，認為這種分期法讓人「非常清晰地看到了一條當代中國人從『迷惘』到『封凍』、從『蟄伏沉思』到『蘇醒吶喊』、從『放眼世界』到『反觀自身』的完整的『精神演進鏈』」[137]。但也有論者認為《新稿》這種「以內地政治、經濟與文化

---

[136] 黃發有：《評〈中國當代文學史新稿〉》，《文藝爭鳴》2006年第3期。

[137] 黃雲霞：《當代文學史著述的全新嘗試──評南大版〈中國當代文學史新稿〉》，《溫州師範學院學報》2006年第6期。

的轉折與突變對文學的影響為依據」的五分法，對港澳臺文學是「失效」的，給人「削足適履」之虞[138]。

　　當代文學史是當代人甚至是當事人寫當代史。因此，如何將分期劃段與歷史的連貫性、整體感結合起來，避免對親歷歷史敘述的纏繞，是當代文學編寫必須考慮的一個問題。這大概也是許多當代文學史著作沿用「十七年文學」和「文革文學」來描述1949-1979這30年文學的原因。程光煒在一次有關當代文學70年（1949-2019）分期的訪談中指出，「十七年文學」現象「與新中國成立初期欣欣向榮的經濟建設、階級鬥爭劇烈化、蘇聯當代文學影響和《講話》精神都有關係」，同時也離不開三次文代會對文學創作藍圖的規劃及在此基礎上形成的「社會主義現實主義」創作方法。這一時期作家的鮮明特點，如「從戰爭中走來」「比較接地氣」，「深受《講話》精神的影響」，等等，在百年中國文學史上可以說「前無古人，後面也不一定有來者」，它「造就了一代充滿了浪漫主義和理想主義精神的作家群體和文學現象」。程光煒認為這個特定的「歷史框架」對理解這一時期的文學很重要[139]。

　　在啟蒙已成為反思對象的90年代，《新稿》對80年代啟蒙資源採取了特殊的處理方式，並此基礎上展開文學史的重寫實踐，由此引申出的新問題，同樣值得我們關注。

138　吳義勤：《文學史的「正途」——讀〈中國當代文學史新稿〉兼談文學史寫作的相關問題》，《南方文壇》2006年第6期。

139　程光煒、魏華瑩：《當代文學七十年的分期、研究和史料建設》，《文藝報》2019年6月24日。來源：http://www.chinawriter.com.cn/n1/2019/0624/c405057-31175761.html

三 「之」字形的當代文學發展史觀

在批判和否定以上「非歷史」傾向的同時，《新稿》站在80年代「新啟蒙」立場，認為「當代文學」的這一時段，「是『五四』啟蒙精神與『五四』新文學傳統從消解到復歸、文學現代化進程從阻斷到續接的一個文學時段」。《新稿》這一似曾相識的文學史觀念表述及其思想理據，也是本書上一章一開始便討論的：用「啟蒙」與「回歸啟蒙」來描述五四與新時期的思想文化潮流，以「人的文學」和「『人的文學』的失落」來描述五四／新時期文學和40-70年代文學。而《新稿》將當代文學納入從19世紀末開始的中國文學現代化進程的表述，也可追溯到80年代中期「20世紀中國文學」論者的視角。

依託這一觀念與立場，《新稿》試圖重新敘述當代文學半個世紀的文藝思潮與文學創作。「1949年第一次文代會召開時，沿著歷史的『慣性』，也在剛剛戰勝國民黨的『興奮』中，大會很『順理成章』地把《講話》定為今後文學（即當代文學）的根本指導方針。當時的國際環境是以蘇聯為首的『社會主義陣營』與以美國為首的『資本主義陣營』的尖銳對立與鬥爭，這也更加促使了文學價值取向向著工具化即政治化的轉移。內地從講『工農兵方向』、『階級鬥爭』，一直發展到『文革』時期的『無產階級在上層建築包括文化領域實行全面專政』……」（董健等：《中國當代文學史新稿·緒論》）。《新稿》認為，第一次文代會標誌著中國共產黨在文學領域，「終於發展為『國家』層面上的全面領導」；會議的「『團結的局面』雖然很『寬廣』，但也有突出的排異性」，如在文學體制內部，「老解放區」（以延安為中心）與「新解放區」（即原國統區）的作家之間有「相當明顯的等級關係」，等等。（董健等：《中國當代文學史新稿》，第22-26頁）《新稿》的這種「新啟蒙」視角重釋，不妨看作是對五四新文學傳統在當代面臨被壓抑與改造命運重新展開敘述的鋪墊。

　　從啟蒙主義的立場與視角，《新稿》認為1962年後，隨著「千萬不要忘記階級鬥爭」口號的提出，毛澤東「兩個批示」的下達，特別是《林彪同志委託江青同志召開的部隊文藝工作座談會紀要》的出籠，將魯迅抽象為「體現毛澤東正確路線的代表」、服務於「文革」意識形態（董健等：《中國當代文學史新稿》，第235頁），「原本有限的知識分子話語喪失了生存空間」（董健等：《中國當代文學史新稿》，第229頁）等激進政治文化的推進，當代文學逐漸陷入萬馬齊喑的局面。在將50-70年代的當代文學發展歷史處理成不斷下滑的態勢這一點上，《新稿》基本上是對80年代啟蒙主義的文學史觀的演繹。[140]

　　順沿著這種啟蒙思路，《新稿》自然地將新時期文學敘述為五四思想啟蒙與新文學傳統的接續與延展，並努力勾勒出其中的曲折和演進。編者認為，與政治領域的控制／放鬆直接相關，新時期文學在第一個10年（1979-1989）呈現出「陣歇性波動」特點，1985年之前的「高度政治化的『思想解放』」和1985年以後的「泛文化性文化熱」。進入90年代以後，伴隨著80年代建構起來的知識分子精神共同體的瓦解，以及以「新國學」「後現代主義」「自由主義」「新左派」，和以「全球化」理論、「第三世界批評」為表現形式的現代性反思理論的出現，中國文學逐漸形成多元並存的局面，「出現了與80年代之間較大的文化精神跨度」（董健等：《中國當代文學史新稿》，第567頁）：一方面，從「傷痕文學」到「先鋒文學」，80年代文學逐漸「集結到樂觀的『現代性』價值旗幟下」，文學的精英角色與審美功能隨著「新寫實文學」的出現而被改變，另一方面，城市、商業與市場勃興

140　《新稿》的這種處理方式，還可參考趙祖武的《一個不容迴避的歷史事實──關於「五四」新文學和當代文學估價問題》（《新文學論叢》1980年第3期）。趙文認為無論是成就還是影響，「後30年（1949-1979）」都不如「前30年（1919-1949）」，「後30年」的文學發展基本上就是一個不斷衰退、下降的過程。

與發展，則有力地助推著追逐利益的通俗大眾文學的繁榮。而「直露」「放縱」「缺少蘊藉」（董健等：《中國當代文學史新稿》，第574頁）的網絡文學，更是後來居上，並通過「紙面媒體的亮相」，不斷引起關注。在《新稿》的敘述視域中，「後新時期」（1989-）的中國文學，逐漸融入「全球化」的浪潮。

基於這種文學思潮敘述思路，《新稿》以「文革」結束為分界線，把當代文學創作的歷史，描述成「探谷回升」的走勢。對設想五四啟蒙精神與新文學傳統被「消解」、文學現代化進程被「阻斷」的50-70年代文學，《新稿》的評價並不高。如在內容的章節設計上，這一時期獨立評述的作家作品只有楊沫的《青春之歌》、田漢的《關漢卿》及老舍的《茶館》，而把《創業史》《三里灣》《山鄉巨變》整合在一節的篇幅中介紹。這種「壓縮」暗含的其實是對柳青及其《創業史》文學史價值的擱置。編者認為由於五六十年代政治文化環境的局限及作家史詩意識的貧弱，《創業史》等一批長篇小說對「史詩式」寫作的追求，只能依靠篇幅來支撐，「徒有其表」（董健等：《中國當代文學史新稿》，第118頁）。史著還指出50年代的散文本質上是對五四散文文體精神的偏離，「個體性情的抒發讓位於時代共性或者時代精神的譜寫」（董健等：《中國當代文學史新稿》，第154頁），報告文學、通訊報導、遊記傳記等紀實性文體成為主流，歌頌性題材被凸顯；認為從1962年至1971年，除了與政治權力糾結的「樣板戲」，「其他體裁的創作均呈現出迅速衰落的態勢」，小說在此期間更是「被冷落到最低點」（董健等：《中國當代文學史新稿》，第237頁）。而與此形成鮮明比照的是，《新稿》對80年代文學個性與人性尋找努力的充分肯定，肯定這一時期在「回到『人』，回到『人性』」及藝術表現形式方面（特別是敘事藝術）所作的探索與試驗，認為80年代文學在「試圖找回個性的同時，也試圖找回久已失落的人性」（董健等：《中國當代文

學史新稿》，第430頁），並落實在對現實主義的回歸與流變、現代主義的萌發與興盛、思想的文化尋根與失落等三大創作潮流的梳理之中。

　　90年代以後編寫出版的中國當代文學史著作，顯然與80年代的思想解放運動及「重寫文學史」的理論倡導有著複雜的關係。但誠如本章第一節的梳析，經過80年代末的一場社會運動，90年代的思想文化界已發生了巨大分化，並影響到文學研究與文學史寫作。八九十年代的思想文化與文學研究潮流，已成為我們考察90年代以後編寫出版的文學史的一個重要背景。仔細對讀這一時期「重寫」的文學史，可以發現基於不同的理解與吸收，這些史著中文學史家的思想立場與文學史觀念卻存在明顯的分歧，也因此呈現出不同的文學史版圖。文學史「重寫」的期待視野是一種超越，但也可能是一種重複的固執。這種情況，從始於90年代初的「再解讀」，到北大版的《中國當代文學史》，復旦版的《中國當代文學史教程》，再到南大版的《新稿》，呈現的正是這種「文學史（重寫）的多重面孔」。有研究者認為《新稿》這種文學史表述，雖帶有90年代的「面孔」，也仍能夠讓人看出它與《中國當代文學思潮史》《新時期文學六年》《當代中國文學概觀》等的「高度雷同」；其「整個文學敘述和判斷，很難說得上是什麼『新稿』」；除了通篇使用的那種「『歷史肯定主義』的思想資源和話語風格」，「基本看不到它是在一種什麼歷史語境和道理上，能夠使之重新獲得歷史的活力和言說能量」（程光煒：《文學講稿：「八十年代」作為方法》，第15頁）。

四　作家作品評析的突破與局限

　　《新稿》盡管對消解與阻斷五四啟蒙精神與新文學傳統的50-70年代文學總體評價並不高，但還是在努力尋找隱藏一些作家作品的

「異端聲音」。比如，《新稿》認為在50年代的詩壇，同是「頌歌」創
作，但與在延安成長起來詩人的「熱烈奔放」比較，從國統區投奔延
安的詩人如何其芳等，在詩風上總擺脫不了「苦難的陰影」與「知識
分子的思考者視角」。在對新時代政治的歸屬方面，「九葉」詩人和
「七月派」詩人，由於「被解放」的處境等因素，「在進入新時代最
初的喜悅過後，湧上他們心頭的，是巨大的無所適從感以及對自身命
運的茫然」（董健等：《中國當代文學史新稿》，第55頁）。編者認為這
些都在一定程度上預示了他們的命運。《新稿》指出50年代兩大「政
治抒情詩人」之一的郭小川，其詩作有時也會從另一種角度（董健等：
《中國當代文學史新稿》，第65頁）思考與體驗世界與人生，如《望
星空》：在偉大的宇宙的空間／人生不過是流星般的閃光／在無限的
時間的河流裡／人生僅僅是微小又微小的波浪。《新稿》高度評價蕭
也牧的《我們夫婦之間》（1950），認為這是當代文學最早觸及城市的
小說，指出當時對它的批判，不僅預示著「城市」和「城市文學」的
消失，同時也暗示了50年代主流文化的「『正確的方向』是以農村改
造城市」，以致後來的城市由此「不再具有城市的功能、品格」。《新
稿》認為這是內地當代文學「反現代性的特徵之一」（董健等：《中國
當代文學史新稿》，第88頁）。《新稿》還有意識地介紹了50年代戲劇
創作中的「第四種劇本」[141]（如《同甘共苦》《洞簫橫吹》《布穀鳥又
叫了》等）對「左傾教條主義」的突破，大膽地描寫「人」的要求，
同時也尖銳地指出「文革」前夕（1965）的《歐陽海之歌》雖然藝術
粗糙，卻因迎合了當時「個人崇拜的政治要求」，被當作是一部「活
生活的政治教材」（董健等：《中國當代文學史新稿》，第254頁）。此

---

141 所謂的「第四種劇本」，是指不同於當時常見的以階級鬥爭為主線、表現工農兵的
　　劇本，它對「人們內部矛盾」的暴露，更貼近於實在的日常生活，也更能夠展示
　　社會生活中真實的矛盾形態。參閱董健等：《中國當代文學史新稿》，第194頁。

外，《新稿》指出，為實施「無產階級新文藝」的激進文化構想，塑造「無產階級英雄人物」（即「工農兵的英雄形象」）成為1963年至1978年間文學創作的首要任務。不同於其他當代文學史著作的處理方式，《新稿》將「文革」時期的「手抄本」小說分為「啟蒙主義」「娛樂獵奇」「性生理性心理探秘」等三種類型，並不惜用大量的篇幅進行評介，以另一種方式試圖還原50-70年代文學複雜的「歷史本相」。

與此形成鮮明對照的是，對於接續五四新文學傳統新時期文學，《新稿》則試圖勾勒出其中曲折複雜的漸變過程與表現形態，關注「傷痕文學」「反思文學」在回歸「為人服務」與文學本體過程中的艱難和緩慢，突出知青小說和女性小說在表現「人」的價值復歸潮流中的意義，肯定汪曾祺小說對「凡俗生活」的「詩意」發現（董健等：《中國當代文學史新稿》，第445頁）。《新稿》沒有否定90年代詩歌「個人化寫作」合理的一面，肯定昌耀把詩歌當成「傳記」來寫的探索（董健等：《中國當代文學史新稿》，第582頁），同時指出王朔小說在表現「大院文化」與塑造「大院子弟」方面所作的貢獻。

價值評判標準的矛盾與分離

但《新稿》在還原作品「歷史本相」過程中存在一些問題。從整體效果看，由於對現代化／現代性內涵理解的歧義，《新稿》提出的「人、社會和文學的現代化」的價值評價標準，在闡釋過程中常常出現觀念構想與實際運用的矛盾與分離的情況，對當代文學的「歷史本相」構成了另一種形式的遮蔽。如《新稿》一方面強調用「現代化」的價值標準來評判當代文學發展的歷史，另一方面卻又糾纏於「政治正確性」的思維慣性。以五六十年代農村題材的小說為例，《新稿》的闡釋至少有兩個問題值得討論。一是質疑甚至否定這一時期的代表性作品如《三里灣》《創業史》《山鄉巨變》等，認為當時農村合作化

運動由於政治實用主義與「左傾」教條主義的失誤，決定了這些作品「在表現生活和揭示生活規律上不可彌補的失誤和膚淺」（董健等：《中國當代文學史新稿》，第148頁）。而由「政治正確性」準則進而質疑扎根生活深處、獻身文學事業的「柳青精神」，也是值得商榷的：這恰恰是其所批判的「歷史混合主義」的表現。二是對五六十年代農村題材小說與現代文學史上的鄉土小說的比較。這兩者間存在本質性的區別是顯然的。但籠統地以前者否定後者，卻是不夠歷史主義的。如認為在趙樹理五六十年代的農村題材小說《「鍛煉鍛煉」》等中，作為鄉土小說中的「風景畫」已基本消失，「在他筆下出現的只是地形地貌及其他種種實物的描寫，難得出現的幾處農村景致也不過是滿目的稻麥菜蔬，遍地的牛羊牲畜，鄉土生活在趙樹理的本文中既不見孫犁式的文人詩意情懷，亦無柳青、浩然式的高亢的烏托邦畫卷，他所表現的是實實在在的、土裡土氣的農村本色」（董健等：《中國當代文學史新稿》，第102頁）。《新稿》由此認定趙樹理此類作品沒有表現出「特定地域的文化傳統、價值觀念、倫理習俗與自然風光」，以及其中隱含的「文化意味」，並不完全無道理。但若由此質疑包括趙樹理作品在內的這一時期的農村題材小說，「只能根據當前政治和政策的需要去寫農村的階級鬥爭、社會主義改造運動等重大政治事件」，「只有強烈的政治意味」（董健等：《中國當代文學史新稿》，第80頁），則失之簡單粗暴，也不符合作品所反映時代實際情況。在現代文學史上，趙樹理的小說如《小二黑結婚》《李家莊變遷》等，並不是以五四新文學傳統意義上的「鄉土小說」風格產生影響，而是以關注社會敏感問題的「問題小說」及其為大眾喜聞樂見的民間藝術表現風格奠定其文學史地位的。將其五六十年代的創作捆綁在新文學史上的「鄉土小說」範疇進行討論，恰恰是不夠歷史主義的表現。在另一些當代文學史著看來，在五六十年代，正是這些作品，成就了當

代文學史上第一波農村敘事的高峰。《「鍛煉鍛煉」》甚至被陳思和的《中國當代文學史教程》認為不失真實地揭示了當時農村的「歷史本相」[142]而給予了充分肯定。另外，在談到五六十年代的戲劇與電影創作時，《新稿》認為政治宣傳的要求和藝術本體內在規律「矛盾雙方的消長決定著戲劇、電影創作生態的優劣」（董健等：《中國當代文學史新稿》，第180頁）。

　　《新稿》這種觀念的構想與具體應用的矛盾分離情況，還表現在一方面強調用「人、社會和文學的現代化」的標準評價作家作品，但另一方面，其運用的理論資源乃至表述風格，恰恰是其所批判駁斥的「『非歷史』傾向」的研究。如認為峻青《黎明的河邊》，「個體肉身的缺席正是那個時代文學的普遍現象，即便像峻青這樣寫到英雄的死，個體肉身也是被蔑視的」，「真正的個人身體感覺在這裡是沉默的，死亡之於個體生命的意味不具有敘事的合法性，唯一合法的是個體生命的滅亡對於革命事業的意義」（董健等：《中國當代文學史新稿》，第105頁）。編者這裡運用的理論資源與修辭方式，很容易使人聯想起其所批判的：運用後現代主義理論「把歷史『攪成一鍋粥』」。《新稿》從「人的文學」立場出發，批判的這種「非歷史」研究傾向中的西方後現代主義理論，否定90年代「人民文學」與「反現代的現代性文學」的研究者對五六十年代革命歷史題材一類作品價值的發現，而在運用類似理論與修辭方式對這類作家作品進行分析時，卻鮮明地標識這正是自己所堅持的「文學的現代化」「人的文學」的現代性立場。這種糾纏不清的情形，也許可以作這樣的辯解，即「現代性」是一個見仁見智的理論問題。但也可以理解為是《新稿》文學史

---

142 具體可參閱陳思和主編的《中國當代文學史教程》（復旦大學出版社，1999年）「民間立場的曲折表達：《鍛煉鍛煉》」一節內容。注：《教程》對趙樹理這篇小說標題的書寫沒有加上引號，是不規範的。

觀念的預設與面對具體文學現象之間的分裂。就文學史觀念與價值立場而言，《新稿》其實並沒有超越80年代質疑的文學史編寫觀念與立場，甚至如前所言是一種「退行」，其所追求的「創新」和「理性批判精神」，主要還是一種理論上的設想[143]。

　　此外，《新稿》雖然試圖從文化、語言、民族等角度將臺港澳文學與內地文學一並納入考察的視野，但從敘述效果看，除了對第一時期（1949-1962）的情形、特別是有關作家的分流與新文學格局的形成的介紹相對理想，與同時期的內地文學有一種整體感之外，其他部分的評述都不見得理想：內容失之單薄，浮於表象、形式，與內地文學的內在肌理關聯也不夠緊湊；以內地文學的「五分法」對臺港澳文學進行評述，也不符合臺港澳文學的歷史演化過程。同時，由於《新稿》在一些內容的處理上缺乏一個嚴謹、科學的標準和體例，容易混淆讀者視線，誤導讀者對一些作家作品「歷史本相」的理解，有論者認為該史著在「論述上顯得繁雜，非常精闢的見解與相對平泛的評介，交相出現」[144]，這種情形在史著中同時還表現為對一些作家作品評述篇幅設計的「失控」，如與對《三里灣》《創業史》《山鄉巨變》（第142-148頁）的評述形成鮮明對比，史著用相當於前述兩倍的篇幅評介浩然及其《豔陽天》等作品（第248-253頁，298頁，305-309頁），以相當於前述三倍的篇幅介紹「文革」時期的「手抄本」小說（第321-343頁），其中用與前述相當的篇幅評介張寶瑞的《一隻繡花鞋》（第337-343頁）。這種處理方式，不能不直接影響到讀者對當代文學「經典」的理解與當代文學價值的整體評估。諸如此類的「草

---

143 有關《新稿》在「現代性」理論闡釋與文學史敘述方面存在的問題，可參考黃衛星與李彬的文章：《現代性與當代文學史敘事──〈中國當代文學史新稿〉》，《解放軍藝術學院學報》2012年第1期。

144 傅書華：《新意迭現的〈中國當代文學史新稿〉》，《博覽群書》2006年第8期。

率」，或者說是硬傷，都在一定程度上影響了《新稿》所倡導教材編
寫應該遵循的「三性」（嚴謹性、穩定性和規範性），誤導讀者對當代
文學「歷史本相」的認識和理解。

第六節　當代文學史編寫多元格局的形成

一　三部《20世紀中國文學》中的「當代」

　　進入90年代以後，作為文學史觀念形態的「二十世紀中國文學」
逐漸付諸寫作實踐，先後出版了多種史著，如孔範今主編的《二十世
紀中國文學史》（下面簡稱「山東版」）[145]，黃修己主編的《20世紀中
國文學史》（下面簡稱「中大版」）[146]，唐金海、周斌主編的《20世紀
中國文學通史》[147]，以及由嚴家炎主編的《二十世紀中國文學史》
（下面簡稱「高教版」）[148]等。若寬泛一點，那麼這一時期將中國現
代當代文學界限打通的一些史著，也可看作是廣義的「二十世紀中國
文學史」，如朱棟霖、丁帆、朱曉進主編的《中國現代文學史（1917-
1997）》[149]，楊儌主編的《中國現當代文學史》[150]，雷達、趙學勇、

145　上、下冊，山東文藝出版社，1997年出版。

146　黃修己主編，1998年和1999年分別以「廣東省高校『九五』重點教材」和「教育
　　部推薦中國語言文學類專業主要課程教材」名義由中山大學出版社出版，2004年
　　則以「新一版」「面向21世紀課程教材」在中山大學出版社出版，編寫人員和內容
　　設計都跟原來有很大不同，不過與初版本比較，40年代至70年代文學部分占篇幅
　　比例變化不是很大。

147　東方出版中心，2003年出版。

148　上、中、下冊，高等教育出版社，2010年出版。

149　上、下冊，高等教育出版社，1999年出版。

150　上、下冊，人民教育出版社，2005年出版。

程金城主編的《中國現當代文學通史》[151]等。另外，進入90年代以後還出現了一批以「二十世紀中國文學」為對象的研究叢書，如謝冕、李楊主編的《20世紀中國文學叢書》（10卷）[152]，謝冕、孟繁華主編的《百年中國文學總系》（12卷），[153]嚴家炎主編的《20世紀中國文學研究叢書》（10卷）[154]，王曉明主編的《二十世紀中國文學史論》（三卷）[155]和《批評空間的開創‧二十世紀中國文學研究》[156]等。這些研究叢書對20世紀中國文學中的一些問題進行專題研究，但其中也不乏探索性的構想，如《百年中國文學總系》，受《萬曆十五年》和《十九世紀文學主潮》的啟發，選取從1898-1998年的12個年份，有意識地「通過一個人物、一個事件、一個時段的透視，來把握一個時代的整體精神，從而區別於傳統的歷史著作」[157]。

　　為了更好地瞭解「二十世紀中國文學」從概念理論到寫作實踐的理路，這裡重點考察山東版、中大版和高教版等幾部史著，並將考察的時段集中在1949-1979年部分的當代文學，理由是，這30年的當代文學，曾被當年的「二十世紀中國文學」倡導者剔除預設的闡釋框架，同時也是80年代末「重寫文學史」論爭中受質疑、爭議比較多的一段文學，而在上面提及的三部史著中，幾乎是同時出版的前兩部（山東版、中大版）史著與距隔十多年後編寫的高教版史著，對這一時段的當代文學的歷史敘述形成了鮮明的比照。

151 上、下冊，甘肅人民出版社，2007年出版。

152 時代文藝出版社，1993年出版。

153 山東教育出版社，1998年出版。

154 安徽教育出版社，1999年至2004年出版。

155 東方出版中心，1997年出版。

156 東方出版中心，1998年出版。

157 謝冕、孟繁華：《百年中國文學總系‧總序二》，濟南：山東教育出版社，1998年。

（一）《二十世紀中國文學史》（孔範今主編，1997年） 與《20世紀中國文學史》（黃修己主編，1998年）

　　90年代以後，在反思80年代「二十世紀中國文學」與「重寫文學史」這兩大文學事件時，一個堅持「人民文學」立場的論者曾這樣說過頗有針對性的一段話：

　　　　上世紀90年代以來，「20世紀中國文學」已經成為一套不言自明的常識，「重寫文學史」已經成為中國現代文學研究的一種「方法」。「重寫文學史」已經固化為缺乏自我反思能力的新教條，淪為新的僵化思維。「重寫文學史」逐漸生成了「純文學」的意識形態和體制……「重寫文學史」是以對「文化大革命」「魯迅走在金光大道上」和「歷史空白論」的「左」傾文藝路線的否定和批判始，但「重寫文學史」的結果卻是同樣形成了新的「空白論」。「重寫文學史」的「洞見」最終變成了文學史的「盲視」。更有甚者，「重寫文學史」以批判「文藝黑線專政論」始，卻以認同「文藝黑線專政論」終，不僅將「文革文學」，而且甚至將「十七年文學」視為文學史的空白。1949年至1978年間的「中國當代文學」被視為從根本上失去了文學史的合法性，甚至於形成了文學研究的禁區。[158]

　　以上一段話當然可看作是論者堅持左翼——革命——人民文學立場的理據。不過更有價值還是其中對發生在80年代新啟蒙語境下兩大文學事件的批判性反思。在新啟蒙意緒闌珊的90年代，20世紀中國文學史的寫作實踐對1949年至1978／1979年間的當代文學進行壓縮甚至

---

158 曠新年：《寫在當代文學邊上》，上海：上海教育出版社，2005年，第180-181頁。

刪除的情形，的確很難擺脫與「80年代」的關係，並因此具有某種「歷史合法性」。對此，一些研究者特別提及由孔範今主編的《二十世紀中國文學史》。該史著對內地包括「十七年文學」在內的40-70年代文學基本上採取一種壓縮、淡化的態度，如「十七年文學」只占全書的十分之一，目錄中只列出了周立波、柳青、賀敬之、郭小川四位作家和《紅旗譜》《上海的早晨》兩部作品。取而代之的是對同時期臺灣文學的大篇幅介紹。這確實很能夠說明問題。在稍後黃修己主編的《20世紀中國文學史》中，對內地這30年文學的「壓縮」與「淡化」，情況不見得比山東版的更具歷史的同情，其中內容篇幅所占的比例不必說，目錄所列出的作家作品，甚至還不如前者，只有《關漢卿》和《茶館》；取而代之介紹的內容，也不見得比前者豐富：史著在簡單述介這兩部作品後，緊接著即跳轉到了對新時期「思想解放浪潮中的文學創作」內容的敘述。至於「文革文學」，則基本被擱置、消解。根據福柯的理論，「目錄」「標題」「篇幅」這些外在的「形式」在特定語境中也可以具有「意識形態」意義。體現在這幾部文學史中的這些「形式」，讓我們比較直觀地看到了90年代以來因40-70年代文學研究衝擊而在「重寫文學史」中壓縮後的單一的當代文學圖景。

當然，這種章節的安排設計對「壓縮」與「刪除」來說主要還是一種「形式」，最能說明問題的，還是這兩部史著作對這一時期文學事實與現象偏重於政治社會學的潛在評價立場，對其審美性的忽略。這從其敘述評價過程中廣泛使用的一些概念術語便可感受到，如「解放前」「新社會」「重大主題」「思想改造」「人民內部矛盾」「路線鬥爭」「農業合作化」「大躍進」「革命歷史小說」，「正面人物」「工農兵形象」「三突出」，「政治抒情詩」「社會主義現實主義」「革命現實主義與革命浪漫主義」，等等。儘管這些概念術語有不少被有些學者認

為是構成當代文學學科的「關鍵詞」[159]，不過在我們這樣一種考察視域中，它們都在一定程度上強化了對作為「『文學』史」的當代文學的質疑、壓縮、刪除意味。這些概念術語對當代文學審美性的淡化，發散著80年代啟蒙與審美主義文學研究鬱積下來的、一直沒有得到冷卻的躁氣。

（二）《二十世紀中國文學史》（嚴家炎主編，2010年）

　　山東版與中大版這種淡化當代文學（1949-1979年）審美性的這種情況，在時隔十多年後的高教版《二十世紀中國文學史》中已有所緩解。該史著強調「現代性」是20世紀中國文學的「重要脈絡」和「根本標誌」[160]。但不同於當年「二十世紀中國文學」的倡導者，編者並沒有將1949-1979年的當代文學剔除出「現代性」的視線，並指出50至70年代，文藝已納入體制管理範疇。鑒於「詩學與政治學的緊張」（嚴家炎：《二十世紀中國文學史》（下），第23頁），文藝政策始終處於不斷變化與調整之中，因而這一時期中國文學的「現代性」具有明顯的「不確定性」（嚴家炎：《二十世紀中國文學史》（下），第19-20頁）[161]。文學藝術在堅持自身規律的同時，如何處理好與新的

---

159 如「社會主義現實主義」「思想改造」「正面人物」「革命歷史小說」「政治抒情詩」「三突出」等。可參考洪子誠、孟繁華主編：《當代文學關鍵詞》，桂林：廣西師範大學出版社，2002年。

160 嚴家炎主編：《二十世紀中國文學史》「引論」，北京：高等教育出版社，2010年。本章後面所徵引該書內容，如無特別說明，均引自此版本。

161 評論界對史著的這個問題存在不同的意見。有研究者認為史著對《講話》至「文革」的文學「缺乏反思的力度和深度」，並對史著將這一時段的文學提升至「現代性」的層面來描述的處理方法質疑，認為理據並不充分。但也有研究者對此持完全相反的看法，認為史著從《講話》「戰時功利主義的文學觀」出發，對「開國以後的歷次運動，是怎麼發動的，誰是『推手』；『文革』是怎麼發動的，誰應該負實際責任等等。能說的也都基本上說清楚了」，並認為這是「重大的突破」。參見

民族國家形式建設實踐之間的關係，是這一時期文學「現代性」的兩難。這或許可看作是誕生於五四、更迭於啟蒙與救亡中的中國新文學的「現代性」在1949-1979年的「當代特徵」。也正因如此，有論者認為這部既是「教科書」也是「研究性的專著」式史著（嚴家炎：《二十世紀中國文學史》（下），「後記」），在已有的二十世紀中國文學史著中，從體例、框架上都完成了對「以往研究的超越」，尤其是比較好地將「二十世紀中國文學」這一觀念形態的「現代性」與跟「世界的文學」相互交流的思想「一氣貫通」[162]在這百年中國文學中。

比較而言，高教版《二十世紀中國文學史》對這30年的當代文學的介紹，在「壓縮清理了某些與文學自身關係不甚密切的思想鬥爭的內容」的同時，對這一時期文學史的一些「難點」（特別是「文革」時期文學），也沒有「簡單迴避」[163]，不僅在內容篇幅上有所增加，同時在章節設計上也有所體現，如增加了對林庚在50年代自由體詩創作情況的分析；對從革命歷史題材到以農村變革為代表的現實題材，從主流政治抒情詩到「時代主調下的多元化努力」等的文學現象，史著也試圖作出些新的闡釋。對「文革」時期的文學，通過引入「潛在寫作」觀念，介紹了穆旦、「七月派」詩人的詩歌創作，以及「文革」後期以「地下沙龍」與「地下詩社」為代表的創作活動，指出這些潛在寫作「逐漸擺脫主流意識形態話語的制約而回到自己的現實生活體驗、想像與思考之中」，「顯示出人性與藝術的覺醒」（嚴家炎：《二十世紀中國文學史》（下），第129頁）。

朱德發：《創新性與本體性──論嚴本〈二十世紀中國文學史〉》，范伯群：《每一代人都應該用自己的觀點編寫一部文學史──評嚴家炎主編的〈二十世紀中國文學史〉》，《中國現代文學研究叢刊》2011年第9期。

162 張恩和：《一部真正意義上的「文學史」》，《中國現代文學研究叢刊》2011年第9期。

163 嚴家炎：《讓文學史真正成為文獻自身的歷史》，《中國現代文學研究叢刊》2011年第9期。

　　高教版《二十世紀中國文學史》問世於新世紀文學史寫作日趨沉緩的最近十年，20世紀80年代「重寫文學史」的倡導及其在90年代以後的文學史寫作實踐的得與失，其時均已日漸「塵埃落定」。參與史著編寫的陣容，從主編到編寫組成員，都是對各自負責撰寫部分有相當的研究積澱和豐富的文學史編寫經驗的學者，如「當代」部分的陳思和、程光煒、孟繁華、王光明等。對於未參編的頗具實力與影響的文學史家，如洪子誠等，史著也能夠注意最大程度地吸取他們的文學史研究與寫作精髓[164]。也正因此，史著對當代文學1949-1979年的敘述，明顯地表現出對其他已問世的同類文學史的突破與超越，雖然也有學者認為史著既缺乏「嚴密的邏輯框架」，也沒有「統一的思想線索」，總體布局上顯得有些「鬆散、重複、游離」[165]。

　　以上三部《20世紀中國文學》的主編都是現代文學研究領域的學者、文學史家。他們對當代文學（1949-1979）的處理方式雖然不盡相同，但基本上都是一種五四新文學視角，同時也表現出現代文學學科優勢的「壓迫感」與「擠逼感」。與現代文學比較，他們對「當代文學」的評價持有一種不言自明的等級差序。這種情況，當然也還可看作是80年代的「二十世紀中國文學」觀念理論的文學史編寫效應，比如建立在「啟蒙與救亡」二元思維之上的「斷裂」文學觀、追隨世界潮流的文化文學現代化立場、審美主義的作家作品評價向度，等等。

---

164 如史著對洪子誠《中國當代文學史》、50-70年代文學中國文學專題研究「政治的直接美學化」等觀點的參考引鑒等。

165 朱德發：《創新性與本體性──論嚴本〈二十世紀中國文學史〉》，《中國現代文學研究叢刊》2011年第9期。

二　《中國當代文學發展史》的「新元素」

在近十多年來出版的當代文學史著作中，比較值得關注的，還有由孟繁華、程光煒撰著的《中國當代文學發展史》[166]（以下簡稱《發展史》）。這部當代文學史著作在吸收80年代以來的中國現當代文學史研究與寫作成果，試圖建立一種新的文學史觀念與立場，以及文學評價體系、文學史敘述模式與風格等方面，都進行了探索與嘗試，並表現出一些文學史寫作與研究的「新元素」。

《發展史》的這種「新元素」，首先體現在「現代性」文學史觀念的建構上。編者不同意將當代文學的「不確定性」完全歸結於意識形態性質的「『一體化』的統治」，認為在當代文學發生的年代，即「已經遭遇了現代性問題」（孟繁華、程光煒：《中國當代文學發展史》，第4頁）。相對而言，《發展史》對當代50-70年代這一時期文學「詩學與政治學的緊張」的現代性問題的闡述，要早於嚴家炎主編的《二十世紀中國文學史》，也更深入具體。如編者認為當代文學的歷史敘述常以重大政治事件為標誌，隱含的是政治與文學的等級／主從關係，也「難以客觀地揭示當代文學發展過程中的真正問題」，這種現象的實質，是當代文學還沒有從文學與政治的「緊張焦慮的狀態中解脫出來」（孟繁華、程光煒：《中國當代文學發展史》，第6頁）。史著指出，「當代文學的『合法性』的建立」，其實質就是要確立以《講話》為代表的毛澤東文藝思想在當代中國文學中的統領地位。第一次「文代會」在標誌著當代文學「史前史」的結束，從此「空前地統一到一個有執政黨和國家掌管的組織和思想路線之中」（孟繁華、程光煒：《中國當代文學發展史》，第25頁）的同時，又讓人們感受到這一

---

166 孟繁華、程光煒著：《中國當代文學發展史》，北京：人民文學出版社，2004年。本章後面所徵引該書內容，如無特別說明，均引自此版本。

切都是由中國革命與社會發展的歷史決定的。「詩學與政治學的緊張」在當代文學的誕生之日起，就是一種「常態」：第一次「文代會」的幾個報告，都是「結合《講話》的精神和延安文藝經驗來闡發今後全國文藝工作的方針和任務」；作為解放區文藝的代表，周揚的報告「充滿了無可懷疑的自信」，而茅盾雖然也認為國統區文藝「還是有其顯著成績的」，但還深刻地檢討了「人道主義」「個人趣味」「小資產階級的思想觀點」「歐美中產階級的文藝傳統」與「新的人民文藝」及《講話》精神的「格格不入」與「不相符」；左翼作家和來自延安的作家確立了「主導地位」，而像巴金、曹禺、沈從文、朱光潛等「進步作家」則從此「邊緣化」，「大都沒有實際權力」（孟繁華、程光煒：《中國當代文學發展史》，第21-25頁）。編者認為，當代文學「合法性」地位的確立，「詩學與政治學」之間的「緊張焦慮狀態」，實際上是「現代性」問題的折射。

　　《發展史》的「新元素」，同時也體現在借重韋勒克「內部研究」與「外部研究」的理論，對於作為「外部資源」的俄蘇文學對中國當代文學影響的清理介紹。史著認為，「在當代中國文學發展過程中，不僅我們使用的概念、關注的焦點，甚至面臨的問題與蘇聯幾乎都是相同的。高漲的理想主義熱情與殘酷的政治壓抑相伴相生」（孟繁華、程光煒：《中國當代文學發展史》，第27頁）。俄蘇文藝中關於文藝領導權的歸屬規定、文藝意識形態功能的定位、作家組織與管理的設計等等，都很適時地順應了新中國文學早期面臨的諸多亟待解決的現實問題。尤其是被寫入《蘇聯作家協會章程》（1934）的「社會主義現實主義」理論，幾乎成為了中國當代文學的「骨架」，在50年代以後逐漸被新中國文藝界「制度化」，而馬林科夫1952年在聯共十九大報告中對這一理論的進一步具體闡釋，特別是「社會主義文藝學範疇中的幾個關鍵性概念」，如正面形象、新人物、典型、本質、黨

性等等，也因此成了當代中國文藝界「幾十年詮釋、討論的基本概念的一部分」（孟繁華、程光煒：《中國當代文學發展史》，第37-38頁）。但值得關注另一方面問題是，《發展史》指出，與歐洲傳統及19世紀以來俄羅斯豐富的文學和文學理論已成為蘇聯民族精神的組成部分不同，「我們在接受蘇聯文學的時代（主要是50-70年代，筆者），更注重的是理論的實用性與意識形態的意義，而不包括俄羅斯文化精神在內的全部蘇聯文學」。史著認為這固然與我們的民族傳統與民族主體性的制約有關，但也不否認其中所隱含的「追隨中的疏離危機」，即「當民族主體性和意識形態要求與追隨的對象發生分歧時，疏離甚至反目就會成為新的選擇對象」。這也是中國當代文學的現實：「經歷了對蘇聯文學的接受、對抗、選擇的全過程」（孟繁華、程光煒：《中國當代文學發展史》，第27頁）。史著對俄蘇文學與中國當代文學關係的歷史梳理，為人們重新認識和瞭解這一時期中國文學的複雜性提供了一個「他者」的「外圍」觀察視角。

　　《發展史》再一個值得注意的探索是，對90年代以後「大眾文學」現象的提出與評述。史著這裡的「大眾」，並不是40至70年代具有某種歷史主體性的「人民」「群眾」「工農兵」，而是對90年代以降新出現的「城市」「民間」「新市民」的指稱。史著在指出90年代「大眾文學」興起的複雜背景，如市場經濟的衝擊、人文精神的失落等的同時，認為作為「工業社會大眾文化的直接產物」，大眾文學具有鮮明的都市性與現代性特徵，它「不熱衷於判斷、價值取捨和觀念的估定，不對審美形態作等級性的、排斥性的選擇」，而習慣於多元的文學格局與交雜的創作環境，同時與傳媒、出版等文化產業市場更加密切，因而是「50年代以來中國最為自由、自足，同時也是最為市場化的一種文學形態」（孟繁華、程光煒：《中國當代文學發展史》，第231頁），而「流行性」文學讀物發展與精英文學的「泛大眾化」，則是這

種文學現象的主要表現形態。編者認為90年代這一趨於娛樂功能與消遣性質的大眾文學的興起，是對「純文學」與「非文學」界限的「不攻自破」，標誌著當代文學的發展進入了比較「平面」的歷史時期（孟繁華、程光煒：《中國當代文學發展史》，第231頁）。基於以上的文學觀念，史著將王朔的《頑主》與陳忠實的《白鹿原》置放在一起予以評述，根據是：這兩部作品都與市場關係密切，屬於暢銷書；對現實與歷史的處理，都採用了「非歷史主義」的敘事方式，一個是「玩」，一個是「虛擬」；都與「後現代主義」文化有某種精神淵源（孟繁華、程光煒：《中國當代文學發展史》，第235頁）。編者認為《白鹿原》對「史詩」品格的追求，並不是站在「先驗」的立場上，也不像一般作家那樣囿於特定階段表層的人生世相，而是在「本真歷史」「家族恩怨」「性意識衝動」等複雜因素組合的平臺上去「觀察歷史演變，洞悉人生無常」，讓讀者在「非歷史化」的敘事中直接參與文本的建構過程。編者認為盡管小說「好評如潮」，但也指出，誠如有些批評所言：小說寫性是為了「好讀」，是出於對「讀者市場」的考慮（孟繁華、程光煒：《中國當代文學發展史》，第237頁）。

除上面討論的幾點外，在如何將編寫觀念與價值取向落實到對作家作品的評價上，《發展史》也開展了一些讓人耳目一新的探索嘗試。有研究者統計，《發展史》目錄章節中顯現作品書名有24部，「這些有『爭議性』作品，雖然在文化主題上找不到共同的話語，但是試圖在建構一種『整體性』視野，這和編寫者所設定的『不確定性』思路是暗合的」[167]。《發展史》對《我們夫婦之間》《窪地上的「戰役」》《保衛延安》等「文學的現代性實驗」的闡釋，關於「樣板戲」美學的考察，對世紀末「紅色經典」再風行現象的透視，都充分地彰顯了

---

167 鄭立峰：《中國當代文學編寫與教學問題──從孟繁華、程光煒編寫的〈中國當代文學發展史〉說起》，《名作欣賞》2017年第14期。

文學史編寫的探索活力，同時也在不經意中踐行了韋勒克關於文學史寫作的思想，就是要描述出一部藝術作品在歷史進程中不斷被「解釋、批評和鑒賞的過程」[168]。

《發展史》「求變」「求新」的意識，在有力地衝擊一段時間裡構建起來的相對穩定的當代文學史敘述秩序的同時，讓我們又一次感受到了關於「當代史」敘述，由於受制複雜因素而變得「不確定」的情形，以及歷史書寫的張力與困境。當然，作為一種行進中的探索與嘗試，《發展史》不可避免地存在「點到為止」的局限。如有論者認為《發展史》80年代以後有關「評獎制度」的分析，「將史家視野從作家作品投向文學活動」，「觸及了文學與文學管理體制和『主旋律』的微妙關係問題」。對於「『改刊』風潮」，盡管「文學史的研究還遠遠不夠」，如對「改刊」以外的「停刊」現象討論的缺席。但是在將「期刊研究」引入史家視野、體現「對文學史整體感的追求」，卻值得關注[169]。

三 《中國當代文學主潮》的觀念與視角

《中國當代文學主潮》[170]（以下簡稱《主潮》）是陳曉明根據「教學講稿」與研究項目「現代性與當代文學主潮」衍生的一部文學史著，從2003年初斷斷續續寫到2008年夏。明確地將當代文學不同時期考察、討論的主要文學創作等現象歸攏、上升至文學潮流的高度，

---

168 〔美〕韋勒克、沃倫著，劉象愚等譯：《文學理論》，北京：三聯書店，1984年，第293頁。

169 樊星：《追求整體的當代文學史——讀孟繁華、程光煒〈中國當代文學發展史〉的隨想》，《當代作家評論》2005年第3期。

170 《中國當代文學主潮》，陳曉明著，北京大學出版社，2009年出版。本章後面所徵引該書內容，如無特別說明，均引自此版本。

是《主潮》區別於其他文學史編寫視角，同時也暗含了史著的理論性
與研究性。與大多數當代文學史只敘述到上世紀90年代初不同，《主
潮》的敘述「下限直到21世紀最近幾年」，以「無愧於『當代』」（陳
曉明：《中國當代文學主潮‧後記》）。從史著「緒論」及正文內容關
於90年代以來代表性的幾部當代文學史的評點、引述看，與《中國當
代文學史新稿》一樣，《主潮》其實也是對90年代以來當代文學史編
寫的回應。不過回應的背景立場與前者偏重於質疑、否定的情形略有
不同，《主潮》雖然也有質疑，但也肯定這幾部文學史對當代文學史
編寫所作的探索。史著的出版在當代文學史界引起了一定的反響，有
論者認為《主潮》提供了一種「新的觀念、視角和範式」，是1999年
後當代文學史研究寫作的重要收穫[171]。還有一些論者對《主潮》的
「現代性」與「歷史化」、《主潮》與當代文學史的寫作經驗等問題進
行了討論[172]。

　　下面我們從文學史的敘述框架與作品解讀兩個方面看看《主潮》
編寫的理論體系。

（一）「現代性」與「歷史化」的敘述框架

　　「現代性的歷史觀」「激進現代性」與「歷史化」等理論與問題
方式，使《主潮》關於當代文學社會主義現實主義性質的認識與理
解，在文學史分期文學史敘述的觀念與方法等方面都不同於其他同類
史著。從雅斯貝斯的「現代性的歷史觀」理論出發，《主潮》重釋了

---

171 孟繁華：《「現代性」與中國當代文學歷史敘述──評陳曉明的〈中國當代文學主
　　潮〉》，《海南師範大學學報》2010年第2期。

172 比較有代表性的文章有王春林的《「激進現代性」的「歷史化」進程──評陳曉明
　　〈中國當代文學主潮〉》（《當代作家評論》，2010年第4期）、李德南的《中國當代
　　文學史寫作的經驗積累與可能性──以陳曉明的〈中國當代文學主潮〉為例》（《文
　　藝爭鳴》2012年第2期）等。

社會主義現實主義文學性質的當代文學的歷史內涵，認為從「歷史整
體性的建構」，特定框架內的歷史解釋，整體性歷史觀中的「進化論
與目的論」等角度重新進入當代文學史，可以觀測到當代文學的另一
種圖景。陳曉明強調《主潮》「所追求的文學史的觀念與方法，可能
就是在現代性與後現代性綜合基礎上建構起來的當代文學史敘事——
既給予中國當代文學史以一個完整的、有序的、合乎邏輯的總體趨
勢，又試圖去揭示這個歷史過程中被認為縫合起來的文學現象的關聯
譜系」（陳曉明：《中國當代文學主潮》，第15頁）。這種「現代性」，
「是指啟蒙時代以來，『新的』世界體系生成的時代，在一種持續進
步、合目的性、不可逆轉地發展的時間觀念影響下的歷史進程和價值
取向」（陳曉明：《中國當代文學主潮》，第18頁）。而具體到《主
潮》，這種「現代性」同時還是中國本土的。陳曉明指出，「我把中國
當代文學放在世界現代性的歷史進程中來理解，它是中國的『激進現
代性』的一個組成部分。它無疑意味著一種新的不同於西方資產階級
現代性的文化的開創，它開啟了另一種現代性，那是中國本土的激進
革命的現代性」。他坦言《主潮》有一條內在的文學史敘述理論線
索，「就是中國現代性的歷史進程，從激進革命的現代性敘事，到這
種激進性的消退，再到現代性的轉型」[173]。而《主潮》追求的「歷史
化」，與我們前面討論的作為當代文學研究觀念與方法的「歷史化」
有本質的區別，即「歷史化」在這裡主要是指文學創作的內容與追
求，或者說它既是方法，更是內容。「歷史化」概念在這裡至少則包
含著兩層含義：其一，文學在「被給予一種歷史性」的同時「生成一
種自身的歷史性並再現出客觀現實的歷史性」，「『歷史化』的文學藝

---

173 術術、陳曉明：《雲譎波詭的60年文學——關於陳曉明新著〈中國當代文學主潮〉
的訪談》，轉引孟繁華：《「現代性」與中國當代文學歷史敘述——評陳曉明的〈中
國當代文學主潮〉》。

術也可以反過來『歷史化』現實」。其二，「就其具體文本而言，文學藝術對其所表現的社會現實具有明確的歷史發展觀念意識；文學敘事所表現的歷史具有完整性。借助敘述的時間發展標記，這種完整性重建了一種歷史，它可以與現實構成一種互動關係。」（陳曉明：《中國當代文學主潮》，第20頁）具體到作家創作，「歷史化」就是要求作家「按照特定的歷史要求再現式地敘述一種被規定的、已然發生的歷史，從而使作品所要反映的生活具有客觀的真理性」；對於作品文本而言，「歷史化也就是將歷史文本化和寓言化，歷史與文本完全融合在一起」（陳曉明：《中國當代文學主潮》，第116頁）。

　　《主潮》認為當代文學那種「不斷激進化的歷史進程」，是文學史敘述的基礎。基於現代性與「歷史化」的觀念與立場，《主潮》明確地把1942年作為當代文學的起點，理由是「1949年這個時間標識顯然只是一個具有政治意義的象徵事件，不能反映出文學本質的內在轉折」（陳曉明：《中國當代文學主潮》，第4頁），而把1942年的延安文藝座談會作為起點標誌，「社會主義革命文學的書寫將會顯得更加完整，其來龍去脈也會更加清晰」（陳曉明：《中國當代文學主潮》，第5頁），由此「可以抓住貫穿中國當代文學史始終的那種精神實質，以及由此而展開的內在歷史變異」（陳曉明：《中國當代文學主潮》，第6頁）。以此為敘述起點，《主潮》將當代文學史劃分為四個時期：1942-1956年（社會主義現實主義的起源與基礎建構階段）；1957-1976年（社會主義現實主義文學不斷激進化階段）；1977-1989年（即「新時期」文學階段，社會主義現實主義修復與重建階段）；1990-21世紀初（社會主義現實主義文學由一體化轉向多元格局時期）。而從「現代性」角度，《主潮》認為以1992年為界，將1942-1992年視為一個完整的時期，「這50年的當代文學都處於社會主義現實主義的審美領導權統治下，進行的是現代性激進化的文學建構」；1992年後的中

國文學，在多元格局形成的同時，「進入了現代性解體和後現代性建構的時期」（陳曉明：《中國當代文學主潮》，第6頁）。而從「激進現代性觀念推動下的『歷史化』角度」，《主潮》還描繪了一幅當代文學史的「『歷史化』地形圖」：「全面『歷史化』」時期（1942以後，或1949年以後的「十七年文學」）；「超級『歷史化』」時期（「文革」時期）；「『再歷史化』時期」（「文革」後的新時期）；「去歷史化」時期（90年代以後）（陳曉明：《中國當代文學主潮》，第22頁）。

（二）概念辨析與作品重釋

依靠「既能看清現當代文學總體性的流變，又能夠有效地解釋文學創作依然不能抹去的內在的關聯」（陳曉明：《中國當代文學主潮》，第17頁）的「激進現代性」與「歷史化」的理論體系，《主潮》重釋了當代文學創作主潮，特別是我們所熟悉的在50-70年代被稱之為「革命歷史題材」「農村題材」的創作。總體而言，陳曉明認為當代文學創作前30年（1949-1979）重新演繹的，是40年代延安解放區一批具有「革命的現代性」的作品，如《白毛女》《暴風驟雨》《太陽照在桑乾河上》等奠定的思想。這些作品把五四以來啟蒙文學「奉行的人道主義的愛」，「轉化為階級鬥爭的恨」（陳曉明：《中國當代文學主潮》，第43頁）。如「三紅」（《紅旗譜》《紅日》《紅岩》）、《青春之歌》、《保衛延安》，講述的是當代文學建構的「歷史化」運動：「文學重新講述（建構）了革命歷史，同時也構建了文學的歷史化」；革命文學與革命歷史融合在一起，形成了當代文學的「中國的現代性的歷史化敘述」（陳曉明：《中國當代文學主潮》，第117頁）。與「五四」以來的「以反現代性或反思性的現代性」為確立根基的「鄉土文學」概念不同，《主潮》指出「農村題材」實質是1949年後「中國社會主義革命文學的概念」，「是對與計劃經濟體制相關的文學題材進行的劃

分」，是「中國社會主義政治文化的產物，也是中國社會現實的寫照」。這種以工農兵為主導的文學，是《在延安文藝座談會上的講話》強調的「工農兵文學」的必然結果。農村題材的創作把農村生活上升到「革命敘事」的範疇，把階級鬥爭和路線鬥爭作為自己的「核心靈魂」（陳曉明：《中國當代文學主潮》，第93-94頁）。《主潮》認為包括《創業史》《山鄉巨變》等在內的作品，均是「中國現代性政治激進化在文學上的表現」，「現實主義的典範之作，也是『歷史化』的理想之作」（陳曉明：《中國當代文學主潮》，第112頁）。

　　與相關概念的辨析關聯，是對作家作品的重釋。這種重釋，讓我們看到了當代文學的另一種圖景。如《主潮》指出王蒙筆下的趙慧文這個「孤獨的女人」，會讓我們想起丁玲、蔣光慈、柔石筆下的知識女性；對茹志鵑在「大躍進」高潮時期發表《百合花》這種「絕望而美麗的故事」進行了新的解讀[174]。從「激進現代性」角度，陳曉明認為「大躍進」新民歌運動，固然表明文學藝術不可能逃脫的政治化命運，但「也表達了社會主義時代對創建自身文化新形式的渴望」（陳曉明：《中國當代文學主潮》，第195頁）。在與「後新時期」文學的對比中，陳曉明指出新時期文學反思「文革」的強烈政治認同感與五六十年代文學的一脈相承（《中國當代文學主潮》，第241頁）。順著這一思路，對張賢亮知識分子思想改造的《唯物論者的啟示錄》系列中篇，《主潮》也提出來與眾不同的看法，認為在人性人道主義以及主體性思想理論的背景上，《男人的一半是女人》女性中心敘事的轉型（黃香久：「是我讓你變成真正的男人的……」），對人性話題的凸

174　《主潮》認為茹志鵑對「大躍進」那種戰爭年代的動員組織形式有所疑慮。「戰爭中犧牲的都是無辜的生命，即使有美好留存下來，也會讓人更覺悲哀。」（第156頁）把《中國當代文學主潮》對茹志鵑的這種「冷門」解讀置放回特定的歷史語境，很難說是過度闡釋。

顯，標誌著80年代文學反思「文革」的終結，「思想解放運動已經告一段落」（陳曉明：《中國當代文學主潮》，第252頁）。在《主潮》看來，「尋根」文學口號的提出與創作實踐，是當代文學在追蹤現代主義過程中「重新歷史化」的反映，即「回到本民族的文化傳統中也依然可以具有現代性」（陳曉明：《中國當代文學主潮》，第323頁），而跟隨而來的「先鋒派」的創新動力與意願，則是現代主義的延續……（陳曉明：《中國當代文學主潮》，第338頁）

此外，不同於其他當代文學史，《主潮》試圖對90年代中期以來的中國文學進行系統完整的闡述。與20世紀後半時期在世界範圍內普遍表現出一種「文學作為民族國家想像建構的需求功能的弱化」趨勢比較，陳曉明認為中國文學這種現代化功能的「弱化」則要到90年代中期以後，並以碎片式的多元分化局面呈現。當代文學由此進入「去歷史化」／「後歷史化」（陳曉明：《中國當代文學主潮》，第521-522頁）的「後文學」時代，個人化寫作、網絡寫作成為文學主潮。21世紀初，當代文學的鄉土敘事逐漸走向「終結」：傳統鄉土文學的經典性敘事已經終結；作為一種文學形態，也已「脫離了社會主義農村文學的概念」；在美學追求上則已有解構鄉土美學的意向……（陳曉明：《中國當代文學主潮》，第583頁）。

在「當代」研究領域，陳曉明是比較偏重理論的學者，尤其是對後現代文化理論。這種理論性與學術性，使得《主潮》的敘述風格常常表現出一種強烈的「自話自說」的學術研究品格。90年代以後的當代文學史編寫，「啟蒙」「革命」「社會主義現實主義」「現代性」「歷史化」等都是許多文學史關注並消融在文學史敘述中的關鍵詞。《主潮》當然也不例外，但其過人之處，是不故步自封，以豐富的理論和縝密的闡述，融人之長卻不失根本，為當代文學史編寫提供了一種「新的觀念、視角和範式」。

第四章
當代文學史編寫與史料整理研究（2010-2019）

第一節　當代文學史編寫的新狀態

一　近十年來的當代文學史編寫

進入20世紀90年代後，基於如前所述的複雜思想文化／文學背景，同時受具有儀式感的「共和國50年」重大事件的助推，當代文學史編寫迎來了「世紀末輝煌」的景象。這一波「輝煌」直到新世紀的最初10年仍意猶未盡。據統計，從2001-2010年，先後出版的當代文學史著述達64種，基本上與1991-2000年的持平。此後，當代文學史的編寫與出版開始緩慢。據粗略統計，從2011-2019年，公開出版的當代文學史著作不超過30種。其實，這十年，國家高等教育依然保持強勁的擴招勢頭；政府依然把「高水平」教材的編寫與出版納入高校教師科研水平與能力評價的範疇，甚至作為評價「高水平大學」建設的權重指標之一。另外，文化市場雖然在體制的干預下有所作調整，但總體上仍相對寬鬆，教材的出版仍無太多設限。但即便如此，內地當代文學史甚至是整個「古今中外」文學史的編寫均顯得有些疲軟。尤其值得注意的是，在當代文學史編寫領域，作為國家政治生活中頗具象徵意義的「共和國70年」的「2019」，已沒有像歷史上的「1959」「1999」那樣預期催生出一批既能夠體現主流文化趨向，又能夠有一

定探索與創新追求的文學史著作來「獻禮」——如果不考慮張炯主編的《中國當代文學史》[1]的話。

近十年出版的當代文學史著，比較有表性的，除了前面提到的由嚴家炎主編的《二十世紀中國文學史》，值得關注的是張炯主編的《中國當代文學史》。與大多數從時間分期角度對當代文學歷史進行敘述的情形不同，該史著最顯著的敘述特點，是像當年北大版的《當代中國文學概觀》那樣，依從文體分類的角度。史著的另一個頗具意味的特點是，其雖然在「共和國70年」的前夕推出，但編者的歷史敘述的時間下限卻戛然終止於2000年，而未將被稱之為是「新世紀文學」的「當代文學」納入歷史敘述的範疇。另外，由張健主編的《中國當代文學編年史》（1-10卷）[2]，也是近十年來值得關注的一部類似於「年鑒學派」性質的史著。不過相比之下，該史著已明顯地具有了一定的史料性質。

這一時期出版文學史著，大部分是進行簡單修訂後重版。這種情況包括兩個方面，一是將文學史內容的敘述時間下限延長，如朱棟霖等主編的《中國現當代文學史（1915-2016）》（上、下）[3]等[4]，另一種情況，是在延長的同時，拓展、充實，這其中比較有代表性的是北京大學中文系張鍾等的《中國當代文學概觀》（第三版）[5]，增加了對當

1　張炯主編的《中國當代文學史》（上中下冊），由江蘇鳳凰文藝出版社2018年出版。作者的身份歸屬雖是中國社會科學院文學研究所，但並未明言這套文學史著作的「共和國成立七十周年」「獻禮」性質。

2　山東文藝出版社，2012年出版。

3　朱棟霖、吳義勤、朱曉進主編，北京大學出版社，2018年出版。

4　類似比較有代表性的還有：趙樹勤主編的《中國當代文學史：1949-2012》，湖南師範大學出版社，2012年出版；曹萬生主編的《中國現當代文學（1898-2015）》（上、下）（第3版），中國人民大學出版社，2016年出版。

5　參與修訂版（第三版）《中國當代文學概觀》的人員包括張鍾、洪子誠、佘樹森、趙祖謨、汪景壽、計璧瑞，北京大學出版社，2014年出版。

代臺港澳文學內容的介紹。當代文學史的修訂再版包含著編者的多重因素考量，但近十年來，這種情況也已相對淡化，凸顯的主要是「市場」。

　　相對於內地近十年來當代文學史編寫速度放緩的情形，倒是海外，特別是北美漢學界，以王德威主編的《哈佛新編中國現代文學史》（2017）為代表，掀起了一股包括當代文學史在內的「重寫」20世紀中國文學史的成果，並在內地的文學史界產生了一定的影響。關於這方面的內容我們將在下一章展開評述。值得注意的另一方面情形是，與中國內地10年來當代文學史編寫放緩的新狀態形成鮮明比照，國內學界有關當代文學史料的整理與甄釋卻呈現出方興未艾的景象。當代文學史編寫這種錯綜失衡的情形，無疑給我們提出了一些值得思考的問題，如該如何看待與解釋當代文學史編寫的放緩與文學史料整理的繁榮之間的關係？能否說後者其實是在以「迂迴」「下沉」的形式替代前者的「放緩」「滯留」？如果可以的話，那麼「放緩」就不應該是近十年來當代文學史編寫的全部，甚至因此還可能牽涉到一個更大的問題，即無論是「迂迴」抑或「放緩」，均已關涉到中國當代文學學科的建設與發展這一結穴點。而要回答將諸如此類的問題，顯然有必要簡單回溯清理近十年來的當代文學史料整理研究狀況。

　　總之，近十年來的這種新狀態，暴露出當代文學史編寫和當代文學學科近三十年來出現的一些問題，或許可以用「轉型」來描述。而就文學史編寫來說，「轉型」在這裡，主要是指原來的那種文學史似乎已經難以為繼，再編寫也不會有新花樣。近些年來，質疑原先的文學史寫作的呼聲很高，也懷疑文學史的可能性。有些研究者，特別是更年輕的學人，開始嘗試新的，更能觸及現實歷史和文學問題的「文學史書寫」，如問題史、斷代史、材料編纂與注釋等。這些情況，從另一個角度，也可看作是對「歷史化」問題的繼續推進，特別是對當

代文學材料整理與注釋的重視。這種情況，反映出當代文學史研究的推進，但其實也是一種陷入困窘的焦慮的表現。這是當代文學學科正在面臨的境況。

二　面對史料的整理與甄釋

不少研究者都注意到了當代文學史料的特殊性，即它除了傳統文學史料所指的如目錄學、版本學、考據學、校勘學、輯佚學等之外，還涉及注釋學、文體學、圖書情報學、信息管理學等涵納古今、融會傳統與現代的一種「全信息」[6]。對於當代文學史料的編排分類，吳秀明在對相關成果梳理的基礎上，舉列了三種比較有代表性的情形：一是謝冕、洪子誠主編的《中國當代文學史料選・1948-1975》[7]，基於對當代文學「一體化」的思考與判斷，較早地將史料按「國家領導人講話與報告」「重要報刊社論與編者按」「會議紀要」「作家發言」「選集自序」「文學評論」等進行分類編排；二是謝泳在《拓展中國當代文學史料的幾個方向》中提出的「國家機關連續出版物」「文件與會議簡報」「內部言論匯編」「校報校刊」「高校學生期刊」「舊詩人詩集」的分類思考[8]；三是吳秀明自己基於對當代文學史料紛紜複雜的認識與理解，在《中國當代文學史料問題研究》（2016）及其配套史料叢書中，將其分為「公共性史料」「私人性史料」「民間與『地下』文學史料」「通俗文學史料」「文學評獎」等11種類型[9]。

6　吳秀明主編：《中國當代文學史料問題研究》，北京：中國社會科學出版社，2016年，第2頁。本章後面所徵引該書內容，如無特別說明，均引自此版本。

7　北京大學出版社，1995年出版。

8　謝泳：《拓展中國當代文學史料的幾個方向》，《文藝爭鳴》2016年第8期。

9　吳秀明：《近十年來當代文學史料研究的總體圖景》，《文藝爭鳴》2019年第2期。

　　當代文學史研究與寫作近十年來的史料意識，實際上是對當代文學「歷史化」命題的拓展深化。上世紀末洪子誠《中國當代文學史料選》著作的出版，被認為是中國當代文學編寫與研究「從史料再出發」的當然標誌。但作為一種觀念，或者說是理論問題，有論者認為近十年來有關當代文學的史料建設與研究的話題，至少可以追溯到1990年代初《當代文學研究資料與信息》刊發的一組文章[10]。進入新世紀後，在洪子誠、錢文亮的訪談《當代文學史研究中的史料問題》[11]、張志忠《強化史料意識，穿越史料迷宮——關於中國當代文學史料問題的幾點思考》[12]、吳秀明《史料學：當代文學研究面臨的一次重要「戰略轉移」》[13]等助推下，逐漸演化成為當代文學史界的「公共事件」[14]。據《中國當代文學史料問題研究》統計，僅2010-2013年，被國家社科基金立項的有關當代文學史料方面的項目就達14項，2015年國家社科基金課題指南還首次將《六、七十年代文學資料整理與研究》列入其中（吳秀明：《中國當代文學史料問題研究》，第5頁）。最近幾年湧現了洪子誠的《材料與注釋》[15]、吳秀明主編的《中國當代文

---

10 這組刊發在《當代文學研究資料與信息》1991年第2期的文章，指的是由當時北京大學中文系的博士、青年教師與訪問學者「面對歷史的挑戰：當代中國文學史料學研究筆談」，包括：韓毓海《文學的「重構」與「解構」——建設「當代中國文學史料學」的意義》，馬相武《傳記工程：當代文學研究的基本建設》，張珙、孟繁華《當代文學的歷史敘述與史學的建立》、張頤武《當代中國文學史料學：起點與機遇》等。轉引吳秀明主編：《中國當代文學史料問題研究》，第12頁。

11 《文藝爭鳴》2003年第1期。

12 《中國現代文學研究叢刊》2010年第2期。

13 《中國現代文學研究叢刊》2012年第2期。

14 《當代作家評論》2016年第6期開設了由程光煒主持的《重返八十年代：史料發掘》欄目，刊發了一組相關文章。同年9月，《學術月刊》（第9期）發表了吳秀明的《一場遲到了的「學術再發動」——當代文學史料研究的意義、特點與問題》。近年來不少期刊，如《新文學史料》《文藝爭鳴》《當代作家評論》均開設了有關當代文學史料建設、整理與研究的欄目。

15 北京大學出版社，2016年出版。

學史料問題研究》，以及程光煒主編《八十年代文學史料研究》[16]等一些代表性的成果。在《近十年來當代文學史料研究的總體圖景》一文中，吳秀明從「現狀與問題史料」「體制性史料」「民間性史料」「事件與思潮史料」「作家與作品史料」「臺港澳與海外史料」等互有關聯的六種史料類型角度，統計分析了《文學評論》等九家主流文學研究和批評刊物[17]在2007-2017年間所發表的1373篇當代文學史料研究文章。

當然，在近十多年來的當代文學史料整理中，值得關注的代表性成果，還應該包括一批大型史料的整理出版，如（按出版時間的先後）：王堯、林建法主編的《中國當代文學批評大系（1949-2009）》（6卷）[18]，孔範今主編的《中國新時期文學研究資料匯編》（18種）[19]，吳俊總主編的《中國當代文學批評史料編年》（12卷）[20]，程光煒的《中國當代文學史資料叢書》（全16冊）[21]，等等。

盡管史料問題近十年才成為追捧的熱點，但這並不能夠說明當代文學對史料的輕慢。誠如洪子誠所言：「在五六十年代開始建構『當代文學』及其歷史的時候，對『史料』還是重視的。」[22]這裡且不說他提到的記憶中的如50年代末山東師院編纂的史料叢書（內部出版，包括當代作家評論目錄，和若干被認為重要的作家的資料專集），文研所資料室從五六十年代開始對作家作品的研究資料的專門收集編纂，還有包括北大中文系資料室的剪報專集等，僅其中的一個側面，

---

16 中國社會科學出版社，2019年出版。

17 另外8家刊物：《文藝研究》《中國現代文學研究叢刊》《文藝爭鳴》《當代作家評論》《南方文壇》《小說評論》《當代文壇》《揚子江評論》。

18 蘇州大學出版社，2012年出版。

19 山東文藝出版社，2006年出版。

20 華東師範大學出版社，2017-2018年出版。

21 百花文藝出版社，2018年出版。

22 參閱本書「代序」。

也最能夠說明問題的，是1949年後對文藝論爭、文藝思潮、文藝運動等資料的整理編纂，這一點，從洪子誠《材料與注釋》中有關他們當年為編寫《文藝戰線兩條路線鬥爭大事記（1949-1966）》到中國作協檔案室裡取出的一些「內部資料」目錄[23]，即可見一斑。從50年代初對電影《武訓傳》的批判開始，到《為保衛社會主義文藝戰線而鬥爭》（上、下）[24]、文藝報編輯部編《再批判》[25]、人民出版社編《文化戰線上的一個大革命》[26]、作家出版社編輯部編《胡風文藝思想批判論文匯集（1-6）》和《胡風集團反革命「作品」批判》[27]、吉林人民出版社編《深入批判修正主義文藝觀》[28]、遼寧大學中文系編《修正主義文藝路線代表性觀點批判》[29]、杭州大學文藝理論室編《「四人幫」反動文藝思想批判》[30]等，到80年代復旦大學中文系資料室編《新時期文學論爭資料（1976-1985）》（上、下）[31]，有關當代文學思潮與論爭方面的史料，便可以列出一份很長的目錄。所有這些，顯然都應該納入「當代文學史編纂」考察的議題。當代文學與現實的緊密關係，尤其是與政治的關係，是文學史編寫繞不過去的一個問題。

　　有研究者認為史料整理本身便具有「文學史研究」和「歷史敘事的性質」[32]。因而把當代文學史料的整理與甄釋作為文學史編寫的另

---

23 具體可參考本章第三節有關《材料與注釋》部分內容。

24 新文藝出版社，1957年出版。

25 作家出版社，1958年出版。

26 人民出版社，1964年出版。

27 作家出版社，1955年出版。

28 吉林人民出版社，1972年出版。

29 北京人民出版社，1976年出版。

30 浙江人民出版社，1978年出版。

31 復旦大學出版社，1988年出版。

32 洪子誠、王賀：《當代文學史料的整理、研究及其問題——北京大學洪子誠教授訪談》，《新文學史料》2019年第2期。本章後面徵引本文內容，不再注明出處。

一種形式，未嘗不可。也有研究者認為「不宜公開」的檔案文獻（特別是20世紀50-70年代），對當代文人的生存狀態、刊物運作機制、稿費制度等當代文學組織／制度研究，以及「以真實事件和歷史人物為原型的文學作品」的研究（即所謂的「中國當代文學本事研究」），不僅具有史料價值，還具有方法論意義[33]。這其實也可看作是對《中國當代文學史料問題研究》相關思考的推進。針對長期以來當代文學史編寫中存在的「以論代史」、「理論先行」，導致一些文學史「華而不實」的情形，一些研究者認為「史料問題成了制約文學史編寫的一個『瓶頸』」（吳秀明：《中國當代文學史料問題研究》，第449頁）。吳秀明認為復旦版的《中國當代文學史教程》之所以會引起爭議，固然與其過度迷信作為觀念理論的「重寫文學史」編寫風格有關，主要還是與史著在文學史料方面存在的一些問題與不足分不開，這其中對入史作品把握的標準是一方面，即對一些「經典作品」的「漏選」和一些「不宜入史」作品的「偏愛」，更重要的還是在具體敘述過程中有關文學史料的闡釋問題，包括對一些史料闡釋的「以偏概全」、對一些人物與史實評判的「過於絕對」、對作品解析的「過於主觀」，等等。

從這一意義上說，近十年來當代文學史料整理的「下沉」，正是當代文學史編寫「緩行」的必然，後者是在通過前者的「下沉」方式繼續推進。如果上升到學科的層面，那麼無論是「緩行」抑或「下沉」，均已與中國當代文學學科的建設和發展密切關聯。

三　告別「當代」的學科訴求

洪子誠認為「史料工作在視野、理論、素養、方法上的要求，一點也不比做理論和文學史研究的低」，近十年來「當代文學」取得的

---

33 張均：《檔案文獻與中國當代文學研究》，《現代中文學刊》2016年第5期。

成果，將有助於推動當代文學研究的深化與提升，但是，「由於『當代文學』與現實問題、與當代人思想情感和生活方式緊密關聯，希望這種史料重視的趨向，不會是當代文學批評、研究上思想力、批判力孱弱導致的後果」（洪子誠、王賀：《當代文學史料的整理、研究及其問題》）。近十年來有關當代文學史料的整理與研究，並非毫無問題，這其中，缺乏對原始材料認真閱讀，僅是粗糙地把一些「曝光度」較高的文章編在一起[34]等，僅是存在問題的一個方面，更主要的，是如何避免「為史料而史料」，如何將史料的整理研究上升到當代文學史編寫與學科建設的高度，「用思想穿透史料」，體現史料工作中的「問題意識」。對此，洪子誠的一篇有關史料的訪談具有啟迪：

> 在北京有一些學者，帶領小團隊做史料做得很細。他們從50年代開始做起，讀很多的材料，包括每年的《中國青年》都拿來讀，從中發現問題，確實表現了對史料的重視。但是也有一些人對史料的重視就完全沒有一種思想動力，可能也搞不清楚要從史料裡去發現什麼，變成一種史料的堆砌。對史料的重視也可能表現了我們的思想薄弱或者思想遲鈍。我不同意孤立地談對史料的重視，我覺得對史料的重視是應該的，但還是應有思想的穿透力，就是你要回答什麼問題，要解決當代的哪些問題，這是很重要的。說實話，史料是沒有限制的，是一個無底洞，做得非常細沒有意義。包括作家的年譜，不是每個作家都值得做年譜，具體有什麼價值都很難說。所以，我認為應該在有思想穿透力的基礎上來重視史料的問題。[35]

34　張均：《當代文學研究史學化趨勢之我見》，《文藝爭鳴》2019年第9期。

35　洪子誠、辛博文：《用思想穿透史料——洪子誠教授訪談錄》，《長江文藝評論》2020年第1期。

　　在史料整理與研究「高燒不退」的情況下，這種「限度意識」與「危機意識」還是有警醒作用的，這將有助於史料工作更精準地助推當代文學學科建設與發展。

　　從學科建構的角度而言，當代文學史編寫的「緩」與史料整理和研究的「沉」這種看似矛盾的情形，至少隱含了兩方面的啟示：一是喻示了作為學科的當代文學的正在走向成熟，意識到作為一個學科的建設與發展，「必須建立在當代文學史料的系統性研究和整體性建設的學術基礎之上」[36]。二是告訴我們作為當代史組成部分的當代文學史，反映「歷史真相」的艱難與複雜。

　　所謂「一時代之學術」，在陳寅恪看來，「必須有其新材料與新問題」，即「取用此材料，以研求問題」[37]。以此觀照近十年來當代文學史研究與編寫史料轉型，或許能讓我們更好地把握其中的種種論說。比如在看似「舊事重提」的「當代文學應暫緩寫史」[38]觀點背後，含藏的其實是孕育於近十年來當代文學史料整理與研究過程中一種思考，即應沉潛於時間深處，用事實與材料去支撐，而不是簡單地用某種「主義」觀念理論去演繹當代文學的歷史敘述，以改變既有的當代文學史面貌與格局，賦予其一種歷史品格。有研究者認為，將當代文學史料問題提出來，與進一步提升發展文學史編寫和學科建設「全域性考慮」有關。（吳秀明：《中國當代文學史料問題研究》，第5頁）隨

---

36 吳俊：《新世紀文學批評：從史料學轉向談起》，《小說評論》2019年第4期。

37 陳寅恪：《陳垣〈敦煌劫餘錄〉序》，《金明館叢稿二編》，上海：上海古籍出版社，1980年，第236頁。轉引曠新年：《由史料熱談治史方法》，《文藝爭鳴》2019年第3期。

38 張均在《當代文學應暫緩寫史》（《當代文壇》2019年第1期）一文中指出，隨著當代文學史料整理耙梳的深入等原因，無論是作為時間的「當代文學」（「當代」包不包括「目前這個時代」？），還是觀念的「當代文學」（是「啟蒙文學」還是「人民文學」？），或者「經典」的「當代文學」，都再次成為制約當代文學史編寫的因素，只有處理好這些問題，「當代文學史」才能編寫好。

著史料的整理與甄釋的不斷步入「深水區」以及由此展現的另一種「當代」圖景，給「當代」文學一個學科意義上的「說法」已是個不容迴避的問題。這「說法」，也就是作為學科意義上的當代文學史編寫應當告別在無限延展的「當代」的潛在訴求。

第二節　《中國當代文學史寫真》的「折返」

一　「從史料再出發」的編寫理念

　　盡管當代文學史寫作的史料整理轉型在最近十年已成為一個不爭的事實，但作為一種嘗試與探索，則要早得多。若將觀察的時間軸往前推移，那麼我們完全可以把20世紀末北大版的洪著《中國當代文學史》看作是一個標誌性轉折。後置在最近十年的視野中，我們不難發現這部文學史在當時之所以被認為「當代文學終於有了一部堪稱『史書』的著作了」，而且至今雖仍「超期服役」，但人們對其卻依然「熱度不減」，其中最根本的原因，即在於編寫者通過史料的介入與轉型，讓缺乏距離的「當代」文學史最大限度地獲得了歷史的品格[39]。這一開創性編寫思路對後來的影響顯然是深遠的。在接下來的一個時期裡，一方面是對這一問題的理論層面思考與探索的推進，另一方面則是編寫領域的進一步探索與實踐，在這方面，比較值得關注的有早

---

39 對於這種歷史品格，賀桂梅近年有更為精闢的評述，認為洪子誠在史著中「將文學體制的形成、文學規範的塑造和作家評價、經典化過程都納入文學史敘述，呈現出的是一種動態展開的文學史圖景，並形成了當代文學『一體化』構建及其分解這樣一條連貫的歷史敘述線索。這就將當代文學作家作品的描述史，轉變為當代文學規範的生成、建構、衝突及其自我瓦解的反思性探討，文學史寫作因此具有了『史述』的實質性涵義」（賀桂梅：《洪子誠學術作品精選·編者序》，北京大學出版社，2020年）。

期由吳秀明主編的三卷本《中國當代文學史寫真》[40]。

　　把進入新世紀初的《中國當代文學史寫真》（以下簡稱《寫真》）切換到近十年來文學史寫作史料轉型的平面上進行考察，要圈點出其中的「不完美」並不難。但從學術梳理角度，恰恰是這些「不完美」，為我們復盤了當代文學史寫作從「闡釋（型）」到「描述（型）」，從「以論代史」到「論從史出」轉型的切換過程。因此，《寫真》的得與失都是我們認識瞭解相關問題的重要個案。

　　關於史著的編寫緣起。簡單地說，便是基於對當代文學學科規範與文學史編寫「話語霸權」現象的反思。《寫真》認為由於當代文學與當代中國社會發展同步和作為時間的「當代」的無限延展，致使當代文學史的寫作「缺少應有的學科規範」，同時指出現有的當代文學史寫作，基本上屬「闡釋型」，「以論代史」，失去了文學史應該具備的「客觀和公允」，還容易使學生受編者「『話語霸權』的牽引」，「先入為主、消極被動地接受」，「步入編者圈圍的思維定域」（吳秀明：《中國當代文學史寫真·前言》）。基於以上判斷，主編者強調《寫真》將努力淡化寫作的個人主觀色彩，「強化突出編寫的文獻性、原創性和客觀性」，把更多的篇幅留給「原始文獻的輯錄和介紹」，「多描述、少判斷」（吳秀明：《中國當代文學史寫真·前言》）。由對當代文學「史」的「時間焦慮」引申出來的另一個值得關注的問題，是《寫真》對當代文學史編寫方法與體例的探索，即史著的具體內容由五大板塊構成：作家作品介紹、評論文章選萃、作家自述、編者評點、參考文獻與思考題，其中「評論文章選萃」和「作家自述」為史著的主體。關於編者的評點，《寫真》強調力求「少而精」，「盡量用中性語言描述」，而隱含在對「眾多觀點和史料的選擇和編撰上」（吳秀明：

---

40 吳秀明主編：《中國當代文學史寫真》（三卷本），杭州：浙江大學出版社，2002年。　本章後面所徵引該書內容，如無特別說明，均引自此版本。

《中國當代文學史寫真‧前言》）。從整體上看，第一、四、五板塊屬傳統文學史編寫中的「常規動作」，創意的設計主要在第二、三部分。以往的文學史，更多的是以編寫者的身份來複述《寫真》所說的主體內容（「原創評論」和「作家自述」），因此容易「以論代史」過度闡釋。《寫真》試圖通過「原始文獻的輯錄和介紹」，「論從史出」，這不失為一種有效的嘗試。至於強調「盡量用中性語言描述」，雖然在本書關於北大版《中國當代文學史》「價值中立」的寫作姿態的討論中並不陌生，但《寫真》旗幟鮮明地作為文學史寫作的努力方向予以強調，卻還是第一次。

二　文學史敘述中的「文學史」

當然，《寫真》更值得我們關注的，還是在具體編寫過程中對文獻資料的處理。這其中最顯著的一點，便是致力文獻資料徵引覆蓋面的最大化，以充分體現史著的「寫真」追求。這種「最大化」，除了指所引文獻資料的時間跨度（1949-2001），尤其突出地表現在徵引文獻的數量與種類方面。在數量方面，以上冊為例，據初步統計，「原創」的「評論文章選萃」的徵引文獻次數共計640次（其中的「作家自述」部分132次），這其中還不包括史著「概述」「作家作品介紹」和「編者評點」部分所徵引的文獻資料；徵引的文獻種類達452種（其中文章336篇，著作116部），涉及的研究個人311人（其中同時是史著介紹對象的作家47人）、研究組織15個。

這裡想談重點的，是《寫真》對已有當代文學史對作家作品評論的徵引。這一方面是因為在《寫真》徵引的著作中，不同時期的文學史著作占了一定的比例，另一方面，則是因為文學史的評價，在「文獻資料」中有著不可替代的地位。文學史敘述是對文學評論的一種提

升。不同時期文學史家對作家作品的評述，是當代文學「歷史化」進程中非常重要的一個環節。《寫真》的徵引，無疑能夠起到強化史著客觀與「原創」的效果。

為了更好地進行考察，下面分別將《寫真》三冊所徵引的文學史著述情況予以初步的統計，以供參考[41]。

《中國當代文學史寫真》徵引文學史版本情況

序號	被引文學史版本	《中國當代文學史寫真》徵引的頁碼／被徵引文學史的頁碼		
		上冊 （1949-1978年文學）	中冊 （1978-1989年文學）	下冊 （1989-2000年文學）
1	中國當代文學史稿2[42] （華中師範學院中文系主編　科學出版社1962年9月）	44／523-524 169／86-87		
2	中國當代文學史2（二十二院校編寫組主編　福建人民出版社　1980年5月）	31／285-287 91／322		
3	當代文學概觀6（張鍾等著　北京大學出版社1980年7月）	29／29 96／79 207／170-171 239／87 325／456-457		

---

41 表中統計的文學史種類，主要指「評論文章選萃」所涉及的，並根據其出版的時間先後順序進行排序。另外，「下冊」統計的所徵引文學史不包括其中的臺港澳文學部分。

42 表中被徵引文學史版本後面的數字為被徵引次數。

序號	被引文學史版本	《中國當代文學史寫真》徵引的頁碼／被徵引文學史的頁碼		
		上冊（1949-1978年文學）	中冊（1978-1989年文學）	下冊（1989-2000年文學）
4	中國當代文學史初稿（上）2（十院校編寫組主編　人民文學出版社　1980年12月）	89-90／433 89-91／433[43] 142／406[44] 144／410[45] 154／399[46] 297／309-310 298／309 304／312		
5	中國當代文學史初稿（上）2（十院校編寫組主編　人民文學出版社　1981年7月）	71／410-411 75／418-419		
6	中國當代文學史初稿（下）1（十院校編寫組主編　人民文學出版社　1980年12月）[47]	209／232[48]		

---

43 被徵引的頁碼有誤，應該是第438-439頁。

44 《中國當代文學史初稿》（上冊），第406頁，主要介紹有關「大躍進」民歌方面的內容，而不是《寫真》徵引的有關秦牧散文創作方面的內容。

45 《中國當代文學史初稿》（上冊），第410頁，主要介紹有關郭小川詩歌方面的內容，而不是《寫真》徵引的有關秦牧散文創作方面的內容。

46 《中國當代文學史初稿》（上冊），第399頁，主要介紹有關雲南撒尼族民歌《阿詩瑪》方面的內容，而不是《寫真》徵引的有關劉白羽散文創作方面的內容。

47 十院校編寫組編寫的《中國當代文學史初稿》（下冊）的初版時間是1981年7月。

48 被徵引的頁碼有誤，應該是第365-366頁。

序號	被引文學史版本	《中國當代文學史寫真》徵引的頁碼／被徵引文學史的頁碼		
		上冊 （1949-1978年文學）	中冊 （1978-1989年文學）	下冊 （1989-2000年文學）
7	中國當代文學史3[49]	297／155 311／160-161 339／168-169		
8	中國當代文學（第2卷）1（王慶生主編 上海文藝出版社 1984年11月	441／437-440		
9	中國當代文學史（第3冊）1（二十二院校編寫組主編 福建人民出版社 1985年9月）		608／230-231	
10	當代文學概觀1[50]	232／無頁碼[51]		
11	中國當代文學史（第1卷）2（二十二院校編寫組主編 福建人民出版社 1987年4月）	360／350 368／342-343		
12	中國當代文學3（李復威[52]主編 作家出版社 1990年11月）	131／303 140／326 152／333		

49 被徵引的應該是二十二院校本的第2冊。另外《寫真》第297、369頁對原文的飲用別地方有錯。

50 《寫真》徵引的《當代文學概觀》1986年後出版的修訂版已更名為《當代中國文學概觀》。下同。

51 表中的「無頁碼」均指《中國當代文學史寫真》未標明引用文學史版本的頁碼。

52 主編署名順序應該是周紅興、李復威、嚴革。

序號	被引文學史版本	《中國當代文學史寫真》徵引的頁碼／被徵引文學史的頁碼		
		上冊 （1949-1978年文學）	中冊 （1978-1989年文學）	下冊 （1989-2000年文學）
13	中華當代文學新編5（曹延華、胡國強主編　西南師範大學出版社　1993年5月）	39／314 44／321	722／221 744／244-245	
14	中國現當代文學1（王嘉良、金漢等主編　杭州大學出版社　1995年12月）		847／620-622	
15	新中國文學史略2（劉錫慶主編　北京師範大學出版社　1996年8月）	145／240 157／246		
16	20世紀中國文學發展史（下）2（蘇光文、胡國強主編　西南師範大學出版社　1996年8月）		571／314 607／324-325	
17	新編中國當代文學發展史4（金漢等主編　杭州大學出版社　1997年5月）	38／78 123／144 129／111 368／306-307		
18	20世紀中國文學史（下）12（孔範今主編　山東文藝出版社　1997年9月）	25／1078 81／1087-1088 172／899 223／102[53]	573／1345-1347 729／1289-1290	1050／1465

---

53 被徵引的頁碼有誤，應該是1021頁。

序號	被引文學史版本	《中國當代文學史寫真》徵引的頁碼／被徵引文學史的頁碼		
		上冊（1949-1978年文學）	中冊（1978-1989年文學）	下冊（1989-2000年文學）
		226／1025 241／1026 279／1030 281／866-877 300／1052-1053		
19	中國當代文學概論4（於可訓主編　武漢大學出版社　1998年6月）	133／114 143／118	673／201-202 742／239-240	
20	中國當代文學史10（陳其光主編　暨南大學出版社　1998年8月）	32／203-204 192／160-161 197／155-156 198／155-156	548／503 624／434-436 637／437-439 653／451 659-660／424 721／445	
21	20世紀中國文學史（下卷）3（黃修己主編　中山大學出版社　1998年8月）	77／47 95／42-43 156／87 299／88		
22	當代文學概觀2（張鍾等著　北京大學出版社　1998年10月）	142／100	649／503	
23	中國當代文學史25（洪子誠著　北京大學出版社　1999年8月）	94／74-75 95／76 123／158 134／155	583／373 670／142-143 774／338	884／312 891／314 910／378 916／375

序號	被引文學史版本	《中國當代文學史寫真》徵引的頁碼／被徵引文學史的頁碼		
		上冊 （1949-1978年文學）	中冊 （1978-1989年文學）	下冊 （1989-2000年文學）
		143／156 226／109-110 227／109-110 234／65-66 241／119 253／201 322／122 336／110-111 342／111 374／173-175		926／379 1032／360 1040／345
24	中國現代文學史（1917-1997）（下冊）2（朱棟霖、丁帆、朱曉進主編 高等教育出版社　1999年8月）	82／41-42	627／無頁碼	
25	中國當代文學史教程29（陳思和主編　復旦大學出版社　1999年9月）	73／103-104 184／86 184／86-88 227／64 235／65-66 245／81-82 336／79 340／78 343／79 361／121-122 396／168	489／260 518／201-202 572／195、198 671／99-100 695／248 701／248 719／238 740／239-240 753／317-319 768／295-297 821／235-236	897／355 1041／366 1051／333

序號	被引文學史版本	《中國當代文學史寫真》徵引的頁碼／被徵引文學史的頁碼		
		上冊 （1949-1978年文學）	中冊 （1978-1989年文學）	下冊 （1989-2000年文學）
		423／114-117 446／83	831-832／275-276 833／267	
26	中國當代文學（上卷）5（王慶生主編 華中師範大學出版社 1999年9月）	123／358 263／無頁碼 264／無頁碼 265／111	696／無頁碼	
27	驚鴻一瞥——文學中國：1949-1979 2（楊匡漢主編 陝西人民出版社 1999年9月）	301／34 319／46-47		
28	中國文學歷程（當代卷）1（蕭向東等主編 國際文化出版公司 1999年10月）		580／380、381	
29	新中國文學史1（張炯主編 海峽文藝出版社 1999年12月）	296／156-157	743／547-549	
30	新中國文學史五十年2（張炯主編 山東教育出版社 1999年12月）		785／342 789／343	
31	新編中國當代文學法展史2（金漢等主編 浙江大學出版社 2000年6月）		795／290 797／291	

　　總體來看，《寫真》全三冊所徵引的文學史版達31種，徵引次數達154次。這些文學史著述涉及的時間跨度從1962-2000年，其中1990年代出版的19種，1999年出版的8種。徵引的史著中不少是有一定影響的。當然也難免有遺珠之憾，如沒有將20世紀60年代初的《十年來的新中國文學》納入參考視域。這是從表中反映出來的第一個值得關注的問題。

　　第二個值得關注的問題是，《寫真》對文學史評述的徵引主要集中在前兩冊（1949-1989）年的文學。從以短衡長的角度看，也許在《寫真》的編者看來，對於這40年當代文學歷史的評述，一些沉澱了文學評論與研究思想觀點的文學史，已具備了一定的徵引「信任資質」。以上冊1949-1978年（也就是評論界常說的「當代文學前三十年」），編者徵引的當代文學史版本（包括兩種「20世紀中國文學史」）達25種，徵引次數達93次。這種情形與《寫真》對1989-2000年部分文學情況的介紹形成明顯對比：編者關於這一時期文學歷史敘述徵引的文學史版本僅3種計11次。這或許與編者對這一時期文學在文學史敘述過程中存在諸多不確定性的考量有關，而因此轉向對更多的評論類文章的徵引，以最大限度地體現這一時期文學歷史評價由「當下」（評論）向歷史（文學史）過渡的進程。《寫真》的這種處理設計，實際上是為日後這一時期文學歷史進入文學史敘述進行了初步的歷史化工作。當代文學史寫作與文學批評之間複雜的內在關聯，在這裡得到進一步的彰顯。

　　值得探究的再一個問題，是《寫真》通過對徵引的這些文學史的評述，以體現編者對不同作家作品文學史意義審視的「識」與「斷」。這並不簡單是見仁見智的問題，同時還與這個問題比較複雜，編者掌握的文學史版本等因素有關。

三　史料選編中的問題意識

　　韋勒克認為，「在文學史中，簡直就沒有完全屬中性『事實』的材料。材料的取捨，更顯示對價值的判斷」[54]。除對文學史評述的關注外，《寫真》文獻史料處理的另一個特點，是隱含在文獻資料徵引中的問題裝置。這種問題意識，依然是與主編「論從史出」，「多描述、少判斷」的編寫理念分不開。有些評述，如對於賀敬之政治抒情詩得與失評述所選的謝冕寫於1960年的評論《本質化了的抒情主體與無裂痕的「個體─群體」的矛盾關係》，即使在今天看來仍不失其深刻。謝冕在肯定詩人創作的同時，也指出「詩中的『我』，不但比較多，而且有時用到不恰當程度」，認為這反而會降低詩的「思想格調」（轉引吳秀明：《中國當代文學史寫真》上冊，第94頁）。在「巴金的散文」一節中，《寫真》通過評論資料的徵引來評介《懷念蕭珊》與《小狗包弟》，肯定《隨想錄》「痛定思痛的自我懺悔」及「講真話」的精神品格，以及巴金「抓開自己的胸膛，拿出自己的心來」的寫作姿態。編者將《隨想錄》「痛定思痛的自我懺悔」的評介思想裝置在王蒙、汪曾祺、陳思和的評述「選萃」中，不乏識見：

　　　……使我印象特別深刻的，是他（指巴金）不僅僅揭了瘡疤，而且，我們看到了一種精神，一種公民的責任感、道德感，如果我們都有了這種責任感，國家的希望就在這上邊。我也不認為巴老的這些文章僅僅是揭瘡疤的，他是一種最誠懇的呼號、籲請、請求，就是我們都用一種負責任的態度對待我們自己，

54　〔美〕韋勒克、沃倫著，劉象愚等譯：《文學理論》，北京：三聯書店，1984年，第32頁。

我們國家。（王蒙：《最誠懇的呼號》，《文藝報》1986年9月27日）（吳秀明：《中國當代文學史寫真》下冊，第571頁）

他談「文革」，有一點是非常可貴的：在黨中央還沒有正式提出必須徹底否定「文化大革命」時，他就否定了。談「文革」，他也把自己放進去了，而不是「擇」了出來。對自己的解剖是無情的，甚至是殘酷的，他用了「卑鄙」「可恥」這樣的字眼。這種解剖是不容易的。「文革」中，我們很多人都像被一種什麼蜂螫了一下的青蟲，昏昏沉沉地度過了。我讀巴金的作品，感到他是從一種痛苦中超越了出來。（汪曾祺：《責任應該由我們擔起》，《文藝報1986年9月27日》）（吳秀明：《中國當代文學史寫真》下冊，第571-572頁）

《隨想錄》的獨特與深入之處，是其中對「文革」的反省從一開始就與巴金向內心追問的「懺悔意識」結合在一起，而不是像很多「文革」的受害者那樣，簡單地把一切責任推給了「四人幫」，……巴金的反省包容了對歷史和未來的更大的憂慮。……當巴金以割裂的勇氣揭示出這一切潛隱在個人和民族災難之下的深在內容時，他其實也完成了對自己和整個知識分子群體背叛五四精神的批判。而《隨想錄》真正給人以力量和鼓舞的所在，便是他由作為知識分子的懺悔而重新提出了知識分子有關堅守的良知和責任，重新倡導了對五四精神的回歸。……（陳思和主編：《中國當代文學史教程》，復旦大學出版社　1999年9月版，第195、198頁）（吳秀明：《中國當代文學史寫真》下冊，第572頁）

　　以上作為對《寫真》的「選萃」的選萃，有力地支撐了編者對巴金及其《隨想錄》「痛定思痛的自我懺悔」的思想觀點。

　　作為當代文學史寫作史料轉型起步階段的《寫真》，從文學史的編寫觀念到文獻史料的收集處理，以及寫作體例等方面，都進行了一些探索。但其中存在的遺憾，也值得關注。一是史著的總體風格是否達到了當初的編寫預設。這顯然是一個值得討論的問題。由於是集體編寫，總體水平與風格顯得參差不齊。二是所徵引文獻資料的權威性問題。編者、選家眼中的「權威」，有時未必被讀者更不用說同行認可。這其中原因比較複雜，不僅關涉到編者所站的角度所持的標準，同時也與編者多大程度上瞭解和占有資料，以及對資料價值鑒識的眼力有關。三是如何對所選文學史料進行剪裁。《寫真》在這方面顯然同樣存在著值得商榷的地方，這其中一方面是指對所徵引文學史料的「摘要」是否精準，另一方面則是指如何把握徵引篇幅的「度」。

　　近四十年前，為配合當代文學史教學，由山東大學等21院校合作編寫一套《中國當代文學參閱作品選》。該選本從1980年醞釀、1983年出版第一分冊，到1991年出版第12分冊，歷時10年，計收錄1949-1986年間歷次文藝運動受批判，或在正常文藝批評範圍內有爭議的作品近三百篇（部），每一篇目包括原作、說明、索引三部分，其中「說明」部分「著重介紹有關背景，摘編主要論點，力求客觀敘述，言必有據，以期反映歷史的本來面貌」[55]。這套「選本」已經過去了近四十年，今天看來仍未顯得「過氣」，其中表現出來的「識」與「斷」，對材料的處理等經驗，無疑值得我們思考。

　　當然，問題也有另一方面。王瑤先生當年在反思自己的《中國新文學史稿》的不足時提到的「唐人選唐詩」現象，並不純粹是出於謙

---

55 二十一院校編：《中國當代文學參閱作品選》「前言」，福州：海峽文藝出版社，1983年至1991年出版。

遜，也不完全是一種推卸，這其中也暗含著「一個時代有一個時代的文學」的宿命。在這種意義上，對《寫真》這類帶有嘗試與探索性的文學史寫作求全責備或許並無多大意義。

第三節　《材料與注釋》的「延伸」與「終結」

這裡的「延伸」與「終結」，首先是洪子誠文學史研究與編寫意義上的，誠如有些研究者所說，《材料與注釋》[56]是作者當代文學史研究（包括「寫作」，筆者）的「『完成』之作」「總結之作」[57]。當然，從「當代文學」的（時間）長度、「當代文學應暫緩寫史」等角度，這「延伸」與「終結」，也可以、甚至應該是指向整個當代文學史編寫。

一　「後當代」的文學史編寫研究

《材料與注釋》是洪子誠繼《中國當代文學史》（1999）、《問題與方法》（2002）、《我的閱讀史》（2011）等之後推出的一部關於當代文學史研究與寫作的著作。它不是傳統制式上（或者說是傳統意義上）的文學史，但有些論者仍將其納入文學史寫作的範疇，這也是我們將它作為近十年來當代文學史寫作的個案進行評述的一個考慮。不過在這裡，主要還是基於當代文學學科建設的角度。

《材料與注釋》由「材料與注釋」與「當代文學史答問」兩部分構成，前者主要是對20世紀50-70年代的六篇重要文學文獻（包括講話、社論與檢討等）加以注釋，後者則是以答問形式闡述有關中國當

56　洪子誠：《材料與注釋》，北京：北京大學出版社，2016年。本章後面所徵引該書內容，如無特別說明，均引自此版本。

57　何吉賢：《「材料」如何說話？——也談洪子誠〈材料與注釋〉》，《文藝爭鳴》2017年第3期。本章後面所徵引本文內容，不再另注明出處。

代文學學科的一些思考。「盡管該書處理的六篇文學文獻各自獨立，但在寫作時，也有三點核心的問題意識貫徹全書：一是關注1950年至1970年文學生產的組織方式，二是考察中國作家協會在這一時期的文學組織發揮的核心作用，三是追蹤『周揚集團』的崛起及其文藝政策的展開，同時研究其在與更為激進的文藝—政治集團的較量中敗下陣來的過程與原因。」[58]

有研究者認為，《材料與注釋》再一次「從不同方面拓展了當代文學研究新的領域，並提出了值得重視和進一步展開的研究方向」[59]；「《材料與注釋》在相當程度上還是可以看作是洪子誠關於當代文學史研究的總結之作，體現了作者長期致力於當代文學史研究的核心觀點，涉及了當代文學史研究中諸如材料的選擇和闡釋，文學、思想和政治、歷史的關係，歷史敘述背後的道德和價值等諸多重大問題」（何吉賢：《「材料」如何說話？——也談洪子誠〈材料與注釋〉》）。該書出版後，上海師範大學「光啟讀書會」（2016年9月）、北京大學人文社會科學研究院（2017年3月）先後組織了交流研討，主要圍繞如下問題展開：《材料與注釋》的研究方法與學術意義、當代文學史料的處理與敘述、當代文學的歷史語境與還原、當代文學前30年的歷史複雜性、周揚集團的歷史位置及其評價、中國當代文學史研究的視野與方法，以及洪子誠的學術思想等。相關內容與觀點可參考研討會綜述[60]。這裡，我們主要圍繞文學史寫作的「史料轉型」主題，擇取若干角度做些考察。

---

58 參考洪子誠在北京大學人文社會科學研究院「文研讀書」活動上的發言：http://www. ihss.pku.edu.cn/templates/yugao/index.aspx?nodeid=134&page=contentpage&contentid= 1951

59 賀桂梅：《洪子誠學術作品精選・編者序》，北京：北京大學出版社，2020年。本章後面所徵引本文內容，不再另注明出處。

60 相關綜述文章分別見錢文亮：《當代文學的「材料與注釋」——「光啟讀書會評」〈材料與注釋〉》，《現代中文學刊》2017年第2期。

二　重返當代史的困難與嘗試

　　誠如有論者所言，洪子誠是當代文學界最早關注史料建設的研究者。在《材料與注釋》之前，他即已與謝冕一起編選了與當代文學史研究與教學的《中國當代文學史料選（1948-1975）》。進入新世紀後，又主編了配合《中國當代文學史》教學的「史料選（1945-1999）」[61] 等。但與一般的資料整理編選不同，「他從來都不是在一般收集整理的意義上重視『史料學』問題，而強調的是在盡可能全面地掌握原始史料的基礎上，重視呈現材料本身的複雜內涵、強調研究者對材料的甄別能力，以及研究者經由材料而形成對文學史敘述的限度的反思」（賀桂梅：《洪子誠學術作品精選・編者序》）。按洪子誠的說法，《材料與注釋》六篇材料之間，雖然嘗試建構一種「結構性關係」，但由於基本上集中在五六十年代，因此「無意中還是顯現了某些關注點」，如中國作協在「當代文學」的制度性因素中的中心地位，「十七年文學」中文學生產的具體運作方式。《1957年作協黨組擴大會議》《1962年大連會議》《1962年紀念「講話」社論》，則分別通過一次重要的衝突與批判運動、一次文學思潮的檢討和寫作規劃以及文學路線的調整修訂，「顯現國家與執政黨對文學的控制」及「制訂實施規劃」，文學領域層級權力結構形態以及權力階層中文化官員／作家的雙重身份角色及其相互之間的糾纏制約和由此產生的衝突[62]。

　　錢理群在談及《材料與注釋》與1949年以後的中國現當代文學研究與學科的特徵時說：「我們的現當代文學史研究這門學科，就是適

61　洪子誠主編：《中國當代文學史史料選》（上、下卷），武漢：長江文藝出版社，2002年。

62　洪子誠：《〈材料與注釋・自序〉的幾點補充》，《文藝爭鳴》2017年第3期。本章後面所徵引本文觀點，不再另注明出處。

應這樣的共和國革命文化（激進文化）的一體化需要而產生的，上述
革命文化（激進文化）的思想、精神、思維、語言在學科發展中打下
深深烙印，起著支配性作用，是必然的；更何況我們這些研究者也都
是這樣的革命文化薰陶、養育出來的。由此而形成了一整套在現當代
文學史研究中始終占據主導地位的研究觀念與模式。」[63]錢理群所談
的這種特殊性與複雜性，無疑增加了我們重返文學歷史現場的艱難。

　　也正因此，對當代史的處理，洪子誠始終懷著一種敬畏和審慎：
「對於歷史問題，包括文學史問題，有時候，我們會更傾向於採取一
種『辯難』的、『對決』的評判方式來處理，即在所確定的理論框架
（人道主義、主體性、啟蒙主義等）之下，從『外部』進行審查，做
出判斷。這種方法無疑具有更大的誘惑力，尤其在解放我們對當前問
題的關切，和對未來想像的焦慮的功能上，在釋放『經由講述而呈現
眼前』的『歷史』的『刺痛人心』的壓力上。」[64]但問題其實要複雜
得多。在《1966年林默涵的檢討書》的按語中，他寫道：「對『文
革』以及當代多個以暴力方式開展的政治／文藝運動中產生的大量檢
討書、認罪書，在今天重讀，最重要的一點是不能離開產生這些文字
的環境，孤立來討論寫作者的思想、人格、心理。林默涵的這份被迫
撰寫的材料，在今天可供參照的史實、資料價值雖有，但不是最重要
的。它的意義，也許在另外的方面。在政治高層發動的『群眾專政』
中寫下的這些文字，我們也許能依稀讀出被批判者在被迫自承『罪
責』的情況下仍有所堅持，它也能清晰見識在扭曲的時代撰寫者心
理、語言相應發生怎樣的扭曲，也為我們瞭解特定時期產生互相揭

---

63 錢理群：《歷史書寫的化約問題與恢復複雜性、豐富性的可能性——讀洪子誠先生
　〈材料與注釋〉》，《文藝爭鳴》2017年第3期。

64 洪子誠：《我的閱讀史》，北京：北京大學出版社，2011年，第107頁。本章後面所
　徵引該書內容，如無特別說明，均引自此版本。

發、告密的文化有怎樣的土壤，以及被批判者如何為遭到的『懲罰』
而尋找『錯誤』。這些情景，經歷者在當年見怪不怪，習以為常；今
天『重溫』，卻可能會感受到那種『喜劇的可怕』。」（洪子誠：《材料
與注釋》，第153頁）這種面對複雜歷史中的人和事的審慎，在梳理當
年參與編寫《1967年〈文藝戰線兩條路線鬥爭大事記〉》一文中也有
類似的思考：「在看馮雪峰、邵荃麟、張光年的檢討、交代材料的時
候，我多少看到他們在逆境中可能保持的自尊，盡可能敘述事實真相
的態度。他們也批判自己，但更多的是討論事實本身；既沒有將責任
推給他人，也沒有將難堪的罵名加在自己頭上討得寬恕。」（洪子
誠：《材料與注釋》，第201頁）不將歷史道德化，不以善惡對錯、「政
治正確性」諸如此類的簡單的二元評價機制臧否歷史中的人和事。這
種姿態，一方面體現了洪子誠在重返當代歷史複雜性過程中的審慎，
另一方面，也讓我們看到了一個文學研究者對20世紀中國左翼文藝
（家）的「同情之理解」，乃至「敬佩與深思」：「迴避當代史的許多
複雜情況，過濾掉那些血淚，過濾掉左翼文學道路發生的殘酷」，既
「令人尷尬」，更不是一種「清醒的態度。」[65]「我的印象裡，我涉及
的許多左翼、革命家，不論是信仰、思想情感，還是人格，生活道
路，文化修養，都有相當的豐富、複雜性：他們面對時代所做的勇敢
選擇，他們的無可奈何的退卻，他們推動時代的雄心，他們的可敬可
歎，可恨可愛……他們中一些傑出者，確實不像現在的我們；我們
（當然不是所有的人）孱弱，單薄，屬於馬爾庫塞說的那種『單向度
的人』。」[66]

　　洪子誠坦言該書「嘗試以材料編排為主要方式的文學史敘述的可

---

65 洪子誠、李亞婭：《文學史寫作：方法、立場、前景——洪子誠先生訪談錄》，《新
　文學評論》2012年第3期。本章後面所徵引本文觀點，不再另注明出處。
66 洪子誠、李雲雷：《關於當代文學的問答》，《文藝報》2013年8月12日。

能性，盡可能讓材料本身說話，圍繞某一時間、問題，提取不同人，和同一個人在不同時間、情境下的敘述，讓它們形成參照、對話的關係，以展現『歷史』的多面性和複雜性。」（洪子誠：《材料與注釋・自序》）有研究者認為，「在當代文學與現代文學相承續的問題上，重要的也許並不是人員的重現、人事的糾葛，甚至也不是問題的一再重複」。（何吉賢：《「材料」如何說話？——也談洪子誠〈材料與注釋〉》）並認同洪子誠對這一現象的解釋：「當代的政治、文化鬥爭，現實問題往往是歷史問題的延續，而歷史又成為現實鬥爭正當性的證據。不論批判胡風，批判丁玲、馮雪峰，批判右派，還是批判『四條漢子』。批判『四人幫』，性質雖說有異，在這一點上沿用的是相同的邏輯」，（洪子誠：《材料與注釋》，第138頁）認為「在現象的描述上，這一發現具有相當的準確性，但問題在於，為什麼有的歷史問題會一再成為『問題』？這些『問題』後面連帶著什麼樣的『問題』？當事人的甄別和澄清只是出於人事關係和個人利益的考慮嗎？爭論、衝突，解釋、澄清，再解釋、再澄清的背後，有什麼真的『理論』問題嗎？也許這些才是我們進入歷史中真正重要的通道，而與這些問題有關的『材料』，有的並沒有被發現，有的已經在那兒了，但並沒有被『激活』。」（何吉賢：《「材料」如何說話？——也談洪子誠〈材料與注釋〉》）重返當代史的困難即此可見一斑。《材料與注釋》還是一如既往在「重返」的路上艱難跋涉。這正是著述的意義與價值所在，知其不可為而為之。

三　「材料」的權重與詮釋的向度

賀桂梅認為《材料與注釋》「是一種探索材料、文學史敘述、研究者的位置這三者關係的全新的研究方法」。（賀桂梅：《洪子誠學術

作品精選·編者序》）一向僅被定為學術研究依據與基礎的「材料」，
在洪子誠那裡反轉成為「文學史研究的『主角』」。這種情況，洪子誠
後來在「自序」的補充中有進一步的闡釋，認為如果要作為「『正
規』文學史的補充」，那麼，選材的依據或者說標準，便要考慮所選
材料能否折射「當代文學」的重要現象和問題，材料自身的「『體積』
（性質、篇幅）和『密度』（可闡釋性）」。（洪子誠：《〈材料與注釋·
自序〉的幾點補充》）這裡，「材料與注釋」，首先是「材料」。當代文
學史的寫作與研究可供參考的材料其實並不少。洪子誠該著述的耐人
尋味處，是通過對「材料」的「注釋」形成一個自足的文本世界，兩
者相得益彰。也正因此，「材料」的「注釋」都不是毫無邊界，都有
各自的「權重」或「向度」。

（一）「材料」選擇的權重

　　究竟怎樣的材料方才具有「注釋」的價值？根據《1967年〈文藝
戰線兩條路線鬥爭大事記〉》一文透露的信息，我們知道，作者的部
分材料來源於1967年初春自己參與編寫《文藝戰線兩條路線鬥爭大事
記》時「從作協檔案室裡取出的一些內部資料」，包括：「為批判王實
味、丁玲、艾青、羅烽，中國作協黨組1957年8月7日翻印的統一出版
社1942年出版的小冊子《關於『野百合花』及其他——延安新文字獄
真象》；1957年9月中國作協編印的《對丁陳反黨集團的批判——中國
作家協會黨組擴大會議上的部分發言》；中國作協1961年8月《關於當
前文學藝術工作的意見（修正草案）》，也就是所謂『文藝十條』；
1962年8月『大連會議』的全部發言記錄；馮雪峰的《有關1957年周
揚為『國防文學』翻案和〈魯迅全集〉中一條注釋的材料》（1966年8
月8日）；中宣部文藝處和出版處『文革』初期批判林默涵之後，林默
涵1966年7月15日寫的檢討材料《我的罪行》；造反派收繳、查抄的幾

位作協領導人（邵荃麟、嚴文井、張光年等）的筆記本；邵荃麟1966年8月19日寫的《關於為30年代王明文藝路線翻案的材料》；張光年1966年12月9日提交的交代材料《我和周揚的關係》；中國作協革命造反團1967年4月8日編印的《周揚反革命修正主義集團篡改和反對毛主席〈在延安文藝座談會上的講話〉材料選編》；中國作家協會聯合鬥批籌備小組1967年6月編印的《反革命修正主義分子邵荃麟三反罪行材料》《反革命修正主義分子劉白羽三反罪行材料》；等等。」（洪子誠：《材料與注釋》，第200頁）由於這些材料稀缺，以至於當時作者和其他參編者就意識到，「事情也不是那麼簡單，也可能另一時間存在不同闡釋，所以我們才會商議，分頭將作協提供的部分內部材料，用複寫紙抄錄每人一份保存（我自己保存的部分，現在有的已經丟失）」。（洪子誠：《材料與注釋》，第201頁）有研究者認為，從文本的「社會發生學角度」，像檢討書、批判材料、交代材料這類50-70年代頗為流行並更深地楔入那個時代的深層結構文體──史料，在當代文學史研究中被「大規模使用情況十分罕見」，以致能夠凸顯其他類型文學史敘述無法呈現的信息[67]，也有研究者認為，在當代歷史大多數檔案未解密的情況下，這些材料對我們「進入當代歷史的深部」非常有價值。（何吉賢：《「材料」如何說話？──也談洪子誠〈材料與注釋〉》）不過從文學史研究與寫作的角度，如果都是「未解密」的「內部資料」的話，顯然不現實，由此建立的模式也不可行。但隨著解密的範圍越來越大，相信這種觀念與方法的意義將會被凸顯出來。正因此，梳理《材料與注釋》的來龍去脈顯得極有必要。

從對洪子誠學術道路的清理情況看，《材料與注釋》對這類材料的關注，最早可追溯到作者《中國當代文學史》完成之後，甚至幾乎可

---

67 孫民樂：《文學史的「救贖」──讀洪子誠先生〈材料與注釋〉》，《文藝爭鳴》2017年第3期。

能就在編寫該史著的同時。在這一意義上，一些論者把該書視為洪子誠的「後當代文學史」研究與寫作的產物，並不無道理。在2000年初為《郭小川全集》[68]首發式撰寫的《歷史承擔的意義》一文中，洪子誠即敏銳地察覺到了「全集」對郭小川書信、日記、工作筆記、思想鑒定、會議記錄、檢查交代等這些具有「個人機密」性質材料的收集，對我們認識瞭解這一時期的作家與文學的歷史處境及文學生產方式性質的價值。從90年代初開始，在洪子誠的呼籲下，不少研究者陸續關注當代的文學制度對文學發展的影響，而洪子誠自己主編的《中國當代文學史》便是該研究領域的代表性成果。盡管如此，由於受當代學術觀念和現實政治——學術體制的限制及處理獲取的困難，洪子誠仍謙虛地認為這方面文學史的寫作的研究並未取得實質性的成果。在當代，「一部作品好壞的判定如何做出？由誰做出？遇到爭論，誰有權『最終』的裁定？對有『問題』的作品採取何種方式處理？這個處理會循怎樣的程序？」洪子誠認為，《郭小川全集》收集的這些材料，不僅能夠幫助我們思考「凡此種種」問題，「也多少能夠窺見環繞作家的社會壓力是如何被創造出來」並「怎樣轉化為驅動當事人不斷進行『自我反省』、『自我控制』的內部壓力」的，而這，正是研究當代文學生產機制的關鍵所在。（洪子誠：《我的閱讀史》，第30頁）將當代普遍流行、卻被視為「個人秘密」的特殊文體的工作筆記、思想鑒定、會議記錄、檢查交代等材料引入文學史研究與寫作領域，可以說是洪子誠繼在《中國當代文學史》編寫過程中成功地運用「公共領域」（公開）材料，以最大限度重返歷史語境之後嘗試開闢的一個新的空間。這也是他近十多年來對當代文學史研究與寫作的又一大貢獻。

68　《郭小川全集》（12卷）由杜惠、郭小林、郭玲梅、郭曉惠編，廣西大學出版社2000年出版。

（二）「材料」詮釋的向度

那麼，「『材料』如何說話」？換句話說，如何「注釋」材料？對此，不少研究者發表了具有啟發的看法。不過關注一下洪子誠本人在這一問題上的最初想法，也許更為重要。在《1957年中國作協黨組擴大會議》開頭的導讀文字中，作者這樣提到：「材料處理和注釋的重點在兩個方面，一是人、事的背景因素，另一是對同一事件，不同人、不同時間的相似或相異的敘述。讓不同聲音建立起互否，或互證的關係，以增進我們對歷史情境的瞭解。」（洪子誠：《材料與注釋》，第21頁）運用其他材料注釋「材料」，讓「材料」互相之間形成對話關係，以袒露歷史的真實情境。在《1962年紀念「講話」社論》的導讀文字中提到，在50年代以後，幾乎每年5月，都會通過各種形式紀念《講話》的發表，不過很多時候，這些紀念形式，包括社論等，是基於慣例，具有更多的「儀式意味」，（洪子誠：《材料與注釋》，第105頁）無多新意；但有時候，社論對《講話》的闡釋也包含著對文藝思想與政策調整的重要信息，「在闡釋時所要強調的方面，會在看來周全穩妥的文字中透露出來。當年的寫作者為了這種表達而字斟句酌，遣詞造句上煞費苦心，避免因表達上的失當深陷困境，而讀者也訓練出了機敏的眼睛、嗅覺，來捕捉到哪怕是細微語氣的變化」，「在那一套看來大同小異的顯得陳舊的『編碼』中」捕捉到「細微但重要的差異」。作者由此感慨：「在這一切都成為『歷史』的今天，最後受苦的是當代文學、當代文化的研習者——也要繼續努力訓練眼睛、耳朵的靈敏度，他們沒有辦法規避這個『吃二遍苦，受二茬罪』的命運」。（洪子誠：《材料與注釋》，第150-151頁）這裡，「詮釋」並不能夠「隨心適性」地想當然，而要有經過「努力訓練」的、專業的問題意識。

　　在一次關於當代文學史料的整理與研究的訪談中，洪子誠指出，「似乎不存在嚴格意義上的『獨立、純粹的文學史料整理研究』」，「它與文學典律，與對文學歷史的理解，以及與現實的問題意識有密切關係」；「什麼樣的史料搜集、整理有意義，有價值，採用什麼樣的方法處理合適，這取決於研究者的不同史觀、史識，以及藝術上的判斷力」，「選擇、判斷和採用相應方法本身，就不是『純粹』的史料問題」。（洪子誠、王賀：《當代文學史料的整理、研究及其問題》）在洪子誠看來，「材料」與「注釋」，實質上是一個問題的兩個方面，根本不可能截然分開；「材料」的搜集、整理中已含藏著「注釋」的空間（即洪子誠所說的「史料工作與文學史研究一樣，也帶有闡釋性」），對「材料」「注釋」的向度，在搜集與整理過程中即已暗含著初步的「預設」。

四　「微弱敘事」的文體與風格

　　作為「『亞』文學史敘述」[69]的《材料與注釋》，洪子誠坦言在寫作立場上更傾向於「隱蔽和節制」，以「抵禦當代僵硬的『寫本質』和『典型化』」，「寫作的過度觀念化」和歷史研究過程中的「過度主觀化」。基於「當代人」寫「當代史」，基於「感知人與事的重疊，經驗、情感與『歷史』的糾纏失去『旁觀者』的視角」的警惕，洪子誠選擇了「微弱敘事」的文體與風格。（洪子誠：《〈材料與注釋·自序〉的幾點補充》）何吉賢認為洪子誠是當代文學史著述名家中有

69　這是洪子誠在著述《材料與注釋》過程中思考和提出來的一個概念，即「選擇各個時期的若干材料——文章，講話，事件，某一期的刊物，某一作品……作出注釋，來從另一側面顯現文學的過程，作為『正規』文學史的補充」。見《〈材料與注釋·自序〉的幾點補充》。

「自覺文體意識」的一位，從「講稿體」的《問題與方法》到「隨筆體」的《我的閱讀史》，再到「材料體」的《材料與注釋》，體現了洪子誠對自己學術呈現形式的「不滿」和不斷實驗。他認為《材料與注釋》「當然是在作者已有問題框架下的延展之作，但由於文體和敘述風格的不同，本書又有其鮮明的特點，尤其是在行文中加入了作為『歷史在場者』的作者個人的經歷，使得歷史的敘述既保有了作者以往超然、客觀、克制甚至猶疑的敘述態度，更具有較多的感性的充潤，以及作者主體的存在感——在作者的學術寫作中，這是一種並不多見的現象」。（何吉賢：《「材料」如何說話？——也談洪子誠〈材料與注釋〉》）而有論者則認為，《材料與注釋》一書正文本（原始材料）、副（對材料的注釋）文本的結構，「使它開始於『隱去』敘述者的原始材料直陳，而完結於立場鮮明的價值主體對材料的編織。這種敘述的姿態，令該書某些章節的論述帶上洪子誠語言中一般少見的淩厲與尖銳」[70]。

作為在洪子誠文學史研究與寫作學術道路上具有的總結性質的「材料與注釋」，這種「微弱敘事」文體與風格的選擇，其中原因確實比較複雜。這其中，既可將其視為作者「回到歷史情境中」的敘事追求的延續，也可看作是作者對自己「價值中立」歷史敘事倫理立場的堅持。當然，也可看作是作者對「當代人」（「當事人」）如何進入一書寫「當代史」所秉持的警覺。「雖說在過了許多年之後，現在的評述者已擁有了『時間上』的優勢，但我們不見得就一定有情感上的、品格上的、精神高度上的優勢。歷史過程、包括人的心靈狀況，並不一定呈現為發展進步的形態。」[71]從「百花時代」到《中國當代

---

70 楊聯芬、邢洋：《真相與良知——由洪子誠〈材料與注釋〉引發的思考》，《文藝爭鳴》2017年第3期。

71 洪子誠：《1956：百花時代》，濟南：山東教育出版社，1998年，第3-4頁。

文學史》，再到「材料與注釋」，在「怎樣回到『過去』」的問題上，隨著對歷史中的人與事的深入瞭解，洪子誠再一次審慎地表達了自己面對「過去」的「當代史」敘述時何以「猶豫不決」的另一深層背景，即面對歷史的「遺忘機制」和由「自我暗示」引發的「刪削與改寫」的複雜情形。「在當事人接受了某種被界定的經驗的情況下，他們會不自覺地將這種經驗（情緒、觀點）重塑、取代當時的情緒、觀點。因此，『徹底否定』那段歷史的時候，會想像當年的自己的反叛姿態；當那段歷史被發現有著理想風采的另一時候，又會轉而放大當年的幸福感。」（洪子誠：《材料與注釋》，第208頁）

　　這種「微弱敘事」的文體與風格，在作為歷史研究的「方法論」意義之外，更具價值的恐怕還是嵌入其中的「歷史在場者」的精神品格。如《巴金的精神遺產》中的表述：

　　在八九十年代，一再提醒人們正視歷史、反思歷史的，當然絕非巴金一人。但是，巴金卻是始終堅持不懈者。而且，更讓人敬重的是，這種「正視」，是從歷史的「反思者」自身開始。這一點卻不是許多人都能做到的。他堅持認為，「審判」歷史，必須從自我審判作為起點。巴金在「文革」中原本是個「受害者」，他可以如大量的回憶文字那樣，略去當時的思想感情細節，而突出他的受難的情景，博得人們的同情，痛苦、受難也會轉化為一種榮耀，一種緣飾冠冕的光輝。但是他沒有這樣做。他自覺對「歷史」負有「債務」，要在有生之年償清這些「欠債」。這就是人們所說的那種近乎「殘酷」的自責、自剖。這些文字，這種立場、舉動，就是要弄清楚「我是誰」。如果在「我」的身份、立場、品格都是疑問的情況下，「我」又如何能有力量對歷史進行裁決？因此，有關巴金的

「自審」「懺悔」，不能僅看作是有關個人的道德自我完善，看作是性情修養的問題。這些命題具有普遍的意義，涉及的是個人與歷史責任之間的關係，是歷史反思、歷史承擔的前提這一問題。（洪子誠：《我的閱讀史》，第24頁）

第五章
海外中國當代文學史編寫一瞥（1949-2019）

第一節　幾個與編寫相關的問題

一　文學史編寫的「問題導向」

　　本章擬對70年來海外中國當代文學史的編寫狀況進行梳理，嘗試在內地與海外之間建立一種潛在的對話關係，建構起一個「世界中」的中國當代文學史編寫的考量向度，為更有效地把握內地的編寫拓開一扇域外視窗。

　　在現代國家民族層面的漢語語境中，「海外」原是指中國內地（包括內地、香港特別行政區和澳門特別行政區）與臺灣地區之外的國家和地區。本章之所以把20世紀70年代香港司馬長風和林曼叔的中國現當代文學史編寫納入海外／西方的討論視域，主要有如下兩個原因：一是基於對這一時期香港政治文化的殖民性考量，二是基於他們文學史觀念、編寫立場、文學現象評判標準的「海外／西方認同」存在一定程度的同質化傾向。

　　海外中國現代文學史的編寫肇始於20世紀五六十年代。基於「文學史」在西方文學理論中的邊緣化境遇以及文學史與國家民族意識形態之間的游離關係，海外中國文學史的編寫一直處於低落狀態，迄今為止，比較有代表性的中國現當代文學史也寥寥無幾。不過值得關注

的是，這為數不多的文學史著作雖然特色各具，但它們之間仍有一些規律性的內在關聯，即這些文學史家們編寫的「問題導向」，特別是編寫動機與立場的政治偏見，存在共通的情形。下面我們不妨列舉幾個代表性的編寫案例看看。

首先是夏志清（1921-2013）。我們知道夏志清在耶魯大學博士階段（1948-1952）主攻的是西洋文學。關於《中國現代小說史》的編寫，夏志清曾在該書中譯本序（1978）中直言不諱是自己當年（1952）參與耶魯大學饒大衛（David N. Rowe）組織編寫《中國手冊》（*China: An Area Manual*，王德威翻譯為《中國：地區導覽》）的產物。《中國手冊》是朝鮮戰爭期間由美國政府資助、組織撰寫，專供美國軍官閱看的「中國讀本」。夏志清主要負責其中《文學》《思想》《中共大眾傳播》三章，而《文學》部分的篇幅三分之二都是現代文學。在閱讀新文學資料期間，夏志清「詫異」於在當時「中國現代文學史竟沒有一部像樣的書」[1]，遂有意於此一編撰工作，並得到洛克菲勒基金的支持。因工作、生活輾轉，特別是參考資料的匱乏，編寫工作斷斷續續，直至1961年才大功告成，並由耶魯大學出版社出版。出乎夏志清意料的是，該書甫一出版，便在北美學界引起極大反響。由於編寫背景、所持編寫立場的時代烙印，因此盡管在多年之後，王德威在該書的英文版第三版「導言」中對夏志清的編寫工作予以言之成理的高度評價，但從效果上看仍未能夠徹底扭轉內地學界長期以來視該書為「冷戰政治文化的產品」的成見[2]。

1　〔美〕夏志清：《〈中國現代小說史〉中譯本序》，收錄於《中國現代小說史》，劉銘銘等譯，復旦大學出版社2005年出版。其實此時王瑤編寫的《中國新文學史稿》上冊已於1951年9月由開明書店出版，下冊也於1953年8月由新文藝出版社出版。是故夏志清「竟沒有一部像樣的書」的說法並不客觀。

2　王德威認為該書「代表了五十年代一位年輕的、專治西學的中國學者，如何因為戰亂羈留海外，轉而關注自己的文學傳統，並思考文學、歷史與國家之間的關係」，

其次是司馬長風（1920-1980）。在關於《中國新文學史》的編寫緣起中，司馬長風坦言自己的本行是「政治思想史」，1954年才回轉文學興趣，至1967年，「盡棄前學，開始鑽研中國現代史，旁及現代文學」。1974年，司馬長風到浸會學院代徐訏講授中國現代文學，並於同年3月開始動筆撰寫《中國新文學史》。談及《中國新文學史》的編寫，司馬長風強調意在通過「回歸民族傳統」，以回擊夏志清《中國現代小說史》文學史觀念與文學評價理論資源「言必稱西方」的情形[3]。但另一方面，從其編寫立場與對新文學內容的評述看，依然是想藉此表達不同於內地的左翼／革命文學史立場。司馬長風所謂「痛感五十年來政治對文學的橫暴干涉」，立志編寫一部「打碎一切政治枷鎖，乾乾淨淨以文學為基點寫的新文學史」[4]，即此之謂也。

　　再次是林曼叔（1941-2019）等的《中國當代文學史稿（1949-1965內地部分）》[5]。該史著幾乎與司馬長風《中國新文學史》同時問世。據法國巴黎狄德羅第七大學教授、東亞文明研究所研究員徐爽考

「也逑說了一名浸潤在西方理論——包括當時最前衛的『大傳統』、『新批評』等理論——的批評家，如何亟思將一己之學，驗證於一極不同的文脈上」，「更象徵了世變之下，一個知識分子所作的現實決定：既然離家去國，他在異鄉反而成為自己國家文化的代言人，並為母國文化添加了一層世界向度」；認為該書的寫成，「見證了離散及漂流（diaspora）的年代裡，知識分子與作家的共同命運；離散的殘暴不可避免地改變了文學以及文學批評的經驗」。王德威：《重讀夏志清教授〈中國現代小說史〉》，收錄於《中國現代小說史》，復旦大學出版社，2005年版。

3　針對夏志清批評《中國新文學史》「不提西洋文學批評」，司馬長風回應「我寫的是《中國新文學史》，而不是外國文學在中國的殖民史、外國文學買辦史」。司馬長風：《答覆夏志清的批判》，《中國新文學史》（上卷），香港：昭明出版社，1978年11月版，第288頁。

4　司馬長風：《中國新文學史》（中卷）「跋」，香港：昭明出版社，1978年11月版。

5　《中國當代文學史稿（1949-1965內地部分）》由林曼叔、海楓、程海合撰，林曼叔是主要執筆者。該書1978年由巴黎第七大學東亞出版中心初版（實際情況比較複雜，可參閱本章第三節），2014年由香港文學評論出版社再版。

訂，史著編寫的緣起，也與編者應邀為20世紀六七十年代的法國瞭解所謂「真實的並不是『烏托邦』的中國」提供通鑒有關[6]。

　　以上三個案例，在有關海外中國現當代文學史編寫的「問題導向」中無疑是比較有代表性的。在此後幾十年裡，海外現代中國文學史編寫的這種「問題導向」，雖然程度不同，但已日漸積澱成為一種不言自明的傳統。頗能證明這一點的，便是近年王德威對於最近十年北美學界編寫現代中國文學史熱潮興起緣由的闡釋，即認為「這是『中國崛起』使然」，「現代中國突然成了我們必須重新認識的對象」[7]。

　　陳國球認為，無論在中國還是西方，文學史的出現都與現代國家建立的目標關聯在一起，「到了反思文學史的階段，有的文學史刻意解構『大敘事』，但這反過來恰恰說明了『國家』與『民族』在文學史書寫時的『在場』」[8]。在中國，伴隨現代國家民族意識誕生的文學

6　徐爽考訂的完整表述如下：「據林曼叔先生解釋，二十世紀六十到七十年代的法國掀起一股『中國熱』（China watch），對中國問題的研究極為熱心，當時的法國學界在1968年法國『五月風暴』前形成了法國式的毛（澤東）主義浪潮，頌揚中國，並把中國看成『革命的烏托邦』，翻譯了許多浩然的作品。同一時期（1967至1978年），法國學者魏延年（Rene Vienet）在巴黎第七大學組建東亞研究中心，同華裔漢學家陳慶浩合作出版『東亞叢書』，發表有關中國問題的論著和翻譯。旨在把真實的並不是『烏托邦』的中國展現給世界。就是在這個背景下陳慶浩聯絡到香港的林曼叔，提出編輯中國當代文學大系。林曼叔提議先編《中國當代作家小傳》和《中國當代文學史稿》，這兩部書終於出版，文學大系卻未能出版。」徐爽：《當代中國文學史在法國的書寫——從林曼叔的〈中國當代文學史稿〉看構建文學史的思路與方法》，香港《文學評論》2013年10月號（總28期）。轉引林曼叔《中國當代文學史稿（1949-1965內地部分）》，香港：香港文學評論出版社，2014年，第385頁。本章後面所徵引本文內容，不再注明出處。

7　〔美〕王德威、李浴洋：《何為文學史？文學史何為？——王德威教授談〈哈佛新編中國現代文學史〉》，《現代中文學刊》2019年第3期。本章後面所徵引本文（簡稱《何為文學史？文學史何為？》）內容，不再另注明出處。

8　轉引王德威、李浴洋：《何為文學史？文學史何為？——王德威教授談〈哈佛新編中國現代文學史〉》。

史寫作不過100來年的歷史，但不論世事如何變遷，文學史，特別是中國現代文學史書寫的意識形態性質始終沒有改變。有意思的是，將這一考量的標尺切換到海外中國現當代文學史編寫的歷史脈線上，我們不難發現，不同時期的海外文學史家，對何以編寫現代中國文學史命題的回答，其「問題導向」的本質均無大變異，都是基於另一種籠罩著偏見的意識形態動機與立場[9]，他們在各種動力驅使下試圖通過文學史的編寫認識瞭解「現代中國」。這種規律性現象，無疑是我們在考察海外中國現當代文學史編寫過程中值得關注的問題。

　　當然，從文學史寫作自身角度看，問題可能會更複雜些。這與海外文學史家「華裔學者」的雙重身份密切相關。

二　「華裔學者」的雙重身份

　　在本章擬評述的海外文學史家中，除了顧彬[10]，其他幾個如夏志清、司馬長風、林曼叔和王德威等，他們或他們的父輩原鄉都是中國內地[11]，後由於種種歷史原因移居／旅居臺、港／海外。學術界的「華裔學者」「海外中國學者」說法，與其說是對他們空間地緣身份的指稱，不如說是對他們中國／海外雙重學術文化身份的描述。在人文學領域，這一雙重身份，對他們文學史研究與編寫的影響，當然是我們應該關注的。

9　內地的一些文學史家如嚴家炎、洪子誠曾一語道破這種意識形態動機與立場的實質。具體可參看本章第二節的相關評述。

10　與許多海外漢學家比較，顧彬與中國內地的關係還是要密切。具體可參見本章第四節的相關介紹。

11　這些華裔學者／海外中國學者的原籍如下：夏志清（包括其兄夏濟安）：原籍江蘇吳縣；司馬長風：原籍遼寧瀋陽，出生於哈爾濱；林曼叔：原籍廣東海豐；王德威：父母原籍中國東北。另外，本章後面要涉及的李歐梵，原籍是河南太康。

不同於「生在遼河、長在松花江，學在漢江」（司馬長風：《綠窗隨筆》），1949年「南下流徙到偏遠的殖民地」香港的司馬長風，或因生活原因旅居籠罩在西方殖民文化中香港的林曼叔，夏志清當年是負笈美國進而定居美國的（在這一點上本書並不完全認同王德威「因為戰亂羈留海外」的說法）。1948年考取北大文科留美獎學金赴美深造畢業後，在以後半個多世紀的人生裡，夏志清基本在美國工作、生活，用英文研究與寫作，其思想文化立場與價值觀念，特別是文學研究理論體系等都是典型的中西混化，並在特定歷史時期表現出一種西化的激進姿態。在他的研究中，對中國現代文學中「感時憂國」傳統的關注與英美新批評的理論與方法的運用可以完美地統扭在一起。至於「外省人第二代」的王德威，一方面，其文化與學術的薰陶與訓練可能比夏志清更新潮更「全球化」，但另一方面，他雖然只趕上臺灣大學傳統（由傅斯年執掌臺大、夏濟安主編《文學雜誌》時期創建起來的大學文化與學術研究傳統）的「末班車」（王德威是1972年進入臺大的），以及與夏志清在學術上的師承關係，特別是近十多年來與中國港澳臺地區在學術上的頻繁交集，使其「華裔學者」身份顯得更加曖昧。

20世紀80年代以後，對中國內地的現當代文學史研究與編寫活動衝擊與影響最大的海外研究成果，主要還是以從夏氏兄弟（夏濟安、夏志清）開始，經由李歐梵，延續到王德威的美國中國現當代文學研究。程光煒曾撰文試圖對此作系統梳理[12]，其中提及臺灣學者梅家玲的研究對我們瞭解這一學術傳承的重要參考價值。梅家玲認為，20世

---

12 具體可參閱《當代文學的「歷史化」》第七章（《〈中國現代小說史〉與80年代的現代文學研究》）和第十章（《從夏氏兄弟到李歐梵、王德威》）。程光煒：《當代文學的「歷史化」》，北京：北京大學出版社，2011年。本章後面徵引該書內容，如無特別說明，均引自此版本。

紀五六十年代夏濟安在臺灣大學主編的《文學雜誌》，在賡續30年代
朱光潛《文學雜誌》傳統的同時，「高度重視西方文學作品及理論翻
譯」，「為臺灣建樹了一個與過去迥然有別的新傳統」，臺灣大學也由
此在特定的歷史時空裡，在「教育空間」與「文學場域」方面「取代
了過去的北京大學……」[13]。對梅家玲的這一研究，程光煒從「被生
產的文學史」著眼，結合20世紀兩岸（包括香港）及海外中國現代文
學史研究與編寫互相「挪借」的曲折歷程，從「點」到「面」進行了
更加系統的歷史爬梳，指出1949年後，由於歷史原因，從內地南渡臺
灣的一批學人，通過參與組建等途徑充實了今天包括臺大、師大、清
華、東吳等在內的臺灣的大學，並致力抵禦國民黨政府的嚴重干擾與
滲透，最終使得內地五四時代那種將「學術研究」置於「文化政治」
之上，堅持學術自由和獨立的「學院傳統」得以延續，且延伸成為後
來美國華裔學者「中國現代文學研究的重要資源之一」（程光煒：《當
代文學的「歷史化」》，第184頁）。由此，程光煒進而試圖在此背景下
描摹出中國現代文學史的研究與寫作自40年代末後長達半個多世紀的
「漂移過程」，以及寓含其中的相關問題：「先經夏氏兄弟之手挪借到
臺灣和美國，80年代後，經由夏志清的《中國現代小說史》和李歐
梵、王德威的眾多著作從美國挪借到它的文化故鄉中國內地。這些挪
借根源於社會、政治、文化的變遷和人們對中國歷史的不同讀解，其
中貫穿著『純文學』『左翼文學』『感時憂世』『晚清』和『五四』等
等知識概念的不同演繹，由此還可窺見中國現代文學史在20世紀後50
年間所走過的曲折艱難的歷史進程。然而，這種不斷的挪借與遷移，
根本原因不來自文學史內部變革的要求，它很大程度上暗寓著『左翼
文化』在中國內地的興起、取得正統地位和逐步衰落的歷史命運。」

---

13 梅家玲：《夏濟安、〈文學雜誌〉與臺灣大學》，《當代作家評論》2007年第2期。

（程光煒：《當代文學的「歷史化」》，第199-200頁）程光煒認為，以
夏志清、司馬長風為代表、「以左翼文學為批判對象、以非左翼文學
為中心的文學史」，實際上可看作是對1949年後（直至80年代中期）
中國內地以左翼文學為中心的文學史（中國現當代文學史）的質疑與
否定，而在「某種程度上，李歐梵、王德威的文學史研究，可以說是
經港臺版改編的海外漢學意義上的中國現代文學史研究」（程光煒：
《當代文學的「歷史化」》，第200頁）。這一「漂移」曲線圖，對我們
歷史地把握1949年後「海外」中國現當代文學史研究與編寫中的「華
裔學者」的雙重身份內涵，無疑有一定的啟示意義。

　　王德威認為，海外的中國移民，年深月久，除了學得新的語言
資源，始終未曾放棄「中文的詞彙、聲音，還有語言蘊含的文化傳
承」[14]。「華裔學者」這種精神文化的雙重身份，既是海外文學史家關
注、投身中國現當代文學史研究與編寫的隱在情結，誠如陳國球在評
述司馬長風的「文學史」時所言，在香港這樣一個「游離無根」、沒
有歷史追尋渴望的殖民地，20世紀六七十年代出現的寥寥的幾部文學
史，完全可看作是「南移的知識分子對中國文化根源的回溯」[15]。另
一方面，「華裔學者」的雙重身份，同時也是導致他們的研究與編寫
出現矛盾與裂縫的深層原因。循著這一線索，我們可以更深入地理解
有關他們文學史研究與編寫的論爭，如陳國球認為《中國新文學史》
是司馬長風的「文化回憶錄」：「在這本多面向的書寫當中，既有學術
目標的追求，卻又像回憶錄般疏漏滿篇；既有青春戀歌的懷想，也有
民族主義的承擔；既有文學至上的『非政治』論述，也有取捨分明的

---

14 李鳳亮：《彼岸的現代性：美國華人批評家訪談錄》，桂林：廣西師範大學出版社，
　　2011年，第40頁。
15 陳國球：《文學史敘述形態與文化政治》，北京：北京大學出版社，2004年，第204
　　頁。本章後面徵引該書內容，如無特別說明，均引自此版本。

政治取向。」（陳國球：《文學史敘述形態與文化政治》，第205頁）也能夠理解半個多世紀來有關夏志清《中國現代小說史》的紛爭，以及王德威在英文版第三版「導言」中對夏志清偏愛有加的評價。

三　文學史敘述模式的「修復」

這是海外中國當代文學史編寫中另一個值得關注的共性問題，也是由前兩部分內容引帶出來的一個問題。這裡的「修復」所指，包含了兩個層面：一是指對「學院傳統」的繼承，二是指對文學／審美性文學史研究／敘述傳統的接續。這其中，「學院傳統」的繼承主要集中在以夏志清、李歐梵（盡管本書未專門涉及）、王德威為代表的美籍華裔學者群體。「修復」的潛在對象，是1949年後中國內地的左翼文學史敘述模式，簡單地說就是要推倒1949年後中國內地主導的以左翼文學為中心的文學史敘述模式，以及對自作家作品評價的「政治正確性」標準。「修復」的本質，套用80年代「重寫文學史」期間的說法，就是要「把文學史還給文學」，「使之從從屬於整個革命史傳統教育的狀態下擺脫出來，成為一門獨立的，審美的文學史學科」[16]。這種「修復」落實到具體的文學史編寫中，突出地表現在兩方面：淡化文藝運動、文藝思潮、文藝論爭，以作家作品的評述結串文學發展歷史[17]；試圖走出作家作品評價的政治意識形態窠臼，重申文學／審美

---

16 陳思和：《關於「重寫文學史」》，《筆走龍蛇》，濟南：山東畫報出版社，1997年，第109頁。

17 將文學史「瘦身」為作家作品的品鑒評述歷史，其實是早期中外文學史觀念的內核。陳平原認為盡管中國現代學科意義上的「文學史」是西方的舶來品，但並不能掩蔽中國古代「詩文評」「文苑傳」特別是「文章流別論」觀念中的文學史意識與元素。（陳平原：《文學史的形成與建構》，廣西教育出版社，1999年。）而韋勒克也指出，「在文藝復興和17世紀，文學史指的是任何一個作品和作家的類別」。（韋勒

性評價標準，並強調作家作品的「世界性」。

　　當然，具體到海外不同時期編寫的中國現當代文學史，這種重申與強調的展開形態還是不盡相同。如夏志清的《中國現代小說史》強調「優美作品之發現和評審」，認為中國現代作家「感時憂國」傳統失之狹隘，同時對「原罪」或「闡釋罪惡」的其他宗教學說「不感興趣，無意認識」[18]。而與夏志清的「言必稱西方」相對立，司馬長風的《中國新文學史》強調對民族傳統的回歸。陳國球用「唯情」來描述司馬長風文學史的情形（陳國球：《文學史敘述形態與文化政治》，第245頁），對其「以文學為基點」「即興以言志」的敘述模式予以客觀公正的評價。由此而論，他套用司馬長風評價《邊城》的觀點（「書中什麼也沒有，只有一縷剪不斷的鄉愁」）概括《中國新文學史》的敘述風格，並非毫無根據。較之於夏志清與司馬長風，林曼叔和顧彬的文學史敘述模式，或試圖通過構建「現實主義的文學史觀」，或提出現代政治學與「習慣性標準」[19]的評判標準，以對以左翼文學為中心的文學史敘述模式進行「修復」。

　　但在海外中國現當代文學史70年的編寫史中，對中國內地固有敘述模式衝擊最大的，還是王德威主編的《哈佛新編中國現代文學史》（2017）。該史著的衝擊已不是簡單的「修復」，而是徹底的「顛覆」。同時，其「顛覆」的問題，亦已繞開（或許用「跨越」更合適）了內

　　克：《文學史的六種類型》。轉引喬國強：《敘說的文學史》，北京大學出版社，2017年。）不過以作家作品結串文學史的情形，在海外中國現當代文學史書寫中也並非絕對，這其中表現得最突出的是林曼叔等的《中國當代文學史稿（1949-1965內地部分）》，其結構模式實際上並沒有超越同時期內地的文學史，對1949-1965年（「十七年文學」）的文藝運動等基本上「照單全收」。

18　〔美〕夏志清：《〈中國現代小說史〉中譯本序》，1978年。轉引劉銘銘等譯《中國現代小說史》，上海：復旦大學出版社，2005年。

19　有關顧彬文學史評述的「現代政治學」與「習慣性標準」的內涵及其衍用情況，可參看本章第四節的相關內容。

地與海外長期對峙的意識形態紛爭，乃至文學性與審美性的問題，而切換到更深廣的歷史文化層面，即如王德威自己所說的，「不刻意敷衍民族國家敍事線索，反而強調清末到當代種種跨國族、文化、政治和語言的交流網路」；「企圖跨越時間和地理的界限，將眼光放在華語語系內外的文學，呈現比『共和國』或『民國』更寬廣複雜的『中國』文學」，意在反思包括目前文學史的書寫、閱讀、教學的局限與可能在內的、作為人文學科建制的現代中國「文學史」[20]。《哈佛新編中國現代文學》嘗試在全球化背景下，對「文學史」的命題作一次超越時空地緣與政治文化的全方位清理，其提出的問題和留給我們的思考，遠比「挪借」複雜。有關方面的內容，本章後面有進一步的展開，在此不再贅言。

　　關於海外中國現當代文學史編寫於中國內地的意義與局限，總體而論，程光煒認為，「這種經歷了兩三代人學人的『文學史挪借』，確實穿越了兩岸戰雲密布的歷史空間，繞過了意識形態的重大爭議，以『學院方式』在不斷協商文學史書寫的問題和方案，無疑把兩岸……文學的斷裂在隱蔽的層面上做了深沉大氣的連接」，但另一方面，這種「修復」，「並沒有與當代史的複雜性形成有效對話，並進行更為深廣和富有啟發性的揭示」（程光煒：《當代文學的「歷史化」》，第202頁）。這無疑是我們需要警惕的。以一種意識形態立場抗衡另一種意識形態立場，自信由此編寫的文學史能夠「修復」兩岸的左翼文學史敍述模式，其實是一種想像與幻覺。實際上，1949年後內地左翼文學史的書寫模式的實踐，既與中國「文以載道」的經世致用傳統有關，更是中國現代國家民族在對剛剛過去的歷史書寫過程中的一種必然的文學書寫與表達。看不到這一點，海外中國現當代文學史的「修

<hr>

20　〔美〕王德威：《導論：「世界中」的中國文學》，《哈佛新編中國現代文學史》，臺北：麥田出版社，2021年。

復」，將無法與內地的當代史展開有效對話，更不可能有深廣和富有
啟示性的揭示。

第二節　從夏志清到司馬長風

一　「冷戰時期」的《中國現代小說史》

夏志清《中國現代小說史》（以下簡稱《小說史》）成書於1952-
1961年期間。該書的寫作、出版和傳播，開啟了20世紀海外中國現當
代文學史寫作的序幕。在《小說史》的初版、英文原版（1961年由耶
魯大學出版）及中譯本（1979年由香港友聯出版社和臺灣傳記文學出
版社同時出版）序中，夏志清都談到了該書的寫作背景與動機等情
況。如前所述，此書的最早緣起，應是夏志清在耶魯大學作為博士候
選人期間參與該校政治系饒大衛教授的一個政府資助項目《中國手
冊》的編寫。在寫完「手冊」中有關中國〈思想〉、〈文學〉等篇章
後，夏志清開始著手撰寫一部有關中國現代文學的專著。至1955年離
開耶魯時，夏志清已完成《小說史》的大部分內容。

夏志清寫作《小說史》時期，受國際政治形勢影響的思想文化也
正處於「冷戰時期」（1947-1991），這同時也是內地中國現代文學史
和當代文學史觀念、寫作立場和敘述模式建構形成的時期。這種背景
使得《小說史》變得複雜起來，作者從中提出的許多問題也因此獲得
了「意義」。比如夏志清認為，「一部文學史，如果要寫得有價值，得
有其獨到之處，不能因政治或者宗教的立場而有任何偏差」[21]。但由
於受西方冷戰思維的影響，與同時期內地以毛澤東《新民主主義論》

21　〔美〕夏志清：《中國現代小說史》，劉銘銘等譯，上海：復旦大學出版社，2005
　　年，第317頁。本章後面所徵引該書內容，如無特別說明，均引自此版本。

和《在延安文藝座談會上的講話》作為思想綱領的政治化寫作模式形成鮮明比照的是，《小說史》一開始即旗幟鮮明地建立起一種「去政治化」[22]的文學史寫作觀念。《小說史》可以說是對這一觀念的寫作實踐。舉一個簡單的例子：《小說史》對現代作家作品的取捨，表現出與王瑤《中國新文學史稿》等同時期的現代文學史完全不同的姿態。夏志清在書中用「左派作家」和「獨立作家」兩個概念來概括《小說史》所涉及的作家。不少研究者都注意到，書中占篇幅最大的是「獨立作家」張愛玲（約2萬字）和錢鍾書（約1.6萬字），而關於「左派作家」魯迅和解放區及戰後的中國文學，《小說史》分別所占的篇幅總和甚至還比不上錢鍾書。作者對同時期內地新文學史家如王瑤等所忌諱的「獨立作家」的情有獨鍾，從此可見一斑。

　　《小說史》這種取向後來被放大到對整個現代小說的評價上。夏氏通過對現代小說30年的考察，認為第一時期最優秀的作家並非共產黨員；第二時期的左派作家茅盾和張天翼，雖然「高居其他作家之上」，但他們的最佳作品，「卻隱藏著個人深厚的情感與寫實的底子」。並且用極端的例子說明抗戰時期「最優秀的作家」和「最有價值的作品」，既不出於「共產黨區」，也不出於「國民黨區」，而出現在「身在淪陷區上海」的女作家張愛玲及其作品。另外，從整個現代小說創作情況看，夏志清認為，「較優秀的現代中國小說，無論是屬於諷刺性還是人道主義的，都顯露出作者對時下的風俗習慣與倫理道德，有足夠的或充分的認識」，而與政治無關。而他們在創作上的失敗，夏志清認為倒是與此息息相關。換句話說，左翼作家的創作實

---

22 以夏志清為代表的海外中國現當代文學的研究與文學史寫作中「去政治化」文學史觀的政治內涵，通常是指文學史家對歷史敘述與評價的一種政治意識形態姿態與立場，但也不排除所討論作家的政治身份，作品的背景、思想內容或傾向，以及文學現象的政治意識形態性質等因素。

績，與他們激進的世界觀與人生觀並沒有什麼必然的聯繫。他甚至以魯迅、張天翼等左派作家的極端例子證明。比如他認為魯迅的《肥皂》和《離婚》，作為描寫士大夫和農民的優秀小說，「對複雜的風俗習慣與道德倫理的探討，深入得令人看了覺得恐怖」，同時他指出抗戰時期無產階級和浪漫革命小說之所以寫得粗糙，「無疑是作者無視於風俗習慣使然」（〔美〕夏志清：《中國現代小說史》，第321頁）。

對於《小說史》這種對立於內地政權的文學史觀念，當年捷克斯洛伐克東方學學者普實克（1906-1980）即曾針鋒相對地指出，《小說史》的這種「不平衡感」（指對「左派作家」和「獨立作家」的評價），一方面表明夏志清「不能以足夠的客觀來從事評論工作」，另一方面也可見他「劃分和評價作家」的標準，「首先是政治性的」，一種預設的、對立於中國內地政治的、西方標準的「政治性」，而不是如他自己所說「基於藝術標準」，「他對於作品的藝術方面並不像對它所包含的政治觀點那樣感興趣」[23]。普實克認為由於夏氏「不去努力克服自己的個人傾向性和偏見，反而利用科學工作之機放縱這種偏狹」，導致作者對左翼作家「不能給予一個合理的評價」。可見夏志清的文學史觀，其實不過是以一種政治標準代替另一種政治標準，簡單地說就是以西方價值標準代替「左翼中國」。

當然，正如上一節所言，《小說史》這種「非左翼文學中心」文學史的情形，不排除其中隱含的更複雜的歷史、文化、政治原因。基於這樣一種背景，內地有些研究者認為我們很難把《小說史》作為一部「純粹」的「學術著作」來閱讀。「這種閱讀、接受和再評價的過

---

23 〔捷克〕普實克：《中國現代文學史的根本問題——評夏志清的〈中國現代小說史〉》。《中國現代文學史的根本問題——評夏志清的〈中國現代小說史〉》，《通報》（*T'oung Pao*）（荷蘭萊登，1961年）。轉引《普實克：中國現代文學論文集》，長沙：湖南文藝出版社，2000年。

程，實際已經變成了把冷戰、意識形態對立、文學性緊張、文學社會學闡釋等複雜因素帶入到了《小說史》從它寫作到傳播一直充滿爭議的過程中。」（程光煒：《當代文學的「歷史化」》，第149頁）

　　而無論如何，一個不爭的事實是，夏志清和他的《小說史》給80年代以後中國現當代文學的研究與文學史寫作帶來了一場革命，並對後來海外中國當代文學史的寫作產生了深遠影響。

二　司馬長風的「回歸民族傳統」

　　在考察1950年代以後內地外圍的中國現當代文學史寫作中，值得注意的另一部新文學史著作，是70年代由香港文學史家司馬長風著撰的三卷本《中國新文學史》[24]。在20世紀80年代，這部文學史著作的影響雖然比不上《小說史》，但作者不同於夏氏的文學史觀念與評述模式，卻同樣值得我們關注。

（一）對夏志清的質疑與反駁

　　與夏志清在西方價值標準認同中建構自己的文學史觀不同，司馬長風的文學史觀念表現出回歸民族傳統的強烈意願。「我痛感五十年來政治對文學的橫暴干涉，以及先驅作家們盲目模仿歐美文學所致積

---

24 有關司馬長風《中國新文學史》正式刊印的版次（港版）情況介紹如下：上卷：1975年1月初版、1976年6月再版、1980年4月三版（1979年12月三版序）；中卷：1976年3月初版、1978年11月再版（1978年11月再版說明），1982年8月三版、1987年10月四版；下卷：1978年12月初版、1983年2月再版、1987年10月三版。上卷、中卷均於1976年3月由香港昭明出版社初版，下卷1978年12月由香港昭明出版社初版。轉引陳國球《文學史書寫形態與文化政治》，第248頁。本章後面所徵引史著各卷內容的版次，如無特別說明，均引自如下版本：上卷：香港：昭明出版社，1980年4月版；中卷：香港：昭明出版社，1978年11月版；下卷：香港：昭明出版社，1978年12月版。

習難返的附庸意識。」（司馬長風：《中國新文學史・跋》中卷，第
324頁）把司馬長風這裡所說的「痛感」看作是他與夏志清文學史觀
念的最根本分歧，也未嘗不可。司馬長風並不否認外國文學對中國新
文學的影響，但認為這種影響「並不能宰制、決定中國新文學史，尤
其不能單以西方文學知識來衡斷中國新文學史」。（司馬長風：《答夏
志清的批評》，《中國新文學史・附錄二》上卷）這種文學史觀念，既
可看作是對夏志清言必稱「西方」的文學史觀的質疑與否定，更可看
作是一個身處殖民社會、受中國傳統文化薰陶的知識分子對民族傳統
的認同與皈依，這也是他對自己建構這部新文學史著作時的另一個信
念的一種詮釋：「以純中國人的心靈」來寫新文學史[25]。因此，當年面
對夏志清的批評其文學史著作不提西方文學批評時，司馬長風如此回
應道：「……我寫的是《中國新文學史》，而不是外國在中國的殖民
史，外國文學的買辦史」，「我所以特別標舉上述的信念，一因鑒於六
十年來的新文學，受外國文學的惡性影響太深巨了……至於時下的作
家，各奉一派外國文學理論來審判中國文藝，這種買辦意識，已成為
第二天性！我為此感到羞恥，所以要發憤寫一部純粹的中國人的中國
文學史」。（司馬長風：《答夏志清的批評》，《中國新文學史・附錄
二》上卷）司馬長風這裡說的「各奉一派外國文學理論來審判中國文
藝」，當然很容易讓我們想到夏志清和他的《小說史》。對於「各奉一
派外國文學理論來審判中國文藝」的情形，司馬長風還進一步表述：
「關於外國文學的影響，今天我們再不能盲從五四時代先驅們的狂
放；反之，早一個做深長的反省了。我們看不起卅年代左翼作家，向
蘇俄的文藝路線一邊倒，也自然不能同意向西方文學『一邊倒』。」

---

25 司馬長風曾這樣談到自己寫這部《中國新文學史》的「自信」：「第一，這是打碎一
　切政治枷鎖，乾乾淨淨以文學為基點寫的新文學史，第二，這是以純中國人的心靈
　所寫的新文學史。」《中國新文學史・跋》中卷。

他認為「文學不同於科學與民主，不能喪失民族性，不能成為外國文學的附庸，不管是蘇俄文學、日本文學還是西洋文學」，並以當時獲諾貝爾文學獎的日本作家川端康成為例，說明「文學作品必須有民族性，才能在世界文壇上存在競耀」（司馬長風：《答夏志清的批評》，《中國新文學史‧附錄二》上卷）。撇開冷戰時期的西方與殖民語境，司馬長風這種回歸民族傳統的新文學史觀念，對我們認識和評價這一時期的海外中國新文學史的寫作與研究，應該說有其不可替代的意義，同時對後來的中國當代文學史研究與寫作也並不能說毫無啟示。

（二）與夏志清的「殊途同歸」

香港學者陳國球先生曾套用司馬長風的「一縷剪不斷的鄉愁」來描述《中國新文學史》的民族文化內涵，並對其在書中所堅持的民族文化本位意識表示「同情和理解」：「司馬長風這樣一個成長於北方官話區的文化人，當南下流徙到偏遠的殖民地時，面對一個高位階用英文、日用應對用粵語的語言環境，當然有種身處異域的疏離感。」（陳國球：《文學史敘述形態與文化政治》，第214頁）

司馬長風文學史觀中的民族傳統元素，近年已受到一些研究者的進一步關注[26]。但盡管如此，在「去政治化」這一點上，司馬長風與夏志清並無本質的不同。如前所述，在《中國新文學史》（上卷）1976年的「再版序」中，司馬長風開宗明義說自己的本行是研究政治思想的，1968年開始研究中國現代史，1973年才轉移興趣於新文學史[27]。從研究內地政治思想轉移到對中國新文學史感興趣，在這一點

---

26 可參考胡希東《民族‧國家與文學地理：1950-1980中國當代文學史敘述形態》第七章「民族文化認同與新文學史敘述」一節，人民出版社，2013年出版。

27 司馬長風：《中國新文學史》（上卷）「再版序」，香港：昭明出版社，1976年3月初版。

上司馬長風與夏志清有相似的一面。如果我們把這種相似性切換到文學史的寫作姿態與立場上，會發現在堅持與內地對峙的意識形態立場方面，《中國新文學史》與《小說史》其實「不謀而合」。也正因此，與夏志清一樣，司馬長風的文學史寫作其實也是在以一種政治標準代替另一種政治標準。比如對於新文學史的分期，司馬長風便反對王瑤「以政治尺度來劃分文學史」，認為王瑤把1919年作為新文學的開始，是「受制於毛澤東的《新民主主義論》」，同意毛澤東提出的無產階級1919年五四運動以後登上政治舞臺前「中國不應該有新文學」的論斷。司馬長風認為，「無產階級登上政治舞臺是政治之履，一九一七年以一月新文學開始，一九一八年一月新文學誕生，這是文學之趾。王瑤的辦法是削文學之趾，以適政治之履」（司馬長風：《中國新文學史・導言》上卷）。鑒於此，司馬長風把1949年以前的新文學劃分為五個時期：文學革命期（1915-1918）、誕生期（1918-1920）、成長期（1921-1928）、收穫期（1929-1937）、凋零期（1938-1949）。這種分期，在一定程度上體現了司馬長風遵循文學自身發展規律的一面，但若進一步瞭解其相關解釋，卻會發現問題似乎要複雜得多。司馬長風說之所以「煞費思量」用「凋零期」來概括新文學的第五發展時期，除了考慮到戰爭對這一時期作家、文學事業的衝擊外，還有政治方面的原因：一是抗戰初期（1937-1940）「惑於『文章入伍』口號」，許多作家把抗日宣傳與文學創作「混為一談」，使文學創作一度陷入「窒息狀態」，二是從抗戰後期（1941年後）到1949年，大部分作家被捲入政治鬥爭，使本來就艱難的文學創作，「再纏上一團亂麻」，變得「奄奄一息」（司馬長風：《中國新文學史》下卷，第3頁）。這裡，司馬長風關於新文學發展「凋零期」闡釋的闡釋，鮮明地表現出一種反內地主流意識形態立場。而與《小說史》比較，《中國新文學史》尤為值得關注的一點，是司馬長風甚至不提毛澤東《在

延安文藝座談會上的講話》對五四以來中國新文學發展的重要影響。
這種通過「無聲的擱置」的方式來表達與內地對立的政治立場，可謂
與夏志清同出一轍。這種「去政治化」處理方式，借用司馬長風自己
的話說，恰恰是另一種「削文學之趾，以適政治之履」。

　　如果要說司馬長風的「去政治化」與夏志清的還有什麼不同，那
就是「政治」在他觀念中不僅具有與主流意識形態對立的意味，同時
還指向「文以載道」的傳統，「急功近利」的文學觀念等。在《導言》
中，司馬長風認為從反文以載道傳統開始的中國新文學，轉了幾個圈
子後，大多數作家又「都莫名其妙地成為載道派的孝子賢孫了」。

　　「這是打碎一切政治枷鎖，乾乾淨淨以文學為基點寫的新文學
史。」這是司馬長風在編寫這部新文學史著作時談到的其中一個信
念。但在客觀效果上能否「乾乾淨淨」，卻是另一回事。陳國球曾系
統地引介了不少研究者對司馬長風《中國文學史》「文學非政治化」
思想的質疑（參閱陳國球：《文學史敘述形態與文化政治》，第213-
215頁）。當然，對於這種「『政治化』地閱讀司馬長風」的「簡約
化」現象，是否就是「學術的『公平』」，陳國球也質疑（陳國球：
《文學史敘述形態與文化政治》，第235頁）。而在本章第一節中，我
們也介紹了程光煒在這一問題上的深度剖析。這些，都是本書以為有
必要提醒注意的。

　　其實，早在20世紀80年代，面對夏志清、司馬長風他們那種似是
而非的文學史觀念，嚴家炎即曾深刻指出：「夏志清、司馬長風他們
口頭上只講藝術，好像對左、中、右各類作家作品都很公平，一視同
仁。其實，他們的小說史、文學史裡很講政治標準。」[28]20年後，洪

---

28 嚴家炎：《現代文學的評價標準問題——中國現代文學研究筆談二》，《求真集》，北
　　京：北京大學出版社，1983年，第26、27頁。本章後面所徵引該書內容，如無特別
　　說明，均引自此版本。

子誠在其《問題與方法——中國當代文學史研究講稿》一書中談到20
世紀50至70年代香港的現代文學史寫作時有著「更文學史家」性質的
祛蔽表述。洪子誠認為，任何一部文學史的寫作，背後總有一些寫作
者「要超越、批評或糾正的文學史影子存在」，因此「所謂『非政
治』的態度，實際上是對當時主流政治的一種抗衡，是一種政治立
場」。洪子誠由此指出，司馬長風文學史的政治立場與意識，「一點也
不比他所反對的王瑤的文學史弱」[29]。

三　對文學思潮與文藝論爭的淡化

　　從文學史寫作角度看，《小說史》與《中國新文學史》的內容結
構方式都從根本上改變了同時期在內地流行的「重思潮與論爭，輕作
家與作品」的結構模式。

　　王德威在《小說史》英文版第三版的導言《重讀夏志清教授〈中
國現代小說史〉》（1999）對《小說史》的結構和文脈作了「不厭其
煩」的介紹，「因為這關係到全書的批評視野及方法學」。而在本書看
來，這種結構和文脈，也能夠讓我們看到不同於內地80年代以前的文
學史的另一種構架與思路。《小說史》凡十九章，除了第一章（「文學
革命」）、第十三章（「抗戰期間及勝利後的中國文學」）和第十九章
（「結論」），其餘十六章均專門評述現代小說，其中單列一章介紹的
作家有：魯迅、茅盾、老舍、沈從文、張天翼、巴金、吳組緗、張愛
玲、錢鍾書、師陀等10個作家，第三章、第四章分別介紹文學研究會
和創造社主要作家，第十一章和第十八章介紹第一、二階段的共產主

---

29 洪子誠：《問題與方法——中國當代文學史研究講稿》（增訂版），北京：三聯書店，
　2015年，第40頁。

義小說，第十四章介紹「資深作家」：茅盾、老舍、沈從文、巴金。其他章節討論的作家還有：葉紹均、冰心、淩淑華、落花生、郁達夫、蔣光慈、丁玲、蕭軍、趙樹理等。張英進曾稱《小說史》是一部「以作者為中心的文學史」（轉引張英進：《歷史整體性的消失與重構──中西方文學史的編纂與現當代中國文學》）。《小說史》這種結構方式，與內地50年代以來「著重在各階段的文藝思想鬥爭和其發展狀況」的文學史敘述模式有很大的不同，是對五六十年代文學史結構──敘述模式的解構，同時對八九十年代「重寫文學史」產生了重要影響（在這一意義上，很難說90年代末陳思和主編的以作家作品為主型的《中國當代文學史教程》一點不受《小說史》的啟發），即使在後來顧彬的《二十世紀中國文學史・1949年後中國文學》中，我們也能夠感受到。

　　關於《中國新文學史》的體例，司馬長風聲稱「迥異於過去一切文學史」。具體表現在如下幾方面：一，每一篇必先概述當時文壇的動態，使讀者對作家的活動，文學界的情況有一個綜合印象；二，述評的文學作品，除詩歌、散文、小說、戲劇之外，還有文學批評；三，述評各類作品及作家，避免史料長篇式的流水帳筆法，而選擇代表性作家的代表性作品作深入地品鑒；四，每一章之後盡量搜集有關資料列表或附錄，以補正文說明的不足（司馬長風：《中國新文學史・跋》中卷）。與《小說史》相比，作為文學史通史的《中國新文學史》的內容要顯得豐富得多：其中有關文學思潮（包括文學批評、論爭）及文壇概況的內容，雖然也占了一定的篇幅，但作者認為這恰恰是其開創的兩個新領域（司馬長風：《答夏志清的批評》，《中國新文學史・附錄二》上卷）。對於作為「一般文學史著的內容」的作家作品的介紹，司馬長風則可謂能詳則詳。據他在答夏志清批評一文中的介紹，《中國新文學史》僅上、中兩卷，即介紹了小說26家（其中

重複的僅巴金、沈從文、廢名、林徽因、蕭軍、葉紫和茅盾），詩歌24家，散文26家，戲劇10家。又比如關於三十年代獨立作家和左派作家，特別是前者，作者開列了當時比附在以刊物為中心的「八個集團」的主要作家名單。司馬長風認為與左派作家比較，獨立作家在政治鬥爭上雖不占什麼優勢，但在文學成就是卻遠超過左派作家（司馬長風：《中國新文學史》中卷，第21頁）。按照他的說法，在以上作家作品介紹的過程中，「嚴格審察流行的俗說成見，揚棄了批判了多人認為的名作家和名作品，新文學初期如周作人的新詩《小河》，冰心的新詩《超人》；鉤沉了若干被淹沒的代表性作家和優秀作品，小說家如李劼人、陳銓；戲劇家如李健吾，作品如巴金在抗戰時期寫的《憩園》《寒夜》和《第四病室》，我稱它為人間三部曲，實是戰時小說的傑作；也發掘了若干乏人提及，具有代表性的作家，小說作家如穆時英、羅淑，散文如蕭乾、吳伯簫，詩人如孫毓棠，批評家如李長之、李廣田」（司馬長風：《答夏志清的批評》，《中國新文學史》附錄二．上卷）。在以作家作品為重心的文學史結構方式方面，司馬長風的新文學史著還有一點值得注意的，是如他所說，「每一章之後盡量搜集有關資料列表或附錄，以補正文說明的不足」的內容。作為一部文學史著作，這一工作對其努力還原新文學發展的歷史狀貌具有不可忽視的意義。以下卷為例，第二十六章「長篇小說寫實潮」專題介紹的作家有15個，後面「附錄」部分輯錄了「戰時戰後小說作家作品」127人312部，第二十七章「散文的圓熟與飄零」專題介紹的散文作家有11個，後面「附錄」部分輯錄的「戰時戰後散文作家作品」有108人237部，第二十八章「詩歌的歧途和彷徨」專題介紹的詩人有17個，後面「附錄」部分輯錄的「戰時戰後詩人詩集」有112人251部，第二十九章「戰時戰後的戲劇」專題介紹的劇作家有12個，後面「附錄」部分輯錄的「戰時戰後戲劇作家作品」有112人205部。這些數據

對我們感受「戰時戰後」中國文學發展起到了重要作用。

在夏志清與司馬長風的時代，內地對作為理論形態的文學史研究還不像80年代以後方興未艾，「把文學還給文學史」，文學史到底是文學的歷史（「文學」史）還是歷史的文學（文學「史」），諸如這些觀念形態對他們來說，其實還是相對陌生的。他們有自己文學史寫作的宗旨與立場，但作為文學史家，他們的表現與貢獻更多的還是在寫作實踐方面，並為後來內地的「文學史熱」提供了豐富的研究價值，這其中也表現在他們文學史（小說史）的內容結構模式設計上面。自然地，也影響著後來海外中國當代文學史的寫作。

四　「世界向度」與「文學性」

王德威在《小說史》英文本第三版導言中指出，《小說史》的結構和文脈「受到四五十年代歐美兩大批評重鎮——利維斯（F. R. Leavis）的理論及新批評（New Criticism）學派的影響，已是老生常談的事實」[30]。程光煒認為王德威關於夏志清《小說史》的所謂「世界向度」，主要還是具有世界性的知識和視閾，而夏志清時代的新批評學派的利維斯的理論即是其中頗具代表性的一個方面。《小說史》的這種「世界向度」，首先是一種比較文學性質的文學史敘述視野。「憑我十多年來的興趣和訓練，我只能算是個西洋文學研究者。二十世紀西洋小說大師——普盧斯德、托瑪斯曼、喬伊斯、福克納等——我都已每人讀過一些，再讀五四時期的小說，實在覺得他們大半寫得太淺露了。」（〔美〕夏志清：《〈中國現代小說史〉中譯本序》）。轉引

30　〔美〕王德威：《重讀夏志清教授〈中國現代小說史〉》，《當代作家評論》2005年第4期。本章後面徵引本文內容，不再注明出處。

《中國現代小說史》，2005）夏志清在評述中國現代作家時常常引入西方作家做比較，如由沈從文的田園視角引申出與華茲華斯、福克納、葉芝的比較，從魯迅的諷刺聯想到賀拉斯、本·瓊森、赫胥黎的技巧；老舍《二馬》中的馬氏父子與喬伊斯《尤利西斯》中布魯姆、戴德拉斯相互映照，張愛玲作品與陀思妥耶夫斯基的比較，等等。不過許多讀者對此並不以為然。王德威在「導言」中提出自己的看法，認為作者這樣做「恰好像要用來彌補中國作家的不足」，「他自不同西方的國家文學大量徵引作者、作品、文類，招來『散漫無章』或『不夠科學』之譏，卻至少顯示其人的博學多聞。與其說夏對西方文學情有獨鍾，倒不如說他更嚮往一種世故精緻的文學大同世界。假如夏當年有機會讀到川端康成或加西亞·馬爾克斯（Gabriel Garcia Marquez）的作品，我相信他會樂於擴展他的文學地圖，以一樣的熱情擁抱這些作家」。王德威認為在現代評著中，很少如夏志清那樣「孜孜矻矻地涉獵千百優劣作品後才下筆為評」（〔美〕王德威：《重讀夏志清教授〈中國現代小說史〉》）。

《小說史》的這種「世界向度」，還可理解為一些研究者提及的文學的宗教態度。「中國現代小說在心理方面描寫的貧乏，可就宗教背景來加以分析。儒家的知識分子都是理想主義者，但自古以來，他們同一種敬天的原始宗教，或是同釋道二門搭上一些關係；即是後世的理學家，處世接物都流露出一種宗教感，並非完全信賴理性。現代中國人已摒棄了傳統的宗教信仰，成了西方實證主義的信徒，因此心靈漸趨理性化、粗俗化了。」他認為與西方文學比較，「現代中國文學之膚淺，歸根究柢來說，實由於對原罪之說或者闡釋罪惡的其他宗教論說，不感興趣，無意認識」。（〔美〕夏志清：《中國現代小說史》，第322頁）夏志清認為一個作家的創作，一部偉大的作品，「不僅要探索社會問題，而且要探索政治和形而上的問題；不僅要關心社

會公正，而且要關心人的終極命運的公正」[31]。在《現代中國文學的感時憂國精神》中，夏志清認為中國現代作家完全有必要、也應該把「感時憂國精神」提升到「關心人的終極命運」的宗教高度。但他們並沒有。夏志清由此進一步指出，現代中國作家如不能夠擺脫「國家寓言」的緊箍咒，無視世界文學的成就，諸如「關心人的終極命運」等等，那麼這種「感時憂國」的精神很可能滑向狹隘的愛國主義。

> 現代的中國作家，不像陀思妥耶夫斯基、康拉德、托爾斯泰和托馬斯・曼那樣，熱切去探索現代文明的病源，但他們非常感懷中國的問題，無情地刻畫國內的黑暗和腐敗。表面看來，他們同樣注意人的精神面貌。但英、法、美、德和部分蘇聯作家，擬為現代世界的病態；而中國的作家，則視中國的困境為獨特的現象，不能和他國相提並論。他們與現代西方作家當然也有同一的感慨，不是失望的歎息，便是厭惡的流露；但中國作家的展望，從不逾越中國的範疇，故此，他們對祖國存著一線希望，以為西方國家或蘇聯的思想、制度，也許能挽救日漸式微的中國。假使他們能獨具慧眼，以無比的勇氣，把中國的困塞喻為現代人的病態，則他們的作品，或許能在現代文學的主流中占一席之位。但他們不敢這樣做，因為這樣做會把他們改善中國民生、重建人的尊嚴的希望完全打破了。這種「姑息」的心理，慢慢變質，流為一種狹窄的愛國主義。（〔美〕夏志清：《中國現代小說史》，第359頁）

夏氏在《論對中國現代文學的「科學」研究——答普實克教授》

---

31 〔美〕夏志清：《論對中國現代文學的「科學」研究——答普實克教授》。轉引《中國現代小說史》第328頁。

曾經如此回應說：「我所用的批評標準，全以作品的文學價值為準則」[32]。「文學性」和「道德感情」是夏志清評述中國現代小說的兩個關鍵詞。這「文學性」，在夏志清那裡，一方面表現為對五六十年代內地文學研究與文學史寫作政治化模式的排斥否定，另一方面則表現為對當時海外盛行的歐美新批評學派理論的實踐。而其中的「道德感情」，又與其強調的西方文化的宗教態度有著內在的關聯。

（一）「文學性」與文本細讀

同樣，司馬長風也強調文學史寫作的「文學性」，並藉此來反對同時期內地文學史寫作的政治化模式。但由於種種原因，特別是其回歸民族本位的文學史觀念，使司馬長風在對新文學作家作品的評述過程中表現出與夏志清完全認同西方美學標準截然相反的取向。或者說，「文學性」在司馬長風的新文學史著作裡，主要還是表現為作者在評述過程中對作家作品於民族文化詩性內涵追求的挖掘。正因此，司馬長風雖然也肯定郭沫若早期詩歌「富於想像」和「反抗的熱情」的特點，但否定其「大喊大叫」的風格，並認為其「許多詩酷似口號的集合體」（司馬長風：《中國新文學史》上卷，第101頁），缺乏詩美。

撇開政治因素，關於「文學性」，司馬長風和夏志清都重視作品文本細讀。不過進行細讀的理論背景、細讀方法，以及關注的向度等方面，他們之間似乎難得有共通之處。與夏志清依託新批評理論與方法不同，司馬長風的文本細讀主要還是基於其民族文化記憶，而他對作品語言詩性的強調，在夏志清那裡表現得並不強烈。司馬長風認為，「詩是文學的結局，也是品鑒文學的具體尺度。一部散文、戲劇或小說的價值如何，要品嗜她含有多少詩情，以及所含詩情的濃淡和

---

32 〔美〕夏志清：《中國現代小說史》，劉銘銘等譯，臺北：傳記文學出版社，1991年，第497頁。

純駁」[33]。大概也正因為如此，夏志清認為司馬長風的新文學史著作「文字『可讀性』頗高」（轉引司馬長風：《答夏志清的批評》，《中國新文學史・附錄二》上卷）。

　　為了更好地瞭解司馬長風的文本細讀，我們這裡不妨來看看他關於沈從文及其《邊城》的析讀。與夏志清一樣，司馬長風對沈從文和《邊城》評價也很高，認為他在中國文壇猶如「十九世紀法國的莫泊桑、或俄國的契訶夫」，是「三十年代文壇的巨星」（司馬長風：《中國新文學史》中卷，第37頁）。但與夏志清在世界文學視閾中分析、確認其價值不同，司馬長風基本上是從民族記憶、詩情詩性的角度進行評述和分析。司馬長風認為《邊城》「不僅是沈從文的代表作，也是三十年代文壇的代表作」。它是一部小說，也是一部「最長的詩」，全書二十一節，每一節都是一首詩，鏈結起來成為一首長詩，「這是古今中外最別致的一部小說，是小說中飄逸不群的仙女」（司馬長風：《中國新文學史》中卷，第38頁）。司馬長風這樣介紹的小說情節：

> 《邊城》的情節非常簡單，描寫一山水如畫的古渡頭，有一孤處的人家，裡面住著擺渡的老船夫和小孫女。老船夫年逾古稀，小孫女情竇初開。茶峒城裡碼頭大哥順順，有兩個兒子，都那麼雄健、那麼俊，看了翠翠都傾了心。翠翠先見過二老暗中動了情，大老託人說媒，老船夫滿心歡喜，可是翠翠不應承；大老精神恍惚下船去，跌在激流裡送了命。順順全家怪了老船夫，誤會他顛三倒四，二老也暫時收起那份情。老船夫不顧一切找上門去向順順和二老解釋，都遭受了冷淡。二老又下船走了。老船夫大病一場卻在風雨之夜歸天了，遺下孤苦伶仃

33　司馬長風：《中國新文學史》（中卷），香港：昭明出版社，1976年3月初版，第37頁。

的小翠翠。故事到這裡便結束了。二老的吉凶未卜，翠翠的福
禍不知，可是山依然那麼青，水依然那麼綠，小城依然那麼熙
熙攘攘。（司馬長風：《中國新文學史》中卷，第38頁）

像《中國新文學史》這種帶有些「詩情」的語言表述，在《小說
史》是難見的。後者的語言風格更趨理性與判斷，而不似前者偏重感
性與描述。

司馬長風還從五方面歸納了《邊城》的表現技巧：一是寫人物每
用烘托手法，並以寫二老為例；二是擅長寫景，稱讚作者「是寫景的
聖手」，指出他樸素的文字，三言兩語就能夠把讀者引進一個天地裡
去；三是認為小說頗多暗示筆法，創造出「此時無聲勝有聲」的審美
效果，引導讀者「不時閉上眼睛玩味，像嗅一朵鮮花似的」。作者舉
例小說寫又一個賽龍舟的端午節到來時，從第一個賽龍舟的端午節見
了二老後心裡便一直在「偷偷地想」的翠翠的心情：「遠處鼓角已經
起來了，她知道繪有朱紅長線的龍船這時節已經下河了。細雨還依然
落個不止，溪面一片煙。」司馬長風評述：「翠翠心中急想進城去看
龍舟，再遇見二老；聽到鼓聲，她心中正有千言萬語，可是作者只告
訴我們：『溪面一片煙。』」（司馬長風：《中國新文學史》中卷，第39
頁）顯然，《小說史》的作品細讀是不太可能類似這樣的評述風格
的；四是小說中的對話，司馬長風認為「真正是人民的語言」，能讓
讀者「嗅出泥味和土香」；五是小說的結尾別出心裁，「既不隨俗唱大
團圓，也不矯情地寫成哀而傷的大悲劇」（司馬長風：《中國新文學
史》中卷，第39頁）。這在前面轉引作者關於小說情節的介紹中即可
感受一斑。司馬長風對《邊城》藝術價值的分析，完全從民族文化文
學傳統出發。這種民族本位的文學史敘述模式，其意義也許只有在與
夏志清《小說史》的對讀語境中才能夠顯現出來。

在《中國新文學史》中，類似的情形，我們還可以列舉很多。比如作者認為老舍40年代創作的《四世同堂》，不再局限於描寫「五四」以來被許多作家書寫的個人與家族的衝突，而致力表現家族與國家的衝突，這在題材的開拓方面頗有代表性。對流注於小說的「無限鄉愁」，作者給予了很高的評價。他認為書中對小文和小霞旗人夫婦的描寫，「字裡行間，流露著無限甜美的憐惜，這夫婦形體和心地，都像古城秋天的藍空一樣美，老舍把他倆都送到日本軍人的屠刀下殉國，也表現了無涯的鄉愁。可以說是雙料的鄉愁，古城的鄉愁，旗人的鄉愁，因為他正是北京土生土長的旗人後裔」（司馬長風：《中國新文學史》下卷，第83頁）。又如，司馬長風認為蕭紅的《呼蘭河傳》內容不說，僅其把小城作為小說的主軸，即是一種獨創；認為馮至的《十四行詩》，「每一首、每一行都晶光四射」，「那不是積年累月詩作的輯合，而是在詩的創作長期中斷之後，由於突然的感興，遂如枯泉復活一般，一口氣流瀉出來」（司馬長風：《中國新文學史》下卷，第189頁）……

在1980年代以後的中國現當代文學研究與文學史寫作中，夏志清的《中國現代小說史》和司馬長風的《中國新文學史》都曾產生過重要影響，特別是夏志清，幾乎類似於一門顯學。不過學界長期以來關注比較多的主要還是他們在內地的影響，至於他們在海外的情形，則較少涉及；關注的側重點，也主要集中在中國現代文學領域，於中國當代文學，多為稍帶提及。這種現象，既與海外對文學史的寫作並不像內地那麼熱衷、發達有關[34]，也與在內地，中國當代文學作為一個

---

34 有研究者統計：在內地，從1951年至2007年出版了119部中國現代文學史，而英文的中國現代文學史卻只有夏志清的一部，而且它僅限於討論1961年以前的現代小說。張泉：《現有中國文學史的評估問題：從「1600餘部中國文學史」談起》，《文藝評論》2008年第3期。

獨立學科的建設起步比較遲的情形分不開。另外，與夏志清比較，司馬長風的被關注度顯得相對弱些，這與其文學史寫作過程中暴露出來的史料篩選運用的紕漏、欠嚴謹的學術素養等有關（具體可參看陳國球《文學史敘述形態與文化政治》相關章節）。隨著中國當代文學學科建設的不斷深入，以及當代文學研究海外視角的不斷切換，有必要從海外中國當代文學史寫作資源構成的角度重新爬梳夏志清與司馬長風文學史寫作中的相關問題，清理糾纏於它們之間的一些問題，並嘗試在兩者之間建構起一種對話關係，以便能夠對後來如林曼叔、顧彬、王德威等海外中國現當代文學史的寫作的評價，建築起一種歷史意識「限度意識」，同時能夠更歷史地把握當代文學學科建設的一些問題，如上一節提到的「漂移」與「挪借」現象等。

第三節　林曼叔等《中國當代文學史稿》

一　寫作、出版與相關評論

就在司馬長風《中國新文學史》下卷出版的那一年（1978），林曼叔等著的《中國當代文學史稿（1949-1965內地部分）》（以下簡稱《史稿》）問世了。據林曼叔回憶，司馬長風當時還在香港《明報》撰文評論了這部當代文學史著作。

按照林曼叔的說法，內地最早評價《史稿》的學者是古遠清[35]。這裡指的大概是《香港當代文學批評史》（1997）：

---

[35] 但根據洪子誠先生提供的信息，內地最早介紹評價這部史稿的，是1979年（哪一期已經記不清楚了）中國社會科學院文學所內部刊物《文學研究參考》上的一篇文章。文章比較詳細介紹了《史稿》的章節和基本內容，也有一些基本評價。洪子誠先生提供的相關信息還可以從林曼叔在該書「再版前言」（2014）中的一些回憶中得到印證。

　　《中國當代文學史稿（1949-1965內地部分）》是目前海外出版
的唯一一部內地當代文學史。該書由林曼叔、海楓、程海合
著。林曼叔為主要執筆者。林曼叔是道地的香港文學評論家。
此書寫於香港，印於香港，用「巴黎第七大學東亞出版中心」
的名義是因為該出版中心提供了出版經費。因而我們認定它是
香港學者的著作，而非法國華裔學者所寫。[36]

　　應該說古遠清的介紹是比較客觀、實事求是的。

　　《史稿》是「海外」第一部中國當代文學史著作，也是1950年後
以「中國當代文學史」冠名並公開出版的第三部中國當代文學史著作
（前兩部分別是山東大學中文系和華中師院中國語言文學系編寫的）。
2014年，香港文學評論出版社有限公司再版了該書。據林曼叔回憶，
編寫此書之時（1970年代初），正值內地「文化大革命」「如火如荼」，
根本不可能從內地獲得任何資料，作者只能通過香港大學、中大圖書
館及一些研究所等收集有關材料。同時，也還看不到對這個時期中國
文學的歷史書寫（其實當時已成書、出版的該方面的書也寥寥無幾），
「一切都在摸索中探討中」[37]。基於此，肯定《史稿》所做工作具有
篳路藍縷之功，大致還是可以的。該書出版近四十多年，根據林曼叔
介紹，除了早期在內地一些研究機構和高校引起過過關注[38]，爭議與

36　古遠清：《香港當代文學批評史》，武漢：湖北教育出版社，1997年，第176頁。
37　林曼叔、海楓、程海：《中國當代文學史稿（1949-1965內地部分）》「再版前言」，香
　　港文學評論出版社有限公司，2014年。本章後面所徵引該書內容，如無特別說明，
　　均出自此版本。
38　據林曼叔在「再版前言」介紹，70年代末80年代初，由陳荒煤主編、由全國有關科
　　研單位和高校分別承擔編寫的《中國現代文學史資料匯編》及由二十多所高校協作
　　編輯的《中國當代文學研究資料》，諸如老舍、趙樹理、周立波、張天翼、孫犁、
　　李準等等都摘錄了本書的章節，還有一些論文也引用了書中的論述。另外，他還提
　　到1980年代初，「那時內地關於當代文學的資料極為缺乏，不少現當代文學研究者

反響都遠不及夏志清《中國現代小說史》和司馬長風《中國新文學史》強烈，即便在中國當代文學史研究與寫作領域。因此到目前為止，有關該著的評述文章並不多[39]。這其中原因比較複雜，但有一點可能跟下面的情形有關，即該書雖冠名為「中國當代文學史」，但只敘述了我們通常說的「十七年文學」（1949-1966）的歷史[40]，屬中國當代文學史的斷代史，難以從整體上反映中國當代文學發展歷史風貌。以此來展開討論當代文學史的問題，顯得有些「捉襟見肘」。20世紀八九十年代以後，伴隨著中國當代文學學科建設的推進，「中國當代文學」作為一個學科概念，試圖賦予其嚴格學科含義的解釋有兩種，一是將其時間界限確定在1949-1978年，認為這段時間「在中國新文學史和新文學思潮史上，都具有相對獨立的階段性」（朱寨：《中國當代文學思潮史》，人民文學出版社，1987）；另一種是把50年代以後的中國文學稱為「當代文學」，認為這是一個「『左翼文學』的『工農兵文學』形態，在50年代『建立起絕對支配地位』，到80年代『這一地位受到挑戰而削弱的文學時期』」（洪子誠：《中國當代文學概說》，廣西教育出版社，2000）。以上兩種有關「中國當代文學」學科概念的解釋，僅從時間

把拙著影印，作為參考教材。因為那時影印費昂貴，廣州暨南大學有見及此，由外文出版社將拙著翻印出版」。

39 根據林曼叔提供的材料，關於該書的評論，除了古遠清的《香港當代文學批評史》，另外主要有張軍的《林曼叔等人編撰的當代文學史的歷史意義》（《山花》2012年第4期）、徐爽的《當代中國文學史在法國的書寫——從林曼叔的〈中國當代文學史稿〉看構建文學史的思路與方法》（香港《文學評論》第28期，2013年10月出版）。

40 關於《史稿》之所以只寫到1965年，作者在該書的初版「後記」中曾作過解釋：即是因為「文化大革命」爆發後，「中國文學已完全被斷送在這場殘酷的暴風雨裡」，「實在沒什麼值得寫下去的」。今天回過頭來看，這種解釋只能代表著者當時對中國文學發展的認識和預判。「文革」時期中國文學的複雜性（其中自然包含著者所說的「被斷送」的一面），雖然看法不同，但在今天的當代文學研究界，已是一種共識，即這一時期的中國文學並非「實在沒什麼值得寫的」。這其中最有代表性的是陳思和在《中國當代文學史教程》（復旦大學出版社，1999年出版）中「潛在寫作」文學史觀念的提出與實踐。

界定上，林曼叔等的《史稿》都對接不上。以短論長，自然難免掛一漏萬。另外，也與如前提及的《史稿》在結構模式上並沒有超越同時期內地現當代文學史的「文藝思潮（文學運動）＋作家作品」情形有關。至於其他方面的原因，我們在後面再作進一步探究。

　　盡管如此，在當時內地有關中國當代文學的歷史書寫處於草創時期，「海外」則幾乎「無史可鑒」的情況下，林曼叔等的摸索與探討，無論得與失，都對我們認識瞭解這一時期海外中國當代文學史的寫作具有不可替代的意義。同時也對我們後來反觀內地的當代文學史寫作具有一定的比照作用。這也是該書已有幾篇評論文章所關注的話題。如古遠清認為《史稿》在重視對文藝思潮和文藝運動的論述的同時，還「注意對極左思潮的批判」，並最早為「毒草」作品翻案；對作家作品的評價也比較公允。張軍注意到了《史稿》兩方面的意義：一是該著對文學自足標準的堅持，包括對現實主義原則、作家創作思想內容與藝術形式的和諧一致、作家創作天賦與才華的重視等。二是注意文學史情節的提煉與結撰，努力在繁雜的當代文藝思想鬥爭事象中提煉「情節性」，避免對這些思潮、運動的介紹流於「編年史」的層面。徐爽則從構建文學史的思路與方法角度指出該史著的價值：一是著者的「多重文化背景促成了《史稿》獨特的文學立場和觀察視角，使其既不同於內地建國後的傳統文學史觀，也區別於法國本土對當代中國文學史的法文書寫」；二是「《史稿》介紹和分析文學體裁和文學經典的發生發展，觀照中國傳統文學的承續，並展現不同的作家如何各自在個體創作和政治規範中尋求文學的空間。政治在《史稿》中成為文學史的一個具體因素而非抽象的一統化概念或標籤」，文學由此成為書中「真正意義上的主線」。當然，由於考察的視域、立場與角度的不同，以上一些問題並非毫無進一步討論的空間。

　　下面我們將從三個角度考察《史稿》於中國當代文學史寫作的意義與問題。

二　現實主義文學史觀的構建與實踐

　　作為醞釀、寫作於1950-1970年代的海外中國現代、當代文學歷史著作，無論是夏志清還是司馬長風或者林曼叔，他們對有些問題的處置都有共通之處，比如都不滿意這時期內地盛行的政治化文學史寫作模式，都希望和強調自己的寫作是在「把文學還給文學史」。這一點林曼叔在初版「後記」與「再版前言」中也有與夏志清和司馬長風類似的表達，如他認為多年來，研究界（海外？內地？）對於這時期的文學創作，「只是簡單地從政治偏見出發」，「肯定的時候過於肯定，否定的時候過於否定」，「缺乏文學批評的真正意義（林曼叔等：《中國當代文學史稿（1949-1965內地部分）‧再版後記》），因此「希望寫出一部具有真正意義的文學史稿，排除政治上的偏見來審視我們的作家和作品。在論述上無論是對文藝思想的論爭，還是對作家作品的評價，都力求客觀，以期再現這個時期的文學實在的風貌」。（林曼叔等：《中國當代文學史稿（1949-1965內地部分）‧再版後記》）而相比之下，由於林曼叔所要書寫的這一段中國內地的文學（1949-1965），比夏志清和司馬長風所面對的中國新文學更加政治化和制度化（體制化），用他的話說是政治對文藝「壓迫空前強大」，文藝家反抗壓迫「空前劇烈」的一個時期：

　　　　1949年以後，中國新文學的傳統，現實主義文學的傳統，在政治勢力的壓迫下進入一個極端艱難的時期。統治階級強使文學服從其政治利益，製造種種清規戒律，給文學創作帶來很多的束縛，造成了教條主義對文學的嚴重破壞。（林曼叔等：《中國當代文學史稿（1949-1965內地部分）‧再版後記》）

　　因此，我們可以想像，林曼叔要實現這種文學史理想的難度要大
得多。

　　基於這樣一種背景，林曼叔等在批判內地政治化文學史觀念與寫
作《史稿》過程中，徵用了不同於夏志清和司馬長風理論資源：修正
主義文藝思想[41]——現實主義文學理論。林曼叔認為，「修正主義與教
條主義的鬥爭，或者說現實主義與反現實主義的鬥爭」，是「貫串這
一時期文學歷史的一根紅線」（林曼叔等：《中國當代文學史稿
（1949-1965內地部分）‧再版後記》）。《史稿》以此為全書立論基
礎，把1949-1965年的中國文學分為三個發展階段：毛澤東文藝思想
的貫徹與胡風揭開反對教條主義文藝理論的序幕（1949-1955）、反對
教條主義文藝理論的第一次高潮（1956-1957）、反對教條主義文藝理
論的第二次高潮（1958-1965）。這裡先不論把既與當下（五六十年代
中國的政治生活）同時還與歷史（中國新文學歷史）有著複雜關係的
「十七年文學」納入到這種相對單一的文學史分期觀念中是否「萬無
一失」，值得關注的是，著者在這裡所體現出來的探討和摸索精神，
特別是《史稿》在如下兩方面所作的努力。

　　一是有意識圍繞「現實主義與反現實主義的鬥爭」這根「紅
線」，對1949-1965年文學界整風運動與文藝理論鬥爭所作的方向性梳
理，包括胡風以《對文藝問題的意見》為代表的文藝思想、馮雪峰有
關現實主義的文藝思想、秦兆陽的「現實主義廣闊道路論」、陳湧對
文藝上庸俗社會學的批判、邵荃麟的「寫中間人物論」和「現實主義
深化論」、李何林的「唯真實論」、周谷城的「時代精神匯合論」等
等，並將這一時期中國文學有關現實主義的思考與討論串結成一個具

---

41 「修正主義」在林曼叔等的《史稿》中並不是一個政治概念，而是一個具有文學性
　　質的用語，專門用來指稱這一時期反對、抗衡各種教條主義文藝思想的理論、觀點
　　和主張等。

有內在關聯的有機整體。與此同時，《史稿》對當時主流意識形態倡導和推行的「社會主義現實主義」「革命現實主義與革命浪漫主義相結合」的創作方法進行了傾向性的質疑、批判和否定，認為是反現實主義的[42]。另外，對文藝界開展的「整風運動」，如對電影《武訓傳》的批判、對俞平伯《紅樓夢》研究的批判、對胡適文藝思想的批判、對《文藝報》及「丁陳反黨集團」的批判等等，也有意識地結穴於「修正主義與教條主義的鬥爭」。《史稿》通過這種自成一體的梳理，以體現自己獨立不倚的文學立場。

二是以現實主義為評判標準，對這一時期文學創作所做的一些獨到評判。《史稿》為趙樹理《三里灣》王金生形象塑造的概念化情形進行辯解，認為這種情況並不能簡單歸咎於作者的創作力問題，而與「生活本身是否能夠孕育某些批評家所期望出現的理想人物的條件」有關（林曼叔等：《中國當代文學史稿（1949-1965內地部分）》，第101頁）；同時，《史稿》對周立波《山鄉巨變》亭面糊形象塑造的矛盾創作心理進行了深度挖掘，指出周立波雖然明白亭面糊矛盾而複雜的性格具有一定的普遍性，但又很清楚不能把他作為最突出的形象來塑造去反映這個時代的風貌，並按人物性格發展的邏輯去發展它，「這就大大使其作品的現實性和歷史性蒙受了不可彌補的損害」（林曼叔等：《中國當代文學史稿（1949-1965內地部分）》，第111頁）。《史稿》還從藝術修養不同的角度獨到地比較分析了周立波和趙樹理

---

42 林曼叔等認為從蘇俄引介過來的「社會主義現實主義創作方法」「所強調的只是政治上的目的，在創作中落實他們的政治意圖。而抹煞了文學創作反映嚴峻生活現實的真實這個嚴峻任務，根本上違反了現實主義的創作原則」。（《中國當代文學史稿（1949-1965內地部分）》，第25頁）同時認為「兩結合」的創作方法，「用『革命』的名義閹割了嚴峻的現實生活，用所謂『革命浪漫主義』以剝奪現實主義對待現實生活的誠實態度，要使文藝創作隨著他們的狂熱政治而『浪漫』起來」。（《中國當代文學史稿（1949-1965內地部分）》「緒論」）

的不同創作風格，例如在語言上，「趙樹理雖是寫來乾淨利落，但有時未免令你讀來感到單調而欠韻味」，而周立波的語言雖不似趙樹理那樣「純淨」，「但你可以從他作品裡發現那詩意洋溢的語言，令你興奮而讀下去」（林曼叔等：《中國當代文學史稿（1949-1965內地部分）》，第106頁）。對於《創業史》，《史稿》肯定柳青創作上的修養，作品精心細密的構思和人物創造的功夫，但也不掩飾整個作品的情節安排缺乏節奏感和生動性，「難免使讀者感到沉悶不已」（林曼叔等：《中國當代文學史稿（1949-1965內地部分）》，第121頁）。在關注代表性作家作品的同時，《史稿》還對一些向來不大被關注的創作現象予以出人意表的評判，如對康濯的《水滴石穿》評價極高，認為這是當時「中國內地文學性創作裡面唯一的一部悲劇作品」（林曼叔等：《中國當代文學史稿（1949-1965內地部分）》，第117頁）；指出方紀《來訪者》的「好處」並不在於對一個悲劇愛情故事的講述，而在於真實地寫出了一對青年人的「墮落」，「在政治上的低沉」，但他們又是「道道地地的善良的人」（林曼叔等：《中國當代文學史稿（1949-1965內地部分）》，第216頁）。另外，從現實主義原則出發，《史稿》對曾經一度走紅的浩然和金敬邁評價很低，認為在對生活的認識上，浩然「是一個相當保守的教條主義者」，指出在庸俗社會學者的鼓吹下，《豔陽天》的反現實主義傾向比《金光大道》更加嚴重（林曼叔等：《中國當代文學史稿（1949-1965內地部分）》，第128頁），而《歐陽海之歌》則可以說是文藝在政治支配下走向極端狹窄道路的典型例子。這些都體現了《史稿》的識見。而對以《布穀鳥又叫了》《同甘共苦》《洞簫橫吹》等「寫人為本」的「第四種劇本」創作現象[43]的關

43　「第四種劇本」是黎弘1957年提出來的一個概念：劇作家「完全不按階級配方來劃分先進與落後，也不按照黨團員、群眾來貼上各種思想標籤；……作者在這兒並沒有首先考慮身份，他考慮的是生活，是生活本身的獨特形態。作者表現風格上的獨

注，也體現了《史稿》對當時紛繁的話劇創作的清醒辨析。從現實主義原則出發，《史稿》還對郭沫若、田漢、曹禺、吳晗等的歷史劇創作予以了高度評價，認為這些歷史劇無疑是「當代文學中最值得保留的最寶貴的一部分」（林曼叔等：《中國當代文學史稿（1949-1965內地部分）》，第309頁），《關漢卿》《謝瑤環》是「當代文學中偉大的現實主義劇作」，田漢是「當代文學中偉大的現實主義劇作家」（林曼叔等：《中國當代文學史稿（1949-1965內地部分）》，第315頁），等等。

三　當代作家的機制梳理與類別意識

《史稿》對後來中國當代文學研究與寫作啟發更大的一點是，有關當代作家管理機制的梳理。林曼叔等認為1949年以後，文藝創作與活動更多地受制於政治，包括黨性文學政策的推行和對作家的組織、作品出版的管制等，如「報紙和雜誌都是官方辦的，出版的書籍也得由官方審查」（林曼叔等：《中國當代文學史稿（1949-1965內地部分）》，第28頁）。《史稿》指出，由於文藝作品兼有宣傳的目的，閱讀受到鼓勵，讀書風氣盛行，讀者對象範圍擴大，「不僅有知識分子和青年學生，而且有工人、農民和士兵」，文藝雜誌和文藝書籍的發行量因此大大增加（林曼叔等：《中國當代文學史稿》，第29頁）。《史稿》在書中將這一認知方式作有效延展的，是關於這一時期作家的組織與管理的梳理。這種梳理，在某種意義上可看作是後來關於當代文學制度的先行探討。

與同時期關於這一時期創作隊伍介紹的視角不同，對1949年第一

特性，他發現了生活中獨特形態，尊重生活本身的規律，他讓思想服從生活，而不是讓思想代替生活」。《南京日報》1957年6月11日。轉引《中國當代文學史稿（1949-1965內地部分）》，第295頁。

次文代會以後成立的中國文學工作者協會（1953年更名為中國作家協會），《史稿》從文藝創作與活動在「政治的支配下進行著」的角度進行了與內地主流意識形態完全對立的傾向性解讀。《史稿》認為「只有黨組才具有實際的絕對的權力，向作家具體貫徹和執行毛澤東的文藝路線和黨的文藝方針」（林曼叔等：《中國當代文學史稿（1949-1965內地部分）》，第27頁）。通過對《中國作家協會章程》關於作協任務的介紹，《史稿》進一步坐實了作協組織的政治性質。《史稿》認為在當代非常時期，作協的經常性工作，就是「組織作家的政治學習，進行思想改造，分配政治任務，動員下鄉下廠，審查作品的發表和出版等等」（林曼叔等：《中國當代文學史稿》（1949-1965內地部分），第27頁）。

　　《史稿》對這一時期作家組織與管理評述過程中涉及的另一個值得關注的現象，是作家協會有關青年作家培養的問題。林曼叔等指出當時由丁玲主持的中央文學研究所（後改為文學講習所），即是一個培養青年作家的機構。1955年，作協還特別組成青年作家工作委員會，發動老作家帶徒弟，指導青年作家創作。1956年，中國作協與共青團中央召開第一屆青年文學工作者代表大會，有480名工農兵青年作家參會。

　　洪子誠認為，60年代在歐洲召開的有關中國內地文學會議，最關注的是「控制」問題。這其中自然包括對作家的控制。但是這在內地當時還沒有得到研究層面的重視。就此而言，《史稿》關於中國作家協會組織對作家管理以及有關青年作家培養的問題的關注，雖然是初步、同時也是有一定意識形態成見的，但若從對當時西方對內地中國文學關注的思路延續角度論，《史稿》的「海外視野」卻是有意義的，這對考察當代文學在方式方法上具有啟發性。這種關注向度使得《史稿》對這一時期文學創作的敘述富於層次感，顯得錯落有致，同

時也開啟了我們瞭解這一時期當代文學的複雜性的多維視角。比如，《史稿》指出在第一發展階段（1949-1955），由於「老作家」面對新環境，不知道「從何落筆」，由此大多數作品都出自延安成長起來的作者，像康濯、馬烽、西戎等；在談到工業介紹和工人生活小說的創作時，介紹了胡萬春、費禮文和唐克新等的作品。特別是對這一時期的詩歌創作，《史稿》指出在五四時期或者三十年代就已有成就的詩人，除了郭沫若、艾青等，大多數詩人的情緒都「極為低沉」，「其他一些相當有才華的詩人都已銷聲匿跡」（林曼叔等：《中國當代文學史稿（1949-1965內地部分）》，第218頁），「在當代詩壇，只有延安時期成長起來的一些詩人如李季、阮章競、賀敬之、郭小川等和新出現的青年詩人如聞捷、公劉、邵燕祥、雁翼、嚴陣、李瑛、張永枚等以他們對詩歌創作的愛好和寫作的熱情寫下了數不清的長長短短的詩作，填滿了全國各地大小刊物的篇幅」（林曼叔等：《中國當代文學史稿（1949-1965內地部分）》，第219頁）。

在90年代以後，隨著對當代文學體制的研究展開，已經得到更全面深入，當然也更客觀、學理的探討。這裡所說的「客觀、學理」，主要是指後來的研究不僅是政治文化學、狹隘的意識形態層面，同時還是學術層面的，因而得出的結論自然更具科學性和說服力，更能讓人歷史地看清楚作家協會作為文學制度對這一時期文學發展的兩面性，即它同時也還有「激活」「兼容」的性質[44]。

四 矛盾與裂縫及其他

但《史稿》畢竟是國際冷戰時期的產物，在當代文學史研究與寫

---

44 有關這方面內容的梳理可參考筆者發表在《海南師範大學學報》2015年第12期的《近二十年來當代文學制度研究》一文。

作不斷得到拓展與深化的今天，其中《史稿》暴露出來的歷史局限同
樣值得我們檢討。特別是，這部書出版在1978年，「文革」後的文學
反思已經在進行，雖然「深度」還值得討論，但也很難說《史稿》沒
有吸取內地文學／思想反思的成果。包括胡風事件、1957年的反右，
以及對一些作家作品的評價問題。實際上，上海文藝出版社的《重放
的鮮花》就出版在1979年。《史稿》並未顯示更多的「超前性」，作為
一部文學史著作，不能不說是一種遺憾。又如，《史稿》用「修正主
義」和「教條主義」這兩個有些模糊、游離的概念（特別是「修正主
義」）來概括、描述當代這一時期（1949-1965）相互對立的文藝思想
鬥爭，顯然顯得有些褊狹，特別是在對這些概念的由來未作說明的情
況下[45]；脫離具體歷史情境徹底否定毛澤東文藝思想中包含的合理、
必然的成分，把它完全看作「是從統治階級立場來說明文藝的一些問
題」，是「典型的統治階級的文藝觀」，甚至將這一時期「現實主義與
反現實主義的鬥爭」基本上歸攏於與毛澤東文藝思想的衝突與鬥爭，
在避免政治偏見的同時表現出一種泛政治化傾向。「現實主義和反現
實主義」是50年代常用的描述文學史的概念，應該是從蘇聯傳入，但

---

45 這裡不妨轉引洪子誠《材料與注釋》關於當代「修正主義」由來的清理。洪子誠指
出：60年代初開始的反對修正主義，對象是當年的蘇聯。文藝方面，《文藝報》
1960年第1期的社論，和林默涵《更好高地舉起毛澤東文藝思想的旗幟！》的文
章，被看成是「動員令」（朱寨主編：《中國當代文學思潮》，人民文學出版社，
1987年，第418頁）。隨後周揚1960年在全國第三次文代會上的報告《我國社會主義
文學藝術的道路》（《文藝報》第8期），錢俊瑞《堅持文學的黨性原則，徹底批判現
代修正主義》，都顯著提出反對修正主義問題。被列為「修正主義」文藝思潮的，
有資產階級人道主義、人性論，和「寫真實」「創作自由」等主張。對國內文藝修
正主義的批判，具體對象有：李和林《十年來文學理論批評上的一個小問題》，巴
人（王任叔）、錢谷融、徐懋庸、蔣孔陽的有關人道主義、人性的文章、觀點，徐
懷中的電影文學劇本《無情的情人》，劉真的小說《英雄的樂章》等。洪子誠：《材
料與注釋》，北京大學出版社，2016年出版，第110頁。

持各種文學立場的使用者賦予不同含義。社會主義現實主義者把它看作是革命與頹廢等的分野，文學革新派解釋為是揭露矛盾與粉飾現實的區別。對古代文學，當年也是用這一方法，馮雪峰、李長之等還寫過文章。《史稿》在使用這一概念過程中應作適當辨析，也有必要。相比之下，顧彬在《二十世紀中國文學史》中所做的現代性意義上的分析，更加符合當時中國的實際，也更具國際視野[46]。另外，《史稿》對毛澤東這一時期發表的詩詞的評價，同樣給人感覺是一種帶有政治偏見性的貶抑。而顧彬的分析或許更能夠讓人信服[47]。

　　當然，就《史稿》而言，更值得我們反思的，是存在於作為理論形態與具體寫作實踐之間的文學史觀念與立場的矛盾，因為這種矛盾並非《史稿》獨有，而在20世紀50-70年代的海外中國新文學史研究與寫作中具有相當的普遍性。具體到《史稿》，主要集中表現在如下兩方面。

　　一是文學史的結構模式。本質而言，如前所言，《史稿》並沒有超越同時期內地的文學史結構模式。如果仔細分析其體例、章節、時期劃分等等，都難以說它與60年代內地出版的代文學史（包括中國科學院文學所編著的《十年來的新中國文學》（1963）有什麼本質性的區別。如果算上內地機關刊物對各個時期文學情況的總體評述文章，這種情形就更明顯（如1959年建國10年《文藝報》《文學評論》上的整體描述文章，第三次文代會上的報告等）。當然，《史稿》作者與內地作者的立場是不同的，但體例很難說創新。《史稿》共17章，關於文藝論爭與文藝思潮部分的內容即占了5章，在章節設計上占全書的

---

46 可參考〔德〕顧彬著、范勁等譯，華東師範大學出版社，2008年出版的《二十世紀中國文學史》第256頁關於這一時期文藝批判運動的總括分析。
47 可參考〔德〕顧彬著、范勁等譯，華東師範大學出版社，2008年出版的《二十世紀中國文學史》第282-284頁對毛澤東《水調歌頭·游泳》（1956）的分析。

近三分之一，在具體內容篇幅上則為四分之一。對文藝界整風運動與文藝理論鬥爭的關注與強調，恰恰是五六十年代內地主流文化對新中國文學史研究與寫作提出的明確要求，即強調文學史家要以《新民主主義論》為主導，敘述出無產階級政黨在新文藝發展中的領導地位。這一從王瑤《中國新文學史稿》開始的政治化文學史敘述模式，直接影響到後來新文學史著作和60年代初幾部中國當代文學史的誕生，並已沉積成為半個多世紀來內地中國當代文學史寫作一個難以化解的歷史結節。不論是一種巧合還是刻意，《史稿》「重視文藝運動和文藝思潮的論述」（古遠清）是客觀的事實。這種「重視」在當代（1949-1965）的特殊語境中，完全可看作是著者對這一時期政治意識形態的隱蔽表態。林曼叔等雖然一再強調排除「政治上的偏見」，力求客觀論述，但面對「政治對文藝創作壓迫空前強大」的這一時期的中國文學，在關於「現實主義與反現實主義的鬥爭」敘述的背後，讀者還是可以感受到著者的另一種意識形態立場。掩藏在《史稿》「現實主義與反現實主義」爭辯背後的，其實是著者關於當代文藝與當代政治關係另一種性質的潛在對話。

在這一問題上，更值得我們思考的是：到底什麼原因導致內地與海外這一時期的中國當代文學史寫作結構模式的殊途同歸？關於這一問題的解釋，也許多少還與30年後另一部海外漢學家的20世紀中國文學史在書寫1949年後中國文學歷史時提出的一個觀點有關，即作為一部文學史，「對文藝運動的關注很容易使敘述偏離文學發展本身」[48]。

二是由於《史稿》過於信奉自己預設的文學史觀念與寫作立場，以至於對這一時期一些文學事象的敘述與分析缺乏一種歷史感和國際視野。比如胡風事件，實際上並不簡單是當事人與毛澤東文藝思想之

---

48 〔德〕顧彬著：《二十世紀中國文學史》，范勁等譯，上海：華東師範大學出版社，2008年，第315頁。

間對立與衝突的問題，胡風對新中國的誕生、毛澤東作為新中國締造者的偉人形象的敬仰，在其1949年創作的大型史詩《時間開始了》中已有激情的表達[49]；1954年7月，胡風向中央提呈「三十萬言書」（即《對文藝問題的意見》），主要還是指出周揚、林默涵、何其芳等長期以來在文藝界推行的宗派主義和教條主義等對中國文藝的損害，胡風甚至希望中央政府、毛澤東看到「意見書」後能對自己被排擠和壓制的艱難境遇有所改變。胡風與周揚他們之間的矛盾，是30年代以來糾結於左翼陣營內部的矛盾衝突與爆發的結果。又如關於1956年「百花時代」的敘述，《史稿》主要立足於國內特別是文藝界反教條主義和宗派主義的背景，對當時以蘇聯文學的「解凍」及其他東歐事變等為代表的境外形勢和影響基本上忽略不提，可以說是一種嚴重的歷史偏差，也缺乏一種大視野。再如，60年代初包括歷史劇創作的繁榮在內的文藝界的「小陽春」景象，不提1961年6月周恩來在中宣部在北京新僑飯店召開的全國文藝工作座談會（即後來所說的「新僑會議」）上的《在文藝工作座談會和故事片創作會議上的講話》，和1962年3月周恩來、陳毅在文化部、中國劇協在廣州召開話劇、歌劇、兒童劇創作座談會（即後來所說的「廣州會議」）上報告對當時文藝政策調整的積極意義，僅歸之於邵荃麟1962年8月在大連農村題材短篇小說創作座談會上關於「寫中間人物論」和「現實主義深化論」等理論的提倡，是不符合歷史真實的。其實，當代文學這一時期與政治的關係，常常並不是那麼簡單的互不兼容的關係，兩者之間也有相互妥協的一面。有時問題甚至可能更為複雜[50]。另外，《史稿》第九章把「描繪歷

---

49 這裡不妨節選《時間開始了》第一樂章《歡樂頌》開頭：時間開始了——／毛澤東／他站到了主席臺正中間／他站在地球面上／中國地形正前面／他／屹立著像一尊塑像……轉引《胡風全集》（第一卷），湖北人民出版社，1999年出版。

50 顧彬認為在1949年後的中國，「僅僅把作家視為黨的犧牲品是不對的。這種非黑即

史風雲的小說」創作興起的原因簡單歸結為作家們對現實「政治教條約束」的擺脫，也有些失之偏頗，因為像《一代風流》《青春之歌》《紅旗譜》《林海雪原》等現代革命歷史題材小說，從醞釀、構思，到創作、修改、出版，都經歷了一個漫長的過程，而並非短短幾年時間裡速就的結果。有些作品甚至1949年之前就已開始醞釀，如梁斌的《紅旗譜》，根據作者介紹，全書從1943年開始構思；歐陽山的《一代風流》雖是1957年才開始動筆，但其構思的時間卻很長，早在1942年，作者就計劃創作一部反映「中國革命來龍去脈」的長篇小說[51]。

以非歷史的態度來處理歷史的問題，結果是把複雜歷史簡單化。這種現象當然並非《史稿》僅有，而是在這一時期的海外中國現當代文學研究與寫作中的普遍現象。這也是《史稿》給我們提出的另一個值得思考的問題。

以上我們從兩方面簡單清理了《史稿》的文學史觀念與立場在理論形態與寫作實踐之間出現的矛盾和裂縫。需要說明的是，這種清理，特別是其中的歷史局限，對於一部寫於資料搜尋艱難的四十年多前的文學史著作，若僅關涉與「主義」（政治意識形態）和「觀念」（文學史寫作）無關的史料瑕疵，那麼這裡所做的「補闕拾遺」，其中想表達的主要還是一種遺憾，而不是簡單的是非評判。

事實上，完全的「去政治化」是不現實，也是不可能的，特別是對誕生在高度組織化、制度化時代的中國當代文學。一個最簡單的例子是，面對這一時期的文學，即使在文學史的話語方式上，要真正走

白的觀點並不能解釋一個事實，即作家就是互相批判、把鬥爭上升到國家權力層次的始作俑者」。〔德〕顧彬著：《二十世紀中國文學史》，范勁等译，上海：华东师范大学出版社，2008年出版，第263頁。

51　歐陽山：《談〈三家巷〉》，《羊城晚報》1959年12月5日。轉引王慶生主編：《中國當代文學》（第二卷），上海文藝出版社，1984年出版，第130頁。

出政治話語模式也不容易。《史稿》在敘述過程中大量使用的「鬥爭」「戰鬥」「壓迫」「統治階級」「破壞」「摧殘」「剷除」「專橫」「統戰」「控制」「衙門」「思想改造」等術語，本身即是政治化、階級化的用語。如何處理敘述文學與政治的關係，是從內地的王瑤到海外的夏志清、司馬長風、林曼叔這些文學史家們在構建文學史話語體系過程中無法迴避的一個根本問題。對這兩者關係的處理，是他們文學史觀的重要組成部分，也決定著他們的文學史寫作立場。與王瑤一代內地文學史家堅持中國新文學史是中國新民主主義革命歷史的重要組成部分、中國當代文學是社會主義革命的一部分的文學史觀念與立場截然相反，以夏志清、司馬長風、林曼叔等為代表的海外中國現當代文學史家，均拒絕把新文學史和當代文學史等同於現代中國革命史和社會主義革命史，成為政治意識形態的產物，而強調文學史的文學性和文學的獨立性，並試圖通過一些理論的引入（如歐美新批評學派）與命題的提出（如回歸民族文化傳統），理論資源的徵用（如現實主義原則）來構建自己的文學史觀，展開文學史寫作，評述具體作家作品。他們的努力在一定程度上開啟了被同時期內地意識形態化文學史觀遮蔽的另一個文學世界。但從另一個角度看，這種開啟的同時也是另一種形式的「遮蔽」，具體表現為對主流意識形態作家或者貼近、演繹主流意識形態作品的排斥與拒絕。因此在客觀效果上，海外中國新文學史家的這種文學史觀念與立場，在具體實踐過程中到底能夠把在他們看來是問題的問題解決到什麼程度，值得存疑。換句話說，作為觀念形態與寫作實踐的文學史立場，能否真正做到「知行合一」，實現他們的預設，仍是一個問題。而且，是否這種文學史觀與寫作立場才是正確有效的，也一直受到質疑。若從20世紀60年代普實克與夏志清的論戰開始算起，到近十多年來有關「再解讀」研究的爭議，中國現代、當代文學的研究與敘述，到底能夠在多大程度上「去政治

化」？正如前面所言，很多時候，他們其實是在用一種（政治）標準代替另一種（政治）標準。用嚴家炎的話說，他們其實「很講政治標準」（嚴家炎：《求真集》，第27頁）。

　　這種限度意識，對我們認識與把握《史稿》並非毫無意義。

第四節　顧彬《二十世紀中國文學史》

一　海外漢學家的文化身份與文學史立場

　　討論海外中國當代文學史寫作，「海外漢學」／「海外漢學家」，以及由此引申出來的多重文化背景、西方價值觀念等是不可迴避的問題。不過在前面的介紹中，除了夏志清，對於司馬長風和林曼叔，我們並沒有特別展開這個問題。這裡牽涉到如何理解「海外漢學家」內涵的問題。在質疑與批評，甚至否定內地主流意識形態方面，不少海外漢學家的態度與立場並無明顯的不同，區別只在於程度的輕重和表達的隱顯。但對海外漢學家來說，更具標識性的，還是其文化背景與價值判斷，以及研究中國問題徵用的理論資源、使用的方法等。夏志清、司馬長風和林曼叔都出生於中國本土並接受中國文化的薰陶教育。雖然與後面兩者不同，夏志清1948年考取北大文科留美獎學金赴美深造後，在以後半個多世紀的人生裡，基本在美國工作、生活，用英文研究與寫作，其思想政治立場、文化價值觀念，特別是文學研究理論體系等都存在很大程度的「去中國化」，但其學術研究中的「學院傳統」，仍能夠讓我們聯想起「五四」。相比之下，司馬長風和林曼叔顯得更為特殊些。冷戰時期的香港，除西方殖民文化外，對港人價值觀念與人生態度及日常生活影響比較大的，除了對內地若即若離的政治立場，中國文化中的大眾──市民文化具有不可忽略的重要地

位。林曼叔雖然有過短暫的法國留學教育經歷，但從本質上看，仍不足以構成其「海外漢學家」的身份，「是道地的香港文學評論家」（古遠清）。因此用「海外漢學家」來描述夏志清、司馬長風和林曼叔的文化身份，顯得並不充分。對於他們，我們用得更多的是「華裔學者」或者「海外中國學者」一類的概念。

但顧彬的情況顯然與上面三位文學史家不同，是個典型的「海外漢學家」。而作為一個漢學家，顧彬與「中國」的關係頗為複雜，主要表現在如下三方面：一是顧彬對中國文學的研究起步比較早。若從1967年接觸李白開始算起，顧彬從事中國文學研究已近半個世紀。1974年、1975年，顧彬藉到中國和日本學習之機，開始接觸中國現代文學作家作品。二是作為一個德國漢學家，顧彬有大部分時間都在中國。特別是最近十多年來，顧彬在中國非常活躍，包括受聘到許多高校講學、參加相關的文學活動，在中國內地文藝刊物發表研究文章等等。三是顧彬早年求學生涯中對宗教神學的研究，也使得他的精神思想資源有別於其他海外漢學家。在《二十世紀中國文學史》中文版「前言」中，顧彬曾坦言他在嘗試藉文學這一模型去寫一部「20世紀思想史」。若論文學的宗教表達，1949年以後的中國文學顯然要弱於「五四新文學」。然而在將宗教作為考量中國文學的思想深度與「世界性」的一個籌碼方面，顧彬卻比上面三個文學史家中最熱衷於文學創作的「宗教含量」的夏志清還要執著，以至於給人一種當代文學研究的「泛宗教神學」錯覺。這種情形不能說與顧彬宗教神學的研習背景毫無關係。如何評價這一現象，我們在後面還會作進一步的討論。

因此，若論海外漢學家中國當代文學史寫作的多重文化背景，顧彬作為個案無疑更具有代表性。與其他文學史家比較，顧彬似乎並不習慣系統地闡述自己的文學史觀念與立場，而更喜歡將自己這種複雜多重的文化身份和文學史立場化解在具體的文學史書寫過程中。不過

盡管如此，我們還可以從一些斷斷續續的表述中梳理出顧彬未必成體系的文學觀念。比如顧彬說他和他的前輩們在文學史書寫方面最大的不同是「方法與選擇」。他認為文學史寫作不是簡單的「報道」，而是「分析」：「我們的研究對象是什麼，為什麼它會以現在的形態存在，以及如何在中國文學史內外區分類似的其他對象？」[52]在文學史寫作意識形態立場上，顧彬也絲毫不掩飾自己的政治偏見，但同時又坦言自己對20世紀作家作品的「偏好與拒絕」都僅代表他個人。「如果它們更像是偏見而非判斷的話，肯定也要歸咎於中國在20世紀所處的那種複雜的政治形勢。」在此前提下，顧彬強調他本人評價中國文學的依據主要是「語言駕馭力、形式塑造力和個體精神的穿透力」這三種「習慣性標準」（〔德〕顧彬：《二十世紀中國文學史・前言》）。

（一）「國家、個人和地域」

在《二十世紀中國文學史》中，顧彬用「國家、個人和地域」三個關鍵詞來描述1949年後的中國文學（即中國當代文學）。這三個關鍵詞所指認的中國當代文學史內涵，既是空間的，也是時間的，還是歷史主體的。顧彬指出，由於國民黨退往臺灣、東西方冷戰等政治原因，導致1949年後中國文學的分化和國際化，同時，對1949-1979年中國內地文學評價的一變再變，都使得曾經被文學史家們視為邊緣的臺港澳文學沒有理由再受到忽視。因此，討論1949年後的中國文學，我們不應該再局限於內地本土。顧彬的「中國當代文學史」敘述，首先「從邊緣看中國文學：臺灣、香港和澳門」開始，並重點介紹了臺灣五六十年代的「鄉土文學」「懷鄉文學」（顧彬用「機場文學」）「現代主義文學」及其代表性的作家作品，如賴和、白先勇、林海音、陳

52　〔德〕顧彬著：《二十世紀中國文學史・前言》，范勁等譯，華東師範大學出版社，2008年。本章後面所徵引該書內容，如無特別說明，均引自此版本。

映真、洛夫、鄭愁予、余光中、王文興等。這種「從邊緣看中國文學」文學視角，旨在擴展人們考察中國內地文學的「邊緣」視域，更為我們評價「一變再變」的1949-1979年中國內地文學提供另一個背景。對於1949年後的中國內地文學，顧彬以1979年為界分為兩個階段進行考察：在第一階段（1949-1979），顧彬重點分析「對個人的聲音越來越形成壓迫」的「公眾意見」[53]；在「隨著開放政策而展開」的第二階段（1979-），則「詳盡地挖掘」逐漸取代「公眾意見」的地位並在世紀末成為「主導聲音」的「個人聲音」（〔德〕顧彬：《二十世紀中國文學史》，第263頁）。這第二階段又以1989年為界線，分為「人道主義的文學」和「商業化的世紀末文學」。

　　這裡，顧彬關於中國當代文學的分期，本質上還是一種政治化的標準，即以當代中國社會的重大政治事件作為文學史分期的依據。但與始於內地1950年代那種狹隘的政治化文學史分期觀念不同，「時間」在顧彬這裡更重要的所指，卻是現代思想文化與藝術審美層面上的，甚至還是現代政治學意義上的。這也是顧彬分析和評價中國當代文學史的起點與平臺。比如顧彬認為1949-1979年這一時期，中國的文藝美學和西方大眾文化的訴求差不多（「後者要求取消精英和大眾之間的差別」）。因此顧彬認為在20世紀七八十年代，像德國那樣從社會學的角度研究中國文學，把這一時期中國文學作為瞭解中國社會結構的素材的研究是有問題的。他認為必須從「現代性」的高度來看1949年後的中國文學，因為1949年建立的中華人民共和國，一開始就是一個現代國家，只是這個「現代」有別於不僅利於國家、更得益於個體獨立人格的獲得的西方的「現代」。顧彬指出，1949年後的中國

---

53 顧彬並沒有對「公眾意見」內涵進行闡釋。但從其文學史語境看，「公眾」背後的主體應該是國家、政府，「公眾意見」則是代表國家（政府）意志的主流意識形態的聲音。

需要一種具有「整體感」的「集約性（totalitaristisch）的現代」，以
建設一種新的整體秩序，而不是一個包含著國家與個體的成分的「曖
昧含混（ambivalent）的現代」。個體的解放必須讓位於民族國家，
「『現代』本身的含混內涵讓位於清晰的思想觀念」。顧彬認為在1949
年後的中國文學中，「文本」和「作者」這一對概念必須統一起來，
以前作家與社會之間的緊張關係已不再存在。「如今，作品內容就是
世界觀，世界觀就是要和國家政治路線保持高度一致，政治路線的改
變才能導致對世界觀評價的改變——或者過時或者超前。這種觀念的
結果是，再沒有冷靜的敘述者，再沒有不可靠的敘述者，沒有人嘗試
不同的視角，再也不存在陰暗的心靈——如果有，那就站在了敵人一
邊」。（〔德〕顧彬：《二十世紀中國文學史》，第254頁）在這種視角
下，顧彬認為社會主義現實主義發展成為革命現實主義和革命浪漫主
義理論，中國的現代性也由政治領域擴展為一種「美學上的宗教」；
革命現實主義和革命浪漫主義這些概念的組合看似未免有些古怪，
「但是號稱可以用來克服現實主義和浪漫主義中相牴牾的負面成分，
永不停息的叛逆者可以藉以發揮革命想像力，在一個不斷推翻自己的
社會秩序中把革命趨勢推向前進」（〔德〕顧彬：《二十世紀中國文學
史》，第282頁）。顧彬認為這一時期的作品構成了自有的美學體系，
它既有助於「認識毛主義的內在性質」（〔德〕顧彬：《二十世紀中國
文學史》，第255頁），也能夠幫助我們更好地理解1979年以後的中國
文學。

　　基於這樣一種文學立場，顧彬對1949年後中國文藝界不斷發動的
批判運動試圖給予「更深層次的理解」。顧彬認為，由於反對的力量
過於強大，儒家學說在1949年後並沒有上升為國家意識形態，「同
時，似乎也沒有其他的意識形態或者宗教可以勝任，唯有共產主義在
長時間內提供了某種平臺。盡管共產主義宣稱是純粹的世俗性質，卻

只有在超越性的基礎上才可能解決主權和道統性的問題，因此必須對傳統學說——其中也包括基督教學說——進行世俗化改造」（〔德〕顧彬：《二十世紀中國文學史》，第256頁）。顧彬的這種理解，雖然看起來有些過度宗教化，但他試圖從宗教哲學、政治學的層面理解文藝批判運動本質，這比簡單、狹隘地從政治意識形態角度進行解釋，仍不失為一家之言。

二　當代文學「經典」的序列及其認證

在關於1949年後中國文學的文學史的結構方式和文學創作的評價標準方面，顧彬都與內地和臺、港的文學史家有很大的不同。這可能與他海外漢學的文化身份、文學觀念與立場有關。比如大多數的中國當代文學史都比較重視文藝運動和文藝思潮，包括前面剛介紹過的林曼叔等的《中國當代文學史稿（1949-1965內地部分）》。但在顧彬的文學史敘述中，如果不是因為與「文學史的轉折點或者某些人的生平」有關，一般都很少提及，顧彬認為「對文藝運動的關注很容易使敘述偏離文學發展本身」。換言之，顧彬的文學史更關注文學創作。而對構成文學史主體的作家作品的評判標準，顧彬也與其他的當代文學史家不同。比如盡管「還沒有看到其他的可能性」，但顧彬還是比較警惕把1949-1979年這一時期的中國文學作為瞭解中國社會結構的素材，「把文學貶低或者抬高為社會學材料」（〔德〕顧彬：《二十世紀中國文學史》，第255頁）。在《二十世紀中國文學史》中文版「前言」中，顧彬強調自己評價中國文學的依據（「習慣性標準」）主要有三點：語言駕馭力、形式塑造力和個體精神的穿透力。在這種評價機制中，當代文學的「經典」——在這裡也許用「代表性作家作品」的概念更合適——在其文學史敘述中被進行了重新認證與詮釋。暫且不

論這種「經典」認證與詮釋是否權威、具有說服力，值得我們關注的是顧彬的這種文學史觀念與寫作立場直接導致當代文學版圖的重繪，以及這一重繪的當代文學圖景透露給我們的信息與思考。考慮到對1979年以後中國文學評價的時間距離還不夠充分等因素，我們在這裡不妨以1949-1979年為考察的時間區段，看看顧彬是怎樣通過對這一時期作家作品的認證與詮釋分解自己的當代文學史觀的。

（一）「戰爭美學」的文學品質

與其他當代文學史著作不同，大概是受20世紀80年代以來當代文學的「戰爭意識」的研究成果的啟發[54]，顧彬《二十世紀中國文學史》用「文學的軍事化」來形容1949-1979年的中國文學狀態，同時用「需要體現國家意志，需要塑造『普通人』代表黨和人民的聲音」的「戰爭美學」來概括這一時期的中國文學品質，並闡釋了這種美學的核心觀點。[55]其實這種概括和表述並不能完全自圓其說。如認為這一時期「文藝的方案來源於軍隊，而軍隊敵我兩軍對壘爭奪『新』社會的根本思維影響了政治以及文化」（〔德〕顧彬：《二十世紀中國文學史》，第263頁），這種情況顯然不是事實的全部。不過就其文學史敘述而言，更有意義的還是對展示這一時期文學風貌有關作家作品的選擇與詮釋。這對我們考察海外中國當代文學史寫作有重要意義。

根據時間的推移，同時結合作品表現的主題，顧彬選取了1949-1979年間不同時期的創作情況進行考評：敘事文學（土地改革、戰

---

54 這其中最有代表性的是陳思和的《當代文學觀念中的戰爭文化心理》，該文曾收入陳思和《雞鳴風雨》，學林出版社，1994年出版。

55 顧彬解釋這種「戰爭文學」的美學核心觀點有四點：（1）文學和戰爭的任務一致；（2）必須進行史無前例的革命；（3）文學水平的標準是戰士即人民群眾（大眾文化）；（4）文藝工作者之所以來自大眾是基於戰爭經驗（業餘藝術家）。〔德〕顧彬著：《二十世紀中國文學史》，范勁等譯，第263頁。

爭、歷史題材）、百花齊放時期文學、歷史劇和民族性文學、「文化大革命」時期文學。其中在文學史正文中重點分析的作家作品和主要提到的作家或作品統計如下（以在文學史中出現的先後為序）：

敘事文學：土地改革小說──重點分析的作家作品：趙樹理《三里灣》（1955）、《「鍛煉鍛煉」》（1958），周立波《山鄉巨變》（1957），張愛玲《秧歌》（1954）；同時提到作家：李準《不准走那條路》（1953），柳青、王汶石；戰爭小說──重點分析的作家作品：茹志鵑《百合花》（1958）；同時提到作家作品：路翎《窪地上的「戰役」》（1954）；歷史主題作品──宗璞《紅豆》（1957）、老舍《茶館》（1957）；

「百花」時期文學：重點分析的作家作品：王蒙《組織部新來的青年人》（1956）、《青春萬歲》（1956），劉賓雁《本報內部消息》（1956），毛澤東舊體詩詞（《水調歌頭‧游泳》，1956），李準《李雙雙小傳》（小說，1959；電影，1962）；同時提到作家作品：劉賓雁《在橋樑工地上》（1956）；

歷史劇：吳晗《海瑞罷官》（1961），郭沫若《蔡文姬》（1959）、《曹操》（1959），曹禺《膽劍篇》（1961），田漢《關漢卿》（1960）；

民族性（文學）：《阿詩瑪》（1954），老舍《正紅旗下》（1961-1962）；

「文革」時期文學：楊朔《西江月》（1963），浩然《豔陽天》（1964-1966）、《金光大道》（1972-），豐子愷《緣緣堂隨筆》（1971-1973），郭路生《相信未來》（1968）、《這是四點零八分的北京》（1968），北島《波動》（1974）、《回答》（1973）、《宣告》（1980）；同時提到作家作品：鄧拓雜文、傅雷家書、賀敬之、劉白羽、革命樣板戲、張抗抗、賈平凹、蔣子龍、多多。

　　為了更全面瞭解顧彬對這一時期文學創作的取捨，我們再將其在

文學史正文注釋中提到的其他作家或作品按先後出現順序簡單統計如下：梅志《在高牆內：胡風和「文化大革命」》，《沈從文全集》（北岳文藝出版社，2002年出版，18-26卷），胡風《時間開始了》（1949），柳青《創業史》（1960），草明《原動力》（1949），王汶石《風雪之夜》（1956）、《春節前後》（1956），老舍《龍鬚溝》（1950），袁靜、孔厥《新英雄兒女傳》（1949），曲波《林海雪原》（1957）、《智取威武山》（京劇，1971），吳強《紅日》（1957），羅廣斌、楊益言《紅岩》（1962），楊沫《青春之歌》（1958），《重放的鮮花》（1979），秦兆陽《農村散記》（1957），姚雪垠《李自成》（1963），鄧拓《燕山夜話》（1963），鄧拓、廖沫沙、吳晗《三家村札記》（1961-1964），孔捷生。

　　從上面的整理中，我們大致可以看出，就這一時期（1949-1979）的中國文學創作而言，顧彬涉及的面其實還是很有限度的。對於這種情況，也許我們只能從他評價中國文學的三個「習慣性標準」（語言駕馭力、形象塑造力和個體精神的穿透力）來理解。顧彬認為「1949年後大多數作家的語言貧乏格外引人注意」（〔德〕顧彬：《二十世紀中國文學史》，第26頁）。但從我們接下來將要展開的關於作者對這些作家作品內涵詮釋、評價的情況看，似乎又並不完全如此，也就是說，顧彬並非簡單地從作家主體與文學本體角度來解讀這些作家作品，其政治意識形態的取向還是主要的。我們由此可以疑問，這些作家作品能夠真正代表這一時期的中國文學嗎？如果不能，那麼作為一個文學史家，顧彬對這些作家作品的把握與理解是值得商榷的。或者說他通過這些「經典」的認證重繪的當代文學版圖是有些殘缺、失衡的。這種殘缺與失衡，作為關於這一時期中國文學的文學史敘述，在如下兩方面可能更值得我們關注：一是對這一時期當代文學創作的文類的處理。首先是作為這一時期文學重要組成部分的詩歌。在1949年後的文學史敘述中，顧彬除了重點提及毛澤東舊體詩詞和「文革」

時期食指（郭路生）、北島的詩歌以外，其他詩人詩作基本忽略不計，像郭小川甚至連名字都不提，賀敬之也僅是在評述食指早期詩作的價值體系時通過注釋簡單引介其《放聲歌唱》。「從邊緣看中國文學」，將對象置放於百年的歷史視域，50-70年代內地主流文學詩歌創作的乏善可陳是一個不爭的事實。但這並不能夠作為將內地這一時期的詩歌創作進行簡約化處理的理由。這樣的文學史敘述的可靠性是值得懷疑的。其次是小說。如果並非簡單地從作家主體與文學本體角度來表現這一時期的中國文學史，如果想借助文學更深入地理解當代中國社會的變化，1950年代中國農村土地革命的內涵，就沒有理由擱下《創業史》。類似情形還有關於1960年代初的短篇歷史小說創作。除了文類處理的問題，再就是文學史敘述的權重問題。直接地說，作為一部敘述百年中國文學發展的文學史著作，用近7個頁碼（第300-305頁、309-310頁）的篇幅來討論一個1949年後中國文學的詩人及其創作，顯然是失度的。這與其說文學史可以有自己的權力，倒不如說文學史寫作應該如何更好地遏制「權力」，「擱置評價」，以一種福柯式的知識學立場和方法來面對歷史。文學史寫作與文學評論的根本區別在於，面對繁蕪的文學現象，文學史家更應有一種歷史的識見，尤其是面對時間距離太靠近的「當代」文學。「放縱」自己的「正見」，有時可能恰恰是對歷史的「偏見」。

王瑤曾經談到寫文學史與編「作品選讀」不一樣，後者可根據某一種標準或者某類讀者的需要，因此沒有入選的不見得就不好。但文學史不同，講與不講一個作家（作品），「無論繁略都意味著評價」；文學史認為這個作家是傑出的、偉大的，「都有和其他作家的聯繫比較問題」，這與文學批評就某個作家作品進行分析是不同的[56]。

---

56 王瑤：《關於現代文學研究的隨想》，收錄於《中國現代文學史論集》，北京：北京大學出版社，1998年，第276、277頁。

　　當然，面對當代文學史的書寫，情況可能要更為複雜一些，這正如顧彬自己所說：「當代不允許特別的距離存在，因此一個最終評價常常難以做出。」（〔德〕顧彬：《二十世紀中國文學史》，第325頁）因此，顧彬對當代文學「經典」的重新「認證」是否能夠成立，仍是一個問題。

三　現代政治學與「習慣性標準」的作品詮釋

　　與當代文學「經典」認證相關的另一個問題是關於「經典」的詮釋。在海外中國現當代文學史寫作已走過半個世紀的新世紀初，顧彬的文學史寫作有繼承，也有超越。比如與夏志清一樣，顧彬也比較注意在世界文學的視野中考量中國當代文學，注重中國文學在西方文學格局中的位置。特別是對新時期文學的評述，從「傷痕──廢墟文學」[57]的比較到高行健、莫言對西方現代戲劇與小說的模仿與借鑒，我們幾乎隨處都可以感受到顧彬在評析中國新時期文學過程中的西方文學維度。又如關於作家作品解析的宗教視角。這點上顧彬雖不比夏志清特別強調，但對一些文學現象的分析常給人「耳目一新」之感。以浩然和他的作品現象為例。對浩然「文革」時期圖解階級鬥爭和路線鬥爭的《金光大道》中的人物只要引用毛澤東的話，字體即換成粗體字的做法，顧彬認為也許是借鑒了《聖經》，因為經書中耶穌和保羅的重要話語也是通過改變字體以示突出。另外顧彬還認為浩然小說標題中的「道」和「光」也具有某些《聖經》的色彩，「符合認知過程的敘述結構」和「『尋找』的敘述技巧」（〔德〕顧彬：《二十世紀中

57　「廢墟文學」是顧彬為評價新時期「傷痕文學」從相關研究資料中援引的一個概念。這個概念由德國伯爾的《廢墟文學自白》提出。參考〔德〕顧彬著：《二十世紀中國文學史》，范勁等譯，第285頁。

國文學史》，第295頁）。在類似宗教狂熱的「文革」語境中，顧彬的宗教角度闡釋或許有點過度，但不能說一點啟迪都沒有。而對這種狂熱的「文革」文學的緣起，顧彬也不乏宗教視角：「神學和哲學認為，聽和說構成了世界的基礎，雖說這種看法在中國只是有限成立，但我們仍舊可以想像，如果作家不再是人民的喉舌，將必然造成災難性的局面。如果一個國家、一個政府、一個黨派只想從臣民口中聽到自己的聲音，那它就是通過以自己的觀點代替所有人的觀點重複自身。人們在別人身上看到的不是別人，而是自我塑造的自身形象。於是，他者成為自身的延伸。」（〔德〕顧彬：《二十世紀中國文學史》，第285頁）

（一）文學評價的「習慣性標準」

不過在作家作品評析的政治化這一點上，顧彬雖然有所「警惕」，但終究還是「力不從心」，難以走出海外20世紀中國文學研究界普遍存在的通過中國文學來研究中國問題的政治社會學思維怪圈。顧彬與夏志清、司馬長風和林曼叔的區別，如前所述，主要表現在兩方面：一是其提出評價中國當代文學的三個「習慣性標準」（語言運用、形式塑造、作家獨立思想），二是具有宗教神學性質的現代政治學價值體系。下面我們據此來看看與其他海外中國當代文學史寫作者比較，顧彬對當代文學作家作品評析的「共識」與「異見」。

先看看「共識」。有意思的是，在海外中國現當代文學研究與寫作中，海外學者這些「共識」往往容易招來內地同行的質疑與批評。這其實與想像中後者的「黨性原則」與立場並沒有什麼關係，最根本的原因還是這些海外學者並沒有真正讀入「現代的中國」，常常懷抱著太多有意識或無意識的政治偏見，或者是純主觀揣測的研究立場。顧彬在這一點上似乎也宿命難逃。比如顧彬指出與現代文學比較，當

代文學關於「土改」題材的創作思路已經發生了變化，「小說不再以作家親自進行的社會調查為基礎，而是黨的路線」（〔德〕顧彬：《二十世紀中國文學史》，第267頁），並舉李準的《不能走那條路》為例；認為1950年代的戰爭小說常以傳播「沒有戰爭就沒有新中國的成立」為己任（〔德〕顧彬：《二十世紀中國文學史》，第270頁）；歷史小說的任務是「按照黨的觀點敘述現代歷史」，是「世界觀又是教育材料」，講述「革命是如何在黨的領導下發生的？」是歷史小說的主題（〔德〕顧彬：《二十世紀中國文學史》，第272頁），將歷史劇《海瑞罷官》與彭德懷卸職進行「無縫對讀」（〔德〕顧彬：《二十世紀中國文學史》，第287頁）；認為「傷痕文學」是一種「說客文學」，「一方面為自己說話，另一方面為黨說話，企圖藉此既表達自己的政治觀點，又不受特別的政治壓力」（〔德〕顧彬：《二十世紀中國文學史》，第311頁），等等。不過相比較於其他海外文學史家，顧彬的情況還是要複雜一些，即對所選擇作品的分析並不都是強詞奪理和牽強附會。這也許與其政治學理論的現代性思想和解讀方法，以及對作家「個體精神的穿透力」的關注有關。比如顧彬認為雖然《山鄉巨變》中的村長「完全是圖解黨的概念，但是作者多處成功描繪了人、鄉村和風光。在這些描寫中，傳統的敘述代替了意識形態」。顧彬指出周立波「花了250頁的篇幅，描寫湖南一個落後鄉村的農民哄搶自己的財產，躲避上交合作社，只花了15頁的篇幅大致描寫了一下合作化運動獲得成功」，以證明「當時的政策並不受人歡迎」（〔德〕顧彬：《二十世紀中國文學史》，第267頁）。他肯定《「鍛煉鍛煉」》，認為趙樹理也沒像其他作家那樣，「以土改的政治文件為範本展開階級鬥爭情節，而是通過生動的人物形象描寫矛盾」，指出小說「介於堅持黨性和直言批評之間」（〔德〕顧彬：《二十世紀中國文學史》，第268頁）。「如果顛覆性地閱讀小說，趙樹理或者小說敘述者就是在批評幹部為了出

成績而利用廣大群眾、欺騙部分群眾。」（〔德〕顧彬：《二十世紀中國文學史》，第268頁）因此，小說的價值除了「自然流暢的語言」，「就只有體現在揭示問題方面」（〔德〕顧彬：《二十世紀中國文學史》，第269頁）。顧彬盛讚張愛玲的《秧歌》是此類題材（土改）中「唯一值得嚴肅對待的作品」，可以成為「傳世之作」（〔德〕顧彬：《二十世紀中國文學史》，第269頁）。顧彬指出小說深刻的意義還在於，作者對於譚金根一家三口在朝鮮戰爭（即土地改革和合作社）期間以饑餓為中心的人間戲劇描寫結局的「戲劇性反轉」：與1949年以前同類題材（農民因饑餓反抗）的創作比較，同是「大團圓」式的喜劇結局，後者包藏的卻是悲劇。「秧歌」的功能在這裡已經發生了轉換，具有強烈的反諷意味：「過去的事情將要改變，過去的東西將被視為垃圾。」（〔德〕顧彬：《二十世紀中國文學史》，第270頁）

　　類似這種另類但不失啟發性的詮釋在書中還不少。比如顧彬認為《李雙雙小傳》其實是丁玲《三八節有感》所討論主題的繼續：男女分工、婦女解放、男權主義問題等等。但由此延伸認為小說符合毛澤東「打倒權威」（包括在兩性關係上）的觀點也許是一種過度闡釋，差強人意，以及認為小說尋找的「中國本色」性質的「民間」（「既指小說的行動主體，也指其中的思想觀念」），是李準與毛澤東的「共同之處」：「兩人都滿足了時代提出的理論要求，即以中國傳統和民間文化為基礎進行文藝創作。」（〔德〕顧彬：《二十世紀中國文學史》，第285頁）又如，顧彬以食指《相信未來》為例，認為其詩歌在寫作風格上雖然受賀敬之的影響，但又與賀敬之有本質的不同：在食指詩中，對政治體制的歌頌已被在那個時代很容易成為犧牲品、無人支持的「愛」、對生命的愛所替代，詩中所表達的對未來的「疑慮」——「昨天才被暖化的雪水／而今已結成新的冰淩」，這種價值體系不僅不同於賀敬之的，也不同於「文革」流行的。另外，食指的詩在形式

上雖然也受賀敬之影響，但注意通過重複和變換手法化解賀敬之抒情詩中的「空洞的激情」（〔德〕顧彬：《二十世紀中國文學史》，第297頁）。他認為舒婷早期詩歌的特別之處在於那種不僅以女人為受難者的關於人的苦難意識，與北島對年輕一代「略有保留的支持」不同，舒婷對自己這一代寄予很大希望；但顧彬指出，舒婷的詩並沒有嚴格體現朦朧詩的特徵：「她的懷疑並不徹底，她的反抗也不危及體制，她的現代性容易理解，她揭露社會現實的需求並不激烈，她通過對個人的關懷來體現自我和人民之間命運與共的同一關係。」（〔德〕顧彬：《二十世紀中國文學史》，第313頁）

（二）對作品形式與語言的關注

　　顧彬的當代文學作品解讀雖然沒有擺脫海外中國現當代文學史家的政治化立場，但其以現代民族國家理論的現代性意識，使他的作品解讀視界高出於其他文學史家。這種理論意識與其關於作品語言運用、形式塑造和作家個體精神穿透力的評價標準結合，構成了《二十世紀中國文學史》關於1949年後中國文學史書寫的活力與張力。從效果上看，顧彬對當代文學「經典」的認證與詮釋，形式與內容並沒有截然分開，在關注作品內容與當代中國社會生活的內在深層關係的同時，顧彬並沒有放棄對這些作品形式的考量，即便是對周立波、趙樹理、李準、茹志鵑、老舍、食指、舒婷、王蒙、高曉聲等這些與主流意識形態貼近的作家。而像張愛玲、北島、楊煉、高行健、莫言等，顧彬關注的程度似乎更高，要求更高，也更注意挖掘其價值。他肯定《秧歌》語言簡潔，「近乎報告體，彷彿不含任何觀點」，但表達作者好惡的「象徵性的場景以敘述者的口吻一再出現」（〔德〕顧彬：《二十世紀中國文學史》，第269頁）；認為《百合花》的寫作技巧要高於《紅豆》；讚賞老舍《正紅旗下》「細膩的反語，以及由細微處觸摸歷

史大動脈的手筆」，認為正是這些構成了老舍的「高超敘述技巧」（〔德〕顧彬：《二十世紀中國文學史》，第290頁）；認同北島小說與詩歌的創作就是要「突破語言的牢籠」，打破「毛體」，特別是詩歌創作並列手法（蒙太奇）的運用；肯定翟永明《女人》詩歌語言的問題意識；推崇楊煉對詩歌語言的改造，感覺「就好像開創了一派詩風」（〔德〕顧彬：《二十世紀中國文學史》，第333頁）。關於高行健、韓少功、阿城、莫言這些介於「尋根」與「先鋒」之間的作家，顧彬在關注他們創作內容的同時，似乎更看重他們的語言表達與形式創新，包括對西方文學大師敘述技巧的借鑒與轉化。

也是在從語言運用到作家個體精神穿透力的考量標準中，顧彬看到了中國當代文學的「當下」與「不容樂觀」的未來，指出在「將文學標準和商業成績成功地結合在一起」方面，王朔遠比余秋雨《文化苦旅》要「好得多」。顧彬認為即便是在商業時代，王朔仍然是一個政治性作家；在敘述技巧方面王朔並非無可取之處，但這些都不足以改變王朔是當代「嚴肅文學的掘墓人」。在顧彬看來，在王朔那裡已「失去了對於奠基性前輩的尊敬，不管是在政治還是文化領域。緊隨其後的是『噁心』的勝利進軍。自此而後，『下半身』主宰了中國文學舞臺，市場就是其同謀」（〔德〕顧彬：《二十世紀中國文學史》，第365-366頁）。

但是，顧彬認為，看似「不容樂觀」的中國文學，希望還是存在，「在那些強調對於語言的責任感並朝此方向去行動的少數詩人那裡」（〔德〕顧彬：《二十世紀中國文學史》，第366頁）。在這裡，語言再次顯現在顧彬對中國當代文學的希望與寄託中。

四　充滿質疑與不確定性的文學史敘述

　　文學史的系統性與知識性特點對文學史編纂者的語言應用其實是一種潛在的制約。文學史家應該有自己的獨立品格，如文學史觀念、對作家作品的理解等，但文學史與文學批評的不同，文學史語言更趨近於客觀與理性，避免過度主觀情緒化。文學史的內容展開應該是一種陳述，史家的疑問完全可以通過思想的過濾隱藏在冷靜的陳述之中。但恰恰在這方面，作為一種敘述風格與敘述模式，顧彬當代文學史的語言運用引人關注。在這裡，陳述依然是一種基本的敘述風格，盡管書中也不乏一般文學史那種少有的斬釘截鐵性的表述，這從其大量使用的感嘆號中即可感受到。就文學史語言而論，顧彬的當代文學史書寫更引人關注和感興趣的，還有隱含著敘述者困惑的疑問句，以及敘述過程中對「或者」「也許」「抑或」「如果」「姑且」等模糊、假設性詞語及相關句式的使用。對於這種充滿質疑和不確定性的文學史敘述，我們當然可以從研究的一般常識和規律出發給予解釋，因為沒有質疑和批判，就不可能有超越和創新。我們還可以從敘述者自身的思想者角色意識予以解釋。顧彬在「前言」中就曾表達過「借文學這個模型去寫一部20世紀思想史」。但作為文學史，作為一種文學史敘述模式，如何評價顧彬這種沒有經過內化（思想的過濾）的敘述？[58]問題的解答，也許只有回到具體的「當代」與「文學」的語境中來。而如下兩方面的原因尤為值得我們注意：一是政治因素。這既表現為

---

58 顧彬文學史敘述的這種質疑和不確定性，與洪子誠《我們為何猶豫不決？》（《南方文壇》2002年第4期）談到的當代文學史研究與寫作中的深層次問題有相似之處，但又並不完全相同。洪子誠這裡談到的「猶豫不決」，並不簡單局限于當代文學的評價方式、價值判斷等學科的範圍，同時還關涉知識分子的思想立場和對當下社會現實等問題的回應。另外，在洪子誠的《中國當代文學史》冷靜、理性的敘述語言中，我們依然可以感受到其強烈的問題意識。

對當代中國政治對文學的影響產生的隱晦難以把握，同時也表現為隨著時間的流逝，當年對相關作家作品等文學現象的意識形態解讀在今天是否仍然有效。二是時間因素。即「當代」的時間距離問題。用我們前面引用的顧彬話來說就是：「當代不允許特別的距離存在，因此一個最終評價常常難以做出。」這種「顧彬式的『猶豫不決』」，即在當代文學史寫作過程中對一些問題的多義性與不確定性把握的矛盾與困惑，使得顧彬的文學史敘述在客觀效果上，具有一種緊張感與陌生化效果，也使得文學史在敘述與閱讀之間形成一種潛在的對話關係。

下面我們不妨從顧彬對1949年後中國文學的敘述中節錄出比較有代表性的若干片段：

片段一：關於茹志鵑的《百合花》。作者在對小說情節與人物性格進行分析後提出：作為描寫「死亡與愛情」的作品，「這裡究竟誰愛上了誰？」「新媳婦為什麼要看上通訊員呢？」「或者這個故事講的是第一人稱敘述者『我』的愛情，一切都在她的掌控之中？」（〔德〕顧彬：《二十世紀中國文學史》，第272頁）

片段二：關於北島的《回答》。顧彬指出：「讀者讀完這首詩首先提出的問題自然是，詩中究竟誰問誰答？更重要的問題是，問的究竟是什麼？是第二段中通過兩個問句要求開放之後的更大開放嗎？我們暫時只能得出以下判斷：詩中發言者是以「文革」中所有受害者的身份進行回答，最後甚至是在對全人類喊話。」（〔德〕顧彬：《二十世紀中國文學史》，第303頁）

片段三：在介紹「人道主義的文學（1979-1989）」的時候，顧彬疑問：在1979年後的中國文學中，「『人』這個容易引起政治敏感的字為什麼會獲得如此的重要性呢？」（〔德〕顧彬：《二十世紀中國文學史》，第307頁）

片段四：關於北島的《宣告》。與把《回答》的寫作時間向後改

動不同，北島把寫於1980年的《宣告》的時間往前推移到「文革」期間。按照顧彬的說法，這首詩讀起來像是遇羅克遇難前的宣告。顧彬的問題是，詩人為什麼要在寫作日期修改上面「做文章」呢？顧彬試圖根據自己掌握的有限資料予以探究，但仍不敢確定結論是否有效。在顧彬看來，這些推測並不能作為「解讀北島的可靠資源」。（〔德〕顧彬：《二十世紀中國文學史》，第305頁）

片段五：在談到王安憶1980年代中期的「三戀」（《荒山之戀》《小城之戀》《錦繡谷之戀》）與女性文學的問題時，顧彬指出因為王安憶「始終不厭其煩地從自傳角度解讀自己的作品」，使得對她的作品進行正確評價變得很艱難。「有些評論甚至指名道姓地列舉某人是王安憶作品中的某情人原型。」顧彬不能理解的是：「難道大家真的想知道這些嗎？」對於不少人說張賢亮是《錦繡谷之戀》中的情人原型的情況，顧彬認為這種說法反倒令人生疑：像張賢亮這樣對女性懷有荒唐想像的男作家難道真有令人刮目相看的一面？（〔德〕顧彬：《二十世紀中國文學史》，第322頁）

片段六：在評述新時期「改革文學」代表作家高曉聲和他的《李順大造屋》時，顧彬指出小說敘事者曖昧的態度把讀者引入一個兩難的窘境。「帶著這幾句非政治的結語，主人公告別了讀者。那麼敘述者呢？瞭解了主人公所有事情的他，是站在主人公這邊，還是站在帶來了偉大承諾的改革者這邊？」在經過一番辨析後，作者指出：「在這兩種觀點之間作一個最後裁決，也許是不可能，也不必要，因為說和寫有時需要模稜兩可，以便能夠表達一種不同意見。」（〔德〕顧彬：《二十世紀中國文學史》，第328頁）

片段七：在「展望：20世紀末中國文學的商業化」中，顧彬提問：「越當我們接近20世紀的末尾，這個問題就變得越緊迫：什麼是中國作家的作品中所特有的，什麼不是；什麼是要緊的，什麼又不

是。」（〔德〕顧彬：《二十世紀中國文學史》，第351頁）

因此，說顧彬的文學史是一部「問題文學史」未嘗不可。這個「問題」，當然不僅是指其文學史自身存在的問題[59]，同時還是指作為一種言說方式的文學史敘述模式。

第五節　王德威《哈佛新編中國現代文學史》

一　「重寫」的海外迴響

雖然本書前面將世紀之交納入「重寫文學史」考察的海外「再解讀」，作為近七十年來中國當代文學史編寫的研究對象，但本節即將要展開梳理的「重寫」對象，主要還是具體的在文學史寫作實踐上。當然，這一編寫群體核心學者不少仍是在北美的華裔學者。

據喬國強介紹，80年代國內的「重寫文學史」論爭也曾波及海外文學研究界（不僅僅是我們常說的海外漢學圈），如美國普林斯頓大學的麥克·卡頓（Michael Cadden）便曾撰擬《重寫文學史》一文，提出重寫美國文學史的問題。不過卡頓的出發點與目的都與當時內地學者不同，前者主要還是希望通過「重寫」改變因商業化而不能進入美國文學史的戲劇的窘境，這完全不同於內地學者強調通過「重寫」改變以往文學史的寫作模式，包括對作家作品的評價標準以及文學史的敘述風格等有關文學史學科的縱深度和範疇的情形。卡頓的「重寫」並未真正討論文學史寫作的內涵和方法[60]。

---

59 前些年有學者乾脆說顧彬的《二十世紀中國文學史》是一部「只有複製性而沒有藝術感覺的文學史書」。（見劉再復：《駁顧彬》，《華文文學》2013年第5期）這話當然有些偏激，但顧彬在寫作過程中對內地流行的一些文學史著作的「借鑒」值得關注。

60 喬國強：《敘說的文學史》，北京：北京大學出版社，2017年，第34-35頁。本章後面所徵引該書內容，如無特別說明，均引自此版本。

晚清以降，文學史的寫作與研究盡管已在中國逐漸形成傳統並建立起制式，但在西方關於「文學」的知識結構與研究中，卻並非「主流範式」（王德威）。美國學者莫裡斯・畢曉普（Morris Bishop）在《文學與文學史》（1952）一書中認為文學史只能滿足人的一部分「好奇」（轉引喬國強：《敘說的文學史》，第5頁）。按照戴維・珀金斯（David Perkins，美國）《文學史可能嗎？》（1992）的觀點，關於文學史的概念和例證在亞里士多德著作中即已出現，但直至18、19世紀，有關文學史的寫作與研究才趨於成熟，並形成多種理念與模式。韋勒克的《文學史的六種類型》（1947）歸納了文藝復興以來的六種類型的文學史：作為書的歷史；作為知識歷史；作為民族文明歷史；作為社會學方法；作為歷史相對論；作為文學內部發展歷史。韋勒克指出，在文藝復興時期和17世紀，文學史指的是任何一種作家和作品的類別。與中國內地文學史的編寫相比，西方文學界更熱衷於文學作品的選編，即我們通常說的「文選」，如韋勒克便曾指出第一本由英國人威廉・凱夫（William Cava）編寫的《教會文學史手稿》，收錄的基本上是宗教作家及其作品。作為從30年代開始建構文學史學的學者，韋勒克文學史研究思想理論體系幾乎可以說是集西方文學史史學研究範式理論之大全，而且他還身體力行編寫文學史。但有意思的是，正是這樣一個文學史大家，卻在中國內地「文學革命」與「重寫文學史」呼聲日益高漲的1980年代，發表了《文學史的沒落》（1982），表現出對這一學科研究與實踐的困惑與反思。此文在當時對西方文學界文學史寫作與研究產生了巨大的衝擊，同時也對80年代以後中國內地的文學史寫作與研究產生了深遠影響。如果把韋勒克這篇文章上升到「文學史學事件」的高度，那麼從實際情況看，這衝擊與影響其實並非完全消極，這一點我們在後面再討論。但若從字面上去理解「沒落」，那麼很容易讓我們聯想到「文學史」在西方的命運確實不那麼美妙。

　　瞭解了文學史在西方的歷史命運，方能夠明白為什麼國內80年代
以後的「重寫文學史」在西方迴響零落，也可以理解美國麥克・卡頓
重寫美國文學史的目標預設了。在北美，王德威說自1961年夏志清
《中國現代小說史》出版後至2010年，還沒有真正意義上的第二部
「中國現代文學史」問世（〔美〕王德威、李浴洋：《何為文學史？文
學史何為？》）。而在海外，以北美為例，對國內「重寫文學史」的回
應與助推，主要還是來自華裔文學研究學術圈。最能夠說明問題的，
是如王德威所說，僅2016年至2017年，便先後問世了四種中國現代文
學史[61]。不過王德威認為前面三種在性質上分別屬於「指南」「手
冊」，是「專題式」的，淡化了「時間」在文學史敘述中的意義，都
不能算是嚴格意義上的「文學史」，特別是《牛津中國現代文學手
冊》，很像一部「專題論文集」。對於一向被「邊緣化」的「中國文學
史」編寫近十年間何以「熱」起來，王德威解釋其中一個重要原因，
是基於「中國崛起」，「西方」有必要借助文學史的編寫重新認識「現
代中國」。而陳國球則認為，主要還是為了回應韋勒克的問題，即文
學史書寫「有什麼意義」和「有什麼可能性」。

　　在《哈佛新編中國現代文學史》的前言中，王德威把海外這些年
的中國現代文學史編寫看作是一種「重寫」，或者說是對80年代內地
「重寫文學史」的回應。果真如此，那麼這裡至少有兩個問題值得我
們思考：一是就文學史寫作實踐而言，這一延後內地「重寫」實踐十
多年的「時間差」，究竟意味著什麼。因為這延滯的十多年，恰恰是
內地當代文學史寫作進入史料整理與研究的時期。二是如何看待《哈

---

61 這其中除了王德威主編的《哈佛新編中國現代文學史》，另外三種分別是張英進主
　編的《中國現代文學指南》、羅鵬（Carlos Rojas）與白安卓（Andrea Bachner）主編
　的《牛津中國現代文學手冊》和鄧騰克（Kirk Denton）主編的《哥倫比亞中國現代
　文學指南》。

佛新編中國現代文學史》提出的文學史知識譜系及其可能對我們的文學史寫作產生的影響。

二　「何為文學史」的追問

在近十多年來海外「重寫文學史」實踐中，由王德威主編的《哈佛新編中國現代文學史》（以下簡稱《新編》）是值得關注的一部。《新編》是哈佛「新編文學史」系列[62]的其中一部，編寫從2008年動議，2012年編寫，2017年由哈佛大學出版社出版英文版。中文繁體字版2021年1月由張治、季劍青等翻譯，臺灣麥田出版社出版。此前，經得王德威和中文版出版方授權，國內已有刊物發表了其中部分章節的中文翻譯版本[63]。

（一）《新編》的總體風格

在《新編》之前，王德威已有不少關於「中國文學史」方面著述，如《想像中國的方法：歷史・小說・敘事》《被壓抑的現代性：晚清小說新論》《一九四九：傷痕書寫與國家文學》等。有些研究者

62　始於20世紀80年代由哈佛大學出版社設計、出版的「新編文學史」系列，先後出版了《新編法國文學史》（1989）、《新編德國文學史》（2004）和《新編美國文學史》（2010）三種，《哈佛新編中國現代文學史》是此系列之第四種。

63　《當代文壇》2019年第6期刊登了其中描述6個時間節點的6篇：《晚期古典詩歌中的徹悟與懺心》（1820）（〔美〕宇文所安（Stephen Owen）撰、張治譯）、《甲骨，危險的補品……》（1899）（〔美〕白安卓（Andrea Bachner）撰、張治譯）、《從摩羅到諾貝爾》（1908）（〔美〕王德威撰、唐海東譯）、《巨大的不實之名：「五四文學」》（1919年）（〔荷〕賀麥曉（Michel Hockx）撰、李浴洋譯）、《大地尋根：戰爭與和平、美麗與腐朽》（1934）（〔美〕金介甫（Jeffrey C. Kinkley）撰、張屏瑾譯）、《公共母題中的私人生活》（1962）（王安憶）。另外，《現代中國文化與文學》2020年第1期刊登了《新編》中王德威自己撰擬的述評鍾理和及其創作的《尋找原鄉人》。

認為王德威是真正能夠與夏志清、李歐梵一起對國內的中國現代文學研究構成挑戰的美國華人學者。在談及當年何以接受《新編》的編寫時，王德威說首先想到的，是想藉此機會承擔起再度「整理」「彰顯」自夏志清《中國現代小說史》之後半個世紀來海外學者關於中國現代文學的「發現與認識」的「學術史意義」（〔美〕王德威、李浴洋：《何為文學史？文學史何為？》），同時也希望藉此反思作為人文學科的建制的現代中國的「文學史」，包括其「書寫、閱讀、教學的局限與可能」[64]等等。

《新編》的總體風格與哈佛的「新編文學史」系列基本上保持一致，借助編年史的體式，既宏觀地「呈現國家或文明傳統裡的文學流變」，又微觀地「審視特定時刻裡的文學現象」[65]。但與內地傳統的文學史建制比較，其寫作方式與內容編排方式有論者認為幾乎可用「離經叛道」[66]來形容。王德威在「中文版序」中強調該史著在貫穿中西資源的同時，「更應調和古今和雅俗傳統」，並從「體例」「方法」「語境」三個方面予初步的闡釋，如指出史著在「尊重重大敘事的歷史觀和權威性」的同時，「更關注『文學』遭遇歷史時，所彰顯或遮蔽、想像或記錄的獨特能量」（〔美〕王德威主編：《哈佛新編中國現代文學史》上冊，第19頁），等等。《新編》的編寫者並非主編一人或一個編寫組，而由155位學者作家組成，王德威說他們「來自中國內地、臺灣、香港、日本、新加坡、馬來西亞、澳門、美國、加拿大、英

---

64 〔美〕王德威：《導論：「世界中」的中國文學》，《哈佛新編中國現代文學史》，臺北：麥田出版社，2021年，第24頁。本章後面所徵引該書內容，如無特別說明，均引自此版本。

65 〔美〕王德威：《哈佛新編中國現代文學史》「中文版序」。《哈佛新編中國現代文學史》上冊，第19頁。

66 陳思和：《讀王德威〈「世界中」的中國文學〉》，《南方文壇》2017年第5期。本章後面所徵引本文內容，不再另注明出處。

國、德國、荷蘭、瑞典等地」，其中學者絕大多數來自歐美特別是美國大學的東亞系[67]。《新編》雖然也採用「編年體」，但與內地文學史的「綱舉目張」情形不同，《新編》由184篇相對獨立的文章組成[68]，時間跨度起於1635年，終於2066年，「各篇文章對文類、題材、媒介的處理更是五花八門，從晚清畫報到當代網上遊戲，從革命啟蒙到鴛鴦蝴蝶，從偉人講話到獄中書簡，從紅色經典到離散敘事，不一而足」；「每篇文字都從特定時間、文本、器物、事件展開，然後『自行其是』。夾議夾敘者有之，現身說法者有之，甚至虛構情景者亦有之。」（〔美〕王德威主編：《哈佛新編中國現代文學史》上冊，第24-25頁）借助這184篇文章，王德威「希望文學史所論的話題各有態度、風格和層次，甚至論述者本人和文字也各有態度、風格和層次；文學和歷史互為文本，構成多聲複部的體系」；「每篇文章的目的都是為了揭示該事件的歷史意義，通過文學話語或經驗來表達該事件的特定情境，當代的（無）關聯性，或長遠的意義」（〔美〕王德威主編：《哈佛新編中國現代文學史》上冊，第34頁）。

　　儘管如此，王德威承認《新編》仍是一部「不完整」的文學史，「疏漏似乎一目了然」，特別是當代文學部分，只提及莫言、王安憶等幾個作家，「諸多和大歷史有關的標誌性議題與人物、作品」均付之闕如[69]。

---

67 王德威在與李浴洋的訪談中談到北美學界有四分之三的中國現代文學研究同行參與了《文學史》的編寫。

68 由於各種原因，《新編》的英文版、中文繁體字版、中文簡體字版（尚未出版）參與撰寫的學者、作家人數和全書的總篇數（因刪減、增補）不盡相同，其中英文版（2017）的數字分別是143位、161篇，中文繁體字版的數字分別是155位、184篇。

69 王德威這裡指的是新時期文學部分。在一次接受《南方周末》的採訪中，王德威談及1949年至1979年，《新編》涉及的作家有路翎、胡風、浩然、楊沫，作品有《關漢卿》《茶館》《紅燈記》，大型歌舞劇《東方紅》等。〔美〕王德威、朱又可：《「原

（二）對「文學」概念的重新詮釋

　　《新編》再一個值得關注的問題，是對「文學」概念亦古亦今、亦中亦西的重新詮釋，賦予其「世界」與「現代性」意義。談到「文學」與「現代」「世界」的關係，王德威在《導論》中強調：「在這漫長的現代流程裡，文學的概念、實踐、傳播和評判也經歷前所未有的變化。十九世紀末以來，進口印刷技術、創新行銷策略、識字率的普及，讀者群的擴大，媒體和翻譯形式的多樣化，以及職業作家的出現，都推動了文學創作和消費的迅速發展。隨著這些變化，中國文學──作為一種審美形式、學術科目、文化建制，甚至國族想像──成為我們現在所理解的『文學』。『文學』定義的變化，以及由此投射的重重歷史波動，的確是中國現代性最明顯的表徵之一。」（〔美〕王德威主編：《哈佛新編中國現代文學史》上冊，第26-27頁）基於此，《新編》除了傳統文類，還最大限度地涉及「文」在廣義人文領域的呈現，包括書信（如《傅雷家書》）、隨筆日記（如《狂人日記》）、政論演講（如《如孫中山、毛澤東的演講》）、教科書（如《文心雕龍》）、民間戲劇與傳統戲曲（如黃梅戲《天仙配》）、少數民族歌謠（如東干族歌謠）、現代電影（如費穆《孔夫子》）、流行歌曲（如鄧麗君），以及連環畫（如「三毛」）、漫畫（如日本漫畫）、音樂歌舞劇等，末尾部分還觸及網路漫畫和文學（如韓寒）。《新編》對「文學」內涵與外延的重釋實踐及其效果預設，還可參見前面的論述。在這一問題上再有一點值得注意的是《新編》對文史、詩史互證思想傳統的發揮。《導論》強調「本書最關心的是如何將中國傳統『文』和『史』──或狹義的『詩史』──的對話關係重新呈現」，「從而讓文學、歷史的關聯性彰顯出來」。」（〔美〕王德威主編：《哈佛新編中國

來中國文學是這樣有意思！」──王德威談哈佛版〈哈佛新編中國現代文學史〉》，《南方周末》2017年8月24日。本章後面所徵引本文內容，不再另注明出處。

現代文學史》上冊，第34頁）王德威認為，「文」與「史」（或「詩」
與「史」）兩者之間是「互相包孕、彼此生成於『穿流交錯』」的。
（〔美〕王德威、李浴洋：《何為文學史？文學史何為？》）這個問題
即已隱含在上面《導論》內容的引述中，即文類變化中映現出來的
「現代中國」歷史進程。在「訪談」中王德威再次申明《新編》不同
於哈佛其他三部「新編文學史」所採用的「專題式」，而堅持用「編
年體」（陳國球認為用『『編年體』『紀事本末體』」更準確），即是為
了更好地處理「文」與「史」的互動問題。王德威坦言：就文學觀與
歷史觀而論，錢鍾書的「管錐學」與沈從文《中國古代服飾研究》中
對「歷史」的態度與方法，後者對前者「史蘊詩心」的實踐，是《新
編》背後「最主要的理論資源」。總之，《新編》力圖通過對中國文學
的論述與實踐，記錄、評價不斷變化的「中國經驗」，並「叩問影響
中國（後）現代性的歷史性因素」（〔美〕王德威主編：《哈佛新編中
國現代文學史》上冊，第34頁）。最後是強調「文學史」書寫風格的
「文學性」與審美性，或者說是「可讀性」。《新編》把「好讀」「好
看」作為編寫的目標追求，反對傳統的文學史編寫的「學術腔調」與
「材料堆砌」。2019年，在內地的一次講演中，王德威說《新編》是
一部「文學的文學史」，「其呈現是偏向個人主觀的抒情散文式描
寫」。王德威認為沈從文所說的「偉大的歷史必先是偉大的『文學』
史」，並不僅僅指向內容，同時還指向形式。他舉例，1935年這一年
份，《新編》收集了4篇文章，分別討論了阮玲玉自殺、瞿秋白被害、
《三毛流浪記》與定縣農民實驗戲劇，「事件」非常密集。「為什麼這
兩個年份的『事件』如此密集？我想這就是一種情景交融的呈現。歷
史敘述在很多時候需要節奏，有時舒緩，有時急促，有時留白，有時
又是濃墨重彩，而這正是文學史書寫的『文學性』所在。」（〔美〕王
德威、李浴洋：《何為文學史？文學史何為？》）

三 「世界中」的現代中國文學

　　《新編》第二個值得關注的問題，是對中國現代文學與「世界」的關係進行了全新的詮釋，並由此進一步挖掘中國現代文學的「現代」內涵。瓦爾特‧F‧維特（Walter F. Veit）的《全球化與文學史，或對比較文學史的再思考：全球性》（2008）指出，文學作品作為人類交流的一種習俗，不應該再有國家和語言的限制，這也是文學史寫作必須面對的。圍繞「全球文學」這個問題，維特提出了「世界文學」（world literature）和「宇宙文學」（universal literature）的術語（喬國強：《敘說的文學史》，第50頁，51頁）。王德威在《訪談》中提到了哈佛學者大衛‧達姆羅什（David Damrosch）（代表作有《世界文學理論讀本》等）近些年來對「世界文學」的倡導與傳播。以上這些無非告訴我們：文學、文學史研究與寫作的全球性與世界意識，在新世紀已過去20年的今天，已不再是個陌生的話題。在內地，早在80年代的「20世紀中國文學」倡導者那裡，「世界文學」便成為中國現代文學研究的重要參照系，他們把一個世紀的中國文學描述成為「走向並匯入『世界文學』總體格局的進程」。而海外的中國文學研究界則更早，如夏志清及其《中國現代小說史》，「世界向度」一開始就是其寫作的一種基本立場與姿態。但在「訪談」中，王德威強調《新編》所說的「世界文學」並不是達姆羅什他們所說的「缺少一種時間上的縱深」的「望文生義」的「世界文學」，強調作為《新編》的一個重要關鍵詞「世界中」，是一個動詞（worlding）。「海德格爾將名詞『世界』動詞化，提醒我們世界不是一成不變的在那裡，而是一種變化的狀態，一種被召喚、揭示的存在的方式（being-in-the-world）。『世界中』是世界的一個複雜的、湧現的過程，持續更新現實、感知和觀念，藉此來實現『開放』的狀態。」（〔美〕王德威、李

浴洋：《何為文學史？文學史何為？》）《新編》的創意，在於通過對
海德格爾「世界中」的語境化解讀，將中國現代文學置於世界與全球
的互動視闕中，展現其動態的演變過程。王德威認為，盡管海德格爾
對「世界」的定義、其哲學思想與中國傳統文學的本體論或倫理觀都
有很多差異，但「世界中」一詞在這裡仍然能夠讓我們更好地觀察
「中國如何遭遇世界」和「世界（如何）帶入中國」（海德格爾）。
「《哈佛新編中國現代文學史》企圖討論如下問題：在現代中國的語
境裡，現代性是如何表現的？現代性是一個外來的概念和經驗，因而
僅僅是跨文化和翻譯交匯的產物，還是本土因應內裡外來刺激而生的
自我更新的能量？西方現代性的定義往往與『原創』、『時新』、『反傳
統』、『突破』這些概念掛鉤，但在中國語境裡，這樣的定義可否因應
『脫胎換骨』、『託古改制』等固有觀念，而發展出不同的詮釋維度？
最後，我們也必須思考中國現代經驗在何種程度上，促進或改變了全
球現代性的傳播？」（〔美〕王德威主編：《哈佛新編中國現代文學
史》上冊，第28頁）基於以上思考，《新編》第一篇《現代中國「文
學」的多重緣起》認為，晚明楊廷筠《代疑續篇》接受意大利耶穌會
教士艾儒略（Giulio Aleni）「什麼是『文學』」的思想影響，以漢語中
的「文學」詮釋艾儒略的「Literature」（「文藝之學」），其「文學」觀
念「已帶有近世文學定義的色彩」（〔美〕王德威主編：《哈佛新編中
國現代文學史》上冊，第41頁），「體現了古今中西的『文學』觀念相
互交匯的『關鍵時刻』」（〔美〕王德威、李浴洋：《何為文學史？文學
史何為？》），具有「審美的層面」（〔美〕王德威、朱又可：《「原來中
國文學是這樣有意思！」》），是中國文學「萌生『現代性』的開端，[70]

---

70 余來明：《我們應該怎樣寫文學史——王德威主編〈新編中國現代文學史〉的文學史
之思》。《寫作》2018年第7期。本章後面所徵引本文內容，不再注明出處。

並將刊刻楊文的1635年視為近現代中國文學源起比較早的一個時間。
而《新編》把韓松的《火星照耀美國》（又名《2066年之西行漫記》）
作為最後的一篇，是因為這可能既是中國文學「現代性」的「下一個
節點」，這也可能是「中國／世界現代化的節點」（余來明：《我們應
該怎樣寫文學史 ── 王德威主編〈新編中國現代文學史〉的文學史之
思》）。《新編》這一「頭」一「尾」，對現代中國文學與世界關係作了
形象的演繹。

「世界中」的「華語語系文學」

為了更深入地體現「世界中」的中國文學，《導論》還專門從
「時空的『互緣共構』」「文化的『穿流交錯』」「『文』與媒介的衍
生」及「文學與地理版圖想像」等角度對《新編》內容予以梳理闡
述。所謂「時空的『互緣共構』」，即一方面按編年順序介紹現代中國
文學的人物、作品等，另一方面也介紹一些未必重要的時間、作家作
品作為「大敘事」的參照（〔美〕王德威主編：《哈佛新編中國現代文
學史》上冊，第40頁）。用陳國球的話說，《新編》中每一篇並不是孤
立固定在某一歷史時刻，其內容在大多數情況下要「溢」出這一年份
的時間界限，彼此間存在許多「聯繫性和連續性」（參看〔美〕王德
威、李浴洋：《何為文學史？文學史何為？》）。「文化的『穿流交
錯』」，則強調現代中國文學是「全球現代性論述和實踐是一部分」，
如「旅行」不僅是作為主體的「人」在時空中的遷徙移動，還是「概
念、情感和技術的傳遞嬗變」，「記錄了這個現代性不同尋常的軌跡」
（〔美〕王德威主編：《哈佛新編中國現代文學史》上冊，第43-44
頁）；「翻譯」作為一種跨文化媒介，對現代中國與世界文明的交錯互
動起著關鍵作用。而「『文』與媒介的衍生」則在於「批判性地探討
『文』──作為一種圖像式、一個語言標記、一套感性系統、一種文

本展示──日新又新的現代性，並為當代方興未艾的媒體研究論述，提供獨特的中國面向」（〔美〕王德威主編：《哈佛新編中國現代文學史》上冊，第47頁）。

四大角度中需要多說幾句的是「文學與地理版圖想像」。王德威強調正是在這「想像」中，《新編》「跨越時間和地理的界限」，呈現了一種比「共和國文學」或「民國文學」更為寬廣複雜的現代「『中國』文學」圖景，即所謂的「華語語系文學」。「華語語系文學原泛指內地以外，臺灣、港澳『大中華』地區，南洋馬來西亞、新加坡等國的華人社群，以及更廣義的世界各地華裔或華語使用者的言說、書寫總和」（〔美〕王德威主編：《哈佛新編中國現代文學史》上冊，第49頁）。王德威指出，「當我們討論現代中國文學史的時候，我們必須明白『中國』一詞至少包含如下含義：作為一個由生存經驗構成的歷史進程，一個文化和知識的傳承，一個政治實體，以及一個『想像的共同體』。」（〔美〕王德威主編：《哈佛新編中國現代文學史》上冊，第39頁）就此而論，「華語語系文學」概念的提出，並不排除是為了更好地闡述現代中國文學中的「中國」內涵。作為文學史書寫的一次理論嘗試，王德威解釋《新編》「華語語系文學力圖從語言出發，探討華語寫作與中國主流話語合縱連橫的龐雜體系」，現代中國文學應該包括「華語世界裡的中國文學」和「中國文學裡的華語世界」，「前者將中國納入全球華語語境脈絡，觀察各個區域、社群、國家，從『主體』到『主權』你來我往的互動消長。後者強調觀照中國以內，漢語以及其他語言所構成的多音複義的共同體。兩者都凸顯『中國』與（作為動詞進行式的）『世界中』的連動性，並建議與其將中國『排除在外』，不如尋思『包括在外』的微妙辯證」（〔美〕王德威主編：《哈佛新編中國現代文學史》上冊，第50頁）。王德威並不否認作為一個研究概念，「華語語系文學」的提出是受了後殖民主義理論的影

響[71]，但與內地的文學史不同，在《新編》的具體編寫實踐中，他還是強調「華語語系」的地圖空間「不必與現存以國家地理為基礎的『中國』相牴牾」，「不刻意敷衍民族國家敘事線索，反而強調清末到當代種種跨國族、文化、政治和語言的交流網路。」基於這一編寫觀念，《新編》收編的文章中，有一半以上都觸及「域外經驗」，「從翻譯到旅行，從留學到流亡」，「力求增益它的豐富性和『世界性』」，體現「中國」與「世界」的不停地換位與對話關係（〔美〕王德威主編：《哈佛新編中國現代文學史》上冊，第26頁）。這或許可作為《新編》集合美歐、亞洲及內地、臺港143位不同身份作者參與編寫的一個注腳。

四　現代文學史再出發的可能性

我們在這裡討論有關文學史的「沒落」與「新生」話題，尤其是前者，主要還是指向海外（西方）文學研究語境，但同時也指向內地的文學史編寫現狀。討論的實質，或許可表述為「現代文學史再出發的可能性」。

《文學史的沒落》一文即出自韋勒克之手。從20世紀末到本世紀初，由於中國作為現代國家的建立、崛起與中華民族的復興等原因，中國內地的文學史寫作一直都受重視，「很堅挺」。最近30年，隨著高校擴招及其他國家體制機制的改革，情況更是如此。當然並不是說內地的文學史寫作就沒有「危機」。特別是這幾十年，伴隨著中西方文化文學在「全球化」過程中的深度交融，內地的文學史寫作傳統不斷受到衝擊、挑戰與質疑，文學史家們也在努力「突圍」。追求文學史

---

71 關於這個問題，還可參考王德威發表於《揚子江評論》2014年第1期的《「根」的政治，「勢」的文學——話語論述與中國文學》一文。

書寫的「新生」已成為近三四十年來不斷高漲的呼聲，80年代後期的「重寫文學史」倡導，其實是內地文學史界焦慮情緒的一次井噴式釋放。與此同時，海外中國文學研究界，特別是華裔學術圈，則從西方文學研究語境回應中國內地的「重寫」，通過對中國文學史的書寫／重寫[72]，試圖從被描述為「沒落」的西方文學史寫作困境中闖出一條「新生」之路。在這一意義上，「新生」在這裡不僅是「中國的」，也是「世界的」／「西方的」。而《新編》也因此具有了雙重的意義，討論其「沒落」與「新生」，在指向海外／西方文學史寫作現狀的同時，也涵蓋了中國內地，表達了文學史家對現代文學史「再出發」的可能性的尋找。

回過頭來，其實韋勒克在對文學史「沒落」前景的「判決」中，暗含的是西方文學界一直以來對文學史的懷疑與「不看好」，認為「文學史『低於』文學」。這與很多中國內地文學研究者視文學史為「畢生使命」與「精神志業」的情形顯然有很大差異。韋勒克20世紀40年代在《文學理論》中提出的「文學史幾乎是不可能的」的思想，實際上代表的是西方文學界一種普遍的聲音。其後莫里斯・畢曉普的《文學與文學史》（1951）、羅伯特・E・斯皮勒（Robert E. Spiller）的《文學史過時了嗎？》（1963）、姚斯（Hans Robetr Jause）的《挑戰文學理論的文學史》（1970）、韋勒克的《文學史的沒落》（1982）、戴維・珀金斯（美國）《文學史可能嗎？》（1992）等，朔貝爾（德國）的

---

72 這其中除了本書涉及的中國現代文學史書寫，也有對橫貫古今幾千年的中國文學歷史的編寫，其中最具代表性有兩部：〔美〕梅維恆（Victor H. Mair）主編，馬小悟、張治、劉文楠譯的《哥倫比亞中國文學史》（上下卷），北京：新星出版社，2016年出版，介紹從先秦20世紀八九十年代的中國文學；〔美〕孫康宜（Kang-i Sun Chang）、宇文所安（Stephen Owen）主編，劉倩等譯的《劍橋中國文學史》（上下冊），北京：三聯書店出版，2013年，介紹從殷商晚期的甲骨文、青銅器銘文到1949年中華人民共和國建國前夕的中國文學發展情況。（其中下卷「導言」中保留了孫康宜對1949-2008年間的文學史編撰情況。）

《文學的歷史性是文學史的難題》（1997），直至王德威在《新編》「導論」中對文學史關於海外文學史編寫歷史與現狀的梳理，文學史的「困境」與「終結」的情緒與論調長期糾纏著英美文學界。朔貝爾認為，「文學史的編寫只有同時將物質生產和文學生產之間相互影響，文學交往系統和輔助文學交往系統的相互影響以及文學活動的總體特性都表現出來，它才能歷史地闡明文學的自身歷史性，並使『歷史性』成為自身的歷史」[73]。在朔貝爾看來，文學史雖然並不被看好，但絲毫不影響文學史編寫的難度。文學史的編寫在英美文學界也一直處於低迷狀態，而且為數不多的「文學史」，也基本上是「作品選」或「專題文集」。瞭解了這些，就不難理解當年麥克·卡頓提出重寫美國文學史，僅是希望通過「重寫」改變因商業化被排擠在美國文學史之外的戲劇的命運了。「總的來看，文學史在世界的地位很低。除非課堂使用，沒有人願意出版有關文學史方面的書。我們都想寫文學史，但幾乎沒有人願意看，更沒有人願意買。」（〔美〕莫里斯·畢曉普：《文學與文學史》。轉引喬國強：《敘說的文學史》，第4頁）

　　儘管如此，仍有一些研究者認為，文學史是文學大本營派出的一個「前哨」，假如文學史這個「古老的堡壘」淪陷了，文學「大本營」將受到嚴重威脅（〔美〕莫里斯·畢曉普：《文學與文學史》。轉引喬國強：《敘說的文學史》，第5頁）。以此審視《新編》在西方文學語境——其實同時也可以說是中國內地的文學史編寫歷史語境，對其「新生」的理解也許會更深入些。這裡，文學史的從屬地位雖不能改變，但也無理由漠視其存在。一方面是「沒落」的抱怨，另一方面是「拯救」的呼籲。探求與變革因此成為文學史的「新生」之路。落實到《新編》，是對「文學史」作為觀念與實踐的發展脈絡的設計，並

73　〔德〕朔貝爾：《文學的歷史性是文學史的難題》，轉引《作品、文學史與讀者》，
　　〔德〕瑙曼等著，范大仙編，北京：文化藝術出版社，1997年，第213頁。

通過以下四篇重要文章結撰起來：《「文」與「中國第一部文學史」》
（1905）、王瑤《中國新文學史稿》（1951）、普實克與夏志清的論爭
（1962-1963）及「重寫文學史」（1988）。王德威直言《新編》是一
次「方法實驗」，對「何為文學史」「文學史何為」的「創造性思考」，
而以上4篇文章在闡釋的同時，也在表達對文學史「新生」的思考與
探求。陳國球認為，以韋勒克《文學史的沒落》的發表和哈佛「新編
文學史」系列的出版為標誌，西方的文學史史學被推向了一個新的階
段，意在回應韋勒克的問題，即文學史書寫「有什麼意義」和「有什
麼可能性」。他認為在文學史編寫層面，《新編》的最大貢獻就是找到
一個讓「文學」與「世界」，而不是只能與現代國家與民族發生關係
的方式。陳國球認為，無論中西方，文學史的寫作一直都與現代國家
建立目標關聯在一起，這在後來反思文學史階段對「大敘事」模式的
刻意解構中得到反證。但《新編》一開始即有意識要走出這一模式
（轉引〔美〕王德威、李浴洋：《何為文學史？文學史何為？》）。這
也是王德威在《導論》中說的：在無意改變「以國家為定位」、作為
「民族傳統與國家主權想像的微妙延伸」的文學史論述框架前提下，
《新編》嘗試通過對「現代」中國文學的時期劃分等努力，「一探現
代中國文學發展的來龍去脈」。陳思和認為《新編》這種由161個片段
性文字結串成書的「『文學性』敘述文體」（王德威），是文學史敘述
方法的「自我解放」，更是一次「大膽的嘗試」（陳思和：《讀王德威
〈「世界中」的中國文學〉》）。丁帆則認為王德威《新編》這種「漫長
的現代」（1635-2066）的歷史觀及以點輻射面的編寫實踐，多少受黃
仁宇的《萬曆十五年》思維和方法的影響。[74]當年謝冕、孟繁華主編
《百年中國文學總系》，也是「以《萬曆十五年》為方法」。不過在海

---

74 丁帆：《「世界中」的中國現當代文學史編寫觀念——王德威〈「世界中」的中國文
　　學〉讀札》，《南方文壇》2017年第5期。

外中國文學史寫作中，《新編》大概是率先、自覺的，這能不能說也是以《新編》為代表的海外文學史寫作「新生」的一個象徵呢？

《新編》是否從一個側面折射了穿行在亦中亦西學術話語世界中的王德威，面對「文學史」的矛盾與困惑，並試圖進行調解？一方面是文學史的生產大國，另一方面卻認為文學史是根本不可能，至少是「無關要緊」。《新編》這種在兩種文學史制式中都顯得有些另類的寫作風格，或許是在嘗試「撮合」這兩種文學史族類。當然，能否因此孕育出一種「文學史的『寧馨兒』」，仍有待於時間的檢驗。

韋勒克在《文學理論》中對「重建」式的文學史寫作提出批評的同時指出：「想像性的歷史重建，與實際形成過去的觀點，是截然不同的事」，這結果是將文學史「降為一系列零亂的、終於不可理解的殘篇斷簡了」[75]。作為近年海外「重寫中國文學史」風潮的一次嘗試，與中國內地的「重寫」實踐比較，《新編》雖然有些姍姍來遲，其「文學史重建」式的「重寫」也難免引起爭議，但無論如何，《新編》依然是最近十年海外「重寫中國文學史」中最具代表性的一部文學史。從1904年林傳甲的《中國文學史》以降至2017年，《新編》的出版「為已經相當穩固的『文學史』觀念與秩序提供了一種反思、新創，甚至再生的重要契機」，「2017」或將由此成為「中國文學史」建構過程中的一個「關鍵時刻」（〔美〕王德威、李浴洋：《何為文學史？文學史何為？》）。

---

75 〔美〕韋勒克、沃倫著，劉象愚等譯：《文學理論》，北京：三聯書店，1984年，第36頁。

餘論
漸行漸遠的「當代」與「文學史」

　　韋勒克曾對文學史的時期觀念作過深入辨析，認為我們不能簡單地套用社會學或政治學的標準，「如果這樣劃分的結果和政治、社會、藝術以及理智的歷史學家們的劃分結果正好一致的話，是不會有人反對的。但是，我們的出發點必須是作為文學的文學史發展。這樣，分期就只是一個文學一般發展中的細分的小段而已。它的歷史只能參照一個不斷變化的價值系統而寫成，而這一個價值系統必須從歷史本身中抽象出來。因此，一個時期就是一個由文學的規範、標準和慣例的體系所支配的時間的橫斷面，這些規範、標準和慣例的被採用、傳播、變化、綜合以及消失是能夠加以探索的」[1]，可見，文學史的分期對於文學史的研究與編寫來說的確是「一捆矛盾」。通例而論，中國文學史的編寫分期屈從於政治社會學標準的時候居多。換句話說，如果我們一定要還原「20世紀中國文學」的近代、現代和當代三個時期的文學時段話，學界顯然仍較多地將「1949」作為「當代文學」的起點。但現在的問題是，即便如此，這「當代文學」是否可以一直延伸下去？如果回答是肯定的，「當代」便等同於了「當下」，這對作為學科對象的「當代文學」應該有相對恆定的時間邊界便形成了衝擊。這個「兩難」，導致了如何給「當代文學」一個「時間」的說法，一直成為學界存疑和爭論不休的問題。有研究者提出將現代文學更名為「20世紀上半期文學」，將當代文學稱為「20世紀後半期文

1　〔美〕韋勒克、沃倫著，劉象愚等譯：《文學理論》，北京：三聯書店，1984年，第306頁。

學」。也有研究者認為，「1979年至今的文學」、「與我們同時代的文學」，可以成為「中國當代文學」[2]。諸如此類的觀點，在有關何謂「當代」文學疑義中並不是孤立的現象。就此而論，「當代文學史」的「危機」，顯然並不僅僅來自對「文學是什麼」等傳統文學體制的挑戰，同時也來自對諸如「『當代』是什麼」的「形式」（時間）問題的理解。這個問題甚至成為了首要問題。

洪子誠在2007年出版的修訂本《中國當代文學史》中，將附錄的紀事年表延伸到2000年。他後來在一次訪談中解釋說這其中的原因比較複雜，而其中1998-2000年，不少現當代作家先後去世，由此引發出他對有關「新文學的『終結』」的感慨，應該是一個重要原因。正因此，有論者認為《材料與注釋》在相當程度上可以看作是洪子誠當代文學史研究的「完成」「總結」之作，從這一意義說並非毫無道理。如果可以微言大義，那麼，這裡「終結」「總結」的，其實並不是作為不應該納入「史」的編寫視野的「當下」與文學批評層面上的「當代文學」，而是作為學科層面上的「當代文學」，已走過半個世紀的「當代文學」。

而在這裡，更重要的，顯然是作為文學史編寫對象的「當代文學」的終結。最近十多年來當代文學史編寫的「史料轉型」，實質上是作為一個走向成熟的學科最基礎，同時也是不可或缺的一個環節。也正是在這史料的整理與甄釋中，基於「當代文學」的「時間」愈來愈長，幾乎處於順其自然的狀態，以至與作為學科對象的「當代文學」形成一種緊張的關係。作為學科意義上的「當代文學史」，許多文學史家面對在時間層面上無限延伸的「當代」，已通過各種方式表示出一種「拒絕」的姿態，認為「當代」不應該是一個扁平的時間刻

---

2 高旭東：《近代、現代與當代文學的歷史分期須重新劃定》，《文藝研究》2012年第8期。

度。這或者也可以說是隱藏在近十年來當代文學「史料化」現象背後的一個重要信息。

其實，漸行漸遠的不僅是「當代」，同時還有「文學史」。這裡的「文學史」，並不簡單是中國古代「文章流別論」或西方「文選」「作品選」意義上的，而主要還是指1949年後在特定歷史語境中確立的「當代文學史」觀念。對此，本書在第一章討論王瑤的《中國新文學史稿》與「當代文學」的誕生時，即曾通過洪子誠的《「當代文學」的概念》一文，進行過充分考察。「當代文學」是一個「『左翼文學』的『工農兵文學』形態，在50年代『建立起絕對支配地位』，到80年代『這一地位受到挑戰而削弱的文學時期』。」[3]洪子誠對「當代文學」的定義，或者可以看作是對《中國當代文學思潮史》相關定義的發展。而無論是哪一種情形，所謂的「當代文學」，實質上都是與特定歷史時期當代中國的文學生產的體制關聯在一起的特殊文學形態。可以說，這種「當代文學史」觀念，對後來的當代文學史編寫產生了深遠的影響。只有以此作為問題考察與討論的起點，我們才能夠理解有些文學史家的「作為整體的『當代文學史』日後還會繼續存在嗎？」的疑慮，因為如陳思和所認為的，文學史的書寫一般被認為是「一部分知識分子書寫歷史、闡釋歷史、參與歷史的『權力』的一種確認」[4]。在文學已經沒有決定性、支配性的思想主線的時代，對於這種多元的、碎片化的文學書寫，要如何歸攏於文學史的論述中，這個問題已愈來愈引起一些文學史家的關注。陳曉明在《中國當代文學主潮》開篇即寫道：「很顯然，我們只能懷著一種責任感，去書寫

---

3 洪子誠：《「當代文學」的概念》，《文學評論》1998年第6期。本章後面所徵引本文內容，不再注明出處。

4 轉引楊慶祥：《「重寫」的限度：「重寫文學史」的想像和實踐》，北京：北京大學出版社，2011年，第154頁。

『當代文學史』。歷史並不是因為久遠才使我們的理解具有特權，當代人對當代史的理解同樣具有重要的意義，那種親歷性和真切的記憶，是事過境遷所不具有的優勢，可以為即將消失的歷史留下更為鮮活的形象。我們現在書寫的『當代文學史』，或許是文學史的『最後的記憶』。」[5]如果說陳曉明的這種表述還顯得籠統抽象，那麼賀桂梅的表達顯然要直截了當得多：「在我們這個社會分化加劇、知識立場的分化也趨於激進的時代，也許將更多地出現的，會是某一種文學史：左派的文學史，純文學的文學史，或新媒介的文學史。」[6]果真如此，可以肯定：這樣編寫出來的「當代『文學史』」，與我們觀念中的「當代文學史」，已經漸行漸遠了。

　　對「當代文學」概念的知識學考釋，從一方面看，足以讓我們意識到這「邊界」與「規制」對新世紀「新文學」描述的失效，也從另一個角度為時間意義上的「當代」定格提供充分依據。對於這種漸行漸遠的「當代」「文學史」的反思，李楊在有關當代文學史的「危機與邊界」一文中，甚至越過1949年，回溯到1930年代，認為我們所理解的「當代文學史」觀念，就「文學史體制」而言，「遵循的是出版於1930年代中期的《中國新文學大系（1917-1927）》所開創和奠定的現代『文學史觀』」。「這一文學史觀從誕生之日起就失去了概括和描述『新文學』的能力，始終無法與當代中國文藝建立起有效的關聯」。造成這種情況的因素很多，其中之一，便是「新人民文學」觀念中的「當代文學」，乃至是1930年代中期的「文學史體制」觀，都對「媒介」對文學的衝擊始料未及，特別是對從1990年代以後興起的影視藝術、科幻小說、網絡寫作、非虛構寫作等現象進入「當代文學

5　陳曉明：《中國當代文學主潮》（第二版），北京：北京大學出版社，2013年，第2頁。
6　賀桂梅：《文學性與當代性——洪子誠的當代文學史研究》，《文藝爭鳴》2010年第5期。

史」編寫視野有一種潛在的排斥。在「當代」，特別是20世紀90年代以後，「媒介變遷給『文學』的影響遠遠超過了我們念茲在茲的『政治』」[7]。

　　源於18、19世紀西方的「文學史」，經日本明治維新傳入中國，不過100多年的時間。然而，站在黃仁宇300-500年「大歷史」的研究基點上，「為著『展開更大歷史段的文學研究』，從一種新的文學史理念出發，建構新的體系，更換概念，改變分期方法」，不僅很有必要，同時也是一種趨勢。由此，「新文學」「現代文學」「當代文學」這些概念及其標示的分期方法，或許均將會很快成為「歷史的陳跡」（洪子誠：《「當代文學」的概念》）。

7　李楊：《邊界與危機：「當代文學史」漫議》，《中國現代文學研究叢刊》2020年第5期。

附錄
中國當代文學史出版情況（1949-2019）[1]（內地部分）

中國新文學史稿・中國成立以來的文藝運動（1949年10月-1952年5
　　　月）　王瑤著，新文藝出版社1953年出版

中國當代文學史1949-1959（上冊）　山東大學中文系中國當代文
　　　學史編著，山東人民出版社1960年出版

中國當代文學史稿　華中師院中國語言文學系編著，科學出版社
　　　1962年出版

十年來的新中國文學　中國科學院文學研究所《十年來的新中國
　　　文學》編寫組編，作家出版社1963年出版

中國現代文學史・當代文學部分綱要（初稿）　北京大學中文系
　　　1955級學生集體編撰（未公開出版）

文藝思想戰線三十年　遼寧大學中文系文藝理論教研室編（1973
　　　年）（未公開出版）

當代文學概觀　張鍾、洪子誠、佘樹森、趙祖謨、汪景壽編著，
　　　北京大學出版社1980年出版

中國當代文學史綱要　公仲等編，上饒師專1980年（未公開出
　　　版）

1　本書輯錄的主要是當代文學通史版本，不包括小說史、散文史等其他當代文學專題
　　史方面的。也不包括內地區域性、少數民族方面的，以及中國內地以外出版的各種
　　中國當代文學史。但不排除在內地出版的中文版本，如顧彬的《二十世紀中國文學
　　史》等。另外，同一種文學史，在不同時間或出版社出版，如非修訂版，亦不考慮。

中國當代文學史初稿　郭志剛、董健、曲本陸、陳美蘭等主編，
　　　人民文學出版社1980年出版

中國當代文學史（上中下冊）　復旦大學等22院校合編，福建人
　　　民出版社1980年、1982年、1985年出版

中國當代文學初稿（上下冊）　東北師範大學中文系中國當代文
　　　學教研室編，東北師範大學出版社1981年出版

中國當代文學　杭州大學中文系函授部編，杭州出版社1983年出版

中國當代文學　北京師範學院中文系現代文學教研室編，北京師
　　　範學院出版社1983年出版

中國當代文學講稿　張炯、邾鎔主編，中央廣播電視大學1983年
　　　出版

中國當代文學（1-3）　王慶生主編，上海文藝出版社1983年、
　　　1984年、1989年出版

中國當代文學史　蔡宗雋等編，吉林省五院校合編，吉林人民出
　　　版社1984年出版

新時期文學六年（1976.10-1982.9）　中國社會科學院文學研究所
　　　當代文學研究室編，中國社會科學出版社1985年出版

中國當代文學簡史　汪華藻、陳遠征、曹毓生主編，湖南人民出
　　　版社1985年出版

中國當代文學　汪澤樹主編，貴州人民出版社1985年出版

中國當代文學史新編　公仲主編，江西教育出版社1985年出版

中國當代文學史　陸士清、唐金海編，海峽文藝出版社1985年出版

當代中國文學概觀　張鍾、洪子誠、佘樹森、趙祖謨、汪景壽編
　　　著，北京大學出版社1986年出版

中國當代文學　北京自修大學教材，北京廣播學院出版社1986年
　　　出版

中國當代文學　邱嵐主編，遼寧教育出版社1986年出版

中國當代文學史簡編　譚憲昭等主編，廣東高教出版社1986年出版

中國當代文學簡史　劉文田、劉思謙、岳耀欽主編，河南大學出版社1986年出版

中國當代文學簡明教程　羅謙怡、王銳等主編，吉林大學出版社1986年出版

中國文學（四）（當代部分）　洪子誠、李平編，北京大學出版社1986年出版

新時期文學　周鑒銘主編，雲南教育出版社1986年出版

中國當代文學　吳之元，天津教育出版社1987年出版

中國當代文學史略　邱嵐主編，高等教育出版社1988年出版

中國當代文學　張鍾等著，北京大學出版社1988年出版

當代文學新編　張暹明主編，遼寧大學出版社1988年出版

中國當代文學史初稿（修訂本）　郭志剛、董健、曲本陸、陳美蘭等主編，人民文學出版社1988年出版

新中國文學發展史　李叢中主編，雲南教育出版社1988年出版

新時期文學十年　呂晴飛主編，學苑出版社1988年出版

中國當代文學簡編　張廣益、張暹明、蔣鎮等主編，吉林教育出版社1989年出版

簡明中國當代文學　周紅興、李複威、嚴革主編，作家出版社1989年出版

中國當代文學教程（1949-1986）（上下冊）　李友益、劉漢民、熊忠武主編，長江文藝出版社1989年出版

中國當代文學教程（1949-1987）（上下冊）　鄭觀年主編，浙江大學出版社1989年出版

中國當代文學掃描　陳濤主編，四川文藝出版社1989年出版

中國當代文學史略　李達三主編，浙江大學出版社1989年出版

中國當代文學史簡編　吉林師範學院等七院校合編，吉林教育出版社1989年出版

中國當代文學史稿（上下冊）　高文升、單占生、劉明馨主編，河南人民出版社1989年出版

中國現當代文學　李計謀主編，東北師範大學出版社1990年出版

中國當代文學發展史　林涇、金漢、鄧星雨等主編，江蘇教育出版社1990年出版

中國當代文學史　江西大學中文系編，百花洲文藝出版社1990年出版

中國當代文學論稿　田怡主編，內蒙古人民出版社1990年出版

中國當代文學史　吳國鳳主編，山東大學出版社1990年出版

中國當代文學　戴克強、廉文澂主編，陝西人民教育出版社1990年出版

中國當代文學　雷敢、齊振平主編，陝西師範大學出版社1990年出版

新中國文學史（試用本）　舒其惠、汪華藻等主編，湖南文藝出版社1990年出版

中國當代文學史　舒其惠、汪華藻等主編，湖南師大出版社1990年出版

中國當代文學教程　王惠雲、蘇慶昌、崔志遠主編，花山文藝出版社1990年出版

中國當代文學概觀　陳慧忠、高文池主編，上海外語教育出版社1990年出版

當代文學四十年　山東省中國當代文學研究會編，山東大學出版社1991年出版

當代中國文學史　劉文田、周相海、郭文靜主編，河北大學出版
　　　社1991年出版

中國當代文學史簡編（上下冊）　沈敏特主編，安徽教育出版社
　　　1991、1992年出版

中國當代文概論　高文池、陳慧忠主編，東北師範大學出版社
　　　1991年出版

中國當代文學　李旦初主編，北京師範大學出版社1992年出版

新中國文學　唐敏、姚承憲主編，陝西人民教育出版社1992年出版

中國當代文學史　陳其光、趙仕聰、鄺邦洪編著，廣東高等教育
　　　出版社1992年出版

中國當代文學史綱　魯原、劉敏言主編，中國文聯出版公司1993
　　　年出版

中國當代文學　屈桂雲主編，東北師範大學出版社1992年出版

新編中國當代文學發展史　金漢、馮雲青、李新宇主編，杭州大
　　　學出版社1993年出版

中國現當代文學教程　葉雪芬主編，湖南師範大學出版社1994年
　　　出版

中華當代文學新編　曹延華、胡國強主編，西南師範大學出版社
　　　1993年出版

當代中國文學　姚代亮主編，廣西師範大學出版社1993年出版

新中國文學發展史（修訂本）　李叢中主編，雲南教育出版社
　　　1993年出版

新編中國當代文學　陳衡、唐景華主編，天津人民出版社1994年
　　　出版

中國當代文學史論　馮中一、朱本軒主編，中國海洋大學出版社
　　　1994年出版

中國現當代文學　黨秀臣主編，高等教育出版社1994年出版

中國現當代文學　曹金林主編，蘇州大學出版社1994年出版

中國當代文學史論　王萬森主編，中國海洋大學出版社1994年出版

中國當代文學發展綜史（上下冊）　趙俊賢主編，文化藝術出版
　　　社1994年出版

中國現當代文學　王嘉良、金漢主編，浙江大學出版社1995年出版

中國當代文學　閻其男主編，中國文聯出版社1995年出版

中國當代文學　劉景榮主編，河南大學出版社1995年出版

當代中國文學史綱　何寅泰主編，杭州大學出版社1996年出版

中國現當代文學（上下冊）　王自立主編，高等教育出版社1996
　　　年出版

新中國文學史略　劉錫慶主編，北京師範大學出版社1994年出版

中國當代文學史　特‧賽音巴雅爾主編，內蒙古文化出版社1996
　　　年出版

中國當代文學實用教程　周成平主編，成都科技大學出版社1996
　　　年出版

中國當代文學　封孝倫主編，廣西師範大學出版社1997年出版

新編當代中國文學　張景超主編，黑龍江教育出版社1997年出版

中國文學通史‧當代卷　張炯、鄧紹基、樊駿主編，華藝出版社
　　　1997年出版

二十世紀中國文學史（上下冊）　孔範今主編，山東文藝出版社
　　　1997年出版

中國現當代文學　葉向東主編，雲南大學出版社1997年出版

中國現當代文學簡明教材　程凱華主編，湖南師範大學出版社
　　　1998年出版

中國當代文學（修訂本）　胡俊海主編，天津教育出版社1998年
　　　出版

中國當代文學　王蕾主編，中國人事出版社1998年出版

二十世紀中國文學史（上下冊）　黃修己主編，中山大學出版社
　　　1998年出版

中國當代文學史　陳其光編，暨南大學出版社1998年出版

中國當代文學概論　於可訓主編，武漢大學出版社1998年出版

中國當代文學史　田中陽、趙樹勤主編，湖南師範大學出版社
　　　1998年出版

中國當代文學　胡俊海主編，中國戲劇出版社1999年出版

中國當代文學史　洪子誠著，北京大學出版社1999年出版

中國當代文學史教程　陳思和主編，復旦大學出版社1999年出版

共和國文學50年　楊匡漢、孟繁華主編，中國社會科學出版社
　　　1999年出版

驚鴻一瞥：文學中國（1949-1999）　楊匡漢主編，陝西人民教育
　　　出版社1999年出版

中國文學歷程·當代卷　肖向東、劉釗、范尊娟主編，國際文化
　　　出版公司1999年出版

當代文學50年　張樹驊、陳玉林主編，山東文藝出版社1999年出版

中國當代文學　王居瑞主編，東北師範大學出版社1999年出版

中國當代文學（修訂本）（上下冊）王慶生主編，華中師範大學出
　　　版社1999年出版

新中國文學史（上下冊）　張炯主編，海峽文藝出版社1999年出版

新中國文學五十年　張炯主編，山東教育出版社1999年出版

中國現代文學史（1917-1997）（上下冊）　朱棟霖、丁帆、朱曉進
　　　主編，高等教育出版社1999年出版

中國現當代文學卷（上下）　王曉琴主編，首都師範大學出版社
　　　1999年出版

中國當代文學概說　洪子誠著，廣西教育出版社2000年出版

中國當代文學史——在世界文學視野中　鄭萬鵬編著，北京語言文
　　　化大學出版社2000年出版

中國現當代文學　丁帆主編，南京大學出版社2000年出版

當代中國文學，黃偉宗主編，廣東旅遊出版社2001年出版

中國當代文學　陳思和、李平主編，中央廣播電視大學出版社
　　　2001年出版

中國當代文學簡史　王科、張英偉主編，東方出版中心2001年出版

中國現當代文學概觀　林凌主編，海風出版社2001年出版

中國當代文學50年　王萬森、吳義勤、房福賢主編，中國海洋大
　　　學出版社2001年出版

中國當代文學史　金秉活主編，延邊大學出版社2001年出版

中國當代文學發展史　金漢總主編，上海文藝出版社2002年出版

中國當代文學史寫真（上中下冊）　　吳秀明主編，浙江大學出
　　　版社2002年出版

中國當代文學史　王慶生主編，高等教育出版社2003年出版

中國當代文學史（上下冊）　特・賽音巴雅爾主編，民族出版社
　　　2003年出版

中國現當代文學　劉勇主編，中國人民大學出版社2003年出版

20世紀中國文學通史　唐金海、周斌主編，東方出版中心（上
　　　海）2003年出版

20世紀中國文學史綱　黃悅、宋長宏編著，北京語言文化大學出
　　　版社2003年出版

中國當代文學史　黃兵明主編，北京銀冠電子出版有限公司2003
　　　年出版

中國當代文學史寫真（簡明讀本）　　吳秀明主編，浙江大學出版
　　　社2003年出版

中國當代文學史　姚代亮主編，廣西師範大學出版社2004年出版

中國現當代文學史　劉勇主編，中國廣播電視出版社2004年出版

中國當代文學史　李贛、熊家良、蔣淑嫻主編，科學出版社2004年出版

中國現當代文學史　王嘉良、顏敏著，上海教育出版社2004年出版

中國當代文學發展史　孟繁華、程光煒著，人民文學出版社2004年出版

中國當代文學概論　於可訓主編，武漢大學出版社2004年出版

當代中國文學50年　吳秀明主編，浙江文藝出版社2004年出版

中國現當代文學史（上下冊）　楊樸主編，人民教育出版社2005年出版

中國當代文學　陳世安、何冬梅主編，河海大學出版社2005年出版

中國當代文學　楊匡漢主編，遼寧教育出版社2005年出版

中國當代文學史新稿　董健、丁帆、王彬彬著，人民文學出版社2005年出版

中國當代文學　陳世安、何冬梅主編，河海大學出版社2005年出版

中國當代文學實用教程　周成平主編，南京師範大學出版社2006年出版

中國當代文學史　李穆南等主編，中國環境科學出版社2006年出版

中國文學編年史·當代卷　於可訓、李遇春主編，湖南人民出版社2006年出版

中國現當代文學通史　雷達主編，甘肅人民出版社2006年出版

中國現當代文學簡史　楊劍龍主編，華東師範大學出版社2006年出版

中國現當代文學　黃萬華主編，山東文藝出版社2006年出版

中國當代文學　鄭春風主編，東北師範大學出版社2006年出版

中國當代文學（第三版）　王居瑞主編，東北師範大學出版社2006年出版

中國當代文學史教程（第二版）　陳思和主編，復旦大學出版社2006年出版

中國當代文學史教學讀本　張新穎主編，廣西師範大學出版社2006年出版

中國當代文學史　李穆南、郄智毅、劉金玲主編，北京中國環境科學出版社，學苑音像出版社2006年出版

中國當代文學史（修訂本）　洪子誠著，北京大學出版社2007年出版

中國現當代文學通史（上下冊）　雷達、趙學勇、程金城主編，甘肅人民出版社2007年出版

中國現當代文學史　陳國恩主編，華中科技大學電子音像出版社2007年出版

中國現代漢語文學史（上下冊）　曹萬生主編，中國人民大學出版社2007年出版

當代中國文學：悲壯輝煌的歷史腳步　石興澤著，齊魯書社2007年出版

中國當代文學史教程（第2版）　陳思和主編，復旦大學出版社2008年出版

中國當代文學史（1949-1999）　鄭萬鵬編著，華夏出版社2008年出版

二十世紀中國文學史　〔德〕顧彬著，范勁等譯，華東師範大學出版社2008年出版

圖文本・中國文學史話・第十卷・現當代文學　龔宏、王桂榮編，吉林文史出版社2008年出版

新中國文學史（上、下）　張健主編，北京師範大學出版社2008
　　　年出版

中國新時期文學史（1978-2008）　陶東風、和磊主編，中國社會
　　　科學出版社2008年出版

中國當代文學60年　張志忠主編，高等教育出版社2009年出版

當代中國文學六十年　吳秀明主編，浙江文藝出版社2009年出版

共和國文學60年　楊匡漢主編，人民文學出版社2009年出版

中國當代文學主潮　陳曉明著，北京大學出版社2009年出版

現當代文學　龔宏主編，吉林文史出版社2009年出版

中國當代文學通論　孟繁華主編，遼寧人民出版社2009年出版

中國現當代文學史（修訂版）　顏敏、王嘉良著，上海教育出版
　　　社2009年出版

共和國文學60年（四卷）張炯主編，廣東教育出版社2009年出版

中國當代文學發展史（第二版）　孟繁華、程光煒著，中國人民
　　　大學出版社2009年出版

中國當代文學史（第二版）　王慶生、王又平主編，高等教育出
　　　版社2010年出版

二十世紀中國文學史（上中下冊）　嚴家炎主編，高等教育出版
　　　社2010年出版

中國現當代文學　李明軍主編　陝西師範大學出版總社有限公司
　　　2010年出版

中國現當代文學　李怡主編　重慶大學出版社2010年出版

中國當代文學60年（1949-2009）（4卷）　陳思和主編，上海大學
　　　出版社2010年出版

中國當代文學　樊星主編，北京大學出版社2010年出版

中國當代文學史綱　傅書華、徐慧琴主編，北京師範大學出版社
　　　2010年出版

中國當代文學史新稿（第二版）　董健、丁帆、王彬彬著，北京
　　師範大學出版社2011年出版
中國現代文學史1917-2010（精編版）　朱棟霖主編，北京大學出
　　版社2011年出版
中國現當代文學　李繼凱主編　高等教育出版社2011年出版
中國現當代文學　胡永生主編　江蘇人民出版社2011年出版
中國現當代文學史（上下冊）　陳國恩主編，武漢大學出版社
　　2011年出版
中國現當代文學　張景華主編　北京師範大學出版社2012年出版
中國當代文學史：1949-2012　趙樹勤主編，湖南師範大學出版社
　　2012年出版
中國當代文學編年史（1-10卷）　張健主編，山東文藝出版社2012
　　年出版
中國現當代文學史（上下冊）　樊星主編，武漢大學出版社2012
　　年出版
中國現當代文學史論　王達敏著　安徽文藝出版社2013年出版
中國當代文學新編　王萬森、吳義勤、房福賢主編，高等教育出
　　版社2012年出版
中國現當代文學講稿　丁帆主編，南京大學出版社2013年出版
中國現當代文學史　高玉主編，浙江大學出版社2013年出版
中國當代文學史　余芳主編，中國工商出版社2013年出版
中國現當代文學史簡明教程　席揚主編，北京師範大學出版社
　　2013年出版
中國當代文學概觀（第三版）　張鍾、洪子誠、佘樹森、趙祖
　　謨、汪景壽、計璧瑞編著，北京大學出版社2014年出版
中國當代文學史論　李宗剛主編，山東人民出版社2014年出版

中國當代文學史　朱慰琳主編，重慶大學出版社2014年出版

中國現代文學史綜合教程（上下冊）（第二版）　傅書華主編，北
　　京師範大學出版社2014年出版

中國現代文學史（1917-2013）　朱棟霖等主編，高等教育出版社
　　2014年出版

中國現當代文學　王小曼主編，北京大學出版社2015年出版

中國現當代文學（1898-2015）（上下冊）（第3版）　曹萬生主編，
　　中國人民大學出版社2016年出版

中國當代文學史寫真（全本）　吳秀明主編，北京大學出版社
　　2017年出版

中國當代文學史（上中下冊）　張炯主編，江蘇鳳凰文藝出版社
　　2018年出版

中國現代文學史1915-2016（上下冊）　朱棟霖、吳義勤、朱曉進
　　主編，北京大學出版社2018年出版

參考文獻（按出版年代排序）

中華全國文學藝術工作者代表大會宣傳處編：中華全國文學藝術工作
　　者大會紀念文集　新華書店1950年出版

司馬長風：中國新文學史（上中下冊）　香港昭明出版社1978年出版

王　瑤：中國新文學史稿（上下冊）　上海文藝出版社1982年出版

〔美〕韋勒克、沃倫著，劉象愚等譯：文學理論　三聯書店（北京）
　　1984年出版

朱　寨：中國當代文學思潮史　人民文學出版社1987年出版

李澤厚：中國現代思想史論　東方出版社1987年出版

李　楊：抗爭宿命之路──「社會主義現實主義」（1942-1976）研究
　　時代文藝出版社1993年出版

黃修己：中國新文學史編纂史　北京大學出版社1995年出版

〔德〕瑙曼等著，范大燦編：作品、文學史與讀者　文化藝術出版社
　　1997年出版

丁景唐主編：中國新文學大系（1949-1979）（19、20卷）　上海文藝
　　出版社1997年出版

黃子平：革命·歷史·小說　（香港）牛津大學出版社1996年出版

黃仁宇：萬曆十五年　三聯書店（北京）1997年出版

〔法〕福柯著，謝強、馬月譯：知識考古學　三聯書店（北京）1998
　　年出版

〔美〕佛雷德里克·詹姆遜著，王逢振、陳永國譯：政治無意識　中
　　國社會科學出版社1998年出版

王　瑤：中國現代文學史論集　北京大學出版社1998年出版

王曉明編：批評空間的開創——二十世紀中國文學史研究　東方出版
　　　　中心1998年出版

陳平原：文學史的形成與建構　廣西教育出版社1999年出版

錢理群：返觀與重構——文學史寫作與研究　上海教育出版社2000年
　　　　出版

陳思和：中國新文學整體觀　上海文藝出版社2001年出版

中央文獻研究室：毛澤東文藝論集　中央文獻出版社2002年出版

洪子誠：問題與方法——中國當代文學史研究講稿　三聯書店（北
　　　　京）2002年出版

戴　燕：文學史的權利　北京大學出版社2002年出版

李　楊：50-70年代中國文學經典再解讀　山東教育出版社2003年出版

陳國球：文學史書寫形態與文化政治　北京大學出版社2004年出版

〔美〕夏志清著，劉銘銘等譯：中國現代小說史　復旦大學出版社
　　　　2005年出版

溫儒敏、李憲瑜、賀桂梅、薑濤：中國現當文學學科概要　北京大學
　　　　出版社2005年出版

孔範今、雷達、吳義勤、施戰軍主編：中國新時期文學研究資料匯編
　　　　（24冊）　山東文藝出版社2006年出版

王春榮、吳玉傑：文學史話語權威的確立與發展——「中國當代文學
　　　　史」史學研究　遼寧人民出版社2007年出版

唐小兵：再解讀：大眾文藝與意識形態（修訂版）　北京大學出版社
　　　　2007年出版

吳秀明主編：「十七年」文學歷史評價與人文闡釋　浙江大學出版社
　　　　2007年出版

許紀霖、羅崗等著：啟蒙的自我瓦解　吉林出版集團有限公司2007年
　　　　出版

喬國強：敘說的文學史　北京大學出版社2017年出版

汪　暉：去政治的政治化——短20世紀的終結與90年代　三聯書店
　　　　（北京）2008年出版

梁啟超：中國近三百年學術史　中國社會科學出版社2008年出版

黃修己、劉衛國：中國現代文學研究史（上下冊）　廣東人民出版社
　　　　2008年出版

洪子誠：當代文學的概念　北京大學出版社2010年出版

賀桂梅：「新啟蒙」知識檔案：80年代中國文化研究　北京大學出版
　　　　社2010年出版

魯　迅：中國小說史略　岳麓書社2010年出版

程光煒：當代文學的「歷史化」　北京大學出版社2011年出版

楊慶祥：「重寫」的限度：「重寫文學史」的想像和實踐　北京大學出
　　　　版社2011年出版

王堯、林建法主編：中國當代文學批評大系（1949-2009）（1-6卷）
　　　　蘇州大學出版社2012年出版

張　軍：中國當代文學史敘述研究　中國社會科學出版社2012年出版

陳伯海：文學史與文學史學　北京大學出版社2012年出版

胡希東：民族・國家與文學史地理：1950-1980中國當代文學史敘述
　　　　形態　人民出版社2013年出版

林曼叔、海楓、程海：中國當代文學史稿（1949-1965內地部分）
　　　　香港文學評論出版社有限公司2014年出版

張福貴等：文學史的命名與文學史觀的反思　北京大學出版社2014年
　　　　出版

吳秀明：中國當代文學史料問題研究　中國社會科學出版社2016年出版

洪子誠：材料與注釋，北京大學出版社2016年出版

羅長青：中國當代文學概念與文學史寫作　科學出版社2016年出版

吳俊總主編：中國當代文學批評史料編年（12卷）　華東師範大學出
　　版社2017-2018年出版

孟繁華：中國當代文藝學學術史　人民文學出版社2018年出版

程光煒主編：中國當代文學史資料叢書（全16冊）　百花文藝出版社
　　2018年出版

〔美〕王德威：哈佛新編中國現代文學史　臺北　麥田出版社2021年
　　出版

後記

　　在早些年的《學科視野中的40-70年代文學研究》（上海文藝出版社，2014年）一書中，我曾從學科學術史角度，選取一批90年代以來比較有代表性的40-70年代中國文學研究成果，並依它們基本內容、特徵、運用方法、對研究的推進、提出問題和解決的程度等等，選擇某一或某些方面加以述評，考察這些成果對中國當代文學史編寫的影響。那時，申報並獲得立項中國當代文學史編寫史課題已有好些年了。《學科視野中的40-70年代文學研究》實際上是「編寫史」「打前站」的結果，原是為了廓清「編寫史」撰寫過程中可能碰到的種種疑難。因此，翻開這部「編寫史」，明眼人不難看出其中一些觀點和內容攜帶的前者的依稀印記。當然，「編寫史」後來更完善構架與寫作思路的形成，還受益於洪子誠、程光煒、李楊等先生的指導，以及以黃修己先生《中國新文學史編纂史》為代表的研究成果的啟迪。這些，都是在「編寫史」面世之際，我首先要感謝並致敬的。

　　至2020年底書稿交付廣東人民出版社，「編寫史」的寫作前後至少持續了10年乃至更長的時間。在與洪子誠先生的通信及書稿緒論中，我曾簡單談及該書撰寫的一些構想，並嘗試將更多的思考融化到全書的章節設計與具體內容的展開中。但作為「第一本當代文學史的『編寫史方面』的書」，其中的存在問題，遠不啻於洪子誠先生所指出的。後來雖然花了半年多進行整改，但於理想的「編寫史」，仍有相當的差距。在此，敬請各位方家批評指正。

　　作為當代史的一部分，中國當代文學史編寫史關涉的問題很多。

運用科學發展的世界觀和方法論，將馬克思主義文藝理論與文化研究、批判理論等結合以開展研究，是書稿立項之初的定位與預設。不過，如何從學術史與學科史角度，歷史、辯證地梳理共和國70年不同時期曾經對當代文學史編寫產生過重大影響的各種時代潮流，仍是個有待探索的複雜命題。這部「編寫史」其實更像是一個文學史研習者的嘗試之作，需要各位讀者的耐心批評與匡正。

二十多年前，我懷揣著「到一流大學跟從一流學者」的夢想，從粵東北山城千里迢迢來到古都北京，在洪子誠先生的指導下研習文學史。先生那種簡約深邃與嚴謹內省的學術精神，我「雖不能至，然心嚮往之」。作為中國當代文學學科領域首屈一指的學者，平素惜「序」如金的先生，這次同意將與我有關書稿的通信作為該書的代序，是對我多年來研習當代文學史最好的鼓勵。通信中關於「編寫史」撰述的遺憾與期待，於我既是一種鞭策，也是日後前行的方向。當然，不狹隘地說，在治學的觀念與方法意義上，作為一個文學史家，先生這期許中的「編寫史」撰寫，相信對於許多的讀者，都會是一種啟悟，而不再拘於一人一書。

感謝萬卷樓圖書股份有限公司對本書繁體字版出版的支持。

曾令存

2022年10月2日梅州

文學研究叢書・文學史研究叢刊　0802Z02

中國當代文學史編寫史（1949-2019）

作　　者　曾令存
責任編輯　呂玉姍
特約校稿　林秋芬

發 行 人　林慶彰
總 經 理　梁錦興
總 編 輯　張晏瑞
編 輯 所　萬卷樓圖書股份有限公司
　　　　　臺北市羅斯福路二段 41 號 6 樓之 3
　　　　　電話 (02)23216565
　　　　　傳真 (02)23218698

發　　行　萬卷樓圖書股份有限公司
　　　　　臺北市羅斯福路二段 41 號 6 樓之 3
　　　　　電話 (02)23216565
　　　　　傳真 (02)23218698
　　　　　電郵 SERVICE@WANJUAN.COM.TW
香港經銷　香港聯合書刊物流有限公司
　　　　　電話 (852)21502100
　　　　　傳真 (852)23560735

ISBN 978-986-478-798-2
2022 年 12 月初版二刷
定價：新臺幣 680 元

如何購買本書：

1. 劃撥購書，請透過以下郵政劃撥帳號：
　帳號：15624015
　戶名：萬卷樓圖書股份有限公司
2. 轉帳購書，請透過以下帳戶
　合作金庫銀行 古亭分行
　戶名：萬卷樓圖書股份有限公司
　帳號：0877717092596
3. 網路購書，請透過萬卷樓網站
　網址 WWW.WANJUAN.COM.TW

大量購書，請直接聯繫我們，將有專人為
您服務。客服：(02)23216565 分機 610

如有缺頁、破損或裝訂錯誤，請寄回更換
版權所有・翻印必究
Copyright©2022 by WanJuanLou Books CO., Ltd.
All Rights Reserved　　　Printed in Taiwan

國家圖書館出版品預行編目資料

中國當代文學史編寫史(1949-2019)/曾令存著.
-- 初版. -- 臺北市：萬卷樓圖書股份有限公
司, 2022.12 印刷
　面；　公分. -- (文學研究叢書. 文學史研究
叢刊；802Z02)
ISBN 978-986-478-798-2(平裝)

1.CST: 中國當代文學 2.CST: 中國文學史

820.908　　　　　　　　111021569